CLAUDIA GROSS

DEUTSCHLAND 1925

ANNAS REISE

atb aufbau taschenbuch

CLAUDIA GROSS studierte Germanistik und Philosophie, bevor sie eine eigene Buchhandlung eröffnete. Im Jahr 1999 erschien ihr erster Roman »Die Runenmeisterin«. Sie lebt in Nettetal am Niederrhein. Ihre Faszination für Segelschiffe, deren Tage Anfang des 20. Jahrhunderts schon gezählt waren, führte sie an die Ostsee nach Kiel und zu der Geschichte des Matrosenaufstands, der sie zu diesem Roman inspirierte.

Im Jahr 1925 herrscht noch immer Unruhe in Deutschland. Die Verhältnisse sind äußerst instabil – auch für die arbeitslose Sekretärin Anna. Doch ihr Schicksal scheint sich zu wenden, als sie Zeugin wird, wie in Berlin auf offener Straße ein Mann angeschossen wird. Maxim Rose, der Sohn eines Reeders. Er kann sich keinen Reim darauf machen, wer ihm nach dem Leben getrachtet hat. Als Dank für seine Rettung lädt er Anna in sein Elternhaus nach Kiel ein. Anna glaubt, sich in einer fremden Welt wiederzufinden. In Kiel ist alles viel ruhiger und harmonischer. Doch der Eindruck trügt. Maxim Rose wird bald verhaftet – ihm wird vorgeworfen, einer geheimen Organisation anzugehören und einen Mord verübt zu haben. Anna zweifelt an diesen Anschuldigungen – ihr zur Seite steht der geheimnisvolle Kapitän Brandis, der sie sogleich fasziniert.

Claudia Gross

DEUTSCHLAND 1925

ANNAS REISE

Roman

aufbau taschenbuch

MIX
Papier aus verantwortungsvollen Quellen
FSC® C083411

ISBN 978-3-7466-3702-0

Aufbau Taschenbuch ist eine Marke
der Aufbau Verlag GmbH & Co. KG

1. Auflage 2020

Umschlaggestaltung U1 berlin, Patrizia Di Stefano
unter Verwendung eines Bildes von
© ullstein bild – Kurt Huebschmann
Gesetzt aus der Whitman durch die LVD GmbH, Berlin
Druck und Binden CPI books GmbH, Leck, Germany
Printed in Germany

www.aufbau-verlag.de

1 Berlin, September 1925

Sie trafen sich in den verräucherten Hinterzimmern der Berliner Kneipen. Ihre Treffen waren konspirativ, aber vorne an der Theke wusste so mancher, wer sie waren. Er ließ sie gewähren, denn auch Verschwörer hatten trockene Kehlen. Sie wechselten die Kneipen wie ihre Hemden, nur ihre Ziele blieben die immer gleichen. Bürgerkrieg, Umsturz, Putsch. Sie trugen Decknamen wie Thor, Hansen, Störtebecker und suchten nach Wegen, die ihnen verhassten Demokraten samt ihrer Weimarer Verfassung aus dem Reichstag zu jagen. Bereits nach dem Krieg hatten sie ihre Fühler ausgestreckt und sich in einem feinmaschigen Netz übers ganze Land verbreitet, bis ihre Organisation durch einen Beschluss der Nationalversammlung verboten worden war.

Vor vier Jahren hatten zwei von ihnen Reichsfinanzminister Matthias Erzberger erschossen und waren seitdem auf der Flucht. Sie lebten mittlerweile irgendwo in der ungarischen Puszta, aber Paul, ein Dritter, der ihnen bei dem Mord an Erzberger geholfen hatte, irrte, von der Polizei gesucht, immer noch herum. Er hatte den Kontakt zu seinen beiden Kameraden verloren und sich seit einem Monat in einem Berliner Keller verkrochen, wo er auf eine günstige Gelegenheit wartete, endlich über die Grenze zu kommen. Zwei Fluchtversuche waren schon gescheitert, und langsam wandelte ihn die Angst an, in diesem dunklen, kalten Kellerloch verschimmeln zu müssen. Hier gab es nichts außer einer alten Matratze, einer Decke, einer Kanne mit Wasser und einer umgestülpten Obstkiste, auf der einige Kerzen standen, dazu noch ein Teller und ein Messer. Auf der Matratze lagen seine Bücher und ein paar Flugblätter, und sein einziges Vergnügen bestand im Lesen eines Buches, das ein unbekannter Kamerad ihm vor einer Woche heimlich durch das Fenster geworfen hatte. Es war der frisch erschienene Titel eines Gesinnungsgenossen mit Namen Adolf Hitler.

Jeden Abend, wenn es dunkel geworden war, kam Pauls Kamerad Hansen vorbei und brachte ihm etwas zu essen. Ein Stück Brot, ein Stück Käse oder Wurst, alles eingewickelt in ein Halstuch. Manchmal auch ein Bier oder eine Flasche Schnaps. Dann saßen sie ein paar Minuten zusammen, diskutierten über die Möglichkeiten, das Volk gegen die Demokraten aufzuwiegeln und die Macht in Deutschland zu übernehmen, und wenn Hansen gegangen war, blieb Paul wieder allein. Besonders die Nächte machten ihm zu schaffen, denn außer einer Kerze gab es kein Licht, und wenn die Sonne vor dem winzigen Fenster unterging, stand ihm eine endlos scheinende Nacht bevor.

Bis Hansen eines Abends ohne Halstuch und ohne Schnaps die Kellertür aufriss und der Strahl seiner Taschenlampe Paul direkt ins Gesicht traf.

»Du musst hier raus«, sagte Hansen entschieden und leuchtete im Raum umher.

»Warum?«

»Gestern war die Polizei im ersten Stock. Keine Ahnung, was die wollten, aber heute Morgen war schon wieder einer da. Du bist hier nicht mehr sicher. Viel hast du ja nicht. Pack alles zusammen und dann komm.«

Paul sprang auf und stopfte das Wenige, das er noch bei sich hatte, in einen alten Kartoffelsack. Hemd, Hose, Unterwäsche, Socken, die Bücher und die Flugblätter.

»Und wo soll ich bleiben?«

»Erst mal bei Ulla und bei mir. Das Risiko müssen wir eingehen. Außerdem gibt es einen neuen Plan, wie du über die Grenze kommst.«

»Ein neuer Plan? Was habt ihr vor?«

»Ich nenne keine Namen und sage dir auch nicht, was wir vorhaben. Je weniger du weißt, desto besser. Den Plan und alles, was dazugehört, wirst du erst in allerletzter Minute erfahren. Aber diesmal wird es bestimmt klappen. Und jetzt komm.«

Paul blieb stehen und sah sich ein letztes Mal um, ob er nicht etwas vergessen hatte. »Eine Schande ist das«, knurrte er.

»Was meinst du?«

»Dass sich unsereins bei Nacht und Nebel heimlich durch die Stadt schleichen muss. Von Rechts wegen müsste sie uns gehören, uns und nicht diesem Demokratenpack.«

»Eines Tages wird sie uns gehören. Das ganze deutsche Reich wird uns gehören, Paul, das ist mal so sicher, wie Erzberger in seinem Grab verrottet. Und jetzt komm endlich.«

2 Oktober 1925

Ein blauer Schimmer der letzten Leuchtreklame glänzte noch auf dem regennassen Asphalt, als Maxim auf einer menschenleeren Straße heimwärts ging. Es war spät, zu spät, um noch einen Happen zu essen, und so würde er hungrig und müde von einer durchzechten Nacht ins Bett fallen und schlafen wie ein Stein. In seinem Kopf steckte die Melodie dieses Liedes, die er nicht mehr loswurde und vor sich hin summte. On Ilkley moor bath'at …

Seinen letzten Absacker hatte er mit Freund Georg im »Gestreiften Krokodil«, einer Kneipe am Potsdamer Platz, getrunken. Mit ihnen war ein halbes Dutzend Engländer in der Pinte gelandet, die sofort diesen Ohrwurm zum Besten gegeben hatten. Ein altes Lied mit unzähligen Strophen aus ihrer Heimat Yorkshire, das Geschichten aus dem unheimlichen, kalten Ilkley-Moor erzählte, in dem man ohne Hut glatt erfrieren würde.

Als sie endlich aufgebrochen waren und vor der Kneipe standen, hatte Georg noch scherzhaft bemerkt, sie trügen ja gar keine Hüte, aber sie seien ja auch nur in Berlin und nicht im Ilkley-Moor. Dann hatten sie sich lachend voneinander verabschiedet und waren auseinandergegangen.

Vor Maxim tauchte die Silhouette der Parochialkirche auf, und der Regen wurde stärker. Im diffusen Schein einer Laterne tanzten die Tropfen vor seinen Augen, und er schlug den Mantelkragen höher. Er hörte nichts als seine immer noch summende Stimme, seine Schritte und das sanfte Rauschen des Regens, als sich ihm plötzlich etwas in den Rücken bohrte und ihn gegen die Wand des nächsten Hauses schleuderte. Er rutschte ein Stück an der Wand hinunter, dann fiel er wie ein Senkblei auf das Pflaster und fasste sich unwillkürlich an die Schulter, in der ein rasender Schmerz steckte. Er fing an zu zittern, das Zittern erfasste seinen ganzen Körper, seine Beine, seine Hände, und dann wollte er schreien, aber der Schrei blieb in seiner Kehle stecken.

Er wusste nicht, wie lange er hier schon gelegen hatte, unfähig, sich zu bewegen, als er ein verschwommenes Gesicht wahrnahm, das sich über ihn beugte.

»Können Sie mich verstehen?«, fragte eine weibliche Stimme, und er schaffte es, ein Nicken zustande zu bringen.

»Können Sie sich bewegen?«

Er versuchte die Beine zu bewegen und zog sie leicht an, aber der Schmerz in seiner Schulter, der sich immer tiefer in den Rücken bohrte, machte jede Bewegung zu einer Höllenqual, so dass er sich zusammenkauerte. Irgendetwas schien in seinem Rücken zu stecken, ein Messer, eine Kugel, aber seine tastende Hand griff ins Leere.

»Ich heiße Anna«, erklärte die Stimme »Sagen Sie mir Ihren Namen?«

»Maxim«, krächzte er.

»Bleiben Sie ganz ruhig, Maxim. Ich bin gleich wieder da.«

Sein Blick wurde etwas klarer, und er sah die Frau, die sich Anna genannt hatte, wie sie sich umdrehte, zum nächsten Haus lief, dort an sämtlichen Klingeln läutete, bis ein alter Mann schlaftrunken die Tür aufmachte. Wenig später kam sie mit dem Alten wieder, der eine Pferdedecke in den Händen hielt. Er spürte ihre Hände, wie sie ihn vorsichtig auf die unversehrte Seite legten und dann die Decke über ihm ausbreiteten.

»Den hat eine verdammte Kugel getroffen«, hörte er den Alten noch sagen, dann wurde ihm schwarz vor Augen.

Am nächsten Morgen kam Anna die nächtliche Szene wie ein Traum vor. Als hätte sie nur geträumt, dieses zusammengekauerte, zitternde Bündel Mensch auf der Straße liegen gesehen zu haben. Aber sie hatte das nicht geträumt. Sie war auf dem Nachhauseweg von Ella, einer Freundin, gewesen, als sie diesen Mann auf der Straße entdeckt hatte. Sie war mit dem Fahrrad des Alten zum Krankenhaus der Grauen Schwestern gefahren, um Hilfe zu holen, und wäre mit dem klapprigen Ding fast selbst noch auf dem nassen Asphalt ausgerutscht und verunglückt. Ein Telefon wäre gut gewesen, aber wer hatte schon ein Telefon in dieser Straße? Es hätte um diese Zeit viel zu lange gedauert, dies herauszufinden.

Sie saß am Tisch und frühstückte. Zum Fenster schien die Sonne herein, blendete ihre Augen, und sie stand auf und zog die Gardine vor. Sie hatte heute frei. Sie teilte sich die Stelle in einem Fuhrbetrieb auf der Stettiner Straße mit Frau Winter, der alten Sekretärin. Vormittags sie, nachmittags Frau Winter. So kam sie einigermaßen über die Runden, aber reich werden würde sie davon nicht. Aber wer wurde schon reich in dieser Stadt? Nur die, die ohnehin schon genug Vermögen besaßen.

Anna warf sich den Mantel über, zog sich die Schuhe an und ging aus dem Haus. Sie lief die Strecke von ihrer Wohnung zum Krankenhaus zu Fuß, und dort angekommen, fragte sie nach Maxim, dem Mann, der gestern Nacht eingeliefert worden war.

»Der Mann mit der Schussverletzung?«, fragte die Schwester zurück.

Anna nickte.

»Sind Sie mit ihm verwandt?«

»Nein, aber ich habe ihn gefunden.«

»Ach, Sie sind das. Sie wollen sicher wissen, wie es ihm geht? Es geht ihm den Umständen entsprechend. Kommen Sie in ein paar Tagen noch mal wieder.«

Anna verbummelte den Vormittag in der Stadt. Sie schlenderte an den Geschäften vorbei und landete in einem Café, wo sie ihre beste Freundin traf. Natürlich erzählte sie sofort von ihrer nächtlichen Begegnung. Sabine hatte auch sofort ihre eigene Meinung dazu.

»Das ist bestimmt ein Politischer«, bemerkte sie etwas despektierlich, während sie mit dem Löffel eine Handvoll Sahne in ihren Kaffee tunkte. »Vielleicht ein Deutschnationaler oder einer dieser schrecklichen Spartakisten. Ich sage dir, Anna, das geht nicht gut, wenn sie sich jetzt schon wieder auf der Straße umbringen wollen. Manchmal denke ich, dass es besser gewesen wäre, sie hätten den Kaiser nicht gezwungen, abzudanken. Demokratie ist doch nur was für alte Griechen. Gehen wir heute Abend aus? Im Roten Kakadu tritt ein Magier auf, der soll falsche Jungfrauen zersägen …«

Sie zahlten, und Anna ging direkt nach Hause. Als sie vor ihrer Wohnung ankam, stand ein Mann vor der Tür, der ganz offensichtlich auf sie gewartet hatte. Als er ihre Schritte hörte, drehte er sich um, und sie dachte verblüfft, da stünde Karl Marx vor ihrer Tür. Er hatte wirklich eine frappierende Ähnlichkeit mit dem alten Philosophen. Der Mann war etwa vierzig bis fünfzig Jahre alt und trug einen üppigen Vollbart, der ihm bis auf die Brust reichte, dazu volles dunkles Haar. Er war in einen mausgrauen Anzug mit ausgebeulten Taschen gekleidet und wirkte auf Anna wenig vertrauenerweckend. Dann zog er auch noch einen Ausweis aus der Anzugjacke und hielt ihn ihr vor die Nase. Sie war erstaunt. Der Mann war ein Polizist: Kommissar Moritz Sand. Er war gekommen, um mit ihr über den Anschlag von gestern Nacht zu sprechen.

Sie bat ihn ins Wohnzimmer hinein, wo er sich geflissentlich umsah. Sie bot ihm einen Platz an, aber er lehnte dankend ab. Sein Blick schweifte zum Bücherregal. Schiller, Büchner, Nostradamus, Madame Blavatsky und Madame Lenormand. Dann drehte er sich um und geruhte nun doch, auf der weinroten Couch Platz zu nehmen. Sie überlegte, ob sie ihm etwas zu trinken anbieten sollte, aber sie ließ es bleiben. Sie mochte den Kerl nicht.

»Sie waren also gestern Nacht um halb drei auf der Parochialstraße?«, fragte er, und sie fand, dass er wenigstens eine sonore, angenehme Stimme hatte.

»Ja. Ich hatte eine Freundin besucht. Als ich nach Hause ging, sah ich den Mann auf der Straße liegen.«

»Kennen Sie ihn?«

»Nein. Ich habe ihn gestern zum ersten Mal gesehen. Ich bin mit dem Fahrrad zum Krankenhaus der Grauen Schwestern gefahren. Die haben sofort einen Krankenwagen losgeschickt und gesagt, ich könne nach Hause gehen, nachdem ich meine Adresse angegeben habe.«

»Sie wissen, was passiert ist?«

»Er hat eine Schussverletzung, sagte mir die Schwester. Das habe ich gestern Nacht auch schon vermutet, da war so ein komisches, blutiges Loch in seinem Mantel.«

»Ja, auf das Opfer wurde geschossen. Haben Sie jemanden auf der Straße gesehen? Haben Sie irgendetwas beobachtet oder gehört?«

Anna versuchte sich zu erinnern. Hatte sie etwas anderes gesehen als den Verletzten auf dem Pflaster? Es war so still gewesen, nur der Regen, der gefallen war. Kein Schuss, nichts.

»Ich habe keinen Schuss gehört«, sagte sie.

»Der Täter wird einen Schalldämpfer benutzt haben. Sonst hätte der Schuss die Leute aus den Betten geworfen, und Sie hätten ihn auch hören müssen. Das führt mich zu der Annahme, dass die Tat geplant gewesen ist. Bei manchen Zeitgenossen sitzt die Waffe schon mal locker, aber die tragen kein Gewehr mit einem Schalldämpfer mit sich herum, Sie verstehen?«

Sie verstand nur zu gut. »Da wollte einer ganz sichergehen?«

»Genau. Er wollte, dass das Opfer möglichst spät gefunden wird. Ein glücklicher Zufall, dass Sie relativ schnell da waren und Hilfe holen konnten.«

»War es ein Raubmord?«

»Nein. Er hatte Geld bei sich und eine teure Taschenuhr. Wir wissen ja auch nicht, wie lange er schon auf der Straße lag, bevor Sie ihn überhaupt entdeckten.«

Kommissar Sand schien langsam aufzutauen. Ein vages Lächeln

huschte über seine hageren Züge. Er stand auf. »Haben Sie Interesse an Okkultismus?«

Obwohl seine Frage völlig überraschend kam und nichts mit dem Grund seines Hierseins zu tun hatte, wusste sie sofort, was er meinte: die Bücher in ihrem Regal.

»Ist das verboten?«

»Nicht alles ist verboten, nur weil ein Polizist in der Nähe ist«, schmunzelte er.

»Ich war letzten Monat auf einer spiritistischen Sitzung bei Madame Blanche in der Lindenstraße. Kennen Sie Madame Blanche?«

»Nicht persönlich. Soviel ich aber weiß, soll sie Kontakt mit ihrem toten Bruder aufgenommen haben. Und Sie waren wirklich dabei?«

»Soll ich Ihnen erzählen, wie es gewesen ist?«

»Danke, nein. Es wäre nett, wenn Sie ins Präsidium kommen und Ihre Aussage zu Protokoll geben würden.«

Anna brachte den Kommissar zur Tür, wo er noch höflich seinen Hut zog, und kehrte etwas irritiert ins Wohnzimmer zurück.

Der Schmerz war erträglich und sein Körper entspannt. Seine Schulter war straff verbunden, aber es ging ihm einigermaßen gut. Maxim durfte sogar wieder aufstehen und herumlaufen. Er war satt und starrte aus dem Fenster auf einen herbstlich gefärbten Baum. Sein Geist war klar und die unterschwellige Angst sein ständiger Begleiter. Sein linker Bettgenosse schlief, der rechte hatte eben das Zimmer verlassen. Seit sechs Tagen zermarterte er sich das Gehirn, wer auf ihn geschossen hatte. Hätte ihn die Kugel nur ein paar Zentimeter weiter links getroffen, hätte sie den oberen Teil seines Lungenflügels durchbohrt.

In Maxims Kopf drehten sich die Gedanken im Kreis. Es ergab alles überhaupt keinen Sinn. Er hatte keine Feinde, nicht einmal politische. Seit dem Matrosenaufstand vor sieben Jahren, an dem er auch beteiligt gewesen war, hielt er sich aus allem Politischen raus. Und selbst da hatte er das sinkende Schiff verlassen, bevor es endgültig auf Grund gelaufen war. Er war Teil jenes Feuers gewesen, das sich selbst entzündet hatte, wie sich Getreide im Frachtraum eines Schiffes selbst entzündet, bis er begriffen hatte, dass die Revolution im wahrsten Sinne des Wortes ihre Kinder fressen würde. Wenn er aber keine politischen Feinde hatte, wer brachte ihm dann einen solchen Hass entgegen, dass er ihn auf offener Straße abknallen wollte?

Die Tür ging auf, und Maxim dachte, dass es die Schwester sein würde, aber es war eine ihm völlig fremde Frau, die ihren Mantel über dem Arm trug. Etwa Mitte zwanzig, schlichtes, grünes Kleid, rotbraune, schulterlange Haare, die unter einem breitkrempigen grünen Hut mit weißen Streifen hervorlugten. Sie zögerte.

»Wollen Sie zu mir?«, fragte er und richtete sich auf.

»Maximilian Rose?«

Die Stimme! Er konnte sich an diese Stimme erinnern. Weich und sanft und trotzdem bestimmt genug, um ihn aus diesem dunklen Schmerz ein Stück in die Wirklichkeit zurückzuholen. Er nickte und deutete auf einen Stuhl, den sie zu seinem Bett hinüberzog, aber sie setzte sich nicht. Er griff nach der Brille, die neben dem Bett auf einem Tisch lag, und setzte sie auf.

»Ich wollte mich nur erkundigen, wie es Ihnen geht. Ich bin Anna ...«

Gemeinsam machten sie einen Spaziergang durch den kleinen Rosengarten. Hier blühten die letzten Rosen, bevor der Schnee sie bedecken würde, hier schienen die letzten warmen Sonnenstrahlen, bevor der Frost einsetzen würde. Ein viel zu schöner Herbsttag, um über den Tod zu sprechen. Maxim, nur ein Jahr älter als Anna, erzählte ihr hoffnungsvoll von seinen gesundheitlichen Fortschritten. Dann setzten sie sich auf eine Bank in den Schatten einer Ulme, und ganz plötzlich war er da, der Gedanke an den Tod. Sie schwiegen und hörten den Lärm der Pferdewagen, der Autos und der Straßenbahn, die vor der Spitalmauer über die Straße fuhren.

Anna musterte Maxim verstohlen. Die Sonnenstrahlen spiegelten sich in seinen Brillengläsern, das lockige, dunkelblonde Haar kräuselte sich über seinen Ohren. Sie wusste nicht, ob sie es ansprechen sollte, und zögerte.

»Haben Sie eine Ahnung, wer auf Sie geschossen hat?«, fragte sie nach einer Weile vorsichtig.

Er schüttelte den Kopf. »Nein, wirklich nicht. Vielleicht hat er mich verwechselt, er kann nur jemand anderen gemeint haben.«

»War außer Ihnen noch jemand auf der Straße?«

»Ich habe niemanden gesehen. Er hat von hinten geschossen. Er hat mein Gesicht gar nicht sehen können.«

»Trotzdem ...«

»Dieser Kommissar Sand war hier. Er sucht nach einem Mordmotiv, aber ich finde keins. Ich bin nicht politisch aktiv, ich habe ein paar Freunde, die mir ganz sicher nicht den Tod wünschen, ich habe noch nicht mal eine eifersüchtige Freundin.«

Anna lachte und stand auf. Vielleicht hatte diese Bank ein schlechtes Karma. Sie traten in den Schein der Sonne zurück.

»Ich habe gestern mit meinem Vater telefoniert«, sagte Maxim unvermittelt. »Mein Bruder Franz wird kommen, und dann fahre ich mit ihm nach Kiel zurück.«

»Sie leben in Kiel?«

»Ich lebe in Berlin, aber einmal muss ich ja zurück in die Firma. Unsere Familie besitzt eine Reederei.«

Kommissar Sand stand vor seinem Schreibtisch und sah wieder hinunter auf die Akte. Es gab nicht allzu viel zu lesen in diesen Papieren, außer dem Namen des Opfers, Maximilian Rose, dem Tatort, einer geschätzten Tatzeit und dem Wenigen, das sie bisher ermittelt hatten. Die Kugel, die im Krankenhaus entfernt worden war, lag noch bei einem Kollegen, dessen Bericht auf sich warten ließ.

Dies könnte einer jener Fälle sein, die als unerledigt in seinem

Schrank landen würden. Es war nicht der einzige Fall, dessen Aufklärung ziemlich aussichtslos war. Diese Stadt war ein Moloch. Mord, Totschlag, Entführung, Erpressung, Raub und Diebstahl, Hehlerei und Prostitution waren ihre alltägliche Arbeit in diesem Präsidium.

Sand hatte sich auf der Parochialstraße mit den Bewohnern unterhalten und sich im Umfeld dieses Maximilian Rose umgesehen, der mit kriminellen Machenschaften nichts zu tun zu haben schien. Der Kommissar hatte sich auch lange mit Rose selbst unterhalten, hatte einige seiner Leute zu dessen Freunden geschickt, zu allen, mit denen er näher bekannt war, aber nichts war dabei herausgekommen. Rose war ganz offenbar ein harmloser Bürger, der noch nicht mal beim Schwarzfahren erwischt worden war. Er war neunundzwanzig Jahre alt, in keiner Partei, hielt sich nach eigenen Angaben überhaupt von jeglicher politischen Arbeit fern und hatte eine kaufmännische Ausbildung absolviert. Er wohnte in einem möblierten Zimmer in der Waisenstraße, bekam einmal monatlich einen Wechsel von seinem Vater, einem Kieler Reeder, und ging ab und zu in den einschlägig bekannten Lokalitäten feiern. Er schien kein Freund von Traurigkeit zu sein, hatte die eine oder andere weibliche Bekanntschaft gemacht, aber inniger verbandelt war er mit keiner. Wer hatte Interesse daran, in ein solch unbeschriebenes Blatt ein Loch hineinzuschießen? Wo war hier ein Mordmotiv zu finden?

Die Tür ging auf, und Marlene, die Sekretärin, trat ein. »Haben Sie noch etwas für mich zu schreiben?«, fragte sie. Sand zögerte. Es juckte ihn in den Fingern, diese Akte in den Schrank der unerledigten Fälle zu verbannen, weil er einfach keinen Ansatzpunkt fand, um weiter zu ermitteln.

»Kennen Sie den Fall Rose?«, fragte er.

»Ja. Ich habe die Akte schließlich angelegt.«

»Was halten Sie davon?«

Marlene schmunzelte. Es geschah nur selten, dass er sie zu einem Fall befragte. Sie legte Akten an, aber sie hatte keine Meinung dazu zu haben. »Soweit mir bekannt ist, wird Herr Rose Berlin verlassen. Sollte der Täter es wirklich auf ihn abgesehen haben und er hat sein Ziel verfehlt, dann muss er ihn demnächst in Kiel aufsuchen. Dann haben wir damit nichts mehr zu tun.«

»Glauben Sie, dass der Täter nur nicht richtig getroffen hat? Es wäre denkbar, oder? Es war diesig in jener Nacht, es hat geregnet, da ist die Sicht wenig klar, da verfehlt man schon mal sein Ziel ...«

»Oder man hat den falschen erwischt. Das glauben Sie doch, Herr Kommissar.«

»Wenn der Täter ihn ausgeraubt hätte, würde das Ganze vielleicht noch einen Sinn ergeben, aber auch das ist schwer vorstellbar. Der Anschlag war eindeutig geplant, das sagt mir dieser Schalldämpfer, und es muss einen gegeben haben, sonst wären die Leute in der Straße von dem Schuss wach geworden. Erinnern Sie sich an den Fall Sartorius, der im letzten Jahr brutal niedergestochen wurde? Nach drei Monaten stellte sich heraus, dass der Täter ihn für einen Sozialdemokraten, ein Mitglied der Nationalversammlung, gehalten hatte. Eine gewisse Ähnlichkeit war durchaus vorhanden, aber auch da war es mitten in der Nacht und hat geregnet. Ja, ich schließe nicht aus, dass hier eine Verwechslung vorliegen könnte. Der Täter hat den Falschen erwischt und dann auch noch danebengetroffen. Das muss ein Dilettant gewesen sein.«

»Irgendwann wird er wissen, dass er den Falschen angeschossen hat, dann wird er alles daransetzen, den Richtigen zu erwischen.«

»Genau das ist das Problem«, murmelte Sand.

Maxim war wieder zu Hause oder besser dort, wo er wohnte. Ein kleines möbliertes Zimmer im Dachgeschoss, zwei Stockwerke über einer Kohlenhandlung. Ein erbärmliches Domizil für den Sohn eines vermögenden Reeders. Aber damit würde jetzt Schluss sein. Er hatte lange gebraucht, um zu wissen, was er überhaupt wollte. Nach dem Krieg war er wie ein Blatt im Wind hin und her getrieben und hatte nur gewusst, dass er die Marine verlassen und auch nie wieder dorthin zurückkehren würde. Er hatte auch nie vorgehabt, in die Reederei seines Vaters einzutreten, aber jetzt sah er die Dinge anders.

Er hatte wie viele, die mit achtzehn in den Krieg gezogen waren, nach dem Frieden keinen blassen Schimmer gehabt, was er nun tun sollte. Der Feind war weg, und mit diesem Feind war ihm gewissermaßen sein Lebensziel abhandengekommen, auch wenn er nur selten mit ihm zu tun gehabt hatte. Meistens hatten sie irgendwo gelegen und stupide Exerzitien durchgeführt. Die deutsche Marine war zu schwach gewesen, um sich in heroischen Schlachten beweisen zu können. Und die letzte Schlacht, die offiziell angeordnet worden war, hatten die meisten von ihnen kategorisch abgelehnt, weil sie keine Lust hatten, einen sinnlosen Tod zu sterben.

Er fing an, sein Zimmer aufzuräumen, seine Koffer zu packen. Aber es gab nicht viel zu packen, und während er seine Hemden aus dem Schrank holte, ergriffen ihn plötzlich wieder diese nagenden Zweifel. Und wenn er doch hierblieb? Wenn er nicht mit nach Kiel fuhr? Als der Krieg ausgebrochen war, hatte ihn sein Vater überredet, als Matrose zur Marine zu gehen, und Maxim hatte gehorcht, obwohl er da schon gewusst hatte, dass das nasse Element nicht seines war. Es war ihm einfach zu unbeständig, zu abgründig, auch wenn er hundertmal der Sohn eines Reeders war. Als er acht Jahre alt gewesen war, hatte ihn sein Vater auf einem Schoner mit nach Boston genommen, und sein einziger Wunsch auf dieser elenden Reise war es gewesen, endlich wieder Boden unter den Füßen zu spüren. Es machte ihm keinen Spaß, in den Wanten herumzuklettern oder nass bis auf die Knochen bei schwerem Wetter stundenlang am Steuer stehen zu müssen. Er brauchte Bodenhaftung. Eines Tages würde er mit seinem Bruder die Leitung der Reederei übernehmen, aber er würde im Kontor arbeiten und niemals mehr einen Fuß auf eines der Schiffe setzen. Das war auch gar nicht nötig, die segelten oder dampften auch ohne ihn.

Maxim trat ans Fenster, aber da gab es nichts zu sehen außer einem Schwarm Vögel. Er konnte von hier aus die Straße nicht sehen. Seit er aus dem Krankenhaus entlassen worden war, begleitete ihn ständig ein mulmiges Gefühl. Kommissar Sand hatte ihm zwar gesagt, dass er nicht ganz ausschließe, der Anschlag könne eine Verwechslung gewesen sein, doch er traute dieser Version nicht. Was, wenn es wirklich jemanden gab, der ihm nach dem Leben trachtete? Dann würde er in Kiel sicherer sein, so viel war klar.

Anna hatte ihm die Telefonnummer ihres Chefs gegeben, über die sie sich miteinander am Brandenburger Tor verabredet hatten. Sie waren in einem Café gewesen, aber was für sie ein vergnüglicher Nachmittag werden sollte, wurde für ihn ein Kampf gegen die Gespenster, die ihn heimsuchten. Maxim sah sich ständig um. Er suchte nach bekannten Gesichtern oder Leuten, die ihn beobachteten. Der Kerl da an der Ecke, der eine Zigarette rauchte, eine Gruppe junger Männer, die um einen nagelneuen geparkten Ford herumstand, die Frau, die ihm beim Vorbeigehen einen verstohlenen Blick zuwarf. Alles potentielle Mörder. Er hatte Angst, allmählich von einer Art Verfolgungswahn befallen zu werden. Nirgendwo fühlte er sich sicher, nicht einmal in seinem Zimmer. Es hätte klopfen können, und er hätte die Tür aufgemacht …

Anna hatte schon im Café gemerkt, dass er nervös und fahrig war. Sie wusste, was in ihm vorging, ohne es ansprechen zu müssen. Also suchte sie nach einem Ort, der ihn ablenken und auf andere Gedanken bringen könnte. Sie schleppte ihn ins Kino, aber das entpuppte sich als die schlechteste aller Möglichkeiten, denn im Dunkel des Raumes krochen die Gespenster wieder aus ihren Höhlen. In der Pause knöpfte er sich den Mantel zu, den er nie ausgezogen hatte, und floh nach draußen. Seine Angst wehte sie förmlich an, und Anna wusste nicht mehr, wie sie sich verhalten sollte. Sie verließen das Kino und gingen ein Stück die Straße entlang, bis er stehen blieb. »Mein Bruder

Franz kommt heute Abend mit dem Zug. Er will dich bestimmt kennenlernen, schließlich hast du mir vielleicht das Leben gerettet. Wollen wir uns morgen treffen?«

»Du kannst mich bei Pohlmann anrufen«, erwiderte Anna.

»Ja, natürlich.«

»Erzähl mir von deinem Bruder«, bat sie.

»Er wird dir gefallen. Er ist gutaussehend, charmant, intelligent. Ein prima Geschäftsmann und ledig …«

Er grinste und warf ihr einen langen Blick zu.

»Ich suche keinen Ehemann«, bemerkte sie etwas sauertöpfisch, und er lachte. »Er war nie im Krieg. Angeblich ein attestiertes Herzleiden, an das ich aber nicht glaube. Er hatte nie Probleme mit dem Herzen. Ich glaube eher an gute Beziehungen.«

»Nimmst du ihm das übel?«

»Nein. Jeder muss selber wissen, was er will oder auch nicht, und ehrlich, ich dachte, es ist meine verdammte Pflicht, das Vaterland zu verteidigen, ich hatte nie einen Zweifel daran. Bis sie uns in den sicheren Tod schicken wollten.«

»Willst du allein nach Hause gehen, oder soll ich dich begleiten, Maxim?«

»Ich nehme die Straßenbahn. Alles gut, Anna.«

Sie sah ihm nach, wie er zwischen den Menschen verschwand, und hatte kein gutes Gefühl. Noch einmal würde sie nicht da sein, um ihm helfen zu können. Sie mochte ihn, sie fand ihn einfach nett, freundlich, entgegenkommend, trotz oder gerade wegen der Angst, die ihn gepackt hatte. Er kam ihr vor wie ein angeschossenes Tier, das sich noch einmal aufgerappelt hat und nun versucht, sein Leben wieder in die Hand zu nehmen.

Sie spähte zur nächsten Straßenbahnhaltestelle, aber sie sah ihn nicht. Zu viele Menschen, die auf die Bahn warteten. In der Menge war er sicher. Oder nicht?

Sie waren fast überall gewesen, im Schwarzen Kater, der Blauen Maus, dem Roten Kakadu und wie sie alle hießen. Sie hatten getrunken und gefeiert und sich im Nachtleben der Stadt verloren. Nach fünf Stunden waren sie in einem Tanzlokal gestrandet wie vier Wale an einer Küste, müde, trunken und angeschlagen. Die Combo spielte »Es leuchten die Sterne«, und zwei Pärchen schoben sich lasziv über die Tanzfläche.

Maxim fielen die Augen zu. Er sehnte sich nach seinem Bett, aber sein Bruder hatte immer noch nicht genug. Sonst distinguiert mit einem Scheitel wie geleckt, immer korrekt und nie über die Stränge schlagend, hatte er sich in dieser Nacht gehäutet wie ein Schmetterling. Franz war nicht wiederzuerkennen. Seine Augen leuchteten, und sein Knie wippte im Rhythmus der Musik.

Anna, die neben ihm saß, trug einen roten Hut mit grünen Federn, ansonsten sah sie aus wie eine schwarze Witwe, was selbst in dieser Stadt auffiel. Rotbraunes, gewelltes Haar stahl sich unter dem Hut hervor, und ihr einziger Schmuck war eine Perlenkette über dem schwarzen Kleid. Sie hatte Augen wie eine Katze, schräg, dunkel und lauernd; Franz hing an ihren üppig bemalten Lippen.

Maxim fing an sich zu langweilen. Er wollte zahlen und gehen, als er Chris Brandis' Hand auf seinem Arm spürte. Christian Brandis war der Vierte im Bunde. Er war der Älteste von allen, einer von Roses Kapitänen, die über die Meere segelten.

Maxim warf einen Blick auf seine Taschenuhr. Halb fünf. Zeit fürs Frühstück. Franz gab das Zeichen zum Aufbruch und winkte dem Kellner. Er gab ein großzügiges Trinkgeld, was für den Sohn eines Kieler Reeders ungewöhnlich war. Ein Hanseat war immer korrekt, ganz besonders in Finanzdingen, aber ein Hanseat war auch nur ein Mensch. Anna lachte, ihre Finger streiften flüchtig die Oberfläche seiner Hand, bevor sie aufstand.

Die kühle Luft machte sie wieder nüchtern. Es regnete leicht, und kein Taxi in Sicht. Also mussten sie laufen und begaben sich in Richtung Cranachstraße, wo Annas Wohnung lag. Der Regen wurde stärker, und sie flüchteten in einen Hauseingang. Franz zog seinen Mantel aus und legte ihn Anna über die Schultern.

»Da kommt ein Taxi«, rief sie und deutete auf die Straße. Brandis spurtete los und hielt den Wagen an.

Sie fuhren schweigend. Anna lehnte an Franz' Schulter und hatte die Augen geschlossen. Brandis saß vorne und wechselte ein paar Worte mit dem Fahrer. Die grellen, bunten Lichter der Stadt verschwanden, ein rosenroter Flaum erschien am Himmel, und allmählich brach der Morgen an.

Anna erwachte. Ein Sonnenstrahl streifte ihre Lider, sie schlug die Augen auf. Das Erste, was ihr eigenartigerweise einfiel, war eine Szene aus dem Theater. *Mein Kopf ist ein leerer Tanzsaal, einige verwelkte Rosen und zerknitterte Bänder auf dem Boden, geborstene Violinen in der Ecke, die letzten Tänzer haben die Masken abgenommen und sehen mit todmüden Augen einander an.*

Sie kannte die Worte auswendig. Es war wie eine Beschreibung der letzten Nacht.

Genauso ist es, dachte sie, stand auf und setzte sich vor den Spiegel. Ein Leben wie im Rausch, heute, morgen, dann erkaltet die Asche und erstarrt zu Stein. Ihre Augen hatten noch den Nachglanz von gestern; eine Ahnung dessen, was gewesen war, spiegelte sich darin. Abende und Nächte wie gestern hätten sie komplett ruiniert. Das, was da an einem solchen Abend an Geld floss, war für sie der Lohn eines ganzen Monats. Tanztee im Adlon, Abendessen in einem der besten Lokale und dann der Zug durch die Bars und Varietés, ein Leben bis zum Umfallen. Drei Männer und eine Frau, in dieser Stadt, zu dieser Zeit nichts Ungewöhnliches. Aber es wurde Zeit, dass sie aus diesem Traum erwachte.

Während sie sich die Haare kämmte, dachte sie an gestern. Franz, der unterkühlte Gletscher, hatte zu tauen angefangen, langsam floss ein kleines, dünnes Rinnsal zu Tale. Maxim tat es ganz offensichtlich gut, dass sein Bruder gekommen war, denn er schien zumindest nach außen seine Angst verloren zu haben.

Sie waren schon ein seltsames vierblättriges Kleeblatt. Franz, der Geschäftsmann mit einer prall gefüllten Börse, Maxim mit seinem immer etwas glasigen, verschleierten Blick und Brandis von einer Art direkter Zurückhaltung oder zurückhaltender Direktheit. Er war höflich zu Frauen und barsch zu Männern, was wohl daran lag, dass auf seinem Schiff keine Frauen waren und ein rauer Umgangston herrschte.

Es klingelte. Sie warf sich den Morgenmantel über und öffnete die Tür. Es war Maxim, der sie etwas verlegen angrinste.

»Störe ich?«

»Nein. Setz dich. Kaffee?«

»Gerne. Franz fühlt sich nicht wohl. Er wird heute im Hotelzimmer bleiben, das soll ich dir ausrichten.«

»Der Arme. Was hat er?«

»Was wohl? Einen schrecklich dicken Kopf.«

»Wann fahrt ihr wieder zurück?«

Maxim zog sich den Mantel aus und setzte sich auf die Couch. »Ich weiß nicht. Brandis muss auf jeden Fall zurück. Die Reederei wird eine Viermastbark kaufen, und dann wird Brandis wieder nach Südamerika segeln wie vor dem Krieg.«

Anna musterte ihn, während sie das heiße Wasser in die Tassen füllte. Seit Franz gekommen war, hatte er sich merklich verändert. Er trank mehr, als ihm guttat, vielleicht hielt er das für ein probates Mittel gegen seine Angst. Er hatte wieder diesen glasigen Blick, als würde er schon zum Frühstück eine Flasche Absinth seine Kehle hinunterfließen lassen. Eines Tages würde er so enden, wie sie ihn kennengelernt hatte. Sturzbetrunken und klatschnass vom Regen auf der Straße liegend, ein Loch im Rücken, halb besinnungslos, der erbärmliche Rest eines Menschen, der eigentlich keiner mehr ist. Ein Wunder, dass er noch am Leben war. Und wenn sie nicht gewesen wäre, wäre er jetzt vielleicht wirklich nicht mehr am Leben.

»Was macht ihr heute?«, wollte sie wissen. Er müsse zu einer letzten Untersuchung ins Krankenhaus, erklärte er, sein Bruder kurierte sich aus, also blieb nur noch Brandis übrig. »Er würde gerne die Museen besuchen.«

»Das hätte ich nicht gedacht. Er sieht gar nicht so aus.«

»Ja«, erklärte Maxim lächelnd. »Chris Brandis ist ein tiefes Wasser.«

Maxim kannte die Stadt wie seine Westentasche, jede Straße, jeden Winkel, jedes Wirtshaus, aber er war froh, ihr endlich den Rücken zu kehren. Jeder Tag, an dem sein Bruder nun hier war, bestärkte ihn in dem Entschluss, die Hauptstadt zu verlassen. Berlin war passé, ein neuer Abschnitt in seinem Leben musste beginnen.

Er war auf dem Weg nach Hause, schlug den Mantelkragen hoch und steckte die Hände in die Taschen. Seine Schritte hallten auf dem Pflaster wider, und ein Blick von der Straße aus in die Innenhöfe war wie der Blick in einen dunklen Schlund. Schatten huschten über die gegenüberliegende Straßenseite, hastig und verstohlen, und verschwanden irgendwo im Nichts. Maxim hörte Schritte und drehte sich um. Noch so ein Schatten, der sich plötzlich verflüchtigte, und er ging weiter Richtung Kirche. Sein Herz fing an zu klopfen. Dieselbe Strecke wie vor Wochen. Franz hatte darauf bestanden, egal, wohin er ging oder woher er kam, immer ein Taxi zu nehmen. Heute Abend hatte Maxim jedoch kein Taxi gefunden, also war er zu Fuß gegangen. Nur noch ein paar Tage und das Phantom, das auf ihn geschossen hatte, würde ihn vergeblich suchen. Er würde nicht mehr hier sein. Er wusste, dass er zumindest diesen einen Feind hatte, aber in dieser Stadt hatte jeder Feinde. Hier herrschte die brutale Schlacht der Worte. Eine gnadenlose Propaganda von allen möglichen Seiten. Wer nicht für mich ist, ist gegen mich. Jeder gegen jeden, und wer nicht das Geld hatte, sich in den Bars zu betrinken, war der grauen Realität ausgeliefert.

Das Haus, in dem sein Zimmer lag, kam in Sicht, und er atmete erleichtert auf. Noch ein paar Schritte, er tauchte ein in den Schatten der Kirche. Er holte den Schlüssel aus der Tasche, steckte ihn ins Schloss und spürte plötzlich einen heftigen Schwindel. Alles um ihn herum begann sich zu drehen, seine Knie gaben nach, und er stolperte in den Hausflur hinein. Er klammerte sich an das Treppengeländer und zog sich die Stufen hinauf, bis er ganz oben angekommen war. Er taumelte in sein Zimmer und fiel wie ein Klotz auf das Bett.

Anna, Franz und Brandis waren am Nachmittag des nächsten Tages im Foyer des Hotels verabredet gewesen, aber Maxim war nicht gekommen. Sie warteten über zwei Stunden, aber auch nach zwei Stunden war er immer noch nicht erschienen. Sie fingen an, sich Sorgen zu machen. Das Schreckgespenst eines neuerlichen Anschlags tauchte vor Annas geistigem Auge auf, und sie wollte nicht weiter hier sitzen und warten.

»Vielleicht hat er die Verabredung einfach vergessen oder verschlafen«, gab Brandis zu bedenken. »Es wäre doch möglich, dass er noch zu Hause ist.«

Keiner von ihnen wusste, wo Maxim wohnte. Wenn sie sich verabredet hatten, war er immer ins Hotel gekommen, und wenn sie sich verabschiedet hatten, war er mit einem Taxi nach Hause gefahren. Aber wo das war, wusste keiner. Anna wusste immerhin, dass er in der Nähe der Parochialstraße wohnte, wo sie ihn gefunden hatte, doch wie sollten sie in diesem verschachtelten Gewirr von Straßen ein möbliertes Zimmer finden?

Sie nahmen ein Taxi bis zur Parochialkirche und stiegen dort aus. Sie teilten sich auf, Parochialstraße, Klosterstraße, Stralauer Straße, Waisenstraße. Sie klingelten an den Türen und fragten Passanten nach Maximilian Rose, einem neunundzwanzigjährigen Mann mit Brille, dunklem, lockigem Haar. Sie brauchten über eine Stunde, bis Franz endlich auf der Waisenstraße fündig wurde. Ein dreistöckiges Haus, im Erdgeschoss eine Kohlenhandlung. Der Besitzer hatte vor einem Jahr ein möbliertes Zimmer vermietet, und zwar an genau jenen Maximilian Rose, den er aber seit gestern nicht mehr gesehen hatte. Franz bedankte sich und stieg eine alte, zertretene Treppe hinauf, bis er im Dachgeschoss angekommen war. Ein schmaler Flur, zwei Türen. Er klopfte an beide, aber niemand öffnete. Schließlich drückte er die Klinke der einen Tür herunter. Die Tür war nicht verschlossen, und Franz trat zögernd ein. Es war dämmrig, die Vorhänge waren zugezogen. Ein Schrank, ein Tisch, zwei Stühle, ein Regal voller Bücher. An der Wand ein Bett. Franz kam näher und sah seinen schlafenden Bruder im Bett liegen. Neben dem Bett stand ein kleiner Hocker, darauf ein Stapel Bücher, und obenauf lag Maxims zerbrochene Brille. Franz rüttelte ihn sanft an der Schulter, doch Maxim reagierte nicht. Franz legte seinen Finger an die Halsschlagader und spürte einen schwachen Puls. Sein Bruder drehte sich schlaftrunken im Bett herum und merkte gar nicht, dass er nicht mehr allein war.

Franz setzte sich auf einen wackeligen Stuhl und sah sich um. So also hauste sein Bruder! Erbärmlicher konnte man gar nicht wohnen, es sei denn, man lebte gleich auf der Straße.

»Was soll ich bloß mit dir machen?«, murmelte er und stand wieder auf.

Der nächste Tag war ein Sonntag und strahlend schön. Anna hatte Brandis angeboten, mit ihr die Museen der Stadt zu besuchen, während Franz sich um seinen Bruder kümmerte. Er hatte einen Arzt kommen lassen, der meinte, dass der Schwindel eine Spätfolge der Schussverletzung sein könne. Seitdem ließ Franz seinen Bruder nicht mehr aus den Augen.

Derweil gingen Anna und Brandis zu Fuß und genossen die Sonne, die letzten Blumen dieses Jahres und die eleganten Spaziergänger, die ihnen begegneten. Sie besuchten das Pergamonmuseum, die Nationalgalerie, und Anna fing an, diesen Mann mit Interesse zu betrachten.

Er erinnerte sie an die Erzählungen ihres Großvaters, der Maat auf einem Zweimastschoner gewesen war. Er erinnerte sie an Abenteuer, an fremde Völker und rätselhafte Geheimnisse, aber sie wusste auch, dass all dies nur in ihrer Phantasie bestand. In Brandis' Anwesenheit träumte sie sich die Welt aufregend und geheimnisvoll, was nicht zuletzt an seinem Äußeren lag. Er war ein raubeiniger Mann mit rauchiger Stimme, scharf geschnittenem Gesicht, dunkelblauen Augen unter kräftigen Brauen, blondem Haar, in das sich bereits ein paar graue Strähnen geschlichen hatten, und breiten Schultern. Statt eines Anzugs trug er eine blaue Jacke mit goldenen Knöpfen, die hinten und an den Seiten länger und vorne kürzer war und den Blick auf einen schwarzen Gürtel über einer weißen Hose freigab. Dass dieser Mann zur See fuhr, war unverkennbar.

Er war ganz anders als die dekadenten Dandys, die von der Erhabenheit der Kunst schwadronierten. Er war wissbegierig ohne jedes Pathos. Er wollte einfach etwas lernen, was Anne verblüffte. Sie hatte in ihrer Kindheit auch nicht von goldenen Tellern gegessen, ihr Vater war Angestellter bei der Post, aber Brandis hatte eine so unschuldige Wissbegier, dass sie sich insgeheim darüber lustig machte. Sie waren immer noch beim Sie, das er auch nicht aufgeben wollte. Immerhin schaffte sie es, dass er Anna zu ihr sagte statt Fräulein Herzog. Als sie später in einem Café saßen, konnte sie ihre Neugierde nicht mehr bändigen und fragte ihn, was er im Krieg gemacht habe.

»Ich war die meiste Zeit in China«, erklärte er. »Als der Krieg begann, war ich unterwegs nach Südafrika. Kurz vor Madagaskar habe ich mein Schiff verloren.«

Er zog Tabakbeutel, Pfeife und Streichhölzer aus der Jackentasche und begann seine Pfeife zu stopfen. Dann zündete er sie an, und sofort zog der Duft des scharfen Tabaks durch den Raum.

»Wir sind auf Grund gelaufen und konnten uns ans Ufer einer vorgelagerten Insel von Madagaskar retten. Das nächste Schiff, das uns nach Monaten endlich mitnahm, war auf dem Weg nach China, und von dort kamen wir nicht wieder weg. Wir lebten in einem kleinen chinesischen Dorf und halfen den Bauern beim Reisanbau. Wir hatten ja kein Geld, also haben wir für das, was man uns gab, gearbeitet. Ich habe jahrelang keine einzige Zeitung gelesen.«

»Mein Großvater war Erster Offizier auf einem Zweimastschoner«, erzählte Anna. »Er fuhr nach Russland und Norwegen. Ich hätte eine Menge dafür gegeben, einmal mitfahren zu dürfen.«

Er musterte sie, und Anna spürte sein Erstaunen. Das hatte er wohl am wenigsten erwartet. Er sah in ihr eine kleine Sekretärin, die, wenn die Nacht hereinbrach, sich in eine Femme fatale verwandelte, sich ein schwarzes Spitzenkleid anzog, sich die Augen anmalte und durch Bars und Varietés zog.

»Wie sind Sie nach Berlin gekommen?«, wollte er wissen.

»Eine Freundin von mir hatte eines Tages genug von der Provinz und fuhr nach Berlin. Sie arbeitete hier als Bürofräulein. Sie schrieb mir Briefe, und eines Tages habe ich es in dem kleinen Dorf nicht mehr ausgehalten. Also fuhr ich ebenfalls mit dem Zug nach Berlin. Ich wohnte bei der Freundin und lernte Schreibmaschine schreiben. Und dann bekam ich die Stelle als Sekretärin in einem Fuhrbetrieb in der Stettiner Straße. Da arbeite ich heute noch.«

Brandis paffte vor sich hin und starrte gedankenverloren aus dem Fenster.

»Morgen fahren wir nach Kiel zurück«, erklärte er plötzlich etwas brüsk. »Hat Franz Ihnen das gesagt?«

Anna hatte es nicht gewusst, und sie war enttäuscht. Sie hatte drei neue Freunde gewonnen, die unterschiedlicher nicht sein konnten, und sie mochte jeden von ihnen.

»Kein Wort«, murmelte sie und versuchte, ihre Enttäuschung zu verbergen.

Am Nachmittag würde der Zug nach Kiel gehen. Vorher hatte Franz noch einen Termin in der Reichskanzlei. Sein Gesprächspartner war einer aus dem Wirtschaftsministerium und hieß Heller. Ein kleiner Mann mit dunkler Brille und schlecht sitzendem Anzug, der Franz einen Stuhl und eine Zigarre anbot. Franz schlug beides nicht ab. Sie saßen Zigarre rauchend in einem kleinen Büro und hörten von nebenan das Klappern einer Schreibmaschine. Franz versuchte, dem anderen sein Problem zu erklären, doch nach nur zwei Sätzen wurde er sanft unterbrochen.

»Ich kenne Ihre Schwierigkeiten, Herr Rose. Sie sind nicht der einzige Reeder, dem das Geschäft durch den Krieg verhagelt wurde. Ich habe gelesen, dass Sie ...«

Heller warf einen Blick auf das Papier, das vor ihm auf dem Tisch lag. »... dass Sie außer Dampfschiffen zwei Schoner in Betrieb haben. Segelschiffe. Ist das überhaupt noch rentabel?«

»Die Schiffe sind für überseeische Frachten gedacht. Sie fuhren vor dem Krieg nach Baltimore, New York, nach Brasilien und Chile. Da sind sie rentabel. Aber sie sind es nicht, wenn sie nach England segeln sollen. Wir bringen Kohle aus der Lausitz nach England, Liverpool, Belfast, und wir verdienen so gut wie nichts daran. Wenn uns der Staat nicht unterstützen würde, wäre die Reederei längst pleite. Dazu kommt, dass die Irische See ein Witwenmacher ist, wie die Seeleute sagen.«

»Ein Witwenmacher?«

»Dort herrscht oft schweres Wetter. Vor dem Krieg haben wir einen Schoner im Sturm verloren. Die halbe Mannschaft ist ertrunken. Wir gehen ein hohes Risiko ein und verdienen kaum etwas dabei. Allein die Versicherung für Schiffe und Fracht kostet uns ein Vermögen. Wir können noch froh sein, dass die Alliierten uns bis auf zwei Schiffe, die wir aufgrund der Höhe der Bruttoregistertonnen abgeben mussten, den Rest der Flotte überhaupt gelassen haben. Vielen Reedereien haben sie die Hälfte ihrer Flotte konfisziert.«

»Ja, ich weiß, und es ist absurd. Um die nötigen Ausgaben zu finanzieren, muss der Staat Kredite aufnehmen, aber dieses Wirtschaften auf Pump kann und wird sich nicht rechnen, doch was soll ich machen? Ins Horn der Extremisten stoßen, die lieber heute als morgen die Verträge mit den Alliierten kündigen wollen? Wissen Sie, was das bedeuten würde?«

»Sagen Sie es mir.«

Heller starrte mit zusammengekniffenen Augen aus dem Fenster. »Vor allem die Franzosen würden das als Affront auffassen. Spielen wir das Szenario einmal durch, es gäbe wirklich einen Reichstagsbeschluss, die Zahlungen einzustellen. Ich sage Ihnen, Frankreich hätte binnen weniger Tage ganz Deutschland besetzt.«

»Was ist mit England und den Amerikanern?«

»Vielleicht würden sie die Füße stillhalten, aber sicher bin ich mir da nicht.«

»Das löst mein Problem nicht. Ich habe vier Schiffe, die nach England fahren, zwei dampfbetriebene und die Schoner. Ich muss die Mannschaften bezahlen und hatte vor, eine Viermastbark zu kaufen, aber die Bank will meine Kreditlinie nicht erhöhen.«

Heller nickte. Er schien jetzt endlich verstanden zu haben. »Darum sind Sie also hier?«

»Genau. Ich hatte gehofft, Sie könnten da etwas unternehmen.«

Heller stand auf und stellte sich ans Fenster. Er starrte wieder hinaus, als würde die Lösung irgendwo auf der Straße liegen. »Haben Sie schon einmal mit dem Rat der Stadt darüber gesprochen?«

»Die Stadt wird die Banken nicht anweisen, mir mehr Kredit zu geben. Das könnte, wenn überhaupt, nur eine Empfehlung aus Berlin. Wie ich hörte, sind Sie mit Martin Schaller, dem Direktor der Kieler Sparkasse, bekannt.«

»Wir sind zusammen zur Schule gegangen.«

»Schaller deutete mir gegenüber an, wenn Sie grünes Licht geben würden, könnte er in dieser Sache etwas großzügiger sein.«

»Verstehe«, murmelte Heller und setzte sich wieder.

Die Zeit des Abschieds war gekommen. Sie hatten sich ein letztes Mal auf dem Bahnsteig getroffen, umarmten sich oder schüttelten sich die Hände. Es war eine seltsame Stimmung, eine Stimmung der Wehmut, aber auch der Hoffnung. Franz war vollauf zufrieden. Sein Gespräch in der Reichskanzlei war besser gelaufen, als er gedacht hatte, und dass es Maxim wieder gutging, war auf die ausgezeichnete Behandlung des Arztes zurückzuführen. Und dann Anna! Sie gefiel ihm. Sie war hübsch und auf ihre Weise durchaus gebildet. Die Frau hatte das Herz auf dem richtigen Fleck. Sie besaß Empathie und Grazie, eine seltene Mischung. Er war jedoch in diesen Dingen keiner, der etwas überstürzte. Ihm hatten schon viele Frauen gefallen, an denen er mit der Zeit dann doch das Interesse verloren hatte. Er nahm die letzte Gelegenheit wahr und lud Anna nach Kiel ein. Auch seine Eltern würden sie gern kennenlernen, fügte er hinzu, denn immerhin habe sie Maxim das Leben gerettet. Er überredete sie, das Geld für die Zugfahrt anzunehmen, und verabschiedete sich von ihr mit einem Kuss auf die Wange. Er blieb bewusst unverbindlich und fragte sich, wie Maxim und Brandis reagiert hätten, wäre er direkter gewesen. Seinem Bruder hätte es vielleicht sogar gefallen, er hatte Anna auf eine eher geschwisterliche Art ins Herz geschlossen. Brandis interessierte sich im Moment sowieso nur für sein Schiff und die nächste Fahrt, wohin auch immer. Er wäre wahrscheinlich bis an die Gestade der Hölle gefahren, wenn er nur endlich wieder auf See sein konnte.

Als der Zug verschwunden war, ging Anna in die Stadt zurück. Sie fühlte sich verloren, als hätte man sie auf einer einsamen Insel ausgesetzt. Nachdem Brandis ihr so unverhofft mitgeteilt hatte, dass sie zurückfahren würden, hatte sie befürchtet, der Kontakt würde einfach abreißen. Jetzt sah sie wieder einen Schimmer am Horizont. Maxim hatte ihr von der Villa erzählt, in der seine Familie wohnte, und sie war ein wenig neidisch gewesen. Ein Haus mit vier Bädern und einem Rauchsalon, ein Haus mit parkähnlichem Garten, mit Dienstmädchen und Chauffeur, ein Haus mit Blick auf die Förde und die Schiffe, die vorbeifuhren. Ein Leben im Luxus. Ein Leben, das sie nie haben würde. Ein Leben, auf das sie immerhin einen flüchtigen Blick werfen konnte, wenn sie die Einladung annahm.

Zwei Wochen später lag ein Brief von Franz im Briefkasten. Er wiederholte seinen Wunsch, Anna möge kommen, und wollte wissen, wann es ihr am besten passe. Doch Anna zögerte. Sie hatte jeden Tag auf einen Brief von ihm gewartet, und als er endlich da war, fühlte sie sich unsicher und wusste noch nicht einmal warum. Statt sich an den Tisch zu setzen und endlich zu antworten, schob sie die Antwort ständig auf. Plötzlich fand sie immer mehr Gründe, die Abreise zu verschieben. Sie hatte nichts Passendes zum Anziehen, das schwarze Spitzenkleid wäre in Kiel ganz sicher völlig deplatziert gewesen. Sie hatte keine Ahnung von Schiffen, und auf einer Höheren Schule war sie nie gewesen. Worüber hätte sie mit den Eltern reden können?

Hätte Maxim sie eingeladen, wäre die Sache wesentlich einfacher gewesen, denn Maxim und sie segelten quasi auf derselben Welle. In Berlin kannte sie sich aus, hier fühlte sie sich sicher. In Kiel würde sie sich fühlen wie eine Katze in feindlichem Revier. Außerdem, so redete sie sich ein, hatte sie sich in ihrem alten Leben wieder eingerichtet. Sie ging mit Sabine aus, allerdings viel weniger als vorher. Das schrille Nachtleben hatte irgendwie seinen Reiz verloren. Der Sekt schmeckte schal, die Musik ging ihr oft auf die Nerven, und die Männer langweilten sie.

Einmal hatte sie Magnus, ihren früheren Freund, getroffen, und er hatte sie zum Essen eingeladen. Sein ganzes pomadiges Auftreten stieß sie ab, seine anzüglichen Bemerkungen verdarben ihr den Appetit, und als er Champagner bestellen wollte, war es für sie Zeit, die ganze peinliche Veranstaltung zu beenden. Sie fuhr allein mit der Straßenbahn nach Hause. Auf dem Flur traf sie Maria, ihre Nachbarin, eine pensionierte Lehrerin, und ließ sich überreden, bei ihr noch einen Cognac zu trinken. Maria war eine hochgebildete, nicht unvermögende Frau mit einem wachen, klaren Geist. Ihr Mann, ebenfalls Lehrer, war im Krieg gefallen, und seitdem war sie allein.

Sie saßen in Marias behaglich eingerichtetem Wohnzimmer. Auf dem Tisch lag eine aufgeschlagene Zeitung, in der ein Artikel über das Treffen der Alliierten mit Reichskanzler Luther und Außenminister Stresemann in Locarno stand. Anna überflog die ersten Zeilen.

»Denken Sie, dass die Aufnahme Deutschlands in den Völkerbund endlich Frieden bringt? Einen dauerhaften Frieden? Es ist alles so verwirrend, man weiß gar nicht mehr, was man glauben soll.«

»Ich weiß nur eins, Anna. Seien Sie misstrauisch gegenüber jeder Partei oder Regierung, die jemals wieder einen Krieg befürwortet oder selbst mit involviert ist. Glauben Sie keinen Gründen, die jemals wieder einen Krieg rechtfertigen sollen, so moralisch sie auch klingen mögen. Sie sind es nicht. Sie sind es nie, sie dienen einzig und allein einigen Wenigen, die davon profitieren. Wählen Sie solche Parteien nicht, und schenken Sie solchen Regierungen kein Vertrauen. Das ist die einzig vernünftige Schlussfolgerung, die wir aus der Vergangenheit ziehen können.«

Anna verabschiedete sich und ging nachdenklich in ihre Wohnung zurück. Sie war müde. Sie hätte Franz endlich schreiben müssen und dachte an Weihnachten. Weihnachten in Kiel? Wohl eher nicht. Weihnachten war ein Familienfest, und sie gehörte nicht zur Familie. Vielleicht Silvester. Nein, Silvester war viel zu spät. Jetzt oder nie.

Plötzlich war ihre Müdigkeit wie weggeflogen. Sie holte das Briefpapier aus dem Schrank und setzte sich damit an den Tisch.

3 Kiel, Oktober 1925

Maxim war im Garten spazieren gegangen. Das große Haus, dessen repräsentative Eingangstür von zwei imposanten Löwen flankiert wurde, war erst letzte Woche frisch gestrichen worden. Das Weiß leuchtete durch das dunkle Grün der Tannen wie frisch fallender Schnee. Die Essigbäume standen in flammendem Rot, und die Mammutbäume, ein Geschenk des Botanischen Gartens, überragten mittlerweile das Dach. Als Maxim das letzte Mal hier gewesen war, hatten sie gerade die Fenster des zweiten Stockwerks erreicht.

Es war diesig und kalt, von der Förde drang der dumpfe Ton eines Nebelhorns herüber. Maxim ging über den peinlich geharkten Kiesweg zur Haustür und schloss auf. Die Tür zum Esszimmer stand offen, und er sah, wie sie alle schon beim Abendessen saßen. Er zögerte einen Augenblick. Dann hängte er seinen Mantel an die Garderobe, trat ein, setzte sich auf den einzig freien Stuhl und sah sich von allen Seiten angestarrt. Von seiner Mutter Franziska mit ihren immer erwartungsvollen Blicken, die er kaum ertragen konnte, weil er diese Erwartungen nie erfüllt hatte, von seinem Vater Robert, der aber nur einen kurzen Blick riskierte und sich dann wieder seiner Suppe widmete, und von Lilly, seiner Schwester, die ein Grinsen nicht unterdrücken konnte.

Sein Vater war alt geworden, graues, schütteres Haar, magere Gesichtszüge, die Lippen nur ein schmaler Strich, während seine Mutter mit neuer, kurzer Frisur immer blonder und jünger zu werden schien. Lilly hatte sich kaum verändert. Auch sie trug mittlerweile die Haare kurz, wie es Mode war, und die üppigen Sommersprossen ließen sich trotz einer dicken Schicht von Make-up nicht verbergen.

»Wo bist du gewesen, Maximilian?«, fragte seine Mutter, während das Mädchen hinter ihn trat und ihm die Suppe auf den Teller füllte.

»Im Garten. Ich dachte, etwas frische Luft tut mir gut«, murmelte er und fing an, die heiße Suppe zu löffeln.

»Ich habe gestern mit einem Spezialisten gesprochen«, bemerkte sein Vater. »Er wird dich untersuchen. Wenn deine angeschlagene Gesundheit tatsächlich die Spätfolge dieser Schussverletzung ist, dann steckt mehr dahinter als nur eine Kreislaufschwäche. Warst du heute Morgen im Kontor?«

Maxim nickte. Ja, er hatte einen Fuß ins Kontor gesetzt und war dann zur Frachtenbörse gefahren. Er hatte alle Aufgaben erledigt, und er würde alles tun, was sie von ihm verlangten. Er hatte gar keine andere Wahl. Er legte den Löffel beiseite und hob den Blick.

An der gegenüberliegenden Wand hing das Ölporträt seines Großvaters, der die Reederei gegründet hatte, daneben ein Gobelin aus dem 15. Jahrhundert mit Dame und Einhorn. Vergoldete Kandelaber standen links und rechts des üppigen Kamins, in dem ein Holzfeuer prasselte, und die im Erker hübsch arrangierten Louis-quinze-Sessel boten angenehme Entspannung. Hier hatte sich nichts verändert, seit er in den Krieg gezogen war. Eine tote Kulisse, die nur schwerlich mit Leben erfüllt werden konnte. Ach ja, das Radio war neu, aber er hatte nie bemerkt, dass es jemals eingeschaltet worden wäre.

Er hörte, wie die Haustür ins Schloss fiel, und drehte den Kopf herum. Es war Franz, der gekommen war. Er schien gutgelaunt und setzte sich schwungvoll auf seinen Stuhl. Er sei bei der Bank gewesen, erklärte er, während ihm der Teller gefüllt wurde.

»Und?«, fragte sein Vater.

»Wir werden den Kredit bekommen. Dann kaufen wir die *Kristina Sund*. Sie ist das beste und schnellste Schiff, das wir je hatten. Sie hat einen Stahlrumpf, Stahlwanten, sogar stählerne Festmacherleinen, sie ist schneller als jeder Teeklipper.«

»Ein Schönwassersegler«, bemerkte sein Vater knurrig.

»Unsinn. Die *Kristina Sund* wird wieder nach Chile fahren. Wie früher.«

Das Mädchen räumte die Suppenteller ab und servierte den nächsten Gang.

»Und wer wird das Kommando übernehmen?«

»Wer schon? Kapitän Brandis. Er ist der beste Kapitän, den wir haben.«

»Der Mann hat uns ein Vermögen gekostet. Ein Wunder, dass sie ihm nicht das Patent abgenommen haben. Ich bin mir noch nicht mal sicher, ob das nicht alles ein abgekartetes Spiel war.«

»Was willst du damit sagen?«

»Während die meisten im Krieg ihre Knochen hingehalten haben, um für das Vaterland zu kämpfen, hat er die *Margarita* auf Grund laufen lassen und sich in irgendeinem gottverdammten chinesischen Dorf die Zeit vertrieben. Bis der Krieg vorbei war.«

»Das ist eine böse Unterstellung. Er hat die *Margarita* doch nicht absichtlich absaufen lassen.«

»Er hat selbst zugegeben, dass er viel zu viel Zeug gesetzt hatte und zu dicht unter Land gesegelt ist.«

Sie aßen schweigend. Es gab Gänsebraten mit Rotkohl, und jeder hing eine Weile seinen Gedanken nach. Die *Margarita* war verloren. Sie war noch nicht einmal zu bergen gewesen, weil sie völlig auseinandergebrochen und dann gesunken war. Aber selbst wenn sie geisterschiffgleich irgendwo angeschlagen auf See getrieben wäre – das Bergegeld hätten sie sowieso nicht aufbringen können.

Nach dem Dessert zogen sich Robert und Franz in den Rauchsalon zurück, während Lilly und Maxim allein blieben.

»Warum macht eigentlich niemand das Radio an?«, fragte Maxim. Lilly sprang auf und schaltete es ein. Sie suchte einen Sender und blieb bei einer flotten Swingmusik hängen. Lilly war der einzige Lichtblick in seinem momentanen Leben. Unbekümmert, mädchenhaft, mit einem unwiderstehlichen, mitreißenden Lachen. Sie verbreitete einfach gute Laune und half ihm, in diesem Haus und dieser Stadt wieder Fuß zu fassen.

»Erzähl mir von Berlin«, sagte sie mit einem Lächeln und setzte sich zu ihm.

Es war reiner Zufall, dass sie sich trafen, obwohl sie sich früher oder später ganz sicher über den Weg gelaufen wären. Maxim hatte sich von Tenner, dem Chauffeur, zum Hafen hinunterfahren lassen und wollte sich das Schiff ansehen, das Franz unbedingt kaufen wollte, die *Kristina Sund*. Sie lag am Kai und strahlte ihn schon von Weitem an. Schneeweiß und fast neu. Sie war erst vor vier Jahren vom Stapel gelaufen, stammte aus einer norwegischen Werft und wäre für jeden Seemann ein Traum gewesen. Für Maxim war sie nur etwas zum Anschauen. Allein schon der Gedanke daran, auf diesem Riesenschiff übers Meer zu segeln, verursachte ihm Übelkeit.

Um ihn herum herrschte der übliche lautstarke Betrieb des Hafens. Packer, Karrenschieber und Fuhrleute wuselten durcheinander. Ein Schoner wollte ablegen, und die Stauer schleppten verpackte Ballen an Bord, während der Kran eine riesige Kiste über ihren Köpfen lavierte. Es war die *Herdonia* von der Konkurrenz, die noch an ihren Festmacherleinen lag und nach Bergen auslaufen würde. Eine Handvoll Seeleute stand am Kai und verabschiedete sich von Frauen oder Freundinnen, während ein einsamer Maat lautstark nach seiner Steuerbordwache suchte, die ihm abhandengekommen war und vielleicht noch in einer der Hafenspelunken saß. Vor der Heuerbörse stand eine lange Schlange von Männern, die anheuern wollten. Wer heute nichts bekam, würde morgen wiederkommen müssen. Wie Maxim so dastand und die alten vertrauten Bilder seiner Kindheit und Jugend auf sich wirken ließ, legte sich plötzlich eine Hand auf seine Schulter. Er drehte sich um und sah in das lachende Gesicht seines alten Freundes Hannes. Es war der »rote Hannes«, wie er genannt wurde, weil er rothaarig wie ein Ire war und sich mittlerweile auch noch einen roten Bart zugelegt hatte.

»Mensch, Maxim, was machst du denn hier?«

Sie kannten sich seit der Schulzeit. Alte Freunde, die der Krieg auseinandergerissen hatte. Beste Freunde. Hannes erzählte von der Westfront. Eine Kugel hatte seinen linken Arm durchschlagen, seitdem konnte er ihn kaum noch bewegen. Der Arm war fast steif. Jetzt arbeitete er in einem Büro der Germania Werft und sortierte die Ablage. Das ging auch mit nur einem Arm.

»Und du?«, fragte Hannes. »Du warst die ganze Zeit in Berlin?«

»Ja, aber ich kann mich nicht ewig vor der Verantwortung drücken. Mein Vater lag mir seit Jahren in den Ohren, ich soll endlich zurückkommen.«

»Und wie läuft es?«

»Ich muss mich erst mal einarbeiten. Ich soll die neuen Frachten zusammenstellen, es gibt nur keine.«

»Eure Schiffe fahren nicht?«

»Sie fahren schon, aber ich muss Aufträge einholen, sonst werden wir auf Dauer keinen Gewinn machen. Mein Vater will wieder nach Chile fahren. Das Südamerikageschäft ist seit dem Krieg total eingebrochen. Und dann hat Brandis auch noch die *Margarita*, unser bestes Schiff, auf Grund laufen lassen.«

»Ich weiß. Das hat hier damals reichlich Ärger gegeben. Die Leute haben gedacht, die ganze Mannschaft ist ertrunken.«

»Sag mal, hast du heute Abend schon etwas vor?«

Hannes zögerte. »Ich habe angefangen, mich mit den politischen Verhältnissen auseinanderzusetzen«, erklärte er dann. »Ich finde, es kann so nicht weitergehen. Es muss etwas passieren, findest du nicht?«

»Was meinst du genau?«

»Ich treffe mich mit ein paar Freunden im Bootshaus am Hindenburgdamm«, war die etwas ausweichende Antwort. »Wenn du Interesse an politischer Arbeit hast, kannst du gerne kommen.«

Ohne zu ahnen, wen er dort treffen würde, war Maxim am Abend zum Bootshaus gegangen. Es lag zwischen Hindenburgdamm und dem Düsternbrooker Gehölz. Das ehemalige Vereinsheim eines Segelklubs gehörte jetzt dem Onkel von Hannes und wurde gern für kleinere Gesellschaften gemietet.

Als Maxim dort ankam, war der Gastraum bereits voller Menschen. Bis auf wenige Ausnahmen saßen nur Männer an den Tischen, alle unterschiedlichen Alters. Direkt an der Tür saß Hannes; Maxim setzte sich zu ihm. Er suchte nach bekannten Gesichtern und fand tatsächlich einige ehemalige Schulkameraden. Es gab Lütt und Lütt, wie es hier hieß, das war der übliche Schnaps, und Maxim begann den Abend damit, sich reichlich Lütt zu genehmigen.

Sein Blick fiel auf ein Buch, das vor Hannes auf dem Tisch lag. Der Autor war bekannt, ein Mann, dessen Partei noch vor nicht allzu langer Zeit verboten gewesen war.

»Hast du das Buch gelesen?«, fragte Maxim.

»Ja. Und du solltest es auch lesen. Man weiß nie, wozu es gut ist.«

»Ich habe es gelesen«, mischte sich ein Dritter ein. »Aber wir wissen alle, dass das, was da drinsteht, nicht auf Hitlers eigenem Mist gewachsen ist. Der Mann kann zwar reden, aber besonders helle ist er nicht.«

»Stimmt.« Hannes nickte. »Das meiste hat er von irgendwelchen amerikanischen Autoren abgekupfert. Die Eugenik, die Rassengesetze, alles abgeschrieben von Henry Ford und wie sie alle heißen. Und wenn wir uns wundern, warum Hitler geradezu im Geld schwimmt, dann ist die Antwort so einfach wie genial.«

»Ach ja?«, fragte Maxim.

»Ford sieht in ihm denjenigen, der seine Theorien in die Praxis umsetzen könnte, und finanziert ihn. Ford hat es auch in Russland versucht, ist allerdings gescheitert. Aber jetzt pumpt er über zaristische Emigranten Geld in Hitlers Kassen. Der fährt die teuersten Autos, trägt die besten Klamotten, und hinter seinem Schreibtisch soll angeblich

Fords Konterfei hängen. Das Verbot der NSDAP ist aufgehoben, und er wird früher oder später durchstarten – da hängen wir uns dran, so viel ist mal sicher. Da liegt unsere Zukunft, Kameraden. Wir wollen nicht die Krümel, die vom Tisch fallen, wir wollen die gefüllten Platten, und an die kommen wir nur, wenn wir genau wissen, wo das Geld gebunkert wird. Also lest euch ruhig diesen Quark durch, glaubt ihn oder auch nicht – es ist nicht wichtig. Wichtig ist nur, Hitler immer im Auge zu behalten und auf den Zug zu springen, wenn er anfängt zu rollen.«

Maxim war klar, dass er in eine Versammlung deutschnationaler Patrioten geraten war. Ein abenteuerliches Gemisch lauter Unzufriedener mit unterschiedlichen Motiven. Darunter waren ehemalige Frontsoldaten, Männer, die an das Gerede vom »Gewaltfrieden« glaubten, oder solche, die die alte Ordnung wiederherstellen wollten mit dem Kaiser an der Spitze. Allen gemein war der Hass auf die Regierung, die sie lieber heute als morgen aus dem Reichstag jagen wollten.

»Was glaubst du?«, fragte Hannes. »Könntest du dir vorstellen, bei uns mitzumachen? Es wäre ganz im Sinne eurer Reederei, die vor die Hunde gehen wird, wenn es weiter so läuft. Ein Wunder, dass man eure Schiffe noch nicht konfisziert hat.«

»Wir haben Glück«, versetzte Maxim etwas trotzig.« Wir werden sogar ein neues Schiff kaufen. Die *Kristina Sund*. Sie liegt unten am Kai.«

»Das geht alles auf Pump«, knurrte Hannes. »Wenn ihr den Kredit für die *Kristina Sund* nicht zurückzahlen könnt, seid ihr bald pleite, so wie alle anderen. Sei nicht naiv, Maxim, du glaubst doch nicht im Ernst, dass ihr eine Chance habt?«

»Wie hätten wir denn deiner Meinung nach eine Chance?«

»Die Regierung muss endlich dieses Schanddiktat von Versailles aufkündigen und die Zahlungen an die Alliierten einstellen, aber mit dieser Regierung, die das Volk an die Feinde verraten hat, ist das nicht zu machen. Wir brauchen eine neue Regierung. Und darauf werden wir jetzt trinken.«

4 November 1925

Es herrschte dichter Nebel. In Berlin war Anna noch bei strahlendem Sonnenschein losgefahren, doch je näher der Zug der Küste gekommen war, desto nebliger war es geworden.

Sie stand in Kiel am Bahnsteig mit dem Koffer in der Hand. Winzige Wassertröpfchen benetzten ihre frisch frisierten Haare. Sie hatte den neuen, teuren Hut abgenommen und spähte durch das Nebelgespinst.

Wo blieb Tenner? Sie hatte gestern Abend mit Franz telefoniert, der ihr eine ziemlich genaue Beschreibung des Chauffeurs gegeben hatte. Groß, schlank, schwarzhaarig mit schwarzer Jacke, schwarzer Hose und schwarzer Mütze.

»Fräulein Herzog?«

Sie fuhr herum. Sie hatte ihn nicht gesehen und nicht kommen hören. Es war unverkennbar der Chauffeur, der sofort ihren Koffer nahm.

»Es tut mir leid, aber ich musste sehr vorsichtig fahren.«

Sie folgte dem Chauffeur. Gegenüber dem Bahnhofsgebäude stand ein schwarzer Wagen an der Straße. Tenner ließ sie hinten einsteigen. Sie sammelte erste Eindrücke der Stadt, die im Nebel verschwamm, das Schloss, daran anschließend eine Gartenanlage. Dann bog der Wagen in einen Weg ein, der stadtauswärts verlief. Zu beiden Seiten erhoben sich sanfte Hügel, die von hohen Bäumen gesäumt wurden. Hin und wieder tauchte ein Haus zwischen den Bäumen auf, verziert mit Türmchen und Erkern, die verwunschen und verzaubert im Nebel untergingen. Neben der Straße zog sich ein schmiedeeiserner Zaun entlang, und der Wagen passierte ein großes geöffnetes Tor. Mannshohe Rhododendren säumten den Weg, an dessen Ende das Haus stand. Tenner hielt den Wagen an. Sie stieg aus und sah sich um. Das weiß getünchte Haus wurde durch einen verspielten, mittig liegenden runden Turm bestimmt, links und rechts davon befanden sich geschwungene Erker mit großen Fenstern. Vor der Tür thronten zwei steinerne Löwen auf Podesten aus Marmor. Wie eine Muschel umgab der Park das Haus, schmiegte sich mit Bäumen und Sträuchern bis an die Mauern. Hier und da tauchte eine Skulptur zwischen den Sträuchern auf, eine Leier spielende Putte, ein griechischer oder römischer Gott, ein Faun, der durch den milchigen Dunst schimmerte. Ein Haus und ein Garten wie im Märchen.

»Kommen Sie, Fräulein Herzog«, riss Tenners Stimme sie aus ihrer verträumten Betrachtung, und er nahm ihren Koffer.

Es gab Kaffee und Kuchen. Ein erstes Abtasten und viele nette Worte. Anna war zurückhaltend und so gut wie pleite. Sie hatte sich mit ihrer neuen Garderobe in Unkosten gestürzt, um einen guten Eindruck zu machen. Schließlich hatte ihr Pohlmann einen Vorschuss geben müssen, damit sie in Kiel nicht ganz auf dem Trockenen saß. Das brombeerfarbene Kostüm tat seine Wirkung, und sie merkte, dass sie damit genau ins Schwarze getroffen hatte. Nicht zu auffällig, aber von guter Qualität. Sie hatte sich die Haare tönen lassen, mehr rot als braun, was gut anzukommen schien.

Maxim war wie immer unkompliziert und locker, Franz ein wenig steif, und Lilly hatte sie sofort ins Herz geschlossen. Der Vater wirkte etwas hölzern, was sie aber nicht auf sich selbst zurückführte; er schien immer so zu sein, distanziert, kontrolliert, sachlich. Franziska, die Mutter, glich eher der Tochter, und das Hausmädchen servierte dezent, ohne aufzufallen.

Nach dem Kaffee führte Lilly sie durch das Haus. Knarrende Schiffsbohlen dienten als Fußbodenbelag, an den holzvertäfelten Wänden hingen Ölbilder und Kohlezeichnungen von Schiffen. Kassetten bildeten die Decken, und überall herrschte der Duft von altem Holz. Das

Haus war groß und verwinkelt und strahlte den Charme vergangener Jahrhunderte aus. Im Erdgeschoss lagen Ess- und Wohnzimmer, ein Rauchsalon, eine Bibliothek, ein Billardzimmer. In die anderen Stockwerke gelangte man nur über den Turm, in den eine hölzerne Wendeltreppe eingepasst war. Oben lagen die Schlafräume mit den vier Bädern, und noch weiter oben gab es kleine, enge Flure, die zu verstaubten Zimmern führten, in denen niemand zu wohnen schien. Unten im Keller lag eine riesige Küche wie im letzten Jahrhundert, in der eine pralle Köchin vor sich hin werkelte.

Annas eigenes Zimmer lag im zweiten Stock. Direkt vom Zimmer ging es in ein luxuriöses Bad, das so groß wie ihre Küche in Berlin war. Marmorne Badewanne, marmornes Waschbecken, eine Deckenlampe aus Alabaster und ein Mosaikfußboden wie in einer römischen Villa. Sie stand nur da und staunte, bevor sie wieder in das Zimmer zurückging und ihren Koffer auspackte.

Vor dem Fenster stand ein riesiger Mammutbaum, dessen Äste im Nebel wie gespenstische Finger wirkten. Anna öffnete das Fenster. Die Luft war schwer und roch nach Salz; das musste vom Meer herkommen, aber sehen konnte sie es nicht.

Jemand klopfte an die Tür. Es war Franz, der zögernd eintrat. Er war noch schlanker geworden, das braune Haar saß noch korrekter gescheitelt, und sein Anzug war ganz sicher nicht von der Stange.

»Alles zu deiner Zufriedenheit?«, fragte er.

»Das Haus ist wunderschön. Wie aus einem Märchen.«

»Es ist nur alt«, versetzte er grinsend und trat ans Fenster. »Wenn der Nebel weg ist, kannst du die Förde sehen. Wenn du willst, können wir bei schönerem Wetter einen Ausflug mit der *Frieda* machen. Oder wirst du seekrank?«

»Ich weiß nicht. Auf den Kähnen über die Spree jedenfalls nicht.«

Er lachte. »Das ist doch schon mal ein Anfang.«

»Wie geht es Maxim, Franz? Hat er immer noch diesen Schwindel?«

»Hin und wieder, doch das geht vorbei. Maxim hat den besten Arzt, den wir finden konnten. Es ist schön, dass du gekommen bist, Anna.«

Er setzte sich auf einen Stuhl und sah sie offen an. »Ich werde nicht immer Zeit haben. Ich hoffe, du nimmst mir das nicht übel, aber wir sind gerade in Verhandlungen mit dem Eigner des Schiffes, das ich kaufen will.«

»Bestimmt nicht. Maxim und Lilly sind ja auch noch da.«

»Du möchtest dich bestimmt etwas ausruhen. Wenn du einen Wunsch hast, drück einfach auf den Knopf.«

Er ließ sie alleine. Sie starrte auf den kleinen metallenen Knauf, der an der Wand befestigt war. Hier wurde jeder Wunsch erfüllt, man musste nur auf den Knopf drücken. Anna ließ sich auf das Bett fallen und schloss die Augen. Im Moment hatte sie keinen Wunsch. Im Moment war sie wunschlos glücklich.

Es vergingen zwei Tage. Zwei Tage, in denen es ununterbrochen regnete. Die Frauen spielten Patience im Haus oder liefen unter großen Schirmen durch die Stadt. Lilly und ihre Mutter wollten, dass Anna Kiel kennenlernte, und verwöhnten sie mit Kuchen und Gebäck aus den hiesigen Cafés. Keiner aus der Familie hatte jemals ein Wort über den eigentlichen Grund von Annas Besuch verloren, den Anschlag auf Maxim. Es war, als hätte es ihn nie gegeben. Vielleicht ist das bei reichen Leuten so, dachte Anna. Man ist immer diskret und spricht nicht über Dinge, die es eigentlich nicht geben dürfte.

Wenn sie am späten Nachmittag wieder zurück waren, taten ihr die Füße weh. Kiel war nicht Berlin, aber in Berlin hatte sie ständig verzichten müssen, weil einfach das Geld nicht reichte. Hier wurde ihr quasi jeder Wunsch von den Augen abgelesen. Sah sie einen netten Hut im Schaufenster, wurde er sofort gekauft. Sie lebte wie im Schlaraffenland. Abends spielte Lilly Klavier, und alles war perfekt.

In der vierten Nacht wurde Anna von einem klopfenden Geräusch geweckt. Sie richtete sich auf und lauschte. Über ihrem Kopf hörte sie immer wieder dieses seltsame Klopfen. Dann vernahm sie leise Schritte vor der Tür. Die Dielen knarrten, jemand ging über den Flur. Sie wollte sich schon wieder hinlegen, als es von oben wieder anfing zu klopfen. Sie stand auf, schlüpfte in ihre Hausschuhe, zog sich den Bademantel an und öffnete vorsichtig die Tür. Der Flur war stockdunkel. Ihre Hand tastete nach einem Schalter, und eine trübe Funzel leuchtete auf. Eine antike Kutscherlampe, die gegenüber an der Wand hing. Sie machte ein paar Schritte. Links lagen zwei Schlafzimmer und zwei Bäder. Auf der anderen Seite zwei weitere Schlafzimmer und wieder zwei Bäder. Sie ging an den Türen entlang. Das Klopfen kam eindeutig von oben. Es hörte sich an, als ob jemand mit einem Hammer sachte auf den Boden schlug. Nach oben wollte sie nicht. Da lagen die unbewohnten Zimmer und verwinkelten Flure. Sie würde sich verlaufen. In der Mitte befand sich der Turm, und sie warf einen Blick nach unten ins Treppenhaus. Alles dunkel. Sie warf einen Blick nach oben. Ebenfalls nur Dunkelheit. Sie hörte irgendwo Wasser rauschen, und dann war das Klopfen plötzlich verschwunden. Sie kehrte in ihr Zimmer zurück und öffnete das Fenster. Sie beugte sich hinaus, als ein unheimliches Knurren von unten zu hören war. Wo kam dieses Knurren her? Sie sah nach unten in den Garten. Eine Lampe brannte über der Haustür und tauchte den Garten in ein diffus verstreutes Licht. Direkt unter ihrem Fenster bewegte sich etwas. Es war groß, so groß wie ein Kalb und hatte seinen Kopf knurrend im Gebüsch verborgen. Dann zog es den Kopf zurück, und Anna erkannte, dass es ein Hund war. Ein Riesenhund, dessen klobiger Schatten sich gespenstisch an die Hauswand warf.

»Großer Gott«, murmelte Anna und warf das Fenster zu.

Der nächste Tag war immerhin trocken, wenn auch kalt. Beim Frühstück mit Lilly und Maxim fragte Anna nach dem Hund.

»Das ist Gustav, unser Wachhund. Tagsüber ist er bei Tenner im

Gartenhaus eingeschlossen, aber nachts lässt er ihn frei. Er soll das Grundstück bewachen. Vielleicht hat er geknurrt, weil sich ein Hase im Gebüsch versteckt hat. Geh besser niemals bei Dunkelheit allein aus dem Haus, Anna, nimm immer jemanden von uns mit, dann ist der Hund lammfromm.«

»Wir hätten ihr das sagen müssen«, versetzte Lilly etwas vorwurfsvoll.

»Ja, du hast recht. »

Von dem seltsamen Klopfen erzählte Anna nichts. Sie war müde, sie hatte zu wenig geschlafen. Franz war zur Bank gefahren; keiner wusste, wann er wieder zurück sein würde, aber Maxim hatte sich freigenommen.

»Fahren wir einfach zum Hafen runter«, schlug er vor, »Dann kann Anna sich die Schiffe ansehen.«

Tenner chauffierte sie zum Hafen. Der Mann sprach nicht viel. Wenn überhaupt, dann nur das Nötigste. Sie sah seine dunklen Augen im Spiegel und ein Gesicht, in dem man nichts lesen konnte. Keine Gemütsregung. Ein Gesicht wie eine Maske.

»Ein seltsamer Mann«, sagte sie leise zu Lilly.

»Unser Mädchen für alles. Chauffeur, Gärtner, Hausmeister. Früher ist er mit Kapitän Brandis als Bootsmann gefahren. Dann ist er vom Großmast gefallen und hat seitdem Anfälle von heftigen Kopfschmerzen. Franz hat ihn angestellt, weil er nicht mehr zur See fahren konnte.«

Tenner fuhr sie mit undurchdringlicher Miene zum Hafen hinunter. Es war kalt und windig. Am Kai lagen die Schiffe, eins nach dem anderen, Segel und Dampfer. Der Wind zerrte an den Rahen, an denen die gerafften Segel hingen, und von der gegenüberliegenden Seite der Förde drang lautes Gehämmer aus der Werft herüber. Mitten zwischen den schaukelnden Kähnen lag die *Luna*, die eben aus Göteborg zurückgekommen war. Ein Dreimastschoner, ein alter, segelbestückter Kahn der Reederei Rose. Über die Gangway verließ die Mannschaft gerade das Schiff, ein Dutzend Seeleute, die sich in dicke Wolljacken gehüllt hatten.

»Das Eis kommt spät dieses Jahr«, rief einer und steuerte direkt auf eine der Hafenspelunken zu.

Anna fröstelte. Der Wind trieb ihr die Tränen in die Augen, und die Vorstellung, sie hätte bei diesem Wetter aufs offene Meer hinausfahren sollen, fand sie eher gruselig als angenehm.

Lilly legte ihr den Arm um die Schultern.

»Dir ist kalt. Komm, wir gehen ins Büro.«

An der Häuserseite lag ein Büro der Reederei. Im Innern war es wohlig warm, und der Blick aus dem Fenster auf die Schiffe gefiel ihr besser. Hier hätte sie stundenlang sitzen können, um sich das Hafenleben anzuschauen. Es gab Kaffee, und Maxim erklärte ihr alles, was sie wissen wollte. Er kannte fast alle Schiffe mit Namen, wusste, wohin sie fuhren und mit welcher Fracht. Ganz hinten lag ein Dampfer, aus dessen Schornstein fast schwarze Wolken stoben, das war die *Seaflower* aus Southampton.

»Da ist Käpt'n Brandis«, rief Lilly plötzlich verzückt. Sie sprang auf und lief nach draußen. Anna warf Maxim einen verblüfften Blick zu.

»Ich glaube, sie ist heimlich in ihn verliebt«, meinte er grinsend.

»Er könnte ihr Vater sein.«

»Ja, aber das scheint sie nicht zu stören. Sie steht eben auf ältere Männer. Und er gehört zu denen, die immer attraktiver werden, je älter sie sind. Findest du nicht?«

Anna hüllte sich in Schweigen. Sie hatte Brandis gar nicht erkannt, der eine dicke Lederjacke mit Fellbesatz trug. Lilly hängte sich bei ihm ein, und sie steuerten auf das Bürogebäude zu. Die Tür ging auf, und sofort wehte ein Schwall Kälte in den Raum. Brandis sah sich um. Sein Blick fiel auf Anna.

»Gefällt es Ihnen bei uns, Fräulein Anna?«, fragte er mit einem kleinen Lächeln, doch bevor sie antworten konnte, hatte Lilly ihn an den Tisch gezogen. »Ein Grog, Käpt'n?«

Er stürzte das kleine Glas in einem Zug hinunter.

»Das Eis kommt spät dieses Jahr?«, fragte Maxim, und Brandis nickte. »Trotzdem meine letzte Fahrt nach Schweden. Jetzt will ich nur noch in die Südsee. Oder nach Chile. Und zwar mit der *Kristina Sund.*«

Sein Büro war karg und kalt. Alles hier war um etliche Nummern kleiner als in Berlin. Seine Sekretärin musste er sich mit drei Kollegen teilen, und der Mann, der ihm zuarbeiten sollte, war ein kleiner, drahtiger Kerl mit dem komischen Namen Flickwort.

Seit Kommissar Sand in Kiel war, hatte es nur geregnet. Zwei Tage nur Regen, so dass er die Stadt immer noch nicht kannte. Er hatte nur in seinem Büro gehockt. Flickwort saß hinter dem Schreibtisch und starrte aus dem Fenster. Er war mürrisch, weil er immer noch keine klare Antwort auf seine Frage, an welchem Fall sie denn eigentlich arbeiten würden, erhalten hatte. Seit Sand nach Kiel versetzt worden war, hatte er sein gemütliches Domizil beim Raubdezernat verlassen müssen und war nun bei Mord und Totschlag gelandet.

Sand schob Flickwort wortlos eine Akte über den Tisch, doch bevor der überhaupt einen Blick hineinwerfen konnte, fragte der Kommissar, ob er die Reederei Rose kenne.

»Natürlich.«

»Auch Maximilian Rose?«

»Das ist einer der beiden Söhne.«

»Er wurde im Oktober in Berlin angeschossen. Er überlebte und kehrte dann nach Kiel zurück.«

»Ah, ja. Und was hat das mit unserer Aufgabe zu tun?«

»Das weiß ich nicht. Vielleicht gar nichts. Es könnte alles Zufall sein.«

»Sie sprechen in Rätseln, Herr Kollege.«

Sand nickte und stand auf. Er stellte sich ans Fenster, und nun sahen sie beide auf die verregnete Straße hinaus.

»Wissen Sie, was das ist: ein Zufall?«

»Ist das eine philosophische oder eine kriminalistische Frage?«

»Ich sehe da keinen Unterschied. Ein kluger Kopf nannte den Zufall einmal die fade Apotheose der Belanglosigkeit, was immer er damit gemeint hat. Machen wir ein Gedankenspiel, Herr Kollege. Stellen Sie sich einen Weg durch eine Wiese vor. Die Sonne scheint, im Gras wachsen Mohn und Kornblumen, es ist ein wunderschöner Tag, um hier spazieren zu gehen. Sie laufen also arglos durch die Wiese und ahnen nichts Böses. Plötzlich macht der Weg eine Biegung, und was sehen Sie hinter der Biegung? Auf dem Weg liegt ein Toter mit einem Messer im Rücken.«

Flickwort schluckte. Was sollte das jetzt?

»Würden Sie das einen Zufall nennen, dass der Tote gerade hier liegt?«

Flickwort zuckte mit den Schultern. »Kann schon sein. Zufällig traf hier ein Opfer auf einen Täter. Sie hätten sich genauso gut woanders und zu einer anderen Zeit treffen können.«

»Gut. Sie gehen weiter. Die Bienen summen, über Ihrem Kopf flattern die Lerchen, ein kleiner Hase hüpft über die Wiese. Und nun kommt eine zweite Biegung, und wieder liegt ein Toter mit einem Messer im Rücken vor Ihnen. Was sagen Sie nun?«

»Sie haben eine blühende Phantasie, Herr Kollege.«

»Ist das Zufall?«

»Nein. Ich würde es nun eher einen Weg des Todes nennen. Mir scheint, dass jeder, der ihn benutzt, mit einem Messer im Rücken auf diesem Weg sein Leben aushaucht. Nein, das ist kein Zufall. Hier lauert irgendwo im Gebüsch ein Mörder, der ganz gezielt auf Opfer wartet.«

Sand nickte. »Das denke ich auch.«

»Und was hat das mit Rose zu tun? Suchen Sie den Täter, der ihn angeschossen hat, jetzt in Kiel statt in Berlin?«

Sand kehrte auf seinen Stuhl zurück. »Nein. Mir fiel dieser ungeklärte Fall nur wieder ein.«

»Hatten Sie jemals einen Verdacht, was Rose betrifft?«

»Nein, nie. Und das bringt mich wieder zu dem Zufall zurück. Der Täter könnte einen ganz anderen gemeint haben. Auf der anderen Seite …«

»Sie brauchen Beweise«, bemerkte Flickwort etwas lustlos.

»Richtig, nur war ich damit leider nicht gesegnet. Beschäftigen wir uns mit unserem aktuellen Fall. Eine Schlägerei im Hafenviertel mit einem Toten.«

»Ja, tun wir das, Chef«, versetzte Flickwort gereizt und stand auf. »Zeit fürs Mittagessen.«

Rose senior hatte Geburtstag. Er wurde neunundsiebzig Jahre alt, ein Alter, in dem er nur noch im Hintergrund wirkte und das Geschäft längst an Franz übergeben hatte. Am Abend würde es ein großes Fest geben, und bereits am Morgen waren etliche Leute im Haus. Die einen brachten Blumengebinde, andere schleppten Kisten voller Flaschen ins Haus, wieder andere verschwanden in der Küche, um der Köchin die nötigen Lebensmittel zu bringen, die seit der Morgendämmerung damit beschäftigt war, das Buffet zuzubereiten.

Anna half mit Lilly und dem Hausmädchen, den großen Tisch im Salon zu decken. Weiße Tischdecken aus Damast, dunkelblaues mit silbernen Blumen bemaltes Geschirr aus China, dazu silbernes Besteck. Allein die Gedecke mussten ein Vermögen gekostet haben, dazu kamen die aufwendigen Gestecke aus weißen und gelben Rosen, die die Fensterbänke schmückten. Das Hausmädchen nahm diesen Luxus mit stoischer Miene zur Kenntnis, auch Lilly kannte es nicht anders, aber Anna fragte sich, wie oft sie nur von dem, was auf dem Tisch stand, ihre Berliner Wohnung hätte bezahlen können. Ein halbes Jahr? Ein Jahr? Wie lange hätte sie dafür bei Pohlmann arbeiten müssen? Ein ganzes Jahr Arbeit stand auf diesem Tisch, es war unglaublich. Jeder Teller mindestens ein Monat Schufterei. Sie machte sich Gedanken über das, was sie anziehen sollte. Sie besaß nichts, das angemessen gewesen wäre. Sie war ein Gast des Hauses, sie konnte nicht in ärmlichen Klamotten auf dem Fest auftauchen. Das brombeerfarbene Kostüm war angemessen für eine Kaffeetafel, aber nicht für diese Festivität, zu der die vermögenden Mitglieder der Kieler Gesellschaft eingeladen waren. Anna würde gar nicht hingehen. Sie würde einfach auf dem Zimmer bleiben, das war die einzige Möglichkeit.

Sie sah durch das Fenster in den Garten hinaus. Ihr Blick ging an den riesigen Mammutbäumen vorbei bis zu einem kleinen Teich. Jetzt, wo das Wetter noch offen war, sprudelte eine Fontäne aus dem geöffneten Maul eines Fisches und plätscherte sanft ins Wasser zurück. Neben dem Teich stand eine steinerne Bank, von wildem Rosengestrüpp umrankt.

Anna blieb stehen, während die Hektik hinter ihr immer geräuschvoller wurde. Der Luxus dieses Hauses bedrückte sie und erinnerte sie an früher. An böse Zeiten. Kriegszeiten. Ihren Vater hatte man an die Ostfront geschickt, und er war mit einer Kugel im Knie zurückgekommen. Einer Kugel, die auch Jahre später kein Chirurg aus dem Knie herausoperieren wollte, weil es zu gefährlich war. Vier Jahre Krieg, vier Jahre Hunger, vier Jahre Angst und vier Jahre Fragen nach dem Sinn einer Situation, die sie nicht verschuldet hatten. Ihre Mutter war mit der Zeit immer schweigsamer und apathischer geworden, sie selbst hatte für den Haushalt und ihre beiden kleinen Schwestern sorgen müssen. Und die Fragen wurden immer drängender, wenn Nachbarn Neuigkeiten übermittelten. Überfall auf Belgien. Was hatte Belgien verbrochen, um überfallen zu werden? Bombardement auf Frankreich, blutige Schlachten, Orte, die dem Erdboden gleichgemacht wurden. Was war im Osten los? Sie hatten keine Ahnung. Sie erfuhren nichts, außer dass im Dorf die schaurige Geschichte umgegangen war, der Russe wäre das Abbild des Bösen, er würde kleine Kinder fressen. Damals hatte Anna es geglaubt, heute wusste sie, dass diese Lüge nur eine der vielen Lügen gewesen war, um die Leute zu verwirren. Der glückselige Taumel, mit dem viele Männer in diesen Krieg gezogen waren, endete dort, wo er enden sollte. Millionen Tote auf den Schlachtfeldern. Auch ihr Vater war wie all die anderen diesen Rattenfängern von der Generalität auf den Leim gegangen. Jeden Tag dieselbe Frage: Lebt er noch? Selten war Post eingetroffen, Post von der Front. Diese Briefe waren Anna vorgekommen wie Post von einem anderen Planeten. Auf diesem Planeten herrschten Menschen, die ihren Verstand verloren hatten und denen das Leben nichts bedeutete. Auch das eigene nicht, denn sonst hätten sie ihre Kanonen und Waffen einfach stehen- und liegengelassen und wären nach Hause gegangen.

Jemand tippte ihr auf die Schulter, und sie zuckte zusammen. Es war Lilly, die hinter ihr stand.

»Alles in Ordnung?«

Anna schüttelte den Kopf. »Lilly, ich habe kein angemessenes Kleid für heute Abend …«

Lilly lachte. »Das müssen wir gleich ändern. Ich sag Tenner Bescheid, damit er uns in die Stadt fährt.«

Zwei Stunden später waren sie wieder zurück. Anna stand vor dem Spiegel und konnte sich nicht sattsehen an diesem Kunstwerk aus dunkelblauer Seide mit kleinen, silbernen, aufgestickten Rosen. Sie hatte ein schlechtes Gewissen, und sie fühlte sich beschämt.

Einen Tag später stand Anna vor der Haustür und wartete auf Maxim. Sie verließ das Haus selten allein, sie hatte Angst vor diesem Höllenhund. Sie hatte Angst, Tenner würde einmal vergessen, ihn im Gartenhaus einzuschließen, und er würde im Garten herumtollen. Aber der Hund war nicht das schlimmste Übel. Noch schlimmer war Tenner selbst. Der Mann schien keine Schuhe an den Füßen zu haben, sondern kleine Lederballen. Er schlich herum wie eine Katze. Man sah ihn nicht, man hörte ihn nicht. Plötzlich stand er einfach da. Hinter der Garderobe, neben dem Kamin, auf dem Balkon vor dem Fenster. Stand da und glotzte aus seinen ausdruckslosen Augen. Der Mann war ihr unheimlich. Am Morgen hatte er eine Birne ausgewechselt. Sie war vom Frühstückstisch gekommen, und wie aus dem Nichts hatte er vor ihr gestanden. Er hatte höflich gegrüßt, er grüßte immer höflich, aber jedes Wort war kalt und unpersönlich.

Maxim kam aus der Bibliothek und entschuldigte sich, dass sie hatte warten müssen. Er zog sich den Mantel an, und sie verließen zu zweit das Haus. Er hatte sich den Vormittag wieder frei genommen, um mit ihr zum Hafen hinunterzugehen. Im Hafenbüro trafen sie auf Brandis, der mit dem Bürovorsteher die Frachtenliste durchging. Anna saß wieder am Fenster und beobachtete das Treiben am Kai. Sie erkannte die *Luna*, die auf dem Wasser schaukelte.

»Sie wird nach Belfast segeln«, erklärte Maxim und servierte ihr eine dampfende Tasse Kaffee. Anna träumte vor sich hin, während sie aus dem Fenster schaute. Es hatte sie wieder gepackt, dieses Gefühl, das sie in Berlin schon angeweht hatte. Eine Art Fernweh, eine Sehnsucht, die sie anrührte, wenn sie ein- oder auslaufende Schiffe sah. Hätten Schiffe sprechen können, hätten sie Geschichten erzählt, haarsträubende oder schöne. Sie hätten von Kannibalen oder von wundersamen Schätzen erzählen können. Von Morgans legendärem Schatz oder den sieben Weltwundern.

»Läuft die *Luna* mit Kapitän Brandis aus?«, fragte sie.

»Nein. Kapitän Magnussen wird das Kommando haben. Brandis bleibt ein paar Tage an Land. Er hat es sich verdient. Er war jetzt dreimal hintereinander in Göteborg, bevor das Eis kommt und keiner mehr fahren kann. Und die letzte Fahrt muss sehr unangenehm gewesen sein, sie hatten schweres Wetter, einen Mordssturm.«

»Jetzt bin ich schon so lange hier und habe noch kein Schiff von innen gesehen.«

»Wenn du willst, zeige ich dir die *Kristina Sund*. Aber erst heute Nachmittag. Im Moment liegt sie noch im Dock.«

»Ich kann ihr die *Luna* zeigen«, bot sich Brandis plötzlich an.

»Was soll sie auf dem alten Kahn?«

»Doch, die *Luna* ist genau das, was ich jetzt brauche«, warf Anna dazwischen und stand auf. »Du kannst ja hierbleiben, Maxim.«

Sie verließ mit Brandis das Büro und überquerte den Kai. Auf der *Luna* war niemand mehr bis auf einen Seemann. Allerdings lag das Laufbrett noch am Kai. Brandis nahm Annas Hand und brachte sie über das etwas wackelige Brett an Bord. Und dann stand sie zum ersten Mal auf den leicht schwankenden Planken. Brandis rief lautstark nach dem Seemann, der etwas schlaftrunken aus dem Mannschaftslogis an Deck erschien und Anna verblüfft anstarrte.

»Wir haben einen Gast an Bord«, erklärte Brandis kurz angebunden.

»Ay, ay, Käpt'n!« Der Mann grinste und verschwand wieder in der Luke, die nach unten führte. Der Wind frischte auf und zerrte an Annas Seidenschal. Sie gingen an der Reling entlang, während Brandis ihr ein paar Details der *Luna* erklärte.

»Sie ist ein Dreimastschoner und kann vierhundert Tonnen Fracht transportieren. Sehen Sie die Rahen? Darunter werden die Segel eingebunden. Die Rahen werden gebrasst, das heißt, sie werden um den Mast zur Windrichtung gedreht. Die Leinen zum Hochziehen der Segel nennt man Schoten …«

Anna hörte dem Kapitän fasziniert zu. Es schaukelte immer stärker, die Planken knarrten, die Rahen bewegten sich im Wind. Dann wollte sie endlich unter Deck und stieg hinter ihm durch die Luke. Über eine kleine, steile Treppe gelangte sie in das dämmrige, nur von einer Lampe erhellte Innere. Nach einer Art Vorraum führte er sie in eine Kajüte, die für Passagiere vorgesehen war. An der Wand befand sich eine Koje, in der Mitte ein Tisch mit zwei Stühlen. Neben der Koje stand eine Art Kommode zum Verstauen persönlicher Dinge. Alles sehr karg und spartanisch.

»Haben Sie oft Passagiere?«, fragte sie.

»Nein. Die *Luna* ist ein Frachtschiff und dazu noch ein ziemlich altes. Würden Sie gerne hier unten leben?«

»Ich glaube nicht. Es gibt kein Tageslicht, und viel Platz hat man auch nicht.«

Er hielt ihr die Tür auf.

»Wo schläft der Seemann?«, wollte sie wissen.

»Im Mannschaftslogis. Aber wir wollen ihn nicht stören. Der Mann hat kaum geschlafen. Wir hatten Sturm auf der Fahrt von Göteborg hierher, und er musste fast die ganze Zeit pumpen.«

»Pumpen?«

»So ein Schiff macht Wasser, wie wir sagen. Wenn es schief liegt, füllt es sich mit Wasser, das muss abgepumpt werden.«

Brandis führte sie in den Vorraum zurück. Der Wind oben musste stärker geworden sein, sie spürte es ganz leicht im Magen. Das Rollen und Schaukeln der *Luna* wurde heftiger, das Knarren lauter, und sie musste sich an der Wand abstützen.

Brandis warf ihr einen Blick zu. »Alles in Ordnung, Anna?«

Sie nickte und zwang sich zu einem Lächeln. Ein Kahn auf der Spree war doch etwas anderes, ging ihr durch den Kopf, während Brandis die nächste Tür öffnete. Sie machte ein paar Schritte ins Dunkel hinein, als die Tür hinter ihr plötzlich zufiel. Sie sah nichts und fühlte sich plötzlich mehr als unwohl. Ein ganz seltsamer Geruch lag in der ohnehin verbrauchten Luft, den sie nicht zuordnen konnte. Wo war Brandis geblieben? Sie hörte Schritte und versuchte, die Wand zu ertasten, um sich wieder abstützen zu können, als endlich ein Licht aufflammte. Ihr erster Blick fiel auf den großen Tisch in der Mitte, auf dem ein Haufen zusammengerollter Karten lag, ihr zweiter auf einen Mann, der reglos auf der Seite am Boden vor dem Tisch lag. Im ersten Moment dachte sie, er schlafe oder sei betrunken, als sie auf seinem Hinterkopf eine große, klaffende, blutverschmierte Wunde bemerkte. Das umliegende Haar hatte sich in dicken, blutverkrusteten Strähnen zusammengerollt, und dann wanderte ihr entsetzter Blick weiter zu seinen Augen. Sie waren aufgerissen, starr, kalt, tot.

Anna wurde schlecht, und das lag nicht am Schaukeln des Schiffes.

Jetzt wusste sie auch, woher dieser Geruch kam. Es war der Leichengeruch eines Menschen.

Erst jetzt nahm sie Brandis wieder wahr, der sich bückte und seinen Finger an die Halsschlagader des Mannes legte.

»Er ist tot, nicht wahr?«, fragte Anna mit belegter Stimme.

Statt einer Antwort packte er ihren Arm und schob sie aus der Kajüte. Er schob sie weiter die steile Treppe hoch, bis sie mit zitternden Knien wieder an Deck stand und sich an der Reling festhielt.

»Warten Sie hier«, sagte er und verschwand in der Luke zum Mannschaftslogis. Wenig später kam der Seemann heraus und brachte sie zurück an Land.

Kommissar Sand war zu Fuß vom Präsidium zum Handelshafen gelaufen. Ein frischer Fall, so frisch wie neu gefallener Schnee. Ein toter Kapitän mit eingeschlagenem Schädel. Kapitän Magnussen. Seinen Leichnam hatte man schon ins pathologische Institut überführt, wo eine Obduktion vorgenommen werden sollte. Übrig geblieben war das getrocknete Blut auf den Planken und der Geruch, der immer noch deutlich wahrnehmbar in der Luft lag.

Die Kajüte war versiegelt worden, und Sand hatte den Seemann in seinem Logis aufgesucht. Ein armseliges Quartier. Es war dunkel, feucht und klamm, und er meinte sogar, eine Ratte gesehen zu haben. Tom, der Seemann, hockte auf dem Rand seiner Koje, während Sand nicht wusste, wo er sich lassen sollte. Schließlich setzte er sich auf einen der Schemel, die um einen klapprigen Tisch herumstanden, auf dem unzählige Messer ihre Spur hinterlassen hatten.

»Sie schlafen auf dem Schiff?«, fragte er.

»Ja. Der Käpt'n hat es erlaubt. Man hat mir mein Zimmer gekündigt, und ein neues habe ich noch nicht.«

»Der Arzt hat den Todeszeitpunkt zwischen elf Uhr und Mitternacht festgelegt. Haben Sie etwas gehört oder gesehen?«

Tom schüttelte den Kopf. »Nein, nichts. Ich war ziemlich voll und habe geschlafen. Aber ich bin auch erst so gegen zwei Uhr aufs Schiff zurück. Da muss der Käpt'n doch schon mausetot gewesen sein. Womit ist er eigentlich ... ermordet worden?«

»Es muss ein schwerer Gegenstand aus Messing gewesen sein. Können Sie sich etwas darunter vorstellen?«

Tom zögerte. »Auf dem Tisch in der Kapitänskajüte steht ein massiver Kerzenständer«, sagte er dann nachdenklich. »Der ist mir immer aufgefallen, wenn ich mal unten war.«

Kommissar Sand hatte keinen Kerzenständer in der Kajüte gesehen. Weder auf dem Tisch noch anderswo. War der Kerzenständer die Tatwaffe gewesen, dann musste der Täter sie mitgenommen haben.

»Ich werde das überprüfen«, sagte er. »War Kapitän Brandis in der Nacht an Bord?«

»Nicht, dass ich wüsste. Aber wie gesagt, ich war ziemlich voll ...«

»Ja, das erwähnten Sie schon. Erzählen Sie mir etwas über Kapitän Brandis.«

»Wieso? Der hat doch nicht den armen Magnussen auf dem Gewissen, oder?«

»Ich mache mir ein Bild über alle Beteiligten. Damit meine ich die, die den Toten gefunden haben oder an Bord waren. Dazu gehören Sie, Brandis und auch die Frau, die an Bord war.«

»Die Frau kenne ich nicht.«

»Also, was wissen Sie über Brandis?«

Tom zögerte. »Als er noch Maat war, nannten sie ihn einen Schinder und Sklaventreiber«, erzählte er schließlich mit einem verlegenen Grinsen. »Er trieb die Schiffe und die Mannschaften bis zum Äußersten. Den Kapitänen war das nur recht, so herrschte Ordnung und Disziplin auf ihren Schiffen. Auf der anderen Seite hatte er immer ein Gefühl für das, was fair ist, wenn Sie verstehen, was ich meine. Er hat sich immer für die Schwächeren eingesetzt und konnte Ungerechtigkeit nicht leiden. Aber wer ihm in die Quere geriet, der bekam schon mal seine Fäuste zu spüren. Na ja, als er dann sein Kapitänspatent und seine ersten Kommandos hatte, wurde er etwas sanfter und nachgiebiger. Wenn Sie mich fragen, ich glaube, dass er eigentlich ganz in Ordnung ist. Mich hat er immer in Ruhe gelassen.«

Sand stand auf und machte, dass er aus diesem Quartier herauskam. Als er wieder auf Deck stand, holte er einmal tief Luft.

Rose! Schon wieder Rose. Immerhin war der Tote ein Kapitän der Reederei Rose gewesen. Alles Zufall. Wenn man will, kann man alles miteinander in Verbindung bringen, auch wenn es noch so abstrus klingt.

Er sah Flickwort über das Laufbrett balancieren. Der Wind warf ihn fast vom Brett, und Sand konnte sich ein stummes Lachen nicht verkneifen. Der kleine Kerl machte sich, er fing langsam an, richtig zu denken, statt immer nur zu lamentieren.

»Die Frau ist jetzt da«, rief Flickwort von Weitem.

»Und die Brüder?«, rief er zurück.

»Die auch.«

Sie saßen alle im Hafenbüro der Reederei. Im Kaminofen prasselte ein Feuer, und eine Flasche Schnaps machte die Runde. Flickwort, der sie alle zusammengetrommelt hatte, stand vor dem Ofen und wärmte sich den Rücken. Er war seit Mittag unterwegs und hatte bereits eine Kladde mit hastig hingekritzelten Aussagen angelegt.

Die Tür flog auf, und Kommissar Sand trat ein. Er grüßte knapp, blieb vor dem Tisch stehen und stellte sich vor. Dann bemerkte er die Frau, die zusammen mit Brandis den Toten gefunden hatte, und stutzte. Er kannte sie, und zwar aus Berlin. Es war Anna Herzog. Was machte die hier?

Er unterdrückte die Frage und ließ sich stattdessen von ihr genau schildern, wie sie den Toten gefunden hatten. Anna Herzog stand der Schreck immer noch ins Gesicht geschrieben, sie war blass und ihre Stimme so leise, dass er ganz genau hinhören musste. Nach ihrer Schilderung berichtete er, dass Magnussen die halbe Nacht und den halben

Tag bis Mittag tot in der Kajüte gelegen haben musste, was die ohnehin schon betretenen Gesichter noch bedrückter machte. Auf Sands Frage erzählte Franz Rose, dass Magnussen verheiratet gewesen sei. Seine Frau habe aber das ständige Alleinsein nicht ausgehalten und sei vor einem Jahr zu ihren Eltern nach Dänemark zurückgekehrt.

»Hatte er Feinde? Gab es Streitigkeiten in letzter Zeit?«, wollte der Kommissar wissen, aber er erntete nur Kopfschütteln.

»War er ein guter Kapitän?«

»Einer der besten. Der Vater war Kapitän, der Großvater. Eine lange Tradition dänischer Seeleute. Und eins weiß ich ganz sicher: Es wäre ihm lieber gewesen, mit seinem Schiff unterzugehen und zu ertrinken, als mit eingeschlagenem Schädel in einer Kajüte zu enden«, erklärte Franz Rose.

»Ihnen ist also nichts bekannt über Streitigkeiten?«, wiederholte Sand seine Frage. »Vielleicht gab es Ärger an Bord auf der letzten Reise. Wohin ist er gefahren?«

»Nach Belfast. Sprechen Sie mit der Mannschaft. Die kann Ihnen mehr sagen.«

»Was wollte Kapitän Magnussen eigentlich so spät noch auf dem Schiff?«

Niemand hatte eine Antwort auf diese Frage. Das Gespräch zog sich hin, ohne dass er etwas erfahren hätte, das ihn weiterbringen würde. Aber das hatte er auch gar nicht erwartet. Er würde sich vortasten, so wie es seine Art war. Immer im Hintergrund bleiben und Flickwort vorschicken. Der hatte so etwas, was den Leuten die Zungen löste. Vielleicht trauten sie ihm nicht zu, ihre Lügen zu durchschauen, so wie es ihm selbst gegangen war. Sand hatte geglaubt, der Mann könne keine Tomate von einer Sprotte unterscheiden, aber er hatte sich getäuscht. Flickwort wirkte so ohne Arg, dass er sich das zunutze machen würde. Allein der Blick aus diesen treuen Hundeaugen hätte einen Mörder aufs Glatteis führen können.

Sand nickte ihm unmerklich zu und verabschiedete sich. Und Flickwort blieb zurück wie ein Teil des Mobiliars. Er verschmolz geradezu mit den schönen, warmen Delfter Kacheln und setzte ein unbeteiligtes Gesicht auf.

Im Haus war es so still, dass man eine Stecknadel hätte fallen hören. Die Mutter lag auf ihrem Zimmer im Bett. Sie hatte Migräne und sich direkt nach dem nachmittäglichen Kaffee zurückgezogen. Maxim, Franz und der Vater befanden sich in den Räumlichkeiten der Reederei in der Stadt, und Lilly war bei einer Freundin.

Anna war allein. Sie streifte herum wie ein Gespenst in einem verlassenen Haus. Der Mord auf dem Schiff hatte dem Leben aller Beteiligten etwas Unwirkliches verliehen, so als sei er gar nicht wirklich passiert, sondern sei Teil einer Geschichte, die man in einem Buch hätte lesen können. Ein heiteres Kapitel mit makabrem Ausgang.

Anna trat vor die Tür. Die Sonne schien. Zum ersten Mal, seit sie in Kiel war, strahlte die Sonne. Die immer im Dunst liegenden Putten und Götter erschienen plötzlich klar und deutlich, die entlaubten Büsche und Bäume standen mit den Füßen in einem Bett voller Blätter. Der ganze Rasen war von Blättern bedeckt. Anna machte ein paar Schritte und nahm zum ersten Mal diesen parkähnlichen Garten bewusst wahr. Sie entdeckte den hinterhältig grinsenden Faun wieder, den sie schon am ersten Tag gesehen hatte, ein kleiner Teufel mit zwei spitzen Hörnern, dessen anzügliches Grinsen ihr zu gelten schien. Sie ging an den Rabatten entlang und versuchte, die grausige Erinnerung an den Toten zu vergessen, die sie seit heute Mittag verfolgte. Diese vollkommen leeren, erloschenen Augen, das Blut, der Geruch des Todes.

Am Ende des geschwungenen Kiesweges lag ein kleiner rosenroter Pavillon, dessen Fenster von Efeu umrankt waren. Sie blieb stehen und genoss das Bild, weil es so ganz anders war als das, was ihr ständig vor Augen stand. Plötzlich raschelte es irgendwo im Gebüsch, sie drehte sich um und – erschrak fast zu Tode. Keine fünf Meter von ihr entfernt stand der Hund und starrte sie an. Er verharrte völlig regungslos, die Vorderbeine leicht gegrätscht, die Augen auf sie gerichtet und vollkommen stumm. Er stand da wie zur Salzsäule erstarrt mit kurzhaarigem, dunkelbraunem Fell, glänzenden Augen, einem Riesenkopf und gespitzten Ohren.

Annas Herz begann zu klopfen. Es war keine vier Uhr nachmittags. Was machte der Hund hier im Garten? Sie wagte nicht, sich zu rühren oder ein Wort zu sprechen, stattdessen hörte sie ihren eigenen Herzschlag in den Ohren. Dann, nach einer endlos scheinenden Zeit, gellte ein Pfiff durch den Garten, der Hund drehte den Kopf herum. Tenner kam seelenruhig auf dem Kiesweg auf Anna und den Hund zu, einen Zigarillo zwischen den Lippen.

»Gustav, Platz«, rief er und sofort setzte sich der Hund, während Tenner näher kam. »Keine Angst, ich bin immer in seiner Nähe.«

Annas Knie zitterten, ihr Herz hämmerte immer noch. Sie hatte keine Angst vor Hunden, nur vor diesem Monstrum.

»Alles in Ordnung, Fräulein Herzog?«

»Ja. Würde er mich angreifen, wenn Sie nicht in der Nähe wären?«, fragte sie.

»Nein. Er kennt Sie. Er hat Ihren Geruch längst wahrgenommen und weiß, dass Sie hierher gehören. Ihre Angst ist ganz unbegründet. Sie können ihn streicheln, wenn Sie wollen.«

Sie zögerte. Dann machte sie ein paar Schritte, bückte sich und streckte die Hand aus. Sie berührte den Hund ganz leicht am Nacken, strich über das kurze, weiche Haar und zog die Hand wieder zurück.

»Sehen Sie? Er tut Ihnen gar nichts. Vermeiden Sie nur, durch den Garten zu rennen, bleiben Sie immer ganz ruhig, dann wird er Sie eines Tages richtig liebhaben.«

Anna lächelte. Plötzlich kam ihr die eigene Angst völlig übertrieben vor. Sie hatte den Garten bisher gemieden wie der Teufel das Weihwasser. Alles wegen dieses Hundes. Und auch Tenner kam ihr plötzlich ganz anders vor, leutselig, freundlich, überhaupt nicht unheimlich oder undurchsichtig.

»Ich muss die Tasche der gnädigen Frau abholen und mache eine kleine Fahrt mit dem Wagen zum Meer. Dort haben Roses ein Strandhaus. Haben Sie Lust, mit mir zu fahren?«

»Zum Meer?«

»Die Förde hinauf. Dort haben Sie bei dem herrlichen Wetter einen prächtigen Blick auf die Ostsee.«

Anna saß auf dem Beifahrersitz wie eine Königin, neben sich gewissermaßen ihren Chauffeur. Sie fuhren die Küstenlinie entlang. Gegenüber konnte sie die andere Seite der Förde sehen, kleine Ortschaften, viel Grün und dazwischen das Wasser. Einige Dampfer waren unterwegs aufs offene Meer hinaus, und ihre Rauchschwaden verblassten in der Luft.

Nach etwa zwanzig Minuten bog Tenner von der Straße ab. Der Wagen fuhr nun über einen Weg, links und rechts lagen kleine Häuser. Der Weg endete fast direkt an der Küste. Tenner stieg aus und öffnete Anna die Tür.

Der Anblick raubte ihr fast den Atem. Vor ihr lag das Meer, endlos bis zum Horizont, der mit dem Himmel verschmolz. Möwen segelten kreischend über ihren Kopf, und die Wellen schlugen sacht an den Strand, der mit kleinen Steinen übersät war. Irgendwo hinter dem Horizont mussten die dänischen Inseln liegen und wieder ein Stück weiter die Küste von Schweden. Dorthin war ihr Großvater gesegelt.

Eine Wolke schob sich vor die Sonne, und plötzlich hatte das Meer die Farbe ihres Abendkleides angenommen, es sah aus wie nachtblaue Seide, und dort, wo die Sonne durch die Wolke blitzte, glitzerten silberne Blumen auf den Wellen.

»Sehen Sie sich ruhig um, wenn Sie wollen«, ermunterte Tenner sie. Sie folgte ihm in das kleine Haus. Im Flur stand die Tasche, die er abholen sollte. Sie ging weiter und kam in die Küche. Sie hörte leise Stimmen und blieb stehen. Sie hatte nicht gewusst, dass jemand im

Haus war, und wollte umkehren, als plötzlich eine Tür aufflog und Lilly im Morgenmantel vor ihr stand. Ihre Haare waren zerzaust, der Lippenstift war verschmiert.

»Bringst du noch eine Flasche Champagner mit, Darling?«, kam eine männliche Stimme aus dem Zimmer, und Lilly wurde über und über rot im Gesicht.

»Ich wollte nicht stören«, murmelte Anna peinlich berührt und ging in den Flur zurück.

Kommissar Sand sammelte Informationen in den Kieler Hafenkneipen. Genau dort, wo die Gerüchte herumgingen und die Geschichten erzählt wurden, die ihn vielleicht weiterbringen konnten. Hier tummelten sich die Seeleute, ließen sich volllaufen, spielten Karten oder ließen ihr sauer verdientes Geld bei den Huren zurück. Es waren hartgesottene Männer, wenig gebildet. Sand mischte sich unters Volk, stellte sich an den Tresen und bestellte Lütt und Lütt. Manchmal hörte er nur zu, manchmal stellte er eine Frage. Langsam begriff er die Hierarchie, die auf einem Schiff herrschte vom Kapitän bis zum einfachen Matrosen. Dann studierte er die Physiognomien. Von Wind und Wetter gegerbte Haut, ungepflegte Bärte, vom Alkohol gezeichnete Züge. Mit ihnen an den Tischen saßen die Madchen, die keine andere Möglichkeit gefunden hatten, zu Geld zu kommen. Die Sitten waren rau und Prügeleien nicht selten.

Nach vier Stunden hatte Sand genug vom Hafenleben. Er zahlte und wollte gerade die letzte Kneipe verlassen, als ein Mann den Raum betrat. Obwohl er ihm noch nie begegnet war, kam ihm der Verdacht, es könnte sich um Kapitän Brandis handeln. Er trug den typischen schwarzen Kapitänsmantel mit den vier goldenen Streifen am Ärmelaufschlag und die dazugehörige Mütze. Der Mann war groß und kräftig, hatte ein ausdrucksstarkes Gesicht mit blauen Augen, lang heruntergezogenen Koteletten und eine rauchige Stimme, die gleich den ganzen Raum beherrschte. Er setzte sich an einen Tisch und bestellte Rum.

»Kapitän Brandis?«, fragte Sand, und der andere nickte.

»Ich bin Kommissar Sand. Ich habe Sie gesucht.«

Brandis musterte den anderen etwas abfällig. »Ich war schon im Präsidium und habe meine Aussage zu Protokoll gegeben.«

»Ich muss aber mit Ihnen persönlich sprechen. Sie kannten den Toten vielleicht am besten von allen hier.«

»So gut kannte ich ihn nicht. Er fuhr auf seinem Schiff, ich auf meinem. Manchmal haben wir uns am Kai getroffen oder im Büro des Eigners, aber viel zu tun miteinander hatten wir nicht.«

»Wenn Sie den Mörder von Magnussen suchen, sollten Sie mal bei Elli vorbeigehen«, mischte sich plötzlich ein junger Mann mit einem breiten Grinsen ein.

»Wer ist Elli?«

»Zwei Straßen weiter. Die Mutter hieß Elli, die Tochter auch. Früher war das eine Pressspelunke.«

»Halt die Klappe«, fuhr Brandis den Mann an.

»Was ist eine Pressspelunke?«, fragte Sand ahnungslos.

»Kapitäne suchen Mannschaften, klar?«, antwortete der Mann. »Wenn sie in der Heuerbörse keine fanden, gingen die Kapitäne noch vor fünfzig, sechzig Jahren schon mal zu Elli. Da gab es einen Haufen Schnapsleichen, Männer, die in diesem Zustand nicht mal mehr ihren Namen wussten. Die verschwanden dann auf wundersame Weise auf den Schiffen, wo sie zur Arbeit gezwungen wurden. Schanghaien nannte man das. Gepresste Männer eben. Heute gibt es das natürlich nicht mehr, aber billige Arbeitskräfte findet man bei Elli immer noch. Wer mit einer solchen Mannschaft auf See geht, ist schon so gut wie tot. Das wissen Sie besser als ich, Käpt'n, oder?«

»Du redest zu viel, Mattes.«

»Magnussen hatte eine Freundin«, plauderte Mattes munter weiter. »Und die hat er bei Elli kennengelernt.«

»Und seine Frau?«

»Die ist zu ihren Eltern nach Kopenhagen zurück. Sie wusste natürlich Bescheid.«

»War es allgemein bekannt, dass er diese Freundin hatte?«, wandte sich Sand an Brandis, der ein ziemlich finsteres Gesicht aufgesetzt hatte. Es passte ihm wohl nicht, dass Mattes so offen daherredete.

»Franz wusste nichts davon«, erklärte er schroff. »Magnussens Mannschaft wusste es, und ich wusste es vom Ersten Offizier, mit dem ich mal einen trinken war.«

»Wer ist diese Freundin?«

Brandis zögerte, aber Hannes war redseliger. »Den Namen weiß ich nicht. Sie soll irgendwo in der Stadt wohnen und eine Cousine von Elli sein. Also, eine feine Dame ist das nicht.«

Sein Agent kam zur Unzeit. Ausgerechnet heute, wo der Tod des Kapitäns ihrer aller Leben durcheinanderwirbelte. Collin war mit einem Dampfer angekommen, hatte sich im Hotel einquartiert und war vor dem Abendessen in die Villa reingeschneit.

Collin war ein eleganter Herr in den Vierzigern mit einer Aktentasche in der Hand. Er führte die Niederlassung der Reederei in New York und hatte ein verlockendes Angebot mitgebracht. Sie hatten es sich im Rauchsalon gemütlich gemacht, und Franz servierte Cognac und kubanische Zigarren.

»Wie war die Überfahrt?«

Collin verzog das Gesicht zu einer Grimasse. »Scheußlich. Einfach scheußlich.«

Franz lachte. Er kannte Collins sensiblen Magen, der für eine Atlantiküberquerung nicht geschaffen war. Franz beugte sich vor. »Also, was haben Sie dabei?«

Collin warf einen Blick auf die Tasche, die zu seinen Füßen stand. »Sie reden von Margin Loan? Sie wollen Aktien kaufen?«

»Genau. Sie sollen zu einem Spottpreis zu haben sein. Das ist genau das, was wir jetzt brauchen. Kapital.«

»Sie haben den Kredit für dieses Schiff doch bekommen.«

»Ja, aber wir sollten zugreifen, wenn wir dermaßen billige Aktien kaufen können.«

»Ich bin nicht Ihrer Meinung, Franz. Wir müssen das Geschäft in den Staaten grundsolide aufbauen, wenn wir gegen die Konkurrenz bestehen wollen. Diese Margin Loans sind eine windige Geschichte, ich würde die Finger davon lassen.«

»Ich bekomme die Aktien für nur zehn Prozent ihres aktuellen Wertes«, entgegnete Franz gereizt. »Aktien, die tausend Dollar wert sind, bekomme ich für hundert. Jetzt sagen Sie mir, wo könnte ich ein besseres Geschäft machen?«

Collin wand sich. Er wollte dieses Geschäft nicht machen, das hatte er sich schon auf dieser schrecklichen Überfahrt immer wieder durch den Kopf gehen lassen. Franz ließ jedoch nicht locker.

»Was haben Sie dagegen?«

Collin hielt es nicht mehr in seinem Sessel. Er stand auf, ging zum Kamin hinüber und starrte in die Flammen.

»Meiner Meinung nach ist das eine ganz gezielte Strategie, um an Banken und Unternehmen zu kommen. Die FED, die amerikanische Zentralbank, ködert Leute wie Sie, damit sie kaufen. Damit sie genauso denken, wie Sie es tun. Und dann kommt der Tag, an dem Sie zurückzahlen müssen und zwar binnen 24 Stunden. Und das können Sie dann nicht. Das heißt, Sie haben plötzlich einen Haufen Schulden. Vielleicht so viel, dass die FED Ihre Firma übernehmen kann. Die Reederei ist nur ein kleiner Fisch, die FED hat es auf ganz andere Unternehmen abgesehen, aber auch ein kleiner Fisch ist ein Fisch. Bleiben Sie bei Ihrer Sparkasse, Franz, das Geschäft mit der FED ist ein Haifischbecken. Franz, Franz, seien Sie nicht so naiv! Halten Sie sich aus allem raus, Sie wissen doch, was Disraeli gesagt hat: ›Die Welt wird von ganz anderen Persönlichkeiten regiert, als diejenigen glauben, die nicht hinter die Kulissen blicken.‹ Die FED hat mehr Einfluss auf die Politik der Vereinigten Staaten als der Präsident, der nichts weiter als ihr Büttel ist. Und Sie wollen deren Aktien kaufen! Das ist ökonomischer Selbstmord.«

Das Hausmädchen schob diskret die Tür auf. »Die gnädige Frau lässt fragen, ob Sie zum Essen kommen wollen.«

Franz nickte und stand auf. »Sie essen doch mit uns, Collin?«

Lilly spielte Klavier. Die leisen Klänge des *Claire de Lune* drangen durch die Wand und streiften Annas Ohren wie feine, leichte Federn. Es war eine seltsame Stimmung im Haus. Seit dem Tod des Kapitäns, den alle hier geschätzt hatten, war plötzlich alles anders. Die Mutter hatte ständig Migräne, Lilly ging ihr aus dem Weg, und die beiden Brüder stritten sich wie die Kesselflicker um irgendwelche Aktien, die Franz unbedingt kaufen wollte.

Anna ging an den Regalen vorbei. Sie hatte sich in die Bibliothek geflüchtet, um allein zu sein. Hin und wieder zog sie ein Buch heraus, blätterte darin herum und stellte es wieder zurück. Ihr fiel Einsteins Allgemeine Relativitätstheorie in die Hände und erinnerte sie daran, irgendwo einmal gehört zu haben, dass Einstein an der Kieler Universität hatte lesen wollen, aber aufgrund seiner jüdischen Abstammung ausgeladen worden war. Stattdessen hatte er im Gewerkschaftshaus gelesen. Sie stellte das Buch wieder zurück. Sie hatte sich gar nicht konzentrieren können, um zu lesen. Sie fühlte sich wie ein Fremdkörper zwischen diesen Menschen. Schließlich setzte sie sich in einen Sessel und starrte auf das Ölgemälde, das neben ihr an der Wand hing. Schiff in schwerem Wetter, hätte sie es genannt. Ein Segler, schief wie der Dom zu Pisa, hing zwischen hohen Wellen, der Himmel war pechschwarz, und mit einigen gekonnten Strichen hatte der Maler den sintflutartigen Regen angedeutet, der auf das Schiff niederging. Es hatte volles Zeug gesetzt, wie die Seeleute sagen würden, und jetzt schoss der Wind in die Segel und schien das ganze Schiff langsam, aber sicher wie ein Streichholz ins Meer zu drücken.

Anna überlegte, ob sie abreisen solle. Vielleicht war es besser, als hier in Sands Ermittlungen zu geraten und Futter für seine seltsamen Überlegungen zu werden. Aber noch schlimmer war dieser Flickwort, dieses kleine, dürre Männchen. Wahrscheinlich war Flickwort ein ausgezeichneter Polizist, aber sie mochte ihn ebenso wenig wie Sand.

Leise Schritte knarrten auf den Dielen. Es war Maxim, der sich zu ihr auf die Lehne setzte.

»Haben wir dich verscheucht?«

»Ist schon gut. Ihr habt jetzt andere Probleme.«

»Wollen wir morgen in die Oper gehen?«

Sie sah in seine lächelnden Augen. »In die Oper? Gehst du gerne in die Oper?«

Er lachte. »Nicht wirklich. Aber Vater hat Karten besorgen lassen. Es gibt Wagner.«

O Gott, dachte sie. Auch das noch.

»Ich habe mal wieder nichts zum Anziehen.«

»Der Frau kann geholfen werden. Sobald Mutter sich entschließt, wieder gesund zu sein, geht ihr einkaufen.«

»Hat sie das oft?«

»Nur wenn es einen Sinn ergibt. Sie liebt die Oper. Wenn ich ihr sage, dass wir Karten haben, ist ihre Migräne ganz schnell vorbei. Also, was ist?«

»Maxim, wenn es euch lieber ist, dass ich fahre, dann sag mir das.«

Er stand auf und sah auf sie hinunter mit einem komischen, ängstlichen Blick, den sie nicht deuten konnte.

»Bleib hier, Anna. Ich will nicht, dass du fährst. Und Franz auch nicht.«

Liebe Biene,

dies ist jetzt mein zweiter Brief an dich. Ich kann dir nicht schreiben, wann ich nach Berlin zurückkomme, Franz und Maxim wollen, dass ich unbedingt noch bleibe.

Gestern Abend waren wir in der Oper und danach in einem sündhaft teuren Restaurant. Es war ein bisschen wie in Berlin. Es ist komisch, aber ich vermisse Berlin eigentlich gar nicht, obwohl etwas sehr Schlimmes passiert ist. Ich habe mit meinem geheimnisvollen Kapitän, wie ich ihn immer nenne, einen toten Mann gefunden. Brandis wollte mir die Luna zeigen, und da lag er dann. Mausetot mit eingeschlagenem Schädel. Ein Kapitän der Reederei. Seitdem schnüffelt Sand überall herum, Sand, den sie von Berlin nach Kiel versetzt haben. So etwas nenne ich Ironie der Geschichte! Und dann habe ich Lilly mit ihrem Liebhaber erwischt. Uns hat sie erzählt, sie führe zu einer Freundin, in Wirklichkeit hatte sie ein Schäferstündchen mit irgendeinem Mann. Wenn das ihre Eltern erfahren, ist hier der Teufel los.

Kiel ist anders als das unmoralische Berlin, und in der Familie sind Anstand und Moral erste Bürgerpflicht. Hier gibt es auch Bars und Varietés, aber es würde mir im Traum nicht einfallen, auch nur einen Fuß hineinzusetzen. Als Gast der Familie muss ich einen untadeligen Leumund haben. Bisschen langweilig, meinst du? Vielleicht. Dafür hat das Leben hier andere Vorzüge. Ich durfte mir ein Kleid für die Oper aussuchen, ein Traum, sage ich dir! Ein Traum aus grünem Samt mit roten Glitzersteinen auf einem vornehmen Stehkragen. Ich sah aus wie Maria Stuart! Dann saßen wir in der Loge mit Opernglas und Champagner, und ich dachte, das kann alles nicht wahr sein.

Maxim ist schrecklich nett wie immer, und Franz sieht mich manchmal so seltsam an, dass ich tatsächlich glaube, er mag mich mehr als nur eine Frau, die seinem Bruder das Leben gerettet hat. Aber ich will nicht spekulieren und mir Dinge einbilden, die wahrscheinlich nur in meiner Phantasie stattfinden.

Franz ist immer so vernünftig. Muss er ja auch, wenn er die Reederei bald ganz übernehmen will. Der Vater ist kränklich und zieht sich immer mehr aus dem Geschäft zurück.

Mir fehlt jemand, mit dem ich reden kann. Einfach so, ohne vorher viel nachzudenken. So wie wir miteinander reden können. Mit Lilly geht im

Moment gar nichts mehr, seitdem ich sie mit diesem Kerl erwischt habe. Es war ihr schrecklich unangenehm. Aber über was würde ich reden wollen? Ich bin ganz plötzlich in dieses Leben hineingeworfen worden wie in einen wohligen Traum, der eines Tages zu Ende geht. Wir denken so schrecklich materialistisch, immer nur an das, was wir uns leisten können und was nicht.

Aber was steckt hinter den Dingen? Ich weiß es nicht. Noch nicht. Ich habe angefangen, mich durch die Bibliothek zu arbeiten, bin eine richtige Leseratte geworden. Vielleicht komme ich ja so diesem Geheimnis auf den Grund.

Ich mache hier Schluss, Biene, und warte auf deinen nächsten Brief.

Es war kurz vor Mitternacht, aber Franz saß immer noch im Büro am Hafen. Er hatte ein Problem, das er jetzt oder nie lösen würde. Die *Luna* war von der Polizei noch nicht freigegeben worden, und die Reederei hatte Verträge, die sie einhalten musste. Die Fahrt nach Belfast war überfällig. Es gab kein Schiff, keinen Kapitän und keine Mannschaft.

Sein Bruder trat ein und rieb sich die Hände. »Verdammt spät und verdammt kalt«, rief er, stellte sich an den Ofen und wärmte sich die Hände an den Kacheln.

»Ich habe die *Magellan*, einen Rahsegelschoner, gechartert«, erklärte Franz.

»Das ist ein altes, morsches Ding.«

»Ja, aber ein anderes Schiff ist im Moment nicht zu bekommen. Und ein Dampfer schon gar nicht.«

»Und wer soll sie segeln? Einen Kapitän haben wir auch nicht. Die sind alle unterwegs.«

»Ich weiß. Es bleibt nur Brandis. Also wirst du jetzt zu ihm gehen und ihm sagen, dass er morgen mit der ersten Flut ausläuft.«

Maxim schüttelte den Kopf. »Das kannst du nicht machen. Der Mann war wochenlang unterwegs und hat ein Recht auf ein paar Tage Urlaub.«

»Du gehst und redest mit ihm. Wenn wir nicht liefern, werden Schadenersatzansprüche geltend gemacht, die wir uns nicht leisten können. Weißt du, wo er wohnt?«

Maxim nickte. »Begeistert sein wird er nicht.«

»Geh jetzt. Und falls er Schwierigkeiten macht …«

»Ja?«

»Ach nichts. Er wird schon fahren.«

Maxim war müde, und die plötzliche Kälte machte ihm zu schaffen. Er trat auf die Straße. Über ihm wölbte sich ein sternenklarer Himmel, und der Mond hatte einen Hof. Das Mondlicht glitt über die Wellen, und einen Moment blieb Maxim stehen und sah den funkelnden Blitzen zu, die auf den Wellen tanzten.

Er lief an den Häusern vorbei und sah seinen Atem in der frostigen Luft aufsteigen. Etwa zehn Häuser weiter lag eine Kneipe. Daneben das Haus, in dem Brandis zwei Zimmer angemietet hatte. Maxim war noch nie hier gewesen und suchte eine Klingel. Von nebenan kam der typische Lärm einer Hafenkneipe, ein paar Stimmen, ein Lachen, jemand trat auf die Straße und lief unsicher in die entgegengesetzte Richtung. Maxim hatte endlich die Klingel gefunden und läutete. Kurze Zeit später öffnete eine alte, grauhaarige Frau und zog sich einen Umhang fröstelnd um die Schultern.

»Was gibt's?«

»Ich muss mit Kapitän Brandis sprechen. Er ist doch da, oder?«

Sie trat einen Schritt zurück und ließ ihn eintreten. Der Flur war so dämmrig, dass er kaum die Treppe sehen konnte.

»Gehen Sie rauf.«

Er tappte durch das finstere Treppenhaus, bis es nicht mehr weiterging. Oben eine Tür, und er klopfte. Nichts rührte sich. Er klopfte wieder, und endlich wurde die Tür geöffnet. Es war Brandis, der Maxim erstaunt ansah.

»Darf ich reinkommen?«

»Kommen Sie.«

Maxim sah sich um. Ein großes Zimmer, vollgestopft mit Absonderlichkeiten. Die Lampe, die an der Decke hing, gab den Blick frei auf all das, was Brandis im Laufe der Zeit so mitgebracht hatte. Afrikanische Masken hingen an den Wänden, dazwischen ein Schrumpfkopf, auf der Fensterbank stand die etwas ramponierte Büste eines Pharaos, daneben ein gläsernes Kästchen, vollgestopft mit weißen Perlen. Auf ein paar Regalbrettern an der Wand thronten chinesische Puppen, ein indischer Ganesha aus Stein und allerlei anderes Zeug. Im Ofen prasselte ein Feuer, und auf dem Tisch stapelte sich ein Haufen Bücher. Vor einer Wand hing ein zugezogener, mit orientalischen Ornamenten verzierter Vorhang, hinter dem sich wohl das Bett befand.

»Entschuldigen Sie, dass ich so spät noch störe, aber Franz war der Meinung, Sie sind der Einzige, der uns helfen kann. Wir brauchen einen Kapitän, der nach Belfast segelt, wo Magnussen jetzt nicht mehr da ist.«

»Wir haben kein Schiff.«

»Doch, wir haben eins. Die *Magellan*. Franz hat sie gechartert.«

Über Brandis' Züge kräuselte sich ein eher grimmiges Lächeln. »Das ist nicht Ihr Ernst. Nicht diesen Schrottkahn.«

»Es war kein anderer da. Sie müssen fahren, Chris, sonst muss die Reederei Schadensersatz zahlen. Wir haben Verträge, aber das wissen Sie ja selbst.«

»Setzen Sie sich.«

Maxim setzte sich an den Tisch. Brandis schob die Bücher beiseite, stellte zwei Gläser auf den Tisch und füllte sie mit dem undefinierbaren Inhalt aus einer braunen Flasche. Dann setzte er sich ebenfalls und sagte: »Ich kann nicht. Meine Tochter ist krank. Sie liegt im Krankenhaus.«

»Das wusste ich nicht. Was hat sie?«

»Einen schlimmen Husten und Fieber.«

»Hören Sie, Chris, wir kümmern uns um Ihre Tochter. Ich sage Lilly

Bescheid, die wird sie jeden Tag besuchen. Aber lassen Sie uns jetzt um Himmels willen nicht im Stich.«

Brandis starrte in sein Glas. Dann stürzte er es mit einem Zug hinunter. »Was nützt uns das, wenn ich mit diesem schrottreifen Kahn absaufe? Außerdem habe ich keine Mannschaft.«

»Sie brauchen nicht viel. Einen Schiffsjungen, einen Koch und drei Vollmatrosen. Sie segeln schließlich nicht in die Karibik, sondern nur nach Belfast.«

»Auf diesem Kahn bräuchte ich noch einen Pfarrer und drei Betschwestern, damit wir heil wieder zurückkommen.«

Maxim grinste. »Ich dachte, Sie mögen keine Weiber auf Ihrem Schiff. Keine Weiber, keine schielenden Männer, und an einem Freitag dem Dreizehnten laufen Sie nie aus. Und wer an Bord pfeift, den werfen Sie unverzüglich in Eisen.«

Brandis lachte. Seine nackten Arme lagen auf dem Tisch. Maxim konnte eine Tätowierung auf dem rechten Arm erkennen, die ein Anker hätte sein können, aber irgendwie auch nicht.

»Ein Anker ist das nicht«, sagte er zögernd.

»Nein«, gab Brandis lächelnd zurück. »Das ist eine kretische Doppelaxt. Die habe ich mir auf Kos stechen lassen.«

»Ihre Tochter stammt aus Kos.«

»Stimmt.«

»Und die Mutter? Sie haben nie darüber geredet.«

»Ich habe nie gewusst, dass sie schwanger war. Nach fünfzehn Jahren kommt das Mädchen auf die Idee, wissen zu wollen, wer ihr Vater ist. Ihre Mutter schrieb mir vor einem Jahr einen Brief. Ich hatte von nichts eine Ahnung.«

»Fahren Sie, Käpt'n? Tun Sie es mir zuliebe. Sonst bekommen wir beide Ärger mit meinem Bruder.«

Kommissar Sand und Anna saßen im Café Kaiser. Sand hatte Anna hierherbestellt, um die Gesprächsatmosphäre etwas angenehmer zu gestalten. Er wollte sie zu Kaffee und Kuchen einladen und stellte wieder fest, dass sie eine ausnehmend hübsche Person war.

»Ich kenne die Stadt noch genauso wenig wie Sie«, eröffnete er die Unterhaltung konziliant. »Außerdem bin ich eine Landratte. Eine Landratte, die im Hafenmilieu ermitteln muss. Das ist zunehmend schwierig. Ich habe keine Ahnung von dieser Wissenschaft. Ich schaue mir die Schiffe gerne an, und ich muss zugeben, dass sie wirklich wunderschön sind, wenn sie Segel gesetzt haben. Aber ich kann kein Besansegel von einem Rahsegel unterscheiden, keinen Fockmast von einem Kreuzmast. Die Leute erwarten von mir, dass ich weiß, wovon ich rede …«

Er plauderte in einem fort, und seine Worte lullten sie ein. Sie fragte sich, was er eigentlich von ihr wollte. Als ihr Kuchenteller leer war, sah sie auf. »Was wollen Sie wissen, Herr Kommissar? Ob ich ein Besansegel von einem Rahsegel unterscheiden kann? Ich kann es nicht. Immerhin weiß ich, dass die Rahen gebrasst werden, was sagen Sie nun? Aber ich muss nicht den Mord an Kapitän Magnussen aufklären.«

»Womit wir beim Thema wären«, versetzte er mit einem Seufzer. »Warum sind Sie hier, Fräulein Herzog? Hat die Familie Sie eingeladen als Zeichen ihrer Dankbarkeit?«

»Ja. Ist das so schwer nachzuvollziehen?«

»Ganz und gar nicht. Obwohl es auch noch einen anderen Grund geben könnte.«

Sie starrte ihn verdutzt an. »Welcher sollte das sein?«

»Eine Beobachtung?«

»Ich verstehe nicht ganz.«

»Sie kannten Maximilian Rose wirklich nicht, bevor er auf der Parochialstraße auf dem Pflaster lag?«

»Natürlich nicht.«

»Gut. Nehmen wir einmal an, Sie kannten ihn nicht. Sie waren aber da, als er angeschossen wurde. Oder zumindest in der Nähe. Sie hätten etwas bemerken können.«

»Bemerken?«

Ihre Irritation wurde immer größer. Sie verstand immer noch nicht, worauf er hinauswollte.

»Sie könnten etwas wissen, das für die Familie Rose sehr unangenehm sein kann. Die Einladung wäre dann weniger auf Dankbarkeit als auf einen anderen Umstand zurückzuführen.«

Jetzt hatte sie endlich begriffen. »Bestechung, meinen Sie das? Sie glauben, ich werde von der Familie bestochen, damit ich aus irgendeinem Grund den Mund halte?«

Sie spürte eine kalte Wut in sich aufsteigen. Sie griff nach ihrer Tasche und holte die Geldbörse heraus. Sie warf ein paar Münzen auf den Tisch und schoss mit blitzenden Augen von ihrem Stuhl hoch.

»Wenn Sie mich das nächste Mal sprechen wollen, dann laden Sie mich vor«, zischte sie ihn an. »Und wenn Sie keine Beweise für diese ungeheure Unterstellung haben, dann lassen Sie mich einfach in Ruhe.«

Sie rauschte aus dem Café und knallte die Tür hinter sich zu.

Kommissar Sand lächelte still vor sich hin und fing endlich an, seinen Kuchen zu essen.

Alles löste sich auf. Die Konturen verschwammen, klare Grenzen verblassten, bis sich auf alles die Schatten einer rätselhaften Welt geworfen hatten.

Sie las zu viel. Dazu die falschen Bücher. Sie hatte immer viel gelesen, aber anderes. Jetzt las sie Einstein und Platon, für eine Frau wie sie viel zu schwere Kost, die sie kaum verstand, aber Romane gab es in der Bibliothek nicht.

Sie musste weg. Zurück nach Berlin. Sie hatte die halbe Nacht kein Auge zugetan. Hatte sich hin und her gewälzt und sich gefragt, was Sand wirklich gemeint hatte. Dass sie etwas wisse, das mit dem Anschlag auf Maxim zu tun hatte? Dieser Mann musste völlig verrückt sein, wenn er sich zu solchen Annahmen verstieg.

Sie sehnte sich plötzlich nach den durchtanzten Nächten in der Hauptstadt zurück. Nach den Streifzügen mit Sabine durch die dämmrigen Tanzschuppen, nach flüchtigen Küssen und Berührungen, nach dieser gierigen Sehnsucht, etwas Einmaliges zu erleben.

Sie stand mit nackten Füßen mitten in der Nacht am Fenster und erinnerte sich an diese Tänzerin aus dem Maghreb in ihrem klimpernden, klappernden Kostüm, über und über mit Silberschmuck behängt, von den Füßen bis an die Ohren. Ein Wesen wie aus einer anderen Welt, eine Schlange, deren Hüften wie im Fieber erzitterten und dann wieder in sanften Wellen dahinglitten wie ein Delphin übers Wasser. Ihre schwarzen Augen hatten dabei gelächelt, ihre Arme synchronisiert mit ihren Hüften, zwei Delphine, die übers Wasser schwebten. Ein einziger atemloser Augenblick, und die Welt stand still, dann war sie weg, verschwunden, der geisterhafte Tanz löste sich auf in Nichts. Stille. Dann brach der Applaus hervor, aber sie kam nicht mehr. Nie mehr.

Einen Tag später hatte in der Zeitung gestanden, dass die Polizei die Tänzerin mit durchschnittener Kehle aus der Spree gefischt hatte.

Es schneite. Die Stadt sah aus wie mit Zuckerguss bestäubt. Menschen, dick vermummt, huschten hastig über die Straßen, die Autos fuhren langsam. Selbst die Straßenbahn hatte ihren Takt verloren und kam zu spät.

Auf dem Fenstersims des Präsidiums hockte eine Amsel, dick verplustert und die Krallen im Schnee vergraben.

Kommissar Sand hatte ein schlechtes Gewissen. Was ihn gestern noch amüsiert hatte, machte ihm heute zu schaffen. Er hätte es anders angehen müssen. Er war völlig übers Ziel hinausgeschossen. Er mochte dieses Fräulein Herzog, er mochte sie wirklich, und er hatte nie im Traum daran gedacht, dass sie etwas mit dem Anschlag auf Rose zu tun gehabt hätte. Und trotzdem hatte er gefragt. Ihre Reaktion war eigentlich genau das, was er erwartet hatte. Aber er hätte sanfter sein müssen, nicht so direkt. Jetzt hatte er sie verschreckt wegen nichts.

»Man wird ja wohl noch fragen dürfen«, drang Flickworts Stimme in seine Gedanken.

Er sah durchs Fenster auf die Amsel herunter, die noch immer im Schnee saß.

»Ich habe es irgendwie falsch angepackt. Ich hätte sagen müssen, dass ich natürlich nicht im Traum daran denke, es könnte so gewesen sein.«

»Wenn Sie nicht im Traum daran gedacht hätten, hätten Sie sie nicht fragen müssen. Oder stellen Sie immer Fragen, an die Sie im Traum nicht denken?«

»Sie drehen mir das Wort im Munde herum, Kollege. Sie wissen doch, was ich meine. Da kommt einem so ein Verdacht in den Sinn, den man gleich als absurd abtut. Aber fragen will man trotzdem, damit er auch völlig ausgeräumt ist, oder nicht?«

»Ist er jetzt ausgeräumt?«

»Ich glaube schon. Ihre Entrüstung war nicht gespielt, die war echt.«

»Sie sollten sich bei ihr entschuldigen.«

»Nein. Es ist mein Beruf, Fragen zu stellen, an die ich im Traum nicht denke. Was ist mit den Alibis?«

Flickwort blätterte in der Akte herum. »Ich habe mit der Mannschaft des Toten gesprochen. Von denen hat jeder ein Alibi. Dann war ich bei dieser Freundin, die hat auch eins, und zwar ein wasserfestes. Um das zu überprüfen, musste ich in diese Kneipe. Zu Elli. Da habe ich mir drei Kollegen mitgenommen. Allein sollte unsereins da nicht hingehen, ein wirklich übles Pflaster. Übrig bleiben dieser Seemann, Kapitän Brandis, der war angeblich allein zu Hause, und die beiden Brüder. Die haben laut Aussage zur Tatzeit in ihren Betten geschlafen. Was uns definitiv fehlt, ist ein Motiv. Wer hatte ein Interesse daran, den Kapitän umzubringen? Wir haben auch keine Tatwaffe gefunden.

Es muss ein Gegenstand aus Bronze gewesen sein, denn der Pathologe fand abgesplitterte Partikel aus Bronze in der Wunde, was zu diesem Kerzenleuchter passen könnte, von dem Ihnen der Matrose erzählt hat. Das hat auch Brandis bestätigt. Der Leuchter stand auf seinem Tisch. Jetzt ist er verschwunden, der Täter muss die Tatwaffe also mitgenommen haben. Aber wer hatte ein Motiv, Magnussen umzubringen? Was hatte der um diese Zeit überhaupt auf der *Luna* verloren? Wir wissen, dass er gegen Mittag das Schiff verlassen hat und nach Hause gegangen ist. Dann kehrt er spät in der Nacht wieder dorthin zurück. Warum? Und wer schleicht sich nachts auf diesen Kahn, um den Mann zu erschlagen?«

»Keine Hinweise oder Beobachtungen?«

»Es gibt den einen oder anderen, den ich gefunden habe, der noch unterwegs war, aber niemand hat etwas gesehen, was uns weiterbringen würde.«

»Bleibt noch die Ehefrau des Kapitäns. Die lebt wieder in Kopenhagen. Einer von uns muss hinfahren. Machen Sie das?«

»Bei dem Wetter?«

»Tja, wir können wohl kaum bis zum Frühling warten, um unsere Ermittlungen fortzusetzen. Am Hafen liegen genug Schiffe. Eins davon wird bestimmt nach Dänemark auslaufen.«

»Ich werde immer so schrecklich seekrank auf diesen Kähnen.«

»Dann werde ich wohl fahren müssen.«

»Danke, Chef. Fahren Sie runter zur Hafenmeisterei, die können Ihnen sagen, wer wann nach Dänemark ausläuft. Oder Sie nehmen gleich ein Polizeiboot. Das geht schneller, selbst wenn wir es anmelden müssen.«

»Dann melden Sie es an. Ich gehe inzwischen noch mal zur Reederei.«

Sand ließ sich zum Hafen chauffieren. Auf dem Kai balancierte er über die rutschnasse Straße und geriet im Büro mitten in eine aufgeheizte Stimmung. Irgendein Schiff sollte auslaufen, war aber angeblich überladen. Es hatte Eisenbahnschienen nach Belfast geladen, und jemand, wer auch immer, hatte die Reederei Rose angezeigt.

Maximilian Rose saß mit verkniffenem Gesicht am Schreibtisch über irgendwelchen Listen, während sein Bruder mit einem Hafeninspekteur wild diskutierte und Brandis in seiner Kapitänskluft seltsam unbeteiligt mitten im Raum herumstand.

»Ich störe wohl gerade?«, fragte Sand. Franz löste sich aus seinem Gespräch und wies mit der Hand nach draußen. »Wir wollten ablegen, aber die *Magellan* ist angeblich überladen. Gut, sie liegt achtern ein wenig tief und macht etwas Wasser, aber Kapitän Brandis hat mir versichert, dass er ohne Bedenken mit ihr fahren will.«

»Ja, ist sie denn nun überladen oder nicht? Es gibt doch Bestimmungen, die die Fracht begrenzen, soviel mir bekannt ist.«

»Das ist alles in Ordnung. Ich will keine Namen nennen, aber das war einer von der Konkurrenz, der uns angeschwärzt hat, damit wir Zeit verlieren. Warum sind Sie eigentlich hier? Hat sich etwas Neues ergeben?«

»Ich wollte mit Ihnen noch einmal über Magnussen sprechen, aber ich sehe schon, das ist ein denkbar ungünstiger Augenblick.«

Franz wandte sich wieder dem Inspekteur zu, während Sand zu Brandis herüberging. »Was sagen Sie dazu, Käpt'n? Ist das Schiff überladen? Schließlich tragen Sie die Verantwortung für Menschen und Fracht.«

»Kommandos sind nicht einfach zu bekommen«, war die nüchterne Antwort. »Wenn ich ablehne, könnte sich der Eigner nach einem anderen Kapitän umschauen.«

»Ich dachte, Sie fahren schon seit über zehn Jahren für die Reederei Rose. So ein Verhältnis löst man doch nicht so einfach auf.«

»Reeder haben kein Geld zu verschenken. Wer Schwierigkeiten macht, steht plötzlich ohne Kommando da. Sie verstehen?«

»Sie sind ungewöhnlich offen, Käpt'n.«

»Ich habe auch kein Geld zu verschenken, Herr Kommissar, so einfach ist das. Und deshalb würde ich auch mit einem überladenen Schiff auslaufen.«

»Und wenn etwas passiert? Wenn das Schiff wirklich überladen ist, zahlt die Versicherung keinen Pfennig, wenn es untergeht.«

»Wenn etwas passiert, muss ich mich auf mein Können verlassen. Und auf die Mannschaft.«

»Sie sind nicht zu beneiden. Ist das die Fracht, die Magnussen ursprünglich fahren sollte?«

Brandis nickte.

»Und jetzt fahren Sie die Fracht mit einem anderen Schiff, ich verstehe. Sagen Sie, könnte Magnussens Tod etwas mit dieser Fracht zu tun haben?«

»Nein. Wir fahren etwa alle vier Wochen nach Belfast, immer mit ähnlicher Fracht.«

»Vielleicht stimmt mit dieser etwas nicht?«

»Dann lassen Sie sie untersuchen. Meine Leute haben jedenfalls nichts Auffälliges gefunden. Keine heimlich versteckten Diamanten, keine Goldbarren, noch nicht mal eine alte, abgegriffene Schatzkarte.«

Am Frühstückstisch fragte Lilly plötzlich, ob Anna Lust habe, mit ihr einen Krankenhausbesuch zu machen. Anna, müde von einer halb durchwachten Nacht und erleichtert, dass Lilly wieder den Kontakt zu ihr suchte, nickte.

»Wen besuchen wir denn?«

»Alexa. Chris Brandis' Tochter.«

Anna war plötzlich flau im Magen. Als hätte sie seit Tagen nichts gegessen. Dabei hatte sie gerade ein ziemlich üppiges Frühstück verspeist.

»Ich dachte, er ist unverheiratet.«

»Das ist er auch. Aber er hat eine Tochter.«

»Und wie alt ist die Tochter?«

»Fünfzehn.«

»Und wo ist die Mutter?«

»Sie lebt auf Kos, einer griechischen Insel.«

»Und warum lebt sie nicht hier?«

»Du stellst komische Fragen. So etwas passiert eben. Er hat nicht gewusst, dass sie schwanger war. Zu dem Zeitpunkt war er längst schon wieder unterwegs.«

Die nächsten zwei Stunden liefen an Anna vorbei wie im Nebel. Als stünde sie ständig neben sich, beobachtete sich und würde doch nichts klar sehen. Alexa im Krankenhaus. Ein hübsches Mädchen, dunkelblond mit schwarzen, orientalischen Augen. Dann mit Lilly und Tenner, der zu seinem üblichen bleiernen Schweigen zurückgekehrt war, zum Hafenbüro, wo der Teufel los war. Kommissar Sand hatte veranlasst, die gesamte Fracht der *Magellan* zu durchsuchen. Nun kämmten vier Beamte den Frachtraum durch. Franz war außer sich, denn jetzt verzögerte sich die Abfahrt der *Magellan* auf unbestimmte Zeit. Maxim hockte inzwischen ziemlich resigniert am Schreibtisch und aß ein Fischbrötchen. Der Maat der *Magellan* war gekommen und stand mit seinem Kapitän am Fenster, wo sie untätig dem lautlosen Fallen des Schnees zusahen.

Der alte Bürovorsteher servierte Kaffee und Tee. Selbst Flickwort war da und verkündete, dass es noch dauern könne, bis die Untersuchung abgeschlossen sei, was die Stimmung nicht besser machte.

Anna stand mittendrin und war verwirrt. Sie drehte instinktiv den Kopf zum Fenster. Da servierte der Bürovorsteher mit dem Tablett in der Hand seine heißen Getränke. Brandis lehnte höflich ab. Lilly beugte sich zu Anna hinüber und kicherte ihr ins Ohr: »Ist er nicht süß, unser Kapitän?«

»Nein«, gab Anna unterkühlt zurück. Süß war er ganz sicher nicht, aber er hatte etwas, was sie plötzlich magisch anzog. Das war schon in Berlin im Café so gewesen, nachdem sie im Museum gewesen waren. Ein ganz kurzer Moment nur, so kurz wie der Flügelschlag eines Schmetterlings, dann war der Moment vorbei gewesen. Jetzt war er wieder da, und sie verstand, was sie so irritierte. Es waren dieser Moment und dieser Mann.

Sie kannte eine Menge Männer, und in Berlin hatte es genug gegeben, die ihr den Hof gemacht hatten, auch wenn sie nur eine Sekretärin war. In ihrem schwarzen Spitzenkleid sah man das nicht. Das hatte sie eine Stange Geld gekostet, sich aber ausgezahlt. Ein Essen hier, eine Flasche Champagner da, eine Verabredung dort. Sie war nie auf eine Heirat aus gewesen, so wie Sabine, die sich einen reichen Mann suchte und schon mal mit dem einen oder anderen aufs Zimmer ging. Sie hatte das nie gemacht, und bis auf die Beziehung mit ihrem ehemaligen Freund hatte sie nur lose Bekanntschaften gehabt.

Aber das hier war etwas ganz anderes. Das war wie ein Blitz, der aus heiterem Himmel fällt. Und es war völlig unmöglich. Es war die Magie des falschen Augenblicks. Aber der Augenblick ging dieses Mal nicht wieder vorüber. Sie saß da, völlig entrückt, und hatte nur Augen für Chris Brandis. Sie wärmte sich die Hände an der heißen Teetasse, und während alle um sie herum schlechte Laune verbreiteten, fühlte sie sich, als schwebte sie wie eine Feder durch die Luft.

5 Dezember 1925

Die Untersuchung der *Magellan* war ergebnislos geblieben. Stattdessen wurde Sand am nächsten Morgen zur *Luna* gerufen, wo Flickwort ihn schon erwartete. Sand stieg die steile Treppe in den Frachtraum hinunter. Er war leer, bis auf einige Kisten, die vor einer Schiffswand standen. Sie waren etwas seltsam arrangiert wie ein Viereck, dessen Abschluss die Wand bildete. Flickwort hielt eine Taschenlampe in der Hand, und ihr Lichtstrahl fiel direkt auf die Kisten.

»Kisten«, bemerkte Sand trocken. »Was ist damit?«

»Kommen Sie mal, Chef.«

Flickwort ging an den Kisten vorbei bis zur Wand, schob eine der Kisten beiseite und leuchtete in das Karree hinein. Zwei Decken kamen zum Vorschein, ein Fass mit Wasser, ein Brot, ein Stück Butter, ein halber Laib Käse und ein Stück geräucherter Schinken, der auf einem Halstuch lag, so als wäre er darin eingewickelt gewesen.

Sand war verblüfft. »Was ist das? Ein Versteck?«

»Ich denke schon. Die Kisten sind so arrangiert, dass man das Innere nicht sehen kann. Wenn Sie mich fragen, dann sollte hier ein blinder Passagier versteckt werden.«

Sand nickte nachdenklich. Aber ganz blind konnte der Passagier nicht gewesen sein.

»Dem muss jemand geholfen haben. Das Ganze ist doch vorbereitet worden. Ein blinder Passagier schleppt doch kein Fass mit frischem Wasser an Bord. Der huscht so schnell es geht aufs Schiff und bringt nicht auch noch seinen ganzen Proviant mit.«

»Das denke ich auch. Ich habe mit einem Bäcker gesprochen. Das Brot ist keine vier Tage alt, es muss ganz frisch gewesen sein, als

Magnussen erschlagen wurde. Ich vermute, sein Tod hat etwas mit diesem blinden Passagier zu tun. Womit wir wieder bei der Mannschaft wären. Einer von denen muss die Sachen hier deponiert haben.«

»Wer würde sich als blinder Passagier auf einem Schiff verstecken? Einer, der die Überfahrt nicht bezahlen kann zum Beispiel.«

»Oder einer, der auf der Flucht ist. Der aus dem Land raus muss und erst in Belfast wieder aussteigt.«

»Vielleicht einer, der aus dem Gefängnis ausgebrochen ist. Überprüfen Sie das, Flickwort. Aber was hat der blinde Passagier mit Magnussen zu tun?«

»Es wäre doch denkbar, dass Kapitän Magnussen ihn selbst hier verstecken wollte. Es kam zum Streit, der blinde Passagier schlug ihm den Schädel ein und verließ das Schiff wieder.«

»Womit wir zumindest zum Teil ein Motiv hätten. Den Streit zwischen Magnussen und der Person, die er verstecken wollte. Jetzt müssen wir nur noch herausfinden, wer diese Person ist, dann hätten wir auch den Mörder.«

»Das ist wie die Suche nach der Nadel im Heuhaufen. Die Person wird geflüchtet sein und ist jetzt sonstwo.«

»Sie trommeln die Mannschaft zusammen und verhören sie wieder. Aber diesmal fassen Sie die Leute nicht mit Glacéhandschuhen an. Ich will Ergebnisse. Was ist mit Brandis?«

»Der ist noch da. Heute Morgen kam ein Schiff der Reederei aus Portugal. Das ist sofort wieder nach Löschen der Fracht mit den Eisenbahnschienen nach Belfast ausgelaufen.«

»Dann bestellen Sie mir Brandis ins Präsidium. Ach, ja, Tom, den Seemann, auch. Den befrage ich persönlich noch einmal.«

Kommissar Sand hatte wieder Oberwasser. Endlich. Tagelang war ihm gewesen, als irre er in einem Labyrinth herum. Das Labyrinth war mehr als vertrackt, doch jetzt sah er immerhin einen Weg, der nicht gleich wieder in einer Sackgasse mündete. Auf diesem Weg musste er bleiben. Als Erstes nahm er sich Tom vor. Der hockte etwas unsicher auf seinem Stuhl und versuchte sich zu erinnern.

»Also, ich bin so gegen zwei Uhr nachts aufs Schiff zurück. Ich war in allen möglichen Kneipen, und als ich zurückging, war ich voll wie tausend Russen, sorry, Herr Kommissar. Aber so war es.«

»Wie kamen Sie an Bord?«

»Da lag doch immer noch das Brett.«

»Liegt da immer ein Brett mitten in der Nacht?«

»Meistens nicht. Die Wache war auch nicht an Bord. Es gab keine. Aber es gab das Brett, das lag da.«

»Gut. Sie sind also an Bord. Und dann?«

»Bin ich ins Mannschaftslogis und direkt in meine Koje.«

»Ist Ihnen etwas aufgefallen? War da noch jemand außer Ihnen an Bord?«

Tom schüttelte den Kopf. »Nein. Da war niemand. Nicht mal 'ne Ratte habe ich gesehen.«

Sand konfrontierte ihn mit dem Versteck im Frachtraum.

»Da standen immer diese Kisten«, erinnerte Tom sich. »Schon seit Wochen. Warum die da standen, weiß ich nicht. Aber einen blinden Passagier hätte man da prima unterbringen können. Wer soll das gewesen sein?«

»Das wissen wir nicht. Ist Ihnen aufgefallen, dass einer aus der Mannschaft sich mehr als üblich im Frachtraum aufgehalten hat?«

»Nicht, dass ich wüsste. Da kann sich natürlich immer mal jemand hinunterschleichen. Das fällt nicht weiter auf.«

»Hatten Sie schon einmal einen blinden Passagier an Bord?«

»Ja, das muss so ungefähr vor einem Jahr gewesen sein. Ein Junge, der unter dem Beiboot lag. Er war von zu Hause ausgerissen, wollte unbedingt Seemann werden, aber sein Vater hatte wohl andere Pläne mit ihm.«

Sand gab es auf. Hier war anscheinend nichts mehr zu holen. Eine weitere Sackgasse. Also weiter. Der Nächste, den er holen ließ, war

Brandis. Der Kapitän wirkte nervös und übernächtigt. Tiefe Schatten lagen unter seinen Augen, und er war äußerst wortkarg, bis Sand ihm reinen Wein einschenkte.

»Sie hatten ein Versteck für einen blinden Passagier an Bord, Käpt'n. Wussten Sie davon?«

»Was?« Brandis beugte sich vor und starrte Sand entgeistert an.

Sand erklärte ihm, was sie gefunden hatten, und Brandis' Miene versteinerte immer mehr.

»Seit wann stehen diese Kisten da?«

»Sie sind Eigentum eines Göteborger Unternehmers. Der hat sie nie wieder abgeholt. Er ist pleite.«

»Sie haben sie einfach stehengelassen.«

»Ja. Es hat sich niemand mehr darum gekümmert.«

»Jemand hat sie als Versteck arrangiert. In der Nacht, als Magnussen ermordet wurde, wurde auch der Proviant an Bord gebracht, da sind wir uns sicher. Wir vermuten, dass der blinde Passagier Magnussen erschlagen hat. Aber er muss einen Helfer gehabt haben. Wer könnte das sein? Überlegen Sie, Käpt'n.«

»Woher soll ich das wissen? Ich wusste ja nicht mal etwas von diesem Versteck.«

»Sie waren es nicht?«

»Sie sind ja verrückt«, knurrte Brandis unfreundlich. »Jeder konnte in der Nacht an Bord, das Brett lag die ganze Nacht am Kai.«

»Wo waren Sie bis kurz vor Mitternacht?«

»Im Schwarzen Pferd, einer Hafenkneipe.«

»Und was haben Sie da gemacht?«

»Karten gespielt.«

»Und getrunken.«

Brandis nickte. »Ja. Ich war ziemlich fertig. Seit Wochen nur auf See, keine zwei Tage irgendwo an Land. Und dann komme ich nach Hause, und meine Tochter ist krank. Ich habe sie sofort ins Krankenhaus gebracht.«

»Wo lebt Ihre Tochter? Bei Ihnen?«

»Ich habe zwei Zimmer angemietet. In dem einen lebe ich, in dem anderen Alexa.«

»Wo ist die Mutter?«

»Auf Kos«, versetzte Brandis etwas verlegen.

»Wer kümmert sich denn um Ihre Tochter, wenn Sie ständig unterwegs sind?«

»Meine Vermieterin.«

»Gut. Sie können gehen. Aber Sie bleiben an Land und halten sich zu unserer Verfügung.«

Anna saß am Fenster. Draußen fiel immer noch der Schnee, aber es war nicht kalt genug, und so schmolz er auf dem Rasen dahin. Sie konnte die Förde sehen, ein schmaler, dunkler Streifen Wasser, in den die Flocken sanft hineintrudelten.

In drei Wochen würde Weihnachten sein. Was war bis dahin? Würde sie dann immer noch hier sein? Würde die Familie wollen, dass sie dann noch da war? Oder würde sie eher stören? Sie wusste es nicht. Bisher hatte keiner eine Bemerkung oder auch nur eine Andeutung gemacht, also war es an ihr, das Thema zur Sprache zu bringen. Aber was willst du selbst?, fragte sie sich. Willst du Weihnachten hier verbringen? Was machst du, wenn du wieder in Berlin bist?

Meist war sie bei ihren Eltern in dem kleinen Dorf in der Nähe von Schwerin gewesen. Ein etwas langweiliger Aufenthalt, aber sie hatte sich trotzdem immer gefreut, ihre Eltern wiederzusehen. Dann zu Silvester wieder in die Hauptstadt. Und dieses Jahr? Sie wusste, was sie sich wünschte, aber das war unmöglich. Selbst wenn sie noch hier gewesen wäre, wäre es unmöglich gewesen. Sie hätte mit der Familie feiern müssen, alles andere wäre sehr unhöflich gewesen. Außerdem waren ihre Wünsche eine Einbahnstraße. Wünsche, die wie die Schneeflocken auf dem Rasen dahinschmolzen. Nur für sie selbst noch sichtbar, niemand anderer hätte davon wissen dürfen. Sie würde sich darauf beschränken, *ihm* irgendwann irgendwo zu begegnen. Das war nicht unmöglich, sie war ihm immer wieder begegnet. Im Hafenbüro. Sie hätte Alexa besuchen können. Damit hätte sie einen Fuß in einen Teil seines Lebens gesetzt. Sie musste einfach mehr über ihn herausfinden, sie musste den Schlüssel zu einer Tür finden, bei der sie nicht wirklich wusste, was sich dahinter verbarg. Aber sie war fest entschlossen, zumindest den Versuch zu unternehmen.

Franz hatte sich von Tenner zum Hafen fahren lassen. Er war hier mit Collin verabredet, der wieder einen schweren Weg vor sich hatte. Am Kai lag der Dampfer *Casablanca*, der heute auslaufen würde. An der Gangway stand bereits der Kapitän und begrüßte die Passagiere.

Collin war die letzte Strecke stramm gelaufen und atmete schwer. Ein Packer trug seinen Koffer und eine lederne Tasche und versuchte mit ihm Schritt zu halten. Kurz vor der Gangway blieb Collin stehen, holte einmal tief Luft und sortierte die Zeitungen, die er in der Hand hielt.

»Die wollen Sie alle lesen?«, fragte Franz belustigt.

»Ja. Ich informiere mich, Sie nicht? Hier das Blatt der Roten, das Blatt der Deutschnationalen, der Liberalen, die Kieler Zeitung, die Kieler Neuesten Nachrichten … Alles da. Ich finde, man muss immer auf dem Laufenden bleiben.«

»Dieser verwirrende Blätterwald macht die Leute nur verrückt«, knurrte Franz. »Jede Zeitung schreibt etwas anderes.«

»Seien Sie doch froh, dass es so viele unterschiedliche Meinungen gibt. Es gab Zeiten, wo nur eine einzige Meinung vorherrschend war. Wollen Sie das zurück?«

»Nein. Ich will eine unabhängige Presse. Keine, die nur Meinungen verbreitet.«

»Dann träumen Sie weiter. Jede Zeitung schreibt nur das, was für ihre Zwecke dienlich ist. Jeder Verleger hat nun seine eigene Meinung, und jeder Journalist ist abhängig. Auch Journalisten müssen wohnen und essen und ihre Familie ernähren. Also schreiben sie das, was ihre Verleger lesen wollen.«

Collin bückte sich, verstaute die Zeitungen in der Tasche und richtete sich wieder auf. »Wissen Sie, Franz, ich kenne nur wenige Journalisten, die sich der Wahrheit verpflichtet fühlen und wirklich hinter die Kulissen blicken wollen. Die meisten von ihnen sind mittlerweile arbeitslos. Die sitzen jetzt in Berlin vor den Armenküchen und sind froh, wenn sie einmal am Tag eine warme Mahlzeit bekommen. Also vergessen Sie das Märchen von der unabhängigen Presse und kaufen Sie einfach keine Zeitungen mehr, wenn sie keine Meinungen lesen wollen. Oder lesen Sie nur den Sportteil, da sind Sie immer auf der sicheren Seite. Ich muss jetzt an Bord, sonst fährt die *Casablanca* ohne mich ab. Also, Sie kaufen die *Kristina Sund*, und ich kümmere mich um die Verträge mit den Chinesen. Leben Sie wohl, Franz.«

Sie schüttelten sich die Hände, und Collin betrat die Gangway. Er verschwand zwischen den Passagieren, während Franz nachdenklich zurückging.

Bei Elli. Wirklich kein schöner Ort zum Leben. Nicht mal, um zu sterben, und schon keiner, um sich wohl zu fühlen. Von Ruß geschwärzte Decken, roher Stein an den Wänden, wackelige Tische aus dem letzten Jahrhundert, in der Luft der Qualm von Zigaretten, Zigarillos, Pfeifen. Elli, die die Kneipe von ihrer Mutter übernommen hatte, hatte den Zenit ihrer Schönheit längst überschritten. Sie erinnerte Sand an eine Hexe, hatte eine schrille Stimme, stechende Augen, einen leicht hinkenden Gang, aber wer irgendetwas über Schiffe oder den Hafen wissen wollte, war bei Elli genau richtig. Hier liefen alle Fäden zusammen.

Hier war der Kommissar noch nicht gewesen. Hierher wäre er als Landratte allein auch nicht gegangen. Er hatte sich Hilfe mitgenommen, jemanden, der ihm zur Seite stehen würde, falls seine Fragen den Unmut Ellis oder der Gäste heraufbeschwören würden. Erst hatte er an Flickwort gedacht, aber den würde schon der Hauch eines Seemanns umwerfen, so klein, wie er war. Dann war er auf Brandis verfallen. Er hatte ihn einfach gefragt. Der trug eine komische blaue Jacke, die vorne kürzer als hinten und an den Seiten war, und hatte die Hände tief in den Taschen vergraben.

»Käpt'n Brandis«, rief Elli aus. »Sind Sie hier, um sich ein paar tadellose Seeleute auszusuchen?«

»Sicher nicht. Die letzten, die ich hier aufgegabelt habe, sind in Frisco von Bord, und dann habe ich sie nie wiedergesehen.«

Elli lachte und spähte zu Sand hinüber. »Und wer ist das?«

»Ein Freund. Er möchte etwas trinken.«

»Hey, Sam, bring dem Käpt'n und seinem Freund eine Flasche Kümmelschnaps.«

Sand nippte nur an seinem Glas. Seine Augen tränten von dem Qualm, das Stimmengewirr dröhnte ihm in den Ohren. Auf der untersten Stufe einer Treppe an der Wand saß ein Mann mit einem Akkordeon und spielte einsam vor sich hin. An den Tischen abgerissene Gestalten, dazwischen zwei Frauen mittleren Alters, deren Bestimmung nicht schwer zu erraten war.

»Gehen Sie jetzt und fragen Sie und vergessen Sie das Datum nicht«, raunte der Kommissar Brandis zu. Der ging von Tisch zu Tisch und sprach mit den Gästen. Aber viel Erfolg schien er nicht zu haben, also schritt er zum Tresen hinüber und sprach mit den beiden Schankmädchen. Eine von ihnen warf Sand einen misstrauischen Blick zu, löste sich dann vom Tresen und kam zu ihm herüber.

»Mir ist da tatsächlich jemand aufgefallen an diesem Abend. Ja, das war der zweiundzwanzigste November, daran kann ich mich gut erinnern, da hat meine Schwester Geburtstag. Der war noch nie hier, und wie ein Seemann sah der auch nicht aus. Er wirkte ziemlich nervös und wollte nur einen Schnaps. Den hat er getrunken, und dann war er auch sofort wieder weg.«

»Wann war das?«

»Das war so kurz vor elf Uhr.«

»Was sagte er?«

»Der sagte nur: ›Einen Schnaps.‹ Mehr nicht.«

»Beschreiben Sie ihn.«

»Normal groß, würde ich sagen, schlank, blond, er trug eine Kappe auf dem Kopf und eine braune Wolljacke. Ich weiß noch, dass er ungewöhnlich blass war. So, als hätte er ewig keine Sonne mehr gesehen. An mehr kann ich mich nicht erinnern.«

»Wir könnten eine Zeichnung von seinem Gesicht anfertigen lassen. Wir nennen das ein Phantombild.«

»Ja, davon habe ich gehört. Ich kann es versuchen.«

Maxim lag im Wohnzimmer auf der Couch und hatte die Augen geschlossen. Seit dem Morgen hatte ihn wieder dieser Schwindel gepackt. Er hatte alle Verabredungen abgesagt und würde zu Hause bleiben. Franz, der schon im Mantel auf dem Weg ins Büro war, blieb stehen.

»Soll ich den Arzt kommen lassen?«

»Nein. Ich werde mich heute etwas ausruhen.«

Franz trat ans Schachbrett. Gestern Abend hatte er mit seinem Vater eine Partie gespielt, sie aber nicht beendet. Es sah nicht gut für ihn aus.

»In drei Wochen ist Weihnachten«, bemerkte er beiläufig. »Möchtest du, dass Anna über die Feiertage hierbleibt?«

»Ja. Warum nicht? Sie stört doch nicht.«

»Sie kann nicht ewig hierbleiben.«

»Natürlich nicht.«

»Der alte Berger braucht Unterstützung, der geht Ende nächsten Jahres sowieso in Rente. Dann fehlt uns jemand, der die Schreibarbeiten und die Buchhaltung im Hafenbüro macht.«

»Ja, und?«

Franz sah wieder aufs Schachbrett hinunter. Der letzte Zug war der seines Vaters gewesen. Jetzt war er dran. Sein Turm wackelte. Ein kurzer Moment der Unachtsamkeit, und er hatte das Spiel fast verloren. Nur ein geschickter Zug würde ihn noch retten können.

»Was ist, wenn ich Anna die Stelle anbiete?«

»Anna? Wieso Anna?«

Es dauerte etwas, bis Maxim verstand, was sein Bruder ihm sagen wollte, aber wirklich überrascht war er nicht. Er hatte längst bemerkt, dass Franz ein Auge auf Fräulein Herzog geworfen hatte.

»Du willst, dass sie hierbleibt, habe ich recht?«

»Wäre das so schlimm? Die Leute reden schon. Keiner weiß, was in Berlin passiert ist, also fragen sie sich, warum diese Frau schon so lange bei uns wohnt. Sie ist keine Verwandte, keine Verlobte, also was ist sie?«

»Was gehen uns die Leute an?«

»Ich habe vor, in die lokale Politik einzusteigen. Da kann ich mir dummes Gerede nicht leisten.«

»Auch das noch!«, murmelte Maxim und stand auf. Er ging zum Tisch hinüber und trank einen Schluck Wasser.

»Ich übersetze das mal«, versetzte er sarkastisch. »Du hast dich in Anna verliebt, und weil du vorhast, einen Sitz im Stadtrat zu ergattern, bereitest du nun eine offizielle Verbindung vor. Erst wird sie für uns arbeiten, dann machst du ihr einen Heiratsantrag. Du hast nur eins dabei vergessen.«

»Ach ja, und was?«

»Sie kann nicht hier wohnen bleiben. Dann wird das Gerede weitergehen.«

»Ich werde ihr eine kleine Wohnung in der Stadt anmieten.«

»Das wirst du wohl müssen. Ein guter Schachzug. Und wenn sie nicht will? Wenn sie lieber wieder zurück nach Berlin möchte?«

»Das wird sich zeigen.«

»Vater wird nicht begeistert sein. Er hatte sich seine Schwiegertochter anders vorgestellt. Eine Sekretärin! Was ist mit Margot? Trefft ihr euch nicht mehr?«

»Nein. Was hast du gegen Anna?«

»Gar nichts. Hast du dir das auch gut überlegt? Es wäre unfair, sie anzustellen, ihr eine Wohnung anzumieten und sie dann im Regen stehen zu lassen.«

»Das würde ich nie tun, und das weißt du. Ich bin jetzt über dreißig, Maxim, und einmal muss ich mich binden. Und keine hat mir bisher so gut gefallen wie Anna. Warum also nicht Anna? Aber bitte, das bleibt vorerst unter uns. Und jetzt muss ich zum Hafen, da wartet ein wichtiger Kunde.«

Er wusste nichts von diesem Kunden, außer seinem Namen. Fischer. Der Mann war groß, trug einen Vollbart und einen sündhaft teuren Anzug. Er sah aus wie ein Seemann, der sich in Schale geworfen und sich den Anschein eines seriösen Geschäftsmanns gegeben hat.

Sie saßen am Tisch, und Berger servierte Kaffee. Er habe einen Auftrag für die Reederei, erklärte Fischer, und dann nannte er eine Summe, die Franz mehr als hellhörig machte. Fischer fuhr fort, er brauche ein Schiff, das nach Russland fahre, dort die Fracht aufnähme und wieder zurück nach Kiel segele, wo die Fracht dann gelöscht würde. So weit hatte der Auftrag nichts Außergewöhnliches, bis auf den Preis. Und die Papiere. Und an dieser Stelle wurde es selbst für Franz, der so gut wie jeden Auftrag annahm, ziemlich dubios. Zehn Kisten für einen Preis, für den man ganze vierhundert Tonnen hätte transportieren können. Vierhundert Tonnen fasste die *Luna*. Zehn Kisten wären im Frachtraum der *Luna* gar nicht aufgefallen. Franz war vorsichtig. Er fragte nach den Frachtpapieren und traf damit genau ins Schwarze. Fischer beugte sich vor und senkte seine Stimme. »In den Kisten befinden sich Bücher. Kostbare Bücher. Bibeln, alte Handschriften, Folianten, was immer Sie wollen. Also wird in den Frachtpapieren Bücher stehen.«

»Und was ist wirklich drin?«

Fischers Stimme wurde noch leiser. »Wenn Sie den Auftrag annehmen, sind Sie zum Schweigen verpflichtet. Darauf müssen Sie mir Ihre Hand geben. Ich hätte auch nichts dagegen, wenn Sie einfach nur den Auftrag ausführen und nicht weiter fragen.«

»Wenn die Ostsee vereist, können wir nicht fahren.«

»Die See ist offen. Den Bestimmungshafen bekommen Sie über einen Mittelsmann.«

»Und wenn ich doch frage?«

»Das liegt ganz bei Ihnen. Wenn Sie Skrupel haben …«

»Wie kann ich Skrupel haben, wenn ich nicht weiß, worum es geht? Wie hoch ist mein Risiko?«

»Es gibt keins. Lassen Sie mich es so formulieren: Es gibt gewisse Kreise in der Regierung und im Auswärtigen Amt, die diesen Auftrag unterstützen. Falls also etwas schiefgehen sollte, sind Sie immer auf der sicheren Seite.«

»Gut. Dann geben Sie mir Ihre Hand darauf.«

Fischer streckte ihm die Hand entgegen, und er schlug ein, ohne zu zögern.

»Was ist jetzt wirklich in den Kisten?«

Fischer sah verstohlen zu Berger hinüber, aber der saß in seiner Ecke und schrieb auf seiner Schreibmaschine.

»Artilleriemunition.«

Im Krankenhaus saß Anna an Alexas Bett, die vor sich hin döste. Sie versuchte, in dem Gesicht des Mädchens den Vater zu entdecken. Es waren die vollen, dunkelblonden Haare und die hohen Wangenknochen. Alexa sprach Deutsch mit einem starken griechischen Akzent, und wenn sie wach war, konnte Anna ihr ein paar Sätze entlocken. Alexa wunderte sich nicht über die Anwesenheit der fremden Frau, sie hielt sie für eine Freundin von Lilly, die sie gut kannte, und hatte keine Ahnung, was Anna wirklich hier wollte.

Sie erzählte von ihrer Mutter, die in der Hauptstadt der Insel eine Taverne besaß.

»Willst du in Deutschland bleiben?«, fragte Anna.

»Mein Vater will, dass ich wieder zurückfahre. Er sagt, er ist nie da, aber ich habe doch Frau Walter, die sich um mich kümmert.«

Alexa schloss die Augen und schien wieder einzudösen. Anna war nervös. Wie würde Brandis reagieren, wenn er wirklich plötzlich zur Tür hereinkäme? Unwirsch, freundlich, gleichgültig? Sie hatte keine Ahnung. Sie hatte eher das Gefühl, sich zu verrennen, was sie noch unruhiger machte. Sie lief einer Schimäre hinterher. Sie kannte den Mann kaum, und ein Kapitän war ganz sicher keiner, den eine Frau sich wünschte. Einer, der ständig unterwegs war, der jederzeit mit seinem Schiff untergehen konnte. Selbst wenn er etwas für sie empfinden würde, was hätte sie von einem solchen Mann gehabt? Nicht alle waren so wie ihre Großmutter, die damit hatte umgehen können. Die sich nie beschwert hatte. Ihre Großeltern hatten sogar ein besonders inniges Verhältnis zueinander gehabt. Lag es daran, dass sie so viel getrennt gewesen waren?

Alexa schlug wieder die Augen auf.

»Wann kommt dein Vater dich besuchen?«, fragte Anna.

»Ich weiß nicht.«

»War er gestern da?«

Alexa nickte. »Es ist immer kalt hier«, sagte sie und lächelte etwas verlegen.

»Wir haben Winter. Wie ist es auf Kos im Winter?«

»Nicht so kalt.«

»Schlaf gut, Alexa.«

Anna stand auf und ging leise aus dem Zimmer.

Den Nachmittag verbrachte Anna in der Bibliothek. Sie las nicht, sie saß einfach da, sah dem Regen zu, der am Fensterglas hinunterrann, und dachte an Brandis. Plötzlich hörte sie laute Stimmen von nebenan aus dem Rauchsalon, wohin sich die beiden Brüder und der Vater zurückgezogen hatten.

»Du willst Aktien kaufen, von denen Collin dir ausdrücklich abgeraten hat«, hörte sie Maxims aufgebrachte Stimme. »Dann nimmst du eine Fracht an, die ganz offensichtlich illegal, wenn nicht gleich kriminell ist. Du wirst noch die ganze Firma ruinieren.«

»Fischer hat mir versichert, dass nichts passieren kann«, kam die Antwort von Franz. »Selbst wenn die Polizei die Kisten aufbrechen würde.«

»Du kennst diesen Fischer doch gar nicht. Ich bin mir sicher, der Name ist falsch. Und dann Artilleriemunition. Das ist Kriegsmunition, Franz! Ich dachte, die Sache mit dem Krieg hätten wir hinter uns. Nie wieder Krieg, erinnerst du dich?«

»Das Geschäft konnte ich nicht ablehnen. Und wenn es hundertmal Kriegsmunition ist, ich habe nicht vor, sie zu benutzen, ich transportiere sie nur.«

»Ja, das sagen alle, und plötzlich tragen wir wieder Gewehre in den Händen und sind auf dem Weg an die Westfront. Ich mache da nicht mit. Sag du doch mal etwas, Vater.«

Ein kurzes Schweigen entstand.

»Franz hat mein volles Vertrauen«, ließ sich der Vater dann vernehmen. »Du warst sieben Jahre nicht da, Maximilian. Wenn Franz nicht gewesen wäre, gäbe es die Firma jetzt nicht mehr. Also hör auf, ihn zu kritisieren. Er weiß, was er tut.«

»Ja, und ich hätte in Berlin bleiben sollen. Was ist das überhaupt für eine Geschichte, dass Kreise der Regierung hinter diesem Geschäft stehen? Was ist mit denen, die nicht hinter dem Geschäft stehen? Und warum wollen sie heimlich Artilleriemunition transportieren? Warum nicht öffentlich? Dahinter steckt doch eine Riesenschweinerei, die …«

»Das geht uns nichts an«, schnitt Franz seinem Bruder grob das Wort ab. »Wir sind Reeder, keine Politiker.«

»Wetten, dass diese Munition gegen den Versailler Vertrag verstößt? Wann soll die *Luna* überhaupt auslaufen?«

»In drei Tagen. Die Ostsee ist frei, wir können also ohne Probleme segeln.«

»Und wer hat das Kommando? Lass mich raten! Brandis. Und du wirst ihm kein Wort davon erzählen, was er da transportiert, habe ich recht?«

»Stimmt. Es hat keinen Sinn, ihn damit zu belasten. Aber vielleicht finden wir auch einen anderen.«

»Na, du wirst schon den Richtigen finden. Der Mann wird im Packeis steckenbleiben, wenn ihm nicht vorher seine mörderische Fracht um die Ohren fliegt.«

Eine Tür schlug. Dann herrschte Stille.

Anna lief durch den Wald. Sie brauchte frische Luft und einen kühlen Kopf. Sie geriet zunehmend in diese familiären Zwistigkeiten, die sie nichts angingen. Sie war hier nur zu Besuch. Und dieser Besuch würde genau hier und genau jetzt zu Ende gehen.

Sie fühlte sich immer mehr verstrickt in die Familie, und dann war da noch Brandis, der ihr den Kopf verdreht hatte, ohne überhaupt irgendetwas dazu getan zu haben. Sie hatten, seit sie in Kiel war, keine zehn Minuten miteinander geredet, er hatte ihr nie Avancen gemacht, sie nie zu was auch immer eingeladen. Auch das ein Grund, endlich abzureisen, denn daraus konnte nie etwas werden.

Anna blieb auf dem Weg, um sich nicht zu verlaufen. Es roch nach Pilzen und nach Fuchs. Sie stapfte durch die Blätter und gelangte schließlich zu einem kleinen Haus. Es sah aus wie ein Hexenhaus, schien unbewohnt und schlief mitten im Wald vor sich hin. Es hätte Anna nicht gewundert, wenn gleich eine Hexe mit einer schwarzen Katze auf der Schulter aus der Tür getreten wäre und sie mit einem bösen Blick in Stein verwandelt hätte. Moos hatte die hölzernen Wände überzogen, und aus dem Moos sprossen winzige Pilze hervor. Hinter den Fenstern hingen zerschlissene Gardinen, und die verrotteten Fensterläden hingen schief in ihren Angeln.

Anna lief weiter. Das Laufen tat ihr gut und führte sie immer tiefer in den Wald hinein. Rotbuchen säumten den Weg, hoch aufstrebend wie Kathedralen, und schirmten das Licht ab.

Mitten im Wald lag ein kleiner, kreisrunder Teich. Rund wie mit dem Zirkel gestochen. Ein Moorauge oder eher ein Waldauge. Der graue Himmel spiegelte sich im Wasser und wurde vom Wind leicht hin und her geschaukelt. Irgendwo schrie ein Käuzchen, an den Büschen hingen glänzende, rote Beeren wie kleine Karfunkelsteine.

Anna setzte sich auf einen Stein und starrte ins Wasser.

»Anna!«

Eine Stimme wie aus dem Märchenwald. Aber es war nicht die Stimme der Hexe, es war die Stimme der Fee. Die Fee hieß Lilly und hatte sich Sorgen gemacht. Sie setzte sich neben Anna auf den Stein.

»Das ist der Mondspiegel. Wenn der Vollmond hineinfällt, dann versilbert er das Wasser. Ganz silbern wird es.«

»Was machst du hier, Lilly?«

»Maxim sah dich in den Wald gehen. Er wollte nicht, dass du dich verläufst.«

»Ich bin immer nur auf dem Weg geblieben.«

»Es wird gleich dunkel. Im Dunklen findest du den Weg nicht mehr.«

»Wie Hänsel und Gretel.« Anna lächelte.

»Ja. Wie Hänsel und Gretel. Fehlt nur noch die Hexe.«

»Die wohnt da drüben in dem verfallenen Haus. Aber sie ist nicht zu Hause.«

»Die wird schon wiederkommen, bis dahin müssen wir weg sein.«

»Lilly, ich will nach Berlin zurück.«

»Schade. Aber ich kann dich verstehen. Hier ist es bestimmt langweilig für dich.«

»Langweilig?«

»Na ja, das Leben in Berlin ist sicher schrecklich aufregend. Hier ist nichts los. Und in Berlin hast du bestimmt auch einen Freund.«

»Nein. Ich hatte einen, aber das ist vorbei.«

»Es ist verdammt schwer, jemanden zu finden, den man wirklich mag. Dieser Mann, du weißt schon, das ist ein ehemaliger Klassenkamerad. Ich mag ihn sehr, aber meine Eltern wollen, dass ich jemanden heirate, der in die Familie passt. Das alte Lied, Shakespeare lässt grüßen.«

»Was ist mit Brandis?«

»Nichts. Eine kindliche Dummheit. Du bist viel eher sein Typ. Er hat richtig geschwärmt, als er aus Berlin wieder zurück war. Und das will bei ihm etwas heißen, der lässt sich nicht so schnell aus der Reserve locken.«

Ein einziger Satz, und Annas Vorsätze fielen zusammen wie ein Kartenhaus. Sie starrte Lilly an. »Ist das wahr?«

Lilly lachte. »Sicher. Jetzt sag nicht, du hast ein Auge auf unseren Kapitän geworfen? Mach dir nicht zu viele Hoffnungen, Anna, der lässt sich nicht von einer Frau an die Kette legen.«

Es war noch früh am Morgen. Die ersten Hafenarbeiter tauchten am Kai auf, die ersten Möwen flogen übers Wasser. Feiner Dunst bedeckte die Förde und wurde von einem leichten Wind weiter aufs Meer hinausgetrieben. Die Schiffe schliefen noch. Nur eins erwachte langsam zum Leben, das war die *Luna*. Brandis wartete auf den Kapitän, der heute auslaufen sollte. Der Mann hieß Wesseling und galt als ein sehr vorsichtiger Mann. Kein Draufgänger, eher sensibel, vorausschauend und korrekt. Manche sagten, ein eher ängstlicher Mann, der besser in einem Büro aufgehoben wäre. Aber Wesseling war stolz auf sein Patent und fuhr mit Leidenschaft zur See. Brandis hatte so schnell keinen anderen gefunden. Er stand an der Reling und wartete. Endlich tauchte Wesseling auf. Er hatte ein stolzes Gesicht aufgesetzt und trug seine Uniform wie ein Kaiser. Er warf sich in die Brust und überblickte sein Reich: die *Luna*. Immer noch ein schönes Schiff. Beste Klassifizierung, obwohl sie schon so alt war. Der Reeder hatte sie komplett überholen und die Versicherung erneuern lassen. Sie hatte nur einen einzigen Schönheitsfehler. Den toten Kapitän, der in der Kajüte gelegen hatte, die jetzt seine Kajüte sein würde.

Brandis schmunzelte unwillkürlich und gab Wesseling die nötigen Informationen.

»Die *Luna* hat nur Ballast geladen. Der Bestimmungshafen ist Ihnen bekannt?«

Wesseling nickte eifrig. Es war ihm anzusehen, dass er darauf brannte, dieses Kommando zu übernehmen. Er hätte wahrscheinlich jedes übernommen, und wenn der Teufel persönlich ihm das Kommando übertragen hätte.

»Was lade ich am Bestimmungshafen?«, fragte er.

»Zehn Kisten.«

»Zehn Kisten? Mehr nicht?«

»Genau.«

»Und was ist drin in den Kisten? Morgans Schatz?«

Brandis grinste und händigte ihm die Frachtpapiere aus. »Nein. Bücher. Müssen sehr wertvoll sein.«

»Warum nehmen wir nichts mit?«

»Der Eigner hat wohl so schnell keine Fracht bekommen. Und viel später können Sie nicht segeln, irgendwann friert die Ostsee zu. Also machen Sie schnelle Fahrt und setzen Sie so viel Zeug wie möglich. Ist die Mannschaft komplett?«

»Ich habe keinen Zweiten Maat gefunden.«

»Den brauchen Sie nicht.«

Wesseling sah prüfend nach oben. »Wir haben ablandigen Wind, das ist gut.«

Die ersten Seeleute trudelten ein und begaben sich ins Mannschaftslogis, um ihre Habseligkeiten zu verstauen. Der Wind frischte auf und zerrte an den Schoten.

»Warum fahren Sie nicht selbst?«, wollte Wesseling wissen.

»Meine Tochter ist krank.«

»Verstehe.«

»Mast- und Schotbruch, Käpt'n«, sagte Brandis, schüttelte Wesseling die Hand und ging an Land.

Eine Stunde später stand er am Fenster des Hafenbüros, aber von hier aus konnte er den Anlegeplatz der *Luna* nicht sehen. Sie war vermutlich sowieso schon aus dem Hafen hinaus. Er hatte ein schlechtes Gewissen, den feinfühligen, überaus korrekten Wesseling ausgerechnet mit dieser Fracht in See stechen zu lassen. Er wusste, was in den Kisten war, das hatte er Maxim zu verdanken. Franz hatte den brisanten Inhalt mit keinem Wort erwähnt.

»Wird schon alles gutgehen«, hörte er Maxims Stimme hinter sich. »Wesseling ist so gut oder schlecht wie jeder andere. Er hat einen guten Ersten Maat. Der ist erfahren, fährt schon seit zwanzig Jahren zur See.«

»Ich kenne den Mann«, murmelte Brandis. Der Erste Maat war ein harter Hund, der die Leute in den Wanten schlafen lassen würde, wenn es nötig war. Genau der Richtige für ein solches Kommando. Wesseling war zu weich, ein Ästhet, ein Aristokrat, der ursprünglich Jura studiert hatte, bevor ihn die Leidenschaft zur See getrieben hatte.

»Was ist mit dieser Fracht?«, fragte Brandis und setzte sich an den Tisch. »Rüstet die Regierung wieder auf?«

»Sieht ganz so aus. Heimlich, still und leise. Und wir sind die Handlanger. Ich war dagegen, aber Sie kennen ja meinen Bruder. Der denkt nur ans Geld. Der will aus der Reederei eine zweite Norddeutsche Lloyd machen. Das wird unseren europäischen Nachbarn nicht gefallen. Sie kennen ja die Gerüchte.«

»Welche Gerüchte?«

»Dass die Engländer den Krieg unbedingt wollten, um die deutsche Wirtschaft in die Knie zu zwingen, allen voran die chemische Industrie und die Handelsschifffahrt. Oder dass zumindest England und

Frankreich schon 1915 die Reste des Osmanischen und Russischen Reiches in geheimen Verträgen untereinander aufgeteilt haben sollen.«

»Ja, ich hörte davon.«

»Ich war bei der Marine, Käpt'n. Wissen Sie, dass die meisten Torpedos, mit denen die deutschen U-Boote ausgestattet waren, aus amerikanischen Rüstungsunternehmen stammten?«

»Dann wurden die englischen Kreuzer mit den Waffen der Amis torpediert?«

Maxim nickte belustigt. »Ja, die Welt ist klein. Überall trifft man auf gute Freunde.«

Der Vater hatte es sich am Kamin gemütlich gemacht, während Franz vor dem Schachbrett stand. Eine neue Partie, und diesmal war er ganz sicher im Vorteil. Anna saß noch am Mittagstisch, den das Hausmädchen gerade abräumte.

»Soll ich Herrn Maximilian das Essen warm halten?«, fragte sie.

Franz nickte.

»Wo ist er eigentlich?«, wollte Anna wissen.

»Es ging ihm nicht gut«, antwortete Franz. »Wieder dieser Schwindel. Er wird auf seinem Zimmer sein. Ich wollte nach ihm sehen, aber dann kam mir dieser Anruf dazwischen. Und jetzt muss ich schnellstens zur Bank ...«

»Ich gehe«, sagte Anna und stand auf. Sie lief die Treppe hinauf und klopfte an Maxims Zimmertür. Keine Antwort. Sie klopfte wieder. Nichts. Sie drückte die Klinke herunter und schob langsam die Tür auf. Sein Bett war von hier aus nicht zu sehen, also machte sie ein paar Schritte ins Zimmer hinein. Das Bett war leer. Sie ging ins Bad, aber auch da war er nicht. Sie stand etwas unschlüssig im Raum herum, als ihr Blick auf ein großes, mit schwarzer Tinte und Druckbuchstaben beschriebenes Blatt Papier fiel. Es lag auf dem Schreibtisch unter einem Haufen von Briefen und war etwas verrutscht, so dass die ersten beiden Zeilen gut zu lesen waren.

Er wird am 22. November kurz vor Mitternacht am Kai sein. Lassen Sie das Laufbrett liegen, damit er an Bord der Luna *gehen kann und sorgen Sie für den Proviant.*

Anna stutzte. Das waren Zeilen, die an Maxim gerichtet waren und sie gar nichts angingen. Aber der Inhalt der beiden Sätze war so alarmierend, dass sie ihn gar nicht ignorieren konnte. Von Kommissar Sand wusste sie, dass auf der *Luna* ein blinder Passagier versteckt werden sollte und dass irgendjemand für dessen Proviant gesorgt hatte. Sie zog das Papier ein Stück unter den Briefen hervor.

In Belfast hat die OC zwei irische Mittelsmänner, die ihm die nötigen Papiere ausstellen werden. In Irland ist er sicher, zumal ihn dort niemand mit dem Mord an Erzberger in Verbindung bringen kann.

Mehr Instruktionen sind nicht nötig. Vernichten Sie das Papier, wenn Sie es gelesen haben.

Anna schob das Papier hastig unter die Briefe, so dass es nicht mehr zu sehen war. Doch ihre Konfusion wurde immer größer. Mord an Erzberger? Was hatte Maxim mit dem Mord an Erzberger zu tun?

»Aus, kleines Licht! –
Leben ist nur ein wandelnd Schattenbild:
ein armer Komödiant, der spreizt und knirscht,
sein Stündlein auf der Bühn' und dann nicht mehr
vernommen wird. Ein Märchen ist's, erzählt
von einem Dummkopf, voller Klang und Wut,
das nichts bedeutet.«

Zwei Stunden Macbeth. Anna trug ein neues Kleid und neue Schuhe. Franz war mit ihr einkaufen gegangen. Etwas, das jeder Mann hasste, er war da keine Ausnahme. Aber es wurde Zeit, dass er ihr zeigte, wie sehr er sie schätzte. Sie hatte einen guten Geschmack, der ihn einiges kostete, doch das war es wert. Sie liebte Samt, diesmal in einem silbrigschimmernden Anthrazitgrau mit weißen Perlen am Kragen. Blau für Festivitäten, Grün für die Oper, Silbergrau fürs Theater. Anna sah hinreißend aus. Nach der Vorstellung spendierte er Champagner und stellte sie einigen Geschäftsfreunden vor, aber sie schien bedrückt, vielleicht mochte sie Shakespeare einfach nicht. Das nächste Mal würde er sie ins Varieté einladen.

»Aus, kleines Licht!«, zitierte sie mit einem resignierten Lächeln. »Vielleicht ist Leben wirklich nur ein Märchen, das nichts bedeutet.«

»So pessimistisch?«

»Franz, ich möchte gerne zurück.«

»Nichts mehr essen?«

»Nein. Ich bin müde.«

Er nickte. Er hätte endlich mit ihr reden müssen, ihr sagen, dass er sich wünsche, sie würde hierbleiben. Er hätte ihr die Stelle anbieten können, aber er zögerte. Einer müden, pessimistisch gestimmten Frau machte man keinen Antrag.

»Das nächste Mal gehen wir ins Varieté. Was hältst du davon?«

»Gute Idee. Aber meinetwegen musst du das nicht machen.«

»Ich liebe das Varieté.«

Er führte sie hinaus auf die Straße, wo Tenner mit dem Wagen wartete. Er ließ sich Zeit. Er hatte Zeit.

Anna lag auf dem Bett und starrte die Wand an. Das verräterische Blatt Papier lag nur zwei Zimmer von dem ihren entfernt. Es lag da unter diesen Briefen und verspritzte sein Gift. Anna konnte es bis hierher riechen. Sie hätte damit zur Polizei gehen müssen. Zu Kommissar Sand, der versuchte, den Mord an Magnussen aufzuklären.

Aber sie konnte nicht. Sie versuchte sich vorzustellen, was Maxim damit zu tun haben könnte. Hatte Maxim den blinden Passagier versteckt? War er in jener Nacht an Bord gewesen, hatte den Proviant versteckt und Magnussen erschlagen? Und war der blinde Passagier ein Helfershelfer der Mörder Erzbergers gewesen?

Ihr schwindelte der Kopf. Die Zeilen auf dem Papier waren eigentlich unmissverständlich. Auch die Organisation, von der die Rede war, war ihr bekannt. Der Mord an dem Reichsfinanzminister war damals groß durch die Presse gegangen. Bei der Organisation handelte es sich um die OC, die Organisation Consul, einen rechtsnationalen, terroristischen Geheimbund. Zwei Mitglieder, fanatische Gegner der demokratischen Verfassung, hatten Erzberger irgendwo in Bayern aufgestöbert und ihn auf einem Waldweg erschossen. Was hatte Maxim mit solchen Leuten zu tun?

Sie war hin- und hergerissen und wusste nicht, was richtig war. Gar nichts tun oder zu Sand gehen oder Maxim zur Rede stellen? Dann redete sie sich ein, dass sie das alles überhaupt nichts anginge. Es war Sands Aufgabe, Magnussens Mörder zu finden. Aber sie wusste, dass dieses Blatt Papier mit seinen verräterischen Zeilen da lag. Sie musste mit jemandem reden, aber wem konnte sie vertrauen? Franz? Wohl eher nicht, der würde seinen Bruder schützen wie auch der Rest der Familie.

Sie konnte nach Berlin zurückfahren und die schreckliche Geschichte einfach auf sich beruhen lassen. Aus, kleines Licht!

In der Nacht hatte sie einen Alptraum. Ein wirres Gespinst aus irren Szenen, die sich sinnlos aneinanderreihten. Aus verwaschenen, grau-schwarzen Bildern von bizarren Schatten, morbiden Gestalten, deren unheimliche, körperlose Konturen eine Treppe hinaufstiegen, Spinnenfingern an der Wand, lautlos schreienden Mündern, blutenden Herzen, zupackenden Händen, die sich um einen Hals gekrallt hatten, und als sie wach wurde, war sie schweißgebadet.

Am nächsten Tag ließ Anna sich von Tenner in die Stadt fahren. In die Nähe des Polizeipräsidiums. Den Rest ging sie zu Fuß. Da stand sie dann in der frostigen Kälte auf der Straße und starrte die Fenster an. Irgendwo hinter einem dieser Fenster saß Sand und zermarterte sich den Kopf, wer den Kapitän erschlagen hatte. Wer diesen blinden Passagier auf der *Luna* verstecken wollte. Sie hatte ihre Handschuhe vergessen, und langsam wurden ihre Finger zu Eis.

»Fräulein Herzog! Wollen Sie zu uns oder bewundern Sie nur die ausnehmend schöne Fassade unseres Präsidiums?«

Plötzlich stand Flickwort neben ihr und grinste sie an.

»Ich kam nur zufällig hier vorbei«, murmelte sie, nickte ihm zu und ging wieder zurück in die Straße, wo Tenner auf sie wartete. Sie stieg ein und ließ sich zum Hafenbüro fahren. Aber kein Ort auf der Welt würde ihr die Entscheidung abnehmen. Sie musste sie selbst treffen, und zwar bald. Im Hafenbüro saß sie am Fenster und beobachtete das Treiben, der Zauber war jedoch verflogen. Die Schiffe interessierten sie nicht mehr. Sie sah Brandis auf das Haus zukommen und griff unwillkürlich nach ihrem Mantel. Sie wollte auch Brandis nicht sehen, aber es war zu spät. Die Tür flog auf, und er trat ein. Er setzte sich zu ihr und erzählte, dass er im Krankenhaus gewesen sei. Alexa gehe es besser.

»Das war jetzt schon ihre dritte schwere Erkältung innerhalb eines Jahres. Der Arzt führt das auf unser raues Klima zurück, das ihr nicht guttut. Ich werde sie zurück nach Kos schicken müssen.«

Anna nickte nur und sagte kein Wort. In ihrem Kopf spielte ein ganz anderer Film. Dann jedoch fiel es ihr plötzlich wie Schuppen von den Augen. Vielleicht war Brandis genau der Richtige, mit dem sie sprechen konnte. Er war nicht Teil dieser Familie und von daher nicht so befangen wie die Familie selbst. Er mochte Maxim, das wusste sie, auf der anderen Seite besaß er genug Abstand, um die Situation objektiver zu beurteilen als sie.

»Ich muss mit Ihnen sprechen, Chris. Aber nicht hier. Wo können wir ungestört sein?«

Er hatte ein Lokal in Hafennähe vorgeschlagen. Gutbürgerliches Milieu. Die meisten Gerichte, die auf der Karte standen, waren Fischgerichte. Anna war mit der Straßenbahn gefahren, denn Tenner hätte sie verraten können, auch wenn sie ihm nicht zutraute, mehr als nötig den Mund aufzumachen.

Brandis saß bereits am Tisch, als sie das Lokal betrat. Er bestellte eine Flasche Wein, und im ersten Moment war Anna sprachlos. Sie wusste nicht, wie sie es anfangen sollte, den richtigen Faden zu spinnen. Spann sie den falschen, würde sie ihn vielleicht verschrecken. Hinter ihm brannte eine Lampe an der Wand. Sein Gesicht war dunkel, voller Schatten, und sie meinte in seinen Augen so etwas wie Neugierde lesen zu können.

»Ich habe eine Nachricht in Maxims Zimmer gefunden«, begann sie endlich und erzählte von dem Verdacht, der sie seit Tagen verfolgte. Er hörte ihr zu, ohne sie einmal zu unterbrechen, und als sie fertig war, sah sie ihm an, dass er genauso irritiert war wie sie selbst.

»Sie denken doch nicht, dass Maxim etwas mit der OC zu tun hat?«

»Diese Zeilen sagen etwas anderes. Vielleicht hat er uns die ganze Zeit etwas vorgespielt. In Wirklichkeit steht er auf einer ganz anderen Seite. Wissen wir, was er in Berlin getrieben hat? Nein. Und dann dieser Anschlag. Es passt alles zusammen, Chris, alles. Ich habe lange darüber nachgedacht. Er macht in Berlin diese Ausbildung, weil ihm sein Vater sonst kein Geld geschickt hätte. Er lernt dort Mitglieder der OC kennen und wird vielleicht selbst Mitglied. Dann muss irgendetwas passiert sein, und wer auch immer versucht, ihn zu beseitigen. Der Mörder schießt daneben, Maxim flieht nach Kiel. Hier, denkt er, ist er sicher. Aber seine Verbindung zur OC besteht immer noch. Sie muss noch bestehen, denn sonst ergibt es keinen Sinn. Er verhilft dem Mann, der an der Ermordung Erzbergers beteiligt ist, zur Flucht. Er arrangiert diese Kisten, besorgt den Proviant, und dann kommt es zu diesem Zwischenfall. Ich vermute, Magnussen tauchte plötzlich auf dem Schiff auf. Was dann passiert ist, weiß ich natürlich nicht, nur dass Magnussen mit eingeschlagenem Schädel in der Kajüte zurückbleibt.«

»Dann muss Maxim ein verdammt guter Schauspieler sein«, sagte Brandis.

»Haben Sie eine andere Erklärung?«

»Nein. Sie müssen sich das Papier beschaffen und damit zu Kommissar Sand gehen.«

»Darüber denke ich auch die ganze Zeit nach. Aber was ist, wenn ich unrecht habe und alles ganz anders ist?«

»Glauben Sie das?«

Anna schüttelte den Kopf. »Die Organisation ist verboten. Sie trägt jetzt einen anderen Namen, aber das ist unwichtig. Ihre Mitglieder können in der Öffentlichkeit nicht auftreten, man würde sie sofort verhaften. Also versucht jeder so harmlos wie möglich zu erscheinen. So wird ein Schuh draus, finden Sie nicht? Maxim gibt sich einen liberalen Anstrich, jeder denkt, er gehört ins demokratische Lager. In Wahrheit ist er Mitglied einer terroristischen Organisation.«

»Klingt abenteuerlich.«

»Ich weiß. Aber wir sollten uns nicht täuschen lassen. Wissen Sie, mich geht das eigentlich gar nichts an. Auf der anderen Seite kann ich nicht so tun, als hätte ich diese Zeilen nicht gelesen. Was soll ich machen?«

»Gute Frage«, murmelte er und starrte in die kleine Flamme der Kerze, die auf dem Tisch stand. Das Essen kam und beendete ihr Gespräch. Sie aßen schweigend.

»Ich würde mit Franz sprechen. Ich würde ihn entscheiden lassen«, sagte Brandis unvermittelt. »Etwas anderes kann ich Ihnen nicht raten. Aber vielleicht brauchen Sie einfach Zeit, um die Entscheidung zu treffen. Wie wäre es mit einer Luftveränderung? Waren Sie schon einmal in Southampton?«

»Was soll ich in Southampton?«

»Ich segele übermorgen nach Southampton. Wollen Sie mitfahren? Einfach mal in Ruhe nachdenken? Die frische Seeluft wird Ihnen guttun. Sie macht den Kopf frei.«

Nach dem Frühstück am nächsten Tag hatte sie ihren Entschluss bekannt gegeben. Sie hatte nicht lange darüber nachdenken müssen. Es gab viele Gründe, diese Reise anzutreten. Franz war dagegen gewesen, Lilly hatte nur gegrinst, und die Eltern waren unentschlossen.

»Anna, Sie könnten seekrank werden«, gab der Vater zu bedenken.

»Genau. Und dann das schreckliche englische Wetter«, klagte die Mutter.

»Aber sie kann endlich mal etwas erleben, was es sogar in Berlin nicht gibt«, warf Lilly listig ein.

Anna war fest entschlossen. Sie würden keine Seekrankheit und kein englisches Wetter davon abhalten. Und dabei dachte sie nicht nur an die Möglichkeit, ihr Problem zu überdenken. Maxim sagte gar nichts. Er saß am Tisch und verzehrte den Rest seines Brötchens.

»Mit welchem Schiff soll sie denn fahren?«, fragte die Mutter.

»Mit der *Sybille*.«

Was für ein schöner Name, dachte Anna. Der Name einer Seherin.

»Wenn du unbedingt fahren willst, dann fahr«, sagte Franz plötzlich. »Wann lauft ihr aus?«

»Morgen früh.«

Sie ging auf ihr Zimmer und fing an zu packen. Die dicksten Sachen, die sie hatte. Pullover und eine Hose. Flache Schuhe und einen Wollschal. Dann starrte sie die Wand an, hinter der ihr Bad lag. Dahinter befand sich Maxims Zimmer. Wenn sie wirklich vorhatte, Sand ins Vertrauen zu ziehen, hätte sie sich dieses Papier besorgen müssen. Allein der Gedanke daran kam ihr vor wie der Verrat an einem Menschen, den sie sehr mochte und der ihr vertraute. Wenn sie sich irrte, wäre diese Freundschaft auf ewig verloren. Er würde wahrscheinlich nie wieder ein Wort mit ihr reden. Zu Recht.

Das Schankmädchen war im Präsidium gewesen und hatte mit dem Zeichner ein Phantombild angefertigt. Die Zeichnung lag auf Sands Schreibtisch, der sie genau studierte. Ein schmales, längliches Gesicht, eine schmale Nase, eine volle Unterlippe und kleine Augen ohne Augenfarbe. Daran hatte sich das Mädchen nicht mehr erinnern können. Blonde Haare unter einer Kappe. Kein besonderes Merkmal, ein Gesicht wie viele, und doch war es auf seine Weise unverwechselbar und einmalig.

»Das muss nicht unser Mann sein«, bemerkte Flickwort, der hinter Sand stand und die Zeichnung betrachtete. »Das kann irgendwer gewesen sein. Nur weil er gegen elf Uhr in der Kneipe war, muss er nicht unser blinder Passagier sein.«

»Das ist richtig. Darum müssen wir ihn finden. Er kann unseren Verdacht ausräumen oder auch nicht. Ich bin dafür, die Zeichnung publik zu machen. Wir können sagen, wir suchen einen Zeugen. Und das ist nicht mal gelogen.«

Sand konnte sich nicht von diesem Gesicht lösen. Etwas daran kam ihm bekannt vor. Vielleicht die längliche Form, vielleicht die volle Unterlippe. Sie hatten die Datei längst überprüft, in der die einschlägig bekannten Personen zu finden waren. Diebe, Mörder, Totschläger. Auch die Politischen, die ein Kapitalverbrechen verübt hatten oder daran beteiligt gewesen waren. Diejenigen, die saßen, und diejenigen, die noch frei herumliefen. Keiner hatte mit diesem Gesicht etwas gemein.

»Ich gebe die Zeichnung an die Kieler Zeitung und die Kieler Neuesten Nachrichten«, sagte Sand kurz entschlossen. »Die werden von den meisten gelesen. Wenn uns das nicht weiterbringt, sehen wir weiter. Aber kein Wort darüber, wer dieser Mann wirklich sein könnte. Ich will keine Panik in der Bevölkerung. Allein das Wort Terrorist reicht aus, um die Leute in Angst und Schrecken zu versetzen.«

6

Sie hatten den Kanal verlassen und befanden sich auf offener See.

Anna war übel. Sie lag auf ihrer Koje und vermied es, die Augen zu schließen, denn dann konzentrierte sie sich nur noch auf den schaukelnden Untergrund. Finnen, der vollbärtige Maat, hatte ihr versichert, dass die Übelkeit vorbeigehen würde, also ergab sie sich in ihr Schicksal und wartete auf Besserung. An der Bordwand befand sich ein kleines Bullauge, dahinter ein graues, vom Dunst verhangenes Meer. Der Schiffsrumpf knarrte, ächzte und winselte, als stecke Leben in diesen Planken.

Auf dem Kanal war es ihr noch gutgegangen. Sie hatte die Mannschaft kennengelernt und die *Sybille* bewundert. Dann hatten sie die Schleuse passiert und Kurs auf England genommen. Seitdem war sie nicht mehr an Deck gewesen.

In diesem Zustand würde sie keine Entscheidung treffen. Sie würde einfach nur froh sein, irgendwann irgendwo wieder an Land gehen zu können, selbst wenn es ein Stück Packeis gewesen wäre. Brandis war hier gewesen und hatte ihr ein Glas Wasser und eine Tablette gebracht, die sie sofort genommen hatte, aber bisher war die Wirkung ausgeblieben. Sie hörte seine Stimme, abgehackte Befehle, die bis in ihre Kajüte drangen. Jemand klopfte an die Tür. Es war der Koch, der einen Teller in den Händen hielt.

»Der Käpt'n lässt fragen, ob Sie etwas essen wollen, Fräulein Herzog?«

Sie schüttelte den Kopf, und der Koch zog sich wieder zurück. Dann spürte sie ganz allmählich, wie es besser wurde. Ihr Magen schien sich zu entspannen.

Von dem, was sich über ihrem Kopf abspielte, ahnte sie nichts. Bis sie plötzlich einen markerschütternden Schrei hörte.

Der Himmel war bewölkt, und kleine Nebelflöckchen trieben übers Wasser. Brandis hatte das Ruder seinem Steuermann übergeben. Kurs Süd-Südwest. Die Segel standen stramm, es herrschte eine starke Abdrift. Er würde achtsam sein müssen. Eben hatte er die Mittagsposition genommen und war zufrieden. Die *Sybille* flog wie eine Möwe dahin, leicht und spritzig. Er hatte alles an Tuch gesetzt, was das Schiff aufbieten konnte.

»Schreiber! An Deck!«, brüllte Finnen, der, die Hände in die Hüften gestemmt, neben ihm stand und nach oben schaute. Dort kletterte der Schiffsjunge unsicher in den Wanten herum. Es war erst seine zweite Fahrt, und eins war so sicher wie das Amen in der Kirche: Aus dem würde nie ein guter Seemann werden. Er hatte zu viel Angst und kämpfte immer noch mit dem Höhenschwindel, dabei war die See spiegelglatt. Was machte der bei schwerem Wetter? Und das würde kommen, es war bereits im Anmarsch. In der Ferne ballten sich dunkle Wolken zusammen.

»Wir sollten die Focksegel wegnehmen«, schlug der Maat vor.

»Wir warten. Der Wind dreht, geben Sie Befehl, die Rahen anzubrassen. Und holen Sie Schneider endlich da oben runter, ich will nicht, dass er gleich mit gebrochenem Genick an Deck liegt.«

»Ja, Käpt'n.«

Brandis drehte sich um und starrte auf die dunkle Wand, die immer näher kam.

»An die Brassen!«, hörte er den Maat brüllen und vertiefte sich in den Anblick des Himmels. Keine fünf Minuten später hörte er einen schreckerfüllten Schrei und dann einen harten Aufprall. Er fuhr herum.

Schneider war von den Wanten gefallen und lag völlig verdreht auf der Ladeluke. Brandis rannte herüber. Er suchte Schneiders Puls, der ganz leicht unter seinem Finger pochte. Der Junge lebte, aber sein rechter Arm war seltsam abgespreizt.

»Nehmen Sie sich einen Mann und bringen Sie ihn in meine Kajüte«, fuhr Brandis seinen Maat wütend an. »Ich hatte Ihnen befohlen, ihn da runterzuholen.«

»Es war zu spät. Bevor ich oben war, ist er schon gefallen. Eine Böe hat ihn erwischt.«

»Das stimmt nicht«, rief einer der umstehenden Seeleute. »Er hat nicht mal nach oben geguckt. Der arme Kerl traute sich nicht, runterzusteigen.«

»Das klären wir später«, knurrte Brandis gereizt. »Bringt Schneider in meine Kajüte und macht, dass ihr endlich an die Arbeit kommt.«

Erst jetzt sah er Anna, die ziemlich verstört an Deck stand. Der Junge wurde an ihr vorübergetragen, sein Arm baumelte nach unten, seine Augen waren geschlossen. Er schien das Bewusstsein verloren zu haben.

»Ich sag's ja immer: Frau an Bord bringt Sturm und Mord«, raunte einer der Männer einem anderen zu, und dann prasselte der Regen auf das Schiff.

Sie standen zu dritt um Schneider herum, der auf dem Bett des Kapitäns lag. Das Licht zeigte deutlich, dass er sehr unglücklich auf seinen Ellenbogen gefallen war. An der Innenseite war die Haut abgeschürft und etwas Blut war ausgetreten. Brandis desinfizierte die Wunde. Der Bruch war aber nicht das schlimmste Übel. Der Junge war noch immer ohne Bewusstsein, und das war kein gutes Zeichen.

»Er könnte innere Verletzungen haben, aber das kann nur in einem Krankenhaus festgestellt werden«, erklärte Brandis. »Wir müssen einen Hafen ansteuern.«

»Wir könnten Rotterdam anlaufen«, schlug der Maat vor.

»Gut. Bestimmen Sie den neuen Kurs und sagen Sie der Mannschaft Bescheid.«

Der Maat verließ die Kajüte. Anna sah auf den Jungen hinunter. Er atmete normal, aber seine Gesichtsfarbe hatte sich merklich verändert. Er war bleich, fast weiß im Gesicht.

»Hat er auch einen Vornamen?«

»Martin.«

»Können wir nichts tun?«

»In einer Stunde sind wir in Rotterdam. Ich kann den Arm nicht richten, es wäre zu gefährlich. Noch vor fünfzig Jahren hätte man ihm den Arm vielleicht abgenommen ...«

»Abgenommen?«, rief Anna entsetzt.

Brandis nickte. »Die Leute hatten Angst vor dem sogenannten Brand. Einer Blutvergiftung. Die Kapitäne haben alles amputiert, was eine Blutvergiftung auslösen könnte. Sie haben die Männer regelrecht verstümmelt.«

»Womit haben sie denn amputiert?«

»Mit einer Säge.«

Anna schauderte.

»Der Maat war schuld, oder?«, fragte sie nach einer Weile. »Einer der Männer hat gesagt, der Maat habe nicht mal nach oben geschaut.«

»Das behalten Sie für sich, einverstanden?«

Anna hatte sich die Reise anders vorgestellt. Eine leichte Brise, sie steht an Deck und lässt sich von der Weite des Meeres inspirieren. Ein endloser Blick, der ihren eigenen Horizont öffnet. Der ihr die Klarheit verschafft, die sie braucht. Dazu ein charmanter Kapitän, der ihr jeden Wunsch von den Augen abliest.

Die Wirklichkeit war anders. Ein bewusstloser Schiffsjunge in der Kapitänskajüte, eine Stunde Aufenthalt in Rotterdam, wo Martin Schneider an Land und in ein Krankenhaus gebracht wurde. Regen ohne Ende, und ein grimmiger Kapitän, der eine Mordswut auf seinen Maat hatte, von Anna aber verlangte, kein Wort mehr darüber zu verlieren.

Die *Sybille* hatte die Straße von Dover verlassen und trieb im Sturm. Brandis hatte rechtzeitig Sturmsegel setzen lassen und stand selbst am Steuer, während zwei Matrosen die Pumpen bedienten. Anna trug einen Mantel, so wie sie ihn jetzt alle trugen. Schwarze Regenmäntel, an denen das Wasser wie an einem Lotosblatt ablief. Sie blieb nicht lange an Deck, sondern flüchtete in ihre Kajüte, wo sie wieder auf ihrer Koje lag. Aber schon nach einer Stunde war der Spuk vorbei. Sie sah aus dem Bullauge. Der Himmel ging auf, die Sonne schien, und sie wagte sich wieder an die frische Luft. Kein Stück Land war zu sehen. Nicht der Hauch einer irgendwo vage schimmernden Küste. Nichts als Wasser, das sanft den Bug der *Sybille* umplätscherte.

Franz war in den Klub gegangen. Hier trafen sich die Kieler Geschäftsleute, um bei einem guten Glas Port über ihre Geschäfte zu reden oder über Politik zu diskutieren. Die meisten Herren, die hier saßen, waren bekennende Demokraten, die aber auch unter dem Kaiser gute Geschäfte gemacht hatten.

Franz sah seinen Freund Lassalle in einem der Ledersessel sitzen, ganz allein, nur mit einem Buch in der Hand. Die beiden hatten sich erst im Klub kennengelernt, und Franz hatte den Kontakt zu dem wesentlich älteren Mann gesucht. Lassalle war Lehrer gewesen, ein ungemein gebildeter Mensch mit einem Hang zum Pazifismus. Im Krieg war er nie gewesen, er wäre auch nie hingegangen und hatte sich wie auch immer aus der Schusslinie gebracht.

Franz steuerte auf ihn zu und setzte sich in den zweiten Sessel. Der Kellner kam und stellte ihm ein Glas Port auf den Tisch. Lassalle legte das Buch weg.

»Sie waren lange nicht hier, Franz.«

»Keine Zeit. Aber heute dachte ich, es kann nicht schaden, etwas auszuspannen. Was lesen Sie da?«

»Oh …« Lassalle sah auf das Buch hinunter. »Ich habe es gestern gekauft. Der Autor ist ein österreichischer Philosoph und hat ganz interessante Ideen. Was halten Sie zum Beispiel von den Vereinigten Staaten von Europa?«

Franz trank einen Schluck Wein und nickte. »Nicht schlecht.«

»Nicht schlecht? Es ist eine ganz famose Idee, finde ich. Manches, was er schreibt, klingt etwas wirr, aber das eine oder andere hat wirklich Hand und Fuß.«

Ein Schatten fiel auf den Tisch. Es war Louis Kellermann, der übergewichtige Apotheker, der ihr Gespräch mitbekommen hatte.

»Setzen Sie sich zu uns, Herr Kellermann«, forderte Lassalle ihn auf. »Was glauben Sie, wären die Vereinigten Staaten von Europa eine gute Idee? Ein vereinigtes, demokratisches Europa?«

Kellermann ließ sich in den dritten Sessel fallen. »Ihr Philosoph da …«, er deutete auf das Buch, »… schreibt: ›Demokratie ist eine Gesellschaft der Plutokraten. Diejenigen, die entscheiden, sind nicht gewählt, und diejenigen, die gewählt sind, können nicht entscheiden.‹ Das würde sich leider in einem vereinigten Europa auch nicht ändern. Ich könnte Ihnen noch eine Reihe anderer Autoren nennen, die sich sehr kritisch mit unserer sehr speziellen demokratischen Staatsform auseinandersetzen. Die meisten Leute glauben, jetzt, wo die Monarchie abgeschafft ist, sind wir diejenigen, die durch das Kreuz auf dem Wahlzettel bestimmen, wo es langgeht. Träumen Sie weiter, meine Herren.«

»Was ist denn Ihrer Meinung nach die Wirklichkeit, wenn wir alle Träumer sind?«, fragte Lassalle stirnrunzelnd.

Kellermann grinste. »Es ist ein Trick, meine Herren, die Bürger glauben zu lassen, ihre Stimme auf dem Wahlzettel hätte irgendeine Bedeutung. Diese ganz besondere Art von Demokratie, die man uns verschrieben hat, ist nichts anderes als eine Maßnahme, Revolutionen und Revolten einen Riegel vorzuschieben. Wer der Überzeugung ist, er könne mit dem Kreuz auf einem Wahlschein politische Entscheidungen treffen, wird keine Revolutionen anzetteln, denn er fühlt sich für die Lage, in der er steckt, ja selbst verantwortlich. Erkennen Sie die

Perfidie des Systems? Es ist ein System des Scheins, aber nicht ein System der Vergesellschaftung von Herrschaft, die uns allen wirkliche politische Teilhabe und Mitwirkung ermöglicht. Würden Wahlen wirklich etwas entscheiden, wären sie garantiert verboten.«

»Das sehe ich völlig anders«, versetzte Lassalle verstimmt. »Nachdem wir uns endlich von den Fesseln der religiösen Indoktrination verabschiedet haben, die auch nie etwas anderes war als ein verstecktes, verbrämtes System der Unterdrückung, sollten wir nun die Möglichkeit demokratischer Freiheit nutzen, statt immer nurherumzumäkeln und zu kritisieren.«

Kellermann grinste und wuchtete sich umständlich aus dem Sessel heraus. »Ich sage Ihnen etwas, meine Herren. Die einzige Möglichkeit, in einer demokratischen Gesellschaftsform die Gesellschaft beieinanderzuhalten, ist eine subtile Form der Propaganda, so subtil, dass es keiner merkt. So kann der Staat nachgerade auf Polizei und Militär im Innern verzichten, weil nämlich alle denken, dass sie etwas zu bestimmen hätten. Aber vergessen Sie nie, was Nietzsche gesagt hat: ›Wenn du das Leben leicht haben willst, bleibe immer bei der Herde, achte den Hirten und ehre das Gebiss seines Hundes.‹ Auf diese Weise überleben Sie jede Staatsform, selbst diese absonderliche Spielart von Demokratie, die man uns nach der Revolution verordnet hat. Ich nenne so etwas Demokratie auf Krankenschein, und wir sind die armen Irren, die in einer unsichtbaren Anstalt leben.«

Kellermann zog lachend davon und setzte sich woanders hin.

»Der hat wohl zu viel Port getrunken«, knurrte Lassalle verärgert. »Und heraus kommt dann ein solcher Käse.«

Franz schmunzelte. »So unrecht hat er gar nicht. Haben Sie den Eindruck, dass unsere Regierung die Interessen der Mehrheit der Bevölkerung umsetzt? Ich nicht.«

Statt einer Antwort griff Lassalle, immer noch verstimmt, zu seinem Buch und blätterte darin herum. Franz lehnte sich bequem zurück, genoss seinen Port und erzählte Lassalle von dem Erfolg, den er heute hatte verbuchen können. Er war beim Notar gewesen und hatte endlich den Kaufvertrag für die *Kristina Sund* unterschrieben. Gestern war Collins Vertrag mit der Post angekommen. Alles war in trockenen Tüchern. Ein guter Tag. Was interessierte ihn da das Geschwätz von Kellermann?

Sie nahmen das Abendessen gemeinsam ein, während die *Sybille* durch eine sternenklare Nacht dahinglitt. Der Koch servierte Hühnchen in Rotweinsauce und französischen Wein. Anna betrachtete den Tisch, der an allen vier Seiten eine kleine Kante hatte, damit das Geschirr bei schwankendem Schiff nicht herunterfiel.

»Was haben wir eigentlich geladen?«, fragte sie.

»Kohle und Ärger«, antwortete Brandis spöttisch.

»Jetzt wird alles besser. Kein Wölkchen am Himmel, ich habe einen prächtigen Sternenhimmel gesehen.«

Sie nippte an ihrem Wein und fragte sich, was an diesem Mann so anders als an anderen war? Was war der Zauber, den er auf sie ausübte?

»Haben Sie nur an mich gedacht, als Sie sagten, Sie würden mich mitnehmen wollen?«, fragte sie.

»Nein. Ich dachte, es wäre schön, wenn Sie mitfahren. Ich habe auch an mich gedacht.«

Sie war perplex, denn damit hatte sie nicht gerechnet. Sie hatte tausend Ausflüchte erwartet.

»Und was dachten Sie?«, fragte sie leise, um ihn nicht zu verschrecken.

»Franz hat Sie eingeladen. Sie sind sein Gast. Was ich denke, spielt keine Rolle.«

»Ich würde es aber trotzdem gerne wissen.«

Der Mann war zäh wie ein Stück Trockenfleisch. Sie musste es anders herum versuchen.

»Lilly hat mir erzählt, dass Sie sich über mich erkundigt haben, als Sie wieder in Kiel waren.«

»Ja.« Er starrte in sein Weinglas, und als er wieder aufsah, spielte ein kleines Lächeln um seine Augen. »Wir werden in zwei Stunden Southampton erreichen. Haben Sie Lust, heute Abend mit mir in die Stadt zu gehen? Ich könnte Ihnen die Stadt zeigen, und dann gehen wir irgendwo ein Glas Wein oder Sekt trinken.«

Das war immerhin auch eine Antwort. Anna gab sich damit zufrieden, zumal der Koch eintrat, um den Tisch abzuräumen.

Unter der Decke baumelte eine Lampe, die das Mannschaftsquartier nur mäßig erhellte. Sechs Kojen, immer zwei übereinander, in der Mitte ein Tisch, dazu zwei Bänke und an den Schoten ein paar Haken zum Aufhängen der Kleidung. Ein immer klammes Quartier, das nur trocken wurde, wenn die *Sybille* irgendwo kreuzte, wo es so gut wie niemals regnete. Selbst die nasse Kleidung dünstete noch Feuchtigkeit aus, während unter dem Bug das Wasser rauschte.

Jo und der glatzköpfige Jessop saßen am Tisch und spielten Karten, während der wesentlich ältere Tietz Pfeife rauchend auf seiner Koje lag.

»Das wird noch Ärger geben«, sagte er zwischen zwei Zügen und sah den Rauchwölkchen hinterher. »Eine Frau an Bord bringt nur Unglück.«

»Stimmt. Wer ist sie überhaupt?«

»Angeblich eine Bekannte des Eigners. Aber sie scheint mir eher eine Bekannte des Käpt'ns zu sein …«

Sie lachten. Jessop stand auf und holte zur Verwunderung aller unter den Decken seiner Koje plötzlich eine braune Flasche hervor.

»Alkohol an Bord ist verboten«, bemerkte Tietz launig und setzte sich auf den Rand seiner Koje.

»Wohl wahr«, grinste Jessop und zog mit den Zähnen den Korken aus der Flasche.

»Bester Jamaika. Wir haben keine vier Stunden Schlaf gehabt, die Klamotten sind feucht wie die Focksegel und gleich habe ich Steuerbordwache. Also wieder kein Schlaf. Bei den Landhaifischen von der

Heuerbörse habe ich schon einen Teil meiner Heuer zurückgelassen, bevor ich überhaupt einen Fuß auf diesen Kahn gesetzt habe, da wird man ja wohl noch einen Schluck trinken dürfen. Als kleiner Vorgeschmack auf das, was am Hafen auf uns wartet.«

Die Flasche machte die Runde, und die Stimmung wurde zusehends besser.

»Wenn es dir hier nicht passt, dann heuer doch das nächste Mal auf einem Dampfer an«, schlug Jo vor, aber Jessop lachte nur bissig. »Wir haben nicht die Wahl, ob hier oder da. Wir müssen nehmen, was wir kriegen können, und wenn du als Heizer arbeitest, bist du nicht viel besser dran. Temperaturen wie in der Hölle, eine ewige Schufterei mit der Kohle, kein bisschen frische Luft, und das Essen ist auch nicht besser. Ein Kumpel von mir hat sich den Rücken regelrecht verbrüht, weil er neben einem undichten Ventil stand, aus dem plötzlich kochend heißer Dampf herausschoss.«

»Eines Tages ist es aus mit den Seglern, dann landen wir alle in der Hölle.«

»Ich habe gehört, Rose hat die *Kristina Sund* gekauft. Eine stählerne Viermastbark vom Feinsten. Wenn der sich da mal nicht verrechnet hat.«

Sie schwatzten weiter, und der Rum tat seine Wirkung. Plötzlich drang die fordernde Stimme des Maats in ihr Logis.

»Alle Mann an Deck!«

Sie sahen sich an und grinsten. Nur Tietz reagierte, sprang vom Kojenrand, schnappte sich die Flasche und stand mitten im Raum, als Finnen die Stiege herunterkam. »Seid ihr taub? Ich werde euch Beine machen ...«

Tietz drehte sich um, aber es war zu spät. Finnen hatte die Flasche entdeckt und riss sie ihm aus den Händen. »An Deck jetzt. Den Landgang in Southampton könnt ihr vergessen, ihr bleibt an Bord und übernehmt die Wache.«

Die Überfahrt blieb ruhig bis sie in Southampton ankamen. Es regnete leicht, und während die Fracht gelöscht wurde, stand Anna an Deck und beobachtete das Treiben im Hafen. Ein riesiger Dampfer legte ab, und Finnen erklärte ihr, dass er mit fast tausend Passagieren nach New York auslaufe.

»Waren Sie schon mal in New York?«, wollte sie wissen.

»Ja, aber mein Ding ist das nicht. Zu viele Menschen, zu viel Krach und zu viel Dreck. Ich mag lieber die kleinen Inseln in der Südsee.«

Am Abend ließ Brandis ein Taxi zum Hafen rufen. Er wollte Anna die Stadt zeigen, doch der Regen machte dem Plan ein Ende. Sie landeten schließlich in einem Lokal mit Showeinlage, das Anna ein bisschen an Berlin erinnerte. Ein verdämmerter Schuppen mit spärlicher Beleuchtung, dass man kaum die Preise auf der Karte lesen konnte, ein ziemlich gemischtes Publikum und eher mäßige Darbietungen. Eine Sängerin, die keine war, sondern ein Mann auf Stöckelschuhen in einem knappen Glitzerkleid, ein Jongleur mit brennenden Fackeln und eine üppige Dame, die zwei Pudel durch einen Reifen springen ließ. Es gab Sekt und Häppchen, und Anna versuchte zumindest für diesen Abend, Maxim zu vergessen. In den Pausen erzählte Brandis ihr Geschichten. Grausige Geschichten, traurige und schöne. Eine Geschichte von der Skelettküste, einer Küste, so meinte er, die ihrem Namen alle Ehre mache, denn sie sei übersät mit den Skeletten von Menschen und an Land getriebenen Überresten gesunkener Schiffe. Hier habe er einmal zwei Matrosen aufgefischt, deren Schiff gesunken war und die eine Woche in dieser von Gott verlassenen Gegend ohne Nahrung und nur mit dem Rest Wasser aus einer Flasche verzweifelt auf Rettung gewartet hatten. Eine grausige Geschichte mit glücklichem Ausgang. Er schilderte, wie er zum Frühstück in der Südsee Fliegende Fische gegessen hatte, in China zum Reisbauern geworden und kurz vor Java von Piraten überfallen worden war. Als er davon erzählte, zwei dieser Piraten erschossen zu haben, stockte ihr der Atem. Anna konnte nicht genug von diesen Geschichten hören. Sie verstanden sich gut, lachten und tranken, aber ihnen war bewusst, dass unter der Fröhlichkeit die Schwere dieser Entscheidung lag. Und es dauerte nicht lange, bis Anna ziemlich einsilbig wurde. Sie hatte nichts gewonnen, sie hatte das Problem nur vor sich hergeschoben. Brandis spürte es und zahlte. Sie nahmen wieder ein Taxi und ließen sich zum Hafen fahren. Dort stiegen sie aus und schlenderten über den Kai. Hier lag auch die ein oder andere Kneipe, in die die Mannschaften einkehrten, wenn sie an Land waren. Betrunkene torkelten über die Straße, Huren standen vor den Häusern und warteten auf Kunden. Am Boden gegen eine Häuserwand gelehnt, schien ein glatzköpfiger Mann seinen Rausch auszuschlafen.

Brandis blieb abrupt stehen und sah auf ihn hinunter. Dann packte er den Mann hinten am Kragen und riss ihn hoch, um in sein Gesicht sehen zu können. Selbst Anna erkannte ihn. Er gehörte zu der Mannschaft der *Sybille*. Er stand jetzt etwas unsicher auf den Beinen und grinste verlegen wie ein Schuljunge, der bei irgendeinem Streich erwischt worden ist. Doch dann verdunkelte sich seine Miene. Seine Hand fuhr ganz plötzlich zum Gürtel, und er hielt das Messer in der Hand, das im Gürtel gesteckt hatte.

»Ah …«, knurrte Brandis mit gefährlich leiser Stimme. Er ging ein paar Schritte zurück und breitete die Arme aus. »Jessop! Kommen Sie, Jessop, versuchen Sie es …«

Jessop zögerte. Dann machte er mit gezücktem Messer einen Ausfallschritt auf Brandis zu, der sich blitzschnell bückte, wieder hochkam, Jessop an den Schultern packte und gegen die Hauswand schleuderte. Der Mann blieb regungslos liegen, und aus seinem Mundwinkel floss ein kleines Rinnsal Blut.

Eine ruhige Rückfahrt. Kein Sturm, kein Unfall, nur sonniges Wetter und kaum Wind. Flaute. Die *Sybille* machte über Stunden keine drei Knoten. Dann frischte der Wind wieder auf, und aus den drei wurden zehn Knoten. Sie war schneller als der Dampfer, dem sie begegneten. Der hatte Maschinenschaden und lag vor Anker.

Anna hatte noch immer keine Entscheidung getroffen. Der Abstand, den diese Fahrt ihr verleihen sollte, schien eher hinderlich für eine Entscheidung zu sein. Sie verspürte nämlich immer weniger Lust, darüber nachzudenken. Sie würde nach Kiel zurückkommen, und nichts hatte sich verändert, es sei denn, sie nahm Brandis' Rat an und sprach mit Franz.

Das stimmte nicht ganz, denn ihr Verhältnis zu Brandis hatte sich verändert. Seit jenem Abend in der Stadt, seit jenem Zwischenfall mit Jessop hatte Anna einen ganz anderen Kapitän Brandis kennengelernt. Erst auf der Rückfahrt hatte Anna erfahren, dass dieser Jessop im Logis eine Flasche Rum geleert, dann zur Wache verdonnert und zu guter Letzt einfach von Bord gegangen war, um weiter zu trinken.

Anna fand diese Art der Bestrafung grausam. Jessop hatte eine riesige, aufgeplatzte Wunde am Hinterkopf und sich mindestens eine Rippe gebrochen. Er war zwar bandagiert worden, wurde aber trotzdem von Finnen gezwungen, mit schmerzverzerrtem Gesicht in die Wanten zu steigen, Segel zu reffen oder das Deck zu scheuern.

»Ich war unten in den Kajüten der Mannschaft«, sagte Anna zu Brandis, der an seinem Schreibtisch saß und eine Karte studierte. »Es ist schrecklich, klamm und kalt, und wie Menschen da leben können, verstehe ich nicht. Gut, dieser Jessop hätte die Wache übernehmen müssen, aber ihn mit seinen Verletzungen arbeiten zu lassen ist grausam. Er kann sich kaum auf den Beinen halten.«

Brandis sah von der Karte auf. »Ja, für Sie mag es grausam sein, aber ich kann mir keine Mannschaft leisten, die sich nicht an die Regeln hält. Von jedem von ihnen hängt unser aller Leben ab, aber nur, wenn ich konsequent durchgreife.«

»Dann haben Sie angeordnet, dass er weiter arbeiten muss?«

»Ja.«

»Haben Seeleute gar keine Rechte?«

»Ich habe die Gesetze nicht gemacht, ich hätte auch lieber ein schönes, gemütliches Logis für die Männer, aber die alten Schiffe sind nun einmal so. Die *Sybille* macht noch ein, zwei Jahre, dann wird sie abgewrackt. Und auf der *Kristina Sund* sind die Kajüten ungleich besser. Sie sind trocken, geräumig, und es gibt sogar Strom an Bord.«

»Das hilft Jessop jetzt auch nicht. Was ist, wenn er durch die gebrochenen Rippen dauerhafte Schäden davonträgt und nie wieder arbeiten kann?«

»Gehen Sie in Ihre Kajüte, Anna. Wir reden später drüber.«

Sie widersprach ihm nicht. Sie hatte eine Sache auf dieser Reise begriffen: Es gab nur einen, der hier befahl, und das war der Kapitän. Er hatte eine uneingeschränkte Macht, die niemand auch nur ansatzweise anzweifeln konnte. Aber nach einer halben Stunde stieg sie wieder an Deck. Jessop war nicht zu sehen, und sie fragte Finnen, wo er geblieben sei. »Der Käpt'n hat ihn ins Logis geschickt. Das hat er wohl Ihnen zu verdanken. Aber Sie sollten sich da nicht einmischen, Fräulein Herzog, das gibt nur böses Blut.«

Anna nickte zufrieden. Er hatte nachgegeben, und das verbuchte sie auf ihr Konto.

Im Haus war es ruhig. Mittagszeit. Maxim war zur Hafenbörse gefahren, die Eltern hatten sich zu einem Mittagsschlaf zurückgezogen, und Lilly war einkaufen. Anna und Franz waren allein im Rauchsalon. Es roch nach Tabak und dem würzigen Harz, das am Ast eines Holzes im Kamin verbrannte. Anna liebte dieses Zimmer. Es strahlte etwas aus, das sie klar machte, ihr das verschaffte, was sie im Moment am meisten brauchte. Es war spärlich eingerichtet, nur mit dem Nötigsten, war in Blau und Grün gehalten und bestach durch seine geradezu klassizistische Einfachheit. Vier Sessel in dunkelgrün gefärbtem Leder, ein kleiner Glastisch, an den Wänden die obligatorischen Bilder mit Schiffen, ein dunkelblauer, peruanischer Teppich, eine große, grüne, chinesische Vase mit pastellfarbenen, blauen Blumen.

Franz rauchte eine seiner sündhaft teuren kubanischen Zigarren und ging unruhig auf und ab. Seine Unruhe übertrug sich auf sie, die hier war, um klar denken zu können. Sein ewiges Gewandere machte sie nervös, aber sie verstand es auch. Sie war seit gestern wieder in Kiel und hatte sich endlich entschlossen. Sie hatte Brandis' Rat angenommen und sich Franz anvertraut.

»Wo ist dieses Papier?«, fragte Franz und blieb stehen.

»Auf Maxims Schreibtisch.«

»Gut. Dann gehen wir jetzt und holen es. Du hast dich mir anvertraut, und ich sage dir, wir müssen es Sand zeigen. Bruder oder nicht. Es muss geklärt werden.«

»Sollten wir nicht erst mit Maxim reden?«

»Und dann? Wenn er etwas mit diesem Mord und diesen Terroristen zu tun haben sollte, wird er sich absetzen. Wenn nicht, wird er uns niemals verzeihen, dass wir ihn verdächtigt haben. Also wäre Sand doch die bessere Alternative. Ich muss auch an die Eltern denken. Wir versuchen, mit Sand eine Art Arrangement zu treffen. Er muss den Verdacht überprüfen, und je nachdem zu welchem Ergebnis er kommt, entscheiden wir neu. Damit gewinnen wir Zeit.«

»Und wenn der Kommissar sich auf kein Arrangement einlässt?«

»Wir werden das als Bedingung stellen. Sonst bekommt er gar nichts. Dann werden wir das Papier wieder zurücklegen.«

»Kannst du damit leben? Zu wissen, dass dein Bruder ein Mörder und Terrorist sein könnte, und es einfach dabei bewenden lassen?«

»Ich weiß im Moment gar nicht mehr, womit ich leben kann. Wir gehen das Papier jetzt holen, Anna, und dann versuchen wir, mit Sand diese Übereinkunft zu treffen.«

Kommissar Sand war überrascht, als er Anna Herzog und Franz Rose auf dem Flur sitzen sah. Sie war adrett wie immer, trug ein brombeerfarbenes Kostüm, aber sie wirkte nervös und fahrig. Rose hatte ein regelrecht versteinertes Gesicht und versuchte ein Lächeln, als Sand ihm die Hand gab.

»Bevor ich Ihnen sage, worum es geht, brauche ich die Versicherung Ihrer Diskretion«, eröffnete Franz im Büro das Gespräch. »Ich will keine Vorverurteilung meines Bruders, ich will, dass Sie die Sache, um die es geht, vorurteilsfrei überprüfen.«

»Das tue ich immer«, versicherte Sand.

»Bevor Sie etwas unternehmen, wenden Sie sich erst einmal nur an mich. Sie sprechen nicht mit meinen Eltern. Darf ich davon ausgehen?«

»Ich denke schon. Aber worum geht es eigentlich?«

Franz zögerte. Dann nickte er Anna zu, und sie holte das Papier aus ihrer Handtasche und legte es auf den Tisch. Sand drehte es um und las.

»Er wird am 22. November kurz vor Mitternacht am Kai sein. Lassen Sie das Laufbrett liegen, damit er an Bord der *Luna* gehen kann, und sorgen Sie für den Proviant.

In Belfast hat die OC zwei irische Mittelsmänner, die ihm die nötigen Papiere ausstellen werden und ihn nach Irland bringen. In Irland ist er sicher, zumal ihn dort niemand mit dem Mord an Erzberger in Verbindung bringen kann.

Mehr Instruktionen sind nicht nötig. Vernichten Sie das Papier, wenn Sie es gelesen haben.«

Sand warf Franz Rose einen fragenden Blick zu.

»Das haben wir im Zimmer meines Bruders gefunden«, erklärte Franz. »Ich dachte, es könnte wichtig für Sie sein. Wie wir ja alle wissen, gab es auf der *Luna* dieses Versteck für einen blinden Passagier. Wenn die Instruktionen meinem Bruder galten, hat er vielleicht den blinden Passagier verstecken wollen. Wissen Sie, es ist mir nicht leichtgefallen, hierherzukommen und Maximilian zu belasten. Auf der anderen Seite denke ich, dass es Ihre Aufgabe ist, die Wahrheit herauszufinden.«

»Haben Sie mit Ihrem Bruder darüber gesprochen?«

»Nein. Ich kann mir auch nicht vorstellen, dass er Beziehungen zu dieser Organisation haben oder der Mörder von Kapitän Magnussen sein könnte.«

»Nun, dem gegenüber stehen diese Zeilen. Es sei denn, das Papier hat ihm nicht gegolten, aber warum liegt es dann in seinem Zimmer?«

»Er hat es nicht verbrannt. Ich frage mich, warum nicht?«

»Seien wir doch froh, dass er es nicht getan hat. Ihr Bruder hat, so viel kann ich Ihnen sagen, kein Alibi für die Tatzeit. Er gab an, gegen Mitternacht zu Hause geschlafen zu haben.«

Franz nickte. »Ich weiß. Ich habe auch kein Alibi, Herr Kommissar, ich lag zu dieser Zeit auch in meinem Bett. Haben Sie mich jemals verdächtigt?«

»Nein. Ich habe auch Ihren Bruder niemals verdächtigt, aber dieses Papier wirft ein ganz anderes Licht auf seine Beteiligung an dem Mord. Er könnte tatsächlich derjenige gewesen sein, der den blinden Passagier verstecken wollte. Mehr will ich dazu aber nicht sagen. Ich danke Ihnen, Fräulein Herzog, Herr Rose, alles Weitere überlassen Sie uns. Ich werde, falls es nötig ist, Sie persönlich aufsuchen, Herr Rose.«

Der Kommissar stand auf und gab ihnen die Hand.

Eine Stunde später stand Sand am Hafen und begrüßte Flickwort, der ziemlich zerzaust und derangiert von Bord eines Schoners kam. Sand hatte ihn verdonnert, nach Kopenhagen zu fahren, weil er selbst durch eine Erkältung in die Federn geworfen worden war, die Sache aber keinen Aufschub mehr duldete.

»Und?«, fragte Sand ungeduldig.

»Nichts. Magnussens Frau hat ein wasserdichtes Alibi für die Tatzeit. Die kann nicht in Kiel gewesen sein, es sei denn, ihr Dasein beruht auf den Gesetzen der Quantenphysik, und sie kann wie ein Teilchen an zwei Orten gleichzeitig sein. Damit stehen wir also wieder am Anfang.«

»Nicht ganz.« Sand lächelte vieldeutig und lud den Kollegen ein, mit ihm das Mittagessen in einem Hafenrestaurant einzunehmen. Flickwort war etwas erstaunt, aber dankbar. Er hatte wieder festen Boden unter den Füßen, und der Blick aus dem Fenster des Lokals auf die Förde genügte, um ihm wieder klarzumachen, dass er kein Mensch war, der gerne übers Meer schipperte. Es gab Fischauflauf und dazu ein Glas Wein und für Flickwort einen merkwürdigen, mit schwarzer Tinte beschriebenen Zettel, der plötzlich auf dem Tisch lag. Ahnungslos überflog er die Zeilen.

»Was ist das?«, fragte er perplex. Sand erklärte ihm die Zusammenhänge, und Flickworts Miene wurde immer verblüffter.

»Maximilian Rose? Den hatte ich nie auf dem Plan, Chef.«

»Ich auch nicht. Wir können natürlich nicht ganz ausschließen, dass ihm dieses Papier untergeschoben wurde, aber wo soll da der Sinn sein? Ich sehe jedenfalls keinen. Ich sehe stattdessen einen jungen Mann in Berlin, der eines Nachts angeschossen wird. Es gibt keinen Hinweis auf irgendeinen Täter, und der junge Mann hat angeblich mit Politik nichts zu tun. Das war zumindest seine Aussage. Ich hatte schon damals das Gefühl, da stimmt etwas nicht. Dieser Anschlag könnte zu unserem Papier passen.«

Flickwort starrte auf die schwarzen Zeilen. »Belfast, ja?«

»Ja. Die *Luna* sollte nach Belfast auslaufen.«

»Was wissen Sie über die Organisation Consul?«

»Eine Art Geheimbund, eine terroristische Vereinigung, die sowohl Erzberger als auch Rathenau ermordet hat. Sie sollen ebenfalls einen Blausäureanschlag auf den Oberbürgermeister von Kassel verübt haben. Die Organisation ist verboten und nennt sich mittlerweile Bund Viking. Aber was hat das mit Belfast zu tun?«

»Möglicherweise eine ganze Menge. Warum will unser blinder Passagier ausgerechnet nach Belfast?«

»Haben Sie eine Ahnung, Herr Kollege?«

»Die OC wird von der IRA unterstützt. Und die IRA ist ebenfalls eine terroristische Vereinigung. Die OC soll Waffen an die IRA verkaufen. Unser blinder Passagier segelt nach Belfast, wo zwei Mittelsmänner der IRA ihn empfangen und über die Grenze nach Irland bringen. Dort ist er vor den deutschen Behörden sicher.«

»Aber wer ist unser blinder Passagier?«, fragte Sand.

»Ein Mitglied der OC. Womit wir wieder bei Maximilian Rose wären. Was hat er damit zu tun?«

»Keine Ahnung. Wir müssen mehr darüber wissen, wie dieser Geheimbund organisiert ist. Wo treffen sie sich? Welche Namen sind bekannt? Welche Ziele haben sie?«

»Oh, ihre Ziele sind bekannt. Ordo ab chao«, entgegnete Flickwort.

»Wie bitte?«

»Das ist lateinisch und bedeutet Ordnung durch Chaos. Ein altes Prinzip der Freimaurer. Stürze das Land ins Chaos, spalte die Bürgerschaft, schüre Angst und Unsicherheit, und du kannst als neuer Heilsbringer jede von dir gewünschte Politik durchsetzen. Ich habe da mal so eine Art Pamphlet gelesen. Es muss sogar noch irgendwo in meinem Schreibtisch liegen. Eine zynische, aber durchaus probate Art, Politik zu machen. Lassen Sie mich das mal so formulieren: Der Bürger wünscht sich persönliche, wirtschaftliche und finanzielle Sicherheit, da stimmen Sie mir zu, oder? Jetzt haben Sie vor, die politischen Verhältnisse grundlegend zu verändern, also schaffen Sie alles ab, was es an Sicherheit gegeben hat. Sie produzieren Armut, immer mehr Ungleichheit zwischen Arm und Reich, ein fadenscheiniges Rechtssystem, das mehr auf Willkür als auf Recht zu beruhen scheint. Sie suchen sich ein oder zwei Themen, mit denen Sie einen Keil in die Bevölkerung treiben, damit sie sich in verschiedene Lager spaltet, und schon haben Sie den Zustand, den Sie brauchen. In einer solchen Situation können Sie den Menschen alles verkaufen, eine neue Weltordnung, eine Diktatur, die Herrschaft der Mäuse, egal, Hauptsache, die Sicherheit wird wiederhergestellt.«

»Ich dachte immer, Sie seien beim Raub gewesen und nicht bei der Geheimpolizei, Herr Kollege.«

Flickwort grinste, wurde aber gleich darauf wieder ernst. »Mein Wissen stammt aus einem leider sehr traurigen Anlass. Wissen Sie, dass einer der Mörder Rathenaus aus Kiel kam? Die Kollegen in Berlin schrieben uns damals an und wollten wissen, ob es hier irgendwelche Verbindungen zur OC gegeben hat. Damals war ich noch in einer anderen Abteilung und habe mich damit beschäftigt.«

»Was sich jetzt als äußerst vorteilhaft herausstellen könnte«, murmelte Sand und widmete sich seinem vorzüglichen Wein.

Sie hatten darauf gewartet, dass Sand sich melden würde, aber es war, als wären sie nie bei ihm gewesen. Was war da los? Hatte der Mann keine Lust, diesem Hinweis nachzugehen, oder war er vielleicht der Meinung, der Zettel habe keine Bedeutung? Warum ließ er sich nicht blicken? Der Kommissar hatte nicht mal angerufen; er schwieg, und es war ein bleiernes Schweigen, das ihnen Rätsel aufgab. Anna und Franz saßen wieder im Rauchsalon und kamen sich vor wie zwei Verschwörer.

»Vielleicht passiert gar nichts«, sagte Franz in das Schweigen hinein und setzte sich endlich in einen der Sessel. »Wir haben uns umsonst Sorgen gemacht.«

»Das glaubst du doch nicht wirklich? Vielleicht ist das seine Art, uns weichzukochen.«

»Warum sollte er? Wir haben alles getan, was wir tun konnten. Und Maxim kann er nicht weichkochen, der weiß doch gar nicht, dass du diesen Zettel gefunden hast. Der steht jetzt seelenruhig in der Frachtenbörse.«

»Was ist, wenn ich noch mal zu Sand gehe und ihn frage, was er vorhat?«

»Was soll das bringen? Ich denke eher, das, was er diesem Papier entnimmt, reicht nicht aus, um Maxim irgendetwas anzuhängen.«

»Aber Sand müsste doch wenigstens mit ihm sprechen. Ihn fragen, was das zu bedeuten hat.«

»Sei froh, dass Sand sich nicht rührt. Ich weiß doch, wie sehr du meinen Bruder magst.«

Die Stunden verrannen. Die Uhr auf dem Flur schlug, Franz ging ins Büro. Anna blieb sitzen und zweifelte daran, das Richtige getan zu haben. Vielleicht wäre es doch besser gewesen, keine schlafenden Hunde geweckt zu haben. Sie saß hier in diesem Haus und wartete auf das, was kommen würde. Doch nichts passierte.

Sand hatte es sich zur Gewohnheit gemacht, einmal am Tag zum Hafen zu laufen. Frische Luft zu tanken und dabei nachzudenken. Einfach mal allein sein. Zu Hause in der Sternstraße musste er sich die Klagelieder seiner Frau anhören, die Kiel einfach scheußlich fand und wieder nach Berlin zurückwollte. Sie war in der Emanzipationsbewegung aktiv, aber die Kieler Frauen bewegte dieses Problem nur mäßig. Seit sie wählen durften, empfanden sie sich als vollständige Mitglieder der Gesellschaft und beschäftigten sich lieber mit anderen Dingen als mit sich selbst.

Sand lief bis zur Goethestraße, wo er am Rand des Schreventeichgrüns entlangging, dann bog er in die Klopstockstraße ein und weiter in die Fleet. Hier kam er am Rathaus und Theater vorbei, bewunderte den Kleinen Kiel, lief zur Nikolaikirche und beendete seinen Spaziergang am Fischhafen. Eine ziemliche Strecke. Lang genug, seinen Kopf von unnötigen Gedanken zu befreien. Er ging als Grübler los und kam als Luftikus wieder.

Er hatte es mit Flickwort immer und immer wieder durchgekaut, und sie waren nie zu einem anderen Ergebnis gekommen. Rose war ein angesehenes Mitglied dieser Stadt, ein Arbeitgeber für viele Seeleute, Hafenarbeiter und Angestellte. Eine alteingesessene Familie mit großem Ansehen. Da ging man nicht einfach hin und verhaftete ein Familienmitglied. Da musste man mit viel Fingerspitzengefühl vorgehen und versuchen, den gesellschaftlichen Schaden so gering wie möglich zu halten. Auf der anderen Seite war dieses Blatt Papier ein Indiz, das eine klare Sprache sprach. Wer immer auch der Adressat gewesen war, er war in den Mord an Magnussen verwickelt. Er hatte den blinden Passagier an Bord gebracht und musste dort irgendwo und irgendwann auf Magnussen gestoßen sein.

Kommissar Sand stand am Hafen und ließ sich die steife Brise um die Nase wehen. Er liebte mittlerweile die typischen Geräusche des Hafens. Den etwas unheimlichen Ton des Nebelhorns, das im Dunst verklang, das Scheppern der Rahen, das Plätschern der Schiffe auf dem Wasser, selbst das Gehämmer von der Werft, das herüberdrang.

Er ging zurück. Er wusste, er konnte keine Rücksicht mehr auf die gesellschaftliche Stellung dieser Familie nehmen. Er musste handeln, und zwar jetzt. Er würde Franz Rose anrufen und ihm mitteilen, dass sein Bruder heute Mittag ins Präsidium geladen werden würde. Er wusste, dass dies nicht nur ein Gespräch war, und dann würde Maximilian Rose wieder nach Hause gehen. Vielleicht würde er nie wieder nach Hause zurückkehren.

Die Bombe war endlich hochgegangen. Anna hatte ein schlechtes Gewissen und Franz gebeten, sie nicht allein als Verursacherin dieser Katastrophe dastehen zu lassen. Sie hatten beide dieses Papier gefunden, das war nun die offizielle Version für die völlig schockierten Eltern. Die Mutter lag mit Migräne im Bett, der Vater telefonierte sich die Finger wund, um Dr. Gruber, den hauseigenen Anwalt, zu erreichen. Als er ihn endlich am Telefon hatte, bestellte er ihn sofort ins Präsidium, wo Maxim mittlerweile eingetroffen war, ohne wirklich zu ahnen, worum es ging. Es hatte nur geheißen, man wolle mit ihm noch einmal über sein Alibi reden.

Maxim war hingegangen und hatte auf dem Flur gewartet, bis Sand ihn in sein Büro bat. Der Kommissar schlich nicht lange wie die Katze um den heißen Brei herum, sondern konfrontierte ihn sofort mit dem Papier. Maxim las und schüttelte den Kopf. »Was soll das? Was ist das überhaupt?«

»Das wurde in Ihrem Zimmer in der Düsternbrooker Allee gefunden.«

»In meinem Zimmer? Ich verstehe nicht …«

Sand gab sich betont entspannt, doch er beobachtete Roses Reaktion genau. War diese Irritation gespielt oder nicht?

»Sie kennen den Text?«

»Nein. Woher sollte ich? Ich habe diesen komischen Zettel nie gesehen.«

»Wie kommt er dann auf den Schreibtisch Ihres Zimmers?«

»Der war nie auf dem Schreibtisch meines Zimmers.«

»Ihr Bruder hat ihn da aber gefunden.«

»Franz?«

»Ja. Er lag dort unter vielen anderen Briefen. Was haben Sie mit der Organisation Consul zu tun? Waren Sie am 22. November auf der *Luna*, um diesen blinden Passagier zu verstecken?«

»Sind Sie verrückt? Ich habe niemals einen blinden Passagier versteckt. Das muss ein Irrtum sein, da hat mir irgendjemand dieses Papier untergeschoben.«

»Sagen Sie mir, wer?«

»Woher soll ich das wissen?«

Maxim Rose schien erst ganz langsam zu begreifen, was hier eigentlich vor sich ging. Er las den Text ein zweites Mal, und nun dämmerte ihm wohl, dass er hier nicht saß, um nur mal eben ein Gespräch zu führen. Ihm schien plötzlich die ganze Tragweite der Situation bewusst zu werden, und er wurde von einer Sekunde auf die andere bleich wie eine Wand.

»Ich will einen Anwalt«, erklärte er mit leiser Stimme. »Ohne Anwalt sage ich kein Wort mehr.«

In der Nacht hatte der Sturm eingesetzt. Er rüttelte an den Fensterläden, jagte den Rest der herbstlichen Blätter durch die menschenleeren Straßen und fegte alles um, was nicht niet- und nagelfest war. Mit ihm kam der Regen, der die ganze Küstenlinie aufrollte und gegen die Kaimauern schlug. Das Meer drückte das Wasser immer mehr in die Förde hinein, und als der Morgen graute, waren die ersten Uferstraßen bereits überflutet.

Brandis war mit Berger der Erste im Hafenbüro. Jetzt, wo Maxim ausfiel, würde er zur Frachtenbörse gehen müssen, um einen Auftrag einzuholen, aber so wie es draußen aussah, hatte er wenig Lust, sich auf den Weg zu machen. Keine Droschke war zu sehen, noch nicht mal ein Fuhrwerk. Der Wind drückte noch immer in die Förde hinein, und am Horizont wölbten sich die Wellen. Der Himmel war grau wie Asche.

Brandis saß am Tisch und trank seinen ersten Kaffee, während Berger wieder auf seiner Schreibmaschine tippte. Plötzlich flog die Tür auf, und ein Mann platzte herein. Es war der Erste Offizier der *Herdonia* von der Konkurrenz, nass bis auf die Knochen und völlig aufgelöst.

»Käpt'n Brandis«, rief er. »Die *Luna* liegt draußen südlich von Bornholm. Sie ist abgetakelt und hat auf Steuerbord völlige Schlagseite. Wir haben sie gesehen, aber bei dem schweren Wetter konnten wir nichts machen. Wir sind froh, überhaupt noch den Hafen erreicht zu haben.«

Brandis fuhr hoch und packte den Mann am Arm. »Sinkt sie?«

»Ja. Ich habe gehört, ein Dampfschiff hat einen Teil der Mannschaft aufgenommen, aber die *Luna* ist verloren.«

»Welcher Dampfer ist es?«

»Die *Göteborg*.«

Brandis schnappte sich seinen Mantel vom Haken und rannte mit dem Mann aus dem Haus.

Einen Moment herrschte Grabesstille im Büro. Berger saß hinter seiner Maschine wie eine Statue, bewegungslos und völlig versteinert.

»Die *Luna*«, murmelte er dann bitter, »ich mochte sie. Sie hatte eine Seele. Eine gute Seele. Hoffentlich sind alle gerettet.«

Die *Göteborg* legte am Nachmittag in Kiel an. Sie hatte noch eine Fracht gelöscht und erst dann die Geretteten von der gesunkenen *Luna* nach Hause gebracht. Nun saßen Wesseling und Halm, der Erste Maat, im Hafenbüro. Diejenigen, die von der Mannschaft gerettet worden waren, befanden sich bei ihren Familien, aber zwei der Seeleute waren in der Ostsee ertrunken.

Wesseling hockte am Ofen wie ein frierender Vogel mit hängenden Flügeln und gesenktem Kopf, zusammengekrümmt und ein Bild des Elends. Sein Erster Maat, ein grobschlächtiger Kerl, saß neben ihm auf einem Stuhl und aß ein Brötchen. Das Erste, was er seit zwei Tagen überhaupt zu sich genommen hatte. Franz und Brandis versuchten herauszufinden, was passiert war.

»Wir kamen in diesen Sturm«, erzählte Wesseling mit brüchiger Stimme. »Aber wir waren vorher schon vom Kurs ab. Der Wind drückte uns immer weiter nach Norden. Dann hingen etliche Segel in Fetzen, irgendwann haben wir auch noch den Außenklüver verloren. Klausen fiel bei einer Böe von der Rahe ins Meer. Und dann sind wir auf Grund gelaufen.«

Er barg seinen Kopf in den Händen; sein Schweigen beherrschte den Raum. Jeder hier wusste, was schweres Wetter bedeutete, keiner würde Wesseling einen Vorwurf machen. Aber da war noch etwas anderes, was Franz Sorgen bereitete. Die Fracht der *Luna*. Sie lag jetzt auf dem Grund der Ostsee. Sie war nie versichert worden, denn illegale Fracht ließ sich nicht versichern. Und sie war nicht ungefährlich. Jetzt lag da unten ein Haufen Artilleriemunition und konnte nicht geborgen werden. Und das Geld war natürlich auch weg. Für illegale, untergegangene Fracht würde kein Mensch auch nur einen Pfennig bezahlen.

Franz warf Brandis einen Blick zu. Der dachte vermutlich das Gleiche angesichts der grimmigen Miene, die er aufgesetzt hatte. Das Ganze war ein Desaster. Eine menschliche Tragödie, aber auch eine wirtschaftliche Katastrophe. Doch es sollte noch schlimmer kommen.

»Was ist mit der Fracht?«, fragte Halm in das Schweigen hinein. »Es sollen nur Bücher in den Kisten gewesen sein.«

Franz nickte. »Genau. Die sind jetzt natürlich wertlos. Der Eigentümer wird entschädigt werden.«

»Ich verstehe das nicht. Wie konnten wir so weit vom Kurs abkommen? Ich hatte immer das Gefühl, mit dem Kompass stimmt etwas nicht.«

»Was sollte damit nicht gestimmt haben?«

»Keine Ahnung. Ich kann es nicht erklären, aber unser Kurs war irgendwie verfälscht, ja, das ist vielleicht das richtige Wort. Als hätten wir Eisen geladen, das den Kompass beeinflusst.«

»Sie hatten Eisen geladen.«

»Ja, aber nicht so viel, dass der Kompass dadurch beeinflusst werden würde.«

»Wie viel von den Kisten hatten Sie an Bord?«

»Dreißig.«

Wieder wechselten Franz und sein Kapitän einen kurzen Blick. Wer auch immer die Fracht an Bord gebracht hatte, er hatte statt zehn dreißig Kisten verstaut. Dazu die Eisenteile für St. Petersburg und sofort wurde ein Schuh daraus. Die *Luna* hatte genug Eisen geladen, das den Kompass beeinflusst hatte. Darum war Wesseling so weit vom Kurs abgekommen, und darum war die *Luna* gesunken. Das aber wirklich Fatale an der Situation war, dass Wesseling den Kompass hätte justieren können. Wenn er gewusst hätte, dass sich so viel Eisen im Frachtraum befand, doch er hatte es nicht einmal geahnt.

Brandis hielt es nicht mehr auf seinem Stuhl. Er stand auf und verließ kommentarlos das Büro.

Liebe Biene,

ich habe lange nicht geschrieben. Ich war in Southampton, und es ist viel passiert. Schönes und Schreckliches. Über das Schreckliche kann und will ich nichts schreiben, das Schöne hat irgendwie keine Worte. In ein paar

Tagen ist Weihnachten, und ich werde immer noch hier sein. Franz hat mir überraschend eine Stelle im Hafenbüro angeboten, und ich habe um Bedenkzeit gebeten. Will ich in Kiel bleiben? Ich weiß es nicht. Wenn ich an Berlin denke, wird die Erinnerung immer blasser und vager, so als würde sich ein Schleier über diese Bilder legen. Wenn ich daran denke, meine Zelte in Kiel aufzuschlagen, ist alles klar und deutlich. Die Stelle im Hafenbüro wäre gut bezahlt, viel besser als in Berlin, und ich würde mir eine kleine Wohnung suchen. Ich weiß, dass ich Franz jetzt nicht alleine lassen sollte aus Gründen, die ich dir nicht schildern kann. Aber er braucht meine Hilfe. Auf der anderen Seite habe ich mich in Chris Brandis verliebt, meinen geheimnisvollen Kapitän, und ich glaube, dass er etwas für mich empfindet. Wie viel weiß ich nicht, er ist sehr zurückhaltend. Wenn ich aber eine eigene Wohnung und mein eigenes Geld hätte, wäre ich unabhängig und nicht mehr Gast der Familie, dann würde er vielleicht seine Zurückhaltung aufgeben. Aber wie gut kenne ich ihn? Eigentlich gar nicht. Mir ist manchmal, als führe ich auf einem Einbaum einen rasenden Fluss hinunter, ohne Ruder, ohne Steuer, ohne die Möglichkeit, dieses Boot anzuhalten, und hinter jeder Biegung des Flusses lauert eine neue Gefahr. Dann denke ich wieder, geh zurück nach Berlin, da ist das Leben ein ruhiger Fluss ohne Gefahr und böse Überraschungen.

Du siehst, ich bin mal wieder unentschlossen. Ich bin wie der Esel, der sich zwischen zwei Ballen Heu entscheiden muss und am Ende verhungert, weil er sich nicht entscheiden kann. So lasse ich einfach alles laufen und sehe, wohin der Fluss mich treibt. Falls ich aber hierbleiben sollte, dann musst du mich unbedingt besuchen.

Die Luna *ist gestern gesunken und mit ihr zwei Seeleute, die nicht mehr gerettet werden konnten. Aber da muss noch mehr im Argen liegen. Franz ist wie ausgewechselt. Er führt lange heftige Diskussionen mit seinem Vater, und dabei geht es immer um die verlorengegangene* Luna*. Ich weiß nicht, über was sie sich streiten, doch das Leben in diesem Haus wird zunehmend gereizter. Schreib mir bald.*

Sie waren zu viert, Sand, Flickwort und zwei Kollegen. Sie besaßen einen richterlichen Durchsuchungsbeschluss und hatten vor, Maximilian Roses Zimmer gründlich zu durchsuchen und mit dem Personal zu sprechen. Diskretion in dieser Sache war jetzt zweitrangig, Sand hatte alle Zurückhaltung aufgegeben.

Sie eröffneten den entsetzten Eltern, was sie hierhergeführt hatte, und sahen sich um. Zwar galt der Beschluss nur für Maximilians Zimmer, aber einen Blick hierhin und dorthin zu werfen, konnte nicht schaden. Sie gingen ins Wohnzimmer, in die Bibliothek, den Rauchsalon, das Billardzimmer. Nicht schlecht, dachte Sand und bewunderte ein Gemälde William Turners an der Wand. Schiff in schwerer See und ganz sicher keine Kopie. Bourgeoise Verhältnisse, kultivierter Reichtum vom Feinsten. Allein der Turner würde ein Vermögen bringen, wenn man ihn verkaufte. Sand schlenderte weiter. Flickwort und die Kollegen waren mittlerweile in Maxim Roses Zimmer verschwunden, aber der Kommissar wollte sich diese allgemeine Besichtigung nicht entgehen lassen. In der Bibliothek warf er ein paar Blicke in die Regale, und im Rauchsalon umwehte seine Nase der dezente Duft der zuletzt gerauchten Zigarren. Er ging zum Flur zurück und sah sich diese außergewöhnliche Treppe an, die der kleine Turm des Hauses beherbergte. Eine Wendeltreppe wie in mittelalterlichen Trutzburgen. Sie war breiter und aus Holz und schien tatsächlich die einzige Möglichkeit zu sein, in die oberen Stockwerke zu gelangen. Er stieg sie hinauf, bis er wieder auf einem Flur stand. Aus Roses Zimmer kamen die Stimmen von Flickwort und den Kollegen, und er trat ein.

Ein stilvoll eingerichteter Raum. Ein anständig gemachtes Bett mit bunter Überdecke aus Seide, ein antiker Sekretär, ein chinesisch anmutender Schrank, ein Regal mit Büchern und eine chinesische Vase vor dem Fenster. Auf dem Sekretär ein ziemliches Durcheinander verschiedener Briefe und Papiere.

»Und?«, wandte der Kommissar sich an Flickwort, der mit spitzen Fingern einen Brief in der Hand hielt.

»Bisher nichts. Korrespondenz mit Geschäftspartnern der Reederei, Arbeit, die er mit nach Hause genommen hat. Da ist ein Brief aus Berlin von einem Freund, aber unauffällig. Ein paar Zeitschriften haben wir noch gefunden und zwei Ausgaben der Kieler Zeitung.«

Sand drehte sich um. Die Kollegen waren dabei, den Schrank zu durchsuchen. Unterwäsche, Hemden, Anzüge und eine einzige Krawatte in mausgrau.

»Kein überzeugter Krawattenträger«, murmelte Flickwort.

»Was lässt sich aus der Korrespondenz ableiten?«, fragte Sand.

»Eigentlich gar nichts. Da ist kein Hinweis auf dubiose Beziehungen zu Terroristen. Kein Flugblatt, kein Buch mit fragwürdigem Inhalt, einfach nichts. Sieht so das Zimmer eines Terroristen aus?«

»Wie sieht das Zimmer eines Terroristen aus? Gibt es da bestimmte Vorgaben? Das ist Unsinn, Kollege. Der ominöse Zettel muss unter den Briefen gelegen haben, so dass die ersten Zeilen gut zu lesen waren. Auffällig die schwarze Farbe und die Druckbuchstaben.«

»Das Zimmer ist sehr aufgeräumt. Fällt der Blick auf den Sekretär, sieht man den Brief sofort, auch wenn er halb verdeckt war. Wenn man weiß, dass auf der *Luna* ein blinder Passagier mitfahren sollte, wird der Sinn sofort klar. Anna Herzog und Franz Rose muss das gleich aufgefallen sein.«

»Wir sollten mit dem Personal sprechen. Die Kollegen machen hier weiter.«

Sie stiegen die Treppe wieder hinunter. Ein Seitenblick ins Wohnzimmer zeigte ihnen, dass die Eltern wortlos am Tisch saßen. Plötzlich ging die Haustür auf. Anna Herzog und Lilly Rose standen im Flur, die in der Stadt gewesen waren. Sand erklärte ihnen die Situation und versuchte sie zu beruhigen. Dann begaben sie sich in den Keller, um mit Mathilde Grünenthal, der Köchin, zu sprechen. Die stand an einem großen Holztisch und schälte Kartoffeln. Eine dralle Frau mit aufgestecktem, blondem Haar und weißer Schürze. Sie ließ das Messer sinken.

»Erinnern Sie sich an den Abend, als der Kapitän umkam«, forderte Flickwort sie auf, und sie starrte ihn entgeistert an.

»Es war der 22. November«, fuhr Flickwort ungerührt fort. »Was haben Sie an diesem Abend gemacht?«

Sie wischte sich die Hände an der Schürze ab. »Ich habe das Abendessen zubereitet. Es gab, lassen Sie mich nachdenken, ja, es gab Hühnersuppe und kalten Braten.«

»Wann wurde das Abendessen serviert?«

»Es wird immer um Punkt acht Uhr serviert. Darauf besteht die gnädige Frau.«

»Gut. Was war nach dem Abendessen?«

»Marie, das Mädchen, hat abgeräumt, und ich habe gespült. Dann bin ich auf mein Zimmer gegangen. Ich habe etwas gelesen und so gegen zehn Uhr das Licht ausgemacht.«

»Haben Sie Herrn Maximilian Rose nach dem Abendessen noch gesehen?«

Sie schien nachzudenken. »Nein«, antwortete sie nach einer Weile. »Den habe ich nicht mehr gesehen.«

Sie verließen den Keller und sprachen mit dem Hausmädchen. Aber auch das war nach dem Abendessen auf sein Zimmer gegangen und hatte nichts beobachtet.

Ihr Besuch war erfolglos geblieben. Keine Spuren, keine Tatwaffe, keine bedeutsame Aussage. Im Wohnzimmer versuchten sie ihr Glück noch einmal und befragten die Familie. Wer hatte Maxim Rose nach dem Abendessen noch gesehen? Er musste ja schließlich das Haus verlassen haben. Wie war er zum Hafen gekommen? Zu Fuß?

Die Befragten wirkten bedrückt und waren wortkarg. Keiner von ihnen hatte Rose nach dem Abendessen noch gesehen. Angeblich sei er auf seinem Zimmer gewesen. Franz Rose gab an, Tenner kurz vor elf Uhr zum Hafen geschickt zu haben, um einige Frachtpapiere zu holen. Um diese Zeit musste Maxim Rose längst am Hafen gewesen sein. Wie lange ging man zu Fuß zum Hafen? Etwa eine halbe Stunde, sagte Franz Rose. Sand versuchte sich das Szenario vorzustellen. Maxim Rose schleicht sich aus dem Haus und läuft zu Fuß zum Hafen hinunter. Dort wartet er auf seinen blinden Passagier. Zur gleichen Zeit befindet sich Tenner, der mit dem Auto gefahren ist, bereits am Hafenbüro. Er holt die Papiere aus dem Büro und fährt wieder zurück, während Maxim Rose an Bord der *Luna* Kapitän Magnussen erschlägt?

Frau Rose berührte ihn leicht am Arm. »Werden die Zeitungen es schreiben?«, fragte sie mit leiser Stimme.

»Wir werden eine Pressemitteilung herausgeben müssen. Aber Sie müssen keine Angst haben, wir werden erst einmal nichts über mögliche Verbindungen Ihres Sohnes zur Organisation Consul bekanntgeben. Das will gut überlegt sein, einen solchen Verdacht in der Öffentlichkeit zu verkünden. Das könnte die Bevölkerung verunsichern und beängstigen. Ich muss erst wissen, wie belastbar dieser Verdacht ist.«

Eine Kneipe am Hafen. Ein schummriges Etablissement, das Franz normalerweise nie aufgesucht hätte. Aber die Sache war brisant, und Brandis hatte ihn hierherbestellt. Sie tranken Kümmelschnaps und saßen in der hintersten Ecke, wo sie vor neugierigen Augen und Ohren sicher waren.

»Ich habe unzählige Male mit Berlin telefoniert«, erzählte Franz. »Einen Florian Fischer gibt es dort nicht. Ich vermute mal, der Name ist falsch. Sie wissen natürlich, dass die *Luna* gesunken ist, aber keiner will irgendetwas mit diesem Mann zu tun gehabt haben. Ich sage Ihnen, Chris, das ist eine ganz üble Nummer.«

»Sie hätten das Geschäft niemals annehmen dürfen«, gab Brandis zu bedenken.

»Ja, das weiß ich jetzt auch. Ich frage mich, was für ein Spiel spielen die da in Berlin?«

»Die haben Sie auf jeden Fall für ihr Spiel missbraucht. Die haben statt der zehn Kisten dreißig geladen, und darum war der Kompass verfälscht. Hätte Wesseling das gewusst, wäre die *Luna* niemals gesunken. Jeder Kapitän kennt das Risiko, wenn er Eisen geladen hat.«

Franz nickte und trank sein Glas leer, auch wenn er Kümmelschnaps eigentlich nicht mochte. Er fühlte sich von dieser Regierung verraten und verkauft. Er war ihr ins offene Messer gelaufen.

»Haben Sie jemals eine dieser Parteien gewählt?«, fragte Brandis und goss die leeren Gläser nach.

»Natürlich.«

Brandis grinste. »Es ist immerhin die erste demokratische Regierung, die wir haben. Und ich habe immer gedacht, Demokratie ist was fürs Herz.«

»Ja, aber scheinbar nichts für den Verstand.« Franz lachte und trank sein drittes Glas leer. Langsam wurde ihm wohler. Der Schnaps benebelte sein Gehirn. So war die Realität besser zu ertragen. Er kippte noch ein viertes Glas und bekam Geschmack an dieser Art, sich die Zeit zu vertreiben. Selbst die Frauen wurden hübscher.

»Es wird eine Untersuchung geben, wie immer in solchen Fällen«, bemerkte Brandis. »Und Sie haben gefälschte Frachtpapiere. Außerdem stimmt die Menge der Fracht nicht mit der Menge auf den Papieren überein, das wird Wesseling ganz sicher aussagen. Er weiß ja, dass dreißig Kisten an Bord waren.«

»Er weiß aber nicht, was drin war in den Kisten. Sonst hätte er ja den Kompass justiert. Und es wird auch nie jemand erfahren, was in den Kisten gewesen ist. Aber wird es wirklich eine Untersuchung geben? Ich bin mir da nicht so sicher. Vielleicht gibt es von ganz oben eine Order, in diesem Fall die Untersuchung entweder zu verschleppen oder ganz zu verhindern.«

»Schon möglich«, murmelte Brandis. Eine der Frauen kam näher, nicht mehr ganz taufrisch, doch immer noch leidlich hübsch. Ende dreißig, blonde Locken und grell geschminkte Lippen. Sie fuhr Brandis mit der Hand spielerisch durchs Haar. »Sie waren lange nicht mehr hier, Käpt'n. Ich habe Sie schon vermisst.«

Sie setzte sich zu ihnen. Er rief nach dem Wirt und verlangte noch ein Glas für die Dame. Dann goss er ihr ein. »Trink, Mädchen, das geht auf meine Rechnung.«

Sie trank, und er schüttete wieder nach. Einen für Franz, einen für die Frau und einen für sich selbst. Immer in dieser Reihenfolge. Langsam wurde die Runde lustiger, und selbst Franz taute auf und erzählte Witze. Das Mädchen hatte seinen Arm auf Brandis' Schulter gelegt, und ihre Finger spielten mit seinen Haaren. Obwohl er schon mehr als angetrunken war, merkte Franz, dass sich da möglicherweise etwas anzubahnen schien, wo er nur stören würde. Also stand er auf, hielt sich mit beiden Händen am Tisch fest, wünschte noch einen schönen Abend und ging auf etwas steifen Beinen hinaus.

Die frische Luft tat gut. Er sah sich um. Kein Tenner. Er würde zu Fuß in die Stadt gehen müssen und sich dort ein Taxi nehmen. Auf dem Weg schmunzelte er still vor sich hin. Sein Kapitän war ein gutaussehender Mann, der Mann mit dem gewissen Etwas, wie er es nannte. Aber er hatte nur selten erlebt, dass Brandis sich mit solchen Frauen eingelassen hatte. Er hatte sie ganz im Gegenteil meist ziemlich schroff von sich ferngehalten.

Man muss auch gönnen können, dachte Franz amüsiert und winkte einem Taxi, das ihm entgegenkam.

7

Zwei Tage vor Weihnachten teilte Sand Maximilian Rose mit, dass er in Haft bleiben würde. Er hatte ein paar Kollegen in die Stadt geschickt, die sich einfach mal umhören sollten, was über Rose so zu erfahren war. Es war nicht viel, da er ja erst seit ein paar Wochen wieder in Kiel lebte, und das meiste war durchaus positiv. Maxim Rose galt als liberal und demokratisch denkender, angenehmer Zeitgenosse, der nicht besonders auffiel, sich nicht in den Kneipen herumtrieb, aber oft in der Frachtenbörse gesehen worden war. Einer der Kollegen fand allerdings heraus, dass Rose mit dem roten Hannes bekannt und einmal im Bootshaus gesehen worden war. In diesem Bootshaus traf sich außer geschlossenen Gesellschaften einmal im Monat eine lose zusammengewürfelte Gruppe von politisch aktiven Männern und einigen wenigen Frauen. Nachdem der Kollege diese Beobachtung seinem Chef mitgeteilt hatte, hatte sich Sand näher mit diesen Treffen beschäftigt. Er fand heraus, dass diese Leute dem deutschnationalen Lager zugeordnet wurden, und sofort witterte Sand eine Beziehung zu wesentlich radikaleren Kreisen.

Er ließ in diesem Milieu weiter recherchieren und band auch Flickwort mit ein. Der kam eines Morgens ins Büro und erzählte, dass er nichts herausgefunden habe, was Sand nicht schon wisse.

»Maxim Rose war bei einem dieser Treffen mit an Bord. Dafür gibt es mindestens zwanzig Zeugen. Er ist durch den roten Hannes eingeladen worden. Die Frage ist, ob man ihm daraus einen Strick drehen kann. Er war nur ein einziges Mal dort.«

»Was sind das für Leute?«

»Ehemalige Frontsoldaten, alte Männer, die den Kaiser am liebsten heute als morgen aus dem Exil holen würden, ehemalige Marinesoldaten, die am Handelshafen oder in den Werften arbeiten. Lauter Unzufriedene, die die Demokratie ablehnen. Latente Feinde der Verfassung. Etliche von ihnen, so fand ich heraus, wollen sich der NSDAP anschließen, aber das ist ja kein Verbrechen. Die NSDAP ist eine Partei wie jede andere.«

»Das Verbot der NSDAP ist aufgehoben, es kann also jeder dort eintreten, wenn er will. Was erhoffen sich die Leute von dieser Partei?«

»Eine andere Politik, ganz einfach. Abschaffung der Reparationszahlungen, Aufrüstung der Wehrmacht, die politische Souveränität Deutschlands. Und natürlich Zurückgewinnung der Gebiete, die an die Alliierten abgegeben werden mussten.«

»Ist Maxim Rose ein Deutschnationaler? Können wir ihm deutschnationales Gedankengut nachweisen? Ist er ein Antisemit?«

»Fragen wir ihn. Nach außen scheint er eher ein überzeugter Demokrat zu sein, aber was er wirklich denkt, weiß kein Mensch. Auf der anderen Seite können wir ihn nicht mehr allzu lange festhalten. Der Anwalt macht Druck, und wenn Sie mich fragen, zu Recht.«

Protokoll vom 20.12.1925, Polizeiprasidium Kiel,
Zimmer 13, 11.26 Uhr
Anwesend:
Herr Maximilian Rose
Hauptkommissar Moritz Sand

M. Rose: »Ich habe Hannes zufällig am Hafen getroffen. Er hat mich eingeladen, ich wusste aber nicht, wer sich da trifft. Ich bin dieses eine Mal hingegangen und dann nie wieder. Die politische Ausrichtung der Leute gefiel mir nicht. Dieses Blatt Papier kann mir wer auch immer unter die Briefe geschoben haben. Ich habe es weder gesehen noch gelesen.«

K. Sand: »Das könnte ja nur einer aus Ihrer Familie gewesen sein.«

M. Rose: »Wir haben immer sehr viele Gäste. Wenn sich da einer in mein Zimmer schleicht, merkt das niemand. Er hätte sagen können, er gehe mal eben zur Toilette, und schiebt dann das Papier unter die Briefe. Mein Zimmer ist nie abgeschlossen.«

K. Sand: »Was für Gäste sind das?«

M. Rose: »In der Regel Geschäftsleute. Mein Vater hatte am 21. November Geburtstag, da war das Haus voller Menschen. Das ist ein Tag vor dem Mord an Magnussen gewesen. Jeder der Gäste hätte unbemerkt auf mein Zimmer gehen können.«

K. Sand: »Nehmen wir mal an, Sie haben mit dem Mord an Magnussen nichts zu tun und dieser Zettel wurde Ihnen untergeschoben. Wer hat ein Interesse daran, Sie mit diesem Mord und dieser Terrororganisation in Verbindung zu bringen?«

M. Rose: »Ich weiß es nicht. Ich zerbreche mir Tag und Nacht den Kopf, aber ich weiß es nicht. Ich bin das Opfer, aber statt mir zu helfen, machen Sie mich zum Täter, Herr Kommissar.«

K. Sand: »Ich würde Sie bitten, mir alle Namen dieser Gäste und Geschäftsleute aufzuschreiben. Von jedem, an den sie sich erinnern können.«

M. Rose: »Und dann?«

K. Sand: »Werden wir die Leute natürlich so diskret wie möglich unter die Lupe nehmen.«

Kommissar Sand hockte über der Akte und las sich das protokollierte Gespräch immer wieder durch. Rose war weit davon entfernt, ein Geständnis abzulegen, und in einem Punkt hatte er tatsächlich recht. Sand kannte das Haus, er war zweimal dagewesen. Einmal, um sich über den blinden Passagier zu informieren, und beim zweiten Mal hatte er Roses Zimmer durchsuchen lassen. Die Örtlichkeiten waren so geschaffen, dass tatsächlich jeder, der sich kurz auf die Toilette verabschiedete, durchs Treppenhaus in den zweiten Stock hätte steigen können. Die Gästetoiletten, zwei an der Zahl, lagen unten. Wer hätte jemanden im Treppenhaus bemerkt, wenn er nicht ganz zufällig selbst dort gewesen wäre?

Jemand hätte das Papier in Roses Zimmer verschwinden lassen können. Er wäre wieder durchs Treppenhaus ins Erdgeschoss gelangt und hätte sich dort unauffällig unter die Gäste gemischt.

»Lassen wir ihn gehen, Chef?«, ließ sich Flickwort vernehmen.

»Würden Sie ihn gehen lassen?«

»Vielleicht. Wollen Sie wissen, was ich tun würde?«

»Gerne«, schmunzelte Sand.

»Ich würde ihn gehen lassen. Und dann beschatten wir ihn. Er wird sich sicher fühlen, und falls er doch etwas mit dem Mord und der OC zu tun haben sollte, wird er mit ihnen Kontakt aufnehmen. Alter Trick, wenn sonst gar nichts mehr fruchtet.«

Die Frage, ob Anna über Weihnachten noch in Kiel sein würde, war in der allgemeinen Aufregung untergegangen. Es gab nur zwei Themen in diesem Haus, und das waren der Untergang der *Luna* und Maxim, der immer noch nicht wieder zu Hause war.

Es wurde ein trauriges Weihnachtsfest. Das Wetter spiegelte die Stimmung im Haus wider. Es war eisig kalt. Anna hielt sich zurück. Sie gehörte nicht zur Familie, aber ihre Anwesenheit wurde wie selbstverständlich hingenommen. Sie hatte angeboten, nach Berlin zurückzufahren, aber keiner hatte das von ihr verlangt. Sie dachte über die Möglichkeit nach, Bergers Stelle zu übernehmen. Es war ein verlockendes Angebot, um ihre chronische Geldnot auf einen Schlag zu beenden, denn Pohlmanns Vorschuss war gefährlich zusammengeschrumpft. Noch zwei Wochen, und sie war pleite und hätte sowieso zurückfahren müssen. Wenn sie die Stelle annahm, hätte sie Pohlmann sein Geld zurückschicken können.

Die Familie ging ohne sie in die Messe. Anna wollte nicht, dass es Gerede gab, und blieb zu Hause. Auch Tenner war nicht in die Messe gegangen. Sie sah sein Licht im Fenster des Gartenhauses und ging nach draußen. Es herrschte ein dämmriges Zwischenlicht, die Sonne ging langsam unter, und die ersten Gartenlampen leuchteten auf. Anna schritt an den Rabatten entlang, auf denen hier und da eine Christrose blühte. Das Licht zog sie magisch an. Wo war der Hund? Sie hatte ihre Angst nie ganz verloren, aber Gustav ließ sich nicht blicken.

Sie warf einen Blick durch das Fenster. Tenner hatte Besuch. Es war Chris Brandis. Was machte der hier? Anna hatte ihn seit der Ankunft in Kiel nicht mehr gesehen. Er saß mit Tenner am Tisch. Sie leerten eine dieser braunen Flaschen und waren guter Laune.

Anna hörte ihre Stimmen und fand es unanständig, hier zu stehen und ihnen zuzuhören, aber sie konnte gar nicht anders.

»Du sollst da ziemlich versackt sein«, sagte Tenner mit einer Stimme, in der ein Lachen mitschwang.

»Stimmt. Kennst du das Mädchen?«

»Margot. Aber als Mädchen würde ich sie nicht gerade bezeichnen. Früher, als sie noch jünger war, nannten wir sie die scharfe Margot. Ein Teufelsweib. Wusste gar nicht, dass du deine Grundsätze so einfach über den Haufen wirfst.«

Ein kleines Schweigen entstand. Gläser klirrten, ein Stuhl wurde verrutscht.

»Das habe ich nicht. Ich habe die Frau nicht angerührt.«

»Kannst du dich noch an Havanna erinnern? Auf der *Star of Havanna* zehn Matrosen und fünf Weiber. Und dann kommt dieser Kapitän Vargas und bringt noch zwei weitere mit. Ja, Käpt'n, das waren noch Zeiten. Bevor ich vom Großmast fiel. Und wenn Franz nicht gewesen wäre, säße ich jetzt im Seemannsheim und würde den ganzen Tag nur noch Erinnerungen schieben. Eine scheußliche Vorstellung. Auf der *Star of Havanna* warst du noch Erster Maat. Sklaventreiber haben wir dich genannt, aber wenn es um Weiber ging, hattest du immer ein großes Herz. Du hast uns nie die Tour vermasselt. Und jetzt trinken wir. Frohe Weihnachten, Käpt'n.«

Die Bescherung fiel spärlich aus. Es gab ein paar Geschenke und dann ein Abendessen, das nicht üppiger war als sonst. Die Eltern hatten es als unangebracht empfunden, aus diesem Tag etwas Besonderes zu machen, während ihr Sohn im Gefängnis saß und niemand wusste, ob er je wieder nach Hause kommen würde. Die Pressestelle hatte der Bevölkerung reinen Wein einschenken und den Grund für Roses Inhaftierung bekanntgeben müssen. Das war schlecht fürs Geschäft, aber es hätte noch viel schlimmer kommen können. Wenn nämlich bekannt geworden wäre, dass Maxim verdächtigt wurde, Mitglied der OC zu sein. Jemanden im Affekt zu erschlagen war etwas anderes, als ein Terrorist zu sein und aus politischen Zwecken vorsätzlich zu töten, wie es die Art und Weise der OC war. Sand hatte den Terrorismusverdacht bisher nicht öffentlich gemacht, weil er einen zweiten Beweis suchte, der den Verdacht untermauern könnte.

Nach dem Essen zogen sich die Männer in den Rauchsalon zurück. Die Mutter ging auf ihr Zimmer, und so blieben Anna und Lilly allein. Selbst Lilly, der sonst kaum etwas die Stimmung verderben konnte, war bedrückt und wenig gesprächig. Sie saß in einem der Sessel und blätterte lustlos in einer Zeitschrift herum.

»Franz hat mir Bergers Stelle angeboten«, sagte Anna.

»Ach ja? Willst du sie annehmen? Willst du jetzt doch in Kiel bleiben?«

»Ich denke darüber nach. Sie ist gut bezahlt. So viel würde ich in Berlin nie verdienen.«

»Ist es wirklich nur das Geld?«

Lilly legte die Zeitschrift zur Seite und sah Anna offen an. Anna fühlte sich unwohl unter diesem fragenden Blick und zögerte.

»Was war in Southampton?«, wollte Lilly wissen. »Du bist doch nur seinetwegen mitgefahren, habe ich recht?«

»Es war schön. Wir sind abends zusammen ausgegangen. Aber mehr war nicht. Kennst du eine Margot?«

»Margot? Wieso Margot?«

»Er war heute Nachmittag bei Tenner. Ich war im Garten und habe zufällig gehört, worüber sie sich unterhalten haben. Es ging darum, dass er irgendwo versackt sei, und um eine Margot.«

»Ja. So ist das, Anna. Seeleute. Diese Margot wird wohl eins der leichten Mädchen sein. Er ist nicht verheiratet. Er wohnt allein, und seine Tochter liegt immer noch im Krankenhaus. Was macht er Weihnachten? Ich weiß es nicht. Vielleicht fühlt er sich einsam.«

»Was weißt du über ihn? Wer sind seine Eltern? Stammt er aus Kiel?«

»Nein. Er kommt aus Bremen. Sein Vater war Kapitän bei der Norddeutschen Lloyd. Seine Großmutter stammt übrigens aus Dänemark, aus Skagen. Unser Käpt'n hat also Wikingerblut. Wie findest du das?«

Wenig später ging Anna auf ihr Zimmer. Sie wusste, sie würde sich entscheiden müssen, und hockte im Bad vor dem Spiegel. Wollte sie Brandis' wegen hierbleiben, ihr Leben komplett auf den Kopf stellen? Aber was wäre, wenn sich zwischen ihr und Brandis nie etwas entwickeln würde?

Von oben waren Schritte zu hören und wieder dieses merkwürdige Klopfen. Anna warf sich kurz entschlossen den Morgenmantel über, zündete eine Kerze an und öffnete leise die Tür. Sie ging zur Treppe und stieg die ersten Stufen hoch. Was lebte da über ihrem Kopf? Ein Haufen Gespenster? Sie stieg weiter, bis sie auf dem Flur angekommen war. Ein schmaler Gang, dessen Decke tief heruntergezogen war. Die Kerze flackerte und warf geisterhafte Schatten an die Wände. Direkt vor ihr befand sich eine Tür, und dahinter waren Schritte zu hören. Anna zögerte. Wer wohnte da? Schließlich nahm sie sich ein Herz und klopfte. Ganz langsam wurde die Tür geöffnet, ein Spalt und noch ein Spalt, und dann lugte ein Gesicht hervor. Es war das Gesicht von Marie, dem Hausmädchen. Anna war erleichtert.

»Tut mir leid, ich wollte nicht stören. Ich höre nur immer Schritte von oben in meinem Zimmer und dachte, ich sehe mal nach, ob hier ein paar Gespenster wohnen …«

Die Tür wurde wieder einen Spalt aufgeschoben. Annas Blick fiel ins Zimmer. Auf einer kleinen Kommode brannte ein Gaslicht, und gegenüber an der Wand stand ein Spiegel. Jetzt war Anna auch klar, was hier vor sich ging. Marie, die sonst immer nur in ihrer Dienstmädchenuniform herumlief, trug ein Kleid. Ein Kleid, wie man es in den Bars oder Varietés trug. Es war weiß, ging bis zum Knie, war unten mit drei dunkelroten, übereinanderlappenden Volants verziert, und das Dekolleté zierte eine üppig ausgestaltete und mit goldenen Glitzersteinen übersäte rote Seidenrose. Ein Kleid, das sicher ein kleines Vermögen gekostet hatte.

»Ein schönes Kleid«, sagte Anna bewundernd.

»Finden Sie?«

Marie wirkte verlegen und ging ins Zimmer zurück. Sie stellte sich vor den Spiegel, hob den Kopf und fuhr sich durchs Haar.

»Es steht dir«, bemerkte Anna. »Das dunkle Rot ist genau deine Farbe. Es passt wunderbar zu deinem kastanienbraunen Haar.«

Marie drehte sich um und strahlte Anna an. »Das hat die Verkäuferin auch gesagt.«

»Das war bestimmt nicht billig.«

Marie zuckte etwas spröde mit den Schultern, und Anna fragte sich, wie ein einfaches Hausmädchen sich ein solches Kleid leisten konnte. Da würde ein halbes Jahr Lohn nicht ausreichen. Hatte sie einen reichen Freund? Hausmädchen hatten in der Regel keinen reichen Freund. Sie hatten schon mal einen reichen Liebhaber, meist den gnädigen Herren des Hauses, was aber dann eher zu familiären Unstimmigkeiten führte. Anna unterdrückte die Frage und verabschiedete sich. Sie ging wieder auf ihr Zimmer und legte sich ins Bett. Aber sie konnte nicht einschlafen. Zu viele Gedanken, zu viele Fragen ohne Antwort, zu viele Entscheidungen. Sie hörte wieder Schritte von oben. Marie ging hin und her und bewunderte sich im Spiegel. Ein rätselhaftes Hausmädchen mit rätselhaften Einnahmequellen.

Flickwort hatte sich die Gästelisten durchgelesen. Nur Namen aus der guten Kieler Gesellschaft. Er zählte neunundfünfzig potentielle Täter, die den Zettel in Maximilian Roses Zimmer hätten deponieren können. Ein Apotheker, zwei Richter, zwei Lehrer, drei Rechtsanwälte, zwei befreundete Reeder, etliche Geschäftsleute und fast alle mit Frau. Flickwort kannte die meisten, einige nur vom Sehen, andere persönlich. Den Apotheker Kellermann zum Beispiel oder Lassalle, den ehemaligen Lehrer. Die Richter und Staatsanwälte kannte er schon von Berufs wegen, aber dann machte er eine erstaunliche Entdeckung. Da er nicht davon ausging, dass einer der Richter oder Staatsanwälte den Zettel in Maxim Roses Zimmer gelegte hatte, stieß er aber doch auf einen Namen, der ihn aufhorchen ließ. Andreas Flemming nebst Frau Hiltrud stand auf der Liste. Flickwort kannte Flemming flüchtig, ein Anwalt, der vorzugsweise Mandanten aus der rechten Szene verteidigte. Flemmings politische Überzeugung war kein Geheimnis, man munkelte, er sei Mitglied der NSDAP gewesen, bevor sie verboten worden war. Zwei seiner Mandanten, die zu einer radikalen, völkischen Gruppierung gehörten, waren in terroristische Umtriebe verstrickt gewesen und hatten angeblich etwas mit dem Mord an Rathenau zu tun gehabt, was ihnen allerdings nicht nachgewiesen werden konnte. Der Name Flemming auf der Liste mutete Flickwort etwas seltsam an, denn alle anderen Gäste waren unverdächtig, was ihre politische Ausrichtung betraf. Auf der anderen Seite gehörte Flemming einer angesehenen Kieler Familie an, alles Rechtsanwälte, Staatsanwälte, sogar ein Richter war darunter. Andreas Flemming, das schwarze Schaf dieser Familie?

Flickwort schob Sand die Gästeliste zu.

»Da steht dieser Anwalt Flemming drauf«, erklärte er, während der Kommissar die Liste zu sich herumdrehte.

»Ja und?«

»Er verteidigt vornehmlich Rechtsnationale. Auch Rechtsradikale. Seine politische Ausrichtung ist durchaus rechts, und er hatte auch Kontakte zu Terroristen. Aus beruflichen Gründen natürlich.«

»Das ist nicht verboten. Unser Rechtssystem gewährt auch Terroristen einen Anwalt.«

»Ich frage mich, warum steht er auf dieser Gästeliste und könnte er etwas mit unserem blinden Passagier zu tun haben?«

»Sie kennen sich in Kiel besser aus als ich. Was hat er für einen Ruf?«

»Die ganze Familie besteht hauptsächlich aus Juristen. Die haben alle einen sehr guten Ruf. Er hat sich nun mal auf ein spezielles Feld konzentriert, auf das rechte eben. Er muss private Kontakte zu Rose haben, sonst wäre er nicht eingeladen worden. Wir sollten das überprüfen.«

Sand nickte. »Gut. Tun wir das. Sofort. «

Sie gingen zu Fuß, denn Flemmings Kanzlei lag nicht weit vom Präsidium entfernt. In einem der Persischen Häuser. Ein hochherrschaftliches Haus und im Erdgeschoss die Kanzlei. Eine ältere Dame bat sie, im Wartezimmer Platz zu nehmen.

Flemming war ein kleiner, etwas kauziger Typ in Stresemannanzug, mit Spitzbart und Brille. Er rauchte Zigarre, weshalb er das Fenster hinter sich geöffnet hatte und ein kalter Zug im Büro herrschte. Flemming schien das nicht zu stören. Er rauchte weiter und fragte, womit er helfen könne.

»Sie waren Gast auf Herrn Roses Geburtstagsfeier«, eröffnete Sand das Gespräch konziliant.

»In der Tat. Ein schönes Fest. Meine Frau und ich haben uns köstlich amüsiert.«

»Das freut mich. Woher kennen Sie Herrn Rose?«

»Ich kenne seinen Sohn. Wir sind zusammen zur Schule gegangen. Volksschule, dann Gymnasium. Aber was hat das mit Ihrem Besuch zu tun?«

Sand zögerte. Er wählte seine Worte sorgsam, um Flemming nicht gleich gegen sich aufzubringen. »Im Zusammenhang mit dem Mord an Kapitän Magnussen überprüfen wir alle Gäste, die an diesem Abend bei Rose waren. Dies ist ein reiner Routinebesuch. Ihr Kontakt zu Rose ist nach der Schule also nie abgerissen?«

Flemming blies den Rauch seiner Zigarre in die Luft. »Wir hatten immer Kontakt, ganz richtig. Wir treffen uns oft im Klub und diskutieren über die eine oder andere Sache.«

»Auch politisch?«

Über Flemmings Gesicht kräuselte sich ein süffisantes Lächeln. »Natürlich auch politisch. Über was sollte man sonst diskutieren?«

»Haben Sie und Rose die gleiche politische Haltung?«

Flemmings Lächeln wurde immer breiter. »Ich glaube nicht, dass ich Ihnen diese Frage beantworten muss.«

»Sie verteidigen hauptsächlich Mandanten aus dem rechten Spektrum.«

Flemmings Lächeln erlosch. Er legte seine Zigarre auf den Aschenbecher, stand auf und machte das Fenster zu. »Selbst wenn, was wollen Sie eigentlich von mir?«

»Wie gesagt, wir überprüfen alle Gäste, die auf diesem Geburtstag waren.«

»Kommt einer der Gäste als Täter in Frage?«

»Das wissen wir noch nicht. Kannten Sie Kapitän Magnussen?«

»Nein. Ich habe den Mann nie gesehen oder getroffen.«

Flemming setzte sich wieder auf seinen Stuhl. »Noch mehr seltsame Fragen?«

»Wo waren Sie am 22. November abends zwischen elf und zwölf Uhr?«

Flemming schluckte. Dann fing er sich wieder und antwortete, er sei mit seinem Wagen auf dem Weg von Bremen nach Kiel gewesen. Alleine.

»Vielen Dank«, sagte Sand. Er stand auf, und sie verließen das Büro.

Sie dachten beide das Gleiche. Seltsamer Typ. Ein rechter Anwalt, der seine Gesinnungsgenossen verteidigt, Das ist nicht verboten. Es gibt genauso viele linke Anwälte, die Linksextreme verteidigen. Daraus kann man niemandem einen Strick drehen. Aber so viele Menschen in Kiel gibt es nicht, die Kontakt zu Extremisten haben, und einer muss den Kontakt zu dem blinden Passagier gehabt haben, wenn es nicht Rose war.

»Er hat kein Alibi«, sagte Flickwort.

»Richtig. Also entlassen wir ihn nicht aus dem Kreis der Verdächtigen.«

»Statten wir den Kollegen von der Politischen Polizei einen Besuch ab«, schlug Flickwort vor. »Die könnten uns vielleicht weiterhelfen.«

Hauchdünn lag der Schnee auf dem Land. Es war frostig kalt, und von Norden kam ein polarer Wind und fegte durch die Stadt. Kommissar Sand lief die Küstenlinie entlang. Raus aus der Stadt. Er hatte zwei Stunden im Admiral Lüders gesessen, den tanzenden Pärchen zugesehen und einen Sekt getrunken. Der rothaarigen Frau, die sich von ihm gerne hätte einladen lassen, hatte er einen Korb gegeben, hatte gezahlt und war gegangen. Jetzt lief er dem Wind entgegen, dem einzigen Freund, den er hatte, um ihm all das zu erzählen, was ihm auf dem Herzen lag.

Er hatte dieses Pamphlet von der OC in seiner Schreibtischschublade gefunden. Flickwort musste es ihm hineingelegt haben. Er hatte es gelesen und nur mit den Schultern gezuckt. Aber dann hatte es im Laufe des Tages in ihm zu arbeiten begonnen. Ein Gift, das erst langsam seine Wirkung entfaltete.

»Wir machen uns das Chaos zunutze. *Ordo ab chao*, ihr kennt den alten Grundsatz, und er ist heute so gültig wie vor hundert Jahren. Jeder nutzt ihn, der seine Politik mit Erfolg betreiben will. Schaffe erst Chaos, spalte das Volk, streue Unsicherheit und Angst unter die Leute, und dann bringe ihnen Sicherheit, indem du deine Politik installierst. Es ist wie mit dem Wasserhahn, und du bist der Hausmeister. Dreh das Wasser heimlich ab, dann wirst du gerufen, und du erscheinst wie der Retter in der Not, denn du weißt ja, wo das Problem liegt. So werden Kriege, neue Ordnungen und Umstürze vorbereitet, Kameraden, also schafft Chaos, spaltet die Bevölkerung, betreibt Ausgrenzung. Ein geniales Prinzip, das so alt wie die Welt ist. Schon im alten Rom wussten sie, wie man es macht. Jeder gegen jeden, keiner ist des anderen mehr sicher. Wenn wir das erreicht haben, und wir sind kurz davor, dann greifen wir zu.

Ordo ab chao, das muss unser Motto sein. Und wir haben mächtige Verbündete, die hinter den Kulissen agieren.«

Neben Sand hielt ein schwarzer Wagen. Der Kommissar stieg ein und nickte dem Kollegen zu.

»Wohin?«

Sand breitete eine Straßenkarte auf seinen Knien aus.

»Alter holsteinischer Adel.«

»Ein Bekannter von Ihnen?«

»Nein. Ein Kontakt, den wir über Kollegen der Politischen Polizei bekommen haben. Mal sehen, ob er uns weiterbringt.«

Der Kollege am Steuer fuhr durch die verschneite Landschaft. Nach einer halben Stunde öffnete sich ein breiter Weg, der durch ein Wäldchen aus Fichten und Kiefern verlief. Am Ende lag ein stattliches Herrenhaus mit hoch aufragenden Schornsteinen und kleinen wie aufs Dach gepflanzten Türmchen, links und rechts gesäumt von Stallungen. In den neugotischen, mit Akanthusblattornamenten verzierten Fenstern flackerte heimeliges Licht, aus einem Stall schaute der Kopf eines Pferdes heraus.

Der Kollege ließ Sand aussteigen. Er sagte, er wolle lieber warten, und parkte am Rand des Weges. Sand schlenderte über den Innenhof und schlug einen altmodischen Klopfer gegen die Tür. Ein junges Mädchen mit weißer Schürze öffnete und ließ ihn ein.

»Kommissar Sand? Einen Moment, Baron von Armin wird sofort kommen.«

Baron von Armin war ein alter Mann. Mindestens siebzig. Er ging am Stock, aber seine wachen, aufmerksamen Augen sprachen eine andere Sprache als die eines alten Mannes.

Das Mädchen servierte alten Cognac in böhmischen Gläsern, während Sand die Ölporträts an den Wänden betrachtete und auf einem antiken, ausladenden Sessel Platz nahm. Der Salon wurde nur von Kerzen erleuchtet, die bizarre Schatten an die holzvertäfelten Wände warfen. In einem großen Kamin knisterte das Feuer, ein kleiner Erker war mit einer schimmernden Ritterrüstung bestückt, und unter der Decke lief eine Art Galerie entlang, auf der hin und wieder Schritte knarrten, ohne dass die dazugehörigen Menschen von unten zu sehen gewesen wären. Sand, der nicht ängstlich war und auch nicht zu versponnener oder überbordender Phantasie neigte, konnte sich eines Gefühls der Beklemmung nicht erwehren. Er war in den flauschigen Tiefen seines Sessels versunken und dachte nur, dass dies das richtige Haus sei, um Punkt Mitternacht die Gespenster auf den Plan zu rufen und umgehen zu lassen.

»Was wollen Sie wissen, Kommissar Sand?«, eröffnete Armin das Gespräch und lehnte sich bequem im Sessel zurück.

»Sie waren ein hohes Tier beim Staatsschutz. Das ist richtig, oder?«

»Ja. Noch bis vor zwei Jahren. Dann habe ich mich zurückgezogen. Die Knochen wollen nicht mehr.«

»Ich würde gerne etwas über die Organisation Consul wissen. Wir haben da einen Mord in Kiel, der mit der OC in Verbindung steht. Könnte dieses Pamphlet von Mitgliedern der OC stammen?«

Er öffnete seine Aktentasche und holte zwei Papiere heraus. Das eine reichte er Armin, der den Text überflog und dann nickte. »Es könnte von der Organisation stammen, aber genauso gut auch von Mitgliedern der NSDAP, die Grenzen sind da manchmal fließend. Es geht um den Mord an diesem Kapitän, nicht wahr?«

»Ja. Ein Mann, der mit Sicherheit weder mit der OC noch mit der NSDAP etwas zu tun hatte, wir haben das gründlich recherchiert. Aber es sollte ein Mitglied der OC auf Kapitän Magnussens Schiff versteckt werden. Wir vermuten, er kam dazwischen und wurde ausgeschaltet.«

Sand nahm nun das zweite Papier und legte es auf den Tisch. Es war die Phantomzeichnung. Armin beugte sich darüber und betrachtete es lange und gründlich.

»Das ist Hagen Wesel«, erklärte er dann verblüfft. »Der Name ist falsch, wie er wirklich heißt, will ich mal aus Gründen der Geheimhaltung für mich behalten. Das müssen Sie schon selbst herausfinden. Ein Mitglied der OC, das indirekt am Mord an Erzberger beteiligt war. Die beiden Mörder sollen sich mittlerweile in Ungarn aufhalten, aber wo genau ist uns nicht bekannt. Dieser Wesel hat ihnen zugearbeitet, wir gehen davon aus, dass er ihnen mit anderen Mitgliedern der OC die Waffen besorgt und ihnen die Informationen über Erzbergers Aufenthalt in Bayern verschafft hat. Er wird seit dem Mord gesucht, ist der Polizei aber nie in die Hände gefallen.«

»Er wollte auf diesem Schiff, dessen Bestimmungsort Belfast war, nach England. In Belfast wäre er vermutlich von zwei Mitgliedern der IRA über die Grenze nach Irland gebracht worden. Leider ging der Plan schief. Kapitän Magnussen kam dazwischen und wurde ermordet. Das ist zumindest unsere Theorie. Wo aber ist Wesel abgeblieben? Auf dem Schiff war er nicht, das haben wir gründlich durchsucht. Wir haben dieses Phantombild in die Zeitung setzen lassen, doch leider hat sich auch hier keine Spur ergeben. Der Mann ist spurlos verschwunden.«

»Er könnte auch in Kiel Verbündete haben. Das Netz der OC ist engmaschig gespannt und dehnt sich bis in die Kreise der NSDAP aus. Die würden einen wie Wesel durchaus unter ihre Fittiche nehmen.«

Sand nickte und holte ein Foto aus seiner Tasche heraus. Es war das Foto von Maximilian Rose. »Unser einziger Verdächtiger.«

Armin vertiefte sich in das Gesicht und schüttelte schließlich den Kopf. »Den kenne ich nicht. Und ich kenne die diesbezügliche Datei sehr gut.«

Sand deutete auf das Pamphlet. »Wer sind die mächtigen Verbündeten, von denen hier die Rede ist? Was soll ich mir darunter vorstellen?«

Armin stand auf und griff nach einem kleinen, hölzernen Kästchen, aus dem er eine Zigarre herausholte.

»Zigarre, Herr Kommissar?«

»Danke, ich rauche nicht.«

Armin schnitt sich die Zigarre zurecht und zündete sie an. Sand versuchte sich in seinem Sessel etwas aufzurichten, aber die weichen Polster und der tiefe Sitz führten dazu, dass er immer weiter nach hinten einsank. Von oben knarrte es wieder, als ob jemand über die Galerie ginge, aber sooft er auch nach oben schaute, er sah keine Menschenseele. Ihm gegenüber hing eine Tuschezeichnung in einem vergoldeten Rahmen, die er erst jetzt bewusst wahrnahm. Es war unverkennbar ein Caspar David Friedrich. Die Zeichnung gab einen Friedhof wieder, darauf ein Grab mit Steinkreuz, auf dem ein unheimlich wirkender Kauz hockte – das ganze gruselige Szenario diffus beflackert von der brennenden Kerze, die neben dem Stich an der Wand hing. Sand, der immer tiefer nach hinten rutschte, legte die Arme auf die Lehnen, und versuchte sich etwas aufzustützen.

»Es dürfte Ihnen nicht entgangen sein, dass die NSDAP die Macht in Deutschland anstrebt«, erklärte Armin, mitten im Raum stehend. »Hinter der Partei formieren sich mächtige Industriemagnaten, Banken, runde Tische. Der Council of Foreign Relations, zum Beispiel, die Mutter aller Superreichen in den USA, die weltweit agieren. Hier wird der Grundstein für eine neue Weltordnung gelegt, die weit in die Zukunft reichen soll. Diese Zirkel versuchen, die offiziellen Regierungen zu kaufen, zu manipulieren und für ihre Pläne zu gewinnen. Aber wir wollen nicht vergessen, dass auch unsere eigene Industrie ihre Finger mit in diesem bösen Spiel hat. Verstehen Sie nun?«

Sand ließ die Arme wieder fallen, weil diese künstliche Haltung ihm Rückenschmerzen bereitete. »Nur zum Teil. Die Mitglieder der OC kaufen keine Regierungen. Nicht mal die deutsche, ganz im Gegenteil, die deutsche Regierung hat die OC verboten.«

»Richtig. Aber diese Leute haben vor, eine Menge Geld in Hitler und seine NSDAP zu investieren. Und sollte die NSDAP eines Tages tatsächlich an der Spitze der Politik dieses Landes stehen, dann werden die Mitglieder der OC mit in der Regierung sitzen. Oder sie landen in Hitlers Schlägertruppen. In der SS oder der SA.«

Sand rappelte sich endlich umständlich aus dem Sessel heraus, und als er aufrecht stand, war ihm wohler. Er machte ein paar Schritte und mühte sich, wieder locker zu werden.

»Die Mitglieder der NSDAP sind ein aggressiver Haufen. Mit ihnen an der Spitze der Regierung würde es schwerlich weiterhin Frieden in Europa geben«, mutmaßte er mit einem kleinen, resignierten Lächeln.

»Ich kann Ihnen da nicht widersprechen. Aber Frieden ist auch nicht das Ziel dieser Kreise. Ganz im Gegenteil. Ihnen ist eher an Krieg gelegen. Die Banken wollen Kriegskredite vergeben, die Rüstungsindustrie will ihre Waffen verkaufen. Jeder unversehrte Panzer, der irgendwo herumsteht, ist für sie ein Verlustgeschäft. Vom Frieden auf der Welt träumt diese Industrie ganz zuletzt, wenn ich das mal so lapidar formulieren darf.«

»Sie dürfen«, murmelte Sand bedrückt, und dann fiel sein Blick auf einen Stapel Bücher, der auf einem kleinen Beistelltisch lag. Armin hatte es bemerkt.

»Ein paar englischsprachige Autoren«, erklärte er. »Interessieren Sie sich für politische Literatur?«

»Ehrlich gesagt weniger. Ich arbeite aber auch nicht beim Staatsschutz. Bei mir geht es wesentlich profaner zu.«

»The United States as a World Power«, las Sand und nahm das zuoberst liegende Buch in die Hand.

»Archibald Coolidge. Ein englischer Autor. Er propagiert eine Welt ohne nationale Grenzen.«

»Keine schlechte Idee«, überlegte Sand laut. »Eine Welt ohne nationale Grenzen würde die Menschheit vielleicht einigen und die Wahrscheinlichkeit von Kriegen reduzieren. Wir wären sozusagen eine einzige, große Familie.«

»Das ist nun leider nicht das, was gemeint ist, Herr Kommissar. Gemeint ist vielmehr, dass eine Welt ohne nationale Grenzen ein gigantischer Markt sein wird, auf dem die internationalen, industriellen Konzerne schalten und walten könnten, wie es ihnen beliebt. Die nationalen Grenzen wären hingegen das Einzige, das uns davor bewahren würde, von ihnen restlos ausgeplündert zu werden.«

»Ach, ist das so?«, fragte Sand unsicher und legte das Buch auf den Stapel zurück.

Er hatte genug von diesem Gruselschloss. Er wollte so schnell wie möglich nach Kiel zurück, und dann fiel ihm siedend heiß sein Fahrer ein, der immer noch im Auto saß und wahrscheinlich schon halb zu Eis erfroren war. Er verabschiedete sich mit einem Dank und verließ hastig das Haus.

Die Rose-Eltern wollten den Silvesterabend im Theater verbringen. Aber Anna hatte keine Lust auf Theater. Also hatte Franz eine Einladung bei Kellermann organisiert. Kellermanns Feste waren spektakulär, es gab Champagner ohne Ende, ein hinreißendes Buffet, und man traf alles, was in dieser Stadt Rang und Namen hatte. Wer es bis zu Kellermanns Partys geschafft hatte, konnte in dieser Stadt alles schaffen – seine Beziehungen reichten bis nach Berlin. Da saß nämlich sein Bruder in einer sehr gehobenen Position bei der Deutschen Bank. Mit einem solchen Pfand im Rücken konnte selbst ein einfacher Apotheker opulente, barocke Feste abhalten.

Das Ambiente war im Gegensatz zu der bürgerlichen Schlichtheit des Hauses Rose an protzender Grellheit nicht zu überbieten. Alles in Weiß: Wände, Bodenbelag, Mobiliar, selbst die Farbe des Geschirrs, der Hausherr in einem weißen Anzug mit weißem Hemd, weißer Fliege und weißen Schuhen. Mitten im Wohnzimmer prangte ein viereckiger, von allen möglichen Seiten beleuchteter Teich mit großen Karpfen darin, drum herum wuchsen künstliche weiße Seidenpalmen in riesigen, weißen Töpfen. Von diesem Raum gingen überall kleine Separees wie in Mozarts Serail aus. In einem Erker spielte eine Combo kubanische Musik, und davor tummelten sich etliche tanzende Pärchen.

Anna war sprachlos. Hatte sie der Reichtum der Familie Rose schon mächtig beeindruckt, so hatte sie zu dem neureichen Gepränge Marke Kellermann einfach keine Worte mehr. Lilly in einem knallengen, rubinroten Kleid voller Pailletten tauchte ein in diese bunte, klimpernde Gesellschaft wie ein Fisch ins Meer. Sie schwamm ganz oben und war der Mittelpunkt des Abends. Ein betörend hübsches Kind, dessen Lachen den verliebten Mond dazu hätte bringen können, von seiner Umlaufbahn zu stürzen. Und während sich Lilly, die sonst nie rauchte, mit einer Zigarette auf der Tanzfläche um sich selbst herumdrehte wie eine Katze, die nach ihrem Schwanz schnappt, hatte Anna ständig den Gastgeber im Schlepptau. Sie hatte es dem fetten Kellermann angetan. Franz sah wie ein Gentleman darüber hinweg. Sollte Kellermann seinen Spaß haben, morgen würde für ihn sowieso alles vorbei sein. Anna gehörte ihm. Er beobachtete die beiden, den herumscharwenzelnden Kellermann, der an Annas Lippen hing, die langsam ihre Sprache wiedergefunden hatte. Sie hatte nie ein leeres Glas in der Hand, kaum war es leer, kam aus irgendeiner Ecke ein Lakai und füllte es wieder. Sie ließ sich von Kellermann herumführen und sich seine Schätze zeigen. Im Keller seine Bücher, die wie die Fische hinter Glas leben mussten, kostbare, uralte Bibeln, Klosterbücher aus dem Mittelalter oder Originalhandschriften von Marcel Proust. In einem dunklen Flur zeigte er ihr Skizzen von Aubrey Beardsley, amouröse Szenen nackter Frauen in der Umarmung mit einem antiken Gott, dessen riesiger, erigierter Phallus das einzig Bemerkenswerte an ihm war, und Anna fiel es plötzlich wie Schuppen von den Augen. Kellermann war nichts anderes als ein lüsterner Bock, was er unter seiner Kunstbeflissenheit bisher gut kaschiert hatte. Jetzt ließ er quasi die Hosen runter, und sie fühlte sich peinlich berührt. Er offenbarte ihr seine Liebe zum *Fin de Siècle*, diesem morbiden Abgesang des Lebens, und zitierte in einer nur von Kerzen erleuchteten Ecke Baudelaire, Cendrars und Huysmans.

»Was halten Sie von der toten Rosen Lust zu leben?«, fragte er mit einem schmierigen Grinsen und kam ihr gefährlich nahe. Sie spürte seinen Atem, sie konnte sein schwüles Damenparfüm riechen, eine Mischung aus Pomeranze und Amber, und suchte nach einer Möglichkeit, dieser Umklammerung zu entkommen.

»Sie gefallen mir, Anna. Wenn Sie mich auch ein wenig mögen, könnten wir ein kleines, für beide Seiten angenehmes Arrangement treffen, was denken Sie? Ich suche nichts Ausgefallenes, ich bin nur ein einfacher Mann, aber ein Mann …«

»Danke, ich habe kein Interesse«, sagte sie kalt, drehte sich um, ging ins Wohnzimmer zurück und dachte, vielleicht wäre Theater doch besser gewesen.

Irgendwann traf sie Franz wieder, der mit ein paar Geschäftsleuten zusammensaß. Es war fünf vor zwölf. Er stand auf und reichte ihr ein Glas Champagner. Lilly kam angeflattert, einen jungen Mann im Schlepptau, der sie ganz offensichtlich anbetete. Die Combo spielte »Es leuchten die Sterne« und erinnerte Anna an eine Szene in Berlin.

Die Uhr schlug endlich Mitternacht. Franz legte seinen Arm um Annas Hüfte und zog sie an sich. Er umarmte sie, wünschte ihr ein frohes neues Jahr und hauchte ihr einen Kuss auf die Lippen. Ein paar junge Männer öffneten die Flügeltüre zum Garten und begaben sich hinaus, um das Feuerwerk zu bewundern. Anna spürte Franz' Hand, der ihre nahm und sie sanft mit in den Garten zog.

Zur selben Zeit saß Brandis in seiner Lieblingskneipe. Er hatte dort zwei befreundete Kapitäne getroffen, die auch alleinstehend waren, und Finnen, seinen Ersten Maat. Gegen Mitternacht waren sie schon ziemlich betrunken und hatten, als draußen das Feuerwerk in die Luft stieg, den Zenit des Abends längst überschritten. Die beiden Kapitäne standen auf und torkelten nach draußen, während Finnen sein Glas auf den Handrücken stellte und versuchte, daraus zu trinken. Das Glas kippte um, fiel zu Boden und zerbrach.

Brandis dachte an Anna. Er wusste, dass sie bei Kellermann eingeladen war, was ihm den Abend nicht gerade versüßte. Überhaupt war die ganze Situation völlig verfahren. Er hatte Angst, sie an diesem Abend an all die Männer zu verlieren, denen sie vielleicht genauso gefiel wie ihm. Allen voran natürlich Franz. Aber er stand auf dieser Leiter ganz unten, er war nicht reich, er hatte kein schönes, großes Haus, er besaß nicht mal ein Auto. Und schlimmer noch, er besaß auch kein eigenes Schiff. Er hatte eine kleine Wohnung und eine kranke Tochter. Die letzten fünf Jahre war er Weihnachten entweder auf See gewesen oder hatte in irgendeinem Hafen gelegen. Normalerweise wäre er auch dieses Jahr unterwegs, aber die *Luna* gab es nicht mehr, und die *Kristina Sund* würde erst in einem Monat auslaufen. Also hatte er die Feiertage in Kiel verbracht und sich einsam gefühlt. Ab und zu war er in seiner Kneipe gewesen, hatte alte Bekannte getroffen, aber wenn er dann wieder zu Hause war, schien diese innere Leere noch zugenommen zu haben. Dann hatte er angefangen zu trinken – es hatte nichts geholfen. Zum Schluss hatte er mit dem Gedanken gespielt, sich mit dieser Margot die Zeit zu vertreiben –, allein die Vorstellung hatte es noch schlimmer gemacht. Bis er sich endlich eingestanden hatte, dass diese schreckliche Leere nur einen Namen hatte: Anna. Er wusste von Lilly, dass er ihr nicht gleichgültig war, was die ganze Sache aber noch komplizierter machte. Anna war Franz' Gast, und als solcher hatte er die Finger von ihr zu lassen, egal, ob Franz etwas für sie empfand oder nicht. Es gehörte sich einfach nicht.

Brandis trank weiter und versuchte, Finnen sein Problem zu erklären, aber der hing mittlerweile mit halb geschlossenen Lidern schräg in der Bank und schien von der Außenwelt nur noch wenig mitzubekommen.

»Segeln Sie immer hart am Wind, Käpt'n, immer hart am Wind«, war der einzige Kommentar, der Finnen zu entlocken war. Dann rutschte sein Kopf auf die Brust, und er glitt ins Reich der Träume hinüber.

Der nächste Morgen warf sein erstes Licht durch Annas Fenster ins Zimmer hinein. Ein fahles Grau, das den Tag ankündigte. Anna war früher wach als sonst und konnte nicht mehr einschlafen. Franz hatte sie gestern wieder gefragt, ob sie Bergers Stelle übernehmen wolle, und sie hatte ganz spontan zugestimmt. Einfach so, aus einem Gefühl heraus. Aus dem Gefühl, sie sei jetzt so richtig in Kiel angekommen. In dieser Stadt und dieser Gesellschaft. Alle waren schrecklich nett zu ihr gewesen, wenn man einmal von Kellermanns schleimigem Angebot absah. Hier würde sie Möglichkeiten haben, von denen sie in Berlin nur träumen konnte. Es wäre geradezu fahrlässig, nach Berlin zurückzukehren. Sie würde noch einmal hinfahren, um ihre Sachen abzuholen. Ihre Kleider, ihre Bücher, die paar Möbel, die sie besaß.

Sie stand auf, ging ins Bad und sah in den Spiegel. Um ihre Augen spielten winzige Fältchen und machten ihr klar, dass sie nicht jünger wurde. Sie würde sich langsam wirklich nach einem Ehemann umschauen müssen, wenn sie nicht als alte Jungfer enden wollte.

8

Januar 1926

Kommissar Sand sah überall nur noch Verschwörer und Verschwörungen. Er sah die Schemen von Gesichtern, verborgen unter Kapuzen, oder er sah Kapuzen, hinter denen die Gesichter verschwunden waren. Nebel waberte durch die Straßen, an den Masten der Schiffe flatterten Piratenflaggen, in den Kneipen saßen die Verschwörer, und die Huren entpuppten sich als ihre Spitzel. Er fragte sich, ob er nun klarer sähe oder vielmehr nur noch Dinge, die es gar nicht gab. Unsichtbar eben. Der alte Mann vom Staatsschutz in seiner spukigen Burg hatte ihm einen Floh ins Ohr gesetzt, der sich nicht so leicht wieder vertreiben ließ. Als hätte er es immer geahnt, dass da noch etwas anderes war als nur die Fassade des schönen oder auch weniger schönen Scheins. Tausend Fragen.

Eine war immerhin beantwortet. Das Gesicht auf der Phantomzeichnung hatte einen Namen bekommen: Hagen Wesel. Allein dafür hatte sich der Besuch in Armins Gruselschloss schon gelohnt. Sands zweite Frage galt Maximilian Rose, der immer noch in Haft saß, jedoch heute entlassen werden sollte. Er hatte kein Geständnis abgelegt, und Sands Nachforschungen die Namen auf dieser Gästeliste betreffend hatten außer dem Rechtsanwalt Flemming keinen ergeben, der Kontakt zu Terroristen hätte haben können. Sie hatten ein wenig in Flemmings Umfeld ermittelt, aber nichts Konkretes herausgefunden. Die Kontakte, die Flemming zu Terroristen gehabt hatte, schienen einzig und allein berufliche gewesen zu sein. Und die Mitgliedschaft in der NSDAP war nicht strafbar, solange die Partei nicht verboten war. Auf der anderen Seite hatte Flemming kein Alibi, und es wäre ihm möglich gewesen, Rose diesen Zettel unterzuschieben. Außerdem war

Flickworts Idee gar nicht übel. Man konnte Rose eine Zeitlang beschatten und gleichzeitig nach einer anderen Spur suchen. Das Problem war nur, sie hatten außer Flemming keine andere. Auch hatte sich bisher niemand wegen des Phantombilds gemeldet.

Sand saß hinter seinem Schreibtisch und malte mit dem Bleistift kleine Galgenmännchen aufs Papier. Ein Galgen neben dem anderen und dann die Männchen dran. Ein makabrer Zeitvertreib, der ihn entspannte. Je mehr Galgenmännchen, desto ruhiger und konzentrierter wurde er. Als Flickwort ihn das erste Mal dabei erwischt hatte, war er vor Scham rot geworden, aber mittlerweile schämte er sich nicht mehr. Andere malten Mandalas aufs Papier, um zu entspannen, er malte eben etwas anderes.

Flickwort kam ins Büro und grüßte knapp. »Draußen sitzt ein gewisser Arne Tenner. Er hat etwas zum Fall Magnussen auszusagen.«

»Dann soll er reinkommen.«

Flickwort ging auf den Flur und kam mit einem etwa vierzigjährigen Mann wieder, der Sand irgendwie bekannt vorkam, aber er wusste nicht genau, wo er ihn schon einmal gesehen hatte.

»Nehmen Sie Platz, Herr Tenner«, sagte er und schob seine Galgenmännchen unter die Akte Magnussen. »Worum geht es?«

Tenner hockte etwas unbehaglich auf seinem Stuhl. Seine Augen schweiften durch den Raum, bis sie endlich bei Sand hängenblieben. Dem war plötzlich klar, wo er Tenner gesehen hatte. In der Villa Rose.

»Es geht um den Mord an Kapitän Magnussen«, erklärte Tenner mit gesenkter Stimme. »Ich habe da eine Beobachtung gemacht …«

»Ja?«

»Sie müssen verstehen, Herr Kommissar, mir fällt es nicht leicht, hierherzukommen und Herrn Rose zu belasten. Ich will das eigentlich nicht, aber auf der anderen Seite kann ich nicht so tun, als wüsste ich von nichts.«

»Was wissen Sie denn, Herr Tenner?«

»Ich habe Herrn Rose an besagtem Abend, als Magnussen umkam, gesehen. Also Herrn Maximilian Rose, nicht seinen Bruder. Ich war an besagtem Abend unten am Kai, wo die Handelsschiffe liegen und wo sich das Büro der Reederei befindet. Ich hatte dort ein paar Frachtpapiere abgeholt, und als ich aus dem Büro kam, sah ich Maximilian direkt vor der *Luna* stehen. Eigentlich direkt vor dem Laufbrett, das noch da lag. Ich habe mir keine weiteren Gedanken darüber gemacht, bin zum Wagen und losgefahren, aber als ich hörte, dass Magnussen erschlagen worden war, wurde mir klar, dass diese Beobachtung sehr wichtig sein könnte. Leider konnte ich mich bis heute nicht dazu durchringen, Sie aufzusuchen. Es tut mir leid, Herr Kommissar.«

»Um wie viel Uhr haben Sie Herrn Rose dort gesehen?«

»Das war kurz nach elf. Ich weiß, dass er angegeben hat, um diese Zeit zu Hause gewesen zu sein. Aber das kann nicht der Wahrheit entsprechen.«

Sand musterte diesen Zeugen. Ein dunkler Typ mit dunkelbraunen Augen und schwarzem Haar, der bisher in seinen Ermittlungen nicht vorgekommen war.

»Sie arbeiten für Franz Rose?«

»Ich bin sein Chauffeur. Manchmal auch sein Hausmeister, je nachdem, was so anfällt.«

»Seit wann stehen Sie in seinem Dienst?«

»Seit etwa drei Jahren. Ich bin früher zur See gefahren, meist auf den Schiffen der Reederei Rose. Dann fiel ich vom Großmast, und es war vorbei mit der See. Seit dem Unfall habe ich Anfälle von heftigen Kopfschmerzen, die oft über Stunden dauern, in denen ich dann nur noch liegen kann. Auf einem Schiff ist so jemand nicht zu gebrauchen. Herr Rose war so nett, mich als seinen Chauffeur anzustellen. Gerade darum fällt es mir sehr schwer, diese Aussage zu machen. Ich habe der Familie viel zu verdanken.«

»Haben Sie eine Ahnung, was Maximilian um diese Zeit auf der *Luna* wollte?«

Tenner schüttelte den Kopf.

»Sie wissen, dass in Berlin ein Anschlag auf ihn verübt wurde?«

»Natürlich. Aber ich sehe da keinen Zusammenhang. Es ist ja auch möglich, dass Maximilian sich mit Kapitän Magnussen auf dem Schiff treffen wollte.«

»Sicher«, murmelte Sand und fragte sich, warum Maximilian dann gelogen und dieses Treffen verschwiegen hatte.

»Es ist um diese Zeit ziemlich dunkel am Hafen. Was hatte er an?«

»Da stehen ein paar Laternen am Kai, ganz dunkel ist es also nicht. Er trug einen Schlapphut, einen leichten Mantel, Halbstiefel, einen Schal um den Hals. Und er trug seine Brille, ohne die er blind wie ein Fisch ist.«

»Haben Sie noch einen zweiten Mann gesehen?«

»Sie meinen diesen blinden Passagier?«

Sand nickte.

»Nein. Ich habe nur Maximilian Rose gesehen. Ich bin ja auch direkt wieder in die Villa zurückgefahren. Das kann Herr Franz Rose bestätigen.«

Sand stand auf und bedankte sich bei Tenner. Er schickte ihn ein Zimmer weiter, wo er seine Aussage noch zu Protokoll geben sollte, und kehrte dann nachdenklich in sein Büro zurück.

»Rose hat uns die ganze Zeit angelogen«, knurrte Flickwort. »Und wir haben ihm jedes verdammte Wort geglaubt. Wir hätten ihn fast laufenlassen.«

»Ja. Mischen wir die Karten wieder neu. Sind Sie so freundlich, Maxim Rose zu holen? Konfrontieren wir ihn mit Tenners Aussage.«

Anna stand am Bahnsteig. Das letzte Mal, als sie hier gestanden hatte, war es neblig gewesen. Heute schien die Sonne. Ein kalter, sonniger Tag im Januar. Franz hatte ein zufriedenes Gesicht aufgesetzt und ihr von einer kleinen Wohnung am Schützenwall erzählt, die er anmieten wollte. Zwei Zimmer, teilmöbliert und preiswert. Er würde alles für sie organisieren, aber sie wollte das eigentlich nicht. Sie war nicht naiv, was Männer betraf, und hatte sein Interesse an ihr durchaus bemerkt. Ein eher dezentes Interesse, zurückhaltend, immer höflich, aber unmissverständlich. Silvester, der Besuch in der Oper, der Abend mit Shakespeare, der Einkaufsbummel. Indizien genug, aber weil sie an einen ganz anderen Mann dachte, hatte sie nie genau hingeschaut. Franz war für sie ein guter Freund, mehr nicht. Sie wollte keine Komplikationen, sie machte ihm keine schönen Augen und keine Versprechungen. Erst später, in der Rückschau, würde sie erkennen, dass sie vielleicht doch besser genau hingeschaut hätte. Dann hätte sie erkannt, welches Verhängnis sich da anbahnte, auf welch geradezu tödliche Falle sie zusteuerte. Dass sie wie eine Schlafwandlerin auf der Balkonbrüstung balanciert war, ohne zu ahnen, bei der geringsten falschen Bewegung in die Tiefe stürzen zu können.

Hier auf dem Bahnhof stehend ahnte sie nichts. Sie hatte nicht mal eine Vorahnung. Sie sah nur den einlaufenden Zug, dachte an Berlin, an ihre neue Wohnung in Kiel und hauchte Franz zum Abschied einen Kuss auf die Wange. Dann stieg sie ein und winkte zum Abschied.

Die Schlinge um Maxims Hals zog sich immer enger. Tenners Aussage hatte seine Freilassung unmöglich gemacht. Maxim hatte demnach die Polizei angelogen. Er war kurz vor der Tat am Tatort gewesen. Sand begann sich jetzt richtig auf ihn einzuschießen. Er ließ ihn holen und konfrontierte ihn mit Tenners Aussage.

Maxim sah schlecht aus. Tiefe Schatten unter den Augen, die Augen selbst gerötet vom ständigen Schlafmangel und den ewigen Grübeleien, die ihn verfolgten. Dass es noch hätte schlimmer kommen können, wäre ihm in seinen grausigsten Träumen nicht eingefallen. Was sollte das jetzt mit Tenner? Er sagte immer wieder aus, in jener Nacht nie am Hafen gewesen zu sein. Er habe in seinem Bett gelegen und geschlafen. Tenner habe ihn gar nicht sehen können!

Er wollte seinen Anwalt sprechen, aber Sand vertröstete ihn auf später.

»Kennen Sie einen Hagen Wesel?«

Rose schüttelte den Kopf. »Wer soll das sein?«

»Das ist der Mann, der als blinder Passagier auf die *Luna* gebracht werden sollte.«

»Ich kenne keinen Hagen Wesel.«

»Sie haben mich angelogen, Herr Rose. Sie waren nicht im Bett, Sie waren am Hafen, und zwar genau dort, wo die *Luna* lag, und genau passend zur Tatzeit. Unser Rechtsmediziner definiert die Tatzeit zwischen elf Uhr und Mitternacht. Herr Tenner will sie gegen elf Uhr an der *Luna* gesehen haben.«

»Ich war nie am Hafen und schon gar nicht dort, wo die *Luna* lag. Ich weiß nicht, wen Trenner da gesehen haben will, aber mich ganz sicher nicht. Er muss mich verwechselt haben.«

»Er ist sich hundertprozentig sicher, dass er Sie gesehen hat. Sie und niemand anderen. Sie standen vor dem Laufbrett, das noch am Schiff lag.«

Maxim schüttelte den Kopf. Sein Alptraum schien kein Ende zu haben. Er saß nun fast drei Wochen in Haft und hatte sogar die Hoffnung gehabt, endlich freizukommen. Jetzt fing alles wieder von vorne an. Tenner hatte ihn verwechselt, so viel stand für ihn fest. Aber Sand bohrte weiter. Jetzt fing er wieder mit dem Anschlag in Berlin an, grub immer tiefer und tiefer und landete schließlich beim Matrosenaufstand in Kiel.

»Wer hat in Berlin auf Sie geschossen?«

»Mit welchen politischen Kreisen hatten Sie in Berlin Kontakt?«

»Wie war das 1918 in Kiel? Auf welcher Seite standen Sie?«

»Wie meinen Sie das?«, fragte Maxim perplex.

»Es ging um dieses Kommando Nibelungen, Sie erinnern sich? Ihr Schiff sollte zu einer letzten Fahrt gegen den Feind auslaufen. Das Ganze wäre zweifellos ein Todeskommando gewesen, denn Sie hätten nie eine Chance gehabt. Waren Sie auf der Seite der Aufständischen?«

»Natürlich war ich das. Wir wussten, dass die Admiralität ihre lächerliche Ehre retten wollte. Das war der einzige Grund, warum wir auslaufen sollten. Jeder von uns wusste, dass die Engländer uns in Stücke reißen würden. Nur ein Narr konnte damals dafür sein, also war ich dagegen. Ja, ich war auf der Seite der Aufständischen. Dieser Befehl hat mir die Augen geöffnet. Unsere Admiralität bestand aus unfähigen Ignoranten, denen ein Menschenleben nichts wert ist. Damals habe ich auch den ganzen Wahnsinn dieses Krieges begriffen, den wir niemals hätten gewinnen können. Aber selbst wenn wir ihn gewonnen hätten, wäre der Wahnsinn nicht weniger wahnsinnig gewesen. Seitdem bin ich Pazifist. Können Sie das verstehen?«

»Natürlich kann ich das verstehen. Krieg ist immer Wahnsinn, da bin ich ganz auf Ihrer Seite. Leider gibt es zu viele, die vom Krieg profitieren und es immer wieder schaffen, ganze Völker mit Lügen und ihrer Kriegspropaganda zu verblenden. Aber das ist hier nicht unser Thema. Sie waren also bei den Aufständen dabei?«

Maxim fragte sich, was seine Beteiligung an den Aufständen mit dem Mord an Magnussen zu tun habe?

»Ich sehe da keinen Zusammenhang«, sagte er trotzig.

»Lassen Sie uns ruhig dabei bleiben. Sie sind mit auf die Straße gegangen? Was haben Sie sich davon erhofft?«

»Ich habe den Widerstand gegen die Admiralität unterstützt, aber ich wollte keine gewaltsame Revolution. Ich war weder auf der Seite der Roten noch auf irgendeiner anderen. Ich wollte einfach, dass das Volk in seiner Ganzheit endlich zu seinem Recht kommt. Ja, ich wollte demokratische Verhältnisse. Dafür bin ich auf die Straße gegangen. Aber dann kam alles anders. Plötzlich wurde Noske zum Führer des Soldatenrates gewählt. Ich war dagegen. Ich wollte auch nicht die Herrschaft der Aristokraten und Militärs gegen die Herrschaft der Arbeiter und Soldaten austauschen – ich wollte gar keine Herrschaft irgendeines Standes mehr. Aber ich traute Noske genauso wenig wie der Soldatenrat. Er fiel ja dann auch den Revolutionären in den Rücken. Da hatte ich mich aber schon längst von der politischen Bühne abgesetzt. Ich war nach Hause zurückgekehrt.«

»So waren Sie ja nicht weit vom Marinestützpunkt in Düsternbrook entfernt.«

»Stimmt. Aber weder ich noch meine Familie hatten jemals irgendetwas mit der Marine zu tun. Wir waren immer nur Handelsschiffer.«

»Wenn Noske den Revolutionären in den Rücken gefallen ist, dürfte Ihnen das doch gefallen haben, wenn Sie gegen die Revolution waren.«

»Ich war nicht grundsätzlich gegen die Revolution. Ich wollte einen Aufstand gegen die herrschenden Verhältnisse, aber ohne Gewalt, ohne Tote und Verletzte. Und was Noske betrifft, Noske war ein Opportunist, und zu was er fähig ist, haben wir ja gesehen. Lässt seine eigenen Genossen auf der Straße regelrecht hinrichten!«

»Ja, der Bluthund. Damals war er der Bluthund. Aber in diesen unruhigen Zeiten weiß man nie, wer der Nächste sein wird.«

Maxim warf ihm einen erstaunten Blick zu. »Der Nächste?«

Sand hüllte sich in vieldeutiges Schweigen und beschloss, an dieser Stelle das Verhör abzubrechen.

Maxim wirkte müde, und Sand ließ ihn gehen. Aber er hatte nicht vor, sich von seinen unschuldigen Worten wieder täuschen zu lassen. Entweder war Rose ein genialer Schauspieler, der es schaffte, ihn immer wieder in die Irre zu führen, oder aber hier lief eine ganz üble Intrige gegen ihn.

»Wir brauchen endlich mal einen Beweis, dass er es gewesen ist«, ließ sich Flickwort vernehmen.

»Wir haben Tenners Aussage. Wir haben diesen Zettel aus Roses Zimmer. Und das Motiv ist auch klar.«

»Ja, in unserer Theorie. Hält die einem Staatsanwalt und einem Richter stand?«

»Was ist mit diesem Tenner? Was wissen wir über ihn?«

»Nicht viel, doch das lässt sich ändern.«

»Dann machen Sie sich mal auf die Socken, Kollege Flickwort.«

Die Hoffnung war zerplatzt wie eine Seifenblase. Maxim würde nicht freikommen, stattdessen hatte Tenner ihn schwer belastet. Tenner schlich herum wie das personifizierte schlechte Gewissen. In der Villa ließ er sich nicht mehr blicken, verkroch sich im Gartenhaus und führte den Hund spazieren.

Dr. Gruber, der Anwalt, war gekommen und hatte keine guten Nachrichten. Von Tenners Aussage wussten sie bereits und waren von daher nicht besonders überrascht.

»Herr Tenner war bei mir, bevor er seine Aussage machte«, erklärte Gruber. »Ich habe ihn nicht beeinflusst in dem, was er tun würde. Natürlich wäre es mir lieber gewesen, er hätte geschwiegen, aber letzten Endes war es seine Entscheidung. Und er hat sie getroffen.«

»Was hat er sich dabei gedacht?«

»Nun, ich vermute mal, er fühlte sich der Wahrheit verpflichtet. Er hat lange mit sich gerungen, was das Richtige wäre, davon können wir, glaube ich, ausgehen. Er hat diese Entscheidung nicht leichtfertig getroffen. Er musste immerhin damit rechnen, dass Sie ihm kündigen werden.«

»Was das Beste wäre«, zischte die Mutter wütend.

»Vielleicht müssen wir langsam der Tatsache ins Auge sehen, dass Maxim doch nicht so unschuldig ist, wie er immer tut«, gab Franz zu bedenken. »Jeder Mensch kann täuschen, er kann lügen, er kann Legenden von sich aufbauen. Was hat er wirklich in Berlin getrieben? Wir wissen es nicht.«

»Fällst du ihm jetzt auch noch in den Rücken?«, rief der Vater aufgebracht.

»Ich frage mich nur, was er an diesem Abend am Hafen zu suchen hatte.«

»Tenner lügt doch. Maxim war nie am Hafen.«

»Wenn Tenner ihn dort gesehen hat, dann war er dort. Es hat doch keinen Sinn, die Augen davor zu verschließen.«

»Franz hat recht«, warf Lilly ein. »Ich denke, der Schlüssel zu allem liegt in Berlin. Was hat er wirklich dort gemacht? Erst als der Anschlag auf ihn verübt wurde, ist er nach Kiel zurückgekommen. Vielleicht wurde ihm in Berlin der Boden einfach zu heiß.«

»Mein Sohn ist weder ein Terrorist noch ein Mörder«, knurrte der Vater. Er verließ das Zimmer und knallte die Tür hinter sich zu.

Anna saß auf der weinroten Couch und starrte auf die vollgestopften Kisten und Kartons. Die Entscheidung war gefallen. Sie hatte die Stelle bei Pohlmann und die Wohnung gekündigt und Sabine zu einem letzten Glas Sekt eingeladen. Sie hatte ein letztes Mal die Plätze, die vertrauten Straßen, die Parks aufgesucht, die Orte, die ihr am liebsten gewesen waren. In Berlin hatte sich nichts verändert. Hier ging alles seinen atemlosen Gang, immer schneller, immer hektischer. Gestern war die Ampel auf dem Potsdamer Platz ausgefallen, und sie hatte nur dagestanden und sich amüsiert das Chaos angeschaut, das augenblicklich ausgebrochen war. In Kiel gab es noch keine Ampeln, aber dort gab es so vieles nicht. Dafür gab es in Kiel einen Mann, der sie verzaubert hatte, und eine Stelle, die ihr ein wenig Wohlstand verschaffen würde. Ihr ging es nicht darum, reich zu werden, sie wollte nur ein Auskommen, das ihr ein bisschen mehr persönliche Freiheit erlaubte. Sie hasste diese bepelzten, beringten und behängten Weiber in den Cafés am Ku'damm, die keine Skrupel hatten, ihr Vermögen so billig zur Schau zu stellen. In Kiel war man da dezenter, es gehörte nicht zum guten Ton, mit seinem Geld zu protzen.

Es läutete. Sabine stand vor der Tür mit der versprochenen Flasche Sekt in der Hand. Sie machten es sich auf der Couch gemütlich und hingen etwas wehmütig gemeinsamen Erinnerungen nach.

»Bist du dir sicher, das Richtige zu tun?«, fragte Sabine.

»Ich denke schon. Was würdest du an meiner Stelle tun?«

»Wahrscheinlich dasselbe. Ich glaube, ich bin ein wenig neidisch. So viel Schwein wie du muss man erst mal haben. Und das nur, weil du zufällig zur richtigen Zeit am richtigen Ort warst und das Richtige getan hast. So etwas nennt man Schicksal. Aber was wird jetzt mit deinem Kapitän? Wenn er wirklich so spröde ist, wie du sagst, bekommst du ihn am Ende doch nicht.«

Anna lachte. »Ich finde, wenn das Schicksal mich bis hierher geführt hat, dann wird es mich jetzt nicht im Stich lassen, oder? Wenn ich nicht mehr bei Franz wohne und eigenständig bin, sieht die Sache schon ganz anders aus.«

Eine Woche später kam sie wieder in Kiel an. Das Erste, was sie dort erwartete, war die Nachricht über Maxim. Sie war regelrecht erschüttert und nicht fähig, ihre Kisten auszupacken. Franz war kurz vorbeigekommen und hatte sie informiert, und als er wieder gegangen war, saß sie nur da und versuchte zu begreifen, was passiert war. Ausgerechnet Tenner, dieser unheimliche, rätselhafte Kerl, den sie nie gemocht hatte, wurde jetzt zu einem unheilvollen Zeugen. Aber nur weil sie ihn nicht mochte, musste er nicht zwangsläufig ein Lügner sein. Er würde vermutlich überhaupt kein Lügner sein, er würde die Wahrheit gesagt haben, aber bedeutete das, dass Maxim vielleicht doch etwas mit Magnussens Tod zu tun gehabt hatte?

Sie trank einen Kaffee und versuchte, die Beklemmung abzuschütteln. Nach einer Weile stand sie auf und sah sich um. Die Wohnung war klein, aber gemütlich eingerichtet. An der Wand stand die weinrote Couch, und ihre Regale samt Bücher waren auch da. Sie packte die Kisten aus, und dabei fielen ihr zwei Kartendecks in die Hände. Die Lenormand und die Tarotkarten. Sie zögerte kurz und entschied sich dann, einen Versuch zu unternehmen. Sie hatte schon ewig keine Karten mehr gelegt, aber der Moment schien nie günstiger gewesen zu sein als jetzt, wo sie in ihr neues Leben starten würde. Sie überlegte kurz, welche sie nehmen würde, entschied sich für die Tarotkarten und legte das Keltische Kreuz auf dem Küchentisch aus. Kaum waren sie komplett ausgebreitet, sah sie mit einem Blick, was sich dort Unheilvolles andeutete. Auf dem Platz des geliebten Mannes lag der Ritter der Schwerter, was auf eine unruhige, hitzige Position hindeutete. Und die letzte Karte, die die nächste Zukunft symbolisierte, stach ihr geradezu in die Augen. Es war der Teufel. Mit nacktem Oberkörper, zwei ausgebreiteten Fledermausflügeln und zwei riesigen gebogenen Hörnern thronte er auf einer Art Stuhl, in der linken Hand eine Feuerfackel, und zu seinen krallenartigen Füßen standen zwei nackte Menschlein, ein Mann und eine Frau. Um ihre Hälse schlangen sich eiserne Ketten, mit denen sie am Stuhl des Teufels festgekettet waren.

Anna schob die Karten zusammen und stand nachdenklich auf. Wer war hier angekettet an wen? Sie an Brandis? Maxim an Sand und den Apparat, der hinter dem Kommissar stand? Maxim an eine Terrororganisation? Was zum Teufel hatte der Teufel an dieser Stelle in diesem Blatt zu suchen?

Ihre ersten Tage im Hafenbüro. Berger war da und arbeitete sie ein. Ihre Aufgabe war es, die Frachtverträge auszustellen, die Geschäftsbriefe aufzusetzen und die Buchhaltung zu führen. Sie kochte Kaffee und bediente, wer auch immer gerade da war. Die Arbeit war gar nicht so viel anders als bei Pohlmann, nur dass es hier nicht um Fuhrwerke, sondern um Schiffe ging. Hier wurden nicht ein paar Kisten transportiert, sondern Tonnen. Hier ging es nicht um Kartoffeln oder Kohlen, sondern um Eisenbahnschienen, Tee oder Porzellanerde. Sie korrespondierte mit der ganzen Welt. Brasilien, China, Südafrika, westindische Inseln. Abends besuchte sie einen Englischkurs, um ihre Sprachkenntnisse zu erweitern.

Am Abend des fünften Tages tauchte Alexa überraschend im Büro auf. Sie war aus dem Krankenhaus entlassen worden und suchte ihren Vater. Der würde heute aus Jersey zurückkommen, wie Anna wusste, aber die *Seestern* war noch nicht eingelaufen. Alexa war blass und wirkte schwächlich, und Anna beschloss, sie nach Hause zu bringen, während Berger solange die Stellung halten würde.

Es war nicht weit bis zur Wohnung. Keine zehn Minuten Fußweg am Hafen entlang, der spärlich von Laternen beleuchtet war, und doch führte der Weg in eine völlig andere Gegend. Sie war beherrscht von Kneipen, kleinen Läden, die oft nur aus einem einzigen Raum bestanden und hauptsächlich billigen Fusel verkauften, windschiefen Häusern und verfallenen Lagerschuppen. Das Haus, in dem Alexa wohnte, gehörte noch zu den besseren. Alexa hatte keinen Schlüssel und musste klingeln. Frau Winter machte die Tür auf und war sichtlich erfreut, dass das Mädchen wieder zurück war. Anna ging mit ins Haus hinein. Sie hatte nicht gewusst, wo Brandis wohnte, und nahm die Gelegenheit wahr, einen Blick in sein Privatleben werfen zu können. Im ersten Stock lagen die beiden Zimmer, die er und Alexa bewohnten. Frau Winter schloss die Türen auf, und Anna trat ein. Während Frau Winter eine Lampe aufdrehte und wieder nach unten ging, sah Anna sich um. Dieses Zimmer passte zu ihm. Es strahlte genau das aus, was sie erwartet hatte. Besonders die Pharaonenbüste hatte es ihr angetan, der an der Wand hängende Schrumpfkopf stieß sie allerdings ab. Alexa schmunzelte.

»Das war das Geschenk eines Eingeborenen aus Indonesien, hat er mir erzählt«, erklärte sie, während Anna die Perlen in den Glasdosen bewunderte.

»Sind sie echt?«

»Ich glaube schon.«

»Warum hat er kein eigenes Schiff?«, fragte Anna.

»Er hatte eins. Aber es ist untergegangen.«

»Die *Margarita*?«

»Nein. Die *Margarita* gehörte der Reederei. Er hatte einen Rahsegelschoner, der im Nebel vor Anker lag und von einem anderen Schiff gerammt wurde. Der Schoner ging unter, aber er war nicht versichert.

Also gab es auch kein Geld. Irgendwann wird mein Vater sich wieder ein Schiff kaufen, da bin ich mir sicher.«

Anna musste zurück. Sie stieg die Treppe hinunter und trat auf die menschenleere Straße. Nebenan lag eine Kneipe, aus der lautes Lachen und Stimmengewirr drangen. Irgendwo flirrte der Klang einer Mundharmonika durch die winterliche Dunkelheit, ein Hund bellte. Von links näherte sich ein Schatten und warf sich auf die Straße. Es war eine schwarz gekleidete Gestalt, das Gesicht unter einem schwarzen Schleier verborgen, und Anna erschrak fast zu Tode. Bevor sie etwas sagen konnte, legten sich zwei Hände um ihren Hals und drückten zu. Sie röchelte, versuchte, die Hände zu lösen, und eine raue, weibliche und mit einem starken Akzent versehene Stimme zischte: »Lass den Käpt'n in Ruhe, hörst du? Wage es nicht noch mal, hierherzukommen, sonst schneide ich dir die Kehle durch.«

Die Hände ließen los, der Schatten drehte sich um und verschwand lautlos in der Dunkelheit. Anna lehnte sich gegen die Hauswand. Ihr Herz klopfte wild, ihre Beine waren weich, ihre Hände zitterten. Dann noch ein Schatten, harte Schritte auf dem Pflaster. Die Mundharmonika war verstummt, die Schritte wurden lauter, der Schatten tauchte im dämmrigen Lichtkegel der Laterne auf. Es war Brandis. Das Gesicht war verdunkelt, nur die hellen Augen leuchteten wie zwei kleine Lichter in der Nacht.

Er brachte sie zurück ins Büro. Berger hatte ihr einen starken Rum serviert, den sie in einem Zug hinunterstürzte. Das Zeug brannte in der Kehle wie Feuer, aber es wärmte ihren Magen und ließ sie langsam zur Ruhe kommen. Das Zittern der Hände hörte auf, ihr Herz klopfte ruhiger. Berger füllte das Glas nach, während Brandis ihr gegenübersaß und sie mit zusammengezogenen Brauen musterte.

»Wer kann das gewesen sein?«, fragte sie mit leiser Stimme.

»Keine Ahnung. Können Sie die Person beschreiben?«

»Schwarz gekleidet, ein schwarzer Schleier über dem Gesicht. Die

Stimme war verstellt und hatte einen starken Akzent. Ich bin mir aber sicher, es war die Stimme einer Frau.«

Er nickte nur. Er holte seine Pfeife und den Beutel aus der Tasche und begann, die Pfeife zu stopfen. Der Rauch zog durch den Raum und erfüllte ihn mit dem vertrauten Duft. Sie trank auch das zweite Glas.

»Sie sollten die Polizei verständigen, Käpt'n«, sagte Berger grimmig. »Es wird immer schlimmer mit der Kriminalität in diesem Viertel. Da gibt es jeden Tag Prügeleien, Zechprellerei, Falschspiel, Huren beklauen ihre Freier, und betrunkene Männer überfallen Frauen, die allein nach Hause gehen. Das ist doch allgemein bekannt, und was tut die Polizei? Nichts.«

»Das war ganz gezielt gegen mich gerichtet«, sagte Anna. »Es könnte eine eifersüchtige Frau gewesen sein.«

»Schon möglich«, murmelte Brandis und paffte vor sich hin. »Nur leider kenne ich keine, die eifersüchtig auf wen auch immer sein könnte.«

»Keine verstoßene Geliebte?« Berger grinste und fing einen scharfen Blick von Brandis ein.

»Keine gute Gegend, wo Sie wohnen, Käpt'n.«

»Ich weiß, aber die Wohnung ist billig, und die alte Frau Winter kümmert sich um meine Tochter, wenn ich nicht da bin. Und das sollte ich jetzt auch tun.«

Anna war mit der Straßenbahn nach Hause gefahren. Der Schreck steckte ihr immer noch in den Knochen, und als sie in der Küche saß und einen Tee trank, fiel ihr diese Karte wieder ein. Der Teufel. Der Teufel bedeutete Abhängigkeit, Verstrickung, Verführung, Verlockung. Er bedeutete für den Fragenden, in Versuchung geführt zu werden, etwas zu tun, das ihm eigentlich mehr schaden als nützen würde. Etwas, das ihm gefährlich werden konnte. Es war eine Warnung, und sie fragte sich, wovor die Karte sie warnen wollte.

Sie stand auf und ging zum Fenster. Sah hinaus auf das dunkle, fahle Grün des Schützenwalls. Sie wusste, dass man Karten falsch deuten konnte. Trotzdem fing das Bild an, sie zu verfolgen. Sie sah sich selbst an die Kette einer unheilvollen Verstrickung gelegt, und diese Verstrickung konnte eigentlich nur Chris Brandis bedeuten. War es nur eine hoffnungslose Liebelei, oder steckte mehr dahinter? Oder bezog sich die Karte gar nicht auf Brandis, sondern vielleicht auf Maxim? Maxim, der mit den zwei Gesichtern. Ein Januskopf. Ein entweder zu Unrecht Beschuldigter oder ein verdammt guter Schauspieler, der sie alle getäuscht hatte.

Anna kehrte beunruhigt an den Tisch zurück. Seit sie zurück in Kiel war, hatte sie immer wieder daran gedacht, Maxim zu besuchen, falls das überhaupt möglich war. Dr. Gruber hätte ihr vielleicht einen Termin besorgen können. Sie musste mit Franz sprechen.

Kommissar Sand saß, den Mantel auf den Knien, im Rauchsalon. Zu seinen Füßen lag ein fremdländischer Teppich mit seltsamen Tieren darauf. Er rätselte. Waren das Hirsche oder Lamas? Vielleicht Bergziegen? Blauer Flaum mit eingewebten grünen Tieren. Der Teppich hatte sicher ein Vermögen gekostet. Auch der rauchbraune Glastisch, auf dem die Rauchutensilien lagen. An den Wänden Schiffe. Schiffe im Sturm, in der Abendröte, in einem Hafen mit schneeweißen Häusern.

Die Tür ging auf, und Franz erschien. Aufgeräumt und freundlich. Wie immer. Franz Rose war ein selten aufgeräumter Mensch, ging es Sand durch den Kopf. So aufgeräumt wie dieser Salon, in dem nichts herumlag und nicht der Hauch eines Staubkorns vermutlich jemals die Chance gehabt hatte, sich irgendwo niederzulassen.

»Sie wollten mich sprechen, Herr Kommissar?«

Franz Rose setzte sich in den anderen Sessel. »Zigarre? Kaffee?«

»Nein, danke. Ich habe auch nur eine Frage. Es geht um Herrn Flemming, den Anwalt. Ein Freund von Ihnen?«

Rose nickte.

»Wir fragen uns, wer Ihrem Bruder diesen Zettel auf den Schreibtisch hätte legen können. Einen Tag bevor Sie ihn gefunden haben, feierte Ihr Vater Geburtstag. Herr Flemming war auch eingeladen.«

Rose verstand sofort und warf Sand einen stirnrunzelnden Blick zu. »Wollen Sie andeuten, dass Andreas der Mörder von Kapitän Magnussen gewesen sein soll?«

»Herr Flemming verteidigt ausschließlich Mandanten aus dem rechten Spektrum. Wir haben uns die Mühe gemacht, herauszufinden, wer seine Mandanten sind. Es sind Kriminelle, die alle dem rechten Lager zuzuordnen sind. Rechtsextreme.«

»Das ist mir durchaus bekannt. Er hat nun mal ein Faible für diese Klientel, das ist nicht verboten. Ganz im Gegenteil, auch diese Leute brauchen einen Verteidiger, schließlich leben wir in einem Rechtsstaat. Oder sehen Sie das anders, Herr Kommissar?«

»Natürlich nicht. Aber er ist der Einzige, der Kontakt zu extremistischen Kreisen hat. Theoretisch hätte er den blinden Passagier auf die *Luna* bringen und den Zettel im Zimmer Ihres Bruders deponieren können, um von sich selbst abzulenken. Wir kennen übrigens den Namen dieses blinden Passagiers. Hagen Wesel. Können Sie mit dem Namen etwas anfangen?«

Franz beugte sich vor. »Nein. Nie gehört. Sie halten meinen Bruder für unschuldig?«

»Wir ermitteln in alle Richtungen. Sie kennen Herrn Flemming. Trauen Sie ihm zu, mit Extremisten zusammenzuarbeiten?«

Franz lachte schallend und lehnte sich wieder zurück. »Ganz sicher nicht. Andreas ist Anwalt, Herr Kommissar. Er kennt die Gesetze, er würde sich niemals zum Handlanger seiner Mandanten machen. Auch wenn ich meinem Bruder und uns allen wünsche, dass sich das ganze schreckliche Geschehen endlich klärt, aber Andreas können Sie getrost vergessen.«

Sand stand auf und bedankte sich. Er durchquerte den Vorgarten und stieß unversehens auf einen riesigen Hund, der bewegungslos mitten auf dem Kiesweg verharrte, ihn leise anknurrte und ihm den Weg versperrte. Der Kommissar blieb stehen und vermied einen direkten Blick. Das Tier musste ein Rottweiler sein, groß und massig und undurchschaubar.

»Lässt du mich vorbei?«, fragte Sand und dachte im gleichen Augenblick: Wie absurd! Der versteht dich doch gar nicht.

»Ich könnte auch den Weg durch die Bäume nehmen ...«

Der Hund schien zu nicken, zumindest hob er den Kopf ein wenig.

»Dann gehe ich jetzt los, wenn du nichts dagegen hast.«

Er verließ den Weg und ging langsam und vorsichtig zwischen zwei Mammutbäumen hindurch. Er bewegte sich auf das Tor zu, und als er kurz davor angekommen war, drehte er sich um und erschrak. Der Hund war ihm gefolgt, lautlos wie eine Katze. Sand riss das Tor auf, schlüpfte hindurch und knallte es wieder zu.

Anna hatte ihren Besuchstermin bekommen. Mit weichen Knien ließ sie sich in das Besuchszimmer führen und nahm auf dem Stuhl Platz. Ein kahler, karger Raum, an der Wand ein Kreuz, vier Tische und die dazugehörigen Stühle. Das Fenster war vergittert, und neben der Tür stand ein Beamter mit verkniffenem Gesicht. Als Maxim hereingeführt wurde, erschrak sie. Er sah aus wie ein Toter. Ein bleichwächsernes Gesicht, die Wangenknochen stachen hervor, kleine, erloschene Augen, die hinter den Brillengläsern fast verschwanden. Das Haar ungepflegt, ein Fünftagebart. Er nahm ihr gegenüber Platz und sah sie mit einem so trostlosen Blick an, dass ihr all die Worte, die sie sich zurechtgelegt hatte, sinnlos erschienen. Hatte sie ihm in Berlin das Leben gerettet, damit er jetzt in diesem Elend zugrunde ging?

»Hallo, Anna«, sagte er leise, und sie zwang sich zu einem Lächeln.

»Du kommst bestimmt bald wieder nach Hause, Maxim. Dr. Gruber tut alles, was er kann, und wir auch.«

Er beugte sich vor. »Tenner hat gelogen. Ich habe es dem Gruber schon hundertmal gesagt, aber er meint, er kann da nichts machen.«

»Tenner?«

»Ja. Ich weiß nicht, was er für ein Spiel spielt, aber diese Aussage ist eine Lüge. Tenner will mich ans Messer liefern.«

»Was sagt Sand dazu?«

»Nichts. Er sucht weiter nach Beweisen gegen mich. Aber der Schlüssel liegt bei Tenner. Anna, du musst mit Brandis reden, er ist der Einzige, der Tenner wirklich kennt. Der Einzige, der herausfinden kann, was dahintersteckt.«

Anna nickte, obwohl sie wenig Hoffnung hatte, dass überhaupt irgendjemand einen Schlüssel zu diesem Geheimnis hatte. Wenn es je eins gewesen war.

»Du glaubst doch nicht, dass ich Magnussen ermordet habe, oder?«

»Natürlich nicht.«

»Dann rede mit Brandis. Tenner ist früher als Bootsmann unter ihm gefahren.«

»Ich will es versuchen.«

Anna verließ das Gebäude mit einem Gefühl von Konfusion. Alles konfus, alles verstrickt, alles verkehrt herum und auf den Kopf gestellt. Sie fuhr mit der Straßenbahn ins Büro und arbeitete mechanisch vor sich hin. Sie wartete auf Brandis, der erst in einer Woche wieder auslaufen würde. Aber außer Berger kam niemand.

»Kennen Sie Herrn Tenner?«, fragte sie.

»Ich weiß nur, dass er früher zur See gefahren ist. Er hat es bis zum Bootsmann gebracht, dann war Schluss.«

»Er fiel vom Großmast.«

»Es gab Leute, die damals behaupteten, der Käpt'n sei schuld daran gewesen.«

»Welcher Käpt'n? Käpitän Brandis?«

»Ja. Er soll eine Halse befohlen und vergessen haben, dass Tenner noch oben im Mast war. Bei der Halse wurde er vom Mast geschleudert. Aber so etwas passiert, Fräulein Herzog. Auch wenn ich nie zur See gefahren bin, so weiß ich doch, dass jeder Mann, der zur See fährt, immer sein Leben riskiert. Verdorbenes Fleisch, verdorbenes Wasser, Sturm, der die Männer von den Wanten stürzen lässt, sinkende Schiffe, Schiffe, die im Eis steckenbleiben, es gibt mehr Gefahren auf so einer Reise, als man sich denken kann. Der Käpt'n hat mir mal erzählt, dass er auf einer kleinen, nirgends kartographierten Insel auf Kannibalen gestoßen ist, die sich um ein Haar an seinem Zimmermann vergriffen hätten.«

»Guter Gott«, murmelte sie und widmete sich wieder ihrer Buchhaltung.

Zu dieser Zeit kamen wieder die Gerüchte um jene geheimnisvolle Frau auf. Sie hatten eigentlich schon immer in der Stadt kursiert, aber die meisten taten sie als Seemannsgarn ab. Erfundene Geschichten, die sich Seeleute erzählten, wenn sie voll des guten Jamaikas waren. Das Leben auf See beflügelte die Phantasie. Ein scheinbar endloses Meer, das Ausgeliefertsein an Wind und Wetter, die Vorstellung sagenhafter Inseln im Pazifik oder im Indischen Ozean, auf denen geheimnisvolle Schätze unterm Sand begraben lagen. Dukaten, Perlen und Juwelen, davon träumte jeder Seemann, gefunden hatten solche Kostbarkeiten nur wenige. Die meisten hatten eher den Tod gefunden, wenn sie solchen Schimären hinterhergesegelt waren. Aber die Gerüchte um diese Frau hielten sich hartnäckig. Sie sei Ausländerin, hieß es von denen, die sie einmal wirklich zu Gesicht bekommen hatten. Chinesin vielleicht, das Haar stets bedeckt von einem schwarzen Schleier, dunkle Augen, glattes, schwarzes Haar, schlank und ein Wesen, das selten sprach und immer in Eile war. Ein dahinhuschendes Gespenst.

Anna hörte das erste Mal von ihr, als sie mit Lilly im Café Kaiser saß. Sie hatte Lilly von der unheimlichen Begegnung vor Brandis' Haus erzählt, und Lilly hatte sofort an jene Frau denken müssen. Sie kannte sie auch nur vom Hörensagen, von dem, was im Hafen so über sie im Umlauf war. Sie hatte sie nie für ein Wesen aus Fleisch und Blut gehalten, doch jetzt kamen ihr Zweifel.

»Du glaubst, es war eine Frauenstimme?«, fragte sie zögernd.

»Ja. Mit einem starken Akzent.«

»Es gibt da so komische Gerüchte über eine rätselhafte Frau. Sie soll irgendwo am Hafen wohnen und ist meist unsichtbar. Aber manchmal taucht sie am Hafen auf, huscht dann durch die Straßen oder steht am Kai und sieht sich die Schiffe an. Ein Freund von mir will sie einmal gesehen haben, wie sie da gestanden hat, stumm und reglos. Dunkle Haut, schwarze Haare, dunkle Augen, und sie trug einen schwarzen Schleier über dem Kopf. Seiner Meinung nach kommt sie nicht aus Europa, eher aus China oder so.«

»Ich konnte ihr Gesicht nicht sehen, aber der Akzent war ungewöhnlich.«

»Vielleicht ist sie es wirklich gewesen, doch warum bedroht sie dich? Nach dem, was ich weiß, soll sie völlig harmlos sein. Viele halten ihre Existenz sogar eher für ein Gerücht und behaupten, es gäbe sie gar nicht.«

»Wenn sie es war, dann gibt es sie, und harmlos ist sie ganz bestimmt nicht.«

Flickwort hatte sich auf die Suche nach Informationen über Tenner gemacht. Aber er war genauso wie Sand eine Landratte, und Landratten mochte am Hafen niemand. Leute, die sich in ihre Angelegenheiten mischten, hatten einen schlechten Ruf. Und Polizei war sowieso nicht gern gesehen. Man blieb lieber unter sich. Aber Flickwort war zäh. Er arbeitete sich durch die Spelunken, die Läden, klingelte an den Türen, setzte auch schon mal einen Fuß auf das eine oder andere anliegende Schiff und lief sich die Füße wund. Seine Ausbeute nach einer Woche Recherche war mager. Tenner war früher Bootsmann gewesen, war meist für die Reederei Rose gefahren und eines Tages vom

Großmast gefallen. Das hatte Flickwort auch schon vorher gewusst. Dafür hätte er sich die Mühe sparen können. Was er suchte, war eine Leiche im Keller von Herrn Tenner, doch er fand einfach keine. Tenner war ein harmloser Zeitgenosse, über den es nicht viel zu sagen gab.

Nach einer Woche gab Flickwort auf. Dann jedoch hatte er mit Maximilian Rose gesprochen, der ihm eine andere Vorgehensweise vorgeschlagen hatte. Wenn er als Landratte und als Polizist nicht weiterkam, musste eben jemand anderer sein Glück versuchen. Die Frage war: Wollte er überhaupt Tenners Aussage in Zweifel ziehen? Wäre es nicht besser gewesen, sie einfach so, wie sie lautete, stehen zu lassen? Was hatten er und Sand davon, wenn sie jetzt anfingen, ihren Zeugen auseinanderzunehmen und seine Glaubwürdigkeit zu erschüttern?

»Wenn wir es nicht machen, wird es der Anwalt tun. Oder der Richter«, erklärte Sand. »Wir brauchen einen Zeugen, der absolut glaubwürdig ist, denn auf seiner Aussage wird die Anklage beruhen. Wenn Sie allerdings nichts gefunden haben, dann wird die Verteidigung auch nichts finden.«

»Möglich, Chef. Auf der anderen Seite wollen die Leute mit mir nicht reden. Es wäre anders, wenn sie von jemandem befragt würden, der zu ihnen gehört und den sie als ihresgleichen ansehen. Dann werden sie vielleicht gesprächiger.«

»An wen dachten Sie denn?«

»An Kapitän Brandis. Lassen wir ihn sich umhören, dann kommt bestimmt weit mehr dabei heraus. Ich war gestern bei Rose, er kam eigentlich auf die Idee. Die Frage ist nur: Wollen wir uns darauf einlassen? Er ist unser Hauptverdächtiger. Was haben wir davon, wenn wir ihn wieder laufen lassen müssten, weil der Zeuge nicht glaubwürdig genug ist.«

»Wir sind der Wahrheit verpflichtet, Kollege Flickwort. Es geht nicht darum, irgendeinen mutmaßlichen Täter mit zweifelhaften Zeugen ans Kreuz zu nageln, nur damit wir den Fall abschließen können. Also versuchen Sie Ihr Glück und sprechen Sie mit Brandis. Vielleicht erklärt er sich bereit, uns auf der Suche nach der Wahrheit zu helfen.«

Flickwort traf ihn im Hafenbüro. Fräulein Herzog arbeitete an der Schreibmaschine, Berger sortierte irgendwelche Listen. Brandis saß am Tisch und forderte Flickwort auf, sich zu ihm zu setzen. Der kam auch gleich zur Sache und erklärte die Situation. Dass sie noch ein Letztes versuchen wollten, bevor sie den Fall an den Staatsanwalt übergeben würden.

»Die Leute sind misstrauisch. Ich gehöre nicht zu ihresgleichen, und Polizei mögen sie sowieso nicht. Sie könnten wesentlich mehr herausfinden als ich. Sie kennen Tenner, und Sie kennen den Hafen. Hören Sie sich um. Es gibt ja nur zwei Möglichkeiten: Entweder hat Tenner die Wahrheit gesagt oder er hat gelogen. Was glauben Sie?«

»Ich weiß es genauso wenig wie Sie«, gab Brandis zu Antwort. »Aber ich kann mich umhören. Ich bin der Letzte, der Herrn Rose nicht helfen würde. Und ehrlich gesagt, habe ich nie geglaubt, dass er ein Terrorist oder ein Mörder sein könnte.«

»Gut. Dann helfen Sie uns. Falls Sie aber auch nichts anderes in Erfahrung bringen können, werden wir den Fall dem Staatsanwalt übergeben.«

Flickwort bedankte sich und verließ das Büro.

»Maxim hatte die gleiche Idee«, sagte Anna und stand auf. »Sie kennen Tenner besser als alle hier. Was ist er für ein Mensch? Ich fand ihn immer ein wenig unheimlich.«

»Tenner ist keiner, der gerne viel redet. Ein eher verschlossener, introvertierter Typ. Das empfinden andere vielleicht als unheimlich. Er war ein guter Seemann und ist gerne zur See gefahren. Er hatte das, was man braucht, um sein Leben immer unterwegs verbringen zu wollen. Abenteuerlust, Fernweh, wie immer man das auch nennen mag. Außerdem hat er nie etwas anderes gelernt. Sein Vater war Fischer, er ist nur zwei Jahre zur Schule gegangen, konnte nur ungenügend lesen und schreiben, als ich ihn kennenlernte. Ihm fehlte der Ehrgeiz, weiter zu lernen und Kapitän zu werden, er war als Bootsmann ganz zufrieden.«

»Warum sollte er lügen und Maxim mit seiner Aussage belasten?«

»Keine Ahnung. Wenn er wirklich gelogen hat, kann er nur von irgendjemandem bestochen worden sein, sonst ergibt es keinen Sinn. Er hatte mit Maxim ganz sicher keine Rechnung offen. Die beiden verstanden sich eigentlich gut. Ich werde sehen, was ich machen kann.«

»Nehmen Sie mich mit?«

»Wohin?«

»Na, dahin, wohin Sie gehen müssen.«

Brandis schüttelte lachend den Kopf. »Das ist kein Pflaster für ein Fräulein.«

Er stand auf, nickte ihr und Berger zu, fischte seinen Mantel von der Garderobe und ging.

Sein erster Weg führte ihn zum Kanalhafen. Hier lebte Tenners Schwester. Eine Droschke brachte ihn nach Wik, wo rechter Hand die Schleusen lagen. Er ließ sich von der Uferstraße mit der Fähre zum Betriebshafen übersetzen und landete auf der Kanalstraße.

Die Gegend am Kanalhafen war noch verrufener als das anrüchige Viertel im Handelshafen. Überall gab es solche Orte, an denen hauptsächlich zwielichtige Gestalten ihr Unwesen trieben. Wo der Schwarzmarkt, das Glücksspiel und die Prostitution gediehen, Prügeleien an der Tagesordnung waren, wo auch schon mal ein Toter in der Gosse lag. Wo Menschen lebten, die vom Leben nur die Schattenseiten kannten, Orte, wohin sich nur selten das Geld verirrte, Menschen in erbärmlichen Wohnungen hausten und sich das, was sie zum Leben brauchten, oft nur über den Schwarzmarkt organisieren konnten. Zwar hatte der neue Sozialstaat versucht, auch ihnen bessere Verhältnisse zu verschaffen, aber es fehlte einfach das Geld. Es waren neue Wohnungen gebaut worden, es gab eine Krankenversicherung für alle, Gewerkschaften waren wie Pilze aus dem Boden geschossen, doch für viele hatte sich trotzdem nichts geändert. Sie bildeten den Bodensatz der Gesellschaft. Die Regierung bemühte sich redlich, der Armut das Wasser abzugraben, allerdings ließen die Reparationszahlungen kaum Geld übrig, um eine ganze Gesellschaft dem Elend zu entreißen. Sie waren arm geboren und würden arm sterben.

Brandis lief durch trostlose Straßen, vorbei an trostlosen Häusern, aus deren Schornsteinen kaum Rauch stieg, ein Zeichen, dass hier nicht mal das Geld für genügend Holz übriggeblieben war. Er kannte die Mahlzeiten, die hier auf den Tisch kamen, Haferbrei, warmes Bier, gekochte Steckrüben, selbst gebrannter Schnaps. Vor der Armenküche an der Ecke stand ein Feuerkessel, dessen spärliches Brennholz ein wenig Wärme abgab. Ein halbes Dutzend Kinder stand frierend darum herum. Die Armenküche hatte noch geschlossen und würde erst in zwei Stunden öffnen, bis dahin würden die Kinder hungern müssen. Brandis gab jedem von ihnen eine Münze, damit sie sich wenigstens ein Brot kaufen konnten, und ging weiter. Das Haus von Tenners Schwester war eine winzige Hütte, eher ein Stall, der umgebaut worden war und für zwei Zimmer Platz bot. Er klopfte, und eine Frau mit einem karierten Kopftuch machte die Tür auf. Maria Tenner war keine vierzig Jahre alt und sah doch aus wie eine alte Frau. Das Tuch verdeckte ihr graues Haar, die Schürze ihr altes, verwaschenes Kleid. Sie bot ihm einen Platz am Küchentisch an und war verlegen, weil sie ihm nichts anderes als ein Glas Wasser reichen konnte.

»Das ist nett, dass Sie mich besuchen kommen, Käpt'n«, sagte sie, wischte sich die Hände an der Schürze ab und setzte sich zu ihm.

»Wie geht es Ihnen?«

»Das Leben ist hart. Aber ich will mich nicht beklagen. Mein Bruder hat eine gute Arbeit, da fällt auch für mich etwas ab.«

Er wusste plötzlich nicht mehr, was er hier wollte. Wie hätte Maria

Tenner ihm weiterhelfen können? Sie war selbst das Opfer einer Politik, für die die Menschen immer nur Mittel zum Zweck gewesen waren.

»War Ihr Bruder in letzter Zeit bei Ihnen?«

»Letzte Woche war er hier und hat mir etwas Geld dagelassen. Herr Rose zahlt ihm ja ein großzügiges Gehalt.«

»Hat er über Maxim Rose gesprochen? Hat er irgendetwas über ihn gesagt?«

»Die Leute reden. Er selbst hat nichts dazu gesagt, und ich habe ihn auch nicht gefragt.«

»Was reden die Leute?«

»Dass er bei der Polizei gewesen ist. Wenn er mich gefragt hätte, ich hätte ihm davon abgeraten. Es ist nicht gut, sich einzumischen, wenn Sie verstehen, was ich meine.«

Brandis verstand nur zu gut. Er verabschiedete sich und trat wieder auf die Straße. Hier stand er einen Moment unschlüssig herum und wusste nicht, was er als Nächstes unternehmen sollte. Ein scharfer Wind kam auf und löschte das Feuer im Kessel, aber die Kinder waren längst verschwunden. Zwei Straßen weiter lagen die Wohnungen der Leute, die am Hafen arbeiteten, Stauer, Karrenfahrer, Angestellte im Hafenhaus, Kranfahrer und Seeleute. Auch die Huren hatten hier ihre Zimmer, wo sie die Freier empfingen, wenn sie nach oft monatelanger Reise zurück an Land kamen. Brandis lief an den Häusern vorbei, nirgends ein Stückchen Grün, kaputte Straßen, schmuddelige Gardinen vor den Fenstern, Frauen, die sich auf der Suche nach Freiern aus den Fenstern lehnten. Verlebte Gesichter, verfroren und verhuscht.

»Hey«, rief ihm eine zu. »Wie wäre es mit uns beiden?«

Er grinste nur und ging weiter. Das Haus an der Ecke war sein Ziel, aber er zögerte. Er war ein halbes Jahr nicht mehr hier gewesen und wäre am liebsten wieder umgekehrt. Es hatte jedoch keinen Sinn, den Besuch vor sich herzuschieben, also suchte er den Namen auf dem Klingelschild. Er war verwittert und kaum zu lesen. Er drückte auf die

Klingel und wartete. Endlich ging die Tür auf, das Gesicht einer etwa dreißigjährigen Frau erschien. Zwei dunkle Augen starrten ihn erschrocken an. Er stieß die Tür auf und ging gleich ins Wohnzimmer. Ein zerschlissenes Sofa, ein Tisch, eine Kommode, ein Schrank, an der Wand das Bild eines Sonnenuntergangs zwischen Palmen. Dieser Morgen würde ihn einiges kosten. Er legte Geld auf den Tisch und versuchte, seinen Ärger zu unterdrücken. Zwei Arme schlangen sich um seine Hüften, ihr Haar kitzelte ihn an der Wange.

»Ich habe dir Geld für den Zug nach Hamburg gegeben«, fuhr er sie an, packte ihre Handgelenke und hielt sie fest. Sie lächelte verlegen. »Ich weiß, aber ich wollte nicht fahren, Chris, ich will hierbleiben. Bei dir. Du tust mir weh.«

Er ließ sie los, zog sich den Mantel aus und warf ihn aufs Sofa, während sie von der Kommode eine braune Flasche holte und sie mit einem Glas auf den Tisch stellte. Sie goss ein, er nahm das Glas und trank. Sie goss nach und legte sich mit angezogenen Beinen auf die Couch.

»Du warst bei mir und hast eine Frau bedroht, die in meiner Wohnung war«, sagte er mit unterdrückter Wut.

»Wer ist sie?«

»Sie arbeitet für Rose und hat meine Tochter nach Hause gebracht. Mach das nie wieder, Lin, hörst du? Nie wieder.«

Sie schlug die Augen nieder. »Was weiß sie von dir? Glaubt sie auch, du wärest während des Krieges nur in China gewesen so wie alle anderen?«

»Soll ich ihnen die Wahrheit sagen? Sie würden es niemals verstehen.«

»Es war Krieg.«

»Das hat mit dem Krieg nichts zu tun. Und jetzt Schluss damit.«

Er setzte sich zu ihr auf die Couch. »Du hättest Thorwald heiraten sollen, dann würdest du jetzt in einem netten Haus mit Garten wohnen. Stattdessen hast du ihm das Gesicht zerkratzt.«

»Thorwald war ein hässlicher, alter Mann. Ich will keinen hässlichen, alten Mann.«

»In deiner Lage kann man sich die Männer nicht aussuchen, Lin. Und man sollte ihnen schon gar nicht das Gesicht zerkratzen.«

»Du bist lange nicht bei mir gewesen«, schnurrte sie wie eine Katze und schmiegte sich an ihn. »Hast mir nicht mal Geld dagelassen. Dir müsste ich das Gesicht zerkratzen.«

Ihre Finger glitten spielerisch über seine Stirn, über seinen Nasenrücken bis zu seinen Lippen, wo sie die Form seiner Unterlippe nachzeichneten. Sie schob den Ärmel seines Hemdes hoch, so dass die Tätowierung zum Vorschein kam. Sie hauchte einen Kuss auf die Doppelaxt, bevor sie begann, ihm das Hemd aufzuknöpfen.

»Bleib heute Nacht bei mir, Chris. Nur heute Nacht, hörst du?«

9

Die *Kristina Sund* lag am Kai. Das schönste Schiff, das hier jemals gelegen hatte. Die Dampfer und die neuen Motorschiffe waren schneller und effizienter als jeder Segler, aber mit der Schönheit der *Kristina Sund* konnten sie es nicht aufnehmen. Die Dampfer verbreiteten Ruß und Rauch, die Motorschiffe stanken nach Gas oder Diesel und waren unverschämt teuer in der Anschaffung. Reeder, die sich neue Schiffe leisten konnten und den Werften Arbeit beschafften, waren selten. Auch Franz hätte sich niemals ein solches Schiff kaufen können. Die *Kristina Sund* war ein Kompromiss gewesen. Er hatte nach dem Krieg zwei Schiffe an die Alliierten abgeben müssen, die mehr als die erlaubten Bruttoregistertonnen gefahren hatten. Zwei Dampfer, die er jetzt schmerzlich vermisste. Die *Kristina Sund* würde den Verlust niemals wettmachen, weil sie als Segler einfach zu langsam war. Zwar brauchte sie keine Kohle und keinen Diesel, sondern fuhr mit dem Wind, den es kostenlos gab, aber sie würde niemals die Zeiten fahren, die ein Dampfer oder ein Motorschiff fahren konnte. Und ein Schiff, das nach China fuhr, war zu wenig. Früher hatte es ganze Chinaflotten gegeben, sechs oder sieben Teeklipper, die im Verbund unterwegs gewesen waren. Heute machten das die Dampfer und die Motorschiffe.

Franz saß im Hafenbüro und starrte aus dem Fenster. Er hatte das Angebot einer anderen Kieler Reederei auf dem Tisch liegen. Das Angebot einer Fusion. Eine Fusion war in diesen schweren Zeiten sinnvoll, wo ein Reeder allein kaum die Kosten bei diesen geringen Gewinnen tragen konnte. Der Konkurrent hatte sieben Schiffe auf den Meeren, darunter war nur noch ein einziger Segler, eine Brigg. Er hatte seine halbe Flotte an die Alliierten verloren und kämpfte seitdem ums wirtschaftliche Überleben. Sein Plan war, nach der Fusion mit Rose gemeinsam mindestens ein Schiff in Auftrag zu geben, und Franz sah durchaus die Chance, die sich ihm bot. Zusammen hätten sie genug Schiffe, um rentabel arbeiten zu können. Die Kredite, ohne die sie längst bankrott gewesen wären, nahmen ihnen die Luft zum Atmen. Zusammen könnten sie die Kreditlinie weiter erhöhen und bessere Bedingungen bei den Banken aushandeln.

»Du verschuldest dich bis auf dein letztes Hemd«, unterbrach Anna seine Gedanken und stellte ihm eine Tasse Kaffee auf den Tisch. »Ich habe eure Bilanzen gesehen. Und Berger sagt, du hättest darüber nachgedacht, auch noch ein Darlehen auf die Villa aufzunehmen. Pohlmann war immer der Meinung, man muss beides streng trennen, Privates und Geschäftliches.«

»Pohlmann hat recht«, gab Franz grinsend zurück. »Die Fusion wäre vielleicht genau das, was wir jetzt brauchen. Dann tragen zwei das Risiko.«

»Wann läuft die *Kristina Sund* aus?«

»Nächste Woche nach Portugal, dann nach Jersey und in zwei Monaten nach Chile. Sie wird uns nicht retten. Sie stopft nur ein Loch unter vielen.«

»Ich habe das Angebot eines brasilianischen Händlers auf dem Tisch. Er will Porzellanerde nach Deutschland transportieren, er hätte Abnehmer genug, aber die Lloyd hat den Auftrag abgelehnt.«

»Warum?«

»Ich weiß es nicht. Das Angebot ist günstig, und es sind immerhin tausend Tonnen Fracht. Muss auch nicht sofort geliefert werden.«

»Mal sehen, was sich machen lässt. Ein verlockendes Angebot …«

Die Tür flog auf, und Finnen betrat das Büro. Die *Sybille* wollte auslaufen, aber Wesseling war bisher nicht aufgetaucht.

»Waren Sie in seiner Wohnung? In den einschlägigen Kneipen?«, fragte Franz.

»Ja. Er ist nirgends. Wie vom Erdboden verschluckt. Ohne ihn können wir nicht segeln.«

»Habt ihr bei Elli gesucht?«

»Bei Elli? Dahin würde sich einer wie Wesseling doch nie verirren.«

»Geht hin. Er soll gestern dort gesehen worden sein.«

Finnen machte sich wieder auf die Suche nach Wesseling. Dabei war er auf Kapitän Brandis gestoßen, und jetzt suchten sie zu zweit. Das spurlose Verschwinden passte nicht zu einem Mann wie Wesseling, der als absolut zuverlässig galt. Der niemals zu spät kam, der stets umsichtig und vorsichtig war. Der nie zu viel Tuch setzte und dadurch auch schon mal zu spät am Bestimmungsort ankam, was den Reedern nicht unbedingt gefiel. Ihnen waren Draufgänger lieber, weil sie schneller fuhren, selbst wenn es gefährlich war.

Es hatte schon am frühen Morgen angefangen zu regnen. Nach fünf Minuten Fußweg waren sie durchnässt. Sie liefen schnell von einer Kneipe in die nächste, suchten auch in den kleinen Läden, aber Wesseling war nirgends aufzuspüren. Schließlich begaben sie sich zu Elli, wo zwei Mannschaften eingekehrt waren, deren Schiffe gerade angelegt hatten. Die Männer, die an Bord nicht trinken durften, hatten ihre ersten Schnäpse schon hinter sich und waren guter Dinge. An einem Tisch saß die halbe Mannschaft der *Göteborg*. Es war das Schiff, das nach dem Untergang der *Luna* Wesseling und seine Männer an Bord genommen hatte. Es waren Schweden, raue Gesellen, und der Raum war beherrscht von ihrer Sprache. Finnen und Brandis sahen sich um. Die Luft war zum Schneiden dick vom Rauch der Pfeifen und Zigarillos, es stank nach abgestandenem Schnaps, und Elli wuselte zwischen den Tischen hindurch, in jeder Hand eine Flasche. Finnens Blick glitt durch den Raum, bis er in einer Ecke eine zusammengesunkene Gestalt auf einer einsamen Bank entdeckte. Der Mann lag da und schlief. Er trug einen Kapitänsrock, und seine Mütze lag achtlos auf dem Boden vor der Bank.

»Wenn das nicht unser Wesseling ist, dann soll mich der Teufel holen«, rief Finnen und ging zur Bank hinüber. Es war tatsächlich Wesseling, der seinen Rausch ausschlief.

»Der muss sternhagelvoll sein«, sagte Brandis kopfschüttelnd. »Der wird heute nirgends mehr hinsegeln. Sie müssen das Kommando nach Riga übernehmen, Finnen.«

»Ohne Kapitän?«

»Sie sind Erster Offizier auf der *Sybille*. Sie tragen jetzt die Verantwortung. Um Wesseling kümmere ich mich schon. Gehen Sie jetzt!«

Finnen zog davon. Brandis schob sich einen Stuhl zur Bank hinüber und setzte sich. So wie Wesseling aussah, würde der nicht einmal bis nach Hause kommen. Also bat Brandis Elli um einen starken Kaffee und rüttelte den Schlafenden an den Schultern, bis er endlich die Augen aufschlug.

»Sie haben ein Kommando nach Riga. Schon vergessen?«

Wesselings verschleierter Blick sprach Bände. Er musste seit gestern nur getrunken haben und war dann wohl auf der Bank zusammengebrochen.

»Ach, Käpt'n Brandis …«, murmelte er mit einem schiefen Grinsen, und die Augen fielen ihm wieder zu. Elli kam mit einer großen, dampfenden Tasse.

»Davon wird selbst ein Toter wach«, sagte sie lachend und stellte die Tasse auf den Tisch.

»Seit wann ist er hier?«

»Seit gestern Abend. So ein feiner Mann und dann das! Er sprach ständig von der *Luna*, die abgesoffen ist. Und er sei schuld. Das hat er immer wieder gesagt.«

»Er war nicht schuld.«

»Das glaubt er aber. Wenn Sie mich fragen, dann trinkt er, weil er sich schuldig fühlt.«

Sie bückte sich, hob Wesselings Kopf an, und Brandis versuchte, ihm den Kaffee einzuflößen. Wesseling trank langsam und schien allmählich wieder zu sich zu kommen. Er rappelte sich auf und starrte mit leerem Blick durch den Raum.

»Ich könnte Sie nach Hause bringen, Käpt'n?«, schlug Brandis vor, aber Wesseling schüttelte den Kopf. »Ich will nicht nach Hause. Ich muss zum Hafen. Die *Sybille* …«

»Die *Sybille* segelt ohne Sie. Und jetzt erklären Sie mir, warum Sie sich hier volllaufen lassen.«

»Erklären? Was gibt es da zu erklären? Ich habe die *Luna* auf Grund gesetzt.«

»Sie sind nicht der Erste, der ein Schiff verliert. Ich habe die *Margarita* verloren. Soll ich mich deshalb nur noch betrinken? Reißen Sie sich zusammen, Mann.«

»Die *Luna* war das zweite Schiff. Ich habe schon die *Kassiopeia* verloren, erinnern Sie sich?«

»Die *Kassiopeia*?«

»Sie war ein Seelenverkäufer, Käpt'n. Sie sollte mit Eisenerz nach Bergen auslaufen. Dann gerieten wir in schweres Wetter. Unter normalen Umständen hätte sie das mit Leichtigkeit überstehen können, ein bisschen Sturm, ein bisschen Regen, was macht das schon? Aber dann …«

Er hatte plötzlich einen Ausdruck im Gesicht, als wäre er gerade auf einen Eisberg gelaufen. Erschrocken, entsetzt, völlig konfus.

»Was ist los?«, fragte Brandis.

Wesselings Hand krallte sich an Brandis' Arm. »Plötzlich bricht der Kreuzmast. Einfach so. Fällt um wie ein Streichholz. Fällt achtern und erschlägt meinen Zweiten Maat. Die *Kassiopeia* ist nicht mehr zu steuern. Wir haben alles versucht, aber das Schiff geriet sofort vom Kurs ab. Der Mast hing halb über Bord, die Segel flatterten über der Ladeluke. Wir haben alles gerefft, was zu reffen war, aber es war nichts zu machen. Der Sturm gab uns den Rest. Die *Kassiopeia* sank in der Jammerbucht, keine zwei Meilen entfernt von der Stelle, an der damals die *Comet* untergegangen ist.«

Wesseling saß da, völlig entrückt und noch immer fassungslos über die Art und Weise, wie er sein Schiff verloren hatte.

»War der Mast morsch?«, fragte Brandis.

»Sie kennen mich, Käpt'n. Ich fahre mit keinem Schiff, das nicht absolut in Ordnung ist. Ich sehe mir jeden Kahn genau an, bevor es losgeht. Die *Kassiopeia* war gechartert, ich kannte sie also vorher nicht. Also habe ich alles nachgeprüft, die Planken, die Schoten, die Masten, die Segel, sogar die Belegnägel. Ich habe nur eines übersehen, und da bin ich mir hundertprozentig sicher, ich hätte nach unten gehen und den Kreuzmast kontrollieren müssen. Sie verstehen, was ich meine?«

Brandis nickte nachdenklich. »Das ist eine schwere Anschuldigung. War das Schiff hoch versichert?«

»Ja. Der Eigner bekam ein hübsches Sümmchen für diesen abgesoffenen Kahn. Ich sage Ihnen, das war ein Seelenverkäufer. Irgendjemand hat den Kreuzmast am Fuß angesägt, nur so ist es zu erklären, warum der plötzlich wie aus heiterem Himmel umfiel. Bei gutem Wetter wäre nichts passiert, aber bei Sturm knickt so etwas um wie ein Halm im Wind.«

»Gab es eine Untersuchung?«

»Natürlich. Aber da die *Kassiopeia* nicht mehr zu untersuchen war, kam nur wenig dabei heraus. Niemand konnte beweisen, dass der Mast angesägt war. Ich bin mir aber sicher. Zwei Monate später sitze ich in Kopenhagen in einer Hafenkneipe. Dort treffe ich auf einen Kieler Seemann, der mit dem Geld nur so um sich wirft. Gab eine Runde nach der nächsten und spielte. Der hat an einem einzigen Abend so viel ausgegeben wie andere in einem ganzen Monat. Steinreich muss der gewesen sein. Und dann redet er allerlei wirres Zeug von der *Kassiopeia*, die gesunken sei und wie leid es ihm tue! Und dabei hat er ganz unverschämt gegrinst und gesagt: Was für die einen ein Unglück ist, ist für die anderen ein Glück. Wenig später treffe ich ihn in Kiel, und plötzlich ist er wieder ein armer Schlucker. Fährt als einfacher Bootsmann für Rose. Mir sind diese Worte nie mehr aus dem Kopf gegangen, aber ich hatte nie einen Beweis.«

»Von wem zum Teufel reden Sie?«

Wesseling beugte ich zu Brandis herüber und flüsterte ihm ins Ohr: »Sie kennen ihn. Arne Tenner.«

Es war Sonntag. Franz hatte Anna zu einem Ausflug mit der *Seestern* eingeladen, und sie hatte zugesagt. Das Wetter war klar, die Sonne schien. Die *Seestern* war ein Dampfschiff mit einem für Dampfer typischen Führerhaus, so dass niemand an Deck stehen musste, um die Aussicht zu genießen.

Sie verließen die Förde mit Ziel Bagenkop auf der dänischen Insel Langeland. Der Kapitän, der selbst am Ruder stand, war ein alter Hase, der sein Leben lang zur See gefahren war und Anna die Route erklärte. Sie stand am Fenster und bewunderte das Meer, das sich an diesem Tag nur freundlich zeigte. Kein Sturm, kein Regen, nur Sonne und ein strahlendes Blau von oben und von unten.

»Du wirst noch eine richtige Seefrau«, spöttelte Franz. »Erst Southampton und jetzt Dänemark. Wohin fährst du als Nächstes?«

»Keine Ahnung. Vielleicht mal Richtung Süden? Spanien oder Ägypten, das wäre schön. Ich wollte schon immer mal die Pyramiden sehen.«

Ihm fiel auf, dass er sie nie nach der Reise nach England gefragt hatte. Als sie zurückgekommen war, hatte es nur ein einziges Thema gegeben. Maxim.

»Wie war es übrigens in Southampton?«

»Am ersten Tag war mir nur übel, dann fiel der Schiffsjunge aus den Wanten, und wir mussten Rotterdam anlaufen, um ihn in ein Krankenhaus zu bringen. Dann gerieten wir in einen Sturm, und in Southampton ist einer aus der Mannschaft mit dem Messer auf den Käpt'n losgegangen. Sonst gab es keine besonderen Vorkommnisse.«

»Muss ja eine sehr ruhige Fahrt gewesen sein.« Franz lächelte.

Im Führerhaus war es warm und trocken. So hätten sie tagelang übers Meer schippern können. Die *Seestern* machte achtzehn Knoten und zog eine dunkle Wolke hinter sich her.

Franz ging an Deck, um nach dem Rechten zu sehen. Von unten hörte er die Heizer, die mit ihren Schaufeln die Kohlen in die Öfen schoben, eine schweißtreibende Arbeit, was Franz als Eigner durchaus bewusst war. An der Reling stand Maas, der Schiffskoch, und nahm eine Prise frische Luft.

»Alles in Ordnung?«, fragte Franz.

»Ja, Chef. Wir machen gute und schnelle Fahrt. Muss an der netten, weiblichen Begleitung liegen.«

»Finden Sie?«

»Wenn mir die Bemerkung erlaubt ist, Chef, ja.«

Franz schmunzelte. Er war sich immer sicherer geworden, dass Anna die Richtige für ihn war. Seine Eltern hatten den Braten längst gerochen und würden ihm keine Steine mehr in den Weg legen. Seine Verflossenen waren sicher vermögender gewesen, aber an Natürlichkeit konnten sie Anna nicht das Wasser reichen. Sie verstellte sich nicht, und das liebte er am meisten an ihr, sie war immer sie selbst. Sicher war ihm hin und wieder die Idee gekommen, mit einer anderen Verbindung auch mehr Wirtschaftlichkeit oder Geld an Land zu ziehen, aber er war immer wieder auf Anna zurückgekommen, die eine glänzende Figur in der Gesellschaft abgeben würde, auch wenn sie kein Vermögen besaß. Sie arbeitete doppelt so schnell wie Berger und hatte die Buchhaltung völlig umgekrempelt, die jetzt wesentlich effizienter geworden war. Ihre Briefe hatten keine Fehler mehr und einen ganz anderen Ton, freundlich, aber bestimmt. Sie hatte in den drei Wochen, in denen sie nun im Büro saß, mehr Aufträge vertragsfest gemacht als Berger, dem durch ungeschicktes Verhandeln schon mal der eine oder andere durch die Lappen gegangen war. Insofern hatte sich ihre Anstellung schon bezahlt gemacht. Durch ihre schnelle Auffassungsgabe hatte sie das Geschäft rasch durchschaut und wusste, wie mit potentiellen Kunden umzugehen war.

Am Horizont tauchte das verschwommene Bild einer Küste auf. Es flimmerte in der Luft wie eine Fata Morgana.

»Sie waren doch auf der *Sybille* mit Kapitän Brandis in Southampton, oder?«, fragte Franz.

Maas nickte. »Sie meinen, als das Fräulein auch mitgefahren ist?«

»Ja. Fräulein Herzog sagte, der Schiffsjunge sei aus den Wanten gefallen. Davon wusste ich gar nichts.«

»Schreiber hatte Angst vor der See, so einer wird auf Seglern nie etwas. Die enden entweder als Fischfutter oder im Krankenhaus. Das Fräulein war weiß wie eine Wand, als er auf der Luke lag. Aber Käpt'n Brandis hatte alles unter Kontrolle. Ich glaube, der hat damals ein Auge auf das Fräulein geworfen. »

»Wie kommen Sie darauf?«

»Weiß doch jeder, dass er keine Frauen an Bord mag, doch mit dem Fräulein war er ganz anders, richtig zahm. Wie ein an die Kette gelegter Tiger. Und dem Fräulein hat das gut gefallen, wenn Sie mich fragen. Am Abend sind sie sogar zusammen in die Stadt gegangen und erst spät wieder zurückgekommen.«

Franz starrte wortlos aufs Wasser. Er fühlte sich irritiert. Warum hätte Brandis nicht mit Anna ausgehen können, die sicher gerne etwas von der Stadt hatte sehen wollen? Warum sollten sie nicht vertraut miteinander sein, wo sie sich seit Monaten schon kannten? Aber warum sollte Brandis ein Auge auf Anna geworfen haben, das war die entscheidende Frage, die ihn verwirrte. Oder hatte Maas mehr gesehen, als zu sehen gewesen wäre?

Er ging ins Führerhaus zurück. Anna saß am Tisch und studierte die Seekarte.

»Wo ist Skagen?«, fragte sie.

Franz beugte sich über das Blatt.

»Wie kommst du auf Skagen?«

»Chris Brandis' Großmutter stammt aus Skagen, wusstest du das?«

Während er den Ort auf der Karte suchte, wurde seine Irritation immer größer. Endlich hatte er Skagen gefunden. Ein Punkt am nördlichsten Zipfel Dänemarks, ein Punkt am Ende der Welt, vom Sturm zerzaust, die Küste von den Wellen angefressen. Zwischen Kattegat und Skagerrak, ein tückisches, gefräßiges Meer, das schon Unmengen von Schiffen verschlungen hatte. Ein Schiffsfriedhof. Nur ein Narr konnte dort wohnen.

»Ist das wichtig?«, fragte er gereizt.

Anna zuckte mit den Schultern und suchte mit dem Finger auf der Karte nach Bagenkop.

Die Kieler Zeitung war nicht dafür bekannt, dass sie propagandistische Meldungen von rechts verbreitete. Der Chefredakteur war ein verantwortungsbewusster Mensch, der erst recherchierte und dann berichtete. Er hielt sich zugute, keiner politischen Richtung zuzuarbeiten, ließ sich auch nicht von Regierungskreisen korrumpieren, um genehme Artikel zu veröffentlichen, und legte Wert darauf, als politisch unabhängig zu gelten. In Schleswig-Holstein gab es fast achtzig Zeitungen, der Druck für jede war hart. Auch für ihn, da er Auflage machen musste. Als ihm einer seiner Mitarbeiter einen Artikel vorlegte, in dem von Maximilian Rose die Rede war, der unter dem Verdacht stünde, einer terroristischen Vereinigung anzugehören, fragte er nach, woher diese Information stamme. Aber Lannard – so hieß der Mitarbeiter – hüllte sich in Schweigen. Also rief der Chefredakteur bei der Polizei an und erfuhr, dass diese Meldung nicht der Wahrheit entsprach, woraufhin er Lannard wieder zu sich zitierte und wieder wissen wollte, wer ihm das gesteckt habe.

»Meinen Informanten nenne ich nicht, das wissen Sie, Chef. Nicht einmal Ihnen gegenüber.«

»Ich kann Sie nicht zwingen, aber Ihr Informant scheint wenig Glaubhaftes berichten zu können, also suchen Sie sich besser einen anderen. Wir lügen nicht in unserer Zeitung, und wir verleumden auch niemanden, und solange Rose nicht rechtskräftig verurteilt ist, gilt er als unschuldig und hat auch mit Terrorismus nichts zu tun.«

Lannard zog wieder ab. Er ging in die Stadt, setzte sich in ein Café und bestellte einen Tee. Er zweifelte die Aussage der Polizei an, die den Ball im Fall Rose möglichst niedrig halten wollte und in solchen Fällen immer dazu neigte, erst einmal alles abzustreiten. Er selbst kam an den ermittelnden Kommissar nicht heran, sein Weg endete stets beim Pressesprecher, und dessen Informationen waren immer die gleichen. Es gab nichts Neues zu berichten.

Lannard trank seinen Tee und überlegte, was er noch unternehmen konnte, um seinen Artikel doch noch an den Mann und die Frau bringen zu können. Dann fiel sein Blick ganz zufällig auf das gegenüberliegende Haus. Hier hatte der Anwalt von Rose sein Büro.

Lannard zahlte und trat auf die Straße. Er starrte das Gebäude an. Feinster Jugendstil, zwei sich zueinander neigende Schwäne im Giebelfresko, blütenweiße Gardinen vor den Fenstern, hinter denen ein Schatten vorbeihuschte. Eine gute Kieler Adresse. Wer immer etwas auf sich hielt, war hier genau richtig. Lannard ließ sich von seiner Intuition leiten und klingelte. Eine junge Dame in ausnehmend geschmackvollem Kostüm öffnete. Er würde sich nach einem Termin bei Dr. Gruber erkundigen wollen, erklärte Lannard und wurde ins Wartezimmer geführt. Hier saß er allein zwischen expressionistischen Stichen an der Wand und zwei antik wirkenden Amphoren und wartete. Er überflog die Möglichkeiten, die ihm blieben, und entschied sich für den Frontalangriff. Direkt, aber höflich. Fragen kostet nichts, und Antworten sind immer Interpretationssache. Wollte er Rose diffamieren, ihm ans Zeug flicken? Nein. Er wollte erst mal nur seinen Job machen.

Dr. Gruber war ein schlanker, durchaus attraktiver Mann mit gutem Geschmack. Er trug einen anthrazitgrauen Anzug, dazu eine dunkelgrüne Krawatte. Der Mann wirkte wie aus dem Ei gepellt. Lannard gab sofort zu, wer er war, und fragte unverblümt nach Rose und dessen Verbindung zu einer terroristischen Vereinigung.

»Sie erwarten doch nicht, dass ich Ihnen diese Frage beantworte«, war Grubers unterkühlte Reaktion, und dann sah sich Lannard auch schon wieder auf die Straße gesetzt. Aber so leicht würde er nicht aufgeben. Er besaß eine Information, die vielleicht Gold wert war, nur leider konnte er sie nicht verkaufen. Sein Chef würde diesen Artikel niemals drucken, falls sich seine Information nicht doch noch verifizieren ließ.

Lannard besuchte eine bekannte Lokalität, wo sich die Presseleute gerne trafen. Hier wurde diskutiert, hier wurden Nachrichten ausgetauscht, hier lauschte man den anderen und dem, was sie zu sagen hatten. Das Geschäft war hart umkämpft, der Ton zwar eloquent, aber dennoch rau. Hier hatte keiner etwas zu verschenken. Kein Geld und keine Nachricht. Jedes Wort konnte über Sieg oder Niederlage entscheiden, jeder Artikel der letzte sein oder dem Blatt einen unerhörten Aufschwung verschaffen. Bei so vielen erscheinenden Zeitungen im Land war die Konkurrenz gewaltig, und die Kieler Zeitung rang um jeden Leser.

Lannard erkannte die Kollegen von den Kieler Neuesten Nachrichten, vom Nordischen Kurier, der Schleswig-Holsteinischen Volkszeitung und den Itzehoer Nachrichten. Alles Leute, die wie er um jede Nachricht verlegen waren. Aber keiner – da war er sicher – wusste, was er wusste. Wenn er es schaffte, Rose mit Terrorismus in Verbindung zu bringen, würde in dieser Stadt mancher keinen Schlaf mehr finden.

Er verglich den Journalismus manchmal gerne mit einem Zirkus, in dem jeder seine eigene Kunst darbot. Der Jongleur, der Clown, das Mädchen mit den dressierten Pferden, die Trapezkünstler. Jeder hatte seine eigene Aufgabe, und doch waren sie alle Gefangene der Manege, die sie gleichzeitig liebten und fürchteten. Wer in der Manege versagte und den Zauber seiner Darbietung den Menschen nicht mehr vermitteln konnte, war erledigt.

Lannard schlenderte durch den Raum, grüßte mal hier, mal da und setzte sich schließlich an die Theke. Er bestellte ein Bier und zog eine Packung Zigarillos aus der Tasche. Er machte es sich gemütlich, rauchte, trank und stellte seine Lauscher auf. Links von ihm saß der Kollege Arndt von den Kieler Neuesten Nachrichten. Ein zerzauster Typ, die Zeitung, für die er schrieb, eher konservativ bis rechtsnational. An seiner rechten Seite hockte Hermann Krause von der Schleswig-Holsteinischen Volkszeitung, die mit den Sozialdemokraten sympathisierte. Dermaßen eingekeilt, saß Lannard folgerichtig in der Mitte, wo er sich auch gut aufgehoben fühlte.

»Gibt es etwas Neues über den Fall Maximilian Rose?«, fragte er Krause, der wenig interessiert den Kopf schüttelte.

»Nichts gehört«, ließ sich Arndt vernehmen.

»Wissen Sie, welcher politischen Couleur er angehört?«

»Er war wohl eher dem linksliberalen Spektrum zuzuordnen.«

»War? Ist er schon tot?«

»Sie wissen, wie ich das meine. Warum fragen Sie?«

»Mir kam da etwas zu Ohren, aber ich darf nichts schreiben, was ich nicht belegen kann.«

Krause lachte etwas gequält. »Das wäre ja mal etwas ganz Neues. Woher stammt denn Ihre Quelle?«

»Kann nur aus dem Polizeipräsidium selbst stammen. Entweder wurde diese Information ganz bewusst lanciert, oder da ist jemandem eher unbedacht etwas über die Lippen gekommen.« Er grinste. »Oder ich habe da selbst eine ganz erstaunliche Quelle aufgetan.«

»Ach ja?«

Jetzt war auch Arndts Aufmerksamkeit geweckt. Er wandte sich Lannard zu. »Sie laufen da auf ganz dünnem Eis, Kollege Lannard. Passen Sie auf, dass Sie nicht einbrechen.«

Lannard starrte Arndt verblüfft an. Wusste der längst Bescheid? Dann wäre er die ganze Zeit mit einer verbrannten Geschichte herumgelaufen.

»Was wissen Sie?«, fragte er stirnrunzelnd, aber Arndt lachte nur. »Sie wissen doch: Cui bono? Das sollte immer unsere erste Frage sein, bevor wir etwas schreiben. Wem nützt es? Wer hat einen Vorteil davon, eine bestimmte Nachricht zu verbreiten? Ich habe mich immer an diesen Grundsatz gehalten und eine Menge dadurch gelernt. Wir sind oft genug nichts anderes als der verlängerte Arm der Politik und derer, die dahinterstecken. Man muss verdammt aufpassen, wann der Wind sich dreht. Heute dreht er sich nach rechts, morgen dreht er sich nach links. Und wir sind wie Papageien, die alles nachplappern. Also lassen Sie Ihre Nachricht stecken, sie richtet mehr Schaden an, als dass sie irgendjemandem nützt.«

Lannard hockte wortlos auf seinem Hocker und trank sein Bier. Wusste Arndt wirklich, worum es ging? Oder redete er einfach nur so daher, weil er sich gerne reden hörte?

»Was wissen Sie?«, wiederholte er seine Frage.

»Gar nichts. Dieser Sand hat sich in seiner Burg verschanzt und mauert, da dringt nichts durch. Sollten wir sie stürmen? Wissen Sie etwas? Dann lassen Sie uns an Ihrer Weisheit teilhaben.«

Lannard ließ sich seine Erleichterung nicht anmerken. »Später. Erst mal Prost, Kollege Arndt.«

Aufmerksam geworden durch Wesselings Worte hatte Brandis nach einer weiteren Spur gesucht. Und die ergab sich durch einen Mann der Untersuchungskommission, die damals die Ermittlung durchgeführt hatte. Brandis kannte einen der Richter, der früher selbst zur See gefahren war. Er versuchte, einen Termin bei diesem Mann zu bekommen, und hatte Glück. Kapitän Lier war berentet und lebte in einem kleinen Haus in Strande. Er wunderte sich ein wenig über den Besuch, war aber durchaus bereit, Brandis' Fragen zu beantworten.

»Die Untersuchung führte leider nicht zu dem Ergebnis, das wir uns gewünscht hätten«, erzählte er. »Kapitän Wesseling behauptete, der Kreuzmast sei am Fuß angesägt worden, aber das konnten wir natürlich nicht mehr feststellen. Dafür sprach allerdings, dass das Schiff sehr hoch versichert war. Höher, als ein Schiff dieser Klassifikation normalerweise versichert wird.«

»Manche nennen so etwas einen Seelenverkäufer«, sagte Brandis. »Ein Schiff, das auf die Reise geschickt wird, mit dem Ziel unterzugehen, damit der Eigner möglichst viel Geld von der Versicherung kassiert. Wie kam Wesseling überhaupt an das Kommando?«

»Durch einen Mann namens Sammet, der sich als Eigner ausgab. Sammet sprach Kapitän Wesseling am Kai an. Die *Kassiopeia* sollte nach Tallinn auslaufen und dort Holz laden.«

»Es gibt Listen im Hafenbüro, auf denen die Schiffe und deren Eigner aufgeführt sind.«

»Sicher gibt es das. In diesen Listen stand Sammet als Eigner. Ein Eigner, der nur über ein einziges Schiff verfügte, die *Kassiopeia*. Sie gehörte vorher der Hamburger Hapag und sollte abgewrackt werden. Sammet kaufte sie für einen Spottpreis, und so fuhr sie weiter und firmierte unter dem Namen Sammet. Sagen Sie, Käpt'n Brandis, warum interessieren Sie sich für diesen alten Fall?«

»Ich suche denjenigen, der den Kreuzmast angesägt haben könnte.«

»Wenn die Kommission keine Sabotage nachweisen konnte, wie wollen Sie dann denjenigen finden, der den Mast angesägt hat? Falls es überhaupt wirklich so gewesen ist.«

»Kapitän Wesseling hat da einen Verdacht. Hat er damals nie darüber gesprochen?«

Kapitän Lier schüttelte den Kopf.

»An wen wurde das Geld überwiesen? An jenen geheimnisvollen Sammet?«

»Genau. Der kassierte die Summe und setzte sich ein halbes Jahr später in die Vereinigten Staaten ab.«

Brandis bedankte sich für die Informationen und leistete sich ein Taxi, um zurück ins Büro zu fahren. Im Wagen dachte er über die Worte des Richters nach. Hatte Tenner etwas mit dem Sinken der *Kas-*

siopeia zu tun? Aber selbst wenn es so gewesen wäre, wo war da die Verbindung zu Maxim? Er entschloss sich, mit Tenner selbst zu reden, und ließ sich direkt zur Villa fahren. Er klingelte am Gartenhaus, aber er wusste nicht, wie er das Gespräch beginnen sollte, ohne dass Tenner misstrauisch wurde. Ohne die *Kassiopeia* zu erwähnen, würde er nicht zum Punkt kommen können. Also blieb ihm nichts anderes übrig, als das Thema anzuschneiden. Er erzählte, wie er Wesseling völlig betrunken bei Elli gefunden habe.

»Dort hat er allerlei unsinniges Zeug erzählt, unter anderem über die *Kassiopeia*. Er war und ist der Meinung, jemand habe den Kreuzmast der *Kassiopeia* angesägt.«

Tenner hatte ihm den Rücken zugedreht und suchte in einem Hängeregal nach Gläsern. Als er sich endlich umdrehte, war sein Gesicht völlig ausdruckslos. Er stellte die Gläser auf den Tisch und dann die Flasche dazu.

»Wesseling ist ein Spinner«, sagte er abschätzig. »Diesen Unsinn hat er damals auch schon behauptet. Warum hat die Versicherung gezahlt, wenn Sabotage dahintersteckte?«

»Weil man den Kreuzmast nicht mehr untersuchen konnte.«

»Warum kommst du damit zu mir? Was habe ich damit zu tun?«

Brandis hüllte sich in Schweigen. Selbst wenn er ihn direkt mit Wesselings Worten konfrontieren würde – Tenner würde alles abstreiten. Es gab nichts außer Vermutungen, Unterstellungen und ein paar Worten, denen man sonst etwas entnehmen konnte. Brandis trank seinen Schnaps und hatte das Gefühl, sich in einem Gespinst verirrt zu haben. Einem Gespinst aus Lügen, Theorien und konfusen Geschichten. Vielleicht war alles auch nur eine Erfindung von Wesseling selbst gewesen, der einfach einen Schuldigen brauchte, um mit seiner eigenen Schuld klarzukommen. Also hatte er diese Kreuzmastlüge erfunden, hinter der nichts anderes steckte als sein eigener Schuldkomplex.

»Ich habe nie behauptet, dass du etwas damit zu tun hast. Ich frage mich nur, ob etwas dran ist an dem, was er sagt.«

»Die *Kassiopeia* liegt seit drei Jahren auf dem Grund der Ostsee. So wie die *Luna* und tausend andere Schiffe auch. Und die Wahrheit ist mit ihnen untergegangen. So sieht es aus.«

Brandis nickte. Ja, genauso sah es aus. Er hatte nicht den Hauch einer Chance, jemals herauszufinden, was Tenner damit zu tun gehabt hatte, genauso wenig wie er ihm eine Lüge im Fall Maxim nachweisen konnte.

»Du weißt doch, eine Lüge ist schon dreimal um die Welt gelaufen, bevor die Wahrheit sich endlich die Schuhe anzieht«, bemerkte Tenner mit ironischem Unterton und grinste.

Anna hatte die Insel Langeland kennengelernt und sich gleich in das Land verliebt. Obwohl es winterlich kalt gewesen war, war sie dem Zauber der Landschaft verfallen. Den Wiesen, den kleinen Dörfern, den typisch dänischen Kirchen, den Menschen. Sie hatten eine Kutschfahrt unternommen und in einem Hafenlokal klassische, dänische Gerichte gegessen.

Wieder zurück in Kiel, freute sie sich auf die Begegnung mit Brandis. Sie war im Land seiner Großmutter gewesen, das musste sie ihm unbedingt erzählen. Als sie am anderen Morgen ins Büro kam, war er bereits da, und er war allein.

Sie würde dieses Bild im Leben nicht vergessen. Wie er da vor dem Ofen stand in der komischen blauen Jacke, der weißen Hose und dem schwarzen Gürtel, den schwarzen Halbstiefeln, die Hände tief in den Taschen vergraben, die Unterlippe ein wenig vorgeschoben, ein kleines Lächeln in den blauen Augen. Sie sprudelte sofort los, und er hörte ihr amüsiert zu. Sie waren immer noch nicht beim Du angekommen, und das wollte sie ändern.

»Ihre Großmutter stammt aus Skagen, hat mir Lilly erzählt.«

»Stimmt.«

»Nette Leute, die Dänen. Wir sind mit einer Kutsche über die Insel gefahren.«

Er sagte nichts, lächelte nur still vor sich hin. Sie liebte dieses Lächeln, weil es für sie so kostbar war wie in der Sonne funkelnder Bernstein am Strand.

»Wollen wir nicht du zueinander sagen, Käpt'n?«

In diesem Moment flog die Tür auf, und Franz kam herein.

»Die *Kristina Sund* gehört Ihnen, Chris«, rief er. »In ein paar Wochen geht es los. Erst Chile und dann Brasilien. Anna hat da noch einen äußerst lukrativen Auftrag an Land gezogen. Ach ja, ich habe noch eine Überraschung für Sie, Käpt'n. Ich dachte an eine Beteiligung von sechzehn Prozent an der *Kristina Sund*, was halten Sie davon?«

Ohne die Antwort abzuwarten, ging Franz zum Regal und suchte nach einem Ordner, während Anna und Brandis einen Blick wechselten. Die *Kristina Sund*! Anna hatte immer gewusst, wofür dieses Schiff gedacht war. Für Überseefahrten nach Chile. Und wer hätte das Kommando bekommen? Mit an Sicherheit grenzender Wahrscheinlichkeit Brandis. Jetzt auch noch Brasilien! Das würde eine Ewigkeit dauern. Wie lange segelte man nach Chile? Und dann wieder auf See, diesmal nach Brasilien. Und sie selbst hatte den Auftrag nach Brasilien eingetütet, ohne darüber nachzudenken, was sie damit anrichtete. Brandis würde über Monate fort sein. Und kein anderer als sie selbst hatte dafür gesorgt. Ihr wurde die Absurdität ihres eigenen Handelns bewusst, sie arbeitete Tag für Tag daran, dass der Mann, den sie liebte, möglichst lange von ihr fort war. Völlig verrückt! Sie musterte ihn. Dachte er das Gleiche? Das Lächeln aus seinem Gesicht war verschwunden.

»Danke, Franz«, sagte er tonlos. »Ich kann das Geld gut gebrauchen. Alexa ist nicht krankenversichert, und ich muss die Krankenhausrechnung aus eigener Tasche bezahlen.«

»Wir setzen das mit Dr. Gruber schriftlich auf«, erklärte Franz gut gelaunt und drehte sich um. »Sie sind schon viel zu lange an Land, es wird Zeit, dass Sie wieder Planken unter den Füßen spüren.«

»Das ist wahr«, murmelte Brandis. Er drehte sich um und schlüpfte aus der Tür.

Anna beugte sich über den Vertrag, der vor ihr auf dem Schreibtisch lag. Die Lage war völlig verworren. Sie kam nicht weiter. Franz meinte es sicher gut, indem er seinem Kapitän eine Beteiligung an der *Kristina Sund* anbot, aber für sie war es eine Katastrophe. Mit jeder Fahrt, die er machte, würde Brandis sechzehn Prozent des Reingewinns bekommen. Damit hatte Franz ihn für ewige Zeiten an dieses Schiff gebunden. Brandis würde vermutlich kein einziges Kommando mehr ausschlagen können. Für sie bedeutete das, dass er einfach immer nur unterwegs war. Und was wusste sie wirklich, wie er zu ihr stand? Sie hatte keine Ahnung. Da war kein Wort, keine Geste gewesen, die ihr irgendetwas Verlässliches hätte sagen können.

Es musste ein Leck im Präsidium geben. Am Morgen war ein Reporter im Präsidium aufgetaucht und hatte mehrere Beamte mit seltsamen Fragen nach Maxim Rose konfrontiert. Die Beamten hatten ihn zwar sofort wieder auf die Straße gesetzt, aber nun kursierten diese Fragen im Präsidium, Fragen nach Roses Verbindung zu extremistischen Gruppen.

Woher hatte dieser Journalist davon wissen können? Gab es hier eine undichte Stelle, aus der Informationen heraussickerten? Sand und Flickwort saßen in der Kantine und aßen zu Mittag. Es gab Labskaus. Wenn sie es nicht schafften, dieses Loch zu stopfen, würde ihnen der Fall Rose irgendwann um die Ohren fliegen. Sand sah sich geflissentlich um. An den Tischen saßen die Kollegen, die Sekretärinnen, die Zuarbeiter. Jeder konnte die Schwachstelle sein. Aber warum sollte jemand plaudern? Oder war es nur ein unbedachtes Wort gewesen, das nicht wirklich gewollt ausgesprochen worden war? So etwas gab es. Es hätte eine Sekretärin sein können, die sich einfach nur versprochen hatte.

»Dann müsste sie aus unserer Abteilung kommen«, murmelte Sand und spießte ein Salatblatt auf seine Gabel.

»Wie bitte?«

»Wir müssen dieses Loch stopfen.«

»Sicher. Aber vor allem wissen wir nicht, was er oder sie damit bezweckt.«

»Es kann sich auch jemand nur versprochen haben. Dann bezweckte er gar nichts damit. Die Blume von der Vierten quatscht einem ein Kotelett ans Bein. Die merkt das gar nicht, wenn sie irgendwelche Interna preisgibt.«

Flickwort schmunzelte. Die Blume von der Vierten redete ohne Punkt und Komma, aber sie war nicht dumm. Hinter ihrer Redseligkeit steckten ganz sicher weder Naivität noch Unbedachtsamkeit.

»Wie einer bei so viel Gequatsche überhaupt noch merkt, was er eigentlich von sich gibt, ist mir ein Rätsel.«

»Die Blume war es nicht, glauben Sie mir. Außer Ihnen, mir, unserer Sekretärin Frau Lange und Maibaum weiß niemand etwas von diesem Zettel und dem Verdacht, Rose könnte etwas mit der OC zu tun haben. Wenn wir den Namen des Journalisten hätten, könnten wir nachhaken. Leider hat der Mann sich nicht namentlich ausgewiesen. Er hat noch nicht mal den Namen des Blattes angegeben, für das er arbeitet.«

»Reden wir über Terrorismus«, sagte Sand unvermittelt scharf und legte sein Besteck auf den leeren Teller.

»Terrorismus?«

»Ja. Terrorismus ist eine der Strategien, die das Ordo-ab-chao-Prinzip beinhalten. Er dient dazu, die Gesellschaft zu destabilisieren. Er kann von außen in die Gesellschaft hineingetragen werden, aber auch von innen. Regierungen könnten zum Beispiel selbst terroristische Aktionen initiieren, um die Gesellschaft zu spalten und zu verunsichern. Oder Gruppen, die der Regierung fernstehen, spalten die Gesellschaft von innen mit Terror, mit Anschlägen oder mit Putschversuchen. Wo verorten wir da einen Mann wie Rose, dem wir bis auf den heutigen Tag keine Verbindung zur OC nachweisen konnten? Gehen wir einmal davon aus, das Ganze ist eine Intrige, und dieser Zettel wurde ihm untergeschoben, dann würde ich verdammt gerne wissen, wer dahintersteckt. Die OC selbst?«

»Wir haben die Leute durchleuchtet, die in dieser Villa gewesen sind, da war außer Flemming keiner, der etwas mit der OC zu tun hatte.«

»Und genau da müssen wir ansetzen, Herr Kollege. Offiziell ist in Kiel kein Name bekannt, der der OC zugeordnet werden kann, aber die Leute gibt es, da bin ich mir sicher. Sie leben gut getarnt, haben vielleicht Kontakt zur NSDAP oder anderen völkischen Gruppen und halten sich ansonsten im Hintergrund.«

»Die NSDAP hat sich von der OC distanziert, wie Sie wissen. Hitler will jetzt ganz legal an die Macht, da schadet die Verbindung zu einer Terrororganisation.«

»Richtig. Die Frage muss erlaubt sein, warum ist der Mann überhaupt schon wieder auf freiem Fuß? Was hat sich die Justiz dabei gedacht, ihn kaum, dass er in Haft saß, schon wieder auf die Menschheit loszulassen?«

»Halten Sie ihn für so bedeutend?«

»Ich weiß es nicht. Aber ich denke, ein Putschist ist immer einer, dem man nie trauen darf. Leider sehen das unsere wackeren Demokraten im Reichstag ganz anders. Ich habe nirgendwo einen Aufschrei der Empörung gehört, als dieser Mann seelenruhig aus dem Knast wieder hinausspazierte.«

»Die bayrische Justiz hat ihn entlassen, nicht die Berliner. Und dann vergessen Sie nicht, dass es genug Leute gibt, die seinen kruden Ideen etwas abgewinnen können. Ganz besonders in Bayern.«

»Kommen wir zum Thema zurück. Wir werden jetzt alle Strafakten der letzten zehn Jahre durchsuchen, und zwar suchen wir nach Namen, die irgendwie in Verbindung mit terroristischen Umtrieben stehen könnten. Und vergessen wir diesen Flemming dabei nicht. Vielleicht ist Rose ein Terrorist, hat aber mit dem Mord nichts zu tun. Oder er ist Magnussens Mörder, hat aber mit der OC nichts zu tun. Möglich, dass wir weiterkommen, wenn wir die beiden Bereiche voneinander trennen. Sie besorgen uns unverzüglich die alten Akten.«

Flickwort machte ein Gesicht, als hätte er auf eine Zitrone gebissen. Das Aktenstudium der letzten zehn Jahre würde wochenlange Arbeit bedeuten.

»Wie Sie meinen, Chef«, brummte er wenig erfreut und begab sich ins Archiv.

Hoffnungslose Tage. Grau und verregnet. Anna erinnerte sich an Berlin. An durchtanzte Nächte, atemberaubende Shows, ein lockeres Leben. Eine Frau im schwarzen Spitzenkleid, die den Männern den Kopf verdreht hatte. Eine kleine Sekretärin, die sich nur einmal hätte vergessen müssen, um einen reichen Mann an Land zu ziehen. Stattdessen hatte sie sich in eine unmögliche Lage gebracht. Viel zu spät hatte sie begriffen, dass sie dabei war, sich ihr eigenes Grab zu schaufeln.

Hoffnungslose Nächte. Kein Stern am Himmel. Schlaflos in den eigenen, quälenden Gedanken gefangen. Eine kleine Sekretärin, die begonnen hatte, den Ast, auf dem sie so gemütlich saß, langsam, aber sicher abzusägen. In einer dieser Nächte dachte Anna darüber nach, wie es wäre, Brandis einfach zu vergessen und sich nur noch auf die Arbeit zu konzentrieren. Sich irgendwann nach einem anderen umzusehen. Es gab nicht nur diesen einen. Eine Nacht später traf sie endlich eine Entscheidung. Eine Frage, die Berge versetzen konnte, und die Erkenntnis, dass sie jetzt die Initiative übernehmen musste.

Sie traf Brandis eines Morgens am Kai, wo die *Seestern* lag und ablegen wollte. An Deck befand sich der wieder genesene Wesseling in seiner Kapitänsuniform, während die letzten Mitglieder der Mannschaft über die Gangway an Bord gingen. Vor der Gangway stand der Kapitän, der Wesseling irgendetwas zurief, das Anna aber nicht verstehen konnte. Sie kam näher. In diesem Moment wollte ein Mann mit seinem Seesack an Deck, den sie kannte. Es war jener Jessop, der auch auf der *Sybille* gewesen war.

»Fahren Sie als Heizer auf der *Seestern*, Jessop?«, fragte Brandis stirnrunzelnd.

»Jawohl, Käpt'n.«

»Sollten Sie nur um Haaresbreite aus der Reihe tanzen, Jessop, werde ich dafür sorgen, dass Sie in Kiel nirgendwo mehr anheuern. Ist das klar?«

»Alles klar, Käpt'n.«

Jessop tippte sich an die Mütze und ging über die Gangway an Bord.

»Wohin fährt die *Seestern*?«, fragte Anna.

»Nach Boston. Wollen Sie mitfahren?«

»Gerne. Aber nur, wenn Sie mitfahren, Käpt'n.«

Er lachte, und sie dachte, jetzt oder nie. »Haben Sie Lust, mit mir ins Kino zu gehen, Chris? Im Apollo läuft das ›Phantom der Oper‹.«

Er zögerte, und sie fürchtete schon, dass ihre Worte ihn eher abgeschreckt hätten, als er schließlich ein kleines Lächeln zustande brachte. »Warum nicht? Halb acht vor dem Kino?«

Anna war beim Friseur gewesen und hatte sich zehnmal umgezogen. So ähnlich musste sich ein General vor der entscheidenden Schlacht fühlen. Sie hätte die Karten legen können, aber eine negative Aussicht hätte sie natürlich gehemmt und beeinflusst, also ließ sie es bleiben. Sie kontrollierte noch einmal ihre Armeen: das dunkelgrüne Kleid, die frisch frisierten Haare, das dunkle, erdige Parfüm. Die Chancen für den Sieg standen nicht schlecht, obwohl der Gegner nicht zu unterschätzen war. Was würde bei genau diesem Gegner am meisten Wirkung zeigen? Sie wusste es nicht wirklich. Offenheit, Zurückhaltung, distanzierte Kühle oder Direktheit? Eher Partisanenstrategie oder römische Schlachtenordnung? Sie entschied sich erst einmal für ein Glas Wein, das sie in der Küche trank, ein zweites Glas folgte, um etwas lockerer zu werden, und ein drittes würde bestimmt nicht schaden. Der Wein stieg ihr zu Kopf und ließ ihre Lage weniger dramatisch aussehen. Allerdings fand sie jetzt das Kleid zu streng und zog sich wieder um. Enganliegendes, schwarzes Kleid mit grünem Schal. Lange, versilberte Zigeunerohrringe, ein Blick auf die Uhr. Sekunde um Sekunde schob sich der Zeiger auf die Sieben zu. Unendlich langsam, und als er sich auf der Sieben einpendelte, zog sie sich den Mantel über und verließ das Haus.

Sie kämpften sich durch alte Akten. Auch durch die Akte jenes Mannes, der damals an dem Mord an Rathenau beteiligt gewesen war. Der hatte in Kiel eine Akte, weil er schon vor dem Mord auffällig gewesen war, aber der Mann war tot. Erschossen von der Polizei. Dann stieß Sand auf den einen gewissen Herbert Mahler, der eine Art Mitläufer gewesen war. Mitglied des OC, der aber laut eigener Aussage dem Terrorismus abgeschworen hatte. Dieser Mahler lebte noch in Kiel, und zwar auf der Wichmann-Straße. Die äußerlichen Verhältnisse dieses ehemaligen Terroristen waren gutbürgerlich. Mahler hatte eine Arbeit, war mittlerweile verheiratet und hatte ein Kind. Er war überrascht, als sie vor seiner Tür standen, ließ sie aber durchaus freundlich, und ohne Probleme zu machen, in die Wohnung hinein.

»Sie waren Mitglied der OC?«, eröffnete Sand das Gespräch.

»Stimmt. Ich bin aber vor drei Jahren aus dem Verein ausgetreten, das habe ich der Polizei damals bereits gesagt. Mit Politik beschäftige ich mich nicht mehr.«

»Was versprachen Sie sich von der OC?«

»Die Veränderung politischer Verhältnisse. Es geht nicht an, dass das deutsche Volk die amerikanischen Banken sanieren soll, denn etwas anderes sind diese Reparationszahlungen nicht. England und Frankreich hätten ohne diese Kredite den Krieg niemals führen können. Und jetzt sollen wir deren Kredite zurückzahlen. Das ist eine schreiende Ungerechtigkeit, dagegen wollte ich etwas tun.«

»Indem Sie Menschen ermorden?«

»Indem ich die, die sich auf dieses perfide Spiel eingelassen haben, beseitige. Genau! So dachte ich zumindest damals.«

»Und wie denken Sie heute darüber?«

»Ich sah ein, dass diese Taktik zu nichts führt. Selbst die Zersetzung von innen hatte nicht den erwünschten Erfolg. Das deutsche Volk wird also weiter für einen Krieg zahlen, den man ihm aufgezwungen hat.«

»Niemand hat den Kaiser gezwungen, irgendeinem Land den Krieg zu erklären«, warf Flickwort gereizt ein. »Wäre er klug gewesen, hätte er sich neutral verhalten.«

»Er war mit Österreich-Ungarn verbündet. Lässt man Verbündete einfach im Stich? Ohne Österreich wäre Deutschland in Europa völlig isoliert gewesen, denn Italien war nun ganz sicher eher ein Spieler als ein Verbündeter.«

»Wenn man das Leben von Millionen von Menschen damit retten kann, gibt es gar keine andere Möglichkeit. Eine Regierung ist in erster Linie dem Wohl ihrer Menschen verpflichtet und nicht irgendwelchen fragwürdigen, militärischen Bündnissen, die lediglich auf dem primitiven Grundsatz ›Mein Feind ist auch dein Feind‹ funktionieren. Nur auf diese Weise lassen sich überhaupt Weltkriege inszenieren. Und lieber isoliert in Europa als tot in Europa.«

Sand warf Flickwort einen warnenden Blick zu. Er wollte sich mit Mahler nicht auf eine politische Diskussion einlassen, dafür war er nicht gekommen, zumal zwischen Mahlers und Flickworts politischer Einstellung Welten lagen. Aber genau das war die Crux. Wie sollte ein Land, in dem die Meinungen so weit auseinanderklafften, jemals eine politische Einheit bilden? Eher ging das berühmte Kamel durch ein Nadelöhr.

»Bleiben wir beim Thema«, sagte Sand mit ruhiger Stimme und versuchte, genau dieses Thema elegant zu umschiffen, denn er wollte den Namen Maximilian Rose nicht erwähnen. »Gibt es Ihrer Meinung nach noch Mitglieder der OC in Kiel?«

»Die OC gibt es nicht mehr«, knurrte Mahler.

»Sie heißt jetzt Bund Viking, das ist mir bekannt. Also gibt es Mitglieder dieses Bundes in Kiel?«

»Das weiß ich nicht«, antwortete Mahler schulterzuckend. »Ich bin in dieser Szene ja nicht mehr aktiv.«

»Sind Sie Mitglied der NSDAP oder einer anderen völkischen Gruppe?«

Mahler grinste. »Nein. Ich sagte doch, Politik interessiert mich nicht mehr. Mich würde aber interessieren, was Sie wirklich von mir wollen. Sie arbeiten doch für die Kriminalpolizei – was haben Sie mit der OC zu tun?«

»Es gibt da einen Fall, der im Zusammenhang mit der OC steht. Mehr kann und darf ich Ihnen nicht sagen. Haben Sie jemals in Berlin gelebt?«

»Nein, nie.«

»Kennen Sie diesen Mann?«

Er hielt ihm die Phantomzeichnung vor die Nase.

Mahler schüttelte den Kopf.

»Sind Sie sicher?«

»Ich bin mir ganz sicher.«

Sand stand auf, gab Flickwort ein Zeichen, und sie verließen die Wohnung. Auf der Straße gingen sie schweigend eine Weile nebeneinander her, der Kommissar völlig vertieft in seine Gedanken. Er versuchte, Rose mit diesem Mahler in Beziehung zu setzen. Kannten sich die beiden aus Berlin? Waren sie dort mit der OC in Kontakt gekommen? Bei Mahler wäre das sogar wahrscheinlich, wenn er denn gelogen und doch eine Zeitlang in Berlin gelebt hätte. Bei Rose war alles nur Spekulation und machte ihm klar, dass sie keinen Deut weitergekommen waren. Sie stocherten nach wie vor im Nebel, und er hatte das Gefühl, dass die Beschäftigung mit diesem politischen Thema sie immer weiter vom Kern des Verbrechens entfernte. Sie verloren sich in den Abgründen politischer Phrasen.

»Hat uns nicht gerade weitergeholfen, dieser Mahler«, sagte er enttäuscht.

»Es war Ihre Idee, sich die alten Akten durchzulesen«, hielt Flickwort ihm vergrätzt entgegen. »Sie wollten sich mit Terrorismus beschäftigen, nicht ich. Und jetzt? Wir haben einen einzigen Namen gefunden, und da liegen noch Myriaden von alten Akten ...«

Sand schmunzelte. Das war wohl etwas übertrieben, aber vielleicht hatte er sich wirklich verrannt. »Wir müssten nur einen einzigen Namen finden, den wir in Verbindung zu Rose bringen können.«

»Haben Sie in Berlin auch schon danach gesucht?«

»Nein. Da stand der Vorwurf des Terrorismus nicht im Raum. Aber ich hatte vor drei Wochen eine Anfrage an die dortige Behörde gestellt. Heute Morgen kam die Antwort. Rose hatte nichts mit Extremisten zu tun. Es ist jedenfalls nichts aktenkundig.«

»Was ist eigentlich mit Kapitän Brandis? Hat der sich noch mal gemeldet?«

»Bisher nicht. Warten wir ab, vielleicht findet er etwas, wonach wir noch nicht einmal gesucht haben.«

Brandis hatte Anna eingeladen und sich für zwei sündhaft teure Plätze entschieden. Er ging nicht oft ins Kino, er hatte in seinem Leben keine zehn Filme gesehen. Es gab das »Phantom der Oper«, ein schauriges Stück, dessen Szenen zwischen blitzend-weißen Tutus und düsteren, lilafarbenen Schatten hin und her huschten.

Während er den Film an sich vorüberflimmern ließ, war er in seine eigenen Gedanken versunken, die der Frau galten, die neben ihm saß. Er war niemals ein Heiliger gewesen, aber die Huren, die am Hafen auf ihn oder andere Männer gewartet hatten, waren ihm nie begehrenswert erschienen. Er hatte sich stattdessen in ein glutäugiges Geschöpf, Alexas Mutter, verliebt und in eine isländische Schäferin, in eine mexikanische Zigeunerin und eine ägyptische Wasserträgerin, aber dauerhafte Beziehungen waren nie daraus geworden. Immer war das Meer dazwischen gewesen, das Meer und die Zeit.

Vor drei Jahren hätte er fast geheiratet. Die Tochter eines befreundeten Kapitäns, die eigentlich hätte wissen müssen, was es bedeutete, eine Kapitänsfrau zu sein, aber im letzten Moment hatte sie sich für einen Angestellten der Gaswerke entschieden. Einen Mann, der jeden Abend nach Hause kam, statt monatelang unterwegs zu sein, einen Antialkoholiker und Vegetarier. Seitdem war das Thema Heirat für Brandis eigentlich erledigt. Er hatte sich drei Tage lang betrunken und dann entschieden, nie wieder darüber nachzudenken.

Jetzt dachte er darüber nach, aber ihm war, als stünde er vor einer Mauer oder einer Tür in dieser Mauer und fände den Schlüssel nicht. Er gelangte nicht auf die andere Seite hinüber. Er bekam diese Frau einfach nicht zu packen. Er hatte es von allen möglichen Seiten versucht, immer vergeblich. Er landete immer wieder an derselben Stelle. Vor der Mauer, vor der verschlossenen Tür. Er wollte keine offizielle, von Staat und Kirche gesegnete Verbindung mehr, aber mit einer Frau wie Anna war ein Verhältnis oder eine sogenannte wilde Ehe unmöglich, zumindest in einer dermaßen konservativen Stadt wie Kiel. Die Leute würden reden und tuscheln, und er würde die Reederei in Verruf bringen. Hier herrschten keine Berliner Sitten, hier hielt sogar die Kirche noch ihre Hand über das moralische Leben der Einwohner.

Ein Hauch ihres Parfüms wehte ihm in die Nase. Ein Duft nach Moos und Wald und Erde. Er passte zu ihr. Er war schwer, bodenständig und archaisch. Er roch nach dem Flug der Vögel und dem Wind über den Wipfeln.

Brandis warf Anna einen Blick zu. Sie starrte gruselig fasziniert auf die Leinwand. Wäre er fünfzehn gewesen, hätte er jetzt ihre Hand genommen, aber er war neununddreißig und wollte mehr als ihre Hand.

Nach dem Kino lud er sie in ein ganz spezielles Lokal ein. Es war eine bessere Kneipe, aber hier spielte ein alter Mann am Klavier, und hier war ein wesentlich besseres Publikum vorherrschend als in den Spelunken, die unten am Hafen lagen. Er bestellte Sekt und zog sich die Jacke aus. Er fragte sie, ob ihr der Film gefallen habe. Sie nickte strahlend und stellte amüsiert fest, dass sie eine morbide Ader für Spuk haben müsse. Sie tranken und lachten und hörten dem Klavierspieler zu, der Mackie Messer spielte.

»Haben Sie etwas über Tenner herausgefunden?«, fragte Anna.

»Ja, aber nichts, was man beweisen könnte. Es hat wohl auch nichts mit Maxim zu tun. Zumindest sehe ich da keinen Zusammenhang.«

»Ich werde den Verdacht nicht los, dass Maxim das Opfer einer bösen Intrige ist. Ich kann mir einfach nicht vorstellen, dass er erst einen Terroristen verstecken will und dann Kapitän Magnussen erschlägt. Das passt einfach nicht zu ihm.«

»Dann wäre Tenners Aussage gelogen. Oder er hat Maxim mit jemand anderem verwechselt.«

Sie tranken ihre Gläser leer. Brandis zahlte, und sie verließen das Lokal. Er brachte Anna zur Haltestelle und entschied spontan mitzufahren. Sie fuhren schweigend und stiegen schweigend aus.

Vor ihrem Haus angekommen, fragte sie ihn, ob er noch mit nach oben käme. Er antwortete, vielleicht ein anderes Mal, und wollte gehen, als sie ihm plötzlich die Hände in den Nacken legte und so am Gehen hinderte. Diese Geste brach alle Dämme, die er sich aufgebaut hatte. Er drückte sie an sich und küsste sie. Sie war seine schöne Wasserträgerin, seine schöne Schäferin, seine glutäugige griechische Göttin, alles in einer Person. Er strich ihr mit der Hand durchs Haar und entdeckte grüne Sprengsel in ihren Augen. Er küsste ihre Augenlider und roch den Duft der satten Erde, den das Parfüm hinter ihren Ohren hinterlassen hatte. Ihr Mund schmeckte nach Rosen, süß und unwiderstehlich, er spürte die Wärme ihres Körpers unter seinen Händen und dann … hörte er Schritte. Er nahm die Hände zurück.

Ein Pärchen kam die Straße entlang, eng umschlungen und lachend. Sie gingen vorbei, doch nun war der Zauber verschwunden. Die Gelegenheit irgendwie vertan. Seine Lust verrauchte, sein Verstand setzte wieder ein.

»Es war ein schöner Abend«, sagte er und drückte ihr einen flüchtigen Kuss auf die Wange, die ihm flammend heiß vorkam. Dann drehte er sich um und ging.

Sand hatte sich früh am Morgen auf den Weg gemacht. Er ging seinen üblichen Spaziergang am Kleinen Kiel entlang. In der Luft lag der Rauch Hunderter von Schornsteinen und vernebelte die Luft. Es war beißend kalt. Auf dem Wasser dümpelten ein paar Enten herum, gegenüber des Weges stand eine Bank, auf der ein Obdachloser schlief. Er hatte sich eine verdammt dünne Decke übergeworfen, sein Kopf lag auf einem Beutel, in dem er vermutlich seine Habseligkeiten verstaut hatte. Der Kommissar blieb stehen. Die Kälte war schon gnadenlos unter seinen Mantel gekrochen, obwohl er gerade mal zehn Minuten unterwegs war. Wie konnte man eine ganze Nacht in dieser Kälte schlafen? Er näherte sich dem Schlafenden und berührte ihn an der Schulter. Keine Reaktion. Dann legte er seine Hand an die Schläfe des Mannes. Sie war eiskalt. Jetzt hörte er ein unwilliges Brummeln, der Kopf hob sich ein wenig.

»Sie sollten nicht im Freien schlafen, guter Mann«, sagte Sand.

Der andere hob den Kopf noch ein Stück höher. »Haben Sie eine Wohnung für mich? Oder ein Zimmer?«

»Gehen Sie zur Fürsorge. Die werden Ihnen ein Zimmer vermitteln.«

Der Mann lachte nur, und sein Kopf sank wieder auf den Beutel zurück.

»Die Fürsorge hat keine Zimmer«, murmelte er.

Sand zog sich den Mantel aus und legte ihn über die Decke, was der Mann gar nicht mehr wahrzunehmen schien, weil er schon wieder eingeschlafen war.

Sand ging ohne Mantel weiter. Als er im Büro ankam, war er unterkühlt und lief Flickwort in die Arme, der ihn ungeduldig erwartet zu haben schien.

»Konnten Sie auch nicht schlafen?«, fragte Sand.

»Meine Heizung ist ausgefallen. Hier ist es wenigstens warm. Wenn ich allerdings geahnt hätte, was mich hier erwartet, wäre ich vielleicht doch besser zu Hause geblieben. Am besten setzen Sie sich hin …«

Flickwort schob Sand die Zeitung über den Tisch. Der Kommissar überflog die erste Seite und warf Flickwort einen fragenden Blick zu.

»Seite zwei.«

Sand schlug ahnungslos die Seite um und las:

WAS VERSCHWEIGT UNS DIE POLIZEI
IM FALL MAXIMILIAN ROSE?

Seit Anfang Dezember sitzt Maximilian Rose in Kiel in Untersuchungshaft. Wir berichteten darüber. Er soll der mutmaßliche Mörder von Kapitän Magnussen sein. Doch wie nun über zuverlässige Quellen bekannt wurde, sitzt er auch wegen des Verdachtes terroristischer Umtriebe in Haft. Das hat uns die Polizei bisher verschwiegen und auch auf Nachfrage keine Stellung dazu genommen. Dabei soll Rose in Verbindung zur Organisation Consul, heute Bund Viking, stehen. In deren Auftrag sollte er ein von der Kripo gesuchtes Mitglied der OC auf einem Schiff der Reederei nach Belfast schmuggeln, wo dieses Mitglied vermutlich von Mittelsmännern der IRA über die Grenze nach Irland gebracht werden sollte. Warum hält der zuständige Kommissar Sand diese Informationen geheim? Warum präsentiert er sie nicht der Öffentlichkeit? Was also steckt wirklich hinter Roses Verhaftung? Ein Mord oder ein terroristischer Akt? Oder vielleicht sogar beides, das miteinander in Zusammenhang steht? Und noch eine Frage steht im Raum: Will man der Bevölkerung über den braunen Terror in diesem Land keinen reinen Wein einschenken?

Sand ließ bestürzt die Zeitung sinken.

»Das steht fast genauso in drei weiteren Blättern«, erklärte Flickwort mit ernster Miene. »Alle drei aus Schleswig-Holstein. Und so etwas spricht sich rasend schnell herum.«

»Die Information über Rose kann nicht aus dem Präsidium kommen. Wer würde solche Informationen lancieren? Und dann noch Details, die keiner wissen kann. Außer Ihnen, Frau Lange und mir kennt niemand diesen ominösen Zettel. Der liegt in meiner Akte, und die ist verschlossen.«

»Ja, und das Schloss ist unversehrt. Das hat niemand aufgebrochen. Ein Schelm, der mit Röntgenaugen durch einen geschlossenen Schrank Texte lesen kann. Was ist da los, Chef?«

Bevor Sand antworten konnte, flog die Tür auf, und eine weitere Zeitung landete knallend auf dem Tisch. Mit Verve hingeschmettert von Maibaum, ihrem Chef.

»Haben Sie das gelesen?«, schnaubte er wütend. »Wie kommen Sie dazu, der Presse solche Informationen zu geben? Wollen Sie Ihren Job verlieren, oder sind Sie einfach nur lebensmüde?«

Sand stand auf und hielt Maibachs vor Zorn funkelnden Augen stand.

»Wir waren das nicht. Wir sind genauso überrumpelt worden wie Sie. Ich glaube auch nicht, dass es jemand aus dem Präsidium war, da muss noch ganz woanders ein Leck sein. Diese Informationen sind für niemanden zugänglich außer für Sie, mich, den Kollegen Flickwort und Frau Lange. Wollen Sie behaupten, dass Frau Lange solche Nachrichten an die Presse weitergibt?«

Der Hinweis auf Frau Lange genügte, um Maibaum etwas gnädiger zu stimmen. Er hatte Frau Lange nämlich selbst als Sekretärin eingesetzt, weil er sie für absolut zuverlässig und verschwiegen gehalten hatte.

»Es muss aber ein Loch im Präsidium geben. Sie werden sich unverzüglich mit der Presse in Verbindung setzten und das klären. Und sagen Sie denen, dass wir uns rechtliche Schritte gegen jedes einzelne Blatt vorbehalten.«

Auch Anna hatte am Morgen auf dem Weg zur Arbeit den Artikel gelesen. Ein Zeitungsjunge hatte ihr die Zeitung vor die Nase gehalten, und sie hatte ein Exemplar gekauft. Während sie las, gefror ihr fast das Blut in den Adern. Dass Maxim als mutmaßlicher Mörder in Haft saß, war schlimm genug, dass er nun auch noch als mutmaßlicher Terrorist in aller Öffentlichkeit dargestellt wurde, noch schlimmer. Am schlimmsten aber war Annas Angst vor dem, was dahintersteckte. Eine Art Hexenjagd auf Maxim. Dieser Artikel hatte quasi die Jagd auf ihn eröffnet. Und sie selbst hatte dieses ganze Szenario erst möglich gemacht. Ihre Zweifel an Maxims Schuld wurden immer größer, nicht weil weitere Beweise gegen ihn aufgetaucht waren, sondern wegen dieses Artikels. Sie wurde den Verdacht nicht los, dass Maxim hier ganz bewusst in die politische Pfanne gehauen werden sollte. Ein Mensch, der sich sowieso nicht wehren konnte, weil er in einer engen, winzig kleinen Zelle saß und den ganzen Tag nichts anderes tun konnte, als vier graue Wände anzustarren.

Anna ging statt ins Büro zum Präsidium. Ihre Phantasie reichte nicht aus, um sich vorstellen zu können, dass Sand dahintersteckte, aber sie wollte es wissen. Sie klopfte an seine Tür und rauschte wie eine Furie ins Zimmer hinein. Sie warf ihm die Zeitung auf den Tisch und bemerkte, dass da schon zwei andere lagen.

»Was soll das, Herr Kommissar? Haben Sie endlich Beweise gegen Herrn Rose, oder hatten Sie einfach nur Lust, ein bisschen zu zündeln?«

Sand schüttelte den Kopf und stand auf. »Ich weiß, Fräulein Herzog, das ist eine ziemliche Katastrophe, aber suchen Sie nicht in mir den Schuldigen. Auch mein Kollege und unsere Sekretärin haben das nicht an die Presse weitergegeben, da bin ich mir absolut sicher.«

»Dann muss es ein anderer Kollege gewesen sein.«

»Unmöglich. Die konnten von den Details nichts wissen. Für die saß Rose immer nur wegen Mordverdachts in Haft, wir haben ganz bewusst diesen Terrorverdacht für uns behalten. Ein Mysterium, ein Rätsel, was weiß ich!«

Er setzte sich wieder auf seinen Stuhl.

»Ist Ihnen klar, was das bedeutet, Herr Kommissar? Das wird eine Hexenjagd auf Maxim geben. Franz ist in Hamburg, der weiß noch gar nichts davon. Das kann die Reederei ruinieren, die Leute verlieren ihre Arbeit. Wer will bei einem Unternehmer arbeiten, dessen Bruder ein Terrorist ist? Vielleicht ist der andere Bruder ja auch ein Terrorist? Vielleicht ist die ganze Firma von Terroristen unterwandert. Ich darf gar nicht darüber nachdenken.«

Anna starrte auf die Zeitungen. »Ich nenne so etwas Rufmord. Haben Sie wirklich keinen einzigen Beweis gefunden, dass Maxim etwas mit dieser OC zu tun hat?«

Sand schüttelte den Kopf. »Bisher nichts. Ich stimme Ihnen zu, Fräulein Herzog, das ist ganz üble Stimmungsmache, aber bevor wir nicht wissen, wer dahintersteckt, sollten wir nicht irgendwelche Spekulationen anstellen. Das tun diese Zeitungen schon.«

Nachdem Anna Herzog verschwunden war, sah sich Sand genötigt, eine Presseerklärung zu formulieren. Er saß über eine Stunde über einem weißen Blatt Papier und suchte nach den richtigen Worten. Die Sachlage war äußerst prekär. Natürlich gab es diesen Zettel, doch bewies er, dass Rose der Adressat gewesen war und dann folgerichtig etwas mit der OC zu tun gehabt hätte? Nahm man Tenners Aussage dazu, dann erhärtete sich dieser Verdacht. Ließ man sie weg, war er wieder weniger begründet. Sand konnte die Sache drehen, wie er wollte, er kam immer zu demselben Schluss: Nach Aktenlage konnte ein Kontakt von Rose zur OC nicht ausgeschlossen, aber auch nicht bewiesen werden, eben auch, weil Rose nie ein Geständnis abgelegt hatte und Sand mittlerweile der Überzeugung war, er würde auch nie eins ablegen.

Frau Lange saß an der Schreibmaschine und wartete auf den Text. Sand wollte sich jedoch nicht unter Druck setzen lassen. Er setzte immer wieder von vorne an, rang um jedes einzelne Wort und diktierte endlich.

»Nach dem bisherigen Stand der Ermittlungen lässt sich ein Kontakt des mutmaßlich beschuldigten Maximilian Rose zu Mitgliedern der ehemaligen Organisation Consul, heute Bund Viking, nicht herstellen.«

»Diesen Zettel gibt es aber doch«, bemerkte Frau Lange stirnrunzelnd.

»Ja, aber es ist durchaus möglich, dass er Rose untergeschoben wurde. Stellen Sie sich vor, Sie schließen ihre Wohnungstür nicht ab. Sie machen das nie, weil Sie immer davon ausgehen, es wird schon gutgehen. Eines Abends kommen Sie nach Hause und finden in Ihrem Kleiderschrank das Fell eines Eisbären. Was würden Sie daraus für Schlüsse ziehen?«

»Dass jemand das Fell in meinem Schrank gelegt hat. Es hätte schließlich jeder in meine Wohnung gehen können, während ich nicht zu Hause war.«

»Sehen Sie, genauso verhält es sich hier. Jeder hätte Rose den Zettel unterschieben können.«

»Da liegt ein Zettel unter vielen anderen Briefen. Selbst wenn er untergeschoben worden ist, wer garantiert, dass er auch gefunden wird?«

»Er wurde gefunden. Von Franz Rose und Anna Herzog.«

»Sie glauben ihm, Herr Kommissar«, sagte Frau Lange mit einem kleinen Lächeln. »Ich nicht. Und Kollege Flickwort auch nicht. Sie vergessen immer Tenners Aussage. Nach Ihrer Theorie müsste sie falsch sein. Dann käme zu dem vorsätzlich untergeschobenen Zettel eine falsche, möglicherweise gekaufte Aussage, die Roses Alibi untergräbt. Ich finde das zu konstruiert. Ich finde es wesentlich logischer, dass Rose diesen Terroristen verstecken wollte und zur ungefähren

Tatzeit am Hafen war. Wollen Sie ihre Pressemitteilung nicht noch einmal überdenken?«

»Sie geben das jetzt genau so an die Pressestelle.«

Es klopfte. Die Tür wurde langsam geöffnet, eine Frau sah ins Zimmer hinein und sagte: »Ich möchte eine Vermisstenanzeige aufgeben.«

»Die dafür zuständigen Kollegen befinden sich im Erdgeschoss«, antwortete Frau Lange. »Wer wird denn vermisst?«

»Mein Name ist Greta Lannard. Mein Mann Martin Lannard ist seit drei Tagen verschwunden.«

10

Februar 1926

Das gefürchtete Eis war gekommen. Die Ostsee war östlich von Bornholm zugefroren, und das Eis schob sich immer weiter gen Westen. Wer jetzt noch unterwegs war, steckte fest. Rose hatte keine Schiffe mehr in der Ostsee. Die *Seestern* befand sich auf dem Atlantik, die *Sybille* war rechtzeitig aus Schottland in die Förde zurückgekommen. Die beiden anderen Dampfer, die *Kronos* und die *Admiral Lüders*, kreuzten in der Irischen See, und die *Kristina Sund* war gerade in den Hafen eingelaufen.

Durch die Stadt fegte ein Schneesturm. Anna stand am Hafen und fror. Es war bitterkalt. Der Wind trieb den Schnee aufs Meer hinaus. Selbst die immer gefräßigen Möwen waren verschwunden, und der Sturm peitschte die Rahen der anliegenden Schiffe hin und her. Anna beobachtete die Männer, die Vorleinen und Achterleinen festmachten. Die *Kristina Sund* war so gut wie abgetakelt, die Gangway war angelegt. Ein paar Männer gingen von Bord, vom Sturm gerötete Gesichter, dicke Wollmützen auf den Köpfen. Anna erkannte Finnen, den Ersten Offizier, über die Gangway kommen.

»Hatten Sie eine gute Fahrt?«, fragte sie.

»Ja, Fräulein Herzog. Besseres Wetter als ihr hier.«

»Ist der Käpt'n noch an Bord?«

Finnen nickte. »Er ist verletzt und noch in seiner Kajüte.«

»Verletzt?«

Er grinste etwas verlegen. »Wir hatten eine kleine Auseinandersetzung mit einem Haufen englischer Schmuggler. Der Käpt'n wollte zwei Kisten Whiskey mitnehmen, das hat einigen Leuten nicht gefallen.«

Er verabschiedete sich und ging weiter. Anna betrat die Gangway.

Auf der *Kristina Sund* war sie noch nie gewesen und war beeindruckt von der luxuriösen Ausstattung des Schiffs. Der stählerne Rumpf fing die Sonnenstrahlen ein, die Segel strahlten schneeweiß. Die Schoten waren aus Eisen gedreht, es duftete nach frisch geschlagenem Holz. Die Planken glänzten wie gewachst und frisch poliert, an den Schoten hingen kostbare Lampen. Anna suchte die Einstiegsluke und stieg eine breite Treppe nach unten. Hier brannten zwei Stromlampen an den Schoten und tauchten drei Türen aus kostbarem Holz in helles Licht. Sie hörte Stimmen und näherte sich einer der Türen, die halb aufstand. Die Stimmen kamen näher, es waren Brandis' Stimme und die einer Frau. Sie sprach mit einem starken Akzent, und Anna blieb abrupt stehen. Es war die Stimme der Frau, die sie vor Brandis' Haus bedroht hatte.

»Du wirst jetzt fahren, so wie wir es besprochen haben«, hörte sie Brandis' scharfe und kalte Stimme und wagte es, einen Blick in die Kajüte hineinzuwerfen. Brandis stand vor einem großen Tisch in einem kurzärmeligen, weißen Hemd, den linken Oberarm bandagiert, und am Unterarm erkannte sie eine Tätowierung, die aussah wie eine schwarze, doppelte Axt. Die Frau saß auf dem Bett. Sie war Ende zwanzig, hatte schwarze, glatte Haare, eine dunkle Haut und eindeutig asiatische Gesichtszüge. Annas Herz fing an zu klopfen. Was hatte er mit dieser Frau zu tun?

»Du brauchst keine Passage mehr«, fuhr Brandis unversöhnlich fort. »Du fährst mit mir. In zwei Wochen muss ich nach Portugal, da kommen wir sowieso an Calais vorbei. Du gehst da an Land, und wenn ich dich persönlich von Bord bringe.«

»Und dann?«, fragte sie mit leiser, resignierter Stimme.

»Wohnst du wieder bei deinem Bruder. Du kannst nicht zurück, Lin, das weißt du genau. Euer Piratennest gibt es nicht mehr, das wurde längst ausgeräuchert.«

Anna hörte ihr Herz klopfen, so laut, dass sie Angst hatte, es würde bis in die Kajüte hämmern.

»Dein Bruder wird dich schon nicht verhungern lassen.«

»Ich will bei dir bleiben, Chris.«

Er schüttelte den Kopf. »Nein, Lin, jetzt ist Schluss. Ich habe dich damals nicht mitgenommen, damit du hier bei den Huren an der Straße herumstehst und dich für ein paar Mark irgendwelchen Kerlen hingibst.«

Sie stand auf, ging zu ihm und strich mit der flachen Hand zärtlich über seinen bandagierten Arm. »Von dir habe ich nie Geld genommen. Du hast mir etwas versprochen, vergiss das nie ...«

Anna hatte genug gesehen. Sie stieg leise die Treppe hoch. Kaum war sie oben angekommen, stob ihr der Schnee ins Gesicht. Sie lief fast blind bis zur Gangway. Dann wurde die Sicht besser, sie balancierte über die Gangway an Land und lief über die Straße bis zum Hafenbüro.

Sie stand vor dem Kachelofen und versuchte, wieder warm zu werden. Versuchte zu verstehen, was sie da eben gesehen und gehört hatte. Wer war diese Frau? Was hatte Brandis mit ihr zu tun? War sie sein Verhältnis, das er wieder loswerden wollte, indem er sie zu ihrem Bruder brachte?

Langsam fügte sich eins zum anderen. Jetzt war Anna auch klar, warum die Frau sie bedroht hatte. Vielleicht war sie eifersüchtig gewesen, wozu sie allerdings nun wirklich keinen Grund gehabt hatte. Und doch ergab es einen Sinn. Der Mann, den sie liebte, hatte eine andere. Selbst wenn er sie jetzt auf diese Weise abschieben wollte, war er vermutlich die ganze Zeit mit ihr zusammen gewesen. Anna ging zum Schrank, holte eine der braunen Flaschen heraus und goss sich einen Schnaps ein. Sie trank schnell und spürte sofort das Brennen in der Kehle. Aus, kleines Licht! Leben ist nur ein wandelnd Schattenbild, und sie hatte hinter den Schatten die Wirklichkeit sehen wollen. Alles nur Täuschung. Er hatte ihr nie gesagt, dass es da noch eine andere gab, er hatte sie geküsst, und sie hatte gedacht, er meine es ernst. Der Mann war ein Spieler, und sie war auf sein falsches Spiel hereingefallen.

Anna setzte sich an den Schreibtisch und versuchte zu arbeiten, aber die Buchstaben verschwammen ihr vor den Augen. Die Tür flog auf, und Berger betrat den Raum.

»Die *Kristina Sund* ist eben angekommen«, rief er und klopfte sich den Schnee vom Mantel. »Ein wunderschönes Schiff! Sie ist die Königin des Hafens, finden Sie nicht, Fräulein Herzog?«

Einen Tag später stand sie am Hafen und beobachtete, wie Brandis seine Tochter verabschiedete. Die *Lima* war ein Dampfer, der nach Ägypten auslaufen und einen Abstecher nach Kos machen würde. Alexa wirkte bedrückt; Anna wusste, dass sie lieber in Deutschland geblieben wäre. Es war windig, Alexas schwarzes Haar wirbelte durch die Luft, ihr Umhang flatterte. Brandis umarmte sie, küsste sie auf die Wange und hielt ihre Hand. Er liebte sie, jede Geste, jede Berührung sprach eine liebende Sprache, aber die warnenden Worte der Ärzte ließen ihm keine Wahl. Dieses Kind der Sonne vertrug die Kälte des Nordens nicht, nicht den scharfen Wind, den ständigen Nebel, das Wintereis.

Sie gingen an Bord und verschwanden aus Annas Blick. Sie ging in die Stadt. Berger war im Büro, sie gönnte sich eine Stunde Pause. Sie wollte Brandis nicht begegnen, der sicher im Büro auftauchen würde, wenn die *Lima* abgelegt hatte. Sie bummelte ein wenig unschlüssig durch die Straßen und entschloss sich schließlich, ein Stück Kuchen im Café Kaiser zu essen.

Sie versuchte, wieder Boden unter den Füßen zu bekommen und Brandis zu vergessen. Jeder sah die Welt anders, und sie hatte sie die ganze Zeit aus der Perspektive einer Verzauberten gesehen. Jetzt hatte sie die Perspektive gewechselt, jetzt sah sie die Welt aus der Sicht einer Entzauberten, und so ließ sich alles nur schlecht ertragen, obwohl es doch immer das Gleiche blieb. Die Welt war deswegen nicht weniger sonnig oder verschneit, sie war nicht weniger warm oder kalt, nicht weniger hell oder dunkel. Die Welt interessierte sich nicht für den Schmerz derer, die auf ihr lebten. Sie selbst, Anna Herzog, konnte die Perspektiven wechseln, wie ein Chamäleon auf diesem oder jenem Ast sitzen und die Farbe ändern. Mal angriffslustig, mal drohend, mal auf Freiersfüßen, dann wieder völlig entspannt.

Anna begriff, dass sie die richtige Perspektive brauchte, um sich nicht von der Enttäuschung in einen Strudel quälender Gefühle hineinziehen zu lassen. Der Schmerz saß tief. Sie ging Brandis aus dem Weg, wo und wie immer es möglich war. Aber der Zauber verflog nicht so einfach. Er tauchte immer wieder auf, ein Vexierbild, eine Schimäre, etwas am Horizont Flirrendes, Flimmerndes, das etwas zu verheißen schien, aber sie war klug genug, sich nicht davon blenden zu lassen. Doch egal, was sie gerade tat oder dachte, Brandis war immer irgendwie in ihrem Kopf. Sein Bild, seine Stimme, aber auch das Bild dieser Frau, wie sie ihn berührt, wie sie mit ihm gesprochen hatte. So vertraut waren Anna und er nie miteinander gewesen. Allein auf diese Vertrautheit hätte sie eifersüchtig sein können, und so versuchte sie sich abzulenken, das war die einzige Möglichkeit, ihn aus ihren Gedanken zu verbannen.

Auf dem Weg zum Café kam sie an einem Hutladen vorbei, vor dessen Fenstern eine junge Frau stand. Es war Marie. Sie trug einen schlichten Mantel und eine schlichte Kappe auf dem Kopf und bewunderte die ausgestellten Hüte, bevor sie sich in den Laden begab. Anna trat ans Fenster und sah in den Laden hinein. Sie hatte selbst einen Hut in diesem Laden gekauft. Nein, das war nicht richtig, Lilly hatte ihr diesen Hut gekauft. Hier wurden nur ausgesuchte, auserlesene Hüte verkauft. Für ihre Geldbörse viel zu teuer. Sie beobachtete, wie Marie mehrere Hüte ausprobierte. Modelle für wärmere Tage. Einen schwarzen mit blauer Feder, einen weißen mit schwarzer, seidener Krempe, einen roten, auf dessen Krempe kleine mit Silberfaden durchwirkte und dadurch glitzernde Halbmonde aufgestickt waren. Marie schien sich nicht entscheiden zu können und probierte noch das Modell »Dschungel«, ein Modell mit wilden, giftgrünen Lianen, an denen kleine, putzige Äffchen hingen. Modell »Dschungel« war nicht das passende. Marie griff wieder zu dem Hut mit den silbernen Halbmonden, und Anna musste zugeben, den hätte sie auch gewählt. Ein raffiniertes Stück. Er wurde in eine Hutschachtel gelegt, und Marie zahlte. Anna stutzte. Sich etwas anzuschauen, ja auch anzuprobieren war das eine, etwas zu kaufen etwas ganz anderes. Sie ging ein paar Schritte zurück und wartete, bis Marie mit der Hutschachtel in den Händen wieder aus dem Laden trat. Sie wandte sich nach links und ging weiter bis zu einem Haus, wo sie klingelte und nach kurzer Zeit im Haus verschwand. Dann kreuzte plötzlich ein Zigarillo rauchender, hochaufgeschossener, schlanker Mann auf, der ebenfalls ins Haus ging. Anna wunderte sich immer mehr. Hatte Marie ein Stelldichein mit diesem Mann, der mindestens zwanzig Jahre älter war?

Anna ging nachdenklich zurück. Maries Ausstattung und ihre Bekanntschaften gingen sie nichts an. Man konnte sich über vieles auf dieser Welt wundern, auch über Dienstmädchen, die zu Geld und Mann gekommen waren. Was ging es sie an?

Es klopfte an Sands Tür im Präsidium. Sie wurde geöffnet, und ein Kollege steckte den Kopf ins Zimmer hinein. »Störe ich?«

Sand schüttelte den Kopf. »Was gibt es?«

»Mir ist da etwas eingefallen«, erinnerte sich der Kollege eintretend. »Das war vor etwa einer Woche. Da stand ein Journalist auf dem Flur und fragte nach Informationen über Maximilian Rose. Er gab an, Martin Lannard zu heißen. Von welcher Zeitung er war, habe ich vergessen, aber ich weiß noch, dass ich ihn fragte, was er von Ihnen wolle. Da sagte er zu mir, ihm sei zu Ohren gekommen, Maximilian Rose habe etwas mit dieser Terrororganisation Consul zu tun. Ich habe ihm natürlich kein Wort geglaubt und gedacht, der will sich einfach nur wichtig machen, und habe ihn auf die Straße setzen lassen. Es ist doch möglich, dass dieser Lannard hinter den Artikeln der Zeitungen steckt.«

»Wieso kommen Sie erst jetzt? Wir rätseln schon die ganze Zeit, wer der Mann gewesen sein könnte?«

»Ich lag mit einer Grippe im Bett. Bin heute erst wieder zum Dienst erschienen. Tut mir leid, Herr Kommissar.«

»Hat er gesagt, woher er diese Information hat?«

»Nein. Aber wir wissen doch alle, dass hier jemand arbeitet, der den Mund nicht halten konnte.«

Sand malte Galgenmännchen. Eins neben dem anderen, und während er malte, setzte sich in seinem Kopf ein anderes Bild zusammen. Dieser Lannard musste Kontakt zu der undichten Stelle haben, und nachdem ihm der Kollege klargemacht hatte, dass er aus dem zuständigen Kommissariat nichts erfahren würde, hatte er kurzerhand die Zeitungen informiert. Diese Überlegung hatte nur einen gravierenden Fehler: Warum hatte er die brisante Geschichte nicht exklusiv in seiner eigenen Zeitung gebracht? Wie waren zwei weitere Blätter an die Information gekommen? Hatte er sich von den anderen bezahlen lassen und so doppelt und dreifach kassiert? Aber warum war er jetzt spurlos verschwunden? Was für ein Spiel wurde da gespielt?

Sand legte den Stift beiseite und griff zum Telefon. Er rief den Kollegen von der Stelle für die Vermisstenanzeigen an und fragte, ob der Journalist Martin Lannard wieder aufgetaucht sei.

»In gewisser Weise ja, Herr Kommissar«, war die etwas kryptische Antwort am anderen Ende. »Wenn auch nicht so, wie wir uns das gewünscht hätten.«

»Wie meinen Sie das?«, fragte Sand irritiert zurück.

»Lannard wurde heute Morgen tot aufgefunden. Zusammen mit Staatsanwalt Röder und einem weiteren Kollegen. Ihr Wagen hatte einen Unfall.«

Der Wagen war auf der Strecke zwischen Kiel und Flensburg auf einem Nebenweg frontal gegen einen Baum geknallt. Der Fahrer musste in der Kurve die Gewalt über das Fahrzeug verloren haben und war von der regennassen Straße abgekommen. Er war einen kleinen Graben am Straßenrand hinuntergestürzt und hatte sich dann regelrecht um den Baum gewickelt. Als Sand am Unfallort eintraf, hatten Rettungssanitäter die Leichen bereits aus dem Fahrzeug geborgen. Zwei Tote. Der erste Tote war ein Kieler Staatsanwalt, der zweite der spurlos verschwundene Martin Lannard. Das dritte Unfallopfer war ein Kollege der Schutzpolizei. Er hatte den Wagen gefahren, war noch am Leben, jedoch nicht bei Bewusstsein.

Sand stand im Nieselregen am Straßenrand, die Hände in den Manteltaschen vergraben, und versuchte zu verstehen, was hier vor sich ging. Was hatte der Staatsanwalt mit Lannard zu tun? Wieso hatten beide im selben Auto gesessen?

Einer der ermittelnden Kollegen trat zu ihm und zeigte ihm die bei den Opfern gefundenen Ausweise. Sand warf einen Blick darauf und war bestürzt.

»Kann ich Ihnen helfen?«, fragte der Kollege.

»Ja, das können Sie. Ich bin Kommissar Sand von der Kripo Kiel, und einer der Toten ist Dr. Röder, mein Staatsanwalt.«

Der andere Polizist starrte sichtlich berührt auf die sterblichen Überreste des Staatsanwalts, die soeben in einen provisorischen Sarg gelegt wurden.

»Ihr Staatsanwalt? Das tut mir leid. Wissen Sie, wer der zweite Tote, dieser Lannard, ist?«

»Lannard ist ein Journalist aus Kiel. Was glauben Sie – war das hier ein Unfall?«

»Auf jeden Fall. Fremdverschulden können wir meiner Meinung nach ausschließen. Die Straße gilt als gefährlich, da ist schon so mancher verunglückt. Allein im letzten Jahr haben wir sechs Unfälle registriert. Allerdings gibt es da etwas, das mir doch ziemliches Kopfzerbrechen bereitet. Da könnte noch jemand im Auto gesessen haben, aber der ist verschwunden …«

Er zog ein weiteres Ausweispapier aus einer kleinen Tüte und hielt es Sand vor die Augen. Sand las den Namen und stand im ersten Moment da wie vom Donner gerührt. Das war in der Tat seltsam. Auf dem Ausweis stand der Name Hagen Wesel.

Der Regen wurde stärker, und der Kollege bat den immer noch verwirrten Sand in seinen Wagen. Hier saßen sie trocken, und während Sand versuchte, zu verstehen, was vor sich gegangen war, wurde vor seinen Augen Lannards Leiche in einen zweiten Sarg gelegt.

»Kennen Sie diesen Hagen Wesel?«, fragte der Kollege.

»Ja. Wesel ist ein falscher Name. Wie der Mann wirklich heißt, wissen wir nicht. Das ist also auch ein gefälschter Ausweis. Wesel gehört zu der Organisation Consul und war zumindest indirekt am Mord an Erzberger beteiligt. Er wird gesucht.«

Der andere starrte einen Moment verblüfft durch die Scheibe auf die Särge, die in den Leichenwagen geschoben wurden.

»Ich fasse das mal zusammen«, konstatierte er stirnrunzelnd. »In diesem Wagen saßen ein Staatsanwalt, ein Journalist, ein Kollege von der Schutzpolizei und ein Terrorist. Muss ich das verstehen?«

Sand schüttelte den Kopf. Nein, das war eigentlich nicht zu verstehen. Aber hatte Wesel überhaupt in diesem Wagen gesessen? Wenn nicht, wie kam dann sein Ausweis auf den Rücksitz?

»Dass Wesel im Wagen war, wissen wir nicht.«

»Er könnte nach dem Unfall geflohen sein. Vielleicht war er der Einzige, der sich aus dem Wrack befreien konnte.«

»Ja, aber Sie müssen zugeben, dass dies eine äußerst befremdliche Gesellschaft gewesen ist, die da zusammen im Auto saß.«

»Äußerst befremdlich«, murmelte der Kollege und schob den Ausweis wieder in die kleine Tüte zurück. »Was hatten diese vier miteinander zu schaffen? Der Unfallwagen ist ein Privatwagen, kein Polizeiwagen. Hatte der Staatsanwalt vor, mit dem Terroristen einen kleinen Ausflug ins Grüne zu unternehmen, und der Journalist sollte einen hübschen Artikel darüber schreiben?«

Der Tod des Staatsanwalts löste ziemliche Bestürzung im Präsidium aus. Sand hatte von dem, was er am Unfallort erfahren hatte, nur seinem Chef und Flickwort berichtet. Er war vorsichtig geworden, er sagte nur noch das, was nötig war. Er traute mittlerweile niemandem mehr. Selbst den eigenen Kollegen nicht. Er fand sich in einer Art Matrix wieder, die er nicht durchschauen konnte. Doch es sollte noch schlimmer kommen. Flickwort brachte plötzlich den toten Staatsanwalt ins Spiel, indem er die Vermutung äußerste, Röder könnte die undichte Stelle gewesen sein.

»Röder wusste natürlich Bescheid. Er war vor zwei Wochen hier und wollte einen Blick in die Akte werfen.«

»Warum sollte er heimlich polizeiinterne Informationen an die Presse durchstechen?«, fragte Sand gereizt zurück.

»Der Mann war nicht koscher. Mit dem stimmte etwas nicht. Röder kam erst vor einem Jahr nach Kiel, und zwar aus Berlin. Ich weiß, dass er da gute Kontakte zur Regierung pflegte, ganz besonders zu den Linken. Sein Vater ist ein hohes Tier bei der USPD. Und vergessen wir nicht, er saß mit in diesem Auto.«

»Und weil sein Vater in der USPD sitzt, pflegt er gute Kontakte zu Terroristen?«

»Was weiß ich? Vielleicht war er ein Spitzel?«

»Für wen? Die Linken oder die Rechten?«

»Wir warten, bis der Kollege im Krankenhaus wieder zu Bewusstsein gekommen ist. Wenn er sprechen kann, wird sich vieles klären.«

»Glauben Sie?«

Sand stand entnervt auf und verließ das Büro. Auf dem Flur gönnte er sich einen kleinen Spaziergang vom Büro bis zur Treppe und wieder zurück. Das machte er dreimal, bis er die Aufmerksamkeit der Kollegen auf sich zog, die in einem kleinen Grüppchen am Ende des Gangs zusammenstanden.

»Brauchen Sie Bewegung?«, rief Frau Blume von der Vierten herüber.

»Ich brauche eine Erleuchtung«, rief Sand zurück und rannte kurz entschlossen die Treppe hinunter.

Collin war wieder da. Er hatte einen Haufen Schellackplatten im Gepäck und einen guten Freund mitgebracht. Die Platten waren natürlich für Lilly, die ein neues Grammophon gekauft hatte, und der gute amerikanische Freund sollte den Beziehungen der Reederei auf die Sprünge helfen.

Lilly hatte eine kleine Gesellschaft organisiert. Frische Blumen standen in den Vasen, ein üppiges Buffet war auf den Tischen angerichtet, Sekt und Champagner standen bereit, und etliche Geschäftsleute aus der Stadt waren geladen.

Auch Anna war eingeladen. Franz war persönlich bei ihr zu Hause vorbeigekommen, um ihr zu versichern, wie sehr er sich freuen würde, wenn sie käme. Sie traf etwas zu spät ein, weil es wieder zu schneien begonnen und die Straßenbahn Verspätung hatte. Das Mädchen nahm ihr den Mantel ab, und sie schlenderte durch die Räume. Im Rauchsalon saßen die Männer – Franz, sein Vater, Collin, Mr. Hunter, ein paar Kieler Unternehmer –, während Lilly mit den Ehefrauen der Männer im Wohnzimmer die Platten auflegte. Den allerneuesten Jazz und Swing aus New York. Die Damen eher fortgeschrittenen Alters interessierten sich mehr für das Buffet und standen mit ihren Tellern im Raum herum.

Anna fühlte sich fremd hier. Sie trieb durch das Haus wie ein Blatt im Wind, hierhin und dorthin. Wohin der Wind sie führen würde. Es war ihr egal. Der Schock über Brandis saß tief, sie wurde das Bild dieser Frau nicht mehr los. Wie sie ihm mit dieser zärtlichen Geste über den Arm gestrichen hatte, diese Worte, diese Augen!

Die Tür zum Rauchsalon wurde geöffnet, und Franz kam auf sie zu. Er nahm ihre Hand und führte sie in die Bibliothek. Auf ihren fragenden Blick lachte er und schloss die Tür.

»Ja, weißt du, Anna, ich habe mir viel Zeit gegeben, vielleicht zu viel. Aber ich bin kein Freund überstürzter Entschlüsse, und eine Heirat will gut überlegt sein. Ich bin mir sicher, du hast es längst bemerkt, Frauen sind da ja viel feinfühliger als Männer, es wird dich also nicht besonders überraschen, ja, was ich eigentlich sagen will ...«

Er nahm zwei Champagnergläser, die bereits gefüllt auf einer Anrichte standen, und trat auf sie zu. »Anna, willst du meine Frau werden?«

Sie versuchte, sich nicht anmerken zu lassen, wie überrumpelt sie war. Sie nahm das Glas entgegen und war schrecklich verlegen. Sie lächelte ihn an und suchte verzweifelt nach Worten. Natürlich würde sie ihn nicht heiraten, sie war viel zu sehr mit ihrer eigenen Enttäuschung beschäftigt.

Sie standen ein paar Sekunden nur so da, Franz voller Erwartung, sie in kaltem Schrecken.

»Meinst du nicht, dass es zu früh ist?«, fragte sie schließlich und merkte im selben Moment, wie dumm das klang.

»Zu früh?«, wiederholte er erstaunt. »Ganz sicher nicht. Solange du noch hier gewohnt hast, fand ich es unpassend, aber jetzt bist du unabhängig. Nein, es ist überhaupt nicht zu früh, es ist genau der richtige Zeitpunkt.«

Es war der richtige Zeitpunkt. Aus seiner Sicht. Aus ihrer Sicht hätte es nie einen richtigen Zeitpunkt gegeben.

»Wollen wir nicht warten, bis Maxim wieder da ist?«

»Was hat Maxim damit zu tun? Ich liebe dich, Anna.«

Vor ihr stand ein gutaussehender, gebildeter, vermögender Mann ohne offensichtliche Fehler, gut erzogen, immer ausgesucht gekleidet, der perfekte Ehemann. Sie würde wieder in die Villa einziehen und über kurz oder lang als seine Frau die Regie im Haus übernehmen. Sie würde, sie könnte, sie hätte – ihr wurde schwindelig, sie musste sich am Stuhl abstützen.

»Lässt du mir ein bisschen Zeit? Nicht, dass ich dich nicht mag, Franz, aber ehrlich, es kommt so überraschend.«

Jedes Wort war falsch, dumm, überflüssig. Er war davon ausgegangen, sie habe es gespürt oder sogar gewusst. Sie habe nur darauf gewartet, dass er endlich die richtigen Worte fand. Er war es nicht gewohnt, sich einen Korb zu holen, aber klug genug, es sich nicht anmerken zu lassen.

»Gibt es einen anderen?«

Sie lachte und strich ihm mit der Hand spielerisch durchs Haar. »Natürlich nicht, Franz.«

Sie musste raus hier, drehte sich um und kehrte zum Wohnzimmer zurück. An der Tür blieb sie stehen. Die älteren Damen waren mittlerweile im Wintergarten verschwunden, wo sie ihren Mokka zu sich nahmen. Aber Lilly war noch da. Sie drehte sich ganz allein und völlig in sich versunken mitten auf dem großen Perser im Kreis herum zur Musik einer einsamen, trauernden Trompete.

Was war los mit diesem Kind? Vielleicht zwanzig Jahre, ein Nachzügler, ein hinreißendes Mädchen, hinter dessen fröhlicher Fassade ein dunkles Etwas steckte. Lilly, die Sphinx, die sich nie in die Karten blicken ließ. Die ihre Fröhlichkeit vor sich hertrug wie eine Kerze in stockdunkler Nacht.

»Lilly?«

Lilly blieb abrupt stehen und hob den Kopf. Anna sah in ihren himmelblauen Augen einen Ausdruck von schrecklicher Leere. Da war nichts zu lesen, kein Gefühl, keine Regung, es war der somnambule Blick einer Schlafwandlerin, die nicht weiß, wer oder wo sie ist. Anna bekam Angst vor diesem Unaussprechlichen. Sie ging auf Lilly zu und nahm sie spontan in den Arm. »Alles in Ordnung, Lilly?«

Sie blieben einen Moment so stehen, die eine an die andere geklammert wie zwei Ertrinkende. Dann löste sich Anna wieder und nahm die Nadel von der Platte. Sie legte etwas Heiteres auf und beobachtete Lilly. Aber die war zu ihrer üblichen Leichtigkeit zurückgekehrt und tanzte aus dem Zimmer.

Anna war allein. Die Musik spielte, das Buffet lockte mit kleinen

Kanapees. Daneben stand ein Kübel mit einer Flasche Champagner. Anna ging hinüber und füllte sich ein Glas mit dem eiskalten Getränk. Noch nie in ihrem Leben hatte sie so viel Champagner getrunken, in Berlin hätte sie sich das gar nicht leisten können. Sie spürte immer öfter ein Verlangen danach, zu trinken, sich zu betäuben, sich zu verlieren. Die Probleme zu vergessen, Maxim, Brandis, jetzt auch noch Franz. Ihre Gefühle liefen ins Leere. Der, den sie liebte, hatte eine andere, und der, der sie zu lieben vorgab, den liebte sie nicht. Das war keine seltene Konstellation auf dieser Welt und zeigte nur, dass man im Leben ständig aneinander vorbeilief.

Marie kam mit einem Tablett voller Gläser an ihr vorbei, aber Anna lehnte ab. Sie sah dem Mädchen hinterher, das seine Gläser an die Gäste verteilte. Mit Marie stimmte etwas nicht. Die hatte irgendwo eine lukrative Einnahmequelle. Auch wenn ihr Verhalten so wie immer war, umgab sie ein Geheimnis. Woher hatte sie das Geld, um sich teure Kleider und Hüte zu kaufen? Vielleicht hatte sie noch mehr Kostbarkeiten in ihrem Schrank, von denen Anna gar nichts wusste.

Die Tür zum Billardzimmer stand auf, und sie hörte die Stimme von Gruber. Er unterhielt sich mit einem anderen Mann. Sie hatten ihre Stimmen gesenkt, so dass nur Wortfetzen an Annas Ohr drangen.

»… muss die undichte Stelle aus dem Präsidium … wer wusste etwas von diesem Zettel, der …«

Sie sprachen über die mysteriöse Quelle der Zeitungen. Anna schlenderte durch den Raum, bis sie im Rauchsalon ankam. Der Salon war leer, es hing nur eine Wolke aus Zigarrenduft in der Luft. Die undichte Stelle kommt gar nicht aus dem Präsidium, schoss es Anna plötzlich durch den Kopf. Es gab noch eine ganz andere Möglichkeit. Wer hatte Zugang zu allen Informationen rund um Maxim? Jemand, der wie ein unsichtbarer Geist immer zur Stelle war. Den niemand wirklich wahrnahm, weil er wie ein Möbelstück hinter einem stand, nichts sprach, nichts zu hören schien, nichts zu sehen schien. Was natürlich Unsinn war. Marie wusste Bescheid über alles, was sich im

Haus abspielte. Sie servierte am Mittagstisch, am Abendtisch, sie war bei Kaffee und Kuchen dabei. Sie war der gute Geist des Hauses, der die kleinen Annehmlichkeiten servierte, den Tisch deckte, ihn wieder abräumte, schon mal das Feuer schürte, die Gardinen abnahm, wieder aufhing und unentbehrlich war. Marie, die so plötzlich zu Geld gekommen war.

Anna erinnerte sich an den Mann, der zu Marie in dieses Haus in der Straße gegangen war. Was ist, wenn Marie die undichte Stelle ist?, fragte sich Anna. Und wenn der Mann, den sie gesehen hatte, einer von der Zeitung gewesen ist? Als Freund für Marie war er viel zu alt gewesen, als jemand, der Informationen gegen Geld von ihr wollte, wäre er genau der Richtige gewesen. Ein ungeheurer Verdacht! Ein Verdacht, den sie erst einmal für sich behalten wollte, denn es hätte auch ganz anders sein können.

Sie stellte das Glas ab und ging ins Foyer, wo sie sich den Mantel anzog. Sie öffnete die Tür und schlich sich heimlich, still und leise aus dem Haus.

Auf der winterlichen Koppel tollten die Pferde herum. Die Tannen hinter dem Zaun waren voller Schnee und beugten schwer beladen ihre Zweige zur Erde. Sand mochte das Haus eigentlich. Es erinnerte ihn an das Herrenhaus eines guten Freundes; andererseits hatte er hier eine Gruselstunde mit unheimlichen Geräuschen und einem ebenso unheimlichen Gespräch verbracht.

Die Sonne schien und hatte das Gruselschloss in ein heiteres Anwesen verwandelt. Eine kleine schwarz-weiße Katze huschte über den Hof, ein Trupp Gänse kam schnatternd ans Gatter, als er vorbeilief, und zwei Ziegen hatten die Köpfe gehoben und sahen ihn aus ihren klaren, klugen Augen aufmerksam an. Es hatte etwas Beruhigendes, in der Natur zu sein, den Tieren zuzusehen, die frische Landluft zu atmen. Zwei Schweine hatten sich eine Kuhle im Schnee gegraben, während die Pferde einmal quer über die verschneite Wiese galoppierten.

Der Kommissar hatte sich nach einem solchen Ort gesehnt. Keine lauten Straßen, keine überhitzten Büros, das Geschnatter der Gänse klang in seinen Ohren lieblicher als das ewige Geschnatter der Schreibmaschine. Er beobachtete das muntere Scharren der braunen Hühner im Schnee, während Armin aus dem Haus trat. Er kam näher und grinste.

»Gefällt es Ihnen hier, Herr Kommissar?«

»Sehr. Leider bin ich nicht nur hier, weil es mir so gut gefällt.«

»Das dachte ich mir schon. Kommen Sie, machen wir ein paar Schritte.«

Sie gingen zur Pferdekoppel und dann weiter auf einem Weg in den Wald hinein. Es wurde dunkel, die buschigen Arme der Tannen schirmten die Sonne ab. Es roch nach satter Erde, und Armin schritt mit großen Schritten aus, fischte nach einem Zweig am Wegesrand.

»Vor zwei Tagen gab es zwischen Kiel und Flensburg einen Unfall mit zwei Toten, einem Schwerverletzten und einem, der sich möglicherweise nach dem Unfall aus dem Auto befreien konnte und spurlos verschwand. In dem Auto saßen ein Staatsanwalt, ein Journalist, ein Schutzpolizist und möglicherweise ein Terrorist.«

Armin blieb sichtlich überrascht stehen. »Jetzt sagen Sie nicht, dass es sich bei dem Terroristen um Hagen Wesel gehandelt hat.«

»Sein Ausweis wurde gefunden. Er soll auf dem Rücksitz gelegen haben. Sie haben mir bei meinem letzten Besuch eine Menge über Politik erzählt. Sie wissen mehr über Wesel und die OC als ich. Was glauben Sie, warum saßen die alle in demselben Auto?«

Sand hatte Mühe, mit dem anderen Schritt zu halten, der jetzt einen schmalen Pfad quer durchs Gehölz einschlug.

»Wundersame Kombination«, bemerkte Armin kopfschüttelnd und blieb stehen. »Wollen Sie heute Nach nicht hierbleiben, Herr Kommissar? Es gibt Wildschweinbraten und einen herrlichen alten Port.«

Sie saßen vor dem Kamin, in dem das Tannenholz vor sich hin brutzelte. Sand hatte sich selten so wohl gefühlt. Selbst die Galerie unter der Decke hatte ihren Schrecken verloren, da war kein Schritt, der über seinem Kopf zu hören war. Der würzige Duft einer Zigarre lag in der Luft, und ein alter, vorzüglicher Wein schimmerte in seinem Glas.

»Was wollen Sie wissen, Herr Kommissar?«, fragte Armin.

»Wer könnte die Information über Rose an Lannard durchgestochen haben? Dr. Röder? Trauen Sie ihm das zu? Kennen Sie ihn?«

»Ich kenne ihn, aber was wirklich in einem Menschen vor sich geht, weiß niemand. Lannard und den von ihm informierten Zeitungen ging es möglicherweise darum, über Rose das Thema ›braune Gewalt‹ oder ›Terrorismus‹ ins Bewusstsein der Bevölkerung zu bringen. Vielleicht auch, um Stimmung gegen die NSDAP zu machen. Die meisten demokratischen Parteien machen Front gegen die NSDAP. Sie und ich können das nachvollziehen, denn wir wollen ganz sicher nicht, dass diese Partei jemals an die Macht kommt.«

»Wir haben keine validen Beweise, dass Rose wirklich etwas mit der OC zu tun hat. Und genau aus diesem Grund kommen diese Artikel in den Zeitungen einer Vorverurteilung gleich. Lannard könnte von Regierungskreisen instrumentalisiert worden sein. Was denken Sie?«

»Schon möglich, aber so wird Politik gemacht. Sie können sich diese unappetitliche Geschichte natürlich auch andersherum vorstellen. Denken Sie nur an das Gerede vom Gewaltfrieden. Da wird mit Lügen und Reizbegriffen von rechts gegen die Demokraten geschossen. Die Fäden werden im Hintergrund gesponnen, von geheimen Diensten und geheimen Zirkeln. Passen Sie auf, dass Ihr beschuldigter Rose am Ende nicht ein Spitzel ist, den man Ihnen untergeschoben hat. Oder jemand, der einfach nur ein unschuldiges Opfer ist, das eine ganz bestimmte Funktion erfüllen soll und vermutlich gar nicht weiß, was mit ihm geschieht. Worum es da konkret geht, müssen Sie natürlich selbst herausfinden.«

»Warum sitzen Röder, Lannard und möglicherweise auch Wesel in diesem Auto? Gibt es eine …« Er suchte nach dem richtigen Wort. »… arbeitsdienliche Verbindung zwischen dem Staat und Terroristen?«

»Sie wissen, dass solche Verbindungen existieren. Sie mögen nicht Recht und Gesetz entsprechen, aber sie existieren. Mehr kann und darf ich dazu nicht sagen. Und nun würde ich vorschlagen, schlafen zu gehen. Es ist spät.«

Die Nacht war klar und kalt. Sand stand am geöffneten Fenster und bewunderte einen atemberaubenden Sternenhimmel. Er konnte den Orion an seinen kleinen hintereinander aufgereihten Sternen erkennen, das einzige Sternbild, das er kannte.

Der Kommissar stand auf den Steinfliesen mit nackten Füßen, die langsam immer kälter wurden. Trotzdem starrte er wie gebannt nach oben und konnte sich nicht sattsehen an diesem Sternenvolk, das so friedlich miteinander in Harmonie zu leben schien. Er wusste allerdings, dass es so friedlich da oben gar nicht zuging und der Eindruck von hier unten eine fatale Täuschung war, was ihn an Armins Worte erinnerte. Was, wenn Rose wirklich nur ein Opfer war und weder mit dem Mord noch mit der OC etwas zu tun hatte? Was, wenn er als Spitzel von wem auch immer in Haft saß, um was auch immer dort für eine Rolle zu spielen? Wer war Rose wirklich?

Er selbst stand auf der anderen Seite. Er war Polizist, und als solcher kannte er sich in den menschlichen Abgründen aus, doch das, was Armin ihm immer wieder versucht hatte klarzumachen, wollte nur ungern Teil seines Wissens werden. Der Gedanke, Rose sei der Spitzel irgendeines politischen Kartells, klang absurd, aber noch absurder war die Vorstellung, Sand selbst wäre ein an der Nase herumgeführter Aufklärer, der überhaupt nichts aufzuklären hatte. Seine Funktion wäre nicht gewesen, einen Mordfall zu lösen, sondern nur, diese Intrige möglichst perfekt zu inszenieren.

Er warf das Fenster zu und legte sich mit seinen mittlerweile eiskalten Füßen ins Bett. Er konnte nicht einschlafen und starrte mit brennenden Augen an die Decke. Er wollte das nicht. Er wollte nicht Teil dieses obskuren Spiels werden, weder freiwillig noch unfreiwillig.

Er döste ein, wurde wieder wach, döste erneut ein. Ein Zustand im Halbschlaf. Verrückte Bilder, die sich aneinanderreihten und ihn hochschrecken ließen. Es war die vage Ahnung einer bösen Zukunft, in die dieses zerrissene Land hineintaumeln könnte. Ein Land, das wie ein morscher Kahn im Nebel dahingleitet. Den Kapitän hat das Gelbfieber erfasst, der Erste Offizier befindet sich seit einer Woche im Tiefschlaf, der Zweite ist schon vor Tagen über Bord gefallen und im Meer ertrunken. Die Mannschaft zerstritten, die Messer sitzen locker. Der Kompass ist ausgefallen, und so segeln sie irgendwo ins Nirgendwo hinein. An manchen Tagen werden sie das Gefühl nicht los, dass der Nebel nicht echt und der Kompass nur eine Attrappe sein könnte, aber wer hätte ihnen einen so üblen Streich spielen können? Und so beginnen sie damit, sich gegenseitig zu verdächtigen, trauen keinem mehr, und der Streit über die Richtung, die eingeschlagen werden müsse, um doch noch wenigstens eine Insel erreichen zu können, kulminiert in einem erbitterten Handgemenge, das den Kahn fast zum Kentern bringt. Sie setzen sich wieder und stecken die Messer ein. Und dümpeln weiter durchs neblige Gespinst einer unbekannten Zukunft entgegen …

Am nächsten Morgen war Sand früh im Büro. Er las sich die Protokolle wieder durch, die Zeugenaussagen, die Aussagen von Rose. Er suchte irgendwo eine Stelle, die ihm bisher nie aufgefallen war, die etwas verraten konnte, das ihm weiterhelfen würde, aber auch nach zweimaliger Lektüre war er ratlos. Er fand einfach nichts.

»Waren Sie wieder bei Armin?«, fragte Flickwort neugierig.

»Ja. Aber je öfter ich hinfahre und mich mit ihm unterhalte, desto weniger scheine ich zu begreifen, was in diesem Fall wirklich vor sich geht und vor allem, was dahintersteckt.«

»Es gibt da einen zweiten Namen, auf den ich gestoßen bin.«

»Um wen handelt es sich?«

»Ein ebenfalls ehemaliges Mitglied des OC. Ein Heizer, der oft für Rose gefahren ist. Er fiel der Politischen Polizei auf, weil er angeblich an einem Putsch beteiligt gewesen ist. Das Problem ist nur, der Mann ist untergetaucht. Unauffindbar.«

»Name?«

»Herbert Lanz. Lanz lebte noch bis vor zwei Jahren in Kiel, dann verliert sich seine Spur. Ich dachte mir, Sie könnten über Armin mehr über ihn herausfinden. Rufen Sie ihn an.«

Sand nickte und wählte Armins Nummer. Am anderen Ende war das Dienstmädchen, das um etwas Geduld bat. Also saß Sand mit dem Hörer am Ohr da und überflog wieder eins der Protokolle. Er wartete. Er blätterte die Seite um und wartete. Nach fünf Minuten wurde er ungeduldig und überlegte, ob er nicht auflegen und noch mal wählen sollte. Aber er wartete weiter. Vielleicht war Armin nicht im Haus, sondern bei den Pferden. Aus den fünf Minuten wurden zehn. In zehn Minuten hätte das Mädchen ihn locker ins Haus bitten können.

»Versuchen Sie es heute Nachmittag noch mal«, schlug Flickwort vor, und Sand wollte gerade auflegen, als er am anderen Ende Armins Stimme hörte.

»Kommissar Sand?«

»Ja«, rief Sand ins Telefon. »Ich hätte da noch eine Bitte bezüglich eines Namens, den wir gefunden haben. Vielleicht können Sie mir da weiterhelfen …«

»Rufen Sie mich nicht mehr an«, kam es vom anderen Ende. »Sie müssen sich Ihre Informationen in Zukunft woanders besorgen, tut mir leid. Ich hoffe, das war deutlich genug.«

Der andere Hörer wurde auf die Gabel gelegt. Sand starrte entgeistert das Telefon an und schüttelte unwillkürlich den Kopf. Was war das gerade gewesen?

»Stimmt etwas nicht, Chef? Sie sehen aus, als seien Sie gerade einem Gespenst begegnet.«

Sand saß wie paralysiert da. Armins Worte hatten ihn nicht nur persönlich getroffen. Er interpretierte sie auch als ein Zeichen, dass er kurz davorstand, die Büchse der Pandora zu öffnen.

»Die haben Armin zurückgepfiffen«, sagte er leise und über diese plötzliche Erkenntnis selbst überrascht.

»Wie bitte?«

»Die haben ihn an die Leine gelegt. Wahrscheinlich gedroht, wenn er mir weitere Informationen gibt, bringen sie ihn um. Kommen Sie, Kollege Flickwort, wir gehen ein bisschen frische Luft schnappen.«

Sie gingen zum Kleinen Kiel und spazierten am Ufer entlang. Die Sonne schien, ihre Strahlen brachen sich auf dem Wasser und blendeten Sands Augen.

»Der Staatsschutz oder die Politische Polizei oder wer auch immer hat Armin verboten, weiter mit mir zu sprechen«, erklärte er blinzelnd und gab Flickwort weiter, was er von Armin erfahren hatte. Flickwort hörte ihm staunend zu, ohne sich wirklich einen Reim darauf machen zu können.

»Wieso Spitzel?«, fragte er verdutzt. »Wessen Spitzel könnte Rose sein?«

»Ich habe keine Ahnung, aber eins ist klar: Wir sind in keiner beneidenswerten Lage. Ich fürchte, das Ganze ist ein Politikum. Rose könnte uns genauso gut als Opfer präsentiert worden sein. Warum und von wem weiß ich nicht, aber es bestätigt mein Gefühl, dass er mit dem Mord an Magnussen überhaupt nichts zu tun hat.«

»Dann sollten wir ihn gehen lassen.«

»Das ist nicht möglich. Dagegen stehen immer noch die Indizien, die gegen seine Unschuld sprechen.«

»Was machen wir dann? Spielen wir das Spiel mit?«

»Wohl oder übel. Wir müssen herausfinden, wer dieses Spiel inszeniert, dann wären wir ein ganzes Stück weiter.«

»Die lassen sich doch nicht in die Karten gucken. Die missbrauchen uns für ihre Zwecke.«

Sand blieb stehen. »Ganz genau. Und ich will verdammt sein, wenn ich nicht doch herausfinde, wer dahintersteckt. Als Nächstes werden wir uns noch einmal mit diesem Fräulein Herzog unterhalten.«

Die Nachricht über Maximilian Rose, der ein rechtsextremer Terrorist sein sollte, hatte sich wie ein Lauffeuer in der Stadt ausgebreitet. Sie hatte einen Keil zwischen die Menschen in der Stadt getrieben. Die einen waren tatsächlich weit davon entfernt, auch noch den Rest der Familie mit dem »braunen, terroristischen Sumpf« in Verbindung zu bringen, die anderen waren der Meinung, sie hätten ja immer schon gewusst, dass die ganze Gesellschaft von Terroristen unterwandert sei. Allein das Wort Terrorismus reichte aus, um viele Menschen in Angst und Schrecken zu versetzen, ohne sich zu fragen, welche Absicht hinter den Artikeln hätte stehen können.

Anna, die jeden Morgen mit der Straßenbahn zum Hafen fuhr, hörte an der Haltestelle manches, was so geredet wurde.

»Der Kerl war jahrelang in Berlin«, sagte eines Morgens ein älterer Mann, der neben ihr stand, zu der wartenden Menge. »Wer weiß, mit was für Kreisen der in Verbindung kam. Die seifen dich ein und plötzlich bist du einer von ihnen. Dann drücken sie dir eine Knarre in die die Hand und schicken dich los. Und schon hängst du mit drin. Der wäre mal besser in der Hauptstadt geblieben.«

»Richtig. Da wird mittlerweile jeder als Staatsfeind degradiert, der eine andere Meinung als die der Regierung vertritt.«

»Wo haben Sie denn das her?«

»Meine Tochter lebt in Berlin. Die Stimmung soll sehr aggressiv sein. Überall nur noch politische Blöcke, die Linken, die ganz Linken, die Rechten, die ganz Rechten, dazwischen die Liberalen. Keiner will mehr mit dem anderen reden. Sie verbreiten Lügen übereinander, nur um selber besser dazustehen, und sprechen dem politischen Gegner das Recht ab, seine eigene Meinung zu sagen. Viele haben Angst, ihre Meinung überhaupt noch zu äußern. Ich sage Ihnen, wir steuern auf ganz böse Zeiten zu, wenn auf diese Weise die freie Meinungsäußerung abgeschafft werden soll.«

Manche grinsten etwas verlegen, andere warfen sich beredte Blicke zu.

»Die Gedanken sind frei«, rief plötzlich eine junge Frau und erntete spontanen Applaus.

Anna beteiligte sich nicht an solchen Gesprächen. Sie blieb für sich. Sie dachte darüber nach, wie es wäre, wenn sie Franz' Heiratsantrag annehmen würde. Man konnte die Welt eben auch aus dieser Perspektive sehen. Und was sah sie dann? Ein Leben im Luxus, nie wieder finanzielle Probleme, sie würde Mutter werden und hätte eine angesehene Position in dieser Stadt. Wer hatte schon die Möglichkeit, nach einer solchen Enttäuschung gleich wieder in eine neue Zukunft zu starten?

Dann lag eines Morgens ein Brief im Briefkasten. Er war von Kommissar Sand, der sie bat, ins Präsidium zu kommen. Sie ging hin und saß etwas angespannt da, weil sie keine Ahnung hatte, was er von ihr wollte. Er merkte es und lächelte. »Wir wollen uns noch einmal über die Situation unterhalten, als Sie diesen Zettel fanden. Das ist jetzt wichtig, Fräulein Herzog. Erinnern Sie sich genau. Wie war das?«

»Ich hatte Angst, Maxim habe wieder einen seiner Schwindelanfälle und bin in sein Zimmer gegangen, um nachzusehen, ob er dort ist. Er war nicht dort. Ich sah dann den Zettel unter den Briefen. Er lag so, dass man die unteren Zeilen gut lesen konnte.«

»Waren kurz vor diesem Tag Leute im Haus?«

»Der Vater hat einen Tag zuvor Geburtstag gefeiert. Es müssen so um die sechzig Gäste da gewesen sein.«

»Ihnen ist doch auch der Gedanke gekommen, dass der Zettel ganz bewusst so platziert werden konnte, dass jemand ihn finden musste. Das Hausmädchen beim Putzen zum Beispiel hätte ihn finden können. Wie hätte sie reagiert?«

Anna zögerte. »Ich weiß es nicht. Ich glaube, sie hätte gar nichts gemacht, aber sicher bin ich mir natürlich nicht.«

»Ich denke eher, unser Phantom hat damit gerechnet, dass Franz Rose oder seine Mutter diesen Zettel finden würden. Aber woher wusste er, dass die wirklich damit zur Polizei gehen? Man schwärzt doch nicht Bruder oder Sohn an.«

»Franz ist zur Polizei gegangen.«

»Vielleicht nur, weil Sie ebenfalls Bescheid wussten.«

»Er war die treibende Kraft.«

»Trauen Sie ihm zu, diese Intrige inszeniert zu haben?«

»Nie im Leben. Ich denke, er ist genauso ein Opfer wie Maximilian. Er ist ein überaus korrekter Mensch, der hätte nie damit leben können, einen Mörder oder Terroristen zu decken, selbst wenn es sein Bruder ist.«

»Das ist der entscheidende Punkt, Fräulein Herzog. Unser Phantom hat vielleicht genau damit gerechnet.«

»Dann müsste unser Phantom Franz sehr gut kennen.«

»Da setzen wir an. Und sind sofort bei Arne Tenner. Der kennt Franz Rose sehr gut, und er hat Maximilian Rose schwer belastet. So wird ein Schuh draus, finden Sie nicht?«

»Schon möglich. Aber beweisen kann man ihm das nicht, oder?«

»Leider nein. Wir haben mit allen im Haus gesprochen. Tenner wurde niemals im zweiten Stock gesehen. Das bedeutet nicht, dass er nie dort war, aber es bedeutet eben auch nicht, dass er dort war.«

»Kann ich nichts tun, um Maxim zu helfen?«

Sie wollte, dass er ihr goldene Brücken baute, aber er ahnte nichts von dem, was in ihr vorging. Dass sie seit Tagen mit sich kämpfte, dass sie das Bild von Marie nicht mehr loswurde. Dass sie niemanden unter Verdacht setzen wollte. Sie mochte Marie, aber sie mochte auch ihren inneren Frieden, und den würde sie nie finden, wenn sie nicht endlich den Mund aufmachte.

Er baute ihr keine Brücke. Stattdessen musterte er sie mit freundlichem Blick.

»Es geht um Marie«, sagte sie unbehaglich.

»Marie, das Hausmädchen?«

»Sie muss von irgendwoher Geld bekommen. Sie hat sich ein wirklich teures Kleid und einen teuren Hut gekauft. Und sie hat Kontakt zu einem älteren Mann, mit dem sie sich in der Stadt getroffen hat. Es könnte doch sein, dass einer von der Zeitung versucht hat, über sie an Informationen zu kommen. Marie wäre die ideale Quelle.«

»Können Sie den Mann beschreiben?«

»Er war sehr groß, schlank, blond, ein schlackiger Typ, und er raucht Zigarillos. Hilft Ihnen das weiter?«

»Könnte es dieser Mann gewesen sein?«

Er legte ihr das Foto von Lannard auf den Tisch, das er sich bei den Kollegen der Vermisstenabteilung besorgt hatte. Darauf war Lannard mit seiner Frau am Strand von Strande zu sehen. Anna sah sich das Bild lange an. Dann nickte sie.

»Ja, das ist er.«

Das würde eine sensible Angelegenheit werden. Eine, für die man Fingerspitzengefühl brauchte. Da war langsames Vortasten nötig. Wer hier mit der Axt aufkreuzte, konnte mehr zerstören als erfahren. Ein Kleid, ein Hut, ein Mann. Der Mann war Lannard gewesen. Lannard, der längst begraben war und nichts mehr aussagen konnte. Wenn das Hausmädchen mauerte, hatten sie kaum eine Chance.

Sand bat in der Villa um ein Gespräch mit dem Hausmädchen. Marie kam gerade aus der Küche und wurde in die Bibliothek gebeten, wo sie sich in einen der antiken Sessel setzen durfte. Ein hübsches Mädchen, konstatierte Sand, vielleicht siebzehn Jahre alt. Er eröffnete das Gespräch mit harmlosen Fragen nach dem Wetter und ihrer Arbeit, kam aber dann schnell zur Sache.

»Du bekommst ja ziemlich viel mit, was so im Haus geschieht, nicht wahr?«

Sie nickte.

»Auch über das, was mit Herrn Maximilian zu tun hat? Er sitzt im Gefängnis. Du weißt warum?«

Wieder Nicken.

»Du weißt auch, dass er Kontakt zu dieser Organisation haben soll? Du weißt, dass dieser Zettel in seinem Zimmer gefunden wurde?«

»Ich weiß«, hauchte sie.

»Marie …« Sand setzte sich ihr gegenüber und sah ihr mit sanftem Blick in die Augen. »Niemand ist dir böse, wenn du anderen etwas verrätst, das du hier gehört hast. Du kriegst ja ziemlich viel mit, gehörst gewissermaßen zur Familie, oder?«

Er lockte sie ganz langsam in die Falle. Er schmeichelte ihr, er gab ihr das Gefühl, bei ihm vollkommen sicher und aufgehoben zu sein.

»Niemand hat Geheimnisse vor dir, jeder vertraut dir. Du bist die gute Seele des Hauses. Ohne dich läuft hier gar nichts.«

Sie schmolz geradezu dahin. Ihm würde sie alles sagen. Auch dass dieser Mann eines Abends vor dem Tor auf sie gewartet und ihr eine Stange Geld angeboten hatte, wenn sie ihm nur ein wenig mehr erzählen würde. Sie hatte das Geld genommen und ihm erzählt, was sie so wusste. Und sie wusste eine ganze Menge. Hier und da aufgeschnappt beim Essen, beim Kaffee, beim Putzen, beim Silberreinigen oder Blumengießen. Dass sie jetzt ihre Stellung verlieren würde, sagte Sand ihr nicht. Sie tat ihm leid. Sie war ein armes Mädchen aus einer armen Familie, das immer in den Fängen einer gewissen Armut hängenbleiben würde. Selbst wenn sie eine gute Stelle als Hausmädchen hatte, würden ihre Aufstiegschancen gering sein. Eigentlich hatte sie keine. Sie konnte noch nicht einmal als Gouvernante oder Hauslehrerin arbeiten, und ein reicher Mann war für Mädchen wie sie auch nicht in Sicht. Ein langes Leben, in dem man nur hoffen konnte, nicht hungern zu müssen und immer ein Dach über dem Kopf zu haben. Mehr war nicht zu erwarten.

Sand ließ sie gehen und tat so, als habe er nichts Wesentliches erfahren. Er verabschiedete sich von der Dame des Hauses, verlor kein

Wort über das Gespräch mit Marie und beschloss, die Sache auf sich beruhen zu lassen. Es nützte niemanden, wenn das Mädchen jetzt mit Schimpf und Schande aus dem Haus gejagt werden würde.

In einer Stunde würde die *Sybille* nach Portugal auslaufen, und Anna wusste, dass Lin mitfahren würde. Vielleicht war sie schon an Bord, vielleicht war sie schon in Brandis' Kajüte und wartete auf ihn. Aber seine Frachtpapiere lagen noch auf Annas Tisch, also würde er sie abholen müssen. Und richtig, plötzlich ging die Tür auf, und er kam herein.

Anna versuchte so sachlich wie möglich zu wirken. Sie händigte ihm die Frachtpapiere aus und wandte sich gleich wieder ihrer Maschine zu. Aber er ging nicht. Er blieb stehen und sah sie an.

»Stimmt etwas nicht?«, fragte er.

»Kommissar Sand möchte mit dir über Tenner reden. Du solltest ihm sagen, was du über ihn herausgefunden hast.«

»Ja, wenn ich wieder zurück bin.«

»Steuert ihr Calais an?«

Er musterte sie mit zusammengezogenen Brauen. »Calais? Wie kommst du auf Calais? Wir segeln nach Portugal.«

»Man könnte ja einen kleinen Abstecher nach Calais machen. Liegt ja gewissermaßen auf dem Weg.«

Sie biss sich auf die Unterlippe. Sie hatte nicht vorgehabt, darüber zu reden, sie hätte bei ihrer Sachlichkeit bleiben sollen. Jetzt würde er zumindest eine Ahnung davon haben, dass sie etwas wusste, was sie eigentlich nicht wissen konnte. Er warf ihr einen letzten, kurzen Blick zu, murmelte ein Abschiedswort und ging.

Sie wurde von ihrer Phantasie heimgesucht. Von quälenden Bildern und einer immer wiederkehrenden Vorstellung. Es war das Abbild des Teufels, zu dessen Füßen die beiden Menschlein saßen, angekettet und wehrlos. War es das gewesen, was die Karte ihr hatte andeuten wollen? Die eigene Abhängigkeit, die eigene Wehrlosigkeit? Sie redete sich ein, weder abhängig noch wehrlos zu sein. Niemand, der in Freiheit lebte, war abhängig und wehrlos. Er hatte alle Möglichkeiten der freien Entscheidung, und wenn es die war, keine treffen zu wollen. Maxim war derjenige, der abhängig und wehrlos war, denn die Entscheidungen über sein Leben trafen andere. Das war der Teufel. Es war die physische Gebundenheit an eine enge Zelle, die psychische Gebundenheit an einen Zustand der geistigen Lähmung. Kein Gedanke verlässt diese Anstalt, die Phantasie ist verkümmert, sie endet an den Mauern, die den Hof umgeben, in dem man einmal am Tag stumpfsinnig herumgeführt wird.

Ihr Teufel war nur die andere Seite der Medaille. Es war das innere Gefängnis, aus dem sie es nicht schaffte, auszubrechen. Sie stellte sich Brandis und Lin auf der *Sybille* vor. Küsse, Umarmungen, Berührungen …

Berger kam herein. Der gute, alte Berger. Er schaffte es, sie abzulenken, indem er ihr einen Stapel Frachtbriefe auf den Tisch legte.

»Kohle nach Schottland, und zwar so schnell wie möglich. Haben wir noch ein Schiff im Hafen liegen?«

Nebel legte sich übers Land. Er war mit dem Wind vom Meer in die Stadt getrieben worden und verlieh ihr eine melancholische Farbe. Ein fahles Grau, eine feuchte Patina und den passenden Rahmen für eine Beerdigung.

Die beiden Opfer des Unfalls wurden bestattet. Ein Staatsanwalt, ein Journalist. Die Familien waren damit einverstanden gewesen, dass sie nebeneinander begraben werden würden. Zwei Gruben in der Erde, zwei Särge und viele Menschen, darunter die Kollegen, die den Toten das letzte Geleit gaben. Unter der buschigen Krone einer jahrhundertealten Eiche hatte sich die Menge versammelt und lauschte den Ausführungen des Pfarrers, der für jeden der Angehörigen ein tröstendes Wort fand. Das Nebengrab bewachte ein steinerner Engel mit Blick zum Himmel, der im Nebel untergegangen war, begleitet von den Klängen des Trauermarsches, den die Polizeikapelle zu spielen begonnen hatte.

Ganz hinten in der letzten Reihe stand Kommissar Sand und lauschte der Musik. Er wusste nicht wirklich, was er hier wollte, denn auf dem Friedhof würde er die Lösung dieses Rätsels, das ihn immer noch umtrieb, nicht finden. Trotzdem war er gekommen. Es sollte Fälle gegeben haben, in denen die Mörder von den Toten, die sie hinterlassen hatten, magisch angezogen worden waren. War er davon ausgegangen, hier irgendwelche Hinweise zu finden? Er wusste es selbst nicht, er klammerte sich an jeden Strohhalm.

Er war gestern im Leichenschauhaus gewesen und hatte dort erfahren, dass die Opfer von der Unfallstelle direkt hierhergebracht worden waren. Dort hatte man ihre Habseligkeiten den Angehörigen ausgehändigt. Auf Sands Frage, wo der Ausweis von Hagen Wesel geblieben sei, hatte der zuständige Leichenbeschauer keine Antwort gehabt. Er hatte einen solchen Ausweis jedenfalls nie zu Gesicht bekommen. Dann war Sand bei der zuständigen Polizeidienststelle gewesen, die den Unfall untersuchte, und hatte Fragen gestellt. Offiziell war der Tod der Männer auf den Unfall zurückzuführen, weshalb auch keine Obduktion notwendig gewesen wäre, und von einem im Wagen gefundenen Ausweis wussten die Kollegen nichts. Sand war abgezogen wie ein begossener Pudel. Wo war Wesels Ausweis geblieben?

Wie er da so in Gedanken versunken dastand, tippte ihm plötzlich jemand auf die Schulter. Er drehte sich um. Hinter ihm stand der Kollege, den er am Unfallort getroffen hatte.

»Ich muss mit Ihnen sprechen«, wisperte er ihm ins Ohr.

Sie entfernten sich ein Stück von der Menge.

»Wesels Ausweis ist verschwunden«, erklärte Sand.

»Ich weiß. Und ich weiß auch, wo er ist.«

»Dann wissen Sie mehr als ich.«

»Kurz nachdem Sie zurück nach Kiel gefahren sind, tauchte plötzlich eine Frau am Unfallort auf«, erzählte der Kollege leise. »Sie wies sich als eine Beamtin vom Staatsschutz aus. Sie fragte mich nach allem, was wir gefunden hatten, und ich zeigte ihr den Ausweis von Wesel. Sie hat ihn sofort an sich genommen, und dann sagte sie wortwörtlich zu mir: ›Kein Wort davon zu irgendjemandem. Das darf unter keinen Umständen an die Öffentlichkeit, denn es gefährdet die öffentliche Sicherheit.‹ Dann ist sie mit ihrem eigenen Wagen wieder weggefahren. Herr Kommissar, hier läuft doch ganz gehörig etwas schief, oder?«

»Halten Sie sich daran, zu niemandem ein Wort, aber ich will versuchen, etwas Licht ins Dunkel zu bringen. Das versuche ich allerdings schon seit Wochen, und es gelingt mir nicht. Wie war der Name dieser Frau vom Staatsschutz?«

»Auf dem Ausweis stand Katharina Moor, aber ob das ihr richtiger Name ist? Das Ganze ist doch ein abgekartetes Spiel. Ein Komplott. Da will man vertuschen, dass dieser Terrorist möglicherweise ebenfalls in diesem Auto saß.«

»Oder man hat den Ausweis ganz bewusst im Auto platziert, damit er gefunden wird.«

»Unwahrscheinlich. Wesel hat den Ausweis verloren, so wird ein Schuh draus. Aber noch eine Frage: Wie ist es möglich, dass diese Frau so schnell am Unfallort erscheint? Die muss doch irgendwo in der Nähe gewesen sein.«

»Was uns zu der dritten Frage führt: Wohin war dieser Wagen eigentlich unterwegs? Antwort: Die wollten sich mit Katharina Moor treffen oder haben sich mit ihr getroffen. Darum war sie so schnell am Unfallort. Damit wäre das Kleeblatt komplett. Ein Terrorist, ein Staatsanwalt, ein Schutzpolizist, der vermutlich nur der Fahrer war, ein Journalist und jemand vom Staatsschutz treffen sich irgendwo in der Walachei. Wo wollten die hin, und wo kamen die her?«

»Ich habe mir die Straße genau angesehen. Auf dieser Straße kommt man nur zu einem Gasthaus, das ziemlich einsam gelegen ist.

Sie müssen von diesem Gasthaus gekommen sein. Sie sollten da gelegentlich mal ein Bier trinken gehen, Herr Kommissar.«

»Können Sie mir die Frau beschreiben?«

»Groß, schwarzes, kurzes Haar, einen halbrund geschnittenen Pony und eine dunkle Brille.«

»Danke, Kollege. Ich glaube, Sie haben mir sehr geholfen.«

Anna hatte in der Zeitung von dem Unfall gelesen, aber nach Darstellung der Zeitungen war es zwar ein besonders tragischer, jedoch ganz gewöhnlicher Unfall gewesen.

Sie dachte immer öfter an Maxim. Wie würde es ihm gehen? Was machte er den ganzen Tag? Wie hätte sie ihm helfen können? Das letzte Gespräch mit Sand hatte ihr etwas Hoffnung gegeben, denn wenn er nicht ausschloss, dass Maxim unschuldig sein könnte, würde er alles tun, um den wahren Mörder zu finden. Warum aber passierte nichts? Warum saß Maxim immer noch in Haft?

Sie saß im Hafenbüro und zergrübelte sich den Kopf. Seit sie nach Kiel gezogen war, hatte sich ihr Leben schrecklich verkompliziert, und all ihre Hoffnungen hatten sich zerschlagen. Sie dachte darüber nach, wieder in die Hauptstadt zurückzugehen. Was wollte sie hier noch? Franz heiraten und Brandis vergessen? Sie war hin- und hergerissen.

Plötzlich ging die Tür auf, und Kommissar Sand trat ein. Er wirkte ein wenig verlegen, setzte sich an den Tisch und nahm dankbar den Kaffee an, den Anna ihm servierte.

»Sie haben mich gefragt, ob Sie nichts tun können, um Herrn Rose zu helfen«, erklärte er. »Ich glaube, Sie können etwas tun. Fahren Sie mit mir in ein Gasthaus und leisten Sie mir Gesellschaft. Es wäre möglich, dass das helfen könnte.«

»Sie müssen mir schon ein bisschen mehr erklären, Herr Kommissar.«

»In diesem Gasthaus hoffe ich mehr Informationen zu bekommen.

Allein mag ich nicht hingehen, und meinen Kollegen Flickwort würde ich auch nur ungern mitnehmen. Ich dachte, es sieht unverfänglicher aus, wenn wir dort als Pärchen aufkreuzen.«

»Als Pärchen?«

»Ja. Wir machen einen Ausflug ins Grüne, kehren in dem Wirtshaus ein und essen eine Kleinigkeit. Und ich werde sehen, ob ich etwas in Erfahrung bringen kann, was Herrn Rose helfen könnte. Mehr darf ich Ihnen aber nicht sagen. Sie müssen mir einfach vertrauen.«

Anna brauchte nicht lange zu überlegen. Sie war dabei.

Sie fuhren dieselbe Strecke, die der schwarze Wagen gefahren war. Nach einer halben Stunde bog Sand auf die Nebenstraße ab und fuhr an der Unfallstelle vorbei. Der Weg führte durch winterlich kahle Felder und Wiesen, dann wurde die Straße schmaler, und am Ende lag tatsächlich ein Gasthaus. »Zur Linde« stand auf einem verwitterten Schild über der Tür, aber die Linde suchte Anna vergeblich.

»Wir müssen uns natürlich duzen«, sagte Sand mit einem kleinen Lächeln, bevor sie ausstiegen. »Ich bin Moritz.«

Sie traten ein. Der Gastraum wirkte etwas heruntergekommen. Alte abgewetzte Stühle, alte Tische ohne Decke, die Steinfliesen auf dem Boden mehr zersprungen als heil, die Gardinen waren zerschlissen, und der Ofen war nur mäßig warm. Sie waren die einzigen Gäste, setzten sich ans Fenster und ließen die Mäntel an. Der Wirt, ein grobschlächtiger, bärtiger Kerl, brachte die Karte, und sie bestellten erst mal einen starken Kaffee. Anna entschied sich für Kartoffelsuppe, und Sand schloss sich an. Anna hatte wenig Hunger und war etwas nervös. Sie fragte sich, was Sand sich von diesem Ausflug erhoffte. Was hatte dieses Gasthaus mit Maxim zu tun?

Der Kaffee kam, und sie bestellten. Der Wirt verschwand in der Küche, und ein junges Mädchen erschien hinter der Theke. Sie grüßte freundlich, und Sand winkte sie an den Tisch. Sie hatte lange blonde Zöpfe, war vielleicht vierzehn Jahre alt und schien froh zu sein, dass jemand gekommen war.

»Nicht viel los hier«, begann Sand das Gespräch. »Abends ist bestimmt mehr los, oder?«

Sie zuckte mit den Schultern. »Im Winter ist nie viel los. Aber im Sommer, da kommen die ganzen Ausflügler. Dann stellen wir die Tische vors Haus.«

»Sicher. Freunde von mir waren letzte Woche hier. Ein schlanker Mann war dabei, gut gekleidet mit blondem Lockenkopf. Eine Freundin war auch dabei. Sie ist eine große Frau mit kurzen schwarzen Haaren und dunkler Brille. Kannst du dich an sie erinnern? Ich meine, wenn ihr nicht so viele Gäste im Winter habt, müssten sie eigentlich aufgefallen sein.«

Das Mädchen schmunzelte. »Kann schon sein. Die Frau war mit zwei Männern da. Der mit dem Lockenkopf war auch da. Ist das wichtig?«

»Für mich schon. Wo saßen sie?«

»Da hinten an der Wand.«

»Kannst du dich erinnern, worüber sie gesprochen haben?«

Das Mädchen zögerte. Sie wollte wohl nicht über andere Gäste plaudern.

Sand zog seinen Ausweis aus der Tasche. »Es wäre wichtig. Du kannst der Polizei helfen, wenn du meine Frage beantwortest.«

Sie starrte den Ausweis an. Sein Bild, seinen Namen, das Siegel der Behörde.

»Ich habe nicht viel gehört. War meistens in der Küche. Als ich das Essen servierte, sprachen sie über Zeitungen. Die Kieler Zeitung und so. Ich kenne mich nicht aus mit Zeitungen, und als ich an den Tisch kam, hörten sie auf zu reden.«

»Waren sie mit einem Auto hier?«

Das Mädchen legte den Kopf etwas schief. Sie schien zu überlegen. »Sie hatten zwei. Die Frau fuhr in ihrem eigenen Wagen.«

»Waren die schon öfter hier?«

»Vor ungefähr zwei Wochen waren der blonde Mann und die Frau da, aber sie waren alleine.«

Sand holte die Phantomzeichnung aus der Tasche. »War dieser Mann auch dabei?«

Das Mädchen beugte sich tief über den Tisch. Dann sah sie nickend wieder auf. »Der war auch dabei. Hab ich Ihnen jetzt helfen können?«

»Das hast du. Trug dieser Mann vielleicht Handschellen? Oder hattest du das Gefühl, er wurde von dem anderen bewacht?«

»Nö«, versetzte sie etwas schnippisch. »Der saß da und aß Kartoffelsalat. Der hat nicht viel gesagt, die anderen haben geredet.«

»Greta!«, schallte die herrische Stimme des Wirts durch den Raum, und Greta lief in die Küche. Wenig später kam sie mit zwei Tellern und einer großen Terrine wieder. Sie füllte die Teller, während der Wirt mit dem Besteck und einem halb aufgeschnittenen Brot an den Tisch trat.

»Guten Appetit, die Herrschaften«, brummte er und scheuchte Greta in die Küche zurück.

Sie kosteten schweigend. Die Suppe war gut. Anna hatte noch nie eine so gute Kartoffelsuppe gegessen. Der Ausflug hätte sich schon allein wegen dieser Suppe gelohnt. Sie war sahnig, gut gewürzt und reichlich mit Speck versehen.

»Wissen Sie jetzt mehr als vorher?«, fragte Anna zwischen zwei Löffeln.

»Schon möglich. Ich kann nur sagen, ich stecke bis zum Hals in einem politischen Schlamassel. Maxim scheint das Opfer einer politischen Intrige zu sein, die ich aber noch nicht wirklich durchschaue. Diese Zeitungsartikel könnten ganz bewusst lanciert worden sein, um über Maxim Rose die Angst vor dem braunen Terror zu schüren. Menschen haben Angst vor Terroristen, und wann immer dieses Wort auftaucht, sind sie leicht zu manipulieren. Wenn ich Ihnen sage, in Ihrem Nachbarhaus leben lauter Terroristen, die Ihnen ans Leben wollen, und darum müssen wir jeden, der aus der Haustür kommt, erschießen, würden Sie doch keine Minute zögern, diese Maßnahme zu unterstützen, oder?«

»Wenn es wirklich Terroristen wären, sicher.«

Sand nickte nachdenklich. »Und wenn es gar keine gewesen sind? Genauso läuft es. Man nennt es eine Legende. Sie erfinden einfach eine Geschichte, die müssen sie den Leuten als Wahrheit verkaufen, und dann hoffen sie, dass niemand die Lüge durchschaut.«

»Was hat das mit Maxim zu tun?«

»Das weiß ich noch nicht. Aber in diesem Fall wird auch viel gelogen. Zu viel.«

»Viele Leute glauben jetzt, dass Maxim wirklich ein Terrorist ist.«

»Das wurde ja auch vermutlich mit den Artikeln in den Zeitungen bezweckt. Lassen wir uns von niemandem ins Bockshorn jagen, Fräulein Anna, bleiben wir nüchtern und sachlich und trauen wir nur dem, was wirklich zu beweisen ist.«

Liebe Biene,

du schreibst, dass du mich besuchen willst, und ich finde, das ist die beste Idee, die du jemals hattest. Lass uns telefonieren, dann geht alles schneller. Hier überstürzen sich die Ereignisse, und ich habe den Eindruck, alles fliegt auseinander. Gestern hat mich Kommissar Sand gebeten, ihm zu helfen. Er zweifelt mittlerweile an Maxims Schuld und hält ihn für das Opfer einer politischen Intrige, aber es ist alles so verwirrend. Kommissar Sand findet keinen roten Faden in dieser ganzen Geschichte, so kommt es mir jedenfalls vor, und daher badet er seit Wochen in einem Meer aus Gerüchten, Theorien und Vermutungen. Ich helfe ihm gerne, denn es kann nicht sein, dass Maxim für etwas bestraft wird, was er nie getan hat. Selbst die Zeitungen beteiligen sich an dieser üblen Kampagne, aber wir wissen nicht, wer dahintersteckt. Irgendjemand hat ein Interesse daran, dass Maxim ein Mörder und Terrorist ist, die Frage ist: wer? Wenn Sand es nicht weiß, wie soll ich es wissen?

Dass es mit Brandis so gut wie aus ist, hatte ich dir geschrieben. Er ist jetzt mit dieser Frau auf dem Weg nach Calais. Du schreibst, ich soll mir das noch mal überlegen und ihm noch eine Chance geben, aber die Enttäu-

schung ist zu groß. Er war mit dieser Frau die ganze Zeit zusammen, mit einer Frau, von der ich nur weiß, dass sie Asiatin ist, als Prostituierte gearbeitet und einen Bruder in Calais hat. Sie hat ein intimes Verhältnis zu ihm, das ist ganz klar, und ich frage mich, ob ich einfach nicht sehen wollte, dass der Mann gebunden ist. Und selbst wenn er sie jetzt in Calais bei ihrem Bruder ablädt, so bleibt doch immer noch das Gefühl, dass er mir die ganze Zeit etwas vorgemacht hat. Aber vielleicht habe ich mir nur eingebildet, er würde etwas für mich empfinden. Vielleicht war das nie der Fall. Verliebte sehen gerne Dinge, die gar nicht existieren, Gesten, Worte, Stimmungen, alles ist nur subjektiv und kann so oder so gedeutet werden.

Komm schnell, Biene, und vertreib die Geister aus meinem Kopf.

Eine Woche später stand Sabine auf dem Kieler Bahnsteig. Sabine, vollschlank, blond, blauäugig, kein Kind von Traurigkeit und für Annas Verhältnisse etwas oberflächlich. Niemand, der lange über was auch immer nachdachte und der die Welt so nahm, wie sie war. Sie arbeitete in Berlin als Telefonistin und dachte an Heirat. Es wurde Zeit, denn sie ging stramm auf die dreißig zu, da waren andere längst in festen Händen und hatten Kinder.

Anna holte sie ab und lud sie zum Essen in ein kleines Lokal am Hafen ein. Der Hafen zog Sabine sofort in seinen Bann, sie bewunderte die Schiffe, die schicken Kapitäne in ihren Röcken mit den goldenen Streifen am Ärmel, das emsige Gewusel der Hafenarbeiter und wollte unbedingt einmal hinaus aufs Meer fahren. Im Restaurant hatten sie den besten Blick auf die Förde, den man haben konnte, auf die Möwen, die aus- oder einlaufenden Schiffe, einen blauen, wolkenlosen Himmel. Sabine erzählte von Berlin, wo die Stimmung durch politische Querelen in der Regierung zunehmend angespannt sei, aber sie interessierte sich nur wenig für Politik und wechselte bald das Thema.

Sie hatten eine vergnügliche Stunde und merkten beide, wie gut es tat, jemanden zu haben, dem man sein Herz ausschütten konnte.

Anna wollte zahlen, doch Sabine verschwand erst einmal auf der Toilette. Dort stand sie länger als nötig vor dem Spiegel, kämmte sich die Haare, zog den Lippenstift nach, legte noch etwas Rouge auf und warf einen längeren Blick durch das kleine Fenster auf ein wunderschönes Schiff, das gerade vorbeisegelte. Schneeweiß, die Segel halb gerefft, am Mast flatterte eine blaue Flagge mit einer weißen Rose darauf, und am Bug prangte in goldenen Buchstaben der stolze Name. *Kristina Sund*. Sabine stand da und verfolgte das Schiff, bis es ihrem Blick entschwunden war. Dann nahm sie ihre kleine Handtasche und verließ die Toilette.

Anna hatte schon die Geldbörse in der Hand, als Sabine an den Tisch zurückkehrte und ein Mann das Lokal betrat. Schlank und braunhaarig in einer Kapitänskluft, der sich suchend nach einem freien Tisch umschaute.

»Kennst du den Mann?«, fragte Sabine leise.

Anna nickte schmunzelnd. Es war Wesseling. Jetzt hatte er sie entdeckt und kam herüber an ihren Tisch.

»Guten Tag, Fräulein Herzog.«

»Wollen Sie sich nicht zu uns setzen, Käpt'n? Das ist übrigens meine Freundin Sabine aus Berlin …«

Warum Wesseling nie geheiratet hatte, wusste Anna nicht. Er war das, was man eine gute Partie nannte, hatte eine adelige Familie im Hintergrund, aber er war Frauen gegenüber eher schüchtern. Er war ein zurückhaltender Mensch, kein Draufgänger, kein Hasardeur, und was ihn zu diesem rauen, gefährlichen Beruf getrieben hatte, wusste nur der Teufel. Es passte nicht zu ihm. Aber er liebte die See und seinen Beruf aus einem Anna unerfindlichen Grund und kämpfte sich durch all die Unbill, die ihm da widerfahren war. Allem voran der Untergang der *Luna*. Es hieß, er habe sich danach in den Spelunken herumgetrieben und sich besinnungslos betrunken. Dann sei er wie der Phönix aus der Asche emporgestiegen und wieder zur See gefahren.

Er erzählte, dass er morgen mit der *Seestern* nach Marseille ablegen würde, und war ungewöhnlich gesprächig. Es dauerte nicht lange, bis Anna der Grund seiner Redseligkeit klar wurde. Sabine war keine zwei Stunden in Kiel und hatte schon einen Mann kennengelernt, der ihr zu gefallen schien, und Wesseling schien es nicht anders zu ergehen. Es ging so rasend schnell, dass Anna nur noch staunend dasaß. Am meisten wunderte sie sich über Wesseling, von dem manche, die mit ihm gefahren waren, behaupteten, er habe das Temperament einer Schlaftablette. Jetzt war er ein aufmerksamer Zuhörer, geradezu schlagfertig; er lachte an den richtigen Stellen und erzählte von seiner Familie, über die er sonst nie ein Wort verlor, ohne allerdings zu erwähnen, dass blaues Blut durch seine Adern floss. Und Sabine?

Sabine war wie immer. Die konnte sich gar nicht verstellen. Sie ruhte in sich selbst und war einfach unwiderstehlich immer nur Sabine. Sie brachte Wesseling zum Lachen und schaffte es, eine Saite in ihm zum Schwingen zu bringen, die sonst stumm und unter schweren Gedanken vergraben war.

Sie hatten bezahlt und waren gutgelaunt aufgebrochen. Sabine hatte sich bei Anna eingehakt, und sie schlenderten über den Kai Richtung Hafenbüro. Anna musste arbeiten, gab Sabine die Schlüssel zu ihrer Wohnung und rief ein Taxi, während Wesseling sich charmant von Sabine verabschiedete. Dann fiel Annas Blick auf das Schiff, das gerade angelegt hatte. Es war die *Kristina Sund*.

Das Büro war voller Menschen. Franz, sein Vater, Berger, Wesseling und zwei Frauen aus der Nachbarschaft, die gerade eine Zeitung vorbeigebracht hatten, was alle hier in Aufregung versetzt hatte. Der Aufreger war ein Artikel in der Zeitung, die aufgeschlagen auf dem Tisch lag. Es war eine kleine schleswig-holsteinische Zeitung, die nur wenig Auflage hatte. Anna überflog die Zeilen.

»… Die dürftige Stellungnahme der Polizei täuscht eben nicht darüber hinweg, dass Fragen unbeantwortet bleiben. Das terroristische Netzwerk hat unser Land bereits unterwandert, doch die Kieler Polizei verschweigt, vertuscht und verharmlost diese Gefahr. Während die Politik mit dem Rücken zur Wand steht, ergehen sich ihre Behörden in einem Schweigekartell, das die Bevölkerung bewusst im Unklaren lässt. Erst kürzlich hat die Presse über Maximilian Rose berichtet, doch seither ist nichts passiert außer einer nichtssagenden Erklärung des zuständigen Kommissariats. Es wäre sinnvoll und angebracht, im Fall Maximilian Rose die Politische Polizei und den Staatsschutz einzubinden oder ihn überhaupt als erste Behörde den Fall bearbeiten zu lassen. Warum geschieht das nicht und warum wird in diesem Land ein Terrorist geschützt?

»Das ist eine bodenlose Frechheit?«, knurrte Franz. Er packte die Zeitung, knüllte sie zusammen und warf sie ins Feuer.

»Was kann man dagegen machen?«, fragte der Vater aufgebracht. »Können die einfach schreiben, was sie wollen, ohne dass es Konsequenzen hat?«

Franz rief Dr. Gruber an. Er war nicht mehr bereit, die Sache auf sich beruhen zu lassen. Er würde gegen diese Zeitung mit allen rechtlichen Mitteln vorgehen, die ihm zur Verfügung standen.

Anna beobachtete seinen Vater. Er sah mitgenommen aus, das Haar war immer weißer und schütterer geworden, im Gesicht hatten sich tiefe Falten gebildet wie bei einem Magenkranken. Vielleicht war er wirklich krank. Das Drama um seinen Sohn spitzte sich immer weiter zu, und er konnte nichts anders tun, als zuzuschauen. Er saß resigniert am Tisch und starrte aus dem Fenster.

»Kommissar Sand ist auf Ihrer Seite«, sagte Anna und setzte sich zu ihm. »Er glaubt nicht an Maxims Schuld.«

»Warum lässt er ihn dann nicht gehen?«

»So einfach ist das nicht. Da sind diese Beweise, die gegen ihn sprechen, aber die können ihm untergeschoben worden sein, und was

Tenner betrifft, so könnte er Maxim wirklich verwechselt haben, aber das kann wie alles andere zu dieser Intrige gehören, dann wurde auch Tenner getäuscht. Sie müssen Feinde haben, Herr Rose, Feinde, die vor nichts zurückschrecken.«

Sie hatte ihn eigentlich trösten wollen und merkte zu spät, dass ihre letzten Worte alles andere als tröstlich wirkten. Daher war es nicht verwunderlich, dass er sie ganz verstört ansah. »Ich wüsste nicht, wer uns so dermaßen hassen könnte. Unsere Familie genoss immer einen guten Ruf. Wir haben uns nie etwas zuschulden kommen lassen.«

»Sicher«, murmelte sie und wusste nichts mehr zu sagen.

»Franz hat mit mir gesprochen«, bemerkte er nach einer kleinen Weile. »Ich möchte Ihnen sagen, Anna, dass wir, meine Frau und ich, damit einverstanden sind. Sie wissen, wovon ich spreche …«

Sie versuchte ein Lächeln und drückte seine Hand. Sie stand auf und gab vor, Berger bei der Ablage helfen zu müssen. Sie konnte diesem lieben Menschen, den sie wirklich schätzte, nicht in die Augen sehen. Sie spielte ein falsches Spiel, und das war schäbig. Aber ihnen jetzt in dieser Situation, wo sie ganz krank vor Sorge um ihren Sohn und Bruder waren, auch noch diese Illusion zu nehmen, brachte sie nicht übers Herz.

Am Abend wollten sie und Sabine tanzen gehen. Sich frei machen von all den Sorgen und Gedanken, einfach für ein paar Stunden vergessen. Ein großer Tanzsaal, und sofort war der alte Zauber wieder da. Anna warf sich in die Musik wie in ein neues Kleid, das perfekt passte, und wunderte sich, wie einfach es war, da anzuknüpfen, wo man einmal aufgehört hatte, denn seit sie in Kiel lebte, war sie nicht ein einziges Mal tanzen gegangen. In den Tanzpausen genehmigten sie sich jede ein Glas Sekt und blieben für sich. Sabine fragte Anna nach Wesseling aus, über den sie selbst nicht viel wusste.

»Was willst du mit einem Mann, der ständig unterwegs ist?«, fragte Anna.

»Dein Kapitän ist auch ständig unterwegs. Was willst du mit einem Mann, der ständig unterwegs ist?«

»Richtig. Wir sollten uns Männer aussuchen, von denen wir auch etwas haben.«

Sie lachten, und für einen Moment war die Welt so, wie sie sein sollte. Rund und bunt. Auf der Tanzfläche glitzerten die Kostüme, die Perlen, die Ketten, die durchtanzten Schuhe. Die Männer waren nicht weniger attraktiv als in Berlin und die Musik nicht weniger hinreißend, keiner hier dachte an Morgen. Und als die Augen müde wurden, die Füße zu schmerzen begannen, hüllten sie sich in ihre dicken Mäntel und traten in die Kälte der Nacht. Der Mond hatte einen Hof, und mit der Kälte kamen auch die Gedanken an ein Morgen zurück.

»Du solltest Franz heiraten«, sagte Sabine.

»Ich liebe ihn nicht.«

»Spielt das eine Rolle?«

»Für mich schon.«

»Lieber eine kleine Sekretärin in einer Zwei-Zimmer-Wohnung, die sich nichts leisten kann und immer abhängig von ihrem Job ist?«

»Wenn ich ihn heirate, bin ich von ihm abhängig.«

»Ja, es ist ständig das gleiche Lied. Frauen sind nie unabhängig, Anna. Ist es da nicht egal, von welcher Seite die Abhängigkeit kommt? Da nimmt man doch lieber die angenehmere, oder?«

Sabine hatte einen unbestechlichen Sinn für die Realität, sie hätte nicht lange darüber nachdenken müssen, wenn sich ihr eine gute Gelegenheit geboten hätte.

»Wie kann ich Wesseling wiedersehen?«, wollte sie wissen. »Du kannst doch bestimmt ein Treffen arrangieren.«

»Du kennst ihn doch gar nicht«, hielt Anna ihr entgegen.

»Ich finde, er ist ein sehr attraktiver Mann. Hast du seine Augen gesehen?«

»Ja, sie sind braun. Männer mit braunen Augen gibt es wie Sand am Meer.«

»Was weißt du über ihn?«

»Nicht viel. Nur dass er die *Luna* auf Grund gesetzt hat und ein gebürtiger Baron sein soll.«

»Ein Baron, der als Kapitän zur See fährt? Haben die ein Schloss oder so?«

Anna blieb das Lachen in der Kehle stecken. Das hätte Sabine gefallen, sich einen adeligen Herrn zu angeln, in einem opulenten Schloss zu wohnen und über eine Schar Bediensteter zu befehlen. Anna wusste nichts über diese adelige Familie, nur dass sie eben von Adel war, und von einem Schloss hatte Wesseling auch nie gesprochen. Aber er sprach so gut wie nie von zu Hause. Auf einmal war Sabine neugierig geworden.

»Du musst ein Treffen arrangieren«, wiederholte sie.

»Ich kann es versuchen«, gab Anna schmunzelnd zurück. Sabines nüchterne Analyse der Wirklichkeit tat ihr gut. Sie grübelte zu viel. Sie hatte kein Ziel mehr. Es war quasi vor ihren Augen zu Staub geworden. Eingedampft, in tausend Einzelteile zerlegt. Wie ein Flugzeug, das vom Himmel fiel und von dem nichts mehr übrigblieb.

Sie waren angekommen. Anna zog den Schlüssel aus der Tasche und schloss die Tür auf.

Anna war klar, dass sie der Begegnung mit Brandis nicht ewig aus dem Weg gehen konnte. Eines Tages würde er ins Hafenbüro kommen, und sie würde an ihrem Schreibtisch sitzen. Sie dachte ständig darüber nach, wie sie sich verhalten sollte, und merkte bald, dass jede Strategie, die sie sich zurechtlegte, zusammenfallen würde, wenn er wirklich eines Tages vor ihr stünde. Aber er kam nicht, er war noch unterwegs nach Portugal. Stattdessen erschien Wesseling eines Morgens im Büro, um seine Frachtpapiere abzuholen. Er wirkte wie selten fröhlich und gutgelaunt und fragte tatsächlich nach der lieben Freundin Sabine. Anna war vorsichtig. Hier schienen sich zwei Menschen besonders anziehend gefunden zu haben, und ihr Eindruck, was Wesseling betraf, hatte sie nicht getäuscht. Er war wirklich an Sabine interessiert.

»Darf ich Ihnen eine persönliche Frage stellen, Käpt'n?«, fragte sie so nebenbei, während sie die Papiere suchte.

»Aber gern, Fräulein Herzog.«

»Franz sagte mir einmal, Ihre Familie sei von Adel.«

Er grinste etwas schief. »Mein Vater ist der Baron von Wesseling, ja, das stimmt.«

»Woher stammt Ihre Familie eigentlich?«

»Oh, aus Hohn, einem kleinen Dorf in der Nähe von Rendsburg, nicht besonders bemerkenswert.«

Sie legte ihm die Papiere auf den Tisch. »Kohle auf der *Kronos* nach Liverpool. Sie haben Glück. Es wird eine ruhige Fahrt werden.«

Wesseling nickte und nahm die Papiere an sich. »Bestellen Sie Ihrer Freundin ganz besonders liebe Grüße von mir. Vielleicht sieht man sich ja mal wieder.«

Anna lächelte. Wesseling hatte nicht den Mut, direkt zu fragen, und sie hatte nicht die Absicht, ihm zu helfen.

Als er gegangen war, suchte sie auf der Karte nach Hohn. Ein wirklich kleines Nest auf dem platten Land. Sie hatte das Gespräch schon wieder vergessen, als sich ein paar Tage später plötzlich Tenner im Büro einstellte und davon erzählte, dass er am Samstag seine Mutter in Rendsburg besuchen würde. Da fiel ihr die Karte wieder ein, denn Hohn lag nicht weit von Rendsburg entfernt. Am Abend sprach sie mit Sabine darüber, der plötzlich eine Idee durch den Kopf schoss.

»Tenner kann uns mitnehmen und im Dorf absetzen. Dann gucken wir uns das Schloss an, was meinst du? Wir machen einen kleinen Ausflug aufs Land.«

Anna zögerte. Wollte sie sich wirklich dieses Hohn ansehen? Das Schloss, die Ländereien und alles, was dazugehörte?

»Wo sollen wir übernachten? Und was erzählen wir Tenner, was wir da wollen?«

»Gasthäuser gibt es überall, und Tenner sagen wir, eine Cousine von mir wohnt in Hohn, die wollen wir besuchen.«

Anna gab nach. Obwohl sie den Vorschlag ziemlich verrückt fand, wollte sie Sabine nicht enttäuschen. Sie würden nach Hohn fahren. Ein paar Tage Landleben würden ihr selbst vielleicht ganz guttun. Frische Landluft, frische, gerade gemolkene Milch, noch dampfend, lange Spaziergänge und nicht zu vergessen ein paar Tage in aristokratischer Gesellschaft, das war genau die Abwechslung, die sie brauchte, um ihren Kummer ein wenig zu vergessen.

Kommissar Sand hatte aus dem Krankenhaus einen Anruf erhalten. Cornelius, der Fahrer des verunfallten Wagens, war zwar schon seit geraumer Zeit wieder bei Bewusstsein, aber sein Zustand war bisher kritisch gewesen. Er hatte bei dem Unfall eine komplizierte Fraktur des linken Beins erlitten.

Als Sand das Krankenzimmer betrat, sah er sofort das vergipste Bein, das an einem Gestänge über dem Bett hing. Eine mehr als unbequeme Position, die verhinderte, dass sich der Verletzte bewegen oder drehen, geschweige denn aufstehen konnte. Sand stellte sich vor und setzte sich auf den Stuhl, der neben dem Bett stand.

»Wie geht es Ihnen, Herr Kollege?«

Cornelius nickte vage. Sein Blick flackerte, die Hände, die auf der Decke lagen und den Notknopf festhielten, zitterten.

»Können Sie mir ein paar Fragen beantworten?«

Keine Reaktion. Die Augenlider fielen zu.

»Wer saß in Ihrem Wagen? Herr Dr. Röder, der Staatsanwalt, nicht wahr? Und Lannard, ein Journalist. War da noch jemand? Wie viele Leute saßen in dem Auto?«

»Drei«, war die dahingeflüsterte Antwort. »Ich bin gefahren. Neben mir saß der Staatsanwalt und dahinter dieser Lannard.«

»Auf dem Rückfahrersitz lag ein Ausweis. Ausgestellt auf einen gewissen Hagen Wesel. Saß Hagen Wesel auch im Wagen?«

»Nein«, war die knappe Antwort.

»Wem gehörte der Wagen?«

»Magnus, also Dr. Röder. Dr. Röder war mein Schwager.«

Sand machte eine Pause. Cornelius hatte die Augen noch immer geschlossen. Warum log er? Weil er Angst hatte? Weil man ihm eingeschärft hatte, den Mund zu halten?

»Woher kamen Sie, bevor sich der Unfall ereignete?«

»Aus Kiel.«

»Sagt Ihnen der Name Hagen Wesel etwas?«

Wieder vages Kopfschütteln, die Lider hoben sich etwas. Cornelius blinzelte.

»Wie kommt Wesels Ausweis auf den Rücksitz?«

»Ich weiß nichts von einem Ausweis.«

»Sie waren in einem Gasthaus. In der ›Linde‹, nicht wahr? Sie haben sich dort mit einer Frau vom Staatsschutz getroffen, das wissen wir.«

Cornelius blinzelte wieder. »Keine Ahnung. Während die anderen in der ›Linde‹ waren, saß ich im Auto. Ich war nicht dabei.«

»Worüber wurde im Auto gesprochen?«

Cornelius' Hände wurden ruhiger. »Sie sprachen nicht viel. Eigentlich nur übers Wetter. An mehr kann ich mich nicht erinnern.«

Sand suchte nach der richtigen Formulierung. »Ich frage Sie jetzt noch einmal: Sie waren nur zu dritt im Wagen, Sie, der Staatsanwalt und der Journalist. Da war kein vierter Mann, der auf dem Rücksitz saß?«

Die Tür ging auf, und die Schwester erschien mit einem Tablett in der Hand. »Sie sollten jetzt gehen, Herr Kommissar.«

Sand fixierte Cornelius scharf. Er bohrte seinen Blick in die glasigverschwommenen Augen des Kranken, der ganz plötzlich und hastig auf den Notknopf drückte.

»Ich bin da«, rief die Schwester und kam energisch ins Zimmer hinein. »Alles gut. Der Herr Kommissar möchte jetzt sicher gehen.«

»Es ist wichtig …«

»Kommen Sie morgen wieder.«

Sand verließ verärgert das Zimmer. Auf dem Flur überlegte er, dass er immerhin etwas Neues erfahren hatte. Cornelius log. Er musste wissen, dass Wesel im Auto gesessen hatte, und er musste, selbst wenn er im Wagen geblieben war, das Auto von Moor gesehen haben. Hatte er darum so plötzlich auf den Knopf gedrückt? War er selbst Teil dieses mysteriösen Geflechts oder wirklich nur der Fahrer gewesen, dem man eingeschärft hatte, dass Wesel nie im Auto gesessen hatte?

11

Es war eine einsame Gegend, ein Landstrich, wo sich Fuchs und Hase gute Nacht sagten. Flach wie ein Teller, vom Wind verwirbelt. Hier und da ein kleines Dorf, ab und zu ein Hof, Wiesen, abgeerntete Felder. Ein Wald aus krummen, vom ständig wehenden Sturm in seiner Richtung verdrehten, gebeugten Kiefern. Ein schaurig-flüsternder Gespensterwald, durch den eine schmale Straße führte. Hinter dem Wald öffnete sich ein weiter Blick ins Nirgendwo hinein, nur Himmel, kaum Erde und darauf hin und wieder ein Kirchturm gepflanzt. Sie passierten ein verwittertes Ortsschild, hinter dem das Dorf auftauchte. Es bestand hauptsächlich aus kleinen, verstreut liegenden Höfen und einem überschaubaren Ortskern. Kirche, ein paar Häuser, ein Gasthaus.

Tenner hielt an der Straße vor der Kneipe. Sie bedankten sich bei ihm und vereinbarten, dass er sie morgen an derselben Stelle wieder abholen solle. Sie hatten sich mit gutem, festem Schuhwerk ausgerüstet, trugen dicke Mäntel, Schals und Mützen und berieten, was sie als Erstes unternehmen wollten. Sie sahen sich um. Außer einem Trecker, der auf der Straße fuhr, war nichts und niemand zu sehen.

»Ziemlich einsame Gegend«, stellte Sabine fest.

»Du weißt doch, der Adel residiert immer im Zentrum seiner Ländereien. Ich vermute mal, das ganze Land drum herum gehört dem Baron.«

»Ja, aber wo wohnt er? Wo ist das Schloss?«

Sie beschlossen, im Gasthaus nachzufragen. Der etwas schroffe Wirt, der wohl selten Besuch aus der Landeshauptstadt bekam, servierte ihnen einen heißen Tee. Auf ihre Frage, wo das Schloss des Barons von Wesseling sei, stutzte er, schien nachzudenken und meinte dann: »Sie gehen die Hauptstraße bis zur Schafweide. Dort nehmen sie den linken Weg und dann immer geradeaus. Ist nicht zu verfehlen. Aber kommen Sie nicht vom Weg ab, nicht weit von hier befindet sich das große Moor. Dort ist es gefährlich, die Damen sollten also wirklich aufpassen, denn wenn Sie da hineinfallen, hilft auch kein Schreien, es wird Sie niemand hören.«

Sie ließen sich von seinen warnenden Worten nicht abhalten und versicherten ihm, immer auf dem Weg zu bleiben. Sie liefen die Hauptstraße hinunter, vorbei an den wenigen Häusern, die sie säumten. Hühner scharrten im Sand, auf einer Fensterbank lag eine dreifarbige, wild getupfte Katze in der Wintersonne. Nach etwa einer halben Stunde strammen Fußmarsches erreichten sie endlich die Weide, auf der ein Dutzend Schafe grasten. Der Weg verlief tatsächlich links am Gatter vorbei, war aber nur noch ein vom letzten Regen aufgeweichter und schlammiger Schotterpfad. Es war ein mühseliges Vorankommen durch diesen Morast, aber dann tauchten drei Höfe auf, einer links, einer rechts und einer direkt vor ihnen. Von links kam wütendes Gebell, so dass sie auf den rechten zusteuerten, der in tiefer Stille dalag. Vielleicht zu still. Hier lebte niemand mehr. Die Haustür war aus den Angeln gefallen und stand auf, im Stall daneben lagen ein paar verstaubte Heuballen herum, kein Huhn, kein Hund, kein Mensch. Blieb nur noch der mittlere. Ihre Schuhe waren mittlerweile völlig verschlammt und ihre Wangen gerötet vom scharfen Wind. Aber sie stapften tapfer weiter. Vor dem Haus stand eine ältere Frau, um den Kopf ein Tuch gewickelt, und fegte den Boden mit einem Reisigbesen. Anna fragte nach dem Schloss des Barons von Wesseling und erntete ungläubiges Erstaunen. »Was für ein Schloss? Hier gibt es kein Schloss.«

»Aber den Baron, den gibt es doch, oder?«

Die Bäuerin nickte. »Sicher gibt es den. Der wohnt da.«

Sie wies mit dem Besen nach links, dorthin, wo der Hof mit dem bellenden Hund lag.

»Das ist ein Hof«, bemerkte Sabine irritiert.

»Natürlich ist das ein Hof. Was haben Sie denn erwartet? Die Wesselings sind Bauern, immer gewesen, auch wenn sie einen hochtrabenden Titel haben. Sie besitzen natürlich mehr Land als wir, aber für ein Schloss hat es nie gereicht.«

Die Bäuerin schüttelte amüsiert den Kopf, packte ihren Besen und fegte weiter.

Sie waren maßlos enttäuscht. Sie machten kehrt und wandten sich jetzt nach rechts. Langsam spürten sie den weiten Weg in den Füßen, sie waren bestimmt schon gute zwei Stunden unterwegs. Dann blieben sie stehen und lauschten. Das Gebell hatte aufgehört.

»Ein Baron ist er aber, oder?«, fragte Sabine plötzlich zögerlich.

»Ja, aber er hat kein Schloss, er hat nur einen Hof. Ist das wichtig? Chris Brandis' Eltern haben bestimmt noch nicht mal einen Hof, das hat mich nie interessiert. Mir ging es immer nur um den Menschen.«

»Was machen wir jetzt?«

»Wo wir nun schon einmal hier sind, sollten wir uns den Hof auch angucken.«

Der Hof war ein breites, an die Erde geducktes Gebäude mit tief heruntergezogenem Dach, links und rechts des Gebäudes lagen Schuppen und kleinere Ställe. Aus einem klobigen Schornstein stieg Rauch in die Luft, und auf dem Kopfsteinpflaster vor dem Haus lag ein großer Schäferhund und schlief.

Sie blieben stehen.

»Seltsamer Wachhund«, flüsterte Sabine. »Schlägt wohl nur an, wenn man besonders weit weg ist. Steht man direkt vor der Haustür, schläft er ein.«

»Lass dich nicht täuschen. Wollen wir überhaupt weitergehen?«

»Ich brauche mal eine Pause, Anna. Mir tun die Füße weh, und ich habe Hunger ohne Ende. Also entweder wir laufen zu der Bäuerin zurück, oder wir klingeln jetzt hier.«

Der Hund hob den Kopf und gähnte. Sie sprachen ihm gut zu und machten einen großen Bogen, bis sie vor der Tür angekommen waren. Kein Namensschild, keine Klingel. Anna klopfte.

Die Dunkelheit hatte sich übers Land geworfen. Anna und Sabine saßen bei Gaslicht mit dem Ehepaar Wesseling am Tisch und aßen zu Abend. Es gab Linsensuppe und frisch gebackenes Brot, dazu warmes Bier. Der Baron und die Baronin waren derbe Leute mit derben Manieren, die das Landleben hart gemacht hatte. Holzschnittartige Gesichter, einfache zweckdienliche Kleidung und kein Wort zu viel. Anna hatte sich nicht getraut, zu sagen, warum sie wirklich gekommen waren. Das hätte hier niemand verstanden. Stattdessen hatte sie erzählt, sie hätten sich verlaufen. Das verstand jeder, denn ein Schritt zu weit, und man landete im Sumpf, aus dem man schlimmstenfalls nie wieder herauskam und der sich mit der Zeit immer näher an den Hof gefressen hatte.

Ein spiegelglatter Himmel wölbte sich über dem Moor, in dem die Irrlichter umgingen und wundersame Dinge geschahen. Man konnte das Moor förmlich riechen. Es roch nach Fäulnis und Moder. Und man konnte es hören. Der Baron erzählte Geschichten. Geschichten von Menschen, die in den Sumpf gefallen, darin eingesunken und dort elendiglich untergegangen waren. Er erzählte die Geschichte des elfjährigen Mädchens Marie, das noch vor einem Jahr einen einzigen falschen Schritt getan und versunken war.

»Es herrschte Nebel an diesem Tag. Marie kannte das Moor, sie kannte es wirklich, aber das Tückische am Moor ist, dass du über einen trockenen, stabilen Pfad läufst und einen Meter weiter wird er schwankend, du sinkst ein, alles zieht dich herunter. Marie hat ein verirrtes Schaf gesucht und sich dabei selbst verirrt. Ja, Hunderte von Knochen stecken im Schlamm, Hunderte von Herzen bluten nicht mehr. In Vollmondnächten steigen ihre Seelen aus dem Sumpf heraus, das sind die Irrlichter. Ich habe gesehen, wie sie durch den Wald irrten und wie sie über den Mooraugen flirrten …«

Anna, die sonst kein ängstlicher Mensch war, schauderte. Die ganze Situation erinnerte sie an ein Buch, das sie vor Jahren einmal gelesen hatte. Der Hund von Baskerville von Sir Conan Doyle. Eine schaurige Geschichte, die ebenfalls im Moor spielte. Zwar war Wesselings Hund nur ein harmloser Schäferhund, aber das Moor musste genauso gruselig wie im Buch sein.

»Fürchten Sie sich nicht vor den Geräuschen«, sagte Wesseling. »Sie kommen nicht bis hierher.«

»Wer? Wer kommt nicht bis hierher?«, fragte Sabine argwöhnisch.

»Die Seelen der Toten. Es sind die Klagen all der verdammten Seelen, die im Moor versunken sind. Und das sind eine ganze Menge.«

Sabine schluckte. Sie hatte endgültig genug von ihrem Ausflug. Aber nun waren sie hier und mussten froh sein, überhaupt irgendwo untergekommen zu sein. Nun würden sie auch die Nacht hier verbringen müssen. Morgen würde der Baron sie mit dem Trecker zum Gasthaus zurückbringen.

»Ich kenne übrigens Ihren Sohn«, bemerkte Anna.

»Welchen?«

»Den Kapitän.«

»Ach, den …«, versetzte Wesseling geringschätzig. »Ja, der wollte hoch hinaus. Jura studieren, aber nach zwei Semestern hatte er genug und wollte zur See. Irgendein Reeder aus Kiel hat ihm die Ausbildung zum Maat und dann zum Kapitän ermöglicht. Der ist seit zehn Jahren nicht mehr bei uns gewesen. Hat nie Interesse für den Hof gehabt.«

Auf dem Land ging man früh schlafen. In der kleinen Gästekammer stand ein Holzbett mit zwei Decken, auf dem wackeligen Tisch an der unverputzten Wand eine heruntergebrannte Kerze und eine Schüssel mit Wasserkrug. Die Toilette befand sich auf dem Hof.

Die Baronin wünschte ihnen eine gute Nacht und schloss die Tür. Sie blieben zurück in einer eiskalten Kammer und sahen ihren Atem in die kalte Luft steigen.

»Morgen früh sind wir erfroren«, murmelte Sabine und warf einen skeptischen Blick auf das Bett. Es war zu kurz, für wirklich kleine Menschen gedacht. Sie würden ihre Beine in dem Ding niemals ausstrecken können. Anna wusch sich Gesicht und Hände an der Schüssel, während Sabine am Fenster stand. Irgendwo dahinten lag das Moor. Der volle Mond warf sein Leuchten auf eine braune, flache Fläche, davor standen tote, abgestorbene Bäume, deren Äste wie die bizarren Arme von Gespenstern aussahen. In der Ferne meinte Sabine ein zuckendes Blitzen zu sehen, das aufflackerte und wieder verlosch, und dann hörten sie den unheimlichen, durchdringenden Schrei eines Vogels, der durch die Dunkelheit klang.

»Ob das die Seelen der Toten sind?«, fragte Sabine beklommen.

»Das ist ein Vogel, das hörst du doch.«

»Hast du jemals einen Vogel so schreien hören? Ich nicht. Das ist kein Vogel, Anna, das sind die Toten.«

Anna warf Sabine einen kurzen Blick zu. Sie hatte nicht gewusst, dass ihre Freundin so empfänglich für übersinnliche Geschichten war.

»Lass uns ins Bett gehen, Sabine.«

»In welches Bett?«

Allmählich wurde ihnen immer kälter. Sie zogen sich die Kleider und die Schuhe aus, ließen aber die Strümpfe an, wickelten sich einen Schal um den Hals und stiegen ins Bett. Die Decken kratzten auf der bloßen Haut, und sie mussten die Beine anziehen, weil das Bett einfach zu kurz war. Dann lagen sie da, hellwach, den lauten, krächzenden Vogelrufen lauschend, und starrten gegen die Decke.

»Das war wirklich die dümmste Idee, die wir je hatten«, sagte Sabine in das Schweigen hinein.

»Morgen sind wir wieder zu Hause. Du magst doch Wesseling jetzt nicht weniger, nur weil er kein Schloss hat, oder?«

Sabine lachte leise. »Natürlich nicht. Ich nehme an, so etwas nennt man verarmten Landadel. Vielleicht wollte er deshalb weg von zu Hause. Kann ich gut verstehen. Ich hätte es hier auch nicht ausgehalten. Aber ich will mir nicht zu viel Hoffnungen machen, vielleicht ist er einfach nur nett, und mehr ist gar nicht.«

»Du hast recht. Sich nicht zu viel Hoffnungen machen ist immer gut. Meistens geht es nämlich schief, das siehst du ja an mir.«

Der Mond wanderte am Fenster vorbei und schien ihnen direkt ins Gesicht. Wind kam auf und rüttelte an den Fensterläden.

»Brandis ist dir keine Rechenschaft schuldig, Anna«, sagte Sabine. »Er hat dich einmal geküsst, aber er hat nie gesagt, er will dich heiraten, er hat noch nicht mal von Verlobung gesprochen. Er hat dir überhaupt keine Hoffnungen gemacht auf was auch immer. Das findet alles nur in deinem Kopf statt. Und jetzt bist du enttäuscht, dass da noch irgendwo eine andere ist. Es gab keinen Grund für ihn, dir davon zu erzählen.«

Anna antwortete nicht. Hatte es wirklich keinen Grund gegeben?

»Wenn er wieder zurück ist, solltet ihr euch mal aussprechen, klären, was ihr beide eigentlich voneinander wollt. Und wenn er dieses Gespräch nicht sucht, dann musst du es tun.«

Sie wickelten sich in die Decken, zogen die Knie an und versuchten einzuschlafen. Eine Tür knarrte auf dem Flur, jemand stieg die Treppe hinauf. Durchs Fenster drang der Ruf eines Käuzchens, ein Hund bellte irgendwo in der Ferne. Wieder Knarren auf dem Flur, so als ob jemand langsam eine Tür aufschiebe.

Sabine stieg aus dem Bett. Es half nichts, sie musste auf den Hof hinaus.

»Was ist?«, hörte sie Annas schlaftrunkene Stimme.

»Bin gleich wieder da.«

Sie schlüpfte in die Schuhe und warf sich den Mantel über. Sie tappte über den dunklen Flur und kam an der Küche vorbei. Im Kamin glomm noch die Glut. Sie zog die Haustür auf. Neben einem Stall stand das kleine Häuschen. Sabine lief hinüber, als ihr Blick aufs offene Feld fiel. Ein Blick bis zum Horizont. Es blinkte noch immer. Was blinkte da?

Sie zog sich den Mantel an, denn es war bitterkalt. Sie starrte auf dieses Licht, das nicht aufhörte zu blinken. Eine Taschenlampe?

Sie machte ein paar Schritte aufs Feld. Es war trocken, aber abgeerntet und voller Stoppeln. Der Mond hing jetzt auf der anderen Seite und beschien das Stoppelfeld.

Eine halbe Stunde später schrak Anna hoch. Sie hatte nicht wirklich geschlafen. Ihre Füße waren eiskalt, ihre Hände ebenso. Das Bett neben ihr war leer. Wo war Sabine? Anna stand auf, zog sich Schuhe und Mantel an und tastete sich in der Dunkelheit durchs Haus bis vor die Tür. Gegenüber lag das Häuschen. Sie machte vorsichtig die Tür auf. Keine Sabine. Anna stand ratlos auf dem Hof. Sie überlegte, ob sie den Baron wecken sollte, als ihr ein seltsames Leuchten am Horizont auffiel. Waren das die Irrlichter, von denen der Baron gesprochen hatte? Aber Sabine würde doch nie ins Moor hinauslaufen, nur um sich diese Lichter anzusehen?

Anna tappte übers Feld und rief Sabines Namen. Nach ein paar Minuten merkte sie, wie das Mondlicht sich in kleinen Pfützen zu spiegeln begann und der Boden schlammig wurde. Es schmatzte und gurgelte unter ihren Schuhen. Sie blieb stehen. Der Geruch nach Moder und Fäulnis, den sie bereits auf dem Hof bemerkt hatte, wurde intensiver, es roch wie in einer Jauchegrube. Sie rief wieder Sabines Namen, doch ihre Stimmer verlor sich in der frostkalten Luft. Sie ging weiter, vorsichtig und tapsend, als erste Bäume neben ihr auftauchten, die mit den Beinen im Wasser standen. Ihr Schritt wurde wieder fester, sie blieb stehen und rief nach Sabine. Hier war keine Menschenseele, und langsam erfasste Anna die Panik. Wie lange würde es dauern, bis ein Mensch vollkommen im Sumpf verschwunden war? Minuten, Stunden? Sie hatte keine Ahnung, und sie traute sich nicht weiter. Die Gestalt der Bäume vor ihr wurde immer absonderlicher, als würden sie ihre verdrehten Wurzeln aus dem Wasser strecken wollen, so dass sie völlig schief im Mondlicht standen. Plötzlich tauchten zwischen ihnen winzige Blitze auf, wie grün-blau schimmernde Glühwürmchen, die, kaum dass sie in die Höhe stoben, wieder erloschen waren. Anna stockte der Atem. Das konnten nur die Irrlichter sein, Gase, die aus dem Boden stiegen und bei Luftkontakt wie Seifenblasen zerplatzten. Der spitze Schrei eines Tieres durchschnitt die atemlose, windstille Luft, und Anna zuckte zusammen. Das Tier schien auf einem der toten Bäume zu hocken, ein düsterer, vom Licht des Mondes umflossener Umriss, der ebenso gut etwas anderes als ein Vogel hätte sein können.

Anna rief noch einmal Sabines Namen, aber es kam keine Antwort. Hier war keine Sabine. Aber wo war Sabine dann?

Langsam spürte Anna die Kälte unter ihrem Mantel. Ihr Herz klopfte, und auf ihren Armen lag eine Gänsehaut. Sie drehte sich um und ging Schritt für Schritt zurück. Der Boden schmatzte wieder, ihr Kopf streifte den toten Ast eines Baumes, der ein knarrendes Geräusch von sich gab. Als sie endlich das Stoppelfeld erreicht hatte, fing sie an zu laufen, in der Hoffnung, dass Sabine jetzt und trotz allem in ihrem Bett liegen würde, und kam atemlos auf dem Hof an. Sie sah im Zimmer nach und erbleichte. Sabines Bett war leer. War sie also doch irgendwo da draußen im Sumpf verschwunden? Anna ging auf den Hof zurück und überlegte, ob sie die Bauern wecken sollte. Ihr gegenüber stand die Tür eines Stalles auf, und das Mondlicht schien hinein. Im Stall raschelte es, eine leise Stimme drang an Annas Ohr. Im Stall lagen zwei Schafe im Heu, daneben saß Sabine und kraulte eines von ihnen sanft am Hals.

»Kannst du auch nicht schlafen?«, fragte Sabine.

Calais. Häfen glichen sich überall auf der Welt. Der Hafen von Calais machte da keine Ausnahme. Hafenkneipen, Heuerbörsen, Lagerschuppen, Schiffe am Kai. Es gab Seeleute, die auf der ganzen Welt gewesen waren, aber von der Welt nur die Küsten und die Häfen kannten. Die nie im Hinterland oder in einer Stadt gewesen waren.

Brandis gehörte nicht dazu. Aber in Calais hatte er nicht vor, lange zu bleiben. Er war auf der Rückfahrt nach Kiel und steuerte nur wegen Lin diesen Hafen an. Lins Bruder, der sich freute, seine Schwester endlich wiederzusehen, besaß einen kleinen Laden für Schiffszubehör in Hafennähe. Aber die wäre lieber in Kiel geblieben und fühlte sich fremd in dieser Stadt. Überhaupt fühlte sie sich fremd in diesem Leben. Sie war wie eine wilde Katze immer wieder ausgerissen, weggelaufen, und Brandis hatte sie immer wieder zurückgebracht. Ihr Bruder kannte das Spiel schon und lachte darüber. Sie würde ihm im Laden helfen, bis sie eines Tages wieder verschwunden war. Eines Morgens würde er aufwachen, und sie würde schon längst auf irgendeinem Schiff unterwegs sein. Sobald sie bei ihrem Bruder genug Geld verdient hatte, trieb sie sich am Kai herum und sah sich die Schiffe an. War eins darunter, das in die Ostsee ablegte, kaufte sie eine Passage.

Brandis ging alleine zum Hafen zurück. Er dachte an Anna und ihre Worte. Woher hatte sie gewusst, dass er nach Calais segeln würde? Niemand außer ihm und Lin hatten davon gewusst. Selbst Finnen und die Mannschaft hatten erst gestern erfahren, dass sie einen Abstecher nach Calais machen würden.

Er kehrte in eine der Kneipen ein, setzte sich an den Tresen und bestellte Rum. Um ihn herum nur Seeleute, neben ihm ein Kapitän, erkennbar an seinem Mantel. Ein Holländer. Er sprach Deutsch, und sie unterhielten sich eine Weile, als die Tür aufging und ein eleganter Herr die Kneipe betrat. Er ging von Tisch zu Tisch und sprach die Männer auf Französisch an. Dann kam er zum Tresen, aber weder der holländische Kapitän noch Brandis verstanden ihn. So fragte er auf Englisch, woher sie kämen.

»Kiel«, antwortete Brandis. »Germany.«

»Ah, ein Landsmann. Ich suche einen Kapitän für die *Wasa*, einen Zweimastschoner.«

Der holländische Kapitän schien interessiert. »Wohin?«, fragte er.

»Nach Gibraltar. Dreihundertsiebzig Tonnen Getreide.«

»Aber kein Schüttgetreide, damit fahre ich nicht.«

»Keine Angst, Käpt'n. Alles hübsch in Säcken verstaut.«

»Ich muss mir erst eine Mannschaft suchen.«

»Klar doch. Lassen Sie sich Zeit, Käpt'n. Also kommen wir ins Geschäft?«

Der Kapitän stand auf und schlug in die ausgestreckte Hand. »Abgemacht. Sie sind der Eigner?«

»Genau. Georg Sammet.«

Sie bestellten einen Jamaika und tranken auf die Fahrt nach Gibraltar.

Brandis zahlte und trat vor die Kneipe. Sammet. Der Name verwirrte ihn. Sammet hatte der Eigner der *Kassiopeia* geheißen. Zufall? Brandis ging kurz entschlossen zum Kai hinunter und suchte unter all den angelegten Schiffen die *Wasa*. Und er fand sie. Ein einfacher Zweimastschoner, der seine besten Tage schon hinter sich hatte, ein Uraltschiff. Noch älter als die *Sybille*, die nächstes Jahr zerlegt werden würde. Keine gute Klassifizierung, aber für Getreide würde es reichen. Wie hoch würde die *Wasa* versichert sein?

Es musste nicht *dieser* Sammet sein, es konnte ein ganz anderer mit demselben Nachnamen sein. Und wenn es doch *dieser* Sammet war? Ein Mann, der in den Häfen der Welt herumlief und Kapitäne suchte, die auf alten morschen Kähnen segelten, die zum Untergang bestimmt waren?

Brandis schüttelte unwillkürlich den Kopf. Er sah Gespenster. Wesselings Geschichte über den Untergang der *Kassiopeia* musste nicht stimmen. Er hätte sie erfinden können, um sich von seiner eigenen Schuld frei zu waschen. Trotzdem spukte in Brandis' Kopf dieser Name herum. Plötzlich hörte er Stimmen und sah Sammet mit dem holländischen Kapitän herankommen, um sich die *Wasa* anzuschauen.

»Ganz neu ist sie nicht«, bemerkte der Holländer kritisch.

Sammet lächelte konziliant. »Sie ist in Schottland vom Stapel gelaufen, stammt aus einer der besten Werften in Europa. Die macht noch ein paar Jahre. Außerdem ist sie komplett überholt.«

Der Holländer hatte seinen fachmännischen Blick auf den Bug und die gerefften Segel gerichtet. Rote Segel.

»Kennen Sie Kiel?«, fragte Brandis den neben ihm stehenden Sammet.

»Flüchtig. Bin ein paar Mal dort gewesen.«

»Gehörte Ihnen nicht die *Kassiopeia*?«

Sammet verzog keine Miene, schien jedoch kurz nachzudenken, denn seine Antwort kam verzögert. »Was wissen Sie von der *Kassiopeia*?«, fragte er dann ausweichend.

»Sie ist in der Dänischen See untergegangen. Auf Grund gelaufen, weil der Kreuzmast brach. Und soviel ich weiß, waren Sie der Eigner.«

Sammet zögerte wieder. Er fragte sich wohl, wie er reagieren solle, und entschied sich schließlich für die Flucht nach vorn. »Eine tragische Geschichte. Aber Sie wissen ja, Käpt'n, so etwas passiert. Dagegen ist niemand gefeit. Nennen Sie mir einen Kapitän, der noch nie ein Schiff verloren hat. Ich kenne keinen.«

»Wohl wahr«, ließ sich der Holländer vernehmen. »Wir alle kennen das Risiko. Wer es nicht eingehen will, darf nicht zur See fahren. Haben Sie noch nie ein Schiff verloren?«

»Doch, das habe ich. Vor der Küste von Madagaskar. Aber die *Kassiopeia* ist gesunken, weil jemand den Kreuzmast angesägt haben soll.«

»Das behauptete der Kapitän, der das Kommando auf der *Kassiopeia* hatte«, versetzte Sammet wegwerfend. »Ein unfähiger Mann, sage ich Ihnen. Der wollte doch nur von seiner eigenen Unfähigkeit ablenken. Und jetzt wollen wir nicht mehr darüber sprechen.«

Brandis verabschiedete sich und setzte sich in die Kneipe zurück. Er zündete seine Pfeife an, und während er rauchte, ließ er Sammets Worte noch einmal Revue passieren. Sammet *war* der Mann gewesen, den er gesucht hatte. Ein Treffer. Er hatte die Nadel im Heuhaufen gefunden. Aber hieß das jetzt, dass er die *Kassiopeia* vorsätzlich dem

Untergang preisgegeben hatte, weil jemand – Tenner vielleicht – den Kreuzmast angesägt hatte? Natürlich nicht. Und trotzdem war er hellwach und hoch konzentriert. Er hatte eine Spur gefunden, und er würde nicht lockerlassen. Aber was konnte er tun? Er blieb sitzen und rauchte weiter.

Der letzte Artikel, der im Zusammenhang mit Rose erschienen war, lag auf Sands Schreibtisch. Er war besorgt über diesen neuerlichen Vorstoß gegen Rose, gegen den er keine Handhabe hatte. Brachten Zeitungen ganz offensichtlich falsche Nachrichten, hätte man sie vielleicht verklagen können. Brachten sie ihre eigenen Meinungen und Sätze, hinter denen lauter Fragezeichen standen, konnte man nicht viel dagegen tun. Meinungen waren nicht verboten und Fragezeichen ebenso wenig. Die Artikel waren erschienen und hatten bereits Unruhe in der Bevölkerung ausgelöst. Sand erinnerte sich an das Ordo-ab-chao-Prinzip. Steckte das dahinter? Aber warum sollten Zeitungen Chaos und Unruhe unter der Bevölkerung auslösen? Angst vor Terroristen hatten die Leute sowieso. Sie hatten in den Zeitungen gelesen, wie Erzberger erschossen worden, wie Rathenau umgekommen war. Wie Scheidemann nur um ein Haar einem Anschlag entgangen war. Sie hatten immer wieder gelesen, wie Menschen auf offener Straße von Kugeln regelrecht durchsiebt worden waren. Das war eher Sinn und Zweck terroristischer Gruppen wie der OC oder dem Bund Viking.

Sand deutete auf den Artikel. »Hier steht, dass die Politische Polizei oder der Staatsschutz die Ermittlungen übernehmen sollen«, knurrte er verstimmt. »Ausgerechnet die! Die vielleicht mit wer weiß wem unter einer Decke stecken. Da könnte man ja gleich den Bock zum Gärtner machen.«

Flickwort grinste. »Stimmt. Aber was bezweckt die Zeitung damit? Steckt die Politik dahinter, um von ihrem eigenen Versagen abzulenken? Wer kann das wissen? Jede sensationelle Nachricht macht Auflage. Auf der anderen Seite ist diese Zeitung ein ultralinkes Blatt, die schießen gegen rechts, wann immer es möglich ist. Dahinter steckt Prinzip, keine seriöse Berichterstattung. Sie haben mir doch selbst gesagt, dass Armin vermutet, auf diese Weise soll die Angst vor dem braunen Terror geschürt werden.«

»Alles Spekulation«, versetzte Sand geringschätzig. »Armin liest merkwürdige Bücher, in denen merkwürdige Gedanken zu Papier gebracht wurden. Für den ist alles eine große Verschwörung, und hinter der Regierung stehen nebulöse Mächte. Industriemagnaten, Banken, Rüstungskonzerne, die einen Putschisten wie diesen Hitler an die Macht bringen wollen.«

»Was für ein Interesse hätten solche Leute daran, einen rechtsnationalen Putschisten an die Macht zu bringen?«

»Das ist die Frage, auf die ich im Moment auch keine Antwort habe. Machen wir uns keine Illusionen, Kollege, die meisten von denen sind konservativ und haben es bedauert, dass der Kaiser abdanken musste, und demokratische Verhältnisse sind ihnen wohl eher zuwider, doch was sie an Hitler schätzen sollten, ist mir ein Rätsel mit sieben Siegeln.«

»Aber wer steckt nun hinter diesen Artikeln?«

»Vielleicht diese Frau vom Staatsschutz? Was wissen wir über sie?«

»Nichts. Ich habe versucht, über die offiziellen Kanäle etwas herauszufinden, aber da laufen Sie wie gegen eine Mauer. Keine Chance. Der Staatsschutz lässt sich nicht in die Karten schauen. Noch nicht einmal von uns.«

»Gut. Dann unterhalten wir uns mal mit dem Verleger dieses Blättchens.«

Sie nahmen den Dienstwagen und fuhren in einen kleinen Kieler Vorort, wo das Gebäude der Zeitung lag. Es war ein normales Wohnhaus, in dem die untere Etage angemietet worden war. Der Verleger war ein Mann in den besten Jahren, der sie in einem luxuriös eingerichteten Büro empfing. Feinste Polster, Stühle aus Eibenholz mit vergoldeter Lederauflage, ein persischer Teppich auf dem blitzenden Parkett und elfenbeinerne Aschenbecher auf dem Tisch mit kostbaren Intarsienarbeiten. Dies war das Büro keines unvermögenden Mannes, aber von der doch eher übersichtlichen Auflage seiner Zeitung hätte er sich schwerlich einen solchen Luxus leisten können. Da musste noch woanders eine Einnahmequelle sein.

Kommissar Sand konfrontierte ihn mit seinen Einwänden, aber der Verleger wirkte wenig eingeschüchtert.

»Haben wir etwas geschrieben, was nicht der Wahrheit entspricht?«, hielt er dagegen.

»Es entspricht nicht der Wahrheit, dass Rose ein Terrorist ist. Dafür gibt es keine Beweise.«

»Was ist mit diesem Schiff, auf dem er nach Irland gebracht werden sollte? Ist das kein Beweis?«

»Wir befinden uns in laufenden Ermittlungen, und solange Rose nicht rechtskräftig verurteilt ist, gilt er als unschuldig. Was Sie betreiben, ist Vorverurteilung in höchstem Maße. Dazu noch völlig verantwortungslos. Sie benutzen einen vielleicht unschuldigen Menschen, um in der Bevölkerung Angst vor Terrorismus zu schüren.«

»Muss uns nicht jedes Mittel recht sein, die Bevölkerung darüber aufzuklären?«

»Durchaus, aber nicht auf dem Rücken eines vielleicht Unschuldigen. Schreiben Sie einen seriösen Bericht über die Organisation Consul oder diesen Bund Viking, damit können Sie aufklärerisch wirken, aber lassen Sie Rose aus dem Spiel.«

»Wir bekommen Informationen und berichten gegebenenfalls darüber.«

»Ohne dass Sie deren Wahrheitsgehalt überprüfen?«

»Wie können wir das, wenn wir nicht mehr erfahren? Wir sind auf die Informationen unserer Quellen angewiesen.«

»Sie verbinden diese Information aber mit einer absolut fragwürdigen politischen Botschaft, wenn ich das mal so nennen darf. Das ist keine unabhängige Berichterstattung. Das ist nicht Aufgabe von Zeitungen.«

»Das sehe ich etwas anders, Herr Kommissar.«

Sand stand auf, und Flickwort, der bisher kein Wort gesagt hatte, folgte ihm. Sands Blick fiel zufällig auf die linke Seite des Schreibtisches, die er im Sitzen nicht hatte sehen können.

Auf dieser Seite stand ein Fotorahmen mit einer Fotografie darin. Auf dieser Fotografie war eine Frau abgebildet, die Sand sofort ins Auge stach. Volltreffer, dachte er verblüfft, versuchte sich aber nichts anzumerken zu lassen, und ging zur Tür. Er verabschiedete sich und trat mit Flickwort vors Haus, wo sie zum Wagen gingen. Kurz vor dem Wagen blieb Sand stehen und drehte sich um.

»Sie werden es nicht glauben, Kollege, aber raten Sie mal, was ich eben gesehen habe.«

Flickwort zuckte mit den Schultern.

»Auf dem Schreibtisch steht eine Fotografie mit dem Bild einer Frau. Vielleicht ist es seine Frau, vielleicht auch nur seine Freundin, egal. Aber so schließt sich der Kreis. Es ist eine Frau mit kurzen, schwarzen Haaren, einem halbrund geschnittenen Pony und einer dunklen Brille. Ich habe die Frau persönlich nie gesehen, aber ich denke mal, Frauen mit kurzen schwarzen Haaren und dunkler Brille gibt es nicht so viele.«

Flickwort schluckte. Es gab eigentlich nur eine Frau, auf die die Beschreibung passte. Die mysteriöse Frau vom Staatsschutz. Die Frau, die den Ausweis von Wesel an sich genommen hatte.

»Das müssen Sie mir mal erklären. Hängt der Verleger auch mit drin in dieser unappetitlichen Geschichte?«

»Er und die Frau vom Staatsschutz sind irgendwie miteinander verbandelt. Was für Fotos stellt man sich auf seinen Schreibtisch? Familie, Ehefrau oder Freundin. Etwas, das einem wichtig ist. Und da setzen wir jetzt an. Wenn wir durch die Behörden nicht an die Frau herankommen, dann versuchen wir es jetzt über ihren Mann oder

Freund. Kommen Sie, Flickwort, das war doch ein äußerst erfolgreicher Vormittag.«

Brandis war auf dem Weg zurück zum Schiff. Die Dunkelheit war über Calais hereingebrochen, und jetzt war alles unterwegs, was sich am Tag nicht blicken ließ. Schmuggler, Diebe, Falschspieler. Feuerkessel brannten in den Straßen, die Gaslaternen gingen an. Aus den Spelunken kamen die typischen Geräusche, das Klackern der Würfel und der Becher, Lachen und Stimmengewirr, aus mancher Kneipe der Klang eines Akkordeons oder einer Mundharmonika.

Brandis ging schnell, die Hände in den Taschen seines Mantels vergraben, und bog in eine schmale Gasse ein. Hier brannte keine Laterne mehr, hier standen die Huren im flackernden Licht eines Feuerkessels, das ein schmächtiger Halbwüchsiger mit kleinen Brettern fütterte.

»Hallo, Boy«, schnurrte eine Rothaarige, als Brandis vorbeikam, aber er schüttelte ihren Arm ab und ging weiter. Keine zehn Schritte, und er bog um eine Ecke in eine ebenso schmale Gasse, aber er kam nicht weit. Auf Höhe eines Feuerkessels stand plötzlich ein Mann vor ihm, etwa dreißig Jahre, Wollmütze auf dem Kopf, ein schiefes Grinsen auf dem Gesicht. Brandis blieb stehen. Der andere holte blitzschnell aus und schlug ihm mit der Faust ins Gesicht. Brandis taumelte zurück, direkt in die Arme eines zweiten, der ihn unter die Schultern fasste und wie in einem Schraubstock festhielt, während der Halbwüchsige, der eben noch am Feuerkessel gestanden hatte, plötzlich dazu trat und zuschaute. Der Erste holte wieder aus und boxte ihm mit aller Kraft in den Bauch, dann tauchte ein Dritter auf, schlug wieder zu, bis sie endlich von ihm abließen. Brandis flog gegen eine Hauswand. Jetzt traktierten sie ihn mit ihren groben Schuhen, traten ihm ins Gesicht, in den Bauch, bis er in die Knie ging und für einen kurzen Moment das Bewusstsein verlor. Sie drehten sich um und verschwanden in der Dunkelheit. Aber einer von ihnen kam zurück. Es war der Halbwüchsige. Er beugte sich mit einem Messer in der Hand über den regungslos Daliegenden, als Brandis wieder zu Bewusstsein kam. Er schnellte hoch, packte mit letzter Kraft das Handgelenk des Jungen, drückte zu, bis das Messer aufs Pflaster fiel, griff danach und stach einfach zu. Er traf den anderen in den Oberschenkel, der Junge schrie kurz auf und schlug auf das Pflaster. Brandis rappelte sich auf, steckte das Messer in seinen Gürtel und machte, dass er zum Schiff zurückkam. An Deck traf er auf Finnen, der ihn in seine Kajüte begleitete.

»Sie sehen übel aus, Käpt'n«, stellte Finnen fest und tupfte ein mit Jod getränktes Tuch über die offenen Wunden in Brandis' Gesicht. »Sie haben Ihre Geldbörse noch. Die haben Sie noch nicht mal ausgeraubt.«

»Das war keine übliche Schlägerei«, knurrte Brandis. »Ich glaube, das war eher eine Warnung.«

»Eine Warnung? Wer sollte Sie warnen? Und wovor?«

»Erinnern Sie sich noch an die *Kassiopeia*?«

»Ich erinnere mich an Kapitän Wesseling. Der hat sie nämlich verloren.«

»Genau. Ich habe heute Nachmittag zufällig den Eigner getroffen. Sie wissen, was Wesseling behauptet hat?«

»Jemand habe den Kreuzmast angesägt. Ich habe das nie geglaubt.«

»Dieser Sammet war auf der Suche nach einem Kapitän, der das Kommando auf der *Wasa* übernehmen soll. Ich habe mir diese *Wasa* angeschaut. Sie ist genauso alt wie die *Kassiopeia* damals. Ist doch möglich, dass Sammet alte Schiffe aufkauft, sie hoch versichert und dann untergehen lässt. Sie verstehen?«

»Versicherungsbetrug im großen Stil?«

Brandis nickte. »Ich habe ihn auf die *Kassiopeia* angesprochen. Und auch darauf, was Wesseling damals behauptet hat.«

»Sie meinen, die Schläger kamen von ihm?«

»Wäre das so unmöglich?«

Finnen stellte die Flasche auf den Tisch zurück und betrachtete sein Werk. Der Kapitän war immer noch grün und blau im Gesicht, das linke Auge halb zugeschwollen, aber in ein paar Tagen würde er wieder einigermaßen zivilisiert aussehen. Die Schwellungen würden abklingen und dic Hämatome in weniger grelle Farben übergehen, bis am Ende nur noch ein zartes Rosa übrigblieb. Aber selbst das würde verschwinden.

»Wenn er wirklich Dreck am Stecken hat, könnte es eine Warnung gewesen sein. Aber Sie haben keine Beweise, Käpt'n. Außerdem ist die Sache viel zu lange her. Wenn es jemals Beweise gegeben hat, dann sind sie jetzt verschwunden oder vernichtet.«

»Man könnte sich bei der zuständigen Behörde erkundigen, ob noch mehr von Sammets uralten Kähnen untergegangen sind. Das wäre ein Beweis. Dann müsste man den Mann so schnell wie möglich aus dem Verkehr ziehen. Er hat das Kommando heute Nachmittag einem Holländer gegeben, der morgen mit dreihundertsiebzig Tonnen Getreide nach Gibraltar segelt. Möglich, dass der da nie ankommt.«

»Dann sollten wir ihn warnen.«

»Sagen Sie dem Bootsmann Bescheid. Er kann das übernehmen. Und morgen segeln wir mit der ersten Flut. Ich habe Fräulein Lin bei ihrem Bruder abgeliefert. »

Finnen grinste. »Was ist eigentlich aus Ihrer Geschichte mit Fräulein Anna geworden? Sie haben mir Silvester ihr Herz ausgeschüttet, erinnern Sie sich noch?«

Brandis erinnerte sich nur ungern daran. Ein freudloser Übergang ins neue Jahr, er hatte sich betrunken und über Anna nachgedacht.

»Als ich das letzte Mal im Hafenbüro war, war der Chef da, der sich mit Berger unterhielt und ihm gegenüber andeutete, er habe Fräulein Anna einen Heiratsantrag gemacht«, bemerkte Finnen vorsichtig.

»Franz?«

Finnen nickte, und Brandis fühlte sich regelrecht aufgeschreckt. Das änderte alles. Das setzte ihn unter Druck und zwang ihn, sich damit auseinanderzusetzen. Er würde gar keine Zeit mehr haben, lange darüber nachdenken zu können. Und er würde gegen einen Gegner antreten, der ihm haushoch überlegen war.

Er hatte Schmerzen und war zutiefst irritiert. Er legte sich aufs Bett und wusste nicht, was tun. Nur einmal in seinem Leben hatte er eine solche Verwirrung erlebt. Als die *Margarita* auf Grund gelaufen war und ein portugiesischer Handelsschiffer ihn und seine Mannschaft von dieser Insel vor Madagaskar aufgelesen und auf einer anderen Insel im Indonesischen Meer ausgespuckt hatte. Von Insel zu Insel gewissermaßen, und die eine war genauso wenig erfreulich gewesen wie die andere. Auf der ersten hatten sie auf einem öden, menschenleeren Eiland gehockt, auf der zweiten waren sie auf einen Haufen Freibeuter gestoßen, die die Wirren des Krieges ausgenutzt hatten, um ihren eigenen Vorteil zu suchen. Aber selbst der Kampf gegen Piraten würde einfacher sein als eine Auseinandersetzung mit diesem Konkurrenten, der plötzlich aufgetaucht war. Brandis hatte keine Ahnung gehabt, dass Franz so an Anna interessiert war, dass er sie sogar heiraten wollte. Natürlich würde sie Franz ihm vorziehen. Er kannte keine Frau, die nicht so handeln würde. Also alle Pläne begraben? Seine Hoffnung auf ein bürgerliches Leben, sein Wunsch nach Kindern, seine Lust, seine Sehnsucht?

»Nur Mut, Käpt'n«, ließ sich Finnen aufmunternd vernehmen. »Ich glaube, Ihre Chancen stehen gar nicht so schlecht.«

Anna und Sabine waren wieder zurück in Kiel. Der kleine Ausflug nach Hohn hatte ihnen kalte Füße und laufende Nasen beschert. Die Nacht in der eiskalten Kammer steckte ihnen noch Tage später in den Gliedern. Sie hatten so gut wie nicht geschlafen und waren am Morgen durchfroren und übernächtigt gewesen. Ein dürftiges Frühstück, eine rumpelnde Fahrt auf dem Pferdegespann durch schneidend kalten Wind. Sie hatten endgültig genug vom Landleben. Vor dem Gasthaus hatte Tenner sie aufgegabelt und nach Hause gebracht.

Anna war wieder im Hafenbüro. Im Nachhinein entlockte der Ausflug ihr sogar ein kleines Schmunzeln, wenn sie daran dachte, wie naiv sie gewesen waren. Es war der Traum einer jeden kleinen Sekretärin, sich mit einem reichen Schlossbesitzer zu verheiraten und auf diese Weise der immer drohenden Armut zu entkommen. Es war Biedermeier in Reinkultur. Es waren die romantischen Ideale einer Welt, die in Wirklichkeit von Klassenkampf gekennzeichnet war. Dermaßen desillusioniert waren sie auf dem Boden der Tatsachen wieder angekommen. Wesseling konnte trotzdem eine gute Partie sein – wer wusste das schon? Anna hatte gerade einen Frachtbrief vor sich liegen, als Berger an ihren Tisch trat. »Da stehen Leute vor der Haftanstalt, Fräulein Anna. Sie tragen Plakate in den Händen. Soll ich Ihnen verraten, was da draufsteht? Sie werden es nicht glauben ...«

»Wir müssen reden. Wir müssen über all die reden, die ihre Freiheit verloren haben. Die rechtlos in den Gefängnissen dieser Welt sitzen und vergessen worden sind. Über die, die aufgrund haltloser Vorwürfe in Haft sind, und über die, hinter deren Verhaftung fragwürdige Beweise stehen. Wir müssen auch über die anderen reden, die, die wirklich schuldig sind und vom Staat und seinen Helfershelfern gedeckt werden. Reden wir über eine Welt, in der das Volk angeblich der Souverän ist, in Wahrheit aber nichts anderes als ein Haufen belogener und betrogener Dummköpfe. Was wissen sie von den Fäden, an denen sie hängen? Was wissen sie von der Bühne, auf der sie stehen? Sie halten sie für die wirkliche Welt, in der sie arbeiten, schlafen, essen, sich reproduzieren, in der sie für etwas kämpfen, das ihnen wichtig ist, und in Wirklichkeit doch nur in einer Scheinwelt agieren, die andere für sie aufgebaut haben. Um zum Punkt zu kommen: Was ist los mit Maxim Rose, der seit fast zwei Monaten in Haft sitzt? Ich war bei ihm. Er ist ein gebrochener Mensch. Er hat den Glauben an die Gerechtigkeit verloren. Und das Schlimmste ist, ihm wurde die Büchse der Pandora geöffnet, in der keine Hoffnung mehr ist. Aber wer öffnete die

Büchse der Pandora? Dieser Kommissar Sand, der seinen Fall bearbeitet? Ich glaube nicht, ich glaube eher, der ist genauso ein willenloses Rädchen im Getriebe dieses Apparates wie Maxim Rose selbst. Aber was können wir tun, die wir glauben, dass alles ein abgekartetes Spiel ist? Dass hier jemand zum Täter gemacht werden soll, der eigentlich das Opfer ist? Wer steckt hinter dieser Intrige? Natürlich wissen wir es nicht, und wir vertrauen auch nicht mehr darauf, dass Sand eines Tages den wirklichen Mörder präsentieren wird, denn der Kommissar ist auch nur Teil des Systems, das Maxim verurteilt sehen will. Also was können wir tun? Besucht ihn, gebt ihm wieder Hoffnung, sprecht mit ihm. Wir sind nicht viele, die meisten Bürger dieser Stadt haben sich von den Zeitungen an der Nase herumführen lassen und glauben diesen Unsinn vom Terroristen Maxim Rose. Wir wissen es besser. Wir sind die freie Stimme in einem Land der vergifteten Meinungen, in einer Stadt der bewussten Täuschung über Maxim Rose. Wir sind nicht viele, aber vielleicht werden wir mehr. Stellt Fragen, hört nie auf, Fragen zu stellen, sprecht mit euren Freunden, euren Bekannten, versucht, ihnen die Augen zu öffnen, und wenn sie euch für Spinner halten, dann bleibt ruhig und versucht es ein nächstes Mal aufs Neue. Steter Tropfen höhlt den Stein – das wissen auch unsere Gegner, aber wir tun es ihnen gleich, seid achtsam und hört nicht auf die Lügen, woher immer sie auch kommen.«

Zögernder Applaus kam auf, und der Redner setzte sich. Er gehörte zu einer kleinen, verschworenen Gemeinschaft, aufrechten Demokraten, die sich einmal in der Woche trafen, weil sie die Demokratie in Gefahr sahen. Nach seiner Rede schauten sie sich an, unsicher, befangen, noch neu in dieser Rolle. Kinder in einem Universum voller Greise. Junge Planeten noch, die sich gerade aus einer Wolke aus Staub und Gas gebildet hatten. Junge Köpfe, die aus den gewohnten Bahnen ausbrechen wollten. Eine Opposition gegen die Machenschaften korrupter Parteien, gekaufter Politiker und einer propagandistischen Presse. Ihr erstes Ziel war die Reputation des Inhaftierten Maxim Rose. Sie mussten schließlich irgendwo anfangen. Sie brauchten ein konkretes Ziel, sonst würden sie im Labyrinth der politischen Kartelle untergehen.

Am nächsten Morgen standen sie mit ihren Plakaten vor der Haftanstalt.

»Gerechtigkeit für Maximilian Rose« stand darauf geschrieben. Zwei Dutzend Menschen, die sich zur Aufgabe gemacht hatten, unangenehme Fragen zu stellen.

Als Sand davon hörte, verfiel er in tiefes Schweigen, wie es so seine Art war, wenn er über etwas nachdenken musste. Zu viel Geplapper schadete da nur. Als Anna es hörte, keimte Hoffnung in ihr auf. Wo kamen plötzlich diese Leute her? Als Franz es hörte, rief er Tenner und fuhr unverzüglich zu seinem Anwalt. Als Lilly und ihre Eltern es hörten, rieben sie sich verwundert die Augen und konnten es nicht glauben. Als Maxim es hörte – und er hörte es als Letzter –, brach er in seiner Zelle zusammen und heulte wie ein Kind.

Als Brandis es hörte, machte er sich sofort auf den Weg ins Präsidium. Seine Wunden waren verheilt, die Blutergüsse verschwunden. Als er in Kiel angekommen war, hatte die seltsame Gruppe schon zwei Wochen hinter sich, zwei Wochen, in denen sie jeden Tag vor der Haftanstalt gestanden hatte. Brandis war mit ungläubigem Staunen an ihren Plakaten vorbeigekommen und direkt in Sands Büro gegangen. Sand sah müde und mitgenommen aus, aber er war freundlich wie immer und hörte geduldig zu, was der Kapitän ihm zu sagen hatte. Er erzählte von Wesseling und dem angeblich angesägten Kreuzmast und von Sammet, der ihm vielleicht die Schläger auf den Hals geschickt hatte. Keine Beweise, nur Vermutungen. Angeblich, vielleicht, vermutlich, wahrscheinlich, kein einziger Fakt. Seit zwei Monaten nur Theorien und Hypothesen.

»Ich will versuchen, alles über diesen Sammet herauszufinden«, erklärte Sand. »Aber was die Geschichte mit diesem Kreuzmast betrifft, bleiben uns wirklich nur Vermutungen. Wenn ich auch nur ein einziges Schiff außer der *Kassiopeia* finde, das Sammet gehörte und ebenfalls unterging, werde ich nachhaken. Haben Sie sich diese *Wasa* angesehen?«

Brandis nickte. »Sie war alt, genauso alt wie die *Kassiopeia*. Möglich, dass Sammet in großem Stil Versicherungsbetrug begeht, und im Fall der *Kassiopeia* war Tenner derjenige, der den Mast ansägte.«

»Ich werde ihn vorladen. Mal sehen, wie er reagiert.«

Brandis trat wieder auf die Straße. Die Gruppe mit den Plakaten war verschwunden. Er lief zu Fuß durch die Stadt, bis er am Hafenbüro angekommen war. Er zögerte. Er hatte keinen Plan, kein Wort, er würde einfach hineingehen und sich wie Sand überraschen lassen.

Drinnen war es wohlig warm. Es roch nach frischem Kaffee. Am Tisch saßen Wesseling, Lilly und eine ihm fremde, vollschlanke Frau etwa in Annas Alter, die aschblonden Haare aufgesteckt, in einem auffälligen roten Kleid. Er grüßte, und seine Augen suchten vergeblich nach Anna.

»Setzen Sie sich, Käpt'n«, forderte Lilly ihn auf. »Anna hat heute frei.«

Sie stellte ihm Sabine vor und fragte, wie es in Portugal gewesen sei. Er sagte nichts von Sammet und wunderte sich über Wesseling, der ungewöhnlich redselig und locker war.

»Haben Sie nicht Lust, mit uns ins Kino zu kommen?«, fragte Lilly. »Kapitän Wesseling will uns einladen.«

Sie beugte sich zu Brandis hinüber und senkte ihre Stimme: »Es wird nur ausgesuchtes Publikum da sein. Eine einmalige Gelegenheit.«

Sand stand am Fenster. Unten auf der Straße hatte sich eine kleine Gruppe von etwa zwanzig Menschen, Männer und Frauen, versammelt.

»Wer sind diese Leute mit den Plakaten?«, fragte er, sich umdrehend, Flickwort.

»Ehemalige Klassenkameraden und -kameradinnen. Ein paar Marinesoldaten sind auch dabei. Sie sind der Meinung, es sei absurd zu behaupten, Rose wäre Mitglied der OC gewesen. Ich habe mich gestern mit ihnen unterhalten.«

»Die machen Front gegen uns.«

»Sie haben das Recht zu behaupten, was sie behaupten. Noch. Außerdem sind Sie doch auch der Meinung, dass Rose kein Terrorist ist.«

Sand sah wieder aus dem Fenster auf die Straße. Er kam nicht weiter in diesem Fall. Er biss sich daran die Zähne aus. Der neue Staatsanwalt wollte endlich Klage erheben und den Fall abschließen. Er wollte endlich ein Gerichtsverfahren statt weiterhin sinnlose Ermittlungen, die zu nichts führen würden. Für ihn war der Fall klar. Die Beweise gegen Rose schienen erdrückend, und selbst wenn es einen Indizienprozess ohne Geständnis geben würde, war ihm ein solcher immer noch lieber als ein mutmaßlicher Täter, der in Untersuchungshaft saß, in der es gar nichts mehr zu untersuchen gab. Der Staatsanwalt machte Druck, aber Sand wollte sich dem Druck nicht beugen. Er hatte Tenner für den Nachmittag einbestellt, und dann war ihm die Idee zu einem weiteren Zeugen gekommen. Eine absonderliche Idee.

Flickwort hatte die aufgeschlagene Zeitung auf dem Tisch liegen. »Schon wieder ein erschossener Politiker in Berlin«, sagte er kopfschüttelnd. »Ein Staatssekretär. Man hat ihn aus der Spree gezogen. Also wenn das so weitergeht, haben wir bald keine Nationalversammlung im Reichstag mehr. Dann regieren die alle nur noch aus ihren Gräbern.«

Sand schmunzelte über diese Vorstellung. Aber es waren eben böse Zeiten, und er hatte einen bösen Fall. Keinen normalen Fall. Und darum brauchte er auch außergewöhnliche Maßnahmen.

»Ich werde Katharina Moor als Zeugin vorladen«, sagte er entschlossen, drehte sich um und setzte sich hinter seinen Schreibtisch.

Flickwort starrte ihn ungläubig an. »Sie wollen *was*?«

»Ich werde sie vorladen.«

»Die Frau arbeitet beim Staatsschutz. Die lässt sich nicht von einem kleinen, unbedeutenden Kommissariat vorladen. Was ist denn in Sie gefahren?«

»Versuchen wir es. Frau Lange wird eine ganz offizielle Vorladung schreiben, und dann sehen wir, ob Madame Moor kommt oder nicht. Natürlich muss sie nicht kommen, aber wenn sie kommt, dann wird es spannend, glauben Sie nicht?«

Wieder Kino. Die gleiche Lokalität wie vor Wochen, nur der Film war ein anderer, und diesmal waren sie zu fünft. Es herrschte eine seltsame Atmosphäre. Es war fast still im Saal, bevor der Film begann. Die Leute waren angespannt, leises Getuschel, gedämpftes Gemurmel. Langsam erstarb das Licht, der Schemen eines zu spät Gekommenen huschte wie Nosferatus gespenstischer Schatten an der Wand entlang.

Anna war genauso angespannt wie alle hier. Nicht nur, weil der Film lediglich für ausgesuchte Besucher lief, da die Behörden die meisten Kopien erst zensiert und dann gekürzt hatten, sondern auch wegen des Mannes, der neben ihr saß. Genug Gründe, um ihr Herz klopfen zu lassen.

An ihrer anderen Seite saß Sabine, daneben Wesseling und wieder daneben Lilly. Lilly war es gewesen, der man zugetragen hatte, dass die »Freudlose Gasse« heute im Apollo gezeigt werden würde, ein Film mit Greta Garbo. Jeder hatte davon gehört, keiner ihn je gesehen. Nur der Besitzer des Apollo, dem auf wundersame Weise eine Kopie zugeflogen war und der entschieden hatte, einem auserlesenen Publikum diese hohe Kunst zu Gemüte führen zu lassen. Er ließ es sich fürstlich bezahlen, was Wesseling übernommen hatte, und das sicher nicht ohne einen Hintergedanken, ein Hintergedanke, der neben ihm saß und den Namen Sabine trug.

Ein Flackern unterbrach die Dunkelheit, der Mann am Klavier spielte ein paar düstere Moll-Akkorde, um die Leute in die richtige Stimmung zu bringen. Das Flackern setzte sich auf der Leinwand fort,

Schemen tauchten auf, verlöschten wieder. Die Spannung stieg. Dann erste Bilder, Bilder, die Anna an ihre erste Zeit in Berlin erinnerten. Bilder vom Elend der armen Leute, ein Elend, das sie kannte, bevor sie die Stelle bei Pohlmann bekommen hatte. Ein armes Mädchen in einem Moloch, der jeden packte, der sich ins Labyrinth der Armut verlaufen hatte. Wien, Berlin, es war egal, überall herrschte der Mangel der Nachkriegszeit. Arme Leute, reiche Leute, ein ewiges Karussell der Jahrhunderte, das nie aufhörte, sich zu drehen. Bedrückende Szenen in engen, verwinkelten Straßen und engen, heruntergekommenen Wohnungen, Mord und Totschlag aus Angst und Hunger, eine sich prostituierende Greta Garbo, deren Schönheit das Entsetzen ihrer Züge ins Groteske verwandelte.

Während Anna dasaß, wurde ihr plötzlich bewusst, dass sie es tatsächlich geschafft hatte, von diesem Karussell des Grauens herunterzuspringen. Ja, mehr noch, sie hatte alle Möglichkeiten dieser Welt, sie musste nur zugreifen. Und ihr war auch klar, warum die staatlichen Behörden kein Interesse daran hatten, den Film in die Kinos zu bringen. Sie wollten nicht, dass die Leute sich ihr eigenes Elend auch noch im Kino angucken konnten.

Das machte schlechte Stimmung gegen die, die schuld daran waren.

Der Film hinterließ ein Gefühl der Beklemmung, die meisten verließen wortlos das Kino. Wesseling fühlte sich bemüßigt, sich zu entschuldigen, und meinte, er hätte sie besser in eine Komödie einladen sollen.

»Alles halb so schlimm, Käpt'n«, tröstete ihn Lilly. »Wir gehen jetzt noch etwas trinken und vergessen den gruseligen Film. Warum fahren wir nicht zu mir? Ich habe die neuesten Platten, die können wir uns anhören, und zu trinken gibt es auch genug.«

Sie diskutierten eine Weile hin und her und entschlossen sich schließlich, Lillys Vorschlag anzunehmen. Sie winkten einem Taxi und ließen sich in die Düsternbrooker Allee fahren.

Lilly legte sofort die neuesten Platten auf, und das Mädchen servierte die Getränke. Sabine und Wesseling hatten es sich auf der Couch bequem gemacht, während Anna und Brandis am Tisch saßen und Lilly allein vor dem Grammophon stand. Anna war befangen. Sie wusste nicht, wie sie sich verhalten sollte, und dachte an Sabines Worte. Vielleicht hatte Sabine recht, und Brandis war ihr keine Rechenschaft schuldig, aber das zeigte ihr auch, dass sie keinen Schritt weitergekommen war. Wenn jeder von ihnen dem anderen keine Rechenschaft schuldig war, dann verband sie nichts. Und hier mit all den anderen hätte sie das Thema sowieso nicht anschneiden können. Um so erstaunter war sie, als er plötzlich selbst damit begann, und zwar so unvermittelt direkt, dass sie völlig konsterniert dasaß und sich überrumpelt fühlte.

»Was weißt du über Lin, Anna?«

»Wie kommst du jetzt auf Lin?«

»Deine Anspielung auf Calais. Spielen wir mit offenen Karten, Anna. Ich kann morgen mit der *Kristina Sund* nach Gibraltar aufbrechen, oder ich gebe das Kommando Wesseling. Was weißt du über Lin?«

Er musterte sie scharf, und sie kam sich vor, als stünde sie bei Gericht vor einem Richter, der ihr gerade all ihre Sünden und Vergehen vorgehalten hatte. Ein kalter, gnadenloser Blick, der ihr Angst machte. Das passte nicht zu dem Bild, das sie von ihm hatte und auf dem forsches Einfordern von Klarheit nicht mal andeutungsweise zu sehen gewesen war. Es war das Bild eines eher zurückhaltenden, zögernden Mannes, der einen Schritt vor und zwei zurück machte. Ein Krebs, der sich lieber im Sand eingrub, als seine Scheren auszupacken. Das Bild hatte sich gewandelt. Sein Blick ließ sie nicht los, er bohrte sich in ihre Pupillen, während Lilly eine neue Platte auflegte und das Mädchen eine Flasche Jamaika und zwei Schnapsgläser auf den Tisch stellte.

»Für Sie, Käpt'n.«

Er füllte die Gläser, stürzte sein Glas hinunter und wartete auf die

Antwort. Anna hatte Angst, er würde gleich aufstehen und gehen und dann für Wochen nach Gibraltar entschwinden und sie vergessen.

»Ich habe euch auf der *Kristina Sund* gesehen«, antwortete sie endlich. Er sah sie noch immer an, und der Blick hatte etwas Teuflisches in einem Gesicht voller Schatten, und in diesen flackernden Augen steckte die Warnung einer Karte. Es war der Teufel, es war die Abhängigkeit, die Abgründigkeit und die Verstrickung.

»So etwas dachte ich mir. Das mit Lin ist eine lange Geschichte, Anna.«

»Dann erzähl mir die lange Geschichte.«

Er nickte. »Wir treffen uns im Hafenbüro.«

Sand war nervös. Noch eine Stunde und Katharina Moor hätte erscheinen müssen. Flickwort ging nicht davon aus, dass sie kommen würde, und wartete eher auf die Ergebnisse, die der Kollege über Sammet herausfinden würde. Er hatte ihn zu den zuständigen Behörden geschickt und erwartete eine vollständige Liste der Schiffe, die Sammet jemals besessen hatte. Und sollte außer der *Kassiopeia* noch eins untergegangen sein, würde er dem nachgehen.

Die Zeit verrann, Sand ging auf und ab. Setzte sich hin, malte ein paar Galgenmännchen, schob das Blatt Papier unter irgendwelche Akten und stand wieder auf. Langsam ging seine Unruhe auf Flickwort über. Er sah auf die Uhr. Noch eine Viertelstunde.

»Die Frau kommt im Leben nicht«, murmelte Flickwort. »Und wenn sie nicht kommt, können Sie gar nichts machen. Sie hat Ihre Vorladung in den Papierkorb geworfen. Sie legen sich mit Leuten an, die Ihnen die Karriere vermasseln können. Haben Sie schon mal darüber nachgedacht? In den Akten steht nur, dass Wesels Ausweis im Wagen gefunden wurde. Keiner außer Ihnen, mir und Maibaum weiß, dass Wesel wirklich im Auto saß. Sie sollten das für sich behalten, falls Moor wirklich kommt.«

»Sollte ich das? Das wäre doch unser wichtigstes Pfand.«

»Ich würde es für mich behalten. Wecken Sie keine schlafenden Hunde.«

Sand hielt es wohl für überflüssig, darauf zu antworten. Er sank wieder auf seinen Stuhl zurück. Noch fünf Minuten. Sie musste nicht pünktlich sein. Sie hätte zu spät kommen können. Plötzlich ein Klopfen an der Tür. Es wurde auf kein »Herein« gewartet, die Tür flog auf. Es war Katharina Moor. Sie trug einen geöffneten schwarzen Mantel mit Fellkragen, darunter ein blaues Kostüm, blaue Schuhe und ein süßes Parfüm, das nach Maiglöckchen roch und sofort den Raum erfüllte.

Sand stand auf und gab ihr die Hand, während Flickwort ihr nur freundlich zunickte.

»Nehmen Sie Platz«, forderte Sand sie auf. Sie saß da, hatte die Hände gefaltet auf die Tischplatte gelegt und fragte lächelnd, wie sie helfen könne. Kein Wort über die anmaßende Vorladung, kein Wort über ihr Erstaunen darüber. Nur dieses wie ins Gesicht gemeißelte Lächeln.

»Sie können uns bei der Aufklärung des Mordes an Kapitän Magnussen helfen.«

»Wie könnte ich?«, fragte sie immer noch freundlich lächelnd.

»Sie wissen, dass es diesen Unfall gab. Im Wagen saßen Dr. Röder, der Staatsanwalt, ein Schutzpolizist und Lannard, ein Journalist. Auf dem Rücksitz lag der Ausweis eines Terroristen von der OC, Hagen Wesel. Haben Sie eine Ahnung, wie der da hinkam? Saß Hagen Wesel vielleicht mit im Auto und konnte sich nach dem Unfall absetzen? Sie sehen, wir haben viele Fragen, aber leider keine einzige Antwort.«

Sie musterte ihn durch die große Brille, die ihr Gesicht beherrschte, und ihr Lächeln erstarb. »Was hat das mit dem Mord an diesem Kapitän zu tun?«

»Wesel sollte auf Magnussens Schiff als blinder Passagier untergebracht werden. Die Aktion ging schief, und am Ende lag Magnussen mit eingeschlagenem Schädel in seiner Kajüte.«

»Der Tatverdächtige sitzt doch in Untersuchungshaft.«

»Es bleiben Zweifel. Sie haben sich, bevor der Wagen verunfallte, mit Dr. Röder und Lannard in der ›Linde‹ getroffen. Was war der Grund für dieses Treffen?«

Flickwort hielt den Atem an. Konnte Moor wissen, dass sie es wussten? Wie würde sie sich aus der Affäre ziehen?

Sie nickte. »Wir wissen natürlich, dass Wesel auf der Flucht ist. Aber bisher gibt es keine Spur, wo er sich aufhalten könnte.«

»Das ist keine Antwort auf meine Frage. Und es erklärt auch nicht, wie Wesels Ausweis in dieses Auto kam.«

»Ich bin Ihnen keine Rechenschaft schuldig, Kommissar Sand. Es handelt sich hier um äußerst geheime Informationen, die nur einige wenige im Staatsschutz selbst kennen. Mehr kann ich dazu nicht sagen. Ich bin überhaupt nur hier, um Ihnen begreiflich zu machen, dass Ihr Fall mit meiner Arbeit nichts zu tun hat.«

Sand holte zu seinem letzten Trumpf aus. »Sie waren am Unfallort und haben sich von dem Kollegen den Ausweis von Wesel aushändigen lassen. Das entspricht doch den Tatsachen, oder wollen Sie das leugnen?«

Katharina Moor wirkte zum ersten Mal irritiert. Ihre Augen blinzelten, ihr Blick verirrte sich aus dem Fenster, bevor er zu ihm zurückkehrte. »Was wollen Sie damit andeuten?«

»Sie wissen nicht zufällig doch, wo Wesel sich aufhält? Es wäre nicht das erste Mal, dass der Staat mit Terroristen paktiert, aus welchen Gründen auch immer. Die Gründe sind mir letztlich herzlich egal, aber wenn dem so wäre, wüsste ich gerne, was das mit meinem Fall zu tun hat, und es hat etwas mit meinem Fall zu tun, darauf verwette ich mein ganzes Vermögen. Und leider steht immer noch die Frage im Raum, wie Hagen Wesel in diesen Unfallwagen kam, und dass er dort gesessen hat, wissen wir.«

Flickwort vergrub sein Gesicht in der Akte, die vor ihm auf dem Tisch lag. Er wollte keinen Blick mehr riskieren, weder auf seinen Chef noch auf diese Frau. Das ganze Gespräch entwickelte sich zu einer Katastrophe. Sands Worte waren eine einzige Kampfansage an den Staatsschutz, an all die, die hier hinter den Kulissen ihr böses Spiel zu treiben schienen.

Flickwort hörte, wie der Stuhl über den Boden geschoben wurde, und sah auf. Katharina Moor war aufgestanden. »Legen wir unsere Karten offen auf den Tisch, Herr Kommissar. Ihre Vorladung war eine Provokation, aber ich nehme das sportlich, ich spiele gern Tennis, und wenn der Gegner seinen Ball immer in die letzte äußerste Ecke spielt, dann ist das sein gutes Recht. Er will schließlich gewinnen, genauso wie ich. Aber Sie spielen verdammt schlecht, Sie spielen den Ball ständig ins Aus, und ich habe den Eindruck, Sie kennen die Regeln nicht. Bleiben Sie im Feld, Sand, immer im Feld, sonst können Sie sich bald einen neuen Platz suchen.«

Zwei Uhr morgens. Sand saß hellwach im Bett. Seine Frau schlief, nebenan rauschte eine Wasserleitung. Er stand leise auf und ging in die Küche. Er trank ein Glas Milch, um seine Nerven zu beruhigen. Er dachte darüber nach, den Fall Rose abzugeben. Man würde es ihm wahrscheinlich nicht danken, man würde ihm keinen roten Teppich ausrollen, um darauf wohin auch immer zu gehen. Da gab es noch diese Wasserleiche von letzter Woche, eine Frau, die ein Fischer am Strand von Strande gefunden hatte. Der Gerichtsmediziner hatte mehrere Messerstiche in ihrer Brust festgestellt und konstatiert, dass sie erst erstochen und dann vermutlich von einem Schiff aus in die Förde geworfen worden war. Das hätte ein interessanter Fall werden können. Vielleicht Mord aus Eifersucht, ein schönes Motiv, so einfach wie logisch. Oder Raub. Auch ein schönes Motiv. Es gab eine Menge schöner Motive, schön, weil sie so gut nachzuvollziehen waren. Im Fall Rose gab es keine schönen Motive, es gab eigentlich gar keine. Es gab nur Verwicklungen und undurchsichtige Strukturen, die hinter diesem Fall steckten. Steckte der Staatsschutz dahinter? Und wenn ja, was hätte er, Sand, dann zu ermitteln gehabt?

Er setzte sich an den Küchentisch und dachte ernsthaft darüber nach, den Fall abzugeben. Er hatte keine Lust mehr. Er wollte sich nicht an einem Fall abarbeiten, dessen Aufklärung von diffusen staatlichen Institutionen verhindert wurde. Er war kein Sisyphos, der Spaß daran hatte, den Stein immer wieder auf den Berg zu schleppen, nur damit er wieder hinunterrollen konnte. Sollten das andere machen, dann würde ihm der Stein buchstäblich vom Herzen fallen. Er nahm noch einen Schluck Milch, und sein Entschluss stand fest. Katharina Moor hatte ihn auflaufen lassen wie einen Schuljungen, wie einen dummen Anfänger. Und sie hatte ihm gedroht, was noch viel schlimmer war. Er ließ sich nicht drohen. Er würde sich aus der Schusslinie bringen und nach ihm die Sintflut. Eine Wasserleiche war auch eine Leiche. Gleich morgen früh würde er mit Flickwort reden und dann mit Maibaum.

Er stand auf und ging ins Bett zurück. Er wickelte sich in die Decken, schloss die Augen und schlief wie ein Stein, bis der Wecker klingelte.

Am Morgen rüstete Sand sich für die Auseinandersetzung, die ihm bevorstand. Seiner Frau sagte er nichts, sie hätte ihn sowieso nicht verstanden. So ging er durch die winterliche Kälte und legte sich die Worte zurecht, die er brauchte, um als Erstes Flickwort zu überzeugen.

Doch dann traf er im Foyer des Präsidiums direkt auf Maibaum und entschloss sich, den Stier bei den Hörnern zu packen. Er bat um eine sofortige Unterredung und ging mit Maibaum in dessen Büro. Er blieb stehen und trug seine Rede vor. Dass er davon ausginge, der Staatsschutz habe im Fall Rose seine Finger im Spiel und so weiter und so fort. Er hörte sich selber zu, und mit jedem Wort fand er sich überzeugender.

Maibaum saß auf seinem Stuhl und nickte hin und wieder. Als Sand endlich fertig war, atmete er einmal tief durch und rückte sich die Brille zurecht.

»Ich habe mir auch Gedanken darüber gemacht, Kommissar Sand. Ich finde diese Geschichte mit dem Unfall ebenso mysteriös wie Sie, und ich stehe hinter Ihnen. Auch der neue Staatsanwalt steht hinter Ihnen, und der hat mit dem Staatsschutz nun wirklich gar nichts am Hut. Hatten Sie jemals das Gefühl, wir würden Ihre Ermittlungen behindern? Sie haben Mut, Sand, und darum wäre es bedauerlich, wenn Sie den Fall abgeben würden. Ich versichere Sie meiner vollen Unterstützung auch gegen diese Frau Moor vom Staatsschutz, wenn es sein muss.«

»Sie sitzt am längeren Hebel«, knurrte Sand wenig beeindruckt.

»Das wollen wir doch mal sehen. Lassen wir es darauf ankommen. Sie sind also der Meinung, Rose ist unschuldig?«

»Ich weiß nicht, ob er Magnussen umgebracht hat, aber ich bin ziemlich sicher, dass er mit der OC nichts zu tun hat. Wir haben nicht einen einzigen Hinweis gefunden. Da sich die Anklage aber auf diesen Zettel stützt, auf dem er mit der OC in Verbindung gebracht wird, ist der Mord an Magnussen vielleicht auch nichts anderes als eine falsche Fährte, auf die wir geführt werden sollen.«

»Dann suchen Sie nach entlastenden Beweisen, Sand. Ich werde dem Staatsanwalt raten, mit der Anklage zu warten, bis Sie genug Material haben.«

»Ich kann nicht gegen den Staatsschutz ermitteln«, hielt Sand ihm entgegen.

»Das sollen Sie auch gar nicht. Finden Sie denjenigen, der Rose unbedingt auf der Anklagebank sitzen haben will, und sollte es zufällig einer vom Staatsschutz sein, dann wird er genauso zur Verantwortung gezogen werden wie jeder andere Bürger auch. Das hat mit dem Staatsschutz überhaupt nichts zu tun. Schwarze Schafe gibt es überall.«

Sabines Urlaub würde in drei Tagen zu Ende gehen. Sie packte ihre Koffer. Sie hatte zwei schöne Wochen in Kiel verbracht, aber sie freute sich auf Berlin. Sie hatte die maritime Atmosphäre Kiels genossen und in Wesseling einen aufmerksamen Verehrer gefunden. Trotzdem zog es sie zurück. Ob sie Wesseling vermissen würde? Sie wusste es nicht. Sie hatte insgeheim zugeben müssen, dass Chris Brandis sie wesentlich mehr angezogen hatte als Wesseling. Wesseling war ein lieber Kerl, vielleicht ein guter Ehemann, vielleicht eine gute Partie, auch wenn sein Schloss nur ein Bauernhof war. Ihm fehlte das Charisma, von dem Brandis mehr als genug besaß. Eine geheimnisvolle Aura, die natürlich nur im Auge des Betrachters oder der Betrachterin lag. Sie konnte Anna gut verstehen. Es war schwer, sich dieser Aura zu entziehen. Es war ein unterkühlter Charme, es war das Lächeln der Mona Lisa, das steingewordene Rätsel der Sphinx. Vielleicht war es aber auch nur die Spinnerei zweier Frauen, die auf der Suche nach einem Ehemann waren.

Sie saßen auf der roten Couch und tranken einen letzten Sekt zusammen.

»Würdest du ihn heiraten?«, fragte Sabine neugierig.

Anna zögerte. »Würde er mich heiraten? Ich weiß es nicht. Er ist nicht Franz, der schon aus gesellschaftlichen Gründen heiraten müsste. Es wäre ein ruhiges, sicheres Leben.«

»Du kennst mich. Ich würde nicht zögern, Franz zu heiraten. Liebe hin oder her. Das, was dich an Brandis anzieht, ist ein tiefes Wasser, du weißt nicht, was unter der Oberfläche ist oder was auf dem Grund liegt. Pass auf dich auf, Anna, er hat ein Kind, von dem er jahrelang nichts wusste, und dann gibt es noch diese Lin.«

Die Flasche war leer. Der Abschied kam immer näher, und die Dunkelheit senkte sich über die Stadt.

12 März 1926

Die Temperaturen waren gestiegen, und mit ihnen kam der Sturm. Er hatte das Eis auf der Ostsee aufgetaut, die ersten Schiffe fuhren wieder. Von einem schwedischen Segler erzählte man sich im Hafen, dass er drei Wochen im Eis festgesessen hatte und zwei Matrosen an einem mysteriösen Fieber gestorben sein sollten.

Die Menschen sehnten sich nach Frühling. Nach den ersten warmen Sonnenstrahlen und den ersten Blumen. Überall sprossen die Schneeglöckchen aus der kalten Erde, ein paar Krokusse tauchten auf, das Grün am Kleinen Kiel war mit Lungenkraut geradezu übersät.

Anna hatte den Tag im Hafenbüro verbracht, als Brandis gegen Abend hereinkam.

»Du segelst morgen mit der *Sybille* nach Belfast«, sagte sie und legte die Frachtpapiere auf den Tisch.

»Das wird eine stürmische Überfahrt«, bemerkte er lächelnd.

»Gefährlich?«

»Nein. Die festgefrorenen Schweden hat es schlimmer getroffen. Zwei Tote.«

»Woran sind sie gestorben?«

»Keine Ahnung. Aber drei Wochen im Eis und kein Arzt in der Nähe kann tödlich sein.«

Er zögerte. »Du hast gleich frei. Ich bin auf der *Sybille* und könnte vergessen haben, die Papiere mitzunehmen …«

Sie verstand sofort und nickte schmunzelnd. Nach Büroschluss nahm sie die Papiere, warf sich den Mantel über und kämpfte sich gegen den Wind zum Kai hinunter. Es war nicht weit, und kaum dort angekommen, flogen ihr die Möwen um den Kopf. Die Schiffe schlingerten auf dem Wasser hin und her, die Segel zerrten an den Rahen, das Wasser schoss aufgewühlt gegen die Steinmauer. Ein paar Packer und Karrenschieber waren noch unterwegs, während die Laternen aufleuchteten und die Dämmerung in ein flimmerndes Zwischenlicht tauchten.

Die *Sybille* lag abgetakelt an ihren Vor- und Achterleinen. Ein Schiff, das Anna vorkam wie ein vertrautes, altes Haus. Es war nicht schöner geworden in den letzten Wochen, und trotzdem strahlte es etwas aus, das Anna liebte. Eine Erinnerung, eine Sehnsucht nach dem großen Abenteuer. Die *Sybille* war schon überall gewesen, sie war wie eine alte Dame, die am Ende ihres Lebens auf all das schaute, was sie erlebt hatte. Eine weise, ergraute Dame, die noch eine Handvoll Fahrten machte, bevor sie sich endgültig zur Ruhe setzen würde.

Anna ging über das Laufbrett an Bord und spürte sofort das Schlingern unter den Füßen. Von Achtern kam der wachhabende Matrose, einen Wollschal um den Hals geschlungen und die obligatorische Wollmütze auf dem Kopf.

»Fräulein Herzog«, begrüßte er sie etwas erstaunt und fragte sich wohl, was sie hier zu suchen hatte.

»Der Käpt'n hat die Frachtpapiere vergessen«, log sie und hielt ihm demonstrativ die Papiere vor die Nase.

»Er ist in seiner Kajüte.«

Sie stieg die steile Treppe hinunter. Je tiefer sie kam, desto lauter rauschte das Wasser unter dem Bug, das Schlingern wurde heftiger. Im kleinen Flur brannte eine trübe Gaslampe, linker Hand lag ihre damalige, eigene Kabine, rechter Hand die des Käpitäns. Ihr Magen meldete sich, es war das bekannte flaue Gefühl, aber sie ignorierte es und klopfte an Brandis' Tür.

Im Ofen brannte ein Feuer. Seine Jacke hing über der Stuhllehne, und sie sah die Tätowierung auf dem Unterarm, die Doppelaxt. Er hatte die Schmugglerware, die er aus Schottland mitgebracht hatte, angebrochen. Zwei Kisten mit altem Whiskey. Eine der Flaschen stand auf dem Tisch, und er füllte die Gläser. Sie trank, obwohl das Gebräu wie Feuer durch ihre Kehle rann, und sie spürte sofort, wie es ihr ins Blut schoss.

»Du wolltest mir etwas erzählen«, forderte sie ihn auf und machte es sich auf einem gepolsterten Stuhl gemütlich. Er blieb stehen und lehnte sich gegen den Tisch.

»Du weißt, dass die *Margarita* auf Grund lief und wir auf dieser Insel festsaßen. Der Schoner, der uns nach Monaten endlich mitnahm, brachte uns allerdings nicht nach China, sondern nach Java. Es war eine versteckte Bucht, wo uns der Kapitän an Land gehen ließ, angeblich gäbe es dort einen Ort mit einer Kabelstation. Es gab keinen Ort und auch keine Kabelstation. Stattdessen trafen wir dort auf eine Gruppe Indonesier, die die Wirren des Krieges nutzten, um Schiffe zu überfallen. Sie hatten kleine, schnelle Boote, waren bis an die Zähne bewaffnet und stellten uns vor die Alternative, entweder mit ihnen gemeinsame Sache zu machen oder erschossen zu werden. Es war eine verflucht einsame Bucht, wo wir gelandet waren und wo ganz sicher in absehbarer Zeit kein Segler vorbeikommen würde, also haben wir uns entschieden, am Leben bleiben zu wollen. Wir saßen ganze sechs Monate dort fest, fuhren mit den kleinen Booten aufs offene Meer hinaus und warteten auf vorbeikommende Schiffe. Eines Tages sichteten wir ein englisches Handelsschiff, eine fette Beute für die Schurken, aber es war zu schnell, und wir hatten das Nachsehen. Unter den Schurken befanden sich auch einige Frauen. Eine der Frauen war Lin, die mit ihrem Bruder schon lange den Plan hatte, die Freibeuter zu verlassen. Sie vertraute sich mir an, und ich sah sofort die Chance, die sich uns bot, denn sie genoss ihrerseits das Vertrauen des Anführers. In einer Höhle hatten die Schurken ihr Diebesgut versteckt, darunter mindestens zehn Fässer Rum. Lin besorgte uns heimlich Waffen und verteilte eines Abends großzügige Rationen an Rum. Unser Plan war, die Männer sich so betrinken zu lassen, dass wir ungesehen in eines der Boote steigen und fliehen konnten. Ich habe nur meinen Zweiten Maat verloren, der lieber Pirat spielen wollte und bei ihnen blieb. Wir sind aufs offene Meer hinausgesegelt und haben einen Tag später einen portugiesischen Segler getroffen. Der war auf dem Weg nach China und hat uns mitgenommen. Hier lebten wir über ein Jahr in einem kleinen Reisbauerndorf. Kurz vor Kriegsende nahm uns ein holländischer Dampfer mit, der Lin und ihren Bruder in Calais und mich und meine Mannschaft in Rotterdam absetzte.«

»Was ist mit dieser Lin? Liebst du sie?«

»Nein, Anna«, versetzte er lächelnd. »Ich habe ihr viel zu verdanken, ohne sie wäre ich jetzt vermutlich schon tot, denn ein paar Monate, nachdem wir geflohen waren, hat die Polizei aus Java das Piratennest dem Erdboden gleichgemacht und alle erschossen. Das weiß ich von einem Kapitän, der etwa ein halbes Jahr später in Jakarta gewesen ist, wo es allgemein bekannt war. Lin hat mich zweimal in Kiel besucht, sie hängt an mir wie eine kleine zugelaufene Katze, aber ich habe sie jedes Mal wieder zu ihrem Bruder zurückgebracht.«

Anna sah auf die Uhr und stand auf. Sabine würde warten. Die Geschichte hatte sie einigermaßen verwirrt und ihr gezeigt, dass der Mann, der sie so verzauberte, zumindest wenn er unterwegs gewesen war, kein bürgerliches Leben geführt hatte. Dass der Traum von der großen, weiten Welt und vom Abenteuer nicht nur ein friedlicher, sondern auch ein grausamer war. Hätte sie mit einem solchen Mann eine Ehe führen können? Würde ein solcher Mann überhaupt eine Ehe führen wollen?

Vor der Tür waren Schritte zu hören. Wahrscheinlich die Schiffswache.

»Franz hat dir einen Heiratsantrag gemacht?«, fragte Brandis plötzlich, als habe er ihre Gedanken gelesen. Sie stand auf und griff nach dem Mantel, der über der Stuhllehne hing.

»Ja, aber ich werde ihn nicht annehmen. Ich liebe ihn nicht.«

Er nahm ihr den Mantel aus der Hand. »Er könnte dir ein sorgenfreies Leben bieten.«

»Ich weiß. Was kannst du mir bieten?«

Er lachte leise. »Ich bin nicht reich, ständig unterwegs, habe eine Tochter und würde es nie wagen, dir einen Heiratsantrag zu machen.«

Er hielt ihr den Mantel auf, sie schlüpfte hinein und drehte sich zu ihm um.

»Du könntest es wenigstens versuchen.«

Sie wartete auf eine Antwort. Sein Gesicht war wieder voller Schatten, fahlen Schemen, die unter und zwischen den Augen spielten. Sie betrachtete ihn schweigend. Sie hätte dieses schöne Gesicht stundenlang betrachten können, ohne dass ihr langweilig geworden wäre.

»Und Franz?«, fragte er statt einer Antwort.

»Du hast recht. Ich muss ehrlich zu ihm sein. Ich werde mit ihm reden.«

Er brachte sie an Deck. Der Sturm war vorbei, die Förde spiegelglatt.

Sie fuhr mit der Straßenbahn nach Hause. Als sie in ihre Wohnung kam, war sie leer. Sabine war ausgegangen. Anna dachte sich nichts dabei, denn Sabine war ein erwachsener Mensch. Sie konnte tun und lassen, was sie wollte, auch allein ausgehen. Vielleicht hatte sie Wesseling irgendwo in der Stadt getroffen.

Am nächsten Morgen war Sabine noch immer nicht zurück. Ihr Schlafplatz auf der Couch war leer. Anna saß am Küchentisch und trank Kaffee. Ein erstes mulmiges Gefühl meldete sich, doch dann wieder der Gedanke, Sabine wisse schon, was sie tue. Sie hatte sich im Dschungel Berlins behauptet – was konnte ihr da schon passieren? Vielleicht war sie bei Wesseling. Dann hätte sie die Nacht mit ihm verbringen müssen …

Anna stand auf und verließ die Wohnung. Sie ging zu Fuß zum Büro, um nachzudenken. War Wesseling der Mann, der eine Frau verführte und sie die Nacht bei sich in der Wohnung schlafen ließ? Möglich, wenn sie ihm völlig den Kopf verdreht und all seine hehren Grundsätze über den Haufen geworfen hatte. Möglich war alles.

Anna war im Büro angekommen. Berger war noch nicht da, sie saß allein am Schreibtisch. Sie sortierte Frachtbriefe und redete sich ein, Sabine sei bei Wesseling, als Wesseling schwungvoll und in bester Laune das Büro betrat.

»Guten Morgen, Fräulein Herzog. Alles klar an Bord?«

Sie starrte ihn entgeistert an. Wenn Wesseling hier war, wo war dann Sabine?

»Sie wissen nicht zufällig, wo Sabine ist?«, fragte sie vorsichtig, was ihm ein Stirnrunzeln hervorlockte. »Nein. Warum fragen Sie?«

»Ich habe sie seit gestern Abend nicht mehr gesehen. Als ich in meine Wohnung kam, war sie nicht da. Und sie ist bis jetzt nicht aufgekreuzt. Ich dachte, vielleicht ist sie …«

Sie brachte den Satz nicht zu Ende, denn Wesseling musterte sie mit düster zusammengezogenen Augenbrauen. Er wusste, was sie andeuten wollte. Eine Ungeheuerlichkeit. Ein Bruch aller gesellschaftlichen Regeln. Nach der ersten Entrüstung wurde ihm allerdings klar, dass die Sache noch ein ganz anderes Problem aufwarf. Wo war Sabine, wenn nicht bei ihm?

»Ich habe sie vorgestern das letzte Mal gesehen«, erklärte er unterkühlt.

»Wir sollten sie suchen«, entschied Anna kurzentschlossen und stand auf. »Helfen Sie mir, Käpt'n?«

Sie gingen zu zweit, aber sie wussten eigentlich nicht, wo sie suchen sollten. Sabine war kein Seemann, den man in den Hafenspelunken hätte suchen können. Wohin hätte sie gehen können, und wo hatte sie die Nacht verbracht?

Sie liefen ziellos durch die Straßen. Am Bahnhof vorbei, zum kleinen Kiel, am Schloss vorbei, wieder zurück zum Marktplatz, bis ihnen klar wurde, dass diese Art zu suchen keinen Sinn hatte. Warum sollte Sabine auf irgendeiner Straße stehen? Hätte sie das getan, hätte sie auch nach Hause gehen können. Also änderten sie die Taktik. Sie gingen zu Annas Wohnung zurück, in der Hoffnung, Sabine sei wieder da. Aber die Wohnung war leer.

Anna dachte an die Situation in Hohn. Im Moor. Aber hier gab es keinen Stall, wo man sich an die warmen, flauschigen Schafe kuscheln konnte. Hier gab es nichts, an das man sich kuscheln konnte. Eine kalte Stadt im kalten Winter. Menschen, die nachts unter ihren Decken auf der Straße lagen und nie wussten, ob sie den Morgen noch erleben würden. Kinder, die mit hungrigen Augen vor den Läden standen, Betrunkene, die an den Häusern vorbeitorkelten. Es gab zu viele, die der Krieg verarmt, verstümmelt, verstört und für immer aus der Bahn geworfen hatte. Sie waren Bestandteil des alltäglichen Stadtbilds, niemand achtete auf sie, weil sie dazugehörten wie der Hutladen oder der Hafen. Doch jetzt auf der Suche nach einem ganz bestimmten Menschen, fielen Anna diese anderen auf, und sie sah, wie viele es waren. Vor den Armenküchen lange Schlangen, überall Prothesen, überall Not und Elend. In Berlin war es nicht besser gewesen, aber auch in Berlin hatte sie es wahrgenommen wie eine Litfaßsäule mit längst verblichener Reklame. Sie schüttelte die beklemmenden Gedanken ab, denn dahinter lauerte einer, der noch beklemmender war.

Sie liefen zum Schützenwall zurück und fragten die Nachbarn, ob einer von ihnen Sabine gesehen hatte, und wurden tatsächlich fündig. Eine ältere Dame hatte gestern am Fenster gesessen und eine vollschlanke, blonde Frau in einem schwarzen Mantel am Fenster vorbeigehen sehen. Richtung Innenstadt.

»Vielleicht wollte sie noch etwas einkaufen«, sagte Wesseling.

Anna nickte. Übermorgen wollte Sabine nach Berlin zurückfahren und war noch auf der Suche nach einem Kieler Souvenir gewesen. Aber warum war sie alleine losgegangen?

»Und jetzt?«, fragte sie unschlüssig.

»Fragen wir in den Geschäften nach.«

Sie waren über eine Stunde unterwegs. Ein Laden nach dem anderen und keine einzige Kundin, die Sabine hätte sein können. Dann wandten sie sich zum Hafen und durchkämmten auch hier jeden Laden, jede Kneipe. Allmählich wurde aus Annas mulmigem Gefühl nackte Angst. War Sabine etwas zugestoßen?

Plötzlich kam ihnen Brandis entgegen.

»Hast du Sabine gesehen?«, rief Anna ihm atemlos entgegen, und er nickte.

»Was ist passiert?«, fragte sie und sah seinem Gesicht an, dass Sabine nicht nur mal eben die Straßenbahn verpasst hatte.

»Sie ist gestern Abend noch mal in die Stadt gegangen und hat sich verlaufen. War am Hafen und ist dort einem Kerl begegnet. Wir wissen noch nicht, um wen es sich handelt, sie hat ihn ganz gut beschrieben …«

»Was heißt das, sie ist einem Kerl begegnet?«

»Er hat sie in einen leerstehenden Schuppen gezerrt. Sie hatte Glück und konnte sich befreien, aber der Schock sitzt tief. Komm mit, sie ist auf der *Sybille*.«

Es war reiner Zufall, dass Sabine Brandis quasi in die Arme gelaufen war. Sie hatte plötzlich vor ihm gestanden, völlig übernächtigt, das Kleid unter dem Mantel zerrissen, keine Tasche mehr, keinen Pfennig Geld, nur noch einen Schuh am Fuß, dafür um eine böse Überraschung reicher. Ein Mann, nach Sabines Beschreibung ein Seemann, hatte sie gestern Abend am Hafen in einer dunklen Gasse gepackt und in einen Schuppen gezerrt. Er hatte sie auf den Boden geworfen, ihr das Kleid zerrissen, doch dann hatte sie ihm mit dem Mut einer Löwin das Gesicht zerkratzt, war aufgesprungen und weggerannt. Sie war durch den Hafen geirrt, immer tiefer in die Straßen hinein, in denen sie sich nicht auskannte und war irgendwann im Düsternbrooker Gehölz gelandet. Dort hatte sie sich auf einer Bank ausgeruht, und als der Morgen anfing zu dämmern, war sie aufgestanden und zurückgegangen. Am Kai war sie Brandis begegnet. Er hatte sofort begriffen, dass sie überfallen worden war, und sie mit auf die *Sybille* genommen. Dort hatte er ihr zwei starke Schnäpse verabreicht und versucht, herauszubekommen, was genau passiert war.

Als Anna in die Kajüte kam, lag Sabine auf dem Bett. Anna setzte sich zu ihr und nahm ihre Hand. Sie war kalt wie die Hand einer Toten. Brandis trat ein, aber er hielt sich im Hintergrund.

Sabine redete nicht viel. Sie wollte nach Hause zurück. Nach Berlin. Als ob das in Berlin nicht hätte passieren können, dachte Anna und sah auf das Kleid hinunter. Es war voller Dreck und hatte einen tiefen Riss.

»Sei froh, dass du noch rechtzeitig fliehen konntest«, sagte Anna.

»Er hat mich geküsst. Und seine Hände waren überall …«

Anna legte ihre Arme um Sabines Schultern und hielt sie fest. Es hätte viel schlimmer kommen können, dachte sie und fing Brandis' Blick auf, der das Gleiche zu denken schien. Der Handelshafen war ein Haifischbecken, ein Ort voller Männer mit dunklen Gedanken und noch dunkleren Begierden. Sabine war nicht die Erste und würde nicht die Letzte sein, die sich plötzlich in einem düsteren Schuppen oder einer leerstehenden Lagerhalle wiederfand. Frauen aus dem bürgerlichen Milieu gingen nicht allein zum Hafen hinunter, zumindest nicht nach Anbruch der Dunkelheit, und jetzt im Winter wurde es früh dunkel. Dann krochen die Katzen, die Ratten und manche Männer aus ihren Löchern und lauerten auf Beute.

Brandis setzte sich zu Anna aufs Bett. »Bring sie nach Hause, Anna. Übermorgen wäre sie doch sowieso nach Berlin zurückgefahren, oder?«

»Ich nehme den nächsten Zug«, erklärte Sabine plötzlich brüsk, richtete sich auf und zog ihre Hand weg.

Liebe Biene,

ich hoffe, mein Brief wird dir etwas helfen. Ich kann dir nichts Tröstenderes schreiben, als dass ich in Gedanken bei dir bin. Du wolltest so schnell wie möglich nach Hause zurück, was ich gut nachvollziehen kann. Es war für uns alle ein Schock. Deine überraschende Abreise hat alle bestürzt, wir hätten dir gerne mehr geholfen. Du schreibst nicht mehr, als wäre ich schuld daran, was passiert ist. Melde dich doch bitte. Ich habe bei deiner Arbeit angerufen, aber dort hieß es, du hättest gekündigt. Die Unsicherheit macht mich ganz krank. Soll ich nach Berlin kommen? Vielleicht hätte ich gleich mit dir fahren sollen. Ja, diesen Vorwurf mache ich mir.

Ich weiß nicht, ob es dich überhaupt noch interessiert, aber ich hatte Gelegenheit, mit Maxim zu sprechen, und bei dieser Gelegenheit traf ich auch Kommissar Sand wieder. Er hat Zweifel an Maxims Schuld, das hat er uns ganz offen erklärt, und so haben wir wieder Hoffnung. Maxim sieht besser aus als bei meinem ersten Besuch, und er versucht, die Zeit sinnvoll zu nutzen. Ich habe ihm ein paar Bücher mitgebracht. Er liest viel, hauptsächlich Politisches. Franz ist wieder zurück aus den Staaten, braungebrannt und freundlich wie immer. Er hat mir von seinen geschäftlichen Erfolgen erzählt, hat einflussreiche Leute kennengelernt und sie nach Kiel eingeladen. Über eine Heirat haben wir nicht gesprochen, und nach allem, was geschehen ist, kommt eine Heirat mit Franz für mich noch weniger in Frage als vor einer Woche. Es ist nämlich so, liebe Biene, ich weiß gar nicht, wie ich es beschreiben soll, denn es ist eigentlich ohne Worte. Seitdem ich bei Brandis auf der Sybille gewesen bin, weiß ich, dass ich Franz reinen Wein einschenken muss. Vielleicht wird doch noch alles gut …

Vor dem Präsidium war der Teufel los. Die kleine Gruppe mit ihren Plakaten provozierte diejenigen, die der Meinung waren, dass Rose zu Recht in Haft saß. Die Stimmung war vergiftet, und das nicht nur in der Stadt. Sie war lediglich ein Teil des großen Ganzen und spiegelte wider, was sich überall im Land abspielte.

Sand sah wieder aus dem Fenster auf die Straße. Immer das gleiche Bild um die immer gleiche Zeit. Aber mit jedem Tag wurden die Diskussionen hitziger. Sand hätte der Gruppe am liebsten verboten, sich Tag für Tag vor dem Haus aufzupflanzen, aber damit hätte er die Leute erst recht gegen sich aufgebracht, denn es herrschte Meinungsfreiheit, und jeder konnte seine Meinung kundtun, so oft er wollte. Er schickte Flickwort auf die Straße hinunter, um die Gemüter zu kühlen. Aber der stand nur da und hörte zu.

»Was machen die da oben?«, rief einer aus dem Pulk hitzig »Sie machen Politik gegen das Volk. Und jetzt wollen sie uns auch noch Rose als Terroristen verkaufen. Setzen wir sie endlich ab und schaffen wir demokratische Verhältnisse, in denen wirklich das Volk der Souverän ist. Der Schweizer Pestalozzi sagt: ›Wir sind durch Recht und Gesetz untereinander verbunden unser Staat selber.‹ Lasst uns unser Staat selber sein! Lassen wir die Bürger abstimmen über die wirklich wichtigen Themen, die uns alle angehen. Alles andere ist ein riesiger Schwindel und hat mit Demokratie nichts zu tun.«

Einige klatschten, andere trugen grimmige Mienen vor sich her. »Worüber wollen Sie die Bürger abstimmen lassen? Über die Frage, ob wir die Reparationszahlungen einstellen?«, hielt eine ältere Frau aufgebracht dagegen. »Dann würden alle mit Ja stimmen, und schon morgen hätten wir die Alliierten im ganzen Land. Ist es das, was Sie wollen?«

»Können die Franzosen einen demokratischen Volksbescheid einfach ignorieren? Es sind doch angeblich selbst Demokraten. Vielleicht sind es aber gar keine, sondern nur Wölfe im Schafspelz. Ich sage euch, ehrliche Demokraten lassen ihr Volk abstimmen, wenn es um etwas geht, das alle betrifft. Darüber kann keine Partei allein bestimmen, darüber kann kein Parlament allein bestimmen. Die Verfassung gibt uns das Recht des Volksentscheids, also lasst uns unser Staat selber sein!«

Begeisterter Applaus brandete auf. Immer mehr schlossen sich seiner Meinung an. Flickwort hörte immer noch zu, und er musste zugeben, der Gedanke hatte etwas für sich. Er war so einfach wie bestrickend. Um diese Idee zu realisieren, hätten deutsche Politiker allerdings einen großen Teil ihrer Macht abgeben müssen, und das war eine nachgerade absurde Vorstellung. Die Katze würde auch nicht auf ein Schälchen Milch verzichten, wenn sie zwei hätte haben können. Warum aber funktionierte es dann in der Schweiz so viel besser? Waren die Schweizer Katzen intelligenter? Waren sie friedliebender? Ließen sie sich weniger korrumpieren? Oder lag es einfach an den hohen Schweizer Bergen?

Ein junger Mann trat vor. »Richtig. Schicken wir diese scheinheiligen Demokraten zum Teufel. Wir wählen eine Partei, und kaum hat sie unsere Stimmen, macht sie genau das Gegenteil vom dem, was sie uns vorher versprochen hat. Die regieren uns in den Abgrund, sage ich euch. Also Leute, wählt das nächste Mal die NSDAP, die hält, was sie verspricht.«

Tumult brach aus. Einige Männer wurden handgreiflich und wollten dem Redner an den Kragen, so dass Flickwort sich gezwungen sah, einzugreifen. Er ging ins Haus und schickte ein paar bewaffnete Kollegen.

Sand wandte sich vom Fenster ab und genehmigte sich einen Kaffee aus der neuen Warmhaltekanne. Aber der Kaffee war kalt. Das Telefon klingelte, und er hob den Hörer ab. Am anderen Ende war ein Kollege aus Lübeck. Er würde noch heute eine Zeugin nach Kiel bringen lassen, erklärte er, eine Frau, die das Gesicht auf der Phantomzeichnung von Hagen Wesel erkannt habe. »Angeblich hat ein Mann, der der Phantomzeichnung verdammt ähnlich sieht, auf ihrem Hof ein Blutbad angerichtet.«

»Auch das noch!«, murmelte Sand und nahm einen Schluck kalten Kaffee.

Anna träumte vor sich hin. Sie träumte eigentlich nur noch. Ihr Leben war eine einzige Erinnerung an diese Stunde, die sie mit Brandis auf der *Sybille* verbracht hatte.

An einem Samstagmorgen fuhr sie zur Villa, um mit Franz zu reden, traf aber nur Lilly, die ganz allein zu Hause war. Sie saßen am Tisch im Wohnzimmer, als es an der Haustür läutete. Wenig später betrat ein etwa fünfundzwanzig Jahre alter Mann den Raum, der am Stock ging und dessen linker Arm bandagiert war.

»Harald!«, rief Lilly, lief zu ihm herüber und umarmte ihn.

»Anna, das ist mein Cousin Harald. Harald, das ist Anna.«

Er humpelte ins Zimmer und setzte sich auf einen Stuhl, den verletzten Arm abgespreizt auf dem Knie liegend.

»Du hast ja lange nichts mehr von dir hören lassen«, sprudelte Lilly los. »Was ist mit deinem Arm? Hattest du einen Unfall?«

Er grinste verschämt. »So kann man es auch nennen. Das war eine Kugel.«

»Eine Kugel? Wieso Kugel? Bist du angeschossen worden?«

Er sagte nichts. Er wirkte verlegen, seine Augen wanderten im Raum umher und blieben schließlich bei Anna hängen.

»Du kannst offen reden. Anna ist eine gute Freundin.«

Er zögerte immer noch.

»Was ist passiert?«

Anna sah auf den Arm hinunter. An einer Stelle bildete sich ein rötlicher Fleck. Blut, das langsam durch den Verband zu sickern begann.

»Sie sollten ins Krankenhaus gehen. Die Wunde ist offen, Sie könnten sich eine Blutvergiftung holen.«

Er nickte nur. Wieder Zögern. Dann fragte er: »Ist Franz da?«

»Er ist in der Stadt im Geschäftshaus der Reederei. Soll ich ihn anrufen?«

»Nein. Was ich euch jetzt sage, müsst ihr für euch behalten. Kein Wort zu irgendjemandem.«

»Was ist los?«

»Ich komme gerade aus Russland. Dort sind mehrere Einheiten der Reichswehr, die mit der Roten Armee paktieren und militärische Übungen durchführen. Ich war dabei, bis mich eine Kugel traf. Das war natürlich ein Unfall, aber die können mich nicht mehr brauchen und haben mich nach Hause geschickt.«

»Was hat die Reichswehr mit der Roten Armee zu tun?«, fragte Lilly ahnungslos.

»Die Reichswehr braucht Waffen und ausgebildete Soldaten. Du kennst doch den Versailler Vertrag, die Reichswehr darf nicht mehr als hunderttausend Soldaten stark sein. Keine Panzer, keine Flugzeuge, keine Schiffe mehr. Also haben sich ein paar kluge Köpfe aus der Reichswehr mit ein paar klugen Köpfen der Roten Armee zusammengetan, ein Bündnis der Verlierer sozusagen.«

Lilly, die wenig Ahnung von Politik hatte und sich auch nicht sonderlich dafür interessierte, zuckte mit den Schultern, aber Anna verstand sofort. »Die Reichswehr rüstet heimlich auf?«

»Ein ehemaliger Kamerad von der Front hat mich vor einem Jahr mitgenommen. Wir bekommen Waffen von den Sowjets und bilden neue Einheiten aus. Die Generalität hat die Vorzüge erkannt, die sich durch eine Zusammenarbeit mit Russland bieten. »

»Weiß die Regierung davon?«

»Angeblich hat sich von Seeckt genötigt gesehen, einige in Berlin darüber zu unterrichten, aber ob sie die ganze Wahrheit kennen, weiß ich nicht. Ich weiß aber, dass Mitglieder des Auswärtigen Amts Bescheid wissen. Die Frage ist, wie lange dauert es, bis erste Informationen doch durchsickern. Es gibt einfach zu viele, die eingeweiht sind.«

»So wie du«, warf Lilly ein.

»Kein Wort zu irgendjemandem. Die Alliierten dürfen nichts davon wissen, und ob das Volk diese Heimlichtuerei gutheißt, wage ich auch zu bezweifeln. Die meisten sind für Frieden und wollen keine Aufrüstung. »

»Warum bist du überhaupt hingegangen?«

»Ich dachte, es wäre für eine gute Sache. Aber dann kamen mir immer mehr Zweifel. Als mich schließlich diese Kugel traf, hatte sich die Entscheidung von selbst erledigt.«

»Ich rufe Tenner«, sagte Lilly entschieden. »Er fährt dich ins Krankenhaus. Und wenn du wieder zurück bist, sehen wir weiter.«

Sie verließ mit dem humpelnden Harald das Zimmer, während Anna allein zurückblieb. Sie war nicht sonderlich erstaunt über die

Nachricht. Dieser Staat war durch und durch militarisiert und ließ sich auch von einem verlorenen Krieg nicht davon abhalten, seine preußische Maxime zu verfolgen. Der Krieg war der Vater aller Dinge, niemand hatte das so perfekt verinnerlicht wie Preußen. Freiheit und Kanonen, Philosophen und Soldaten, alles kein Widerspruch, alles passte zusammen und fügte sich zu einem harmonischen Ganzen. Da half auch keine Angst vor dem Bolschewismus. Wenn Preußen wieder groß werden konnte, waren ihnen auch die Kommunisten willkommen.

Sie verließ das Haus und ging durch den Garten. Tenner stand neben dem Wagen vor dem Tor und rauchte. Anna winkte ihm zu, er reagierte nicht, als habe er sie gar nicht bemerkt. Seit seiner Aussage war er nur noch geduldet und lebte hier wie ein Paria. Nur Franz war es zu verdanken, dass er überhaupt noch da war. Man könne ihn nicht dafür verantwortlich machen, dass er seine Aussage gemacht habe, hatte Franz immer wieder angeführt, und eigentlich hatte er recht. Egal, ob er Maxim wirklich gesehen oder ihn mit jemand anderem verwechselt habe – es hätte gar keine andere Möglichkeit gegeben, als Sand darüber zu informieren. Sie selbst hatte genauso gehandelt. Franz hatte so gehandelt, alle waren sie Maxim in den Rücken gefallen und hatten ihre Bürgerpflicht erfüllt. Keine Solidarität mit einem vermeintlichen Mörder. Waren sie alle so verdammt anständig gewesen oder nur einer Intrige aufgesessen? Wären sie nicht so verdammt anständig gewesen, wäre die Intrige ins Leere gelaufen. Hatte der Intrigant damit gerechnet, dass sie ihre moralische Pflicht erfüllen würden? Dann musste er sie gut kennen.

Frau Jansen war sechsundsiebzig Jahre alt, lebte in einem kleinen Dorf in der Nähe von Lübeck und betrieb dort mit ihrem Sohn und ihrer Schwiegertochter einen kleinen Bauernhof. Ein paar Kühe, ein paar Morgen Ackerland. Man kam so gerade über die Runden, erzählte sie und fühlte sich augenscheinlich unwohl in dieser Umgebung. Sie rutschte ständig auf dem Stuhl herum, flocht die Finger ineinander, legte die Hände dann wieder in den Schoß oder schob sie unter die altmodische Handtasche, die auf ihren Knien lag.

»Sie haben also an jenem Morgen die Gänse gefüttert«, wiederholte Flickwort.

Frau Jansen nickte. »Die Gänsewiese liegt etwas abseits vom Hof. Ich bin dann wieder zurück und will ins Haus, als mir plötzlich ein Mann entgegenkommt, der einen Sack über die Schulter geworfen hatte. Ich habe mich furchtbar erschrocken, vor allem, weil ich das Gesicht sofort erkannt habe, es war das Gesicht aus der Zeitung, die lag lange in unserer Küche, weil meine Schwiegertochter darin etwas eingewickelt hatte. Der Mann rennt an mir vorbei und verschwindet auf der Straße. Ich wollte dann in die Küche gehen …«

Sie brach abrupt ab und senkte den Kopf. Flickwort wartete geduldig. Diese Frau hatte Entsetzliches gesehen. Als sie wieder aufsah, standen Tränen in ihren Augen.

»Sie sind dann in die Küche gegangen«, versuchte er ihr zu helfen.

»Zuerst habe ich meine Schwiegertochter gesehen. Sie lag direkt hinter der Tür. Alles war voller Blut. Mein Sohn lag unter dem Fenster …«

Sie brach wieder ab und tupfte sich mit einem Taschentuch über die Augen. Die Tränen rannen. »Neben ihm lag die Axt …«

Ihre Schultern bebten, sie fand keine Worte mehr. Flickwort stand auf und legte seine Hand tröstend auf ihren Arm. Er rief nach Frau Lange, die ins Zimmer kam und Frau Jansen mit nach nebenan nahm.

Sand, der die ganze Zeit an der Wand gestanden hatte, löste sich jetzt aus dem Schatten der Bürolampe. »Sie hat eine halbe Stunde gebraucht, bis sie überhaupt fähig war, zu reagieren. Dann ist sie zum nächsten Hof gelaufen, die haben die Polizei informiert.«

»Wann genau hat sie diesen Mann gesehen?«

»Gestern Morgen. Es muss so gegen acht Uhr gewesen sein, es war schon hell. Die Kollegen haben sofort die Suche aufgenommen, aber erfolglos. Der Mann war wie vom Erdboden verschluckt. Wir wissen nicht, woher er kam und wohin er wollte, darüber können wir auch nur spekulieren. Eins ist sicher: Die Haustür stand auf, das ist auf Höfen so üblich. Er ist in die Vorratskammer eingedrungen und hat dort Würste und einen Schinken in seinen Sack gesteckt. Dann wollte er zurück, aber plötzlich müssen der Bauer und seine Frau, die im Kuhstall gewesen waren, in der Küche gestanden haben. Die Mutter erzählte, dass diese Axt vor dem Ofen lag, weil der Sohn am Morgen noch ein paar Holzscheite gespaltet hat. Ein grauenvoller Tatort. Die Küche voller Blut, Blutspritzer an der Wand, auf dem Boden, die zwei Leichen mit mehreren Hieben in Brust und Rücken getroffen.«

»Ich verstehe das nicht«, knurrte Flickwort. »Wenn es wirklich Wesel war, warum ist der nicht schon längst weg? Was treibt der sich immer noch hier herum?«

»Eigentlich wollte er ja schon lange in Irland sein. Gut, der Plan ging schief, aber was hat er seitdem gemacht? Versteckt er sich auf irgendwelchen Höfen? Er war der Einzige, der ohne schwere Verletzungen aus dem Wagen herauskam. Und seitdem lungert er irgendwo auf dem Land herum. Der muss doch zu finden sein.«

»Die Kollegen suchen ihn. Die drehen jedes Ei um, das sie finden. Bisher allerdings ohne Erfolg.«

»Er hat gute Freunde. Staatsanwälte, den Staatsschutz, Journalisten.«

»Das passt nicht zu einem herumvagabundierenden Mann, der ganz offensichtlich Hunger hat. Solche Freunde lassen ihn nicht im Stich, die fahren ihn nach Hamburg und kaufen ihm eine Passage in die Staaten.«

»Sie meinen also auch, dass der Staatsschutz mit Terroristen paktiert?«, fragte Flickwort stirnrunzelnd.

Sand nickte. »Ganz klar, Wesel ist ein Spitzel des Staatsschutzes. Die Politische Polizei und der Staatsschutz kaufen oder verpflichten Mitglieder dieser terroristischen Gruppierungen und verwenden sie als Informanten. Die arbeiten jetzt für zwei Seiten. Was wissen wir? Wesel will als blinder Passagier nach Irland, aber der Plan geht schief. Er meldet sich bei seinem Vertrauensmann vom Staatsschutz, vielleicht bei Moor, und so kommen die vier Personen in dieses Auto. Was Röder und Lannard da verloren haben, lassen wir erst einmal beiseite. Es gibt einen Unfall, Wesel haut ab und verliert seinen Ausweis im Wagen. Was macht er jetzt? Er müsste eigentlich Kontakt zu Moor aufnehmen, mit der Röder, er und Lannard vor dem Unfall in der ›Linde‹ waren. Warum aber hängt er dann Wochen später immer noch auf dem Land herum, keine dreißig Kilometer von der ›Linde‹ entfernt? Katharina Moor hätte doch versucht, ihn aus der Schusslinie zu bringen. Das ist die alles entscheidende Frage.«

»Und was hat Rose damit zu tun? Der ganze Fall wird immer grotesker.«

»Sie sagen es, Kollege Flickwort. Vielleicht hat sich Wesel nach dem Unfall bei Moor gar nicht mehr gemeldet, sondern versucht, sich selbst irgendwie durchzuschlagen. Mir kam da ein ganz abenteuerlicher Gedanke. Ich dachte doch tatsächlich, vielleicht haben die versucht, ihn loszuwerden. Also richtig loszuwerden, Sie verstehen?«

Flickwort nickte nachdenklich. Alles war möglich. Kein noch so abstruser Gedanke schien jetzt unmöglich.

»Leben wir im tiefen Tal der Ahnungslosen?«, fragte er vieldeutig grinsend.

Sand zuckte mit den Schultern. »Wer weiß? Wie gefällt Ihnen diese Theorie: Die wollten ihn umlegen und seine Leiche irgendwo heimlich verschwinden lassen. Aber dann knallte der Wagen gegen diesen Baum. Würden Sie sich bei denen, die Sie umbringen wollen, Hilfe holen?«

»Natürlich nicht. Aber ich bin mir sicher, wenn wir recht haben, dann suchen die ihn auch.«

»Genau. Der Mann lebt wirklich gefährlich. Der kann noch froh sein, wenn unsere Kollegen ihn als Erste finden. Sonst verschwindet er nämlich eines Tages mausetot unter irgendeinem Misthaufen. Spinnen wir mal weiter oder andersherum, suchen wir den Anfang des Fadens, und der liegt auf der *Luna*.«

»Unsere Freunde vom Staatsschutz wollen Wesel als blinden Passagier auf der *Luna* unterbringen. Magnussen kommt dazwischen und wird erschlagen. Dann wird ein Schuldiger vorgetäuscht, jemand muss Rose diesen Zettel unterschieben. Wir sollten Flemming nicht vergessen, der hat kein Alibi. Wenn wir an Roses Schuld zweifeln, müssen wir uns noch mal mit diesem Flemming beschäftigen.«

»Was ist mit Tenner? Arbeitet der auch für unsere besonderen Freunde?«

»Schon möglich. Und was ist mit uns, Chef? Sie glauben doch nicht, dass wir auch nur den Hauch einer Chance haben, den wirklichen Mörder zu finden? Selbst wenn wir seinen Namen herausfinden würden. Die werden uns zur Schutzpolizei versetzen, bevor wir überhaupt zum Staatsanwalt gehen können. Oder sie schicken uns vorzeitig in Rente.«

Die Hafenarbeiter streikten. Sie waren zwar gekommen, ließen aber alles stehen, was hätte verladen werden müssen. Ihre Gewerkschaften verhandelten mit den Reedern und Vertretern der Stadt, während sich die Waren am Kai stapelten. Kein Schiff lief aus, kein Seemann würde etwas verdienen. Auch die *Sybille* lag an ihren Vor- und Achterleinen. Sie hätte heute eigentlich nach Liverpool segeln sollen, aber sie war ohne Fracht.

Anna stand am Fenster im Hafenbüro und sah die Männer am Kai stehen und hitzig miteinander diskutieren. Es ging um die wieder gestiegene Arbeitslosigkeit und die Wohnungsnot trotz der neu entstandenen Häuser, die die Stadt hatte bauen lassen.

Anna war nie dort gewesen, wo sich die Armut versteckte. Wo Menschen in verwahrlosten Häusern lebten, in denen kein Ofen beheizt werden konnte, weil das Holz zu teuer war, wo es nur einmal am Tag etwas zu essen gab. Sie hatte das große Los gezogen und hätte zu den besten Kreisen dieser Stadt gehören können. Zwischen luxuriöser Villa und baufälliger Hütte war nur ein kleiner Schritt in diesen Zeiten, und sie wurde sich bewusst, wie schmal der Grat war, auf dem sie wandelte. Sie besaß keinen Pfennig, den sie hätte zurücklegen können, lebte von der Hand in den Mund wie fast alle hier. Ein Leben am Abgrund. Aber ihr Entschluss stand fest. Sie würde Franz reinen Wein einschenken, das war sie sowohl ihm als auch sich selbst schuldig.

Am Abend ließ sie sich mit einem Taxi zur Villa fahren. Franz hatte für seine amerikanischen Freunde eine kleine Feier arrangieren lassen, was Anna nicht gewusst hatte. Nun war sie einmal da, wurde von Franz mit einem Strauß roter Rosen begrüßt und konnte schlecht direkt wieder gehen. Sie nahm die Blumen mit einem schlechten Gewissen entgegen, denn die Aussprache hatte sich lediglich um ein paar Tage verschoben.

Sie schlenderte durchs Haus, wechselte ein paar Worte mit Lilly und den Eltern und fühlte sich unwohl. Vielleicht war dies wirklich nicht ihre Welt, diese Welt aus Champagner und Kanapees, Bankern und Industriellen, Lachs und Mozart. Kein Swing, keine deutschen Schlager, so dass selbst Lilly gelangweilt zwischen den Gästen herumstand. Anna beobachtete die Freunde aus den Staaten. Ihre Anzüge waren ganz sicher nicht von der Stange, die meisten hatten die Zigarre in der einen, das Glas in der anderen Hand. Manche sprachen so gut Deutsch, dass klar war, woher sie stammten. Die hatten drüben Karriere und einen Haufen Geld gemacht, und ihre Herkunft war ebenso unzweifelhaft wie ihr ganz offensichtliches Vermögen.

»Nachdem das britische Weltreich nicht mehr existiert, sind wir am Zug, Schneider«, hörte sie einen von ihnen sagen. »Die Agenda ist klar. 1789 war gestern, heute werden die Eliten aus den Staaten herrschen.«

Schneider lachte. »Sie sagen es, Mr. Hall! Die Deutschen haben so viele Schulden bei den amerikanischen Banken, die strampeln sich nie wieder frei. Nie wieder. Ich habe neulich mit einem Banker der FED gesprochen, der ziemlich offenherzig daherkommt. ›Das Deutsche Reich ist uns nach dem Krieg wie ein reifer Apfel in den Schoß gefallen, es gehört uns und ab jetzt bestimmen wir‹, hat er ganz unverblümt gesagt.«

Gewichtiges Nicken in der Runde. Mr. Hall, dessen Deutsch von einem starken Akzent beherrscht war, nahm einen tiefen Schluck aus seinem Champagnerglas. »Russell schrieb schon 1922: ›Nur die Eliten sollen denken …‹«

»›… der Rest soll gehorchen oder dem Führer folgen wie eine Hammelherde‹«, beendete Schneider grinsend das Zitat, woraufhin alle lachten.

»›Es ist nicht erwünscht, dass der normale Bürger selber denkt, weil man der Auffassung ist, dass Leute, die selbstständig denken, schwer zu handhaben sind.‹ Wie wahr! Womit wir bei der Zukunft Deutschlands sind.«

Franz durchquerte den Raum und gesellte sich freundlich lächelnd zu ihnen.

»Rose!«, rief Schneider aus und schlug ihm auf die Schulter. »Was halten Sie von der NSDAP? Sie befinden sich ja gewissermaßen an der Quelle. Glauben Sie, dass uns dieser Hitler nützlich sein könnte? Immerhin scheint er ja die richtige Einstellung zu haben.«

Franz nickte. »Er ist genau der, den wir brauchen. Noch ein, zwei Jahre und die NSDAP wird meiner Meinung nach genug Anhänger gefunden haben, so dass sie mit den anderen Parteien mithalten kann.«

»Sie sind sehr vorsichtig, Rose. Wir brauchen in Deutschland keine Sozialisten oder schlimmer noch, Kommunisten. Keine Annäherung an die Sowjets, das muss unser erstes Ziel sein, und dazu ist Hitler die einzige Option. Er könnte der Führer von Russells Hammelherde werden, und darum müssen wir ihn unterstützen. Kennen Sie ihn persönlich?«

»Nein. Aber ich kenne den hiesigen Gauleiter, einen absolut fähigen Mann. Die NSDAP braucht Geld, meine Herren. Ohne finanzielle Unterstützung wird unser aller Agenda ins Leere laufen.«

»Natürlich. Was ist mit der Judenfrage? Ich hörte, außer der NSDAP gibt es in Deutschland keine nennenswerten Gegner der Juden.«

»Richtig, Schneider, die Juden sind im Reich gut integriert, ebenso gut wie in den Staaten. Den ›Internationalen Juden‹ hat außer Hitler und Konsorten wohl kaum jemand gelesen.«

»Sie wissen, dass die Rassenhygieniker aus den Staaten planten, etliche Millionen Menschen, deren Vermehrung nicht erwünscht war, von der Reproduktion auszuschließen. Das war vor noch nicht allzu langer Zeit wissenschaftlicher Konsens. Hitler denkt ähnlich. Seine Zielgruppe ist allerdings eine andere. Er hat die Kommunisten, Sozialisten, Gewerkschaften und die Juden im Visier.«

»Wer würde da noch übrigbleiben?«, spöttelte Franz. »Unmöglich.«

»Nichts ist unmöglich, Rose. Haben Sie Edward Bernays gelesen? Tun Sie es. Da können Sie eine Menge lernen. Mit den richtigen ›Public Relations‹ kann man den Leuten alles schmackhaft machen und verkaufen, Krawatten, Kartoffeln, Kriege, Krisen, egal. Oder lesen Sie Gustave Le Bon, ›Die Psychologie der Massen‹, dann wird Ihnen klar, dass die Politik demokratischer Regierungen oft nichts anderes ist als psychologische Kriegsführung gegen das eigene Volk, das nicht begreift, mit welchen Mitteln es gesteuert wird.«

Anna hatte genug gehört. Sie war verwirrt und entsetzt gleichermaßen. Sie verließ den Raum und kam an der Treppe zum Keller vorbei. Kurz entschlossen stieg sie nach unten in die Küche. Frau Grünenthal, die Köchin, saß am Tisch und machte eine Pause. Es duftete nach Koriander, und auf dem Herd stand eine dampfende Terrine.

»Fräulein Herzog«, rief Frau Grünenthal überrascht und stand auf.

»Störe ich?«

»Aber nein. Setzen Sie sich. Wollen Sie die Suppe probieren?«

Anna schüttelte den Kopf.

»Aber ein Stück Apfelkuchen müssen Sie essen.«

Der Kuchen schmeckte köstlich, und Anna erinnerte sich an die Zeit, wo sie noch hier Gast gewesen war. Nie im Leben hatte sie so gut gegessen. Mathilde war ein Genie auf ihrem Gebiet.

»Gefällt es Ihnen bei den Herrschaften nicht mehr?«, fragte Frau Grünenthal lächelnd.

»Mir gefallen die Gäste nicht.«

»O ja, der Geldadel aus den Staaten. Sie lieben das deutsche Essen. Einige stammen übrigens von hier.«

»Umso schlimmer«, murmelte Anna. Sie aß schweigend ihren Kuchen und versuchte das, was sie eben gehört hatte, irgendwie zu verstehen. Franz, der diesen Hitler hofierte? Der dessen Gauleiter kannte? Der womöglich die NSDAP wählte und Deutschland diesem Putschisten ausliefern wollte? Und was hatte er mit diesen Amis zu tun, deren Agenda nichts mit demokratischen Verhältnissen zu tun hatte?

Sie hörte noch mehr, als sie wieder nach oben ging. Offen und ungeniert dahergeplaudert, auch wenn sie nur noch hin und wieder ein paar Sätze aufschnappte. Wie ein Wind, der an ihren Ohren sanft vorbeistreifte, aber den Krach von ohrenbetäubendem Donner verursachte. Jeder Satz eine Ohrfeige.

»Wir brauchen die Gegenaufklärung, keine gleichwertigen Menschen, wie es 1789 postuliert wurde, sondern passive, orientierungslose und in ständige Krisen verwickelte Bürger, dann können wir uns auch sogenannte demokratische Verhältnisse leisten. Und es gilt immer, dass Wirtschaft und Militär stets von Wahlergebnissen unabhängig bleiben müssen.«

»Absolut richtig. Und dann vergessen wir den Krieg nicht. ›Kein Krieg ist auch keine Lösung‹, wie es so schön heißt.«

Schallendes Gelächter von Schneider, der sich als Vorstandsmitglied von General Electric entpuppte, dem größten Rüstungskonzern der Welt.

»Kennen Sie die Herzlandtheorie von Mackinder?«, fragte Schneider an Franz gewandt und genehmigte sich ein Lachsbrötchen vom Tablett, das Marie ihm vor die Nase hielt. »Wer Eurasien beherrscht, beherrscht die ganze Welt. Russland ist der Schlüssel zu allem, aber dort haben die Bolschewisten das Sagen. Sie sind auf unserer Seite, Rose, also lassen Sie mich ehrlich sein. Enge Beziehungen zwischen Deutschland und Russland sind nicht in amerikanischem und britischem Interesse, denn deutsches Wissen und russische Ressourcen wären ein gewaltiger Wirtschaftsfaktor und würden uns überdies von der Herzinsel, also von Eurasien, abschneiden. Der Russe muss immer ein Feind Deutschlands bleiben, und genau an dieser Stelle käme Hitler ins Spiel, der Mackinder vermutlich gelesen haben dürfte.«

»Wie meinen Sie das?«, fragte Franz skeptisch.

Schneider biss genüsslich in sein Brötchen. »Hitler will eine militärische und wirtschaftliche Anbindung an England und die Staaten. Als der Vertrag von Rapallo unterzeichnet wurde, soll er vor Wut geschäumt haben. Er hasst die Sowjets, und das spielt uns natürlich in die Karten.«

Anna hatte ein mehr als mulmiges Gefühl im Magen. Das sollten Franz' Geschäftsfreunde sein?

Sie sah ihre Rosen in einer Vase auf dem Flur stehen. Sie ließ sie stehen und ging, ohne sich von irgendjemandem zu verabschieden, aus dem Haus.

Am nächsten Morgen kaufte Sand auf dem Weg ins Präsidium eine Zeitung. Auf der zweiten Seite stand unter dem Phantombild Hagen Wesels eine Bitte der Polizei an die Bevölkerung.

AUF DER FLUCHT

Seit dem Mord an einem Ehepaar (wir berichteten) aus der Nähe von Lübeck befindet sich der verdächtige Hagen Wesel auf der Flucht. Die Polizei bittet noch einmal um Ihre Mithilfe. Wo könnte Hagen Wesel sich aufhalten? Wer hat ihn in den letzten Tagen gesehen?

Sollten Sie ihm begegnen, benachrichtigen Sie umgehend die Polizei. Halten Sie sich aber fern von ihm, denn er gilt als äußerst gefährlich.

Kommissar Sand nickte befriedigt. Genau das hatte er lesen wollen. Wesel war sein Dreh-und Angelpunkt im Fall Magnussen, und er kam immer mehr zu dem Schluss, dass es auch Wesel selbst gewesen sein konnte, der den Kapitän ermordet hatte. Er musste den Kerl zu packen kriegen, koste es, was es wolle.

Im Büro angekommen, geriet er in ein Gespräch zwischen Flickwort und Maibaum. Es ging um drei noch offene Fragen: um Sammet, Flemmings Alibi zur Tatzeit und die Verbindung des Verlegers und Katharina Moors. Flickwort war fleißig gewesen und hatte gute Arbeit geleistet. Was Flemming betraf, hatte er ermittelt, dass dieser zur Tatzeit nun doch ein Alibi besaß. Ihm war eingefallen, auf seiner Fahrt einmal ausgetreten und einem Jäger am Waldrand begegnet zu sein, der sich tatsächlich an ihn erinnern konnte. Somit fiel er aus dem Kreis der Verdächtigen heraus, was Sand ungerührt zur Kenntnis nahm. Die Erkundigungen über Sammet hatten ergeben, dass er durchaus alte Kähne gekauft hatte, aber außer der *Kassiopeia* war kein einziger untergegangen. Was schließlich die Verbindung zwischen dem Zeitungsverleger und Katharina Moor anging, so schob Flickwort ein Foto über den Tisch.

»Sehen Sie sich das Gesicht genau an, Herr Kollege. Würden Sie sagen, dass es das Gesicht von Katharina Moor ist?«

Sand riskierte einen Blick. Die Frau auf dem Foto hatte schwarzes Haar, einen halbrund geschnittenen Pony, und sie trug eine Brille. Aber es war ganz eindeutig nicht Katharina Moor. Die Augen, die breite Gesichtsform, die schmalen Lippen – das war eine ganz andere Frau.

»Wer ist das?«, fragte Sand verblüfft, und Flickwort grinste. »Das ist die Frau des Verlegers. Zugegeben, sie hat schwarzes Haar, trägt eine

Brille und hat den gleichen komischen Pony wie Moor, aber wenn man genau hinsieht, merkt man sofort, dass es ein ganz anderes Gesicht ist. Was wieder einmal beweist, wie wenig zuverlässig Zeugenaussagen sein können. Selbst die Zeugenaussagen eines Kriminalkommissars.«

Sand nickte betreten. Er hatte damals nur einen flüchtigen Blick auf das Foto geworfen und die drei wesentlichen Merkmale festgestellt. Haarfarbe, Brille, Pony.

»Also gibt es keine Verbindung zwischen dem Verleger und Moor«, konstatierte er.

»Richtig. Es gibt nur eine zwischen dem Verleger und seiner Frau, und das ist nicht Gegenstand unserer Ermittlungen, oder?«

Einen Tag später klingelte Anna wieder in der Villa. Franz war nonchalant wie immer. Er trug eine rote Rose im Knopfloch seines Jacketts und machte ihr kokette Vorwürfe, weil sie seine Rosen nicht mitgenommen hatte und einfach gegangen war. Sie murmelte eine Entschuldigung und fragte ihn nach seinen neuen Freunden. Er läutete nach Marie und bestellte zwei heiße Tassen Schokolade.

»Deutschland hat jetzt schon so viele Schulden bei amerikanischen Banken, dass unsere Regierung ohne deren Zustimmung nie wieder einen Handschlag tun kann«, erklärte er mit ernster Miene. »Da läuft eine ganz große Sache, Anna, und du solltest wie ich auf der richtigen Seite stehen, wenn es losgeht.«

»Losgeht? Ich verstehe nicht.«

»Die haben jetzt schon so viel Geld, dass sie die halbe Welt kaufen und nach ihren Vorstellungen gestalten könnten. Und ich werde bei den ganz großen Gewinnern sein. Sie werden mir mehr Kredit einräumen, als ich brauche. Zehn Schiffe, die Hälfte davon dieselbetrieben, wir sparen an Personalkosten und teuren Versicherungen, und in einem Jahr schreiben wir nur noch schwarze Zahlen. Du musst wissen, wo die Sieger sind, verstehst du?«

»Wer ist sie? Von wem sprichst du?«

Franz lächelte still vor sich hin, und das war Antwort genug. Er sprach von seinen amerikanischen Freunden, den Bankern und den Industriellen. Sie konnten ihn mit ihrem Geld vielleicht beeindrucken, aber dass sich die Politik von ihnen beeinflussen ließ, davon glaubte sie kein Wort. In ihren Augen waren es ein paar Millionäre, die sich vielleicht goldene Uhren oder luxuriöse Autos kaufen konnten, aber wie hätten sie die Politik bestimmen können? Und auch die NSDAP war in ihren Augen ein unbedeutender Rest aus dem Krieg Übriggebliebener, deren geliebten Kaiser das Volk ins Exil gejagt hatte. Der saß jetzt im Exil und schob seine Zinnsoldaten über ein imaginäres Schlachtfeld. Der würde nie mehr auch nur einen einzigen Soldaten aus Fleisch und Blut ins Feld schicken. Und das war auch gut so. Anna war aber nicht gekommen, um über die abstrusen Ideen einer Handvoll Industrieller zu diskutieren. Sie musste Franz etwas sagen, und genau das würde sie jetzt tun.

»Ich muss dir etwas sagen, Franz. Ich kann deinen Antrag nicht annehmen. Ich habe dir nicht ganz die Wahrheit gesagt. Es gibt da doch einen anderen Mann …«

Er starrte sie konsterniert an. »Einen anderen Mann? Kenne ich ihn?«

Sie nickte. »Es ist Chris Brandis.«

»Brandis?«

Er hörte nicht auf, sie anzustarren. »Hast du dir das gut überlegt? Was kann Brandis dir bieten? Ein Mann, der ständig auf See ist, eine Tochter von einer anderen Frau hat und in einer heruntergekommenen Wohnung lebt? Anna, denk nach, das kann doch nicht dein Ernst sein.«

Er machte ein paar Schritte in den Raum hinein, schüttelte den Kopf und blieb wieder stehen.

»Das kann doch nicht dein Ernst sein«, wiederholte er fassungslos. »Gut, ich gebe zu, er mag anziehend auf dich wirken, aber da bist du nicht die Einzige. Überlege mal, wie es Alexas Mutter gegangen ist? Erst hat er sie geschwängert, dann ist er auf und davon. Und du willst einen solchen Schuft heiraten. Anna …«

Sie saß schweigend da. Was hatte sie erwartet? Dass er klein beigeben, ihre Entscheidung klaglos akzeptieren würde? Sie hatte nie darüber nachgedacht.

»Es tut mir leid«, sagte sie leise. »Ich wollte dich nicht kränken, aber einmal musst du die Wahrheit ja erfahren.«

»Wie lange läuft das schon?«, fuhr er sie plötzlich an, und sie zuckte regelrecht zusammen.

»Da läuft gar nichts, Franz. Ich liebe ihn, und ich glaube, er liebt mich auch.«

Er lachte, aber es war ein bitterböses Lachen. »Der Mann liebt niemanden, Anna. Ich weiß nicht, wie vielen Weibern er schon den Kopf verdreht hat. Kapitäne sind in den Augen der Frauen schon immer reich begehrt gewesen, aber Brandis schießt den Vogel ab. O ja, ich kenne das, ein Kapitän, weitgereist, erfahren, der kennt die Welt, die voller Abenteuer und Geheimnisse ist. Das ist doch ein Klischee, Anna, in Wirklichkeit steckt nichts dahinter als Männer, die ständig ihre Ehefrauen betrügen und sich in den Hafenspelunken dieser Welt volllaufen lassen …«

Er redete sich in Rage, sein Gesicht war feuerrot, und Annas Herz begann zu klopfen. Mit dieser kalten Wut hatte sie nicht gerechnet. Verhielt sich so ein verliebter Mann, der gerade einen Korb bekommen hatte? Für Anna klang das eher nach verletztem Stolz statt nach Liebeskummer. Sie stand langsam auf. »Ich kann dich verstehen, Franz, ich wollte das nicht, aber es ist nun einmal so gekommen. Ich habe dir unendlich viel zu verdanken, darum möchte ich deine Freundschaft nicht verlieren.«

Sie ging auf ihn zu und wollte ihn umarmen, zauderte kurz und legte ihre Arme um seine Schultern. Sie spürte die Anspannung seines Körpers, er ließ es geschehen, und dann ging sie wortlos aus dem Raum.

Sie lief zu Fuß nach Hause. Einmal quer durch die Stadt und dachte nur, sie hatte es vermasselt. Franz war der beste Freund, den sie jemals gehabt hatte. Er hatte ihr Leben in die richtige Richtung gedreht, und was tat sie?

Sie war verzweifelt. Sie ging schnell, und die Tränen verschleierten ihren Blick. Sie bereute, mit ihm gesprochen zu haben. So ehrlich gewesen zu sein. Es gab Lügen, die durchaus sinnvoll waren, weil sie Menschen schützen konnten. Es hätte genügt, seinen Antrag abzulehnen, weil sie sich im Moment nicht binden wollte.

Sie hatte ganz plötzlich Angst. Angst, dass Franz ihr kündigen und Brandis nie wieder ein Kommando geben würde. Sie hatte vorher nie darüber nachgedacht. In ihren Augen war Franz immer der korrekte Mensch gewesen, der anderen aus niederen Beweggründen wie Rache oder Neid niemals schaden würde. Sein Zorn, seine heftige Reaktion, seine hämischen Worte über Brandis sprachen eine ganz andere Sprache.

Würde sie sich überhaupt noch trauen, ins Büro zu gehen? Sie wollte Franz nicht begegnen, und sie wollte sich nicht ihre Kündigung abholen. Ihre Ehrlichkeit war wie ein Schwert gewesen, und damit hatte sie sich vielleicht selbst am meisten geschadet. Sie musste mit Brandis reden, aber dazu hätte sie zum Hafen gehen müssen. Auch da hätte sie Franz begegnen können.

Ein langer Weg bis nach Hause. Zeit genug, um nachzudenken, doch die Gedanken liefen im Kreis. Immer dieselben, keiner darf ausscheren. Grausame Gedanken über eine grausame Ehrlichkeit und grausame Konsequenzen. So muss sich ein Feldherr fühlen, wenn er sein Heer sehenden Auges in den Tod schickt. Genau das habe ich gemacht. Ich habe mich und Chris ihm ausgeliefert. Wie naiv muss man sein, das nicht vorher zu erkennen?

Kurz vor Mitternacht auf der Eckernförder Chaussee. Hier war um diese Zeit nichts los, kein Mensch unterwegs, kein Auto, kein Fuhrwerk. Weit von der Straße entfernt standen ein paar Häuser, umgeben von schmiedeeisernen Zäunen. In der Luft lag feiner Nebel, durch den das fahle Licht einer einsam dastehenden Laterne schimmerte. Plötzlich tauchte eine Person am Straßenrand auf, blitzte wie ein Schattenriss durch den Dunst, stand da und sah auf die andere Seite hinüber. Nach einigem Zögern beschloss die Person, die Straße mit langsamen und bedächtigen Schritten, den Kopf tief gesenkt, zu überqueren. Sie war kaum bis zur Mitte gekommen, als aus dem Dunkel eines am Straßenrand stehenden Baumes ein dunkler Wagen mit quietschenden Reifen hervorschoss und direkt auf sie zusteuerte. Die Person blieb abrupt stehen, geblendet von den Scheinwerfern, aber sie stand eine Sekunde zu lang, eine Sekunde zu viel, und schon erfasste sie der Wagen, schleuderte sie zur Seite, preschte an ihr vorbei und verschwand gespenstergleich im Nebel.

Keine Überraschung konnte ihn mehr aus der Fassung bringen. Kein Unfall, kein Klabautermann, kein außerirdisches Leben auf irgendeinem fernen Planeten, kein Toter, keine Intrige, die er nicht schon gewittert hätte. Wäre er morgen von einem Asteroiden erschlagen worden, hätte er sich nicht mehr wundern können, aber wäre doch noch ein Rest Bewusstsein von ihm übriggeblieben – er hätte sich nicht gewundert. Die Welt war ein Tollhaus, und er stand mittendrin.

Kommissar Sand verharrte ruhig vor dem Bett und machte sich so seine Gedanken. Nichts Spektakuläres, nichts Aufsehenerregendes, nur das, was der ganz normale Wahnsinn ihm so eingab. Da hatte jemand versucht Hagen Wesel totzufahren und hatte es nicht ganz geschafft. Er hatte ihm nur die Beine und die Hüfte und eine Schulter gebrochen. War das Absicht gewesen oder war der tödliche Plan nicht aufgegangen? Ein Profi hätte anders gehandelt, oder? Er hätte ihn auf der einsamen, nächtlichen Straße einfach erschossen. Auf der anderen Seite konnte es nur ein Profi gewesen sein, denn wer hätte sonst ein Interesse daran, diesen Mann zu beseitigen?

»Der Staatsschutz?«, fragte Flickwort, der neben ihm stand.

»Wäre er dann nicht mausetot? Profis machen keine halben Sachen. Stünde der Staatsschutz dahinter – warum geht er das Risiko ein, dass Wesel nur verletzt ist? Eine Kugel wäre viel sicherer gewesen.«

»Fragen Sie mich etwas Leichteres, Chef. Irgendjemand wollte ihn beseitigen, so viel steht fest.«

Sie sahen auf den bewusstlosen Wesel hinunter, der in einem Spezialbett lag. Die Ärzte hatten ihn mit Medikamenten so vollgestopft, dass er tief und fest schlief. Und das würde auch erst einmal so bleiben. Er war über fünf Stunden operiert worden, Beine, Hüfte, Schulter, ein zertrümmerter Mensch in einem zertrümmerten Leben, das nicht mehr viel wert war. Sand hatte einen Beamten vor der Krankenzimmertür postiert, weil er Angst hatte, dass die Täter ihm noch bis hierher folgen würden.

»Wenn er wieder bei Bewusstsein ist, wird sich alles klären. Alles wird sich auflösen«, murmelte Sand und warf noch einen letzten Blick auf Wesel, bevor er das Zimmer verließ.

Eine Woche später war Hagen Wesel vernehmungsfähig. Sand und Flickwort hatten sich ans Bett gesetzt, tausend Fragen im Gepäck und die Hoffnung, endlich einen großen Schritt weiterzukommen, was den Fall Magnussen anging.

Wesel war noch immer durch Schmerz- und Beruhigungsmittel sediert. Sein fast somnambul anmutender Blick ging ins Leere, und seine Stimme klang brüchig. Als Sand ihn fragte, ob er aussagen wolle, drehte er den Kopf zur Seite und schwieg.

»Wir wissen, dass Hagen Wesel nicht Ihr richtiger Name ist, aber bleiben wir ruhig mal dabei. Sie waren Mitglied der Organisation Consul, heute Bund Viking, und werden von der Polizei gesucht. Das ist Ihnen bekannt, oder?«

Wesel starrte gegen die Wand und schwieg.

»Was passierte auf der *Luna*?«, wollte Sand wissen. »Sie hatten vor, am zweiundzwanzigsten November als blinder Passagier nach Belfast zu fahren. Haben Sie Kapitän Magnussen erschlagen?«

Wesel starrte weiter die Wand an.

»Haben Sie des Weiteren am elften März in der Nähe von Lübeck auf einem Hof ein Ehepaar mit einer Axt getötet?«

Wesel zuckte plötzlich hoch, verzog schmerzhaft das Gesicht und sank wieder zurück in die Kissen.

»Das war ich nicht«, flüsterte er schreckensbleich im Gesicht. »Das war ich wirklich nicht. Ich bin da nie gewesen.«

»Aber auf der *Luna* waren Sie. Es gibt Zeugen, die Sie gesehen haben.«

Wesel zögerte. Minutenlang kam kein Wort von ihm, dann endlich ein Nicken. »Gut, ich werde aussagen, aber damit das schon mal klar ist, ich habe weder diesen Kapitän noch dieses Ehepaar ermordet. Ich habe überhaupt niemanden ermordet. Stattdessen wurde versucht, mich zu ermorden.«

»Haben Sie eine Ahnung, wer Sie angefahren haben könnte?«

Wesel sagte nichts. Wieder minutenlanges Schweigen, dann: »Ich war vor der *Luna* mit einem Mittelsmann verabredet, seinen Namen kenne ich nicht, und sein Gesicht habe ich nicht deutlich gesehen. Es war dunkel, und er hatte nur eine Taschenlampe dabei. Er führte mich auf die *Luna*, aber kaum stehen wir an Deck, hörten wir Schritte. Mein Mittelsmann zeigte mir den Einstieg zum Laderaum und sagte, er guckt nach, wer da noch an Bord ist. Ich steige also in den Laderaum hinunter und warte. Ziemlich lange, bis mein Mittelsmann wiederkommt und behauptet, ich müsse sofort wieder an Land und wir bräuchten einen neuen Plan. Damals habe ich nicht verstanden, was los war, aber später las ich in der Zeitung, dass dieser Kapitän tot in seiner Kajüte lag. Da wurde mir alles klar. Ich habe mich dann in einem verlassenen Hof in der Nähe von Kiel auf dem Land versteckt und gewartet. Es meldete sich aber niemand mehr.«

»Wer waren Ihre Mittelsmänner? Ihre Verbindungsleute?«

»Wir benutzen Codenamen. In Berlin war mein Mittelsmann ein gewisser Hansen. Der brachte mich nach Kiel. Hier wiederum gibt es andere Leute, die für meine Flucht sorgen sollten, aber nachdem ich wieder an Land war, habe ich von niemandem etwas gehört. Auch nicht von Hansen.«

»Sie kennen Ihre Verbindungsleute in Kiel also nicht?«

Wesel schüttelte den Kopf. »Die haben mich fallen gelassen wie eine heiße Kartoffel. Da gab es für mich nur noch eine einzige Möglichkeit …«

Er verfiel in tiefes Schweigen. Flickwort warf Sand einen kurzen Blick zu. Wussten sie, was Wesel mit der »einzigen Möglichkeit« meinte? Sie ahnten es. Ab jetzt würden sie über eine messerscharfe Rasierklinge spazieren. Ab jetzt wilderten sie im Jagdrevier der Politischen Polizei, dieser undurchsichtigen Schlangengrube.

»Sie haben Kontakt zu Moor aufgenommen«, erklärte Flickwort, der jedes Wort von Wesel aufschrieb, in das Schweigen hinein, und sofort riss Wesel verblüfft die Augen auf. »Sie wissen es?«

»Der Unfall. Ihr Ausweis lag im Auto. Sie haben die ganze Zeit für beide Seiten gearbeitet. Für die OC und den Staatsschutz. Wie lautet ihr richtiger Name?«

»Paul. Mehr werden Sie von mir nicht erfahren.«

»Gut, Paul, dann erzählen Sie mal, wie war das auf diesem Hof? Sie machen sich die Taschen voll, und plötzlich steht dieses Ehepaar vor Ihnen …«

»Ich sage doch, ich bin da nie gewesen. Nachdem der Plan mit der *Luna* nicht geklappt hatte, war ich nicht mehr sicher. Ich wusste nicht, was die Moor mit mir vorhat. Ich glaube, die wollte mich nur noch loswerden. Also bin ich auf den verlassenen Hof zurück. Eines Morgens liegt ein Zettel vor der Tür. Angeblich von Hansen, der mich auffordert, ihn auf der Eckernförder Chaussee zu treffen.«

»Sie stecken ganz schön in der Klemme«, bemerkte Sand kopfschüttelnd. »Und das ist noch vornehm formuliert. Eins ist doch klar: Dieser Zettel diente nur dazu, Sie auf die Straße zu locken.«

»Sie müssen mich schützen, Herr Kommissar. Die bringen es fertig und töten mich in meinem Bett.«

»Ja, die Frage ist nur, wer? Kann es sein, dass Ihre Komplizen von der OC herausgefunden haben, dass Sie gleichzeitig für den Staatsschutz arbeiten?«

»Ich habe keine Ahnung.«

»Beschreiben Sie den Mann, der Sie auf die *Luna* brachte.«

»Ziemlich groß, normale Statur. Mehr weiß ich nicht.«

»Tolle Beschreibung«, knurrte Flickwort. »Die hilft uns ganz sicher weiter. Trug der Mann eine Brille?«

»Nein, da bin ich mir sicher. Eine Brille trug der nicht.«

Wesel fielen die Lider zu. Er schien erschöpft zu sein und Schmerzen zu haben. Sand stand auf und gab Flickwort ein Zeichen. Sie verließen das Krankenzimmer und schärften dem Kollegen vor der Tür ein, wachsam zu sein.

Krisensitzung im Büro des neuen Staatsanwalts. Die Lage war äußerst prekär. Im Krankenhaus lag ein Spitzel des Staatsschutzes, der von einem unbedeutenden Kommissariat geschützt wurde. Wusste Moor überhaupt schon, dass Wesel im Krankenhaus lag?

»Ich glaube nicht, dass Moor etwas mit dem Unfall zu tun hat«, resümierte der Staatsanwalt, nachdem Sand die Situation geschildert hatte. »Und was diesen Doppelmord auf dem Land betrifft, so wird sich die Zeugin einfach geirrt haben. Wir kennen das doch, Zeugenaussagen sind zuweilen wenig zuverlässig. Die Kripo in Lübeck ermittelt jetzt auch in alle möglichen anderen Richtungen, nachdem ich mit dem zuständigen Kollegen telefoniert habe.«

»Wie gehen wir jetzt vor?«, wollte Sand wissen.

»Versuchen Sie, sich auf den Mord an Magnussen zu konzentrieren. Pressen Sie alles aus Wesel heraus, an was er sich erinnern kann. Diese

Person, die mit ihm auf der *Luna* war, ist unser Dreh- und Angelpunkt. Wir müssen wissen, um wen es sich dabei handelt, denn das ist unser Mann.«

»Was ist, wenn Wesel lügt? Er erfindet einfach jemanden, obwohl er selbst der Mörder von Magnussen ist?«

»Wir brauchen auf jeden Fall eine Gegenüberstellung zwischen Rose und Wesel. Und eins ist auch klar: Arne Tenners Beschreibung stimmt mit der von Wesel überein, nur in einem Punkt nicht. Tenner sagte aus, der Mann, den er gesehen hat, trug eine Brille.«

Sand verbrachte die nächsten beiden Tage mehr Zeit im Krankenhaus als im Büro. Er saß am Krankenhausbett und suchte das Gespräch, was nicht immer einfach war, denn Wesel stand immer noch unter dem Einfluss schwerer Schmerzmittel, die ihn müde und schläfrig machten. Manche Stunde hockte Sand ganz alleine da, wenn Wesel mitsamt seinem Bett zu irgendwelchen Untersuchungen gefahren wurde. War er dann wieder da, schien er erschöpft und hatte Mühe, sich zu konzentrieren. Dann hatte er am Nachmittag des zweiten Tages plötzlich eine helle Stunde. Sand rief Flickwort an, der sofort kam, um das Gespräch zu protokollieren, während Maxim Rose, von Beamten begleitet, auf dem Weg ins Krankenhaus war. Dann begann Wesel wieder über seine Kontakte zum Staatsschutz zu berichten und erinnerte sich glasklar, wie es angefangen hatte.

»Damals habe ich für einen Schreiner in der Lindenstraße gearbeitet. Die Arbeit hat mir Spaß gemacht, auch die Kollegen waren in Ordnung. Aber die Typen vom Staatsschutz müssen mich schon wochenlang beobachtet haben. Sie wussten genau, dass ich Mitglied der OC bin. Eines Tages sitze ich in einer Kneipe am Alexanderplatz, neben mir sitzt eine Frau. Es war nicht Moor, es war eine andere. Sie spricht mich an, ob ich mir etwas Geld verdienen will, und ich sage natürlich nicht nein. So kommen wir ins Gespräch, und irgendwann schenkt sie mir reinen Wein ein. Ich bin da irgendwie reingestolpert – Informationen über den OC gegen gutes Geld. So unterwandern sie missliebige politische Gruppen, die Spartakisten und auch die OC. Aber dann wollte ich nicht mehr, die Sache wurde mir zu heiß. Ich tauchte ab und versuchte über Hansen nach Irland zu gelangen.«

»Erinnern Sie sich an den Mann, der Sie auf die *Luna* brachte. Jedes Detail könnte wichtig sein. Wie war er gekleidet?«

»Da war dieser Schlapphut, den er auf dem Kopf trug, er hatte einen braunen etwas schlabbrigen Mantel an, braune Halbstiefel, dunkle Hose, keine Brille …«

Wesel schloss die Augen und schien in seiner Erinnerung zu graben. Sand hatte Angst, dass er wieder einschlafen würde, aber plötzlich riss Wesel die Augen auf. »An eins kann ich mich tatsächlich noch erinnern. Ja, da war dieser Verband …«

»Verband?«

»Haben Sie einen Hund, Herr Kommissar?«

Sand schüttelte verdutzt den Kopf.

»Der hatte das linke Handgelenk so komisch verbunden«, stieß Wesel aus. »Das ist mir aufgefallen. Ein weißer Verband ums Handgelenk gewickelt. Ich habe ihn gefragt, was da passiert sei, und da sagt er zu mir, er habe mit seinem Hund gespielt und der habe zugeschnappt. Der hat auf jeden Fall einen Hund, vielleicht hilft Ihnen das weiter.«

Jemand klopfte an die Tür. Es waren der Beamte und Maxim Rose, der zögernd das Zimmer betrat.

»Könnte das der Mann sein, der Sie auf die *Luna* gebracht hatte?«

Wesel hob den Kopf an und musterte Rose. Er musterte ihn lange, bis er schließlich den Kopf schüttelte. »Das ist er nicht. Der Kerl war viel größer, außerdem trug er keine Brille.«

Sand forderte Rose auf, etwas zu sagen. Rose sagte ein paar Worte übers Wetter, aber Wesel schüttelte wieder den Kopf. »Die Stimme war viel heller. Ich sage doch, das ist er nicht.«

Wesels Aufmerksamkeit war erschöpft. Die Medikamente, die die Schwester ihm vor einer Stunde verabreicht hatte, taten ihre Wirkung.

Er konnte sich kaum noch konzentrieren, seine Lider fielen zu, er schien zu schlafen. Sand war enttäuscht. Er hatte noch über die bizarre Situation in diesem verunfallten Wagen sprechen wollen. Was Wesel darin zu suchen gehabt hatte, warum sie überhaupt in der »Linde« gesessen hatten. So viele Fragen, die beantwortet waren, aber diese eine war noch offen. Morgen ist auch noch ein Tag, dachte der Kommissar und schloss leise die Tür hinter sich.

Ein Hauch von Frühling lag über der Stadt. Die Schneeglöckchen waren verblüht, die Farben von Krokus und Iris brachten die Wiesen zum Leuchten. Selbst das Wasser der Förde schien blauer zu werden, und keine Wolke war am Himmel.

Franz war ins Hafenbüro gekommen, und Anna brachte ihm einen Kaffee. Ihr Verhältnis war angespannt. Er mied das Thema, aber sie merkte, dass er innerlich damit zu kämpfen hatte. Sie rechnete es ihm hoch an, dass er nicht mehr darüber sprach, dass sie immer noch im Büro arbeiten durfte und dass Brandis auch immer noch für die Reederei fuhr. Aber er hatte seine nonchalante Art verloren. Er wirkte verkrampft und in sich gekehrt und sprach nur das Nötigste. Sie versuchte, sich so normal wie immer zu geben, und als Kommissar Sand eines Morgens im Büro auftauchte, war Franz gerade dabei zu gehen. Sand hielt ihn auf. Er habe ein paar Fragen und bat Franz, sich die Zeit zu nehmen, ihm zu helfen. Und dann erzählte Sand, dass Wesel, der blinde Passagier, im Krankenhaus liege und was es mit dem mysteriösen Mann auf sich habe, der mit Wesel auf der *Luna* gewesen war.

»Wesel hat sein Gesicht nicht gut sehen können. Er sagte aus, diese Person sei männlich gewesen, habe keine Brille, aber einen Verband am linken Handgelenk getragen. Da habe ihn sein Hund gebissen oder zumindest zugeschnappt. Das erinnerte mich an etwas: Sie haben einen Hund, einen sehr großen sogar. Und soviel ich weiß, lebt der mit ihrem Chauffeur Arne Tenner im Gartenhaus.«

»Ja, und?«

»Ich will ehrlich zu Ihnen sein, Herr Rose. Herr Tenner hat Ihren Bruder schwer belastet, das war Anlass für uns, Tenner mal genauer zu beleuchten. Es gibt da ein paar Ungereimtheiten, aber das lassen wir jetzt mal beiseite. Ich will wissen, wie war das an jenem Abend, als Ihr Bruder angeblich auf der *Luna* gesehen wurde. Tenner war um elf Uhr im Hafenbüro, um Unterlagen abzuholen.«

Franz nickte. »Er war eine Viertelstunde später wieder in der Villa. Das weiß ich genau, denn im Flur hängt eine große Uhr.«

»Tenner ist also um elf Uhr am Hafen und eine Viertelstunde später wieder in der Villa?«

»Ja, so war es. Sie haben doch nicht vermutet, dass Tenner Magnussen umgebracht haben könnte, nur weil er am Hafen war?«

»Wir schließen gar nichts mehr aus. Auch das nicht. Aber wenn es so war, wie Sie sagen, dann kommt diese Möglichkeit natürlich nicht mehr in Frage.«

Franz und Anna wechselten einen kurzen Blick, und plötzlich hatte sie das Gefühl, als sei die alte Vertrautheit wieder da. Als wolle er sich Unterstützung bei ihr holen.

»Wissen Sie, wie viele Hunde es in der Stadt gibt?«, wandte sie sich gereizt an Sand.

»Das ist mir durchaus klar. Es kann jeder sein, der einen Hund besitzt. Aber Herr Tenner ist nun einmal unser wichtigster Zeuge. Und der lebt mit einem Hund zusammen.«

»Er kann es nicht gewesen sein. Überlegen Sie doch mal: Um elf Uhr ist er noch im Hafenbüro. Dann verlässt er das Büro und soll mit diesem Wesel an Bord der *Luna* gehen. Dort soll es zu einer Auseinandersetzung mit Magnussen kommen, den er eben mal erschlägt, und dann fährt er seelenruhig zur Villa zurück? Und das alles in einer Viertelstunde? Man braucht allein mindestens zehn Minuten, um vom Hafen zur Villa zu fahren. Ihre Theorie ist völlig absurd, sie passt vorne und hinten nicht.«

Sand nickte zerknirscht. Anna Herzog hatte völlig recht. Allein das

Zeitfenster ließ keine Möglichkeit zu, dass Tenner jener mysteriöse Mann gewesen sein konnte. Also wieder von vorne anfangen, und wenn er ehrlich zu sich selbst war, hatte er es auch vorher schon gewusst. Doch zwei Fragen hatte er noch. »Ist Ihnen ein Verband an Herrn Tenners linkem Handgelenk aufgefallen?«

Kopfschütteln.

»Und Maximilian Rose? Hatte der vielleicht einen Verband? Versuchen Sie sich genau zu erinnern.«

Wieder Kopfschütteln, diesmal nach einer längeren Nachdenkpause. Sand wollte sich verabschieden, als Anna plötzlich sagte: »Wenn Maxim keinen Verband hatte, kann er nicht derjenige gewesen sein, der Wesel auf die *Luna* gebracht hat. Selbst wenn er am Hafen gewesen sein sollte. Das würde ihn doch entlasten, oder?«

Sand nickte. »Es gab eine Gegenüberstellung zwischen Wesel und Maximilian Rose. Wesel hat Rose nicht als denjenigen erkannt, der mit ihm auf der *Luna* war. Es wird darüber zu entscheiden sein, ob Herr Rose freikommt.«

Sie sehnte sich nach Brandis. Er war mit der *Sybille* unterwegs und würde heute zurückkommen, wenn alles nach Plan lief. Sie stand am Hafen und ließ sich die warmen Sonnenstrahlen aufs Gesicht scheinen. Alles wirkte freundlich, strahlend, als hätte der Winter einen gründlichen Hausputz in der Natur veranstaltet. Selbst die Möwen schienen gute Laune zu haben und saßen sich putzend auf der Reling eines Seglers.

Anna hielt Ausschau nach der *Sybille*. Nach den roten Segeln, dem braunen Rumpf. Der Wind war frisch und rötete ihre Haut. Dann fiel ein Schatten auf ihre Gedanken. In zwei Wochen wurde die *Kristina Sund* mit Wesseling zurückerwartet, und dann würde Brandis nach Brasilien und Chile segeln. Wie lange dauert eine solche Reise? Hinfahrt, Ausladen, Einladen, Rückfahrt. Drei Monate, hatte Brandis geschätzt, wenn alles nach Plan lief. Wenn es aber nicht nach Plan lief?

Jemand tippte ihr sanft auf die Schulter, und sie drehte sich um. Es war Lilly. Sie trug einen neuen, giftgrünen, leichten Mantel und einen schwarzen Seidenhut. Nicht gerade die richtige Kleidung für die Hafengegend.

»Wartest du auf die *Sybille*?«, fragte sie neugierig.

Anna nickte.

»Franz hat mit mir gesprochen. Du hast seinen Antrag abgelehnt …«

»Ja. Ich konnte nicht anders. Du weißt warum.«

Lillys Hand fuhr verstohlen zu Annas Hand hinüber und hielt sie fest. »Es ist richtig, Anna. Wir Frauen müssen auf unsere Gefühle hören, das ist immer richtig.«

Anna warf Lilly einen verstohlenen Blick zu. Lilly hatte genug Verehrer, aber keinen Verlobten und schon gar keinen Ehemann. Sie erinnerte Anna an eine kleine, geheimnisvolle Spinne, die in einem glitzernden, buntbemalten Netz lauert und die Männer anlockt, aber warum blieb keiner hängen?

»Er war sehr enttäuscht«, fuhr Lilly fort, »aber er muss es respektieren. Er tröstet sich mit seinen neuen Freunden, den Amerikanern.«

»Ich habe die Gespräche gehört, die sie geführt haben. Franz will einer von ihnen werden. Aber das Spiel, das sie spielen, gefällt mir nicht. Ich habe nicht viel Ahnung von Politik, Lilly, doch dumm bin ich nicht. Es war von diesem Hitler die Rede, und wenn ich nicht alles falsch verstanden habe, dann wollen sie, dass er die Macht in Deutschland übernimmt. Hast du jemals einen solchen Unsinn gehört?«

Lilly schüttelte den Kopf. »Der Mann ist doch nur ein kleines Licht. Wer würde ihn wählen?«

»Er verspricht ihnen das Blaue vom Himmel. In eurer Bibliothek stehen einige veröffentlichte Vorträge von ihm, ich habe ein paar Seiten gelesen. Es ist ein übles Machwerk und hat mit Demokratie nicht das Geringste zu tun. Und diese Leute, mit denen Franz sich umgibt, sind auch keine Demokraten, Lilly, die wollen uns nur täuschen und betrügen. Die verkaufen uns demokratische Verhältnisse als eine Art Kulisse, die sie selbst aufgebaut haben. Mir wurde angst und bange, als ich sie reden hörte. Und dein Bruder ist ein Teil von ihnen.«

Lilly schwieg nachdenklich und sah aufs Meer hinaus.

»Weißt du davon? Spricht er mit dir darüber?«

Lilly schüttelte den Kopf. »Das sind Geschäftsleute, Anna, keine Politiker, wie sollten sie die Politik in Deutschland bestimmen können? Das kann nur der Reichstag, und außerdem gibt es nicht genug Bürger, die die NSDAP wählen würden. Ganz bestimmt nicht. Ich kenne jedenfalls niemanden, der solchen Rattenfängern seine Stimme geben würde.«

»Dein Wort in Gottes Ohr«, murmelte Anna, und dann streckte Lilly plötzlich die Hand aus.

»Sieh mal, Anna, da kommt die *Sybille*.«

Eine halbe Stunde später gingen die ersten Seeleute von Bord. Ein riesiger Kran hievte schwere Juteballen von Deck, während sich die beiden Frauen auf eine kleine Mauer gesetzt hatten und warteten. Lilly rauchte. Sie hatte sich das Rauchen angewöhnt und blies kleine Wölkchen in die Luft. Die vorübergehenden Männer warfen ihr anzügliche Blicke zu, die sie ungeniert erwiderte. Wenig später tauchte Brandis in seiner blauen Jacke auf, unrasiert und das blonde Haar vom Wind zerzaust. Auch er grinste Lilly an, und Anna spürte einen kleinen Anflug von Eifersucht. War da doch mehr zwischen ihm und ihr? Doch mehr als eine kindliche Dummheit, wie Lilly einmal gesagt hatte? »Ich weiß nicht, wie vielen Weibern der schon den Kopf verdreht hat ...«

Anna war verunsichert, aber sie überspielte ihre Zweifel mit einem offenen Lächeln. Er lud sie zu einem Mittagessen in sein Lieblingslokal am Hafen ein. Es war das Lokal, wo sie mit Sabine und Wesseling gegessen hatte. Er erzählte von einer ruhigen Fahrt nach Stockholm, und sie berichtete von Wesel, der im Krankenhaus lag, und von Sands Besuch im Hafenbüro. Sie fragte ihn, ob ihm ein Verband an Tenners Hand aufgefallen sei.

»Nein«, antwortete er ernst. »Aber wenn sie diesen Terroristen haben, muss es doch möglich sein, herauszufinden, wer mit ihm auf der *Luna* war.«

»Außer dem Hinweis auf diesen Verband haben sie nichts. Sand sucht einen Hundebesitzer, doch da kann er lange suchen. Will er jeden nach seinem Alibi fragen?«

»Tenner hat einen Hund, auch wenn es der Hund der Familie ist. Tenner hat damals diesen Kreuzmast angesägt, da bin ich mir ziemlich sicher, und Tenner beschuldigt Maxim, am Hafen gewesen zu sein. Das passt alles zusammen, warum bohrt Sand da nicht nach?«

»Tenner hatte keine Zeit, Magnussen zu erschlagen. Das Zeitfenster passt nicht.«

»Dann kann er trotzdem diesen Kreuzmast angesägt haben.«

Lilly entschuldigte sich und stand auf. Sie hatte einen Termin beim Friseur und verabschiedete sich. Zurück blieben zwei Menschen, die allein sein wollten.

»Ich könnte zu dir in die Wohnung kommen«, sagte Anna.

Brandis schüttelte den Kopf. »Frauenbesuch ist verboten.«

»Wirklich?«

»Wirklich.«

»Dann treffen wir uns auf der *Sybille*.«

»Heute Abend, wenn es dunkel ist. Um sechs Uhr?«

Sie stellte sich vor, die *Sybille* würde ihr Liebesnest werden. Dieses alte, vertraute Schiff. Ihr zweites Zuhause. Sie hört die Planken knarren, das Wasser unter dem Bug rauschen. Das Bett duftet nach Lavendel, und die Steuerbordwache ist eingeschlafen …

Noch besser wäre es, sie wären ganz alleine. Brandis hatte ihr einmal erzählt, wie er nur mit Finnen die halbe Strecke von Göteborg nach Kiel gesegelt war. Sie hatten nur halbes Zeug gesetzt, sich am Ruder abgewechselt und mit dem Wetter Glück gehabt. Ruhige See.

Sie stellte sich vor, sie wären nur zu zweit, nur sie und Brandis, sie hätten halbes Zeug gesetzt und würden sich am Ruder abwechseln. Sie musste lernen, wie man Kurs hält, wie man den Kurs bestimmt, wie man mit dem Sextanten umgeht. Wie man »die Sonne schießt«. Dann könnten sie alleine mit der *Sybille* aufs Meer hinausfahren. Frauenbesuch war auf der *Sybille* nicht verboten. Auf der *Sybille* war eben alles erlaubt. Sie war verschwiegen wie ein Stein, sie war ihr heimlicher Verbündeter.

Er erwartete sie in seiner Kajüte. Er hatte einen Strauß Iris am Wegesrand gepflückt, nicht ganz das richtige Symbol für Verliebte, aber er hatte keine Zeit mehr gefunden, in einen Blumenladen zu gehen, um rote Rosen zu kaufen. Er war verliebt, auf der anderen Seite war er alt genug, sich nicht von seinen Gefühlen hinreißen zu lassen. Er würde die Regeln einhalten müssen, wollte er zum Ziel kommen. Erst der Antrag, dann die Verlobung, dann die Heirat. Er war hier nicht in irgendeinem gottverlassenen Nest in der mexikanischen Wüste oder auf einer karibischen Insel. Er hatte sich einen Plan zurechtgelegt. Er würde seine Wohnung kündigen, und sie würden sich etwas Neues suchen. In einem weniger verruchten Viertel der Stadt. Er dachte an Kinder, an ein geregeltes Zuhause. Eine bürgerliche Existenz. Er war es leid, nach Hause zu kommen, wo niemand auf ihn wartete. Ein kaltes Zimmer, öd und leer, in dem man nicht gerne allein herumsitzt. Also geht man in die nächste Kneipe und trinkt. Und wenn man eines Tages alt ist und nicht mehr zur See fahren kann, was bleibt dann? Ihm schauderte bei der Vorstellung. Manchmal sah er den einen oder anderen ledigen Kapitän, der zu alt war, um noch ein Kommando zu übernehmen, einsam am Kai stehen und aufs Meer schauen. Sehnsüchtig auf die Schiffe, die ablegten. Eine kleine Rente und das Gefühl vom nahen Ende, das sich hinzog bis zum Tod. Warten auf den Tod. Warten darauf, dass nichts mehr passiert und das Leben nur noch ein einziges Warten ist.

Er hörte ihre Schritte auf der Treppe. Anna klopfte und trat ein. Er nahm ihr den Mantel ab und roch den Duft ihres Parfüms. Ein Kuss war erlaubt. Er drückte sie an sich. Ihr Mund schmeckte diesmal nach Pfefferminze, und die Haut ihrer Schultern unter seinen Händen war weich wie luftige Wolken. Sie löste sich aus der Umarmung, bewunderte die Blumen und setzte sich aufs Bett. Sie saß gerne auf diesem Bett, während er stehen blieb, sich gegen den Tisch lehnte und fragte, ob sie mit Franz gesprochen habe.

»Er hat ganz anders reagiert, als ich dachte. Er war wütend. Richtig wütend. Das passt gar nicht zu ihm. Er ist über dich hergezogen. Wie vielen Weibern du schon den Kopf verdreht hast, wie unzuverlässig du seist und so weiter. Es war mein Fehler, ich hätte gar nichts von uns sagen sollen.«

»Es ist besser so, sonst müssten wir uns ständig verstecken. Er dürfte uns nie zusammen sehen, ohne Verdacht zu schöpfen. Jetzt, wo du ihm reinen Wein eingeschenkt hast, ist es einfacher für uns.«

»Und wie geht es weiter?«

Er musterte sie scharf. Ein kritischer Blick, der sie unsicher machte. Der so gar nicht zu einem Verliebten passte. Er sah ihr an, dass sie sich fragte, ob Franz recht hatte. War er vielleicht doch keiner, auf den man sich verlassen konnte?

»Wenn Wesseling mit der *Kristina Sund* wieder zurück ist, werde ich nach Chile segeln. Ich werde einige Wochen unterwegs sein. Willst du auf mich warten?«

»Natürlich. Warum fragst du?«

»Wenn du mich dann immer noch willst, werden wir heiraten.«

Sie saß da wie vom Blitz getroffen. Als habe sie mit allem gerechnet, nur nicht damit.

»Wäre dir eine Art wilde Ehe lieber?«, fragte er spöttisch und füllte zwei Gläser mit dem obligatorischen Jamaika. »Ein heimliches Verhältnis? Bleib heute Nacht hier, und die Steuerbordwache wird es morgen unter den Seeleuten verbreiten. Übermorgen weiß es die ganze Stadt. Kapitän Brandis und die hübsche Sekretärin von Rose.

Die Leute sind gierig nach solchen kleinen, gemeinen Geschichten. Es liegt bei dir.«

»Was denkt die Steuerbordwache, wenn ich eine Stunde bei dir in der Kajüte bin?«

Er lachte. »Dass ich dich verführt habe?«

»Wo ist sie jetzt?«

»Sie schläft.«

»Wie ein Toter?«

»Du solltest jetzt gehen, Anna.«

Sie stand auf. Ein letzter Kuss, und sie versicherte ihm, dass sie warten werde, bis er aus Chile wieder zurück sei. Er brachte sie an Deck und sah ihr nach, wie sie auf der Straße verschwand.

Gleiches, nüchternes Zimmer, aber ein ganz anderer Maxim. Er nutzte die Zeit, um zu lesen und sich Gedanken über die Reederei zu machen. Sand war bei ihm gewesen, hatte ihm in Aussicht gestellt, bald wieder auf freiem Fuß zu sein, und das hatte ihn natürlich beflügelt. Er machte Pläne für die Zukunft.

Anna hatte einen Besuchstermin bekommen und brachte ihm Bücher mit. Er saß ihr gegenüber mit leuchtenden Augen und erzählte ihr von seinen Vorstellungen über die Zukunft der Reederei.

»Ich will ein modernes Unternehmen, verstehst du? Angestellte, die sich in Gewerkschaften organisieren, gute Arbeitsbedingungen auch oder ganz besonders für die Seeleute. Der Staat plant eine Arbeitslosenversicherung, das ist genau das, was wir brauchen. Gerechte, humane Verhältnisse. Wir könnten eigene Wohnungen für unsere Arbeiter und Angestellten bauen, und ich habe vor, mich an dem neuen Seemannshaus zu beteiligen …« Ein schiefes Lächeln glitt über sein Gesicht. »… wenn ich wieder frei bin.«

»Was sagt Franz dazu?«, fragte Anna.

»Oh, er wird schon einverstanden sein. Er ist in dieser Hinsicht etwas konservativer, aber wir werden uns ganz sicher einigen.«

Maxim plauderte munter weiter drauflos, während Anna das Gefühl beschlich, dass er auf ziemlich verlorenem Posten stand. Er ahnte gar nicht, dass sein Bruder ganz andere Pläne hatte, und sie zögerte, es ihm zu sagen. Es tat ihr unendlich gut, ihn so voller Hoffnung zu sehen. Was waren Franz' Pläne wirklich? Natürlich plante auch er den Ausbau der Reederei, mehr Schiffe, bessere Konditionen, aber er dachte vor allem an die Kredite seiner neuen Freunde, und was er von seinem Personal hielt, hatte er ihr an jenem Abend mehr als deutlich gemacht. Gerechte, humane Verhältnisse? Seinen Freunden war daran nicht gelegen. Die teilten die Welt untereinander auf wie einen Kuchen, allerdings blieben für sie selbst die meisten Stücke.

»Franz knüpft immer engere Kontakte in die Staaten«, sagte sie vorsichtig.

Maxim nickte. »Ich weiß. Das sind zweifelhafte Leute, Anna, aber wenn ich wieder frei bin, wird sich vieles ändern. Vater war hier und hat mit mir über sein Testament gesprochen. Franz und ich sind zu gleichen Teilen als Inhaber der Reederei eingesetzt. Franz wird also nicht alleine seinen Kopf durchsetzen können.«

Ein Tag wie jeder andere. Die Sonne schien, es roch nach Frühling. Auf dem Grün des Kleinen Kiel gingen die Verliebten spazieren. Die Vögel putzten sich heraus und schwatzten in den Bäumen. Von der Förde kam ein sanfter Wind, und die Kelche der ersten Märzenbecher schwangen hin und her wie kleine Kirchenglocken.

Sand klopfte an Wesels Tür und stieß sie vorsichtig auf. Er trat ins Zimmer und sah ein leeres Bett. Ein normales Bett, kein Spezialbett. Sand blieb ruhig. Keine Panik. Er ging ins Schwesternzimmer, zeigte seinen Ausweis vor und fragte nach Wesel. Die diensthabende Schwester lächelte.

»Er durfte heute Morgen nach Hause gehen. Alles gut, Herr Kommissar.«

Er schüttelte den Kopf und dachte, das wird eine Verwechslung sein. »Mit zwei frisch operierten Beinen, einer frisch operierten Hüfte und einer frisch operierten Schulter ist er heute Morgen nach Hause gegangen? Er lag in einem Spezialbett. Haben Sie ihn mitsamt seinem Spezialbett nach Hause geschickt?«

Die Schwester schien irritiert und suchte nach dem Krankenblatt. Sie schlug eine Dokumentenmappe auf. »Hagen Wesel? Der kam vor drei Wochen mit einem Herzinfarkt. Der ist heute Morgen entlassen worden.«

Sand durchfuhr ein feuchtkalter Schreck. Er hätte es wissen müssen! Er hätte Wesel besser schützen müssen. Jetzt ging ihm auch auf, dass der Kollege nicht vor der Tür gestanden hatte. Er wollte das Krankenblatt sehen, aber das Hineingekritzelte war kaum zu entziffern. Er erkannte nur den Namen.

»Wo ist die Schwester, die die letzten Tage Dienst hatte?«

»Sie arbeitet auf einer anderen Station.«

»Seit heute?«

»Soviel ich weiß, ja.«

»Und wo ist der Beamte, der vor der Tür Wache hatte?«

»Das weiß ich nicht. Heute Morgen war er nicht mehr da.«

»Dann will ich mit dem diensthabenden Arzt sprechen.«

»Kommen Sie.«

Der Arzt führte ihn in eine Art winzige Besenkammer und schloss die Tür. Hier standen sie im Halbdunkel einer trüben Funzel. »Ich musste den Patienten entlassen. Kollegen von der Politischen Polizei waren heute Morgen mit einer richterlichen Anordnung hier. Demnach war der Patient mit einem Krankentransport unverzüglich nach Berlin zu bringen. Tut mir leid, Herr Kommissar.«

Sand war außer sich vor Wut. Er erfuhr zu spät, dass der Staatsanwalt längst informiert gewesen war und vergessen hatte, ihn rechtzeitig zu unterrichten. Ein Anruf aus Berlin hatte genügt, und im Krankenhaus waren einige Änderungen vorgenommen worden. Der Beamte war abgezogen, die Krankenakte korrigiert und die Schwester versetzt worden. Gleichzeitig war ein Anruf an den Staatsanwalt ergangen, um ihm mitzuteilen, dass Paul Mangold alias Hagen Wesel vom Staatsschutz gesucht und in eigener Sache vernommen werden würde, was Priorität habe. Danach stünde der Zeuge der Kieler Polizei natürlich wieder zur Verfügung.

Sand machte dem Staatsanwalt schwere Vorwürfe und redete sich um Kopf und Kragen. Flickwort zupfte ihn ständig am Ärmel, aber der Kommissar schüttelte seine Hand immer wieder ab. Priorität, darüber konnte er nur lachen. Er nannte das eine ausgemachte politische Intrige und sah vor allem auch seine eigenen Felle im Fall Magnussen wegschwimmen.

»Ich werde eine offizielle Protestnote nach Berlin schicken«, erklärte der Staatsanwalt, Sand lachte jedoch nur höhnisch.

»Wenn Sie mich suchen, ich fahre selbst nach Berlin«, war das Letzte, was er dem Staatsanwalt an den Kopf warf, dann knallte er die Tür hinter sich zu und ging.

Flickwort blieb alleine im Büro zurück. Er saß hinter seinem Schreibtisch und sinnierte vor sich hin. Er schätzte seinen Chef, und er konnte ihn verstehen. Sie hatten immer befürchtet, dass Wesel im Krankenhaus nicht sicher gewesen war. Ihnen war immer klar gewesen, dass hier Kompetenzen am Werk waren, gegen die sie keine Handhabe besaßen. Vielleicht war die ganze Organisation Consul, nun Bund Viking, von Spitzeln, wie Wesel einer war, untergraben und durchsetzt. Wie tief war der Staatsschutz in solche Gruppen verstrickt, und was versprach er sich davon? Aufklärung oder Vertuschung? Für wen arbeitete dieser Staatsschutz eigentlich? Für die demokratische Verfassung dieses Landes?

Ich glaube, ich muss mal die Verfassung lesen, dachte Flickwort. Überhaupt müssten wir sie alle lesen. Wir müssen wissen, was da geschrieben steht. Und vor allem müssen wir wissen, ob sich unsere Politiker daran halten.

Die neuerliche Lage war wie eine Nebelbank, die keine klare Sicht mehr zuließ. Der wichtigste Zeuge hatte sich in seinem Spezialbett verflüchtigt. Ob er noch am Leben war? Was hatten sie mit ihm vor? Lag er schon in der Spree, wie der letzte Tropfen aus einer Flasche ins Wasser hineingekippt? Nur damit er in Kiel nicht mehr aussagen konnte?

Aber dieser Hagen oder Paul hatte ausgesagt, und Flickwort hatte alles protokolliert. Jedes Wort. Er war Zeuge dieses Gespräches zwischen Sand und Wesel gewesen. Der Mann mit dem Schlapphut und dem Verband am linken Handgelenk, Wesels Verbindung zum Staatsschutz und die Fahrt mit Hansen nach Kiel, alles aufgeschrieben und sogar von Frau Lange noch einmal unterschrieben. Sie hatten sich gut abgesichert.

»Der Teufel soll mich holen, wenn wir jetzt klein beigeben«, knurrte Flickwort und fing an, die Protokolle noch einmal durchzulesen.

13

Sand war auf dem Weg nach Berlin. Er saß im Zug und starrte aus dem Fenster auf die vorüberfliegende Landschaft. Er fuhr auf ein unbekanntes Ziel zu, er hatte keinen Termin, keinen Namen. Er hatte nur eine ungeheure Wut im Bauch und den Wunsch, seinen Fall abzuschließen.

Ihm gegenüber hatte ein sehr elegant gekleideter Herr Platz genommen, der Zeitung las. Er duftete nach Zigarren, und zu seinen Füßen stand eine glänzende Ledertasche. Sie hatten sich begrüßt und sich dann nicht weiter beachtet. Sand war müde, er hatte die Nacht kaum geschlafen; die Augen fielen ihm zu. Er dämmerte vor sich hin, bis das Geraschel der Zeitung ihn weckte. Er schlug die Augen auf. Sein Gegenüber hatte die Zeitung gefaltet und neben sich gelegt.

»Wohin fahren Sie?«, wollte er wissen, und sie kamen ins Gespräch. Der elegante Herr entpuppte sich als ein Mitglied der Zentrumspartei und des Reichstags. Ein Politiker. Einer derjenigen, die die Politik in diesem Land bestimmten. Sands Müdigkeit war wie weggeflogen. Er hatte eigentlich nichts mehr zu verlieren und schüttete dem anderen sein Herz aus. Warum er auf dem Weg nach Berlin war und was er dort vorhatte, wobei er eigentlich gar nicht wusste, was er dort wollte. Er trug nur seine Wut dorthin, wo sie seiner Meinung nach hingehörte.

»Ich suche jemanden, der dafür zuständig ist, dass mir so mir nichts, dir nichts mein wichtigster Zeuge abhandengekommen ist. Sie sitzen im Reichstag, sagen Sie mir, ist das normal, was hier passiert?«

»Die Frage kann ich Ihnen nun wirklich nicht beantworten, Herr Kommissar. Wir versuchen die Fäden unseres Handelns irgendwie in der Hand zu behalten, was verdammt schwierig ist. Der Reichstag ist zerstritten, jede Partei will nur ihr eigenes Süppchen kochen, hat aber nicht das Gesamtbild im Fokus. An allen Ecken und Enden brennt es, wir leben von fremdem Geld, von den Krediten der US-Banken. Wenn da etwas schiefgeht, bricht hier alles zusammen. Und was den Terrorismus betrifft, so ist das ausschließlich Sache der Politischen Polizei und des Staatsschutzes. Ich kann Ihnen aber einen Namen geben, wenn Ihnen das hilft.«

»Das hilft mir ganz sicher.«

»Wenden Sie sich an Herrn Olaf Schaller. Der ist Staatssekretär für Innere Angelegenheiten. Bestellen Sie ihm ruhig liebe Grüße von mir.«

Nach einer Stunde stand Sand vor dem Bahnhof und winkte einem Taxi. Er ließ sich zum Reichstag fahren und betrat das große Foyer. Die heiligen Hallen. Die Kathedrale der Demokratie, wie er es einmal genannt hatte. Voller Ehrfurcht hatte er das erste Mal vor Jahren hier gestanden, beeindruckt und ein klein wenig eingeschüchtert von der Bedeutung und Erhabenheit dieses Gebäudes. Zweimal hatte er hier einen Termin wegen einer polizeilichen Angelegenheit gehabt, aber heute hatte er keinen Termin. Heute beeindruckte ihn die Erhabenheit des Hauses auch wenig; immerhin ließ sie ein Gefühl der Hoffnung in ihm aufdämmern, denn egal, auf welcher Stufe der polizeilichen Hierarchie er stand, er hatte keine Lust, sich für dumm verkaufen zu lassen.

Nach der Kontrolle seiner Papiere durch einen Reichstagsdiener gab er an, dass er Herrn Schaller sprechen wolle, woraufhin er unzählige Treppen erstieg, durch eine Reihe von Fluren und Gängen geführt wurde, bis er fast unter dem Dach vor einer Tür landete. Hier saß er auf einem Stuhl und wartete. Er war müde, hungrig und hatte schlechte Laune.

Es war still hier oben. Totenstill. Als wäre kein Mensch hinter einer dieser Türen. Wie wichtig war dieser Schaller wirklich, wenn er unterm Dach logierte? Ein kleines Licht, das nichts zu bedeuten hatte?

Nach einer halben Stunde ging tatsächlich die Tür auf, und eine kleine Frau bat ihn ins Zimmer hinein. Ein enger Raum, in den gerade ein Schreibtisch, zwei Stühle und ein Aktenschrank hineinpassten. Auf der anderen Seite des Tisches saß Herr Schaller. Eine große Brille beherrschte sein rundes, volles Gesicht, sein beträchtlicher Umfang passte kaum auf den Stuhl. Er erhob sich schwerfällig und gab Sand die Hand. Sand erklärte, was ihn hierhergeführt hatte, und legte die richterliche Anordnung auf den Tisch. Schaller überflog das Papier.

»Und was soll ich jetzt machen?«, fragte er unfreundlich.

»Es kann nicht sein, dass der Staatsschutz meinen wichtigsten Zeugen … entführt. Ja, entführt ist wohl das richtige Wort. Wesel … Mangold muss aussagen, sonst kann ich den Fall nicht abschließen. Ich protestiere hiermit offiziell gegen die Praktiken des Staatsschutzes. Steht er über dem Gesetz, frage ich Sie?«

»Der zuständige Staatsanwalt wurde informiert, somit hat alles seine Richtigkeit. Im Übrigen sind Sie bei mir falsch.«

»Wo bin ich dann richtig?«

Mit einer neuen Zimmernummer verließ Sand das Büro. Er stieg die Treppe wieder herunter und klopfte an einer anderen Tür. Er hatte ein paar Dutzend Gespräche in einem Haus voller Türen und Zimmer, die nirgendwohin führten außer zu Bürokraten, die angeblich keinen Einfluss hatten. Nach einer Stunde hatte er endlich verstanden, dass seine ganze kafkaeske Irrfahrt keinen Sinn hatte. Er war selbst ein kleines Geschmeiß, das drohte, unter den Schritten der Riesen zerquetscht zu werden. Er würde in diesem Labyrinth niemanden finden, der ihm helfen wollte. Selbst wenn er jemanden mit Einfluss gefunden hätte, wäre er keinen Deut weitergekommen. Hier wurde der Mangel verwaltet, der Mangel an demokratischem Willen, ihn zu unterstützen, der Mangel an Sinnhaftigkeit und an Menschen, die zu wissen schienen, wozu sie überhaupt hier saßen und bezahlt wurden.

Ernüchtert und desillusioniert fuhr er mit der Straßenbahn zu seiner alten Arbeitsstätte, der Roten Burg. Dem Polizeipräsidium. Seine allerletzte Hoffnung waren die Kollegen der Politischen Polizei. Er hatte hier einen Kollegen, mit dem er befreundet gewesen war. Helmut Gassner.

»Moritz!«, begrüßte der ihn überrascht. »Was führt dich in die Hauptstadt?«

»Ein Verbrechen, was sonst?«

Helmut lachte. »Kaffee? Du siehst müde aus ...«

Die immer gleiche Geschichte, die immer gleichen Worte. Eine Schilderung dessen, was er eben erlebt hatte. Ein traumatisches Erlebnis im Märchenland der Politik.

Helmut hörte interessiert zu. Er war der erste Mensch, der ihm wahrhaftig sein Ohr lieh, und Sand schöpfte wieder Hoffnung.

»Die Moor kenne ich. Eine Frau, ganz außergewöhnlich, aber eine gute Frau. Übrigens über etliche Ecken verwandt mit Hindenburg. Ich will dir nicht allzu viel Hoffnung machen, aber ich werde versuchen, dir zu helfen. Die werden Mangold nicht einfach wieder herausrücken ...«

»Du hast die Beziehungen, die ich brauche. Den Besuch im Reichstag hätte ich mir sparen können. Die Politik scheint an den Machenschaften ihres Staatsschutzes nicht interessiert zu sein.«

»Sie braucht ihn heute nötiger denn je. Noch haben wir einigermaßen stabile parlamentarische Verhältnisse, aber das muss nicht so bleiben. Jede Wahl könnte einen Erdrutsch verursachen. Hinter der vorgehaltenen Hand wird in manchen Kreisen schon heimlich von Querfront geredet.«

»Was soll das sein?«

»Der Versuch, Linke und Rechte in ein gemeinsames Bündnis einzubinden, um eine stabile Mehrheit zu bekommen.«

»Der linke Flügel der NSDAP wäre dafür vielleicht sogar bereit; trotzdem eine abenteuerliche Idee, wenn du mich fragst.«

»Das bleibt unter uns, Moritz. Und was die Organisation Consul betrifft, ohne Informanten wie Mangold kommen wir nicht weiter, wir brauchen solche Leute. Im Juni oder Juli wird die NSDAP ihren Parteitag in Weimar durchführen, wir haben auch da unsere Informanten. Ihr arbeitet doch zuweilen auch mit verdeckten Ermittlern.»

»Ist Wesel ein Mitglied der Terrororganisation, das für den Staatsschutz arbeitet, oder ist er einer eurer Spitzel, der für die Terroristen arbeitet? Es scheint da keine klare Grenze mehr zu geben. Wesel sagte aus, Moor wollte ihn loswerden, was immer er damit meinte, und dann wird er absichtlich angefahren. Steckt Moor dahinter?«

»Wie kann ich das wissen? Aber ich kann mich umhören. Bist du damit zufrieden?«

Sand nickte, war allerdings wenig überzeugt. Gassner gehörte auch zu denen, denen er nicht mehr traute, wenn er ehrlich war.

»Ich verspreche dir, ich werde dir helfen. Zufrieden?«

Sand nickte. Er ging in die Stadt zurück und setzte sich in sein Stammcafé am Ku'damm. Hier hatte er früher die eine oder andere Stunde verbracht und merkte, dass er den Bezug zu dieser Stadt nicht verloren hatte. Sie war zu laut, zu schrill, zu eng, aber er mochte das. Ein knappes halbes Jahr hatte nicht genügt, die innige Beziehung zu durchtrennen. Er würde nach Kiel zurückfahren und nicht gerade glücklich sein, wieder in die Provinz zu kommen. Er wäre lieber hiergeblieben in dieser pulsierenden, dröhnenden Kulisse aus Mauern, Schienen, Straßen und Menschen. Er entdeckte eine Gruppe junger Männer, die lässig, lachend und scherzend über die Straße schlenderten. Fünf junge Männer etwa Mitte zwanzig in ihren braunen, makellosen Uniformen. SA, Hitlers Schergen. Ein unbedeutender Punkt in der bunten Vielfalt der Menschen, die über die Straße liefen, und ihr Anblick versetzte Sand einen Stich ins Herz. Er legte ein paar Münzen auf den Tisch und stand auf.

Maxim war wieder zu Hause. Franz hatte einen großen Empfang ausgerichtet, Freunde eingeladen. Auch Anna war gekommen. Sie hätte es sich trotz der unterkühlten Stimmung nicht nehmen lassen, Maxims

Freilassung zu feiern. Sie umarmte ihn und sah ihm an, wie erleichtert er war. Sein Alptraum schien zu Ende zu sein, auch wenn er die Stadt nicht verlassen durfte und sich einmal in der Woche bei der Polizei melden musste. Er war euphorisch, trank mehr, als ihm guttat, und tanzte mit Lilly ausgelassen im Zimmer herum. Aus dem Grammophon kam laute Swingmusik, die Eltern saßen am Tisch, hatten sich an den Händen gefasst, während Franz lächelnd vor dem Kamin stand und seine Geschwister beobachtete. Er schien genauso glücklich wie Maxim zu sein.

Plötzlich stand Tenner mitten im Raum. Jemand nahm die Nadel von der Platte; eisiges Schweigen breitete sich aus. Tenner stand da, verlegen, schuldbewusst, die Augen auf Maxim gerichtet und ohne ein Wort. Endlich machte er ein paar Schritte auf Maxim zu und streckte die Hand aus. »Ich kann Ihnen nicht sagen, wie leid mir alles tut, Maxim, ich weiß, Sie werden mir niemals verzeihen, aber glauben Sie mir, ich werde mir selbst niemals verzeihen. Ich weiß jetzt, dass ich einen anderen gesehen habe …«

Maxim starrte Tenner an wie ein Gespenst. Erschrocken, fassungslos. Tenner zog die Hand zurück und wollte sich umdrehen.

»Warten Sie, Tenner. Ich habe immer gedacht, Sie seien ein Teil dieser Intrige gegen mich.«

»Das war ich nie. Aber ich habe mich in dem, was ich zu sehen meinte, getäuscht. Mehr gibt es nicht zu sagen, außer, dass es mir unendlich leidtut.«

Maxim nickte. Er nahm so die Entschuldigung an. Tenner bedankte sich mit leiser Stimme und verließ den Raum.

Die Nadel kratzte wieder über die Platte. Die Mutter stand auf und nahm ihren Sohn in den Arm. »Wenn es nach mir gegangen wäre, wäre er längst von hier verschwunden«, murmelte sie. »Dein Bruder wollte, dass er bleibt.«

»Ist schon gut. Sand behauptet, Tenner hat denselben Mann wie dieser Wesel gesehen, aber ich kann es nicht gewesen sein.«

»Wir wissen immer noch nicht, wer Magnussen erschlagen hat«, rief Lilly aufgebracht. »Sand ist ein völliger Versager auf seinem Gebiet. Unfähig. Du musst Schadenersatz vom Staat fordern, Maxim. Und Sand sollte man in Rente schicken oder gleich auf eine einsame Insel, damit er nicht noch mehr Schaden anrichten kann. Hätte dieser Wesel nicht auf der Chaussee gelegen, würdest du immer noch in deiner Zelle sitzen.«

Sie schossen sich auf Sand ein. Sand, ein unfähiger Polizist, der seinen Job nicht versteht und unschuldige Menschen verdächtigt, ihrer Freiheit beraubt und quält. Ein Sadist. Oder einfach nur ein Dummkopf.

Anna saß auf einem der Louis-Quinze-Sessel und hörte zu. Sie konnte die allgemeine Wut auf Sand verstehen, aber sie fragte sich, was er anderes hätte tun können?

»Anna, wenn ich etwas grob zu dir gewesen bin, dann tut es mir leid.«

Franz stand neben ihr. Sie stand auf und drückte seine Hand. »Ich kann dich verstehen. Lass uns gute Freunde bleiben.«

Sein Blick war warm und freundlich. Er passte zu der Stimmung, die sich wieder beruhigt hatte. Einige tanzten, das Mädchen servierte Champagner, und Anna war glücklich. Vielleicht so glücklich wie Maxim, der auf sie zukam, ihre Hände nahm und sie mit auf die kleine Tanzfläche zog.

Am Kai lag ein neues Schiff. Die *Korsar*. Kein Wind, keine Kohle trieb es an, sondern Erdöl. Ein Rohstoff, der die Zukunft des Planeten bestimmen würde. Während die deutsche Marine immer noch mit Kohle gefahren war, hatten die Engländer ihre Schiffe längst mit Diesel ausgerüstet. Aber Franz würde jetzt aufholen. Der neue Rohstoff würde die Schifffahrt revolutionieren. Die Schiffe waren ungleich schneller, brauchten weniger Personal und konnten den Stürmen besser trotzen als die alten Segler. Die Zeit der Segler war ohnehin vorbei. Wer heute noch mit Seglern fuhr, war entweder ein unverbesserlicher Anachronist, oder ihm fehlte einfach das nötige Kleingeld.

Franz stand mit Anna und Maxim am Kai und bewunderte die *Korsar*. Sie stand zum Verkauf, und er hatte einen Termin in der Stadt mit dem Eigner, einem Südamerikaner. Die *Korsar* war in den Staaten vom Kiel gelaufen, gehörte aber jetzt einem Brasilianer.

»Viel zu teuer«, murrte Maxim. »Unsere Kreditlinie ist ausgeschöpft. Die Bank rückt doch keinen Pfennig mehr heraus.«

»Unsere Bank nicht. Aber es gibt ja noch andere.«

»Wenn du damit Bush oder J. P. Morgan meinst, dann ohne mich. Ich traue den amerikanischen Banken nicht. Die haben kein wirkliches Interesse daran, unsere Wirtschaft wieder auf Vordermann zu bringen. Die wollen nur Geld über ihre Kredite verdienen, und wenn wir sie nicht zurückzahlen können, schnappen sie sich die Reederei. Lass die Finger davon, Franz.«

Franz grinste. Anna wusste, was er dachte, aber sie wollte sich nicht einmischen. Sie kannte Maxims Einstellung, die deckte sich nicht mit der von Franz' neuen Freunden. Überhaupt traten langsam die unterschiedlichen Vorstellungen der beiden Brüder zutage.

»Würdest du den Kredit von der Morgan Bank bekommen?«, fragte sie, und Franz' Grinsen wurde immer breiter. »Ich habe die Zusage bereits. Und bevor du dich wieder aufregst, Bruderherz, für dich wird natürlich auch etwas abfallen. Du wolltest doch, dass wir uns an dem neuen Seemannsheim beteiligen. Voilà, das Geld steht dir zur Verfügung.«

Maxim starrte über die Förde und schien nicht zu wissen, was er davon halten sollte.

»Spar dir die Mühe, ich lasse mich nicht kaufen, Franz«, versetzte er nach einer Weile unterkühlt. »Wir wollen doch ehrliche Geschäfte machen, oder?«

»Was ist unehrlich an einem Kredit?«

»Werden wir das Geld jemals wieder zurückzahlen können, oder ist das nicht eher der Anfang vom Ende der Reederei? Wir sind jetzt schon bis über beide Ohren verschuldet.«

»Die *Korsar* wird alles ausgleichen, was der Rest der Flotte an Schulden hinterlässt. Nächstes Jahr werden die *Sybille* und die *Admiral Lüders* verschrottet, und dann kaufen wir nur noch Motorschiffe. Ich habe vor, eine Linie nach New York einzurichten. Nur Passagiere, das ganze Schiff von oben bis unten voll mit Passagieren.«

»So wie die *Titanic*?«, frotzelte Maxim. »Unsinkbar und unverbesserlich? Franz, du hast wirklich die falschen Freunde. Woher sollen diese Passagiere denn kommen?«

»Aus dem Osten, Polen, Russland. Dann müssen die nicht mehr bis nach Hamburg oder Bremen. Und wir vermasseln der Lloyd das Geschäft.«

Maxim schien wenig überzeugt. Ihm war kalt. Er drehte sich um und ging zum Hafenbüro. Er war keine zehn Schritte davon entfernt, als ein Mann ihm entgegenkam, neben ihm stehen blieb und ihm plötzlich mit wutverzerrter Miene ins Gesicht spuckte. »Pfui Deibel, da laufen sie wieder frei herum, die Herrn Terroristen.«

Maxim blieb erschrocken stehen, während der andere weiterging und hinter der nächsten Kreuzung verschwand. Maxim wischte sich den Speichel mit einem Taschentuch von der Haut und atmete einmal tief durch.

»Mach dir nichts draus. Solche Spinner gibt es überall. Komm zu uns, da sind nur Leute, die dich mögen werden.«

Es war die Stimme von Hannes, der aus einer Nebenstraße gekommen war und neben Maxim stehen blieb.

»Zu euch?«, fragte Maxim ahnungslos.

»NSDAP. Ich bin in die Partei eingetreten. Dein Bruder ist übrigens auch bei uns.«

»Mein Bruder?«

Hannes nickte. »Ja. Wir sind die einzige Partei, die eine Politik für statt gegen das Volk machen wird.«

»Mein Bruder ist Mitglied der NSDAP?«, fragte Maxim fassungslos, während in ihm eine kalte Wut hochstieg.

»Ja, wusstest du das denn nicht?«

»Seit wann?«

»Seit die Partei nicht mehr verboten ist. Gut, er hält sich zurück, das ist im Moment besser fürs Geschäft, sagt er, aber es werden wieder bessere Zeiten kommen. Dann wird es auch für ihn einfacher sein, sich offen zu uns zu bekennen.«

Als Anna und Franz ins Büro zurückkamen, saß Maxim am Tisch und hatte eine Flasche vor sich stehen. Das Glas daneben war halbleer, und Anna merkte sofort, dass etwas nicht stimmte. Maxims Augen sprühten regelrecht Funken, als sein Bruder den Raum betrat. Er schoss vom Stuhl hoch und pflanzte sich vor Franz auf, packte ihn am Revers und fuhr ihn an: »Was hast du mit der NSDAP zu schaffen? Hannes sagt, du wärest dort Mitglied?«

Franz schüttelte die Hände seines Bruders ab. »Und wenn es so wäre? Ich bin dir nicht Rechenschaft schuldig.«

»Doch, das bist du«, zischte Maxim. »Denn jetzt verstehe ich auch, was du vorhast. Deine amerikanischen Freunde! Ihr wollt diesen Hitler an die Macht bringen und die Demokraten stürzen mit euren Milliarden im Hintergrund. Aber ohne mich, Franz, ohne mich.«

Maxim trat einen Schritt zurück und warf Anna einen Blick zu. Es war ihm peinlich, diese Szene vor ihr aufzuführen, doch jetzt war er einmal in Schwung gekommen und wollte klären, was hier vor sich ging.

»Einzig Hitler und die NSDAP werden diesem demokratischen Spuk ein Ende bereiten«, war die scharfe Antwort seines Bruders. »Keine Reparationszahlungen mehr, keine Demütigung des deutschen Volkes mehr. Ich habe eine Möglichkeit gefunden, wie wir wieder zu dem werden, was wir einmal waren, ein gesundes, aufstrebendes Unternehmen.«

»Mit Krediten dieser suspekten Banken?«, fauchte Maxim. »Mit Geld, das wir nicht haben und wieder gegen Zinsen aufnehmen müssen? Ich will meinen Anteil aus der Firma. Ich werde ein solides Geschäft aufbauen, und zwar ohne Kredite. Mit dem Geld, das mir zusteht.«

Franz lachte höhnisch. »Dir steht gar nichts zu, Bruderherz. Du bekommst keinen Pfennig aus der Firma. Du glaubst doch nicht im Ernst, dass ich für deine Marotten auch nur einen Finger rühre. Und Vater ebenso wenig. Geh nach Berlin zurück, wir brauchen dich hier nicht.«

Maxim war sprachlos. Er starrte seinen Bruder hasserfüllt an, drehte sich dann um und rauschte aus dem Büro.

»Tut mir leid«, sagte Franz zu Anna. »Du solltest nicht in unsere Auseinandersetzungen mit hineingezogen werden. Aber Maxim versteht einfach nicht, dass wir über hauchdünnes Eis laufen. Eine falsche Bewegung, und wir gehen alle unter.«

»Und die NSDAP wird uns retten?«, fragte sie wenig überzeugt, aber Franz nickte heftig. »Ja, das wird sie.«

»Hitler ist kein Demokrat. Der Mann ist gefährlich, Franz.«

»Ich werde nicht zu den Verlierern dieser Welt gehören, und mein Bruder wäre besser im Knast geblieben.«

Er ging ohne Gruß und ebenso aufgebracht und hasserfüllt wie Maxim. Das Tuch war zerschnitten. Anna saß am Fenster und hatte das Gefühl, ihr Magen drehe sich um. Als stünde sie auf der *Sybille* mitten im Sturm. Der Untergrund schwankt, der Boden gibt nach, alles dreht sich. Nirgends ein Halt, nirgends ein Stück Land oder wenigstens ein Brett, an dem man sich festhalten kann. Alles schwimmt, alles taumelt, alles geht unter. Und sie taumelt mittendrin.

Sand war wieder in Kiel. Er wartete jeden Tag auf Nachricht von Helmut Gassner. Aber jedes Mal, wenn die Post kam, war nichts für ihn dabei. Sein wichtigster Zeuge war wie vom Erdboden verschwunden.

Vielleicht war er längst tot, vielleicht längst nach Irland oder in die Staaten abgeschoben. Aus den Augen, aus dem Sinn. Spitzel lebten immer mit einem Fuß im Grab. Und er selbst war eine Marionette, die zwar an vorderster Front gegen das Verbrechen kämpfte, aber nur so weit kam, wie es die Fäden ihm erlaubten.

»Niemand hindert uns daran, weiter nach Magnussens Mörder zu suchen«, sagte Flickwort.

»Sehr gut. Wo fangen wir an?«

»Da, wo wir aufgehört haben. Bei einem Mann, der keine Brille trägt, der Zugang zu Roses Zimmer hatte, am Tatabend einen Verband trug und Kontakt zur OC haben dürfte.«

»Nichts leichter als das. Was macht Maxim Rose?«

»Nichts Auffälliges. Hängt meist zu Hause herum. In der Firma scheint er nur noch wenig aktiv zu sein. Trinkt viel. Mindestens dreimal in der Woche sitzt er im ›Admiral Lüders‹ und lässt sich volllaufen. Die Leute mögen ihn nicht. Sie misstrauen ihm. Sie denken, vielleicht ist doch etwas dran an dieser Terroristengeschichte.«

»Vielleicht ist ja etwas dran.«

»Sie machen mir Spaß, Chef. Sie waren doch überzeugt, er hat mit der OC nichts zu tun.«

»Was haben wir übersehen, Flickwort? Was sehen wir nicht? Stehen wir im Wald, den wir vor lauter Bäumen nicht mehr sehen können? Was versperrt uns die Sicht auf die Wahrheit? Sind wir es selbst, weil wir die falsche Perspektive einnehmen? Nietzsche sagt, alles Sehen ist perspektivisch.«

»Ich habe Nietzsche nie gelesen«, bekannte Flickwort.

»Es sei Ihnen vergeben. Aber ist es nicht wahr, dass jeder die Welt anders sieht? Und sollten wir unseren Blickwinkel nicht mal ändern? Uns mal umdrehen? Aber was sehen wir dann?«

Flickwort grinste. »Keine Ahnung. Wohin blicken wir denn?«

»Ich stehe immer noch auf dieser Straße und sehe den verunfallten Wagen. Da bin ich hängengeblieben. Seitdem habe ich mich nur noch mit Wesel beschäftigt. Vielleicht ist der ganz unwichtig, und ich habe die ganze Zeit einer Sache meine Aufmerksamkeit geschenkt, die mich vom Wesentlichen abgelenkt hat. Das Wesentliche ist und war die *Luna*. Dahin müssen wir wieder zurück.«

»Die *Luna* gibt es nicht mehr.«

»Ja, aber den Mord auf der *Luna*, den hat es gegeben. Wo ist die Tatwaffe?«

»Der Mörder muss sie mitgenommen haben. Der verschwundene Kerzenleuchter könnte als Tatwaffe in Frage kommen. Aber wo ist er? In Roses Zimmer haben wir ihn jedenfalls nicht gefunden.«

»Ja, tragisch. Auf der Mordwaffe hätten Fingerspuren sein können. Die Wissenschaft der Daktylogramme, der Fingerabdrücke, hat gewaltige Fortschritte gemacht, nur leider können wir sie nicht in Anspruch nehmen. Das müssen wir ändern.«

»Erfinden wir eine Tatwaffe mit Fingerabdrücken?«

»Mit oder ohne, warum nicht?«

»Das ist gegen Recht und Gesetz.«

»Richtig«, konstatierte Sand moros. »Aber wenn der Staatsschutz meint, uns an einem Nasenring durch die Manege führen zu können, dann werde ich das Recht jetzt auch so interpretieren, wie es mir passt. Sie können ja so tun, als wüssten Sie von nichts. Ich werde das natürlich mit Maibaum absprechen. Vielleicht geht uns der Täter so ins Netz.«

»Machen Sie das, Chef, Maibaum wird begeistert sein.«

Auch Brandis war wieder zurück. Er war eigentlich immer von irgendwoher zurück. Göteborg, Bergen, Tallinn, Belfast. Mal mit der *Sybille*, mal mit der *Seestern*. Er brannte darauf, mit der *Kristina Sund* endlich nach Chile abzulegen, aber die dümpelte noch irgendwo auf dem Atlantik herum, vollgeladen mit Fässern voller Portwein. Und er würde sechzehn Prozent am Reingewinn verdienen, egal, ob er selbst als Kapitän fuhr oder zu Hause saß und Kaffee trank. Er hatte Wesseling fast immer den Vortritt gelassen, mit der *Kristina Sund* zu segeln, der sich darüber gefreut hatte wie ein Schneekönig. Die Wahrheit war aber auch, dass mit einem neuen Schiff zu segeln weniger gefährlich war als mit einer alten Möhre wie der *Sybille*. Ein altes Schiff hatte seine Tücken und war wesentlich anfälliger für alle Arten von schwerem Wetter. Seit dem Untergang der *Luna* war Wesseling noch vorsichtiger geworden und umfuhr jede Gewitterfront, was dazu führte, dass er noch länger unterwegs war. Aber besser, er kam zu spät als nie.

Brandis hatte ein schlechtes Gewissen. Nicht, dass er sich Vorwürfe machte, Franz die Frau ausgespannt zu haben, aber da gab es diese leise wispernde Stimme in seinem Innern, die ihm riet, mit Franz die Fronten zu klären. Sich zu erklären. Also läutete er eines Morgens in der Villa und wünschte Franz zu sprechen.

»Was gibt es, Käpt'n?«

»Wir sollten reden, Franz.«

»Ja, das sollten wir. Haben Sie vor, sie zu heiraten? Das wäre die einzige Entschuldigung, die ich annehmen würde.«

»Ich werde sie heiraten, wenn ich aus Chile wieder zurück bin. Wenn sie mich dann noch will.«

»Oh, sie wird schon wollen«, spöttelte Franz, während Lilly, die sich dezent im Hintergrund hielt, eine Platte auflegte. Glenn Miller, der sanft durchs Zimmer strich. Genau die richtige Untermalung für ein solches Gespräch.

»Einen Cognac, Käpt'n?«

Brandis lehnte ab.

»Ich wollte das nicht«, hörte er sich sagen, was sich in seinen Ohren selbst wie ein ziemlicher Blödsinn anhörte. Natürlich hatte er das gewollt, er hatte nur seinen Chef nicht kränken wollen. Er mochte Franz, er hätte keinen besseren Reeder finden können. Er ließ ihn mit dem schönsten Schiff der christlichen Seefahrt über die Meere segeln, der *Kristina Sund*. Er wusste, dass sie für Franz eine Art Hobby war, eine Liebhaberei, die er sich leistete, denn wirtschaftlich gesehen war die *Kristina Sund* eher ein Risiko.

»Genießen Sie, was Sie bekommen werden«, sagte Franz belustigt und schob Brandis das Glas über den Tisch. »Auf Anna!«

»Auf Anna!«

»Maxim wird zunehmend zum Problem«, sagte Franz. »Die Stimmung gegen ihn ist äußerst schlecht. Er wird angerempelt, angepöbelt, sogar angespuckt. Die Zeitungen haben ganze Arbeit gegen ihn geleistet, aber jetzt, wo er als unschuldig entlassen werden musste, haben sie nur eine kleine Notiz für ihn übrig. Das ist schlecht für die Reederei. Außerdem kommen wir einfach nicht zusammen, er will soziale Geschenke für die Arbeiter und Angestellten, ich muss rechnen und kann keine Geschenke verteilen.«

Brandis nickte nachdenklich. Er kannte Maxims soziale Ader, und er schätzte sie. Er hatte selbst erst als Schiffsjunge, dann als einfacher Seemann angefangen und wusste, wie hart dieses Leben war. Ein Reeder wie Maxim wäre eine Wohltat für all diese Männer und ihre Familien gewesen, aber gegen Franz' nüchterne Analysen würde er sich kaum durchsetzen können.

»Fangen wir bei der Heuerbörse an«, schlug er vor. »Sie nehmen zu viel Provision für die Vermittlung der Seeleute. Machen Sie Druck, Franz, denn da kann eine Menge Geld gespart und anders investiert werden. Für die geplante Arbeitslosenversicherung zum Beispiel.«

»Vielleicht«, sagte Franz unverbindlich, und Brandis wusste, dass es niemals dazu kommen würde.

MUTMASSLICHE TATWAFFE IM FALL
MAGNUSSEN GEFUNDEN?

Wie die Polizei gestern mitteilte, wurde ein Gegenstand gefunden, der die mutmaßliche Tatwaffe im Fall Magnussen sein könnte. Labortechnische Untersuchungen auf Fingerabdrücke sollen in einigen Tagen abgeschlos-

sen sein. Die Polizei wird das Ergebnis auf einer Pressekonferenz bekannt geben.

Sand war mit der Zeitung in der Hand von Maibaum zurückgekommen und endlich mal wieder guter Dinge. Sie spielten ein falsches Spiel, aber er hatte keine Skrupel mehr. Maibaum hatte seinem Plan zähneknirschend zugestimmt, auch wenn er Sands Argumenten nicht ganz folgen wollte. Es gab keine Tatwaffe, auch keine mutmaßliche, und Fingerabdrücke auf etwas, das nicht existierte, existierten ebenfalls nicht. Es war ein Spiel mit vorgetäuschten Tatsachen, auf das der Täter hereinfallen sollte, was er aber nur dann tat, wenn er die Tatwaffe nicht zufällig bei sich zu Hause aufbewahrte. Hatte er sie in die Förde geworfen, so konnte er immerhin davon ausgehen, dass Taucher sie hätten finden können. Wäre sie tatsächlich dieser Kerzenleuchter gewesen, so hätte er ihn irgendwo entsorgen können, wo er niemals gefunden werden würde, aber dann musste ihm klar sein, dass der Zeitungsartikel eine Finte war. Egal, was er mit der Tatwaffe getan hatte, reagieren würde er in jedem Fall. Das war zumindest Sands Hoffnung.

Sie warteten. Sie tranken Kaffee, lasen Zeitung und warteten. Aber es kam niemand. Der Tag ging dahin, und am späten Nachmittag gab Sand die Hoffnung auf. Für heute. Der Täter nahm sich Zeit zu reagieren. Er dachte nach. Einen Tag, vielleicht zwei, vielleicht wartete er auch auf das Ergebnis der Untersuchungen und einen Artikel in der Zeitung.

»Es wird kein Ergebnis geben«, bemerkte Flickwort. »Sie können eine Möglichkeit in den Raum stellen, doch Sie können keine Fakten fälschen. Wenn in ein paar Tagen nichts in der Zeitung steht, wird er wissen, dass wir keine Fingerabdrücke gefunden haben. Dann muss er nicht mehr reagieren.«

»Vielleicht verliert er vorher die Nerven. Geben wir ihm noch ein bisschen Zeit.«

Helmut Gassner hatte keinen Termin bei Katharina Moor, also würde er unangekündigt erscheinen. Auf dem Weg zu ihrem Büro legte er sich die Worte zurecht, die sie vielleicht überzeugen könnten.

In seinen Augen war Katharina Moor eine bemerkenswerte Frau. Eine Frau in einer von Männern beherrschten Domäne. Wurden Frauen in der Regel nur in Männern zuarbeitenden Berufen beschäftigt, hatte sie sich durch Beziehungen und Ellbogen in eine Position gebracht, die jeder ihrer Kollegen liebend gern gehabt hätte. Aber sie biss alle weg. Ein Teufelsweib. Seiner Ansicht nach ging sie über Leichen, sie sah nie zurück, sie roch den Leichengeruch nicht, und wenn er ihr doch mal in die Nase geflogen wäre, hätte sie ihn leise lächelnd zur Kenntnis genommen. Ohne diese Eigenschaften hätten die Männer sie nie hochkommen lassen, und tatsächlich spottete sie der Beschreibung, Frauen seien mütterlich, voller Empathie und Menschlichkeit. Sie schien nichts davon zu besitzen. Sie hatte nie studiert, aber ihr Vater hatte ihr eine kostspielige und aufwendige Privatausbildung zukommen lassen, sie las Homer und Sokrates im Original, Marc Aurel, Kant und Voltaire, Petrarca und Spinoza. Sie hatte sich durch Hegels fast neunhundert Seiten starke »Phänomenologie des Geistes« gearbeitet und »Das Kapital« gelesen, was sie ihm einmal bei einem Kaffee erzählt hatte.

Gassner hatte eine förmliche Anfrage an sie gestellt. Es ging um Paul Mangold alias Hagen Wesel. Sie hatte nie geantwortet. Also klopfte er an ihre Tür und trat nach einem »Herein« ins Zimmer.

»Darf ich?«

Sie deutete auf einen Stuhl und schob sich die Brille zurecht. Ihm war klar, dass er keiner war, von dem sie sich beeindrucken ließ, aber er hatte Sand ein Versprechen gegeben, und er pflegte seine Versprechen zu halten. Er war ein kleiner Beamter in Moors Augen, der keine Bedeutung hatte. Ein Kläffer. Kein Bluthund. Sie verkehrte nur mit Bluthunden.

»Was führt Sie zu mir?«, fragte sie jovial.

»Paul Mangold. Ich hatte Ihnen geschrieben …«

»Ich weiß. Leider kam ich noch nicht dazu, eine Antwort zu formulieren.«

»Dann können wir die Antwort ja hier klären«, versetzte er forsch.

»Was wollen Sie wissen?«

»Sie haben mit Mangold zusammengearbeitet. Kollegen haben ihn auf Ihren Wunsch hin aus einem Kieler Krankenhaus nach Berlin gebracht. Ich will wissen, wo er geblieben ist. Die Kieler Kollegen brauchen ihn als wichtigen Zeugen.«

Sie hatte so eine Art, durch ihr Gegenüber hindurchzublicken, als wäre es aus Glas. Sie wendete diesen Blick gerne an, denn er verunsicherte den anderen. Aber Gassner kannte das schon und ließ sich nicht beirren. Er wiederholte seinen letzten Satz.

»Die Kieler Kollegen können ihn nicht als Zeugen verwenden, das wissen Sie genau«, entgegnete sie ihm. »Was soll er aussagen? Dass er einer unserer Leute ist? Das verbreitet schlechte Stimmung unter den Leuten, die immer eine klare Grenze ziehen wollen zwischen dem, was sie ein Verbrechen nennen, und dem, was für sie Recht und Gesetz ist. Ich will Mangold in keinen Prozess involviert sehen.«

»Ja, die Grenze ist fließend.« Gassner grinste. »Das ist mir durchaus bekannt. Aber es kann nicht sein, dass ein Unschuldiger für diesen Mord im schlimmsten Fall zum Tode verurteilt wird, nur weil Sie Ihre Kontakte zu gewissen Kreisen nicht aufdecken wollen.«

Sie sah einen Moment nachdenklich aus dem Fenster.

»Gut«, versetzte sie dann und sah ihn mit einem offenen Blick an. »Dann muss Mangold wieder auftauchen.«

»Der Meinung bin ich auch. Wo ist er überhaupt?«

»Das kann ich Ihnen nicht sagen. Aber ich verspreche Ihnen, er wird wieder auftauchen.«

»Er kann aussagen?«

Zu seiner Überraschung nickte Katharina Moor, und das noch äußerst freundlich. »Ja, er wird auftauchen, und er wird auch aussagen. Das verspreche ich Ihnen. Zufrieden?«

Die *Sybille* war auf dem Weg nach Skagen. Eigentlich hatte sie Kurs auf Kopenhagen, aber Brandis wollte Anna den Ort zeigen, an dem er aufgewachsen war. Wo seine Großeltern gelebt hatten. Ein Ort, an dem der Wind das Zepter übernommen hatte und ein endloser Blick sich am Horizont verlor.

Sie fuhren in den Hafen ein, legten an und gingen von Bord. Brandis organisierte eine Kutsche, mit der sie nach Grenen, zur Landzunge, fuhren.

Es war ein feines Licht, hell, flirrend, als steige es vom Meer in die Luft und verleihe ihr einen zarten, verwunschenen Schimmer. Die Kutsche fuhr über den breiten, fast schneeweißen Strand, linker Hand die Ostsee, rechter Hand die Nordsee. Zwischen Kattegat und Skagerrak. Weiter im Inland hügelige, vom ewigen Wind niedergedrückte und langsam ergrünende Büsche und Gräser, und dann tauchten die ersten Häuser auf. Gelbe Häuser mit roten Ziegeln, die im Sonnenlicht strahlten. Eines dieser Häuser hatte seiner Großmutter gehört. Jetzt lebten entfernte Verwandte darin, ein betagtes Ehepaar mit seiner Enkeltochter. Brandis war seit über zehn Jahren nicht mehr hier gewesen und wurde stürmisch begrüßt. Es gab frischen Fisch und dänischen Schnaps. Sie sprachen Dänisch, von dem Anna nur hier und da ein Wort erkannte, bis Brandis ins Deutsche wechselte. So ging es hin und her, Dänisch und Deutsch, und der Sturm brauste ums Haus. Die Sonne verschwand hinter einem feinen Gespinst aus locker zusammengefügten Wolken, das Sonnenlicht erlosch. Es war, als hätte jemand den Schalter herumgedreht und das Licht ausgeknipst. Ein tiefer Schatten fiel aufs Land, der Wind wurde stärker.

»Könntest du dir vorstellen, hier zu leben?«, fragte Brandis, und Anna musste nicht lange überlegen. Das Land war zauberhaft. Sie liebte das Meer, sie mochte die Menschen, auch wenn hier nicht viel los war. Keine Bars, keine Varietés, noch nicht mal eine Einkaufsstraße. Landleben, Strandleben. Die Hauptstadt war weit entfernt, gute Straßen rar. Trotzdem. Mit Brandis wäre sie bis nach Grönland gezogen.

Am Nachmittag waren sie auf der *Sybille* zurück. Anna wollte lernen, wie man mit dem Sextanten umging. Die Sonne schießen. Aber es war keine da. Sie nahmen Kurs auf Kopenhagen. Anna stand an der Reling und stellte sich ihr zukünftiges Leben vor. Ihre Beziehung lag auf Eis. Ein flüchtiger Kuss im Abendrot, eine flüchtige, aufreizende Berührung im Dunkeln. Anna kamen Zweifel. Was bleibt, wenn das alles ausgekostet ist?, dachte sie. Langeweile, Eintönigkeit? Verliebte denken nicht so, und trotzdem kamen ihr immer wieder diese Gedanken. Es ist, als würde man sich nach einer unbekannten Insel sehnen. Hat man sie endlich erreicht, erkundet man ihre Küsten, ihre Seen, ihre Berge, ihre Städte. Aber es kommt der Tag, an dem man alles hundertmal erkundet hat, die Neugierde ist verschwunden, die Sehnsucht hat einer Alltäglichkeit Platz gemacht, in der es nichts mehr gibt, nach dem sich zu sehnen lohnt. Nichts ist mehr spannend an dieser Insel, alles ist einer nüchternen Betrachtung gewichen. In Wirklichkeit waren die Berge nur halb so hoch, wie sie schienen, die Seen nur halb so tief, die Orte nur halb so spannend, wie man erhofft hatte. Und nun? Sucht man sich ein anderes Objekt der Begierde? Würden sie sich eines Tages genauso überdrüssig sein wie viele andere?

»Die Insel kann doch trotzdem ein idealer Lebensraum sein«, hielt Brandis dagegen. »Man muss ihn nur zu schätzen wissen.«

»Du hast recht. Obwohl du es nie lange auf einer Insel ausgehalten hast. Franz sagt, du hättest Alexas Mutter geschwängert und sie dann sitzengelassen.«

»So war es nicht. Ich hätte sie gern mit nach Kiel genommen, aber sie wollte nicht. Sie ist eine wunderliche Frau, eine Art Pythia, die einmal im Jahr zum Orakel von Delphi pilgert. Sie hat den Krieg vorausgesehen, aber dann sagte sie, um Kriege vorauszusehen, muss man keine gute Seherin sein. Man muss nur die Natur der Herrschenden kennen, dann kann man jederzeit einen Krieg voraussagen, und man liegt nie falsch. Alexa erzählte mir, sie habe schon wieder einen Krieg vorausgesehen.«

»Keiner will Krieg, Chris. Es sind so viele Menschen gestorben, die Leute würden eher freiwillig in die Hölle wandern als wieder in irgendeinen Krieg ziehen.«

Er musterte sie mit einem Blick, aus dem sie nicht schlau wurde. Eine Mischung aus Zweifel und Spott, so als halte er nicht viel von der Sehnsucht nach Frieden in der Welt.

»Eine böse Lüge, und alles bricht zusammen«, sagte er. »Oder es muss nur wieder irgendwo jemand ermordet werden, der an den Schalthebeln der Macht sitzt. Das wird den Grund liefern, um einen neuen Krieg zu entfachen. Es gibt mehr Gründe als Wolken am Himmel. Lass dich nicht täuschen, Anna, sie wissen, wie man die Völker aufeinanderhetzt.«

»Seit sechs Jahren gibt es den Völkerbund«, widersprach sie ihm. »Glaubst du nicht, dass es ihm gelingen wird, Frieden auf der Welt zu halten? Jeder, der jetzt noch einen Angriffskrieg führt, handelt gegen das Menschenrecht und gegen das Recht der Völker.«

»Es gibt viele Gründe, dieses Recht zu verdrehen. Am Ende wird wieder eine Lüge herhalten müssen, so war es immer. Die USA und Russland haben den Vertrag außerdem nie unterschrieben. Sie müssen sich also nie an das Völkerrecht halten.«

»Sie werden schon noch unterschreiben.«

Es wurde dunkel, und mit der Dunkelheit kam die Kälte zurück. Anna ging unter Deck in ihre Kajüte. Nur noch ein paar Tage, und sie würden wieder in Kiel sein. Und dann dauerte es nicht mehr lange und die *Kristina Sund* läge im Hafen. Eine Woche, vielleicht zwei. Wie konnte man sich auf ein Wiedersehen freuen, wenn man noch nicht mal Abschied genommen hatte? Anna hasste Trennungen, aber ihr Leben würde aus Trennungen bestehen. Vielleicht würde es helfen, sich einzureden, die ständigen Trennungen könnten ihrer Beziehung guttun. Es wäre wie eine Insel gewesen, die man nie wirklich bis zum Ende hätte erkunden können. Immer wäre ein kleiner Teil unbekannt geblieben.

In der Nacht träumte sie, sie stehe mit Brandis in seiner Kajüte. Ihr ist schlecht, die *Sybille* treibt im Sturm, und der Bug stampft wie eine Horde wild gewordener Pferde. Sie sieht sich uralten Whiskey trinken, den Whiskey, den er aus Schottland geschmuggelt hat und der ihr zu Kopf steigt. Plötzlich steht er hinter ihr und knöpft ihr das Kleid auf. Sie sieht diese Tätowierung auf seinem Unterarm, während ihr das Kleid auf die Füße rutscht und sie nur noch im Unterhemd und fast nackt dasteht. Die Decken duften nach getrocknetem Lavendel, er sagt, er lege immer kleine gefüllte Säckchen hinein. Plötzlich dreht sich alles, der Bug legt sich auf die Seite, Wasser dringt durch die Ritzen der Tür, es gluckert und rauscht, es kommt immer näher. Sie will zur Tür, sie reißt sie auf, und dann stürzen Kaskaden von Wasser auf sie ein, sie wird zurückgeworfen … und erwacht schweißgebadet.

Seit zwei Tagen waren sie wieder in Kiel. Brandis hockte schon am Nachmittag in seiner Lieblingskneipe. Ein paar Tische weiter saßen vier Seeleute und Tenner. Sie spielten Karten, und die Stimmung ging hoch her. Tenners Stimme schallte durch den Raum, sein Lachen, wenn er gewonnen hatte, entrüstete Ausrufe, wenn er verlor. Er verlor selten, meistens lachte er. Die braune Flasche auf dem Tisch machte die Runde, die Gläser waren voll.

Brandis dachte an Anna. Er trank weniger als sonst, er wollte sich daran gewöhnen, weniger in den Kneipen herumzusitzen. Er wartete auf die Ankunft der *Kristina Sund*. Wesseling hatte vor ein paar Tagen aus Lissabon gekabelt, dass er ein gutes Geschäft gemacht habe.

Er spürte Tenners Blicke auf sich. »Lust auf ein Spielchen, Käpt'n?«, rief er herüber, aber Brandis schüttelte den Kopf.

»Versteh ich. Du hast ja jetzt Besseres zu tun. Die schöne Anna, habe ich recht?«

Brandis reagierte nicht. Was wusste Tenner von ihm und Anna? Sie waren vorsichtig gewesen, aber wohl doch nicht vorsichtig genug.

Tenner ließ nicht locker. »Er hat seinem Chef die Frau ausgespannt«, sagte er grinsend zu seinen Spielkumpanen. »Was sagt ihr dazu? War selbst scharf auf das Mädel, und Franz hat jetzt das Nachsehen.«

Er lachte, während die anderen verstohlen zu Brandis hinübersahen. Der war nicht gerade dafür bekannt, sich einfach so provozieren zu lassen, was auch Tenner wissen musste, doch der war jetzt gerade so schön in Fahrt und wollte auch nicht aufhören. »Nichts für ungut, Chris, aber das solltest du dir gut überlegen. Die ist keine deiner Huren aus Java, die am Betriebshafen auf dich warten ...«

Brandis trank in Seelenruhe sein Glas leer, stellte es auf den Tisch und wartete einen Moment. Dann fuhr er blitzschnell von seinem Stuhl hoch, war mit wenigen Schritten am anderen Tisch, packte Tenner am Kragen seiner Jacke, riss ihn hoch und verpasste ihm einen Schlag ins Gesicht. Tenner taumelte gegen die Wand, Brandis folgte ihm und schlug noch mal zu.

»Tenner ist eine Ratte, Käpt'n, das wissen Sie doch«, rief hinter ihm einer der Seeleute, begleitet vom grölenden Lachen der anderen.

Brandis steckte die Hände in die Taschen und ging kommentarlos an ihnen vorbei. Auf der Straße blieb er stehen und dachte kurz nach. Dann ging er in eine enge Seitengasse, stellte sich in den Schatten eines Hauses und wartete. Er hatte Tenner übel zugerichtet, der würde ganz sicher nicht weiter Karten spielen. Und richtig, nach etwa zehn Minuten sah er ihn aus der Kneipe kommen. Er hatte noch eine Rechnung mit Tenner offen, und die würde jetzt oder nie beglichen werden. Die *Kassiopeia* und Sammet. Er wollte endlich wissen, wer diesen Mast angesägt hatte, und sein einziger Kandidat war Tenner. Den hätte die Polizei stundenlang verhören können, ohne ihm ein einziges

Wort zu entlocken. Der Seemann aus der Kneipe hatte recht, Tenner war zäh wie eine Ratte. Sein Gesicht war blutverschmiert, denn der Schlag hatte ein heftiges Nasenbluten ausgelöst. Er machte ein paar Schritte, blieb stehen und hielt sich an einem Laternenpfahl fest. Dann ging er weiter, in eine Gasse hinein, und Brandis folgte ihm. Tenner blieb wieder stehen, hob den Kopf, vielleicht um das Bluten zum Stillstand zu bringen, und keine zwei Minuten später stand Brandis hinter ihm. Er packte seinen Arm, drehte Tenner herum und zwang ihn auf die Knie. Er legte seine Hände um Tenners Hals und drückte zu.

»Jetzt erzählst du mir alles über die *Kassiopeia*«, knurrte Brandis, während Tenner zu röcheln anfing.

»Du hast den Kreuzmast angesägt. Wer hat dich dafür bezahlt? Sammet?«

Tenners Röcheln ging in ein stoßweises Atmen über. Brandis lockerte seinen Griff, so dass der andere mehr Luft bekam.

»Wer hat dich dafür bezahlt? Rede endlich!«

»Sammet … war nur ein Strohmann«, krächzte Tenner, legte seine Hände um die von Brandis, aber der hatte ihn gepackt wie ein Schraubstock und ließ nicht locker.

»Ein Strohmann für wen? Wer steckte dahinter?«

Tenners Blick begann zu flackern, Blut rann über Brandis' Hände, aber er drückte wieder zu.

»Es war Franz. Er brauchte Geld …«

Brandis glaubte sich verhört zu haben und lockerte den Griff wieder. »Du lügst.«

»Nein«, rief Tenner auffahrend. »Er brauchte Geld für die Reederei, die kurz vor der Pleite stand. Da kam er auf die Idee mit der *Kassiopeia*.«

Brandis ließ los, und Tenner sackte augenblicklich zusammen. Sein Gesicht war aschfahl, das Blut rann noch immer aus der Nase und hatte mittlerweile sein ganzes Hemd benetzt.

Brandis richtete sich auf und versuchte einen klaren Gedanken zu fassen. Völlig verwirrt über Tenners Aussage, fragte er sich, ob das nur eine Schutzbehauptung sein könnte oder wirklich die Wahrheit.

»Wir fahren jetzt zur Villa und fragen ihn selbst«, entschied er kurz entschlossen, packte Tenners Arme und zog ihn auf die Beine.

Währenddessen war Flickwort in der Stadt unterwegs. Seit seine Frau vor drei Jahren gestorben war, musste er für seine Mahlzeiten selbst sorgen. Er war kein guter Koch, er schlug sich ein Ei in die Pfanne, kochte Kartoffeln, briet sich ein Stück Fleisch, aber eine schmackhafte Mahlzeit sah anders aus. Meistens ging er essen, doch das ging ins Geld, von dem er gut mehr hätte brauchen können. Der Staat hatte kein Geld und war nicht gerade großzügig mit den Gehältern seiner Beamten.

Er schlenderte über den Markt. Es war alles da, und er erinnerte sich an denselben Ort während des Krieges. Kaum Gemüse, bereits keimende, alte Kartoffeln, Fleisch nur im Ausnahmezustand. Butter und Käse? Was waren Butter und Käse? Das war nur noch die Idee von etwas gewesen, das der Mensch sich vorstellen konnte, weil es einmal eine Zeit gegeben hatte, wo man Butter und Käse hatte kaufen und sogar essen können. Hunger und Elend über so viele Jahre und wofür? Weil irgendwo in Sarajevo zwei Menschen ermordet worden waren.

Magnussen war auch ermordet worden. War deshalb ein Krieg ausgebrochen? War Magnussens Leben weniger wert gewesen als das dieser zwei in Sarajevo? Es war absurd. Das ganze Leben war absurd.

Heute gab es alles. Und natürlich alles auf Pump, aber das war den Leuten egal. Sie kauften, als ob es kein Morgen geben würde. Als hätten sie eine Ahnung davon, dass dieser Reichtum eines Tages wieder verschwunden war und nur noch keimende Kartoffeln in den Kisten liegen würden. Oder gar nichts mehr.

Flickwort schlenderte an den Ständen vorbei. Noch vor nicht allzu langer Zeit hatte er für ein Brot eine ganze Schubkarre voller Geld vor sich hergeschoben. Heute reichten ein paar Mark. Er kaufte Eier, Kartoffeln und ein Stück Käse. Er überlegte, was er kochen wollte, seine Phantasie war allerdings begrenzt. In seinem Lieblingslokal gab es frischen, vorzüglich bereiteten Fisch, aber von dieser Art der Zubereitung hatte er keine Ahnung. Einmal hatte er es versucht, hatte sich eine Seezunge gekauft und sie in der Pfanne gebraten. Er hatte sich sogar eine sündhaft teure Zitrone geleistet, um sie über die fertige Seezunge zu träufeln. Aber der Fisch war in der Pfanne zerbraten und zerkrümelt. Ungenießbar. Also kein Fisch mehr.

An einem Stand gab es frisch gebackenen Kuchen. Flickwort lief das Wasser im Munde zusammen und überlegte, ob er sich ein Stück davon leisten konnte. Er dachte unwillkürlich an den Apfelkuchen, den er in der Villa Rose gegessen hatte. Das war das Beste gewesen, was er überhaupt in seinem ganzen Leben jemals gegessen hatte. Dieser Kuchen mit Sahne obendrauf.

Er sah auf diese Köstlichkeit hinunter, auf diese großen, saftigen Apfelstücke, die ihn geradezu anlachten. Er hob den Blick wieder. Direkt ihm gegenüber stand Frau Grünenthal, die Köchin von Rose. Dieses dralle Weib, das so gut kochen konnte, die gute Seele des Hauses.

»Guten Tag, Herr Flickwort«, begrüßte sie ihn, und er riskierte einen Blick in ihren großen Korb, den sie am Arm trug. Er lief fast über. Käse, Würste, Butter, ein halber Schinken, ein ganzer Grünkohl. Er hatte es selbst mal mit Grünkohl versucht, aber seiner war nie richtig weich geworden, hatte nach Gras geschmeckt, und da er keine Kuh war, hatte er beschlossen, auch dieses Rezept aus seinem Repertoire zu verbannen.

»Ist Ihre Frau krank?«, wollte sie wissen.

»Sie ist vor drei Jahren gestorben.«

»Das tut mir leid. Jetzt müssen Sie für sich selbst sorgen.«

Er grinste verlegen. »Ja, aber meine Kochkünste sind eher bescheiden. Ihre dagegen …«

»Ich habe heute meinen freien Tag. Ich habe noch eine Rinderschulter von gestern. Wenn Sie wollen, lade ich Sie ein.«

»Das ist aber nett von Ihnen. Ja, ich komme gerne.«

Sie kaufte noch ein paar Gewürze, Muskatnuss und Lorbeer, und nahm ihn mit in ihre Wohnung, die am Kleinen Kiel lag. Nur zwei Zimmer, jedoch gemütlich und geschmackvoll eingerichtet. Auch die Küche war klein, aber alles an seinem Platz.

Während Frau Grünenthal die Rinderschulter in den Ofen legte und Kartoffeln schälte, saß er im Wohnzimmer, trank Kaffee und geriet ins Grübeln. Der Mann an sich war nicht fürs Alleinsein geschaffen. Als Jäger und Sammler brauchte er die Frau, die das Gejagte und Gesammelte zubereitete. Das war einfache Arbeitsteilung und ergab Sinn. Nun lief er nicht den ganzen Tag durch den Wald, um Beeren zu sammeln, aber er sammelte etwas anderes. Er sammelte Informationen. Auch die mussten zubereitet werden. Eine Prise Salz hier, ein Lorbeerblatt dort und schon bekamen die Informationen die richtige Würze. Leider waren seine immer noch ziemlich fad. Sie schmeckten nicht, sie ergaben keinen Sinn.

Eine halbe Stunde später saß er in der Küche und aß Rinderschulter mit Kartoffeln und Rotkohl. Frau Grünenthal hatte ihm ordentlich Soße über Fleisch und Kartoffeln gegossen, und er fand, dass er niemals so etwas Gutes gegessen hatte. Es schmeckte besser als in seinem Lieblingslokal. Das Fleisch war saftig, das Gemüse mit allerlei Gewürzen schmackhaft gemacht, und die Soße war eine Hommage an seinen Gaumen.

»Wo haben Sie kochen gelernt?«, fragte er zwischen zwei Bissen.

»Von meiner Mutter. Und die hat es von ihrer Mutter. Wir haben immer koscher gekocht, aber ich sehe das nicht so eng ...« Sie lächelte etwas verlegen. »Die Mütter sind die besten Köche. Da kommt kein Schnösel mit, der meint, es auf irgendeiner Akademie gelernt zu haben.«

Er lachte und schob sich eine halbe Kartoffel in den Mund.

»Ich bräuchte die Wohnung eigentlich gar nicht«, erzählte Mathilde Grünenthal. »Ich wohne ja in der Villa. Aber Rose zahlt gut, da kann ich mir sogar eine eigene kleine Wohnung leisten.«

»Sie wohnen in der Villa?«

»Ja. Ich habe dort ein Zimmer. Es wäre zu umständlich, immer hin und her zu fahren.«

»Arbeiten Sie schon lange dort?«

»Seit acht Jahren. Es war kurz nach dem Krieg, als ich dort anfing. Während des Krieges hatten sie keine Köchin, selbst Rose musste sparen. Es ging der Reederei nicht gut, die Schiffe konnten kaum noch fahren. Eins haben die Engländer sogar in der Nordsee versenkt. Es war ein kleiner Dampfer, die *Anna*. Es ist gut, dass Herr Maxim wieder zu Hause ist. Ich habe nie geglaubt, dass er ein Mörder und ein Terrorist sein soll.«

»Die Beweise standen gegen ihn. Aber das scheint sich ja geklärt zu haben. Es gab einen Zeugen, der ihn entlasten konnte. Leider kam er uns auf mysteriöse Weise abhanden.«

»Das bedeutet doch nicht, dass Herr Maxim wieder ins Gefängnis muss, oder?«

»Nein. Er muss an jenem Abend zu Hause gewesen sein, und Tenner hat ihn vermutlich verwechselt.«

»Ich habe ihn jedenfalls nach dem Abendessen nicht mehr gesehen. Herrn Franz habe ich gesehen, das weiß ich genau. Er hat telefoniert und spielte mit dem Hund im Garten.«

»Ach ja?«

Flickwort kratzte den Rest seiner Kartoffeln auf dem Teller zusammen. Er verspürte eine plötzliche leichte Irritation und wusste nicht, woher sie kam. Warum sie so unversehens aufgetreten war. Lag es am guten Essen?

»Was haben Sie gerade gesagt?«, fragte er etwas geistesabwesend und legte das Besteck auf den leeren Teller.

»Dass Herr Rose telefoniert hat und mit dem Hund im Garten gewesen ist.«

»Sie meinen Franz Rose?«

Mathilde Grünenthal nickte und stand auf. Sie nahm die Teller und brachte sie in die Küche. Er saß allein am Tisch, konsterniert und wieder grübelnd. Dann ging ihm ganz allmählich ein Licht auf.

»Frau Grünenthal!«, brüllte er durch die ganze Wohnung und schoss wie elektrisiert von seinem Stuhl hoch. »Ich habe da noch ein paar Fragen …«

Mathilde Grünenthal erschien wieder im Wohnzimmer.

»Ist etwas passiert?«, fragte sie verwundert.

»Wie war das mit Herrn Rose? Er spielte mit dem Hund im Garten? Wann genau?«

»Das war an jenem Abend, als der Kapitän zu Tode kam. Sie haben mich damals schon befragt, erinnern Sie sich?«

»Ich habe Sie nicht über Franz Rose und den Hund befragt.«

Sie nickte. »Das ist richtig. Ich wusste nicht, dass es so wichtig ist.«

»Jetzt ist es wichtig. Erzählen Sie mir genau, was Sie gesehen haben.«

»Nach dem Abendessen – es war so gegen neun Uhr – bin ich noch einmal in den Garten gegangen, um frische Luft zu schnappen. Da sah ich, dass Herr Rose im Garten war und mit dem Hund spielte. Er warf diesen Ball, der Hund sprang hinterher. Dann hielt er den Ball in der Hand, und der Hund schnappte nach ihm. Ich glaube, er hat Herrn Rose am Arm erwischt, der zuckte nämlich zurück. Mehr habe ich nicht gesehen. Ich bin dann wieder ins Haus gegangen.«

»Haben Sie eine Verletzung gesehen? Oder Blut?«

Mathilde Grünenthal schien nachzudenken. Dann schüttelte sie vage den Kopf. »Ich hatte den Eindruck, der Hund hat ihn am Handgelenk erwischt, aber mehr habe ich nicht gesehen.«

»Sie wissen auch nicht, ob Herr Rose dann ins Haus ging, um die Verletzung zu verbinden?«

»Nein. Ich bin auf mein Zimmer gegangen und habe noch eine Stunde gelesen.«

»Hat Herr Rose an diesem Abend noch einmal das Haus verlassen?«

»Das weiß ich nicht«, gab sie lächelnd zurück. »Worauf wollen Sie eigentlich hinaus, Herr Flickwort?«

Er versuchte den Faden zu packen, den sie ihm quasi vor die Nase hielt. Die Verletzung am Handgelenk, ein Hund, der zugebissen hatte. Rose musste die Verletzung verbunden und dann noch einmal das Haus verlassen haben.

»Es war ziemlich stürmisch an diesem Abend«, fuhr er fort. »Hätten Sie den Wagen gehört, wenn er weggefahren wäre?«

»Nein. Mein Zimmer liegt im Keller. Die Garage liegt vom Haus ein Stück weit entfernt, direkt am Tor. Aber das wissen Sie doch, Herr Flickwort.«

Er nickte. Ja, er wusste es. Und er wusste noch mehr. Hatte er gerade den Mann mit dem Verband gefunden? Dann wäre es Franz Rose gewesen, der Wesel auf die *Luna* gebracht hatte.

»Das ist ja ungeheuerlich«, murmelte er und schnappte nach seinem Mantel.

Krisensitzung in Armins Anwesen. Im Salon brutzelte ein Feuer, das Mädchen servierte heiße Getränke. Der alte Armin war gerade von einem Ausritt zurückgekommen und fand Celius, seinen Sohn, und Katharina Moor im Salon vor, die heiße Schokolade tranken.

»Gut, dass du kommst, Vater«, eröffnete Celius das Gespräch, während Katharina Moor ihm grüßend zunickte. Er ließ sich in einen Sessel fallen.

»Wir müssen reden. Und zwar über diesen Sand.«

Armin grinste. Ja, Sand wirbelte eine Menge Staub auf. Zu viel für ihren Geschmack. Ein kleiner Kriminalkommissar, der sich eine Menge Kompetenz anmaßte. Er war sogar nach Berlin gefahren, um Gassner von der Politischen um Hilfe zu bitten.

»Es reicht«, sagte Katharina Moor und stellte ihre Tasse auf den Tisch. »Mir hat er eine offizielle Vorladung geschickt. Das muss man sich mal vorstellen ...«

Armin lachte. Sand hatte den Mut eines Löwen, aber damit würde jetzt vermutlich Schluss sein. Die Anwesenheit seines Sohnes und Moors bedeutete nichts Gutes für den Kommissar.

»Was habt ihr vor?«, fragte er.

»Dieser Fall muss endlich abgeschlossen werden«, erklärte Celius. »Solange Sand ermittelt, pfuscht er ständig in unsere Kompetenzen hinein. Er weiß, dass Wesel in diesem Auto gesessen hat, und das ist bereits bis in die Politik vorgedrungen. Es werden Fragen gestellt, unangenehme Fragen. Auf dem Weg nach Berlin hat er im Zug einen Politiker vom Zentrum getroffen. Und der hat eine offizielle Untersuchung des Falles angefordert. Wir haben das natürlich abgewürgt, aber es kommt nur Ruhe in die ganze Sache, wenn der Fall abgeschlossen wird. Ich habe darüber nachgedacht, den Fall an uns übertragen zu lassen, doch es gibt Probleme mit dem zuständigen Staatsanwalt, und dann kam mir eine wesentlich bessere Idee …«

Draußen vor dem Fenster waren die Motorengeräusche eines Wagens zu hören.

Armin stand auf. »Erwarten wir noch Gäste?«

Er trat ans Fenster.

»Ja, einen. Und der wird den Fall jetzt abschließen. Ich bin mir sicher, dass er ein Geständnis ablegen wird. Er wird im Prozess aussagen, und der Akt verschwindet endlich im Archiv.«

Armin sah nach draußen. Er ahnte, wer da gerade ins Haus getragen wurde. Er ahnte, was sie vorhatten, und war tatsächlich beeindruckt. Sie hatten an alles gedacht. Eine hübsche, skrupellos gestrickte Geschichte, die selbst seine Machenschaften in den Schatten stellte. Hier wurde gerade ein Mörder konstruiert.

»Die Frage ist, ob er den Mord so einfach zugibt.«

»Hat er eine Wahl?«

Zwei Sanitäter schoben ein Spezialbett in den Salon. Unter den Kissen lag Paul Mangold alias Hagen Wesel. Das Bett wurde in die Mitte des Salons geschoben, dann zogen die Sanitäter wieder ab. Mangold richtete sich auf. Er schien sich zu wundern, wo er gelandet war, und sah mit zusammengekniffenen Augen in die Runde. »Was soll das? Was soll ich hier?«

»Wir haben vor, Ihnen ein Angebot zu machen, Mangold«, erklärte Celius und trat zu Mangold ans Krankenbett. »Es wäre zu unser aller Zufriedenheit, würde ich sagen. Sollten Sie überhaupt wieder laufen können, was nach Ansicht der Ärzte nicht sicher ist, wie stellen Sie sich Ihre Zukunft vor? Ihre Kameraden haben versucht, Sie umzubringen. Die wissen mittlerweile, dass Sie für uns gearbeitet haben. Sie wären ständig auf der Flucht vor ihnen, und wir können Sie nicht immer schützen. Also arbeiten Sie noch einmal mit uns zusammen. Es wird Ihr Schaden nicht sein.«

Mangold starrte Celius mit verkniffenen Augen an. »Was wollen Sie?«

»Sie legen ein Geständnis im Fall dieses Kapitäns Magnussen ab. Wir werden dafür sorgen, dass Sie nicht mehr als fünf, sechs Jahre sitzen, danach sind Sie wieder frei. Sie werden in keinen normalen Verzug kommen, sondern Ihre Haft in einer entsprechenden Rehabilitation verbringen. Gutes Essen, vorzügliche medizinische Versorgung, alles an Extras, was Sie haben wollen, und nach ein paar Jahren sind Sie wieder frei.«

Celius wartete auf Mangolds Reaktion, die darin bestand, ihn weiter anzustarren.

»Was wäre die Alternative?«, fuhr Celius fort. »Es ist ungewiss, ob Sie jemals wieder laufen können. Sie wären von der Fürsorge abhängig. Sie wissen, was das bedeutet. Gehen Sie auf unseren Vorschlag ein, werden wir für eine ausreichende Rente sorgen, wenn Sie entlassen werden.«

»Ich war das nicht«, knurrte Mangold. »Ich habe diesen Kapitän nicht erschlagen.«

»Das wissen wir, aber Sand wird nicht eher Ruhe geben, bis er den Mörder gefunden hat. Leider scheint er überhaupt keine Spur zu haben, also präsentieren wir ihm den Täter und nehmen ihm die Arbeit ab. Sie müssen nur dieses Geständnis unterschreiben.«

Katharina Moor öffnete eine Ledertasche und zog ein Blatt Papier und einen braunen Umschlag heraus. »Der Text ist schon formuliert. Es fehlt nur noch Ihre Unterschrift.«

»Ich habe Sand gegenüber eine Aussage gemacht«, erklärte Mangold kopfschüttelnd. »Ich habe ausgesagt, den Kapitän nicht angerührt zu haben. Ich habe ihn auf diesem Schiff gar nicht gesehen.«

»Das wissen wir. Wir wissen aber auch, dass Sie zum Zeitpunkt Ihrer Aussage unter dem Einfluss schwerer Medikamente standen, Schmerz- und Beruhigungsmittel. Sie waren gar nicht in der Lage, eine valide Aussage zu machen. Wir haben dazu ein Gutachten erstellen lassen.«

Über Mangolds Gesicht schlich sich ein verblüfftes Lächeln. Er hatte endlich begriffen, dass alles schon in trockenen Tüchern war. Die perfekte politische Intrige. Um Sand endlich abzuwürgen, sollte er ein Geständnis ablegen und dafür in den Knast wandern. Alles an Recht und Gesetz vorbei. Ein gekauftes Geständnis, ein gekauftes Gutachten, eine gekaufte Rente, wahrscheinlich warteten auch noch irgendwo ein paar handverlesene gekaufte Zeugen.

»Und ich habe immer gedacht, wir leben in einem Rechtsstaat mit einer rechtsstaatlichen Verfassung«, versetzte er mit beißendem Spott.

»Genauso ist es«, bemerkte Katharina Moor trocken und zückte ihren Stift.

Brandis hatte ein Taxi gerufen und sich mit Tenner zur Villa fahren lassen. Dort brachte er Tenner ins Gartenhaus. Tenner sah schrecklich aus. Blutunterlaufene Augen, Blut, das immer noch aus der Nase lief, die gebrochen zu sein schien, und sein linkes Auge begann anzuschwellen. Der Kapitän hatte ganze Arbeit geleistet und fast ein schlechtes Gewissen. Aber er war noch nicht fertig mit Tenner. Der lag auf der Couch, den Kopf hoch erhoben, während Brandis ihm mit einem Tuch das Blut vom Gesicht wischte.

»Du hast also den Mast angesägt und Wesseling dann mit der *Kassiopeia* untergehen lassen.«

Tenner nickte mit schmerzverzerrtem Gesicht.

»Er hat dich in der Hand, und du hast ihn in der Hand. Ich habe mich immer gefragt, warum Franz ausgerechnet dich im Haus angestellt hat. Jetzt wird mir alles klar. Aber da ist doch noch mehr. Das war doch nicht das einzige Ding, das ihr gedreht habt. Was ist mit Magnussen?«

Tenner schüttelte den Kopf.

»Du warst am Hafen, so viel ist mal klar.«

»Ich war nicht am Hafen.«

»Du solltest doch die Frachtpapiere abholen.«

»Ich war nicht am Hafen. Ich habe nichts mit Magnussens Tod zu tun.«

»Wenn du nicht am Hafen warst, dann stimmt die ganze verdammte Geschichte nicht.«

Tenner röchelte wieder. Sein linkes Auge war nicht mehr zu sehen, aber immerhin war die Blutung zum Stillstand gekommen. Er ließ den Kopf sinken und rang nach Atem.

»Ich war nie am Hafen«, erklärte er mit leiser, resignierter Stimme. »Franz war am Hafen. Wir haben uns das so ausgedacht …«

»Ihr habt euch was ausgedacht? Dass ihr euch gegenseitig ein Alibi gebt?«

»Es sollte so aussehen, dass er mich zum Hafen schickt, um die Papiere abzuholen, und dass ich eine Viertelstunde später wieder in der Villa bin. Ich musste Maxim sehen, damit wir ihn belasten konnten. Das war der Plan. Da ich aber nie am Hafen gewesen bin, konnte ich ihn natürlich auch nicht sehen.«

»Wer hat diesen Zettel in Maxims Zimmer versteckt? Franz?«

Tenner nickte. »Er hat es so angestellt, dass Anna in Maxims Zimmer ging. Angeblich war Maxim wieder schwindelig, aber Franz sagte, er habe keine Zeit, nach ihm zu schauen. Also ging Anna ins Zimmer. Das war alles geplant.«

Brandis ließ das Tuch sinken und stand einen Moment schockiert und fassungslos da. Tenners Geständnis war die Wahrheit über Franz, einen Menschen, dem er bedingungslos vertraut hatte. Immer und zu jeder Zeit. Kaum einem anderen Menschen hatte er so vertraut. In ihm brach ein Bild zusammen, das Bild eines immer integren Menschen, so wie es nur wenige auf der Welt gab. Anständig, ehrlich, ohne Lug und Trug. Wie war das möglich? Hatten sie sich alle täuschen lassen?

Er wandte sich wieder Tenner zu.

»Warum?«, fragte er. »Warum dieses ganze perfide Spiel?«

»Er hasst seinen Bruder. Als Maxim ihm aus Berlin schrieb, dass er wieder zurückkommt und in die Reederei eintreten will, war ihm klar, dass er seine Pläne vergessen kann. Der Vater hatte nämlich sein Testament geändert und Maxim wieder als Mitinhaber der Reederei eingesetzt. Damit war klar, dass sie beide zu gleichen Teilen Inhaber sein würden. Für Franz unvorstellbar. In seinen Augen ist Maxim ein Linker, ein unverbesserlicher Spinner, der ganz andere Pläne mit der Reederei hat. Franz nannte es immer ›seinen ganzen sozialen Unsinn‹, während er selbst in die Partei eingetreten ist.«

»In die Partei?«

»In die NSDAP.«

Der nächste Schock. Auch der saß tief. Es wurde Zeit zu handeln. Brandis beschloss, Franz aufzusuchen, der irgendwo im Haus sein musste.

»Du bleibst hier, bis ich wieder zurück bin«, schnauzte er Tenner an und verließ das Gartenhaus.

Franz stand im Rauchsalon am Fenster. Er hatte Tenner mit Brandis kommen sehen. Tenner sah übel zugerichtet aus, das Gesicht voller Blut und angeschwollen. Franz konnte sich keinen Reim darauf machen, aber er war alarmiert. Er blieb unschlüssig stehen und sah Brandis nach einer Weile wieder aus dem Gartenhaus kommen. Was war mit Tenner los? Nur eine Prügelei? Oder hatte der Kerl etwas anderes im Sinn?

Franz spähte wieder nach draußen, sah, wie die Tür des Gartenhauses aufging und Tenner erschien. Er sah sich verstohlen um und machte einige zögernde Schritte Richtung Gartentor. Dann fing er an zu rennen, er rannte wie panisch über den Rasen auf das geschlossene Tor zu. Und während er rannte, tauchte plötzlich der Hund auf. Er blieb kurz stehen und schien Witterung aufzunehmen. Dann rannte er hinter Tenner her, der das Tor erreichte, aber seine Hand kam nicht bis zur Klinke. Der Hund, von der panischen Rennerei und dem frischen Blut angelockt, stand plötzlich hinter ihm und biss zu. Er biss ihm in den Knöchel, und Tenners Schreie hallten durch den Garten. Tenner fiel, während der Hund über ihm stand, sein Hosenbein gepackt hatte und wild hin und her schüttelte.

Franz drehte sich um und holte das Gewehr aus dem Schrank. Er ging zum Fenster zurück, öffnete es und hob die Waffe. Aber er schoss nicht. Er ließ die Waffe wieder sinken. Er sah Brandis und Lilly im Garten auftauchen und zu Tenner laufen. Lilly packte den Hund am Halsband und zerrte ihn ein Stück zur Seite, während Brandis sich zu Tenner hinunterbeugte. Jetzt versuchten sie, Tenner wieder ins Gartenhaus zu bringen. Brandis hatte ihn unter den Schultern gepackt, während Lilly seine Füße hielt. Doch wenig später kam Brandis aus dem Gartenhaus wieder heraus. Was hatte er vor?

Franz stellte die Waffe senkrecht hinter den Tisch, so dass sie von der Tür aus nicht zu sehen war. Er würde die Waffe nicht mehr aus den Augen lassen.

Brandis stand im Flur und telefonierte. Er forderte einen Rettungswagen und Polizei an. Dann machte er sich auf die Suche nach Franz. Er sah in jeden Raum. Im Rauchsalon wurde er endlich fündig. Franz stand vor dem Tisch und schien ihn erwartet zu haben.

»Was ist los da draußen?«, fragte er.

»Ich hatte ein interessantes Gespräch mit Tenner«, gab Brandis zurück. »Das Spiel ist aus, Franz. Tenner hat alles gestanden.«

Ein versteinertes Gesicht, kalte Augen und eine ungerührte Stimme. »Tenner lügt.«

»Das glaube ich nicht. Aber das wird die Polizei klären. Ich habe sie bereits angerufen.«

Franz' Hand glitt hinter den Tisch. Plötzlich hielt er die Waffe in der Hand und richtete sie auf Brandis. »Ihr seid ein Haufen Narren, Chris, unbelehrbar und naiv. Ein Narrenschiff, das niemals irgendwo ankommen wird. Ihr steht auf der falschen Seite …«

»Ist die NSDAP die richtige Seite?«

»Es ist die Seite, die uns unsere Souveränität wiedergeben wird. Die Demokraten haben uns an unsere Feinde verraten, es sind Verräter am deutschen Volk.«

Er hielt den Lauf noch immer auf Brandis gerichtet, dem klar war, dass es dauern würde, bis die Polizei hier sein würde. Also versuchte er Franz weiter in ein Gespräch zu verwickeln. Doch dann plötzlich das Geräusch eines Autos vor dem Haus. Franz hatte es ebenfalls gehört und wirkte für einen Moment irritiert. Er spähte aus dem Fenster, aber er konnte den Wagen von hier aus nicht sehen. Er ging auf Brandis zu, der langsam zurückwich, bis er vor der Tür angekommen war.

»Tür auf!«, befahl Franz. Brandis drückte die Klinke herunter, schob die Tür auf.

»Und jetzt raus!«

Brandis trat auf den Flur. Die Tür fiel zu, und der Schlüssel wurde herumgedreht. Brandis blieb nichts anders übrig, als in den Garten zurückzugehen. Ein schwarzer Wagen stand auf dem Weg, aber es war niemand zu sehen. Brandis drehte sich suchend um, und was er jetzt sah und hörte, ließ ihm den Atem stocken. Er sah Franz aus dem Fenster des Rauchsalons auf den Rasen springen und auf den Unterstand zurennen, in dem sich sein Motorrad befand. Doch bevor er die Tür aufschloss, drehte er sich noch einmal um. Er starrte ins Unterholz der Bäume, die dort standen. Plötzlich krachte ein ohrenbetäubender Schuss durch die Luft, und Franz brach zusammen.

Franz Rose war tot. Erschossen. Eine Kugel hatte sein Herz durchbohrt.

Sand war ungewöhnlich schnell am Tatort erschienen. Auch Flickwort war da, der aber wesentlich später und mit einem Taxi aus einer ganz anderen Richtung gekommen war. Das ganze Grundstück und die Straße waren abgesperrt, die Kollegen suchten noch nach Hinweisen auf den Täter.

Vor ihren Füßen lag Rose von einer Kugel tödlich ins Herz getroffen.

Flickwort wandte sich an den neben ihm stehenden Arzt. »Das muss ein guter Schütze gewesen sein, oder?«

»Ein Profi. Ihr müsst herausfinden, von wo er geschossen hat. Meiner Meinung nach befand er sich bereits auf dem Grundstück. Das Tor war sperrangelweit auf, er hätte direkt gegenüber dem Unterstand stehen können, und so konnte er auch direkt auf Rose zielen. Ich frage mich allerdings, warum hat Rose ihm nicht den Rücken zugekehrt, wenn er die Tür des Unterstandes aufmachen wollte? Der muss sich noch mal umgedreht haben, denn der Täter hat von vorne geschossen.«

»Er hat sich noch mal umgedreht. Das hat Kapitän Brandis beobachtet, und insofern wissen wir genau, wo der Täter stand. Brandis hat ihn allerdings nicht sehen können. Da stehen eine Menge Bäume herum, er hätte sich also gut verstecken können. Er wusste auf jeden Fall, dass Brandis die Polizei benachrichtigt hat, also musste er verschwinden. Das Motorrad war die einzige Möglichkeit, schnell von hier wegzukommen. Ich glaube, er hat damit gerechnet, dass Tenner eines Tages umfällt und auspackt.«

Flickwort wandte sich an Sand, der die ganze Zeit nur geschwiegen hatte. »Sagen Sie doch auch mal was, Chef. Wo waren Sie eigentlich die ganze Zeit? Im Präsidium jedenfalls nicht.«

»Ich hatte noch etwas zu erledigen«, versetzte Sand zerstreut, so als sei er mit seinen Gedanken ganz woanders.

»Franz Rose«, murmelte Flickwort. »Darauf wäre ich nie gekommen. Sie auch nicht, Chef, oder?«

Anna war, als greife eine kalte Hand nach ihrem Herzen. Sie saß auf der Couch und versuchte zu begreifen, was Brandis ihr gerade erzählt hatte. Der Mann, der sie hatte heiraten wollen, war Magnussens Mörder gewesen. Der Mann, der sie hatte heiraten wollen, war tot. Erschossen in seinem eigenen Garten.

Brandis reichte ihr ein Glas, und sie trank.

»Wissen die Eltern schon Bescheid?«, fragte sie.

»Lilly hat versucht, sie zu erreichen, aber sie machen eine Schiffstour und werden erst morgen wieder im Hotel sein.«

»Was ist mit Lilly und Maxim?«

Er antwortete nicht. Er war am Morgen in der Villa gewesen. Ein Haus voller Schweigen. Totenstill und die Menschen darin wie gelähmt. Da war nicht mal eine Träne geflossen, weil der Tod des Bruders von dessen Verbrechen überschattet wurde. In Lillys Augen hatte er nur eiskaltes Entsetzen gesehen, und was Maxim betraf, so schien er voller Hass zu sein. Hass auf diesen Bruder, der ihm seit gestern völlig fremd war. Diesen Menschen hatte er nie gekannt. Und diesen Menschen hätte er auch nie kennenlernen wollen. Alle hatte sie das gleiche schreckliche Rätsel gepackt, das Rätsel, wie man sich in einem Menschen so dermaßen täuschen konnte.

»Was ist mit Tenner?«, fragte Anna.

»Der liegt im Krankenhaus. Ist aber weniger gefährlich, als es aussieht.«

»Der war mir immer unheimlich, genauso wie der Hund. Ich weiß noch, als ich ihn zum ersten Mal sah …«

»Das Blut muss ihn so aggressiv gemacht haben. Und das war meine Schuld.«

»Mach dir keine Vorwürfe, Chris. Wenn du nicht gewesen wärest, wüssten wir immer noch nicht, wer Magnussen getötet hat.«

Er setzte sich neben sie. »Gestern ist Wesseling zurückgekommen.«

Sie starrte ihn an. Sie wusste sofort, was er damit meinte. Die *Kristina Sund* lag wieder im Hafen.

»Wann?«, fragte sie leise.

»In zwei, drei Tagen. Wir haben Verträge, Anna, die müssen wir einhalten.«

Sie lehnte sich an ihn, und er legte den Arm um ihre Schulter. Er würde sie alleine zurücklassen. Ausgerechnet jetzt. Er hatte ein schlechtes Gewissen und versprach ihr, wann immer sie an einem Hafen anlegen würden, ihr zu schreiben.

Zwei Tage später stand sie am Kai. Die *Kristina Sund* überstrahlte alles an Schönheit, was an Schiffen hier lag. Aber Anna hasste sie. Es war ihre Konkurrentin, gegen die sie keine Chance hatte. Keine Frau würde so schön sein, keine Frau würde einem Mann so viel versprechen, würde ihm so viel Freiheit geben können. Und das würde sich niemals ändern. Andere Frauen wurden älter, die *Kristina Sund* hatte noch mehr als hundert Jahre vor sich. Schiffe konnten uralt werden wie die *Sybille*. Andere Frauen hatten Launen, die *Kristina Sund* war immer gleich freundlich, sie trug ein zeitloses Lächeln auf ihrem Gesicht. Es hatte keinen Sinn, sich ihre Vorzüge vor Augen zu führen, es führte ihr nur ihre eigene Unzulänglichkeit vor Augen.

Eine letzte Umarmung, ein letzter Kuss in der Kajüte, und dann stand sie wieder am Kai. Vor- und Achterleinen wurden losgemacht, die ersten Segel gesetzt. Der Wind fuhr ins Tuch, das Schiff setzte sich langsam in Bewegung. Finnen stand an der Reling und winkte ihr zu, aber sie winkte nicht zurück. Sie drehte sich um und ging ins Hafenbüro. Dort saß sie untätig am Tisch und dachte an all die einsamen Wochen, die vor ihr lagen. Sie hätte wie ein Gefangener in seiner Zelle jeden Tag an der Wand ankreuzen können, der vergangen war. War das hilfreich oder würde ihr das nicht nur vor Augen führen, wie langsam die Zeit verging?

Die Tür ging auf. Es war Maxim, der das Büro betrat. Er hängte seine Jacke an die Garderobe und lehnte sich gegen ihren Tisch.

»Die *Kristina Sund* hat eben abgelegt«, sagte er. Sie fragte sich, ob er Bescheid wusste. Hatte Franz mit ihm über Brandis gesprochen? Oder Lilly?

»Ich habe heute mit den Eltern telefoniert. Sie wollen sofort zurückkommen.«

»Was ist mit der Beerdigung?«, fragte sie.

»Die Polizei hat den Leichnam noch nicht freigegeben. Ich kann nichts machen.«

Sie schwiegen eine Weile, jeder in seinen eigenen Gedanken gefangen.

»Wie geht es jetzt weiter?«

»Ich werde die Leitung der Reederei übernehmen. Aber so hatte ich mir das nicht vorgestellt …«

»Franz hat über Collin zwei Kredite aufgenommen«, erklärte sie. »Einer bei J. P. Morgan liegt noch auf Eis. Du kannst noch davon zurücktreten.«

»Ja.« Er nickte. »Das werde ich tun. Je weniger Schulden wir haben, desto besser. Franz' Pläne waren völlig überzogen. Und jetzt wissen wir auch warum. Der wollte ganz groß in die Politik einsteigen, allerdings lief er die ganze Zeit in die falsche Richtung.«

»Viele laufen in diese Richtung, Maxim, vielleicht zu viele.«

»Sie sind nicht das einzige Problem. Das andere Problem sind diese Industriellen und die diversen Banken. Deutsche, Briten und Amerikaner, eine unselige Allianz. Die wollen Hitler an die Macht bringen mit ihrem Geld.«

»Was haben sie davon? Sie müssen doch wissen, wessen Geistes Kind er ist.«

»Das weiß ich nicht, Anna. Aber ich fürchte, eines Tages werden wir es wissen. Da läuft ein ganz böses Spiel, das ich noch nicht durchschaue. Und mein Bruder war ein Teil dieses Spiels.«

Flickwort hatte Sand von seinem Gespräch mit Mathilde Grünenthal erzählt. Dass er schon vor Roses Tod Bescheid gewusst hatte, wer Magnussen erschlagen haben musste. Dass sie sich die ganze Zeit von Rose an der Nase hatten herumführen lassen. Warum hatten sie nicht früher mit der Köchin gesprochen? Sie hatten überhaupt nur einmal mit der Köchin gesprochen, und da hatten sie auch noch die falschen Fragen gestellt. Eine einzige Frage zum richtigen Thema zur richtigen Zeit und sie wären sofort zum Ziel gekommen. Aber der Hinweis mit dem Hund war erst in den letzten Tagen aufgetaucht, wie also hätten sie der Köchin früher eine diesbezügliche Frage stellen können?

»Es bewahrheitet sich immer wieder, dass man potentielle Täter aus dem Blickfeld verliert«, konstatierte Flickwort trocken. »Leute, die nicht im unmittelbaren Fokus des Verbrechens zu stehen scheinen.«

»Wie wahr«, seufzte Sand und malte Galgenmännchen aufs Papier. »Aber hätten wir im Januar die Köchin nach Rose und dem Hund gefragt, hätten wir mit ihrer Antwort überhaupt nichts anfangen können. Dass Rose zu Hause war, wussten wir ja. Wir wussten nur nicht, dass er das Haus wieder verlassen hatte. Er spielte mit dem Hund, das hat Frau Grünenthal gesehen. Dann muss der Hund zugeschnappt haben, Rose verband das Handgelenk und fuhr zum Hafen. Das hat niemand gesehen oder mitbekommen. Maxim und seine Eltern waren auf ihren Zimmern, die Köchin ebenfalls. Auch das Hausmädchen schlief schon. Tenner war im Gartenhaus, das wusste aber nur Franz. Als Franz in die Villa zurückkam, schliefen alle bereits. Am nächsten Morgen hat Rose den Verband abgelegt, vielleicht hatte er eine Ahnung, es sei besser so. Die Wunde war auch nicht besonders tief, sie hat nur eine winzig kleine Narbe hinterlassen, sagt der Gerichtsmediziner. Aber an dieser Narbe hätte man ihn festnageln können.«

»Leider ist uns Brandis zuvorgekommen, womit man wieder einmal sieht, dass Gewalt ein probateres Mittel zu sein scheint als Worte.«

»Sagen Sie das nicht, Flickwort. Mit der Narbe und der Aussage der Köchin wären wir ein gutes Stück weitergekommen. Und Tenner wäre früher oder später eingeknickt, da bin ich mir sicher.«

»Ohne Wesel?«

»Auch ohne Wesel. Wir haben ja die Gesprächsprotokolle.«

»Wer hat Rose erschossen?«

Sand nickte langsam und bedächtig. »Ja, wer hat Rose erschossen?«

Jemand klopfte an die Tür. Es war ein unbekannter Mann, der sich als ein Kollege der Politischen Polizei ausgab. Er hielt einen braunen Umschlag in der Hand und fragte nach Franz Rose. Sand war vorsichtig. Er gab keine Informationen mehr heraus, es sei denn, er war sicher, den Adressaten genau zu kennen. Diesen Mann kannte er nicht, und wenn er hundertmal ein Kollege war. Was ging die Politische Polizei Franz Rose an?

»Ihr Freund Gassner aus Berlin lässt fragen, ob Franz Rose auch wirklich der Täter im Fall Magnussen gewesen ist?«

Sand nickte. »Ja, wir haben die Aussage eines Zeugen.«

»Dann ist der Fall jetzt abgeschlossen?«

»Der Mörder ist tot. Damit ist der Fall Magnussen abgeschlossen. Wollen Sie mir noch etwas geben?«

Sand deutete auf den braunen Umschlag, den der andere in der Hand hielt.

»Nein«, war die leicht dahingeworfene Antwort. »Nicht mehr nötig. Das war gute Arbeit, Kommissar Sand, und schönen Tag noch die Kollegen.«

Maxim war mit Anna ans Meer nach Strande gefahren. Zwei Menschen, die aneinander Halt suchten, am Strand saßen und froh waren, dass der andere da war. Anna hatte ihm von Brandis erzählt, aber er hatte es schon von Lilly gewusst.

»Er wird immer unterwegs sein, Anna. Du musst dich daran gewöhnen.«

Sie sah aufs Meer hinaus. Der weite Blick ließ ihre Gedanken ins Leere laufen. Sie zerstreuten sich am Horizont, bis sie das Gefühl hatte, irgendwo am Grund des Nichts angekommen zu sein. Für ein paar Sekunden war der Schmerz verschwunden, alles löste sich auf, sogar das Gefühl der Einsamkeit. Dann kehrten die Gedanken zurück, und auch der Schmerz war wieder da. Anna warf Maxim einen Blick zu.

»Was ist mit dir, Maxim? Keine Freundin?«

Er beugte den Kopf nach unten und malte mit dem Finger kleine Kreise in den Sand. »Was ich dir jetzt sage, musst du für dich behalten. Versprich mir das.«

Er sah wieder auf, und sie nickte. »Ich verspreche es.«

»Frauen interessieren mich nicht. Verstehst du?«

Sie war überrascht und starrte ihn einen Moment konsterniert an. Er lachte und malte wieder Kreise in den Sand. »Du hattest keine Ahnung.«

Sie schüttelte den Kopf. Nein, sie hatte es nicht geahnt, aber es war nicht wichtig. Maxim war einer der wichtigsten Menschen in ihrem Leben, und nichts würde sich daran ändern.

»Was ist mit den Eltern und Lilly?«

»Lilly weiß Bescheid, aber die Eltern nicht. Und das muss auch so bleiben. Ich werde mich mein Leben lang immer verstecken müssen. Wir sind hier nicht in Berlin. Dort hatte ich einen Freund, aber nach dem Anschlag hat er sich von mir getrennt. Kein Kontakt mehr.«

»Das tut mir leid.«

»Muss es nicht, Anna. Wir müssen jetzt zusammenhalten. Ich werde die Reederei auf Vordermann bringen, und du kannst mir dabei helfen.«

Tenner saß in Haft. Er hatte den Untergang der *Kassiopeia* mit etlichen Toten zu verantworten und erwartete seinen Prozess. Er hatte falsche Aussagen gemacht und damit einen Unschuldigen belastet. Doch Sand fehlte noch ein weiterer Mosaikstein, und den wollte er als letzten diesem Bild hinzufügen. Tenner hatte eigentlich nichts mehr zu verlieren. Die Wahrheit war ans Licht gekommen, und kein Richter würde ihn als freien Menschen wieder in die Welt entlassen.

Aber das war so eine Sache mit der Wahrheit. Sie war wie ein Webstuhl, auf dem viele verschiedene Fäden gesponnen wurden, und jeder Faden hatte eine andere Farbe. Sie spannen sich durcheinander, übereinander, untereinander, sie spannen sich in die Kreuz und die Quer, so dass man gar nicht mehr sehen konnte, wo ihr Ursprung und wo ihr Ende lag. Ein verwirrendes Farbenspiel. Manchmal ergab sich ein klar erkennbares Muster, manchmal einfach nur ein wunderschönes, aber chaotisches Durcheinander. Das war die Wahrheit, und sie war faszinierend in ihrer bunten Vielfalt. Sand stand vor diesem Webstuhl und versuchte, das Muster zu erkennen, während die Weberin nicht aufhörte, die Fäden durch ihre Hand gleiten zu lassen, denn die Zeit blieb nicht stehen. Sie spann immer weiter und weiter …

Sand und Flickwort waren mit Tenner verabredet, der wieder genesen war und im Besuchsraum der Anstalt auf sie wartete.

»Was hatte Herr Rose mit der Organisation Consul zu tun?«, war Sands erste Frage.

»Er hatte schon vor Jahren Kontakt zu NSDAP-Mitgliedern. Die paktierten damals noch offen mit der OC, bevor sie sich distanzierten. Aber diese Distanz ist nur eine Strategie für die Öffentlichkeit, in Wirklichkeit blieben die Kontakte bestehen. Sie bestehen heute noch. Eines Tages bekam Franz am Hafen von einem Unbekannten diesen Zettel zugesteckt. Er hatte schon eine Woche zuvor einen Anruf bekommen. Die Organisation Consul suchte eine Möglichkeit, Wesel aus dem Land zu schmuggeln. Was war besser als ein Schiff, das nach Belfast segelt? Franz erklärte sich bereit, Wesel zu helfen. Also fuhr er an jenem Abend zum Hafen.«

»Sie waren von Anfang an eingeweiht?«

Tenner zögerte. »Ich wusste davon, ja. Aber es lief nicht so wie geplant. Plötzlich tauchte Magnussen auf, der das Versteck zufällig gefunden hatte. Er war am Nachmittag im Laderaum gewesen und hatte sich über die seltsame Position der Kisten gewundert, die ich übrigens so arrangiert hatte. Ich hatte auch den Proviant an Bord gebracht. Am Abend kehrte Magnussen auf die *Luna* zurück und sah Franz mit Wesel an Bord gehen. Da war ihm klar, was die Kisten zu bedeuten hatten. Er stellte Franz zur Rede, Franz geriet in Panik. Auf dem Tisch stand ein massiver Kerzenleuchter. Franz wollte Magnussen nicht töten, er wollte ihn nur bewusstlos schlagen. Leider war der Schlag tödlich. Franz kam nach Hause zurück, und wir sprachen die gemeinsame Strategie ab. Er legte den Zettel unter Maxims Post, arrangierte es so, dass Anna auf Maxims Zimmer ging, und ich musste am Hafen gewesen sein, um Maxim belasten zu können. Aber jede Strategie hat Fehler …«

»Was war in Berlin? Der Anschlag auf Maximilian Rose war doch kein Zufall.«

»Was ist, wenn nicht?«, gab Tenner ausweichend zurück.

»Wir werden herausfinden, ob Sie zur besagten Zeit überhaupt in Kiel gewesen sind. Wir müssen nur ein paar Leute befragen. Die Köchin, das Hausmädchen, Lilly Rose, Maximilian Rose. Sie haben Spuren in Berlin hinterlassen, wir drehen jeden Stein herum, Tenner.«

»Ich war nicht in Kiel. Nach der Geschichte mit der *Kassiopeia* hatten wir uns gegenseitig in der Hand. Er versprach mir eine Menge Geld, wenn ich seinen Bruder beseitige. Das Geld habe ich bekommen, aber ich konnte Rose nicht töten. Es war regnerisch und diesig an jenem Abend und ziemlich dunkel, nur hin und wieder eine Laterne auf der Straße. Ich habe zwar nicht bewusst danebengeschossen, aber mir war von Anfang an klar, dass ich nicht richtig treffen würde. Das war auch ganz gut so.«

»Warum haben Sie sich überhaupt mit Rose eingelassen?«

»Was wäre denn geworden, nachdem ich vom Großmast gefallen

war? Ich hatte nichts gespart, wie auch, von dem bisschen Heuer, die ein Seemann verdient? Ich wäre für den Rest meines Lebens im Seemannsheim gelandet. Da sitzen sie dann mit all den anderen gescheiterten und verarmten Existenzen den ganzen Tag herum. Vier Mann auf einem Zimmer, eine warme Mahlzeit am Tag, und das Leben geht an ihnen vorüber, das nur noch ein Haufen sinnlos vertane Zeit ist. Sie sind ein alter Mann, bevor Sie vierzig Jahre geworden sind.«

Nach diesem Gespräch über das trostlose Ende eines trostlosen Lebens waren Sand und Flickwort wortlos ins Präsidium zurückgekehrt. Auf ihrem Tisch lag ein neuer Fall. Der Fall Franz Rose.

»Haben Sie eine Idee, wo wir ansetzen können, Chef?«, fragte Flickwort.

Sand schüttelte den Kopf. »Nein, im Moment nicht. Im Moment habe ich ganz andere Pläne, Kollege Flickwort. Sie müssen sich selbst Gedanken machen, aber das schaffen Sie schon.«

Er grinste, stand auf und schnappte nach seiner Jacke, die über der Stuhllehne hing. »Ich habe Urlaub. Zwei Wochen. Meine Frau und ich fahren nach Madeira, und zwar mit der *Seestern*, einem Schiff der Reederei Rose. Na, was sagen Sie nun?«

Anna ging mit Lilly im Wald spazieren, der immer grüner wurde. Sie kamen an dem Hexenhaus vorbei, vor dem ein Blütenteppich aus lauter kleinen, blauen Blumen wuchs. Niemand schien das Haus seit dem Winter betreten zu haben. Spinnweben hatten sich unter dem Dachvorsprung vor den Fenstern gebildet und schwangen im Wind sanft hin und her. Die Hexe war nicht zu sehen, aber ihre schwarze Katze huschte am Gatter vorbei, grüne Augen, so grün wie das frische Gras und das Fell so schwarz wie Ebenholz.

»Ob sie noch mal zurückkommen wird?«, fragte Lilly leise und blieb stehen.

»Die Hexe? Sie kommt bestimmt. Vielleicht ist sie nur mal einkaufen. Ihr sind die Ingredienzien ausgegangen, alles das, was sie braucht, um einen guten Zauber herzustellen. Und wenn sie wiederkommt, wird sie all die kleinen Kinder, die sie in Bäume verwandelt hat, wieder in Kinder verwandeln.«

Lilly lachte. Sie hörten Schritte. Es raschelte leis im alten Herbstlaub. Es roch nach Mensch. Er kam den schmalen Weg vom Mondspiegel herunter, einen Stock in der Hand. Ein Wanderer, etwa vierzig Jahre alt mit grobem Schuhwerk und einer auffälligen bayrischen Lodenjacke. Als er sie sah, änderte er die Richtung und kam auf sie zu. Er lächelte freundlich und deutete auf das Hexenhaus. »Niemand da?«

»Sie ist heute ausgegangen.«

»Muss ja auch mal sein. Früher lebte hier wirklich eine alte Frau. Aber was aus ihr geworden ist, weiß ich nicht.«

»Gehen Sie oft hier spazieren?«

»Ja. Hier hat man seine Ruhe. Na ja, meistens. Vor drei Wochen wurde die Ruhe allerdings jäh unterbrochen. Ich habe diesen Schuss gehört, Sie wissen schon … »

»Sie haben den Schuss gehört?«, wiederholte Anna verblüfft.

Er nickte. »Ich war nicht weit von der Straße entfernt. Später erfuhr ich, was passiert ist. Schrecklich. Franz Rose war immer gut gelitten in der Stadt. Ein Vorbild für alle. Und dann so etwas! Ungeheuer ist vieles, heißt es im Chor der ›Antigone‹, aber nichts ist ungeheuerlicher als der Mensch. Daran musste ich denken, als ich davon hörte.«

Er ahnte nicht, dass Lilly die Schwester des Ungeheuers gewesen war, und Anna griff verstohlen nach Lillys Hand.

»Ein paar Minuten vor dem Schuss sah ich einen Mann auf der Straße. Der fiel mir sofort auf, er hatte einen gewaltigen Bart. Lang und voll.«

»Wo genau auf der Straße haben Sie ihn gesehen?«, fragte Lilly misstrauisch.

»Kurz vor der Villa Rose. Später habe ich darüber nachgedacht, ob ich damit zur Polizei gehen soll, aber meine Devise war immer, sich besser aus allem herauszuhalten. Na, dann wünsche ich noch einen schönen Tag, die Damen.«

Er tippte grüßend an seinen Hut und ging weiter.

»Ich kenne nur einen, der einen solchen Bart trägt«, sagte Lilly. »Kommissar Sand.«

»Es gibt sicher noch viele andere, die auch einen Vollbart tragen«, hielt Anna dagegen.

»Wer?«

»In der Sparkasse arbeitet ein Angestellter, der trägt auch einen. Und Finnen, vergiss Finnen nicht.«

»Dann hat Finnen geschossen?«

»Wer sagt, dass der Mann mit dem Vollbart geschossen hat? Er ist nur im Wald spazieren gegangen.«

»Er war auf der Straße, nicht im Wald. Irgendjemand muss geschossen haben.«

»Ja, aber der Täter befand sich auf dem Grundstück.«

»Du kommst nur aufs Grundstück über die Straße.«

Sie gingen schweigend zurück.

Sie sprachen es nicht aus, aber sie dachten beide das Gleiche. Warum sollte Sand auf der Straße gewesen sein? Um Franz zu erschießen? Es hätte ein anderer mit Vollbart sein können, oder Sand war wirklich im Wald spazieren gegangen, hatte dann den Weg zur Straße eingeschlagen und war zufällig, kurz bevor der Schuss losgegangen war, in Nähe der Villa Rose gewesen. Ein dummer Zufall, wie es jeden Tag unzählige Zufälle auf der Welt gab.

»Zufall«, sagte Anna laut, und Lilly nickte. »Oder es war ein anderer, der auch einen Vollbart trägt.«

»Es gibt nur diese beiden Möglichkeiten. Ich denke, ein Mann mit Vollbart ging zufällig über die Straße, während der Mörder längst auf dem Grundstück war.«

Die Villa kam in Sicht, als Lilly abrupt stehen blieb.

»Was ist, wenn Sand gewusst hat, dass Franz in Gefahr ist?«, fragte sie.

»Und dann kommt er nicht ins Haus, um ihn zu warnen, sondern läuft gemütlich auf der Straße herum? Unsinn, Lilly, das ergibt keinen Sinn.«

»Dann müssen wir ihn nach seinem Alibi fragen.«

»Du bist ja verrückt. Du kannst Sand doch nicht nach seinem Alibi fragen.«

»Wer fragt ihn dann?«

EPILOG

Ein lichtdurchfluteter Friedhof. Die Sonne erwärmte die Grabsteine, ein ganz zartes Grün hing an den Bäumen. Die Polizei hatte Franz' Leichnam freigegeben.

Ein Mörder wurde zu Grabe getragen; die Anzahl der Trauergäste war überschaubar. Die Familie, einige Freunde der Familie und eine Freundin. Anna. Rose senior hatte kein großes Aufsehen gewünscht und dem Pfarrer anheimgestellt, was er sagen wollte. Er hob Franz' Verdienste um die Reederei hervor, vermied aber geflissentlich, sich über dessen Charakter auszulassen. Er zitierte einige Sprüche aus der Bibel, die auch dem Sünder einen Platz im Reich Gottes boten. Keiner war verloren, keiner wurde aufgegeben.

Die Mutter weinte, sonst blieben die Augen trocken. Selbst Lilly, die nah am Wasser gebaut hatte, spürte mehr Zorn als Trauer, und Anna blieb an ihrer Seite. Ihr kam der absurde Gedanke, dass manche, die hier standen, dem Verblichenen lieber eine Mistgabel als eine Blume auf den Sarg geworfen hätten. Der tadellose Franz Rose. Die Lichtgestalt der Kieler Gesellschaft. Ein ermordeter Mörder. Opfer und Täter zugleich.

Annas Blick fiel plötzlich auf einen kleinen Mann, der etwas abseits stand. Natürlich, dachte sie ernüchtert, wo gibt es über den Täter mehr zu erfahren als auf dem Begräbnis des Opfers? Flickwort in einem schlichten braunen Mantel und einem braunen Hut auf dem Kopf stand etwas unbeteiligt da, aber Anna ließ sich nicht täuschen. Sie spürte einen sanften Stoß zwischen den Rippen.

»Was will der hier?«, flüsterte Lilly ihr zu.

»Er sucht einen Mörder.«

»Bei uns? Sollen wir ihn zum Beerdigungskaffee einladen?«

Als hätte Flickwort ihre Worte gehört, drehte er sich um und verließ mit langsamen, bedächtigen Schritten den Friedhof. Als hätte er Zeit ohne Ende, keine Hektik, nichts überstürzen.

Nach dem Zeremoniell gingen sie nach Hause. Hier gab es kalte Platten und heiße Schokolade. Maxim und sein Vater machten sich Sorgen ums Geschäft. Die Lage war sehr angespannt. Ihr guter Ruf war angeschlagen, und es würde viel Mühe kosten, das zerschlagene Porzellan wieder zusammenzufügen.

Anna ging in den Rauchsalon, wo sie allein war, und stellte sich ans Fenster. Sie zog den Brief von Brandis aus ihrer Tasche und faltete ihn auseinander. Sie hatte ihn am Morgen erhalten und schon gelesen, drei-, viermal hintereinander. Er kam aus Porto, wo Brandis extra hatte angelegen lassen, um ihn aufgeben zu können.

Liebste Anna,

wir sind in eine Flaute geraten. Das gibt mir Zeit, Dir zu schreiben. Ich vermisse Dich, meine Schöne …

Heute ging es ihr gut. Richtig gut. Brandis' Zeilen waren genau das, was sie gebraucht hatte. Seine Liebe, seine Sehnsucht, seine Hoffnung auf ein gemeinsames Leben. Das gab ihr die Kraft, auf ihn zu warten. Das gab ihr die Kraft, dieses Leben zu meistern.

Sie steckte den Brief zurück, und ihr Blick fiel aus dem Fenster. Im Beet blühten die ersten Anemonen, weiß und luftig. Im Volksmund war die Anemone die Blume derer, die warten konnten, erinnerte sich Anna. Es war ihre Pflanze.

Sie konnte warten.